滿文原檔
《滿文原檔》選讀譯注

太祖朝（六）

莊 吉 發譯注

滿 語 叢 刊
文史哲出版社印行

國家圖書館出版品預行編目資料

滿文原檔《滿文原檔》選讀譯注：太祖朝. 六
/ 莊吉發譯注. -- 初版. -- 臺北市：文史
哲出版社, 民 110.12
面 ： 公分 --（滿語叢刊；45）
ISBN 978-986-314-579-0（平裝）

1.滿語 2.讀本

802.918 110018209

滿 語 叢 刊 45

滿文原檔《滿文原檔》選讀譯注
太祖朝（六）

譯注者：莊 吉 發
出版者：文 史 哲 出 版 社
http:// www.lapen.com.tw
e-mail:lapen@ms74.hinet.net
登記證字號：行政院新聞局版臺業字五三三七號
發行人：彭 正 雄
發行所：文 史 哲 出 版 社
印刷者：文 史 哲 出 版 社
臺北市羅斯福路一段七十二巷四號
郵政劃撥帳號：一六一八〇一七五
電話886-2-23511028 · 傳真886-2-23965656
實價新臺幣七二〇元
二〇二一年（民一一〇）十二月初版

ISBN 978-986-314-579-0 65145

滿文原檔

《滿文原檔》選讀譯注

太祖朝（六）

目　　次

《滿文原檔》選讀譯注
導　讀

內閣大庫檔案是近世以來所發現的重要史料之一，其中又以清太祖、清太宗兩朝的《滿文原檔》以及重抄本《滿文老檔》最為珍貴。明神宗萬曆二十七年（1599）二月，清太祖努爾哈齊為了文移往來及記注政事的需要，即命巴克什額爾德尼等人以老蒙文字母為基礎，拼寫女真語音，創造了拼音系統的無圈點老滿文。清太宗天聰六年（1632）三月，巴克什達海奉命將無圈點老滿文在字旁加置圈點，形成了加圈點新滿文。清朝入關後，這些檔案由盛京移存北京內閣大庫。乾隆六年（1741），清高宗鑒於內閣大庫所貯無圈點檔冊，所載字畫，與乾隆年間通行的新滿文不相同，諭令大學士鄂爾泰等人按照通行的新滿文，編纂《無圈點字書》，書首附有鄂爾泰等人奏摺[1]。因無圈點檔年久虧舊，所以鄂爾泰等人奏請逐頁托裱裝訂。鄂爾泰等人遵旨編纂的無圈點十二字頭，就是所謂的《無圈點字書》，但以字頭釐正字蹟，未免逐卷翻閱，

1 張玉全撰，〈述滿文老檔〉，《文獻論叢》（臺北，臺聯國風出版社，民國五十六年十月），論述二，頁 207。

且無圈點老檔僅止一分，日久或致擦損，乾隆四十年（1775）二月，軍機大臣奏准依照通行新滿文另行音出一分，同原本貯藏[2]。乾隆四十三年（1778）十月，完成繕寫的工作，貯藏於北京大內，即所謂內閣大庫藏本《滿文老檔》。乾隆四十五年（1780），又按無圈點老滿文及加圈點新滿文各抄一分，齎送盛京崇謨閣貯藏[3]。自從乾隆年間整理無圈點老檔，托裱裝訂，重抄貯藏後，《滿文原檔》便始終貯藏於內閣大庫。

近世以來首先發現的是盛京崇謨閣藏本，清德宗光緒三十一年（1905），日本學者內藤虎次郎訪問瀋陽時，見到崇謨閣貯藏的無圈點老檔和加圈點老檔重抄本。宣統三年（1911），內藤虎次郎用曬藍的方法，將崇謨閣老檔複印一套，稱這批檔冊為《滿文老檔》。民國七年（1918），金梁節譯崇謨閣老檔部分史事，刊印《滿洲老檔祕錄》，簡稱《滿洲祕檔》。民國二十年（1931）三月以後，北平故宮博物院文獻館整理內閣大庫，先後發現老檔三十七冊，原按千字文編號。民國二十四年（1935），又發現三冊，均未裝裱，當為乾隆年間托裱時所未見者。文獻館前後所發現的四十冊老檔，於文物南遷時，俱疏遷於後方，臺北國立故宮博物院現藏者，即此四十冊老檔。昭和三十三年（1958）、三十八年（1963），日本東洋文庫譯注出版清太祖、太宗兩朝老檔，題為《滿文

2 《清高宗純皇帝實錄》，卷 976，頁 28。乾隆四十年二月庚寅，據軍機大臣奏。

3 《軍機處檔・月摺包》（臺北，國立故宮博物院），第 2705 箱，118 包，26512 號，乾隆四十五年二月初十日，福康安奏摺錄副。

老檔》，共七冊。民國五十八年（1969），國立故宮博物院影印出版老檔，精裝十冊，題為《舊滿洲檔》。民國五十九年（1970）三月，廣祿、李學智譯注出版老檔，題為《清太祖老滿文原檔》。昭和四十七年（1972），東洋文庫清史研究室譯注出版天聰九年分原檔，題為《舊滿洲檔》，共二冊。一九七四年至一九七七年間，遼寧大學歷史系李林教授利用一九五九年中央民族大學王鍾翰教授羅馬字母轉寫的崇謨閣藏本《加圈點老檔》，參考金梁漢譯本、日譯本《滿文老檔》，繙譯太祖朝部分，冠以《重譯滿文老檔》，分訂三冊，由遼寧大學歷史系相繼刊印。一九七九年十二月，遼寧大學歷史系李林教授據日譯本《舊滿洲檔》天聰九年分二冊，譯出漢文，題為《滿文舊檔》。關嘉祿、佟永功、關照宏三位元元元先生根據東洋文庫刊印天聰九年分《舊滿洲檔》的羅馬字母轉寫譯漢，於一九八七年由天津古籍出版社出版，題為《天聰九年檔》。一九八八年十月，中央民族大學季永海教授譯注出版崇德三年（1638）分老檔，題為《崇德三年檔》。一九九〇年三月，北京中華書局出版老檔譯漢本，題為《滿文老檔》，共二冊。民國九十五年（2006）一月，國立故宮博物院為彌補《舊滿洲檔》製作出版過程中出現的失真問題，重新出版原檔，分訂十巨冊，印刷精緻，裝幀典雅，為凸顯檔冊的原始性，反映初創滿文字體的特色，並避免與《滿文老檔》重抄本的混淆，正名為《滿文原檔》。

二〇〇九年十二月，北京中國第一歷史檔案館整理編譯

《內閣藏本滿文老檔》，由瀋陽遼寧民族出版社出版。吳元豐先生於「前言」中指出，此次編譯出版的版本，是選用北京中國第一歷史檔案館保存的乾隆年間重抄並藏於內閣的《加圈點檔》，共計二十六函一八〇冊。採用滿文原文、羅馬字母轉寫及漢文譯文合集的編輯體例，在保持原分編函冊的特點和聯繫的前提下，按一定厚度重新分冊，以滿文原文、羅馬字母轉寫、漢文譯文為序排列，合編成二十冊，其中第一冊至第十六冊為滿文原文、第十七冊至十八冊為羅馬字母轉寫，第十九冊至二十冊為漢文譯文。為了存真起見，滿文原文部分逐頁掃描，仿真製版，按原本顏色，以紅黃黑三色套印，也最大限度保持原版特徵。據統計，內閣所藏《加圈點老檔》簽注共有 410 條，其中太祖朝 236 條，太宗朝 174 條，俱逐條繙譯出版。為體現選用版本的庋藏處所，即內閣大庫；為考慮選用漢文譯文先前出版所取之名，即《滿文老檔》；為考慮到清代公文檔案中比較專門使用之名，即老檔；為體現書寫之文字，即滿文，最終取漢文名為《內閣藏本滿文老檔》，滿文名為“dorgi yamun asaraha manju hergen i fe dangse”。《內閣藏本滿文老檔》雖非最原始的檔案，但與清代官修史籍相比，也屬第一手資料，具有十分珍貴的歷史研究價值。同時，《內閣藏本滿文老檔》作為乾隆年間《滿文老檔》諸多抄本內首部內府精寫本，而且有其他抄本沒有的簽注。《內閣藏本滿文老檔》首次以滿文、羅馬字母轉寫和漢文譯文合集方式出版，確實對清朝開國史、民族史、東北地方史、滿學、八旗制度、滿文古籍版本等領域的研究，提供比較原始的、系統的、基礎的第一手資料，其次也有助於準確解讀用老滿文書寫《滿文老檔》原本，以及深入系統地研究滿文的創制與改革、滿語的發展變化[4]。

臺北國立故宮博物院重新出版的《滿文原檔》是《內閣藏本滿文老檔》的原本，海峽兩岸將原本及其抄本整理出版，確實是史學界的盛事，《滿文原檔》與《內閣藏本滿文老檔》是同源史料，有其共同性，亦有其差異性，都是探討清朝前史的珍貴史料。為詮釋《滿文原檔》文字，可將《滿文原檔》與《內閣藏本滿文老檔》全文併列，無圈點滿文與加圈點滿文合璧整理出版，對辨識費解舊體滿文，頗有裨益，也是推動滿學研究不可忽視的基礎工作。

以上節錄：滿文原檔：《滿文原檔》選讀譯注導讀 — 太祖朝（一）全文 3-38 頁。

4 《內閣藏本滿文老檔》（瀋陽，遼寧民族出版社，2009 年 12 月），第一冊，前言，頁 10。

一、施工築城

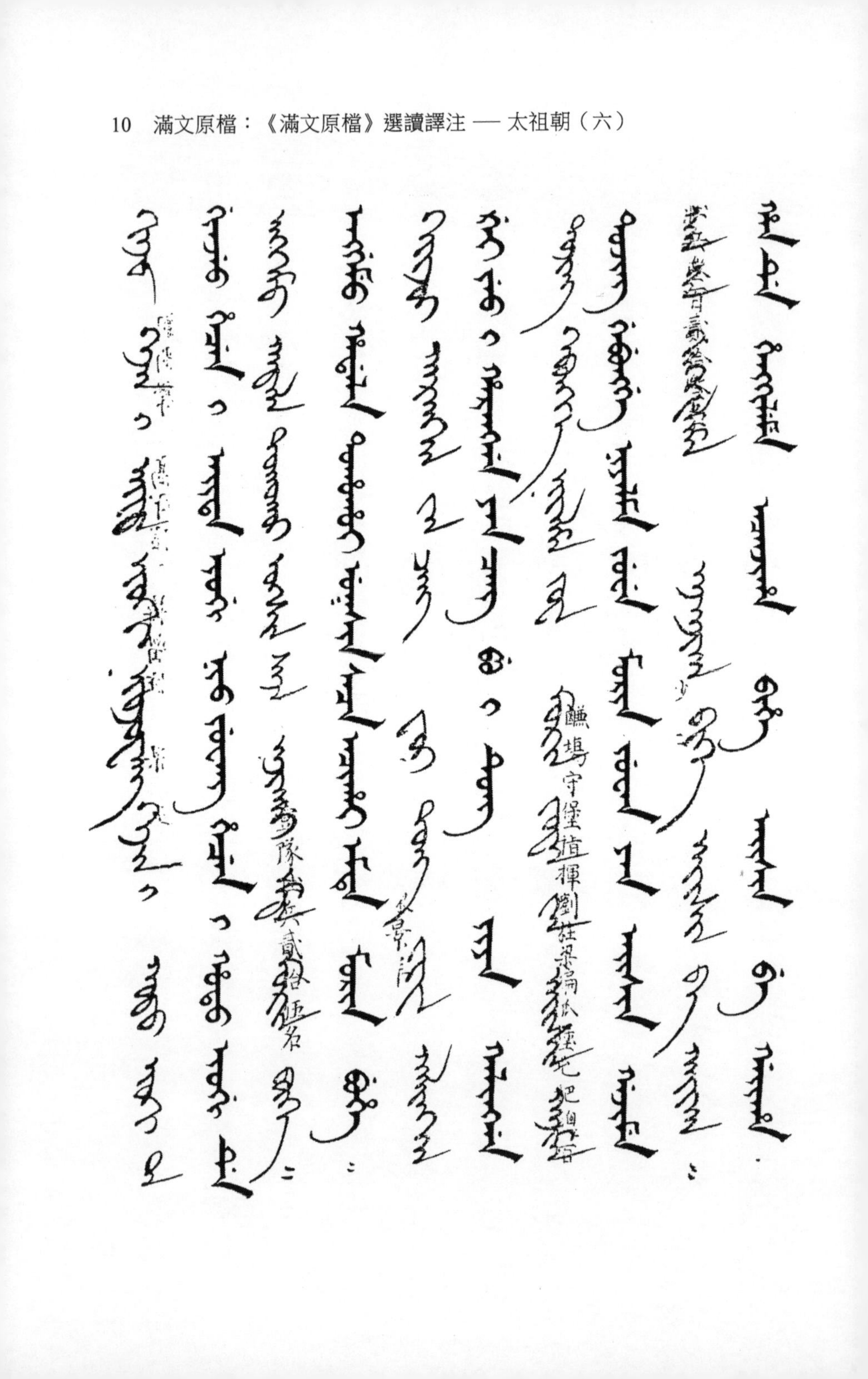

ginjeo hecen i aita iogi, nio juwang hecen i hoto iogi de enggemu hadala tohohoi uksin saca acihai emte morin buhe. g'ai jeo i harangga yan cang pui tung jiya kalingga tojing gebungge niyalma juwe morin juwan yan aisin gajime han de hengkileme acanjiha bihe. aisin be gaiha,

---

賜金州城遊擊爱塔、牛莊城遊擊霍託備鞍轡、盔甲馬各一匹。蓋州所屬鹽場堡佟佳氏[5]名佟京[6]之人攜馬二匹、金十兩來叩見汗，納其金，

賜金州城游击爱塔、牛庄城游击霍托备鞍辔、盔甲马各一匹。盖州所属盐场堡佟佳氏名佟京之人携马二匹、金十两来叩见汗，纳其金，

---

5 佟佳氏，句中「氏」，《滿文原檔》、《滿文老檔》俱讀作 "kalingga"，訛誤，應更正為 "halangga"，意即「姓氏的」。

6 佟京，《滿文原檔》、《滿文老檔》俱讀作 "tojing"，按〈簽注〉:「此 "tojing"，似與再後頁頭行所寫 "tongjing"為同一人之名」，故此漢譯做「佟京」。

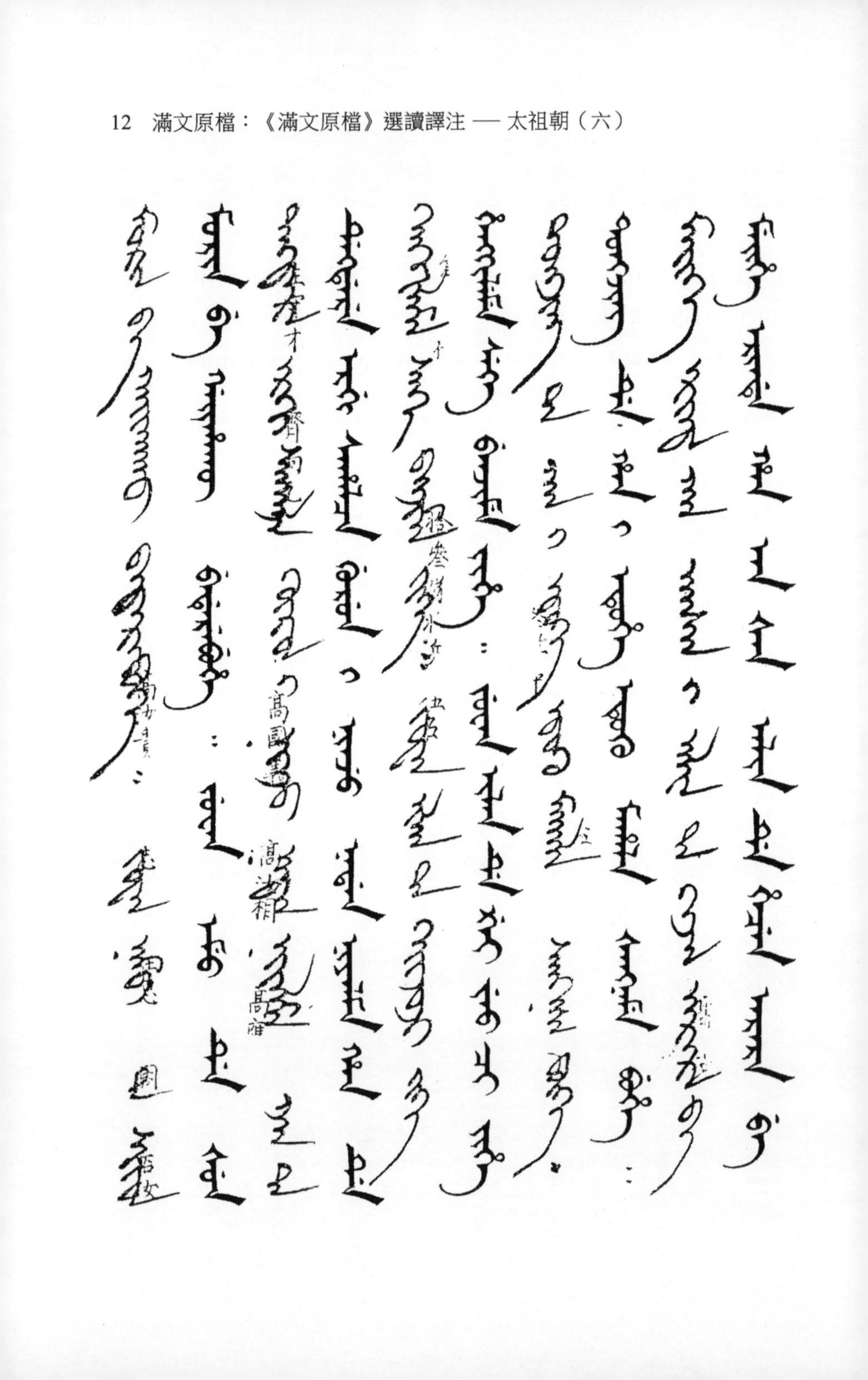

morin be gaihakū bederebuhe. juwan emu de šun dekdere ergi sahalca gurun i ninju nadan niyalma han de hengkileme seke benjime jihe. juwan ilan de g'ai jeo ci jihe tongjing de han i etuhe etuku mahala šangname buhe. meihe erinde han an šan alin de hecen arara be

---

未納其馬退回。十一日[7]，東邊薩哈勒察國六十七人送來貂皮，前來叩見汗。十三日，賞賜蓋州前來佟京汗所穿戴之衣、帽。巳時，汗出城赴鞍山視察築城，

未纳其马退回。十一日，东边萨哈勒察国六十七人送来貂皮，前来叩见汗。十三日，赏赐盖州前来佟京汗所穿戴之衣、帽。巳时，汗出城赴鞍山视察筑城，

---

[7] 十一日，《滿文原檔》讀作 “juwan namu de”，訛誤；《滿文老檔》讀作 “juwan emu de”，改正。

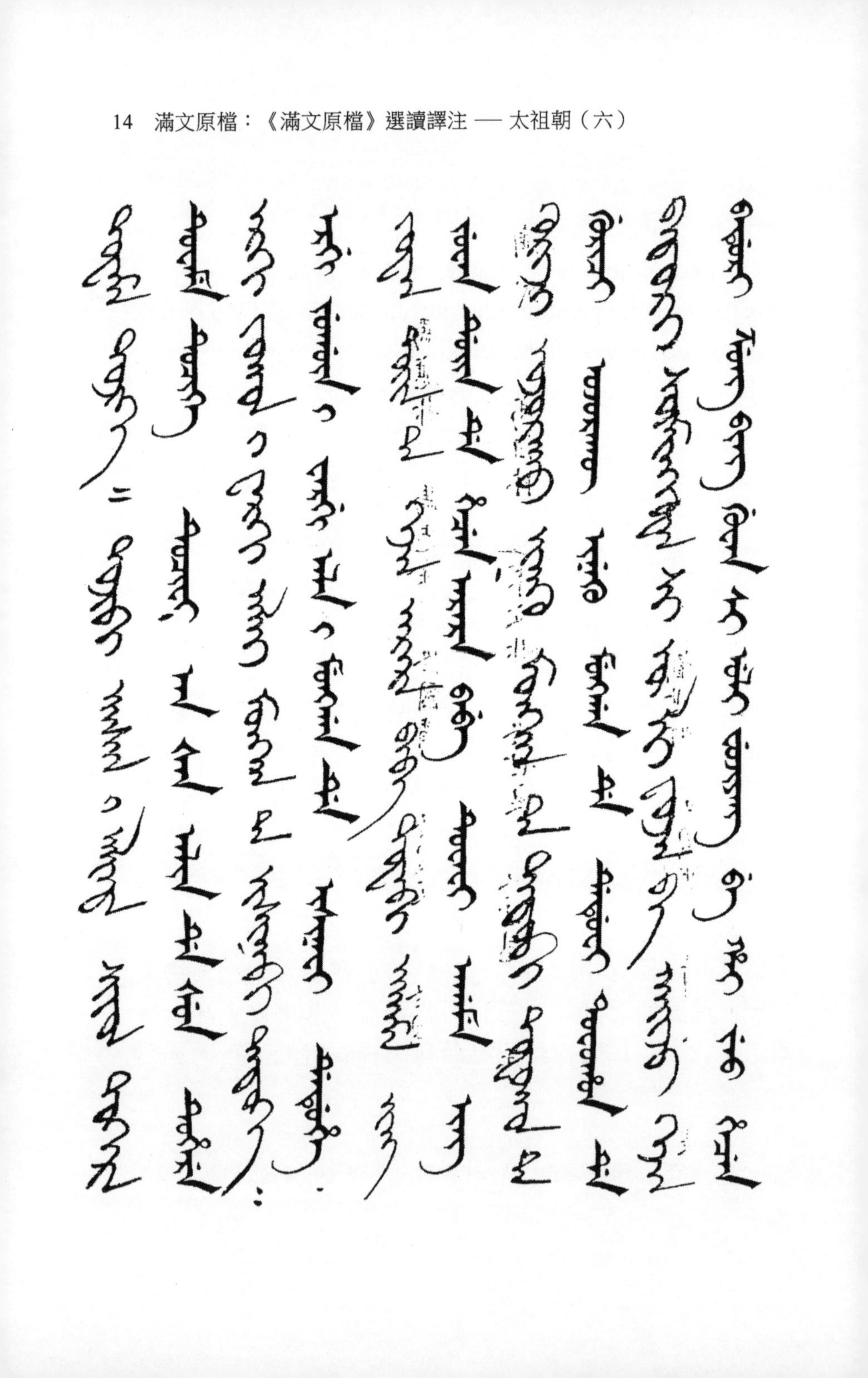

tuwame tucike, tucifi an šan alin de šun tuhere ergi jugūn i wargi ala i munggan de isinafi deduhe. juwan duin de hecen arara babe tuwafi agame ing gurici ojorakū ineku munggan de dedufi tofohon de baduri dzung bing guwan si uli fujiyang be hai jeo hecen

---

出城至鞍山西路西山崗[8]駐蹕。十四日，前往視察築城之處，因雨不能移營，駐蹕於原山崗。十五日，汗諭總兵官巴都里曰：

出城至鞍山西路西山岗驻跸。十四日，前往视察筑城之处，因雨不能移营，驻跸于原山岗。十五日，汗谕总兵官巴都里曰：

---

[8] 山崗，《滿文原檔》寫作 "alai mongka"，《滿文老檔》讀作 "ala i munggan"，意即「矮平山之丘陵」。句中 "munggan"，又為「帝王陵墓」指稱詞。

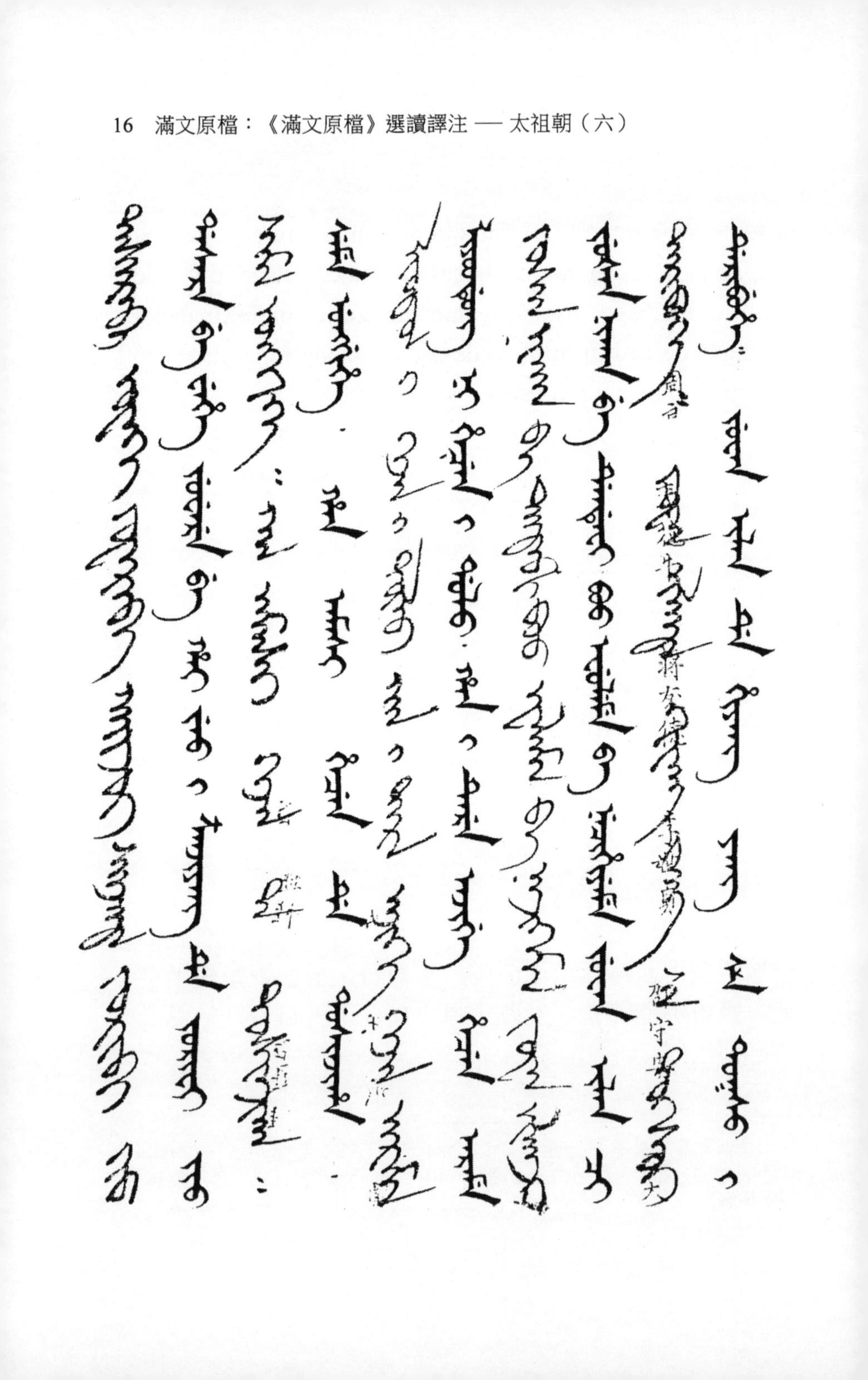

dasara be, wehe juwere be hai jeo i ts'anjiyang de jorifi jio seme unggihe, han amasi hecen de dosinjiha, liyoodung ni hecen i dolo han i tere ajige hecen arame jušen nikan be dendefi, boo efuleme ba necihiyeme juwan ilanci deribuhe. juwan ilan de hiyang yang sy tokso i

---

「著爾往海州参將處，指示西烏里副將督辦修築海州城及運石事宜後返回。」諭畢遣之。汗返回，入城。遼東城內，修築汗居住之小城，分別諸申、漢人，拆房平地，自十三日起開始施工。十三日，向陽寺屯[9]

「着尔往海州参将处，指示西乌里副将督办修筑海州城及运石事宜后返回。」谕毕遣之。汗返回，入城。辽东城内，修筑汗居住之小城，分别诸申、汉人，拆房平地，自十三日起开始施工。十三日，向阳寺屯

---

[9] 向陽寺屯，句中「屯」，《滿文原檔》寫作"tokso"（k 陰性），《滿文老檔》讀作"tokso"（k陽性）。按滿文"tokso"與蒙文"tosqo"為同源詞，意即「屯莊」。

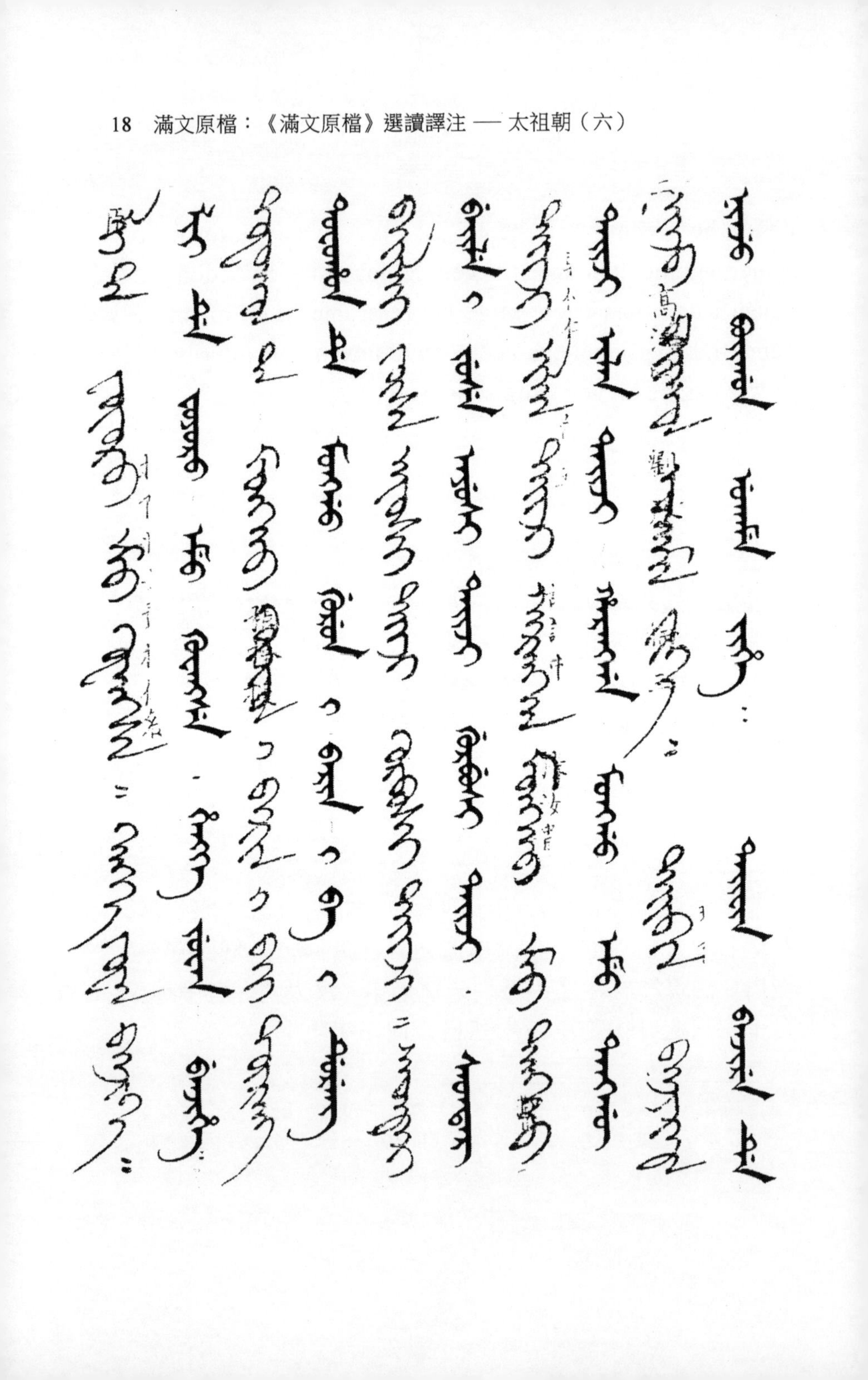

lii de foyoro emu kuwangse, hengke juwan benjihe. tofohon de monggo gurun i barin i ba i dureng beile i juse ayusi taiji, gurbusi taiji, sattar taiji ilan taiji harangga monggo emu tanggū ninju boigon ukame jihe. taifin banjire de

---

李德送來李一筐、瓜十個。十五日，蒙古國巴林[10]地方杜楞貝勒之子阿玉錫台吉、固爾布錫台吉、薩特塔爾台吉三台吉所屬蒙古一百六十戶逃來。生逢昇平，

李德送来李一筐、瓜十个。十五日，蒙古国巴林地方杜楞贝勒之子阿玉锡台吉、固尔布锡台吉、萨特塔尔台吉三台吉所属蒙古一百六十户逃来。生逢升平，

---

10 巴林，《滿文原檔》、《滿文老檔》俱讀作 "barin"，係蒙文"baɤarin"借詞，意即「巴林部」，清朝蒙古部落名。

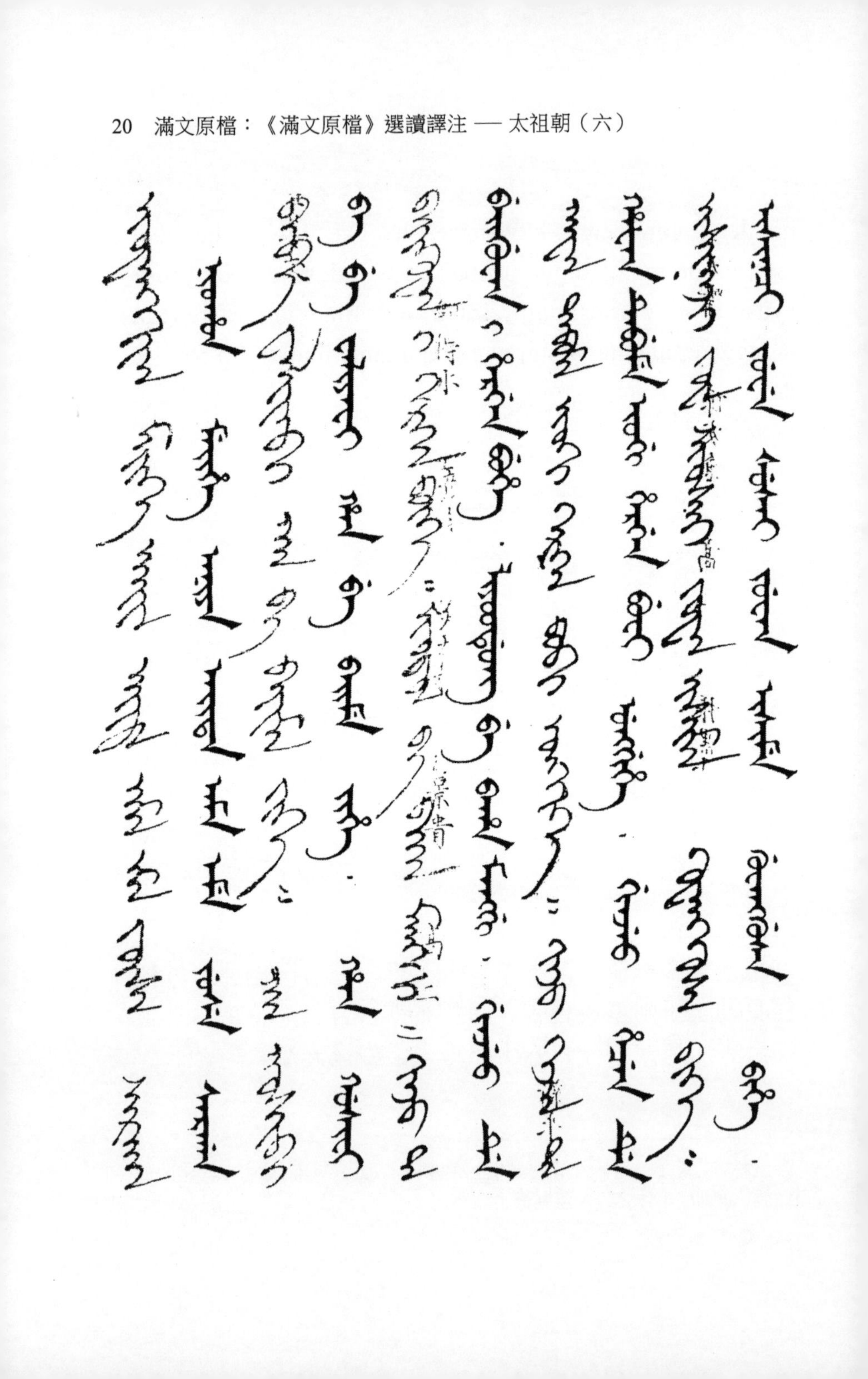

niohon meihe aniya aita ama eme juse sargan babe waliyafi han be baime jihe. han gosifi beiguwan i hergen buhe, liyoodung be baha manggi, ginjeo de hafan tebume iogi hergen bufi unggihe. ginjeo hecen de isinaci juwe šusai juwan isime guwanggusa bihe.

乙巳年[11]，愛塔棄其父母妻孥來投汗。汗憐之，授以備禦官之職，獲遼東後，授以遊擊之職，遣往為駐金州之官。至金州城時，見城內唯有秀才二人、光棍[12]近十人。

乙巳年，爱塔弃其父母妻孥来投汗。汗怜之，授以备御官之职，获辽东后，授以游击之职，遣往为驻金州之官。至金州城时，见城内唯有秀才二人、光棍近十人。

---

[11] 乙巳年，句中「乙巳」，《滿文原檔》讀作 “niowanggiyan meihe”，意即「甲巳」，訛誤；《滿文老檔》讀作 “niohon meihe”，意即「乙巳」，改正。

[12] 光棍，《滿文原檔》、《滿文老檔》俱讀作 “guwanggusa”，係漢文音譯詞，規範滿文讀作 “laihūn”。

二、渡海招降

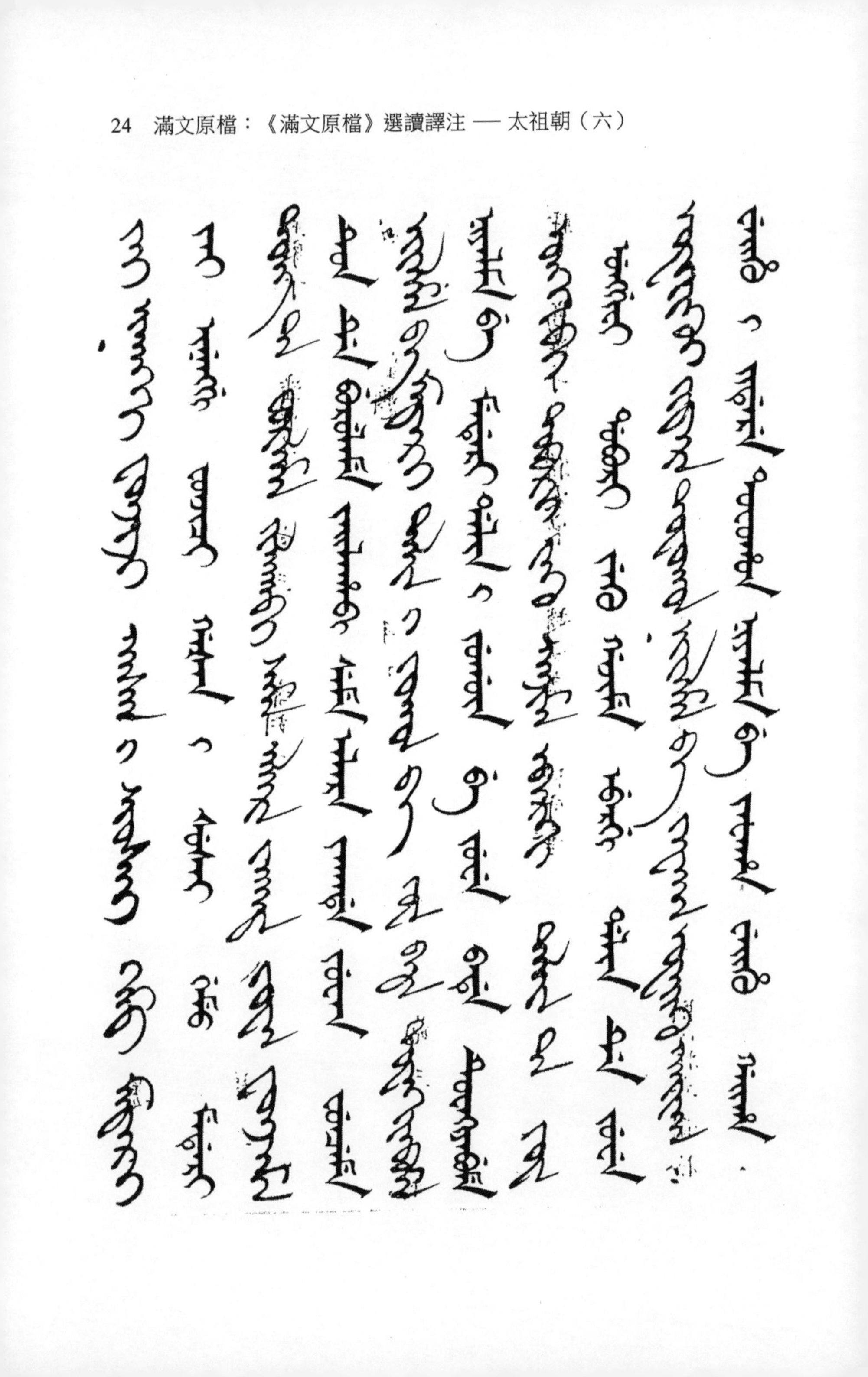

jai inenggi fonjici gašan i šusai gemu mederi tun de burulame jailahabi seme alara jakade, juwan funceme niyalma be mederi dalin i jugūn be juwe bade tuwakiyabume unggifi dobori jeku gajime ebergi dalin de juwe weihu i jidere tofohon niyalma be jafaha weihu gaiha.

次日，詢之，告稱屯中秀才皆逃避於海島[13]，遂派十餘人分二路前往防守海岸通路。夜間有二舟[14]來至岸邊運糧，拏獲十五人，得其舟。

次日，询之，告称屯中秀才皆逃避于海岛，遂派十余人分二路前往防守海岸通路。夜间有二舟来至岸边运粮，拏获十五人，得其舟。

---

[13] 海島，句中「島」，《滿文原檔》寫作"tong"，讀作"tung"；《滿文老檔》讀作"tun"。

[14] 二舟，句中「舟」，《滿文原檔》寫作"uweiku"，《滿文老檔》讀作"weihu"。按此為無圈點滿文"uwe"與"we"、ku"與"hu"之混用現象。又，《御製增訂清文鑑》卷二十六，"weihu"條，漢文作「獨木船」。

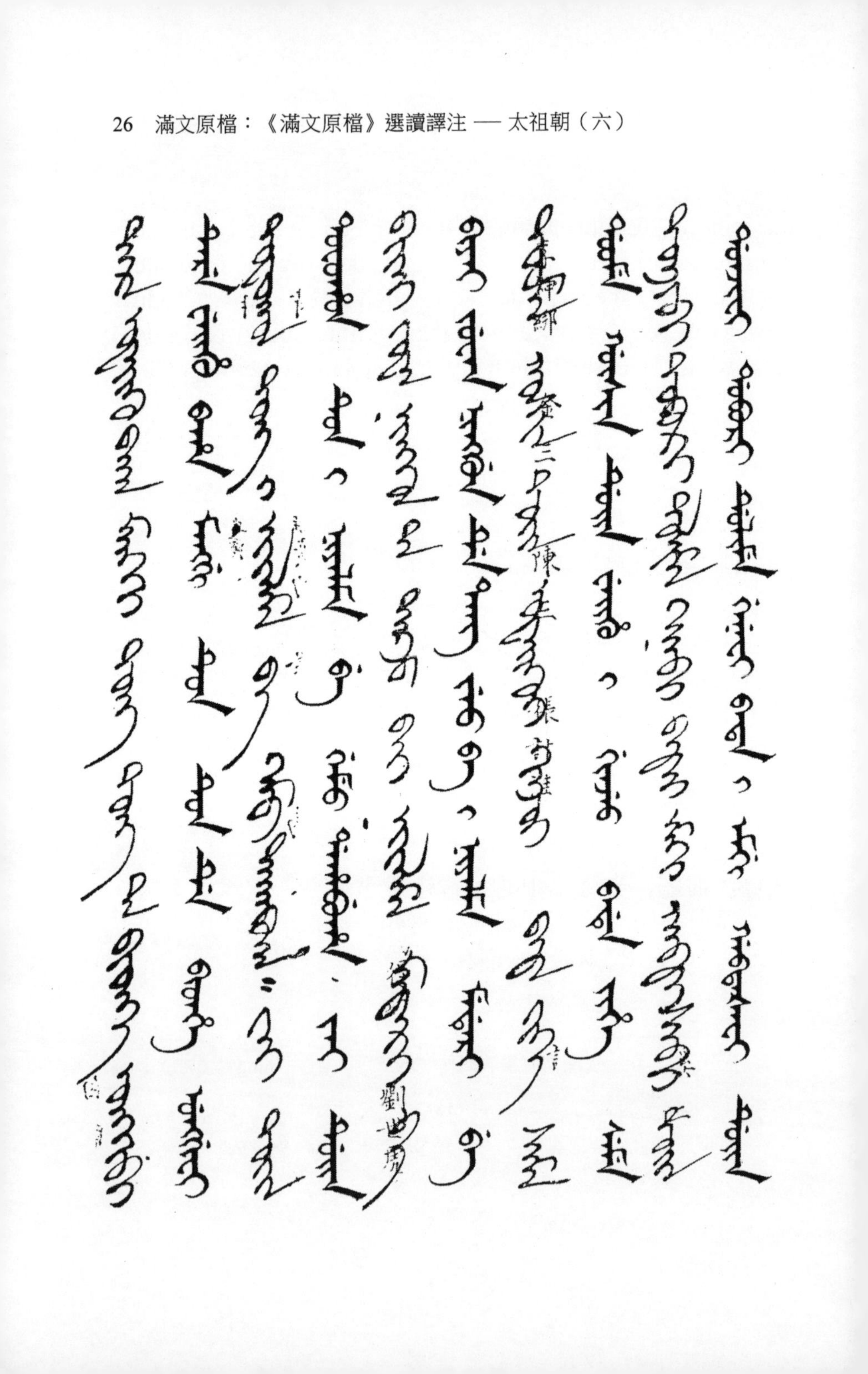

tere weihu baha manggi tun tun de bithe unggifi tofohon tun i niyalma be gemu dahabuha. jai duin biyai juwan ninggun de tang jeo ba i niyalma mederi be doome gūsin duin weihu i ginjeo bade jihe seme donjifi, dobori dulime genefi bata i emgi gabtašafi duin

---

得其舟後，傳諭各島，十五島之人皆歸順。再，四月十六日，聞登州地方之人駕三十四舟渡海前來金州地方，遂連夜前往，與敵對射，

得其舟后，传谕各岛，十五岛之人皆归顺。再，四月十六日，闻登州地方之人驾三十四舟渡海前来金州地方，遂连夜前往，与敌对射，

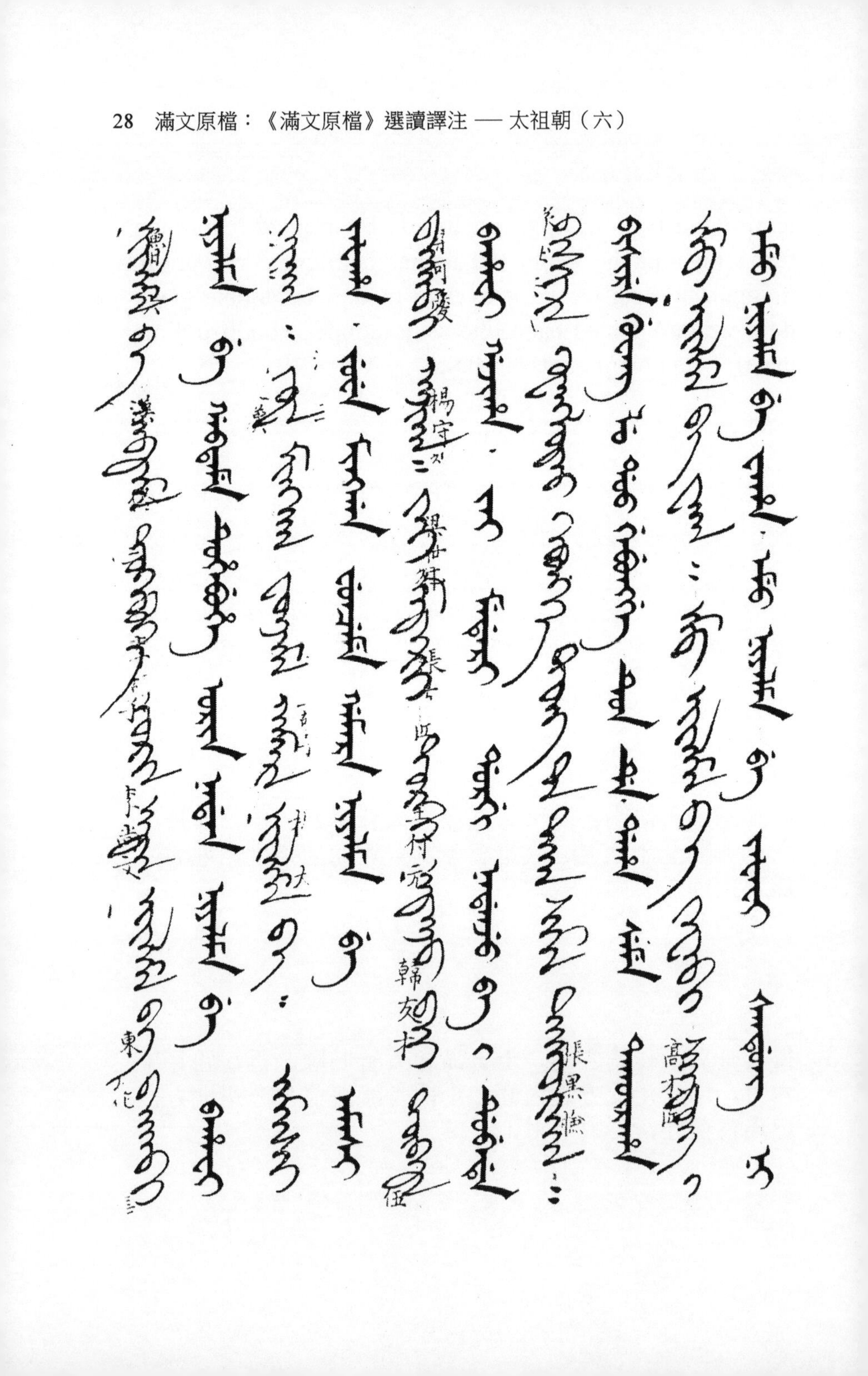

niyalma be gabtame tuhebuhe, orin nadan niyalma be bahafi jafaha, juwe minggan funceme gamara niyalma be amasi bahafi gajiha. jai mederi dorgi nadanju ba i dubede bisire guwang lu doo gebungge tun de daha seme takūraha emu niyalma be waha, emu niyalma be jafafi šandung ni

---

射倒四人，拏獲二十七人，獲其所掠二千餘人攜回。再，距海岸七十里海中有島名廣鹿島，我所遣招降一人被殺，一人被執，

射倒四人，拏获二十七人，获其所掠二千余人携回。再，距海岸七十里海中有岛名广鹿岛，我所遣招降一人被杀，一人被执，

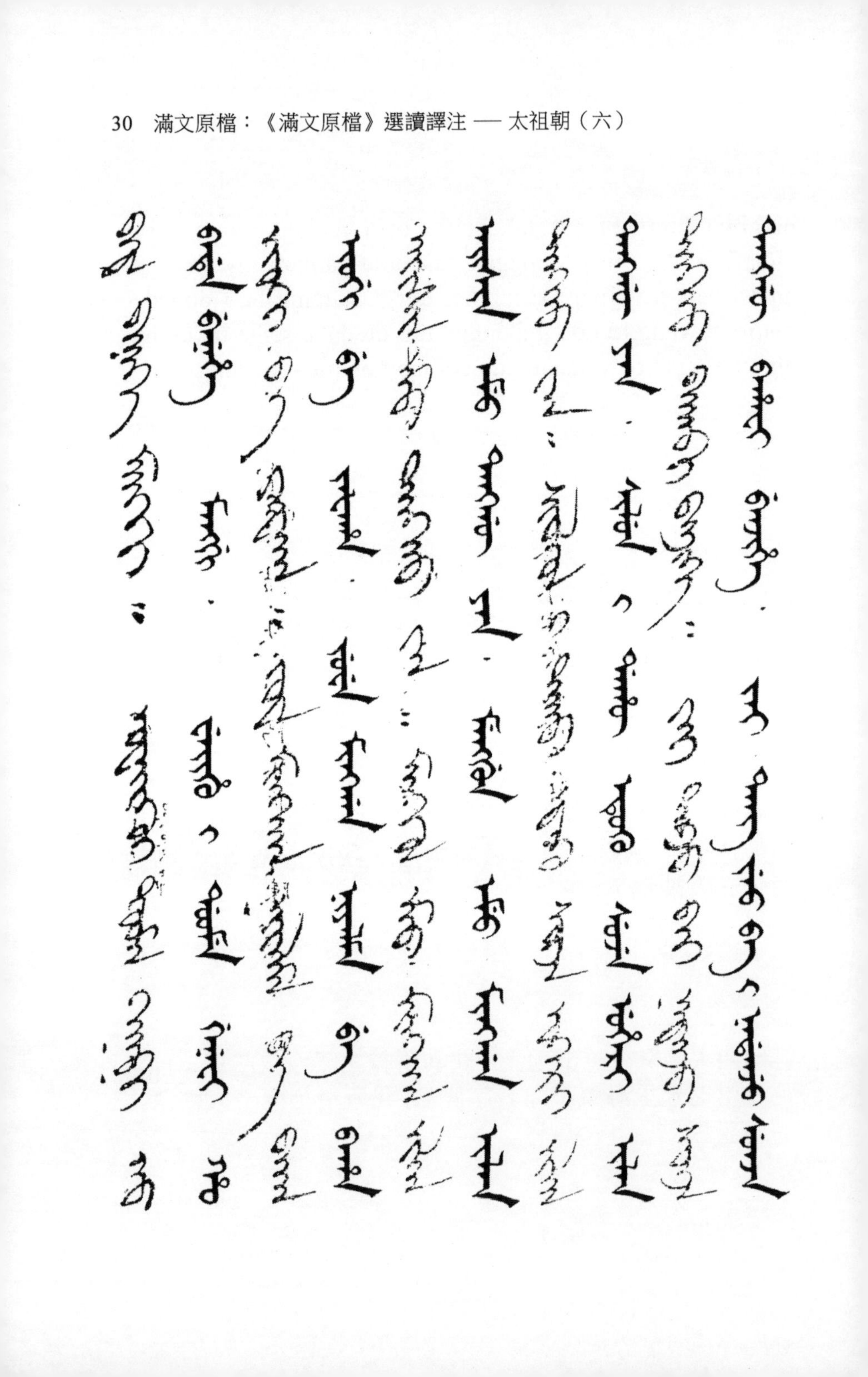

bade benehe manggi, weihu i doome genefi ho iogi be jafaha, juwe minggan niyalma be baha aisin emu tanggū yan, menggun emu minggan ilan tanggū yan, silun i dahū, etuku, suje uheri ilan tanggū bahafi benjihe. jai tang jeo ba i nadanju sunja

---

解送山東地方後，遂乘舟渡海前往，擒何遊擊，獲二千人，得金一百兩、銀一千三百兩、猞猁猻[15]皮端罩、衣物、綢緞共三百件送來。再，登州地方兵駕舟七十五艘

解送山东地方后，遂乘舟渡海前往，擒何游击，获二千人，得金一百两、银一千三百两、猞猁狲皮端罩、衣物、绸缎共三百件送来。再，登州地方兵驾舟七十五艘

---

[15] 猞猁猻，《滿文原檔》寫作"siolon"，《滿文老檔》讀作"silun"。按滿文"silun"與蒙文"silügüsü"係同源詞，意即「猞猁猻」。

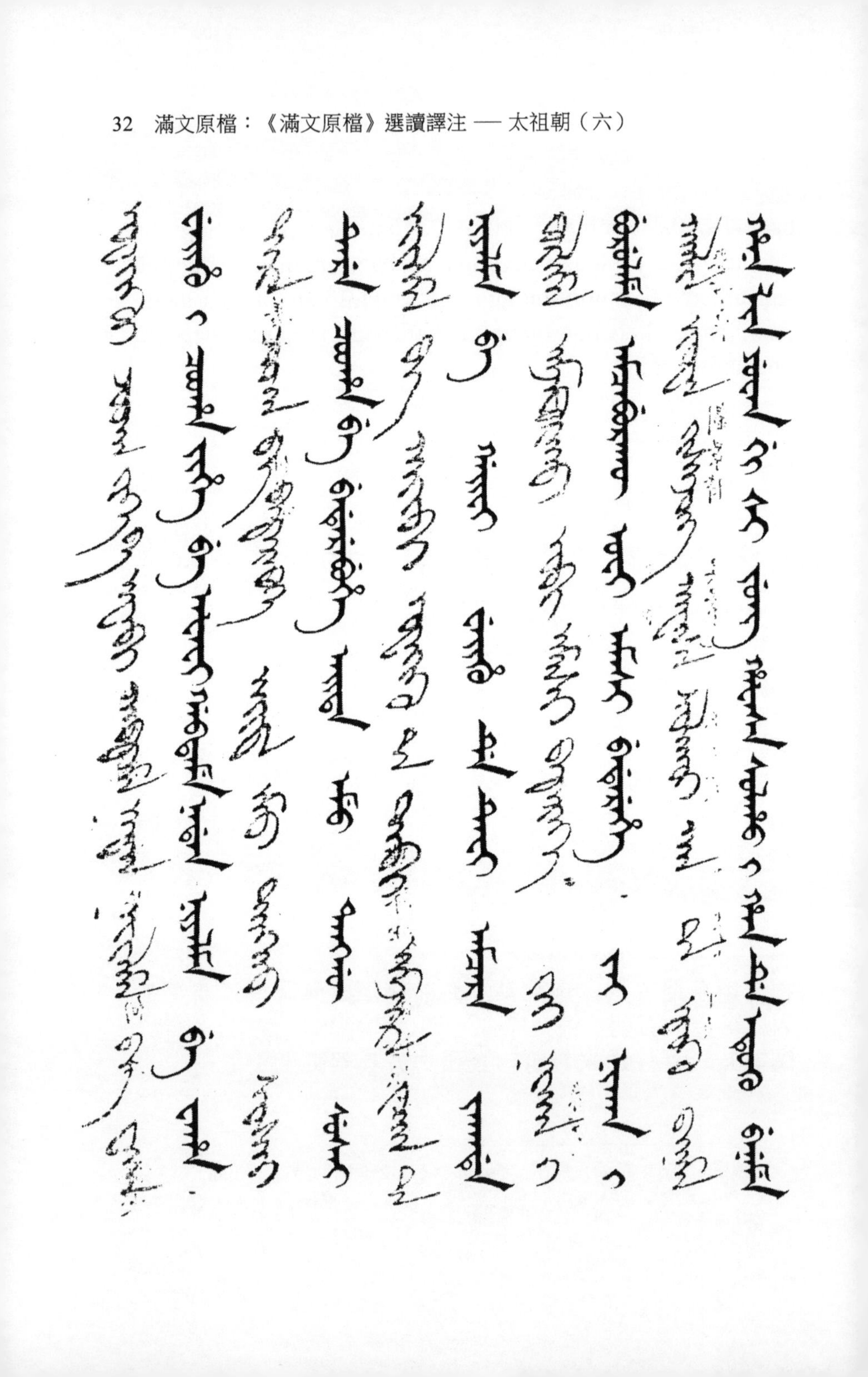

weihu i cooha jihe be afafi, gabtame nadan niyalma be waha, tere cooha be bederebuhe. aita emu tanggū susai niyalma be gaifi weihu de tefi amcara jakade burulame amcaburakū ofi amasi bederehe. jai nikan i haṉ lin yuwan gi ši jung hafasa solho i han de etuku beneme

---

來犯，我兵攻之，射殺七人，擊退其兵。愛塔率一百五十人駕舟追擊，因其敗逃追殺不及而退回。再，明翰林院給事中等官賫送衣物給與朝鮮王，

来犯，我兵攻之，射杀七人，击退其兵。爱塔率一百五十人驾舟追击，因其败逃追杀不及而退回。再，明翰林院给事中等官赍送衣物给与朝鲜王，

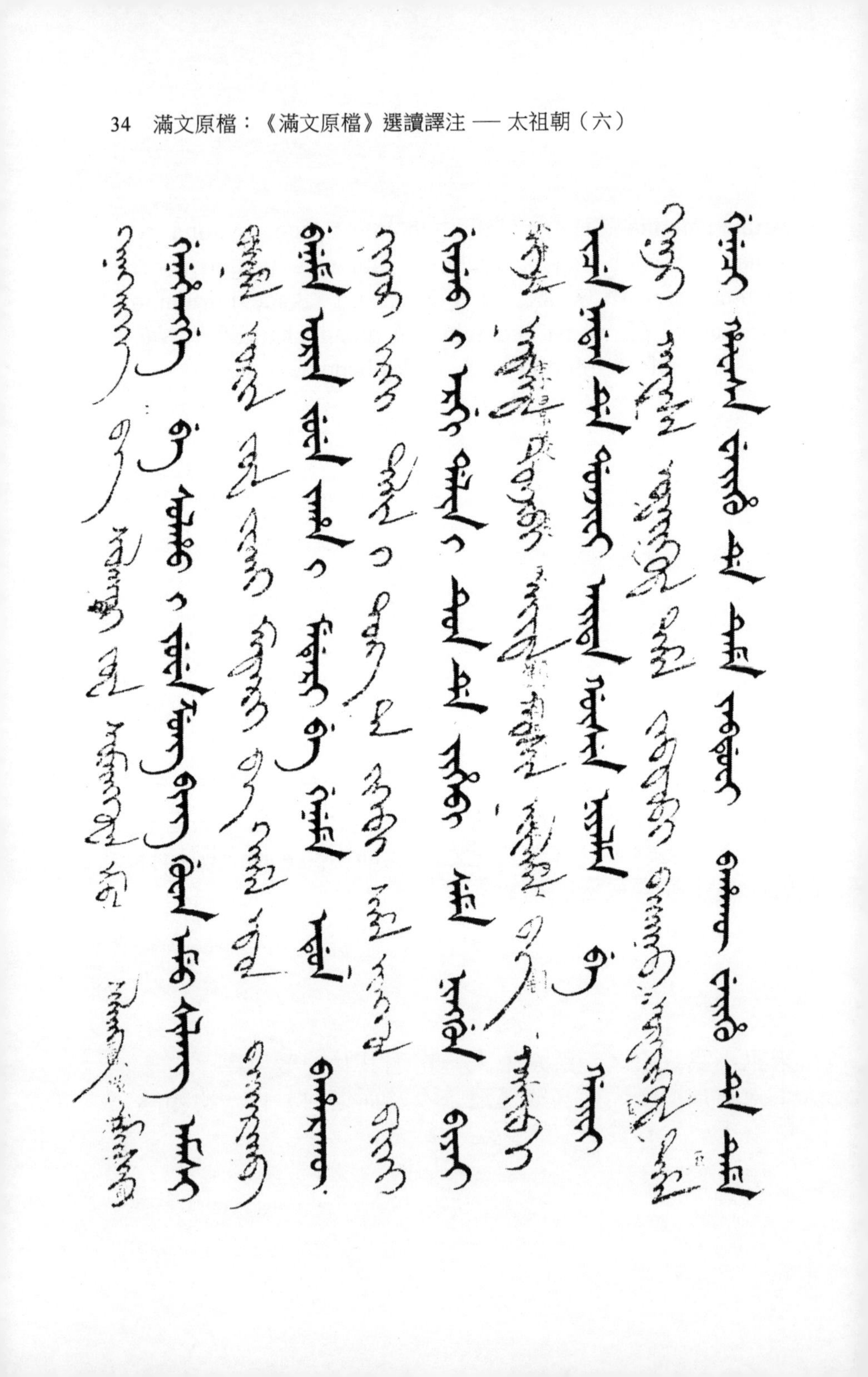

genehengge be solho i juwe dzung bing guwan emu šilang amasi beneme orin juwe jaha i mederi be geneme edun baharakū ginjeo i ergi dalin i tun de jihebi seme ninggun biyai ice nadan de donjifi aita gūsin niyalma be gaifi geneci hafasa weihu de teme jabdufi bahakū weihu de teme

---

由朝鮮總兵官二人、侍郎一人乘刀船[16]二十二艘渡海送回。因風不順，泊於金州岸邊，愛塔於六月初七日聞訊，率三十人前往，其眾官員已乘舟離去未獲，

由朝鲜总兵官二人、侍郎一人乘刀船二十二艘渡海送回。因风不顺，泊于金州岸边，爱塔于六月初七日闻讯，率三十人前往，其众官员已乘舟离去未获，

---

16 刀船，《滿文原檔》寫作"jika"，讀作"jiha"，《滿文老檔》讀作"jaha"。

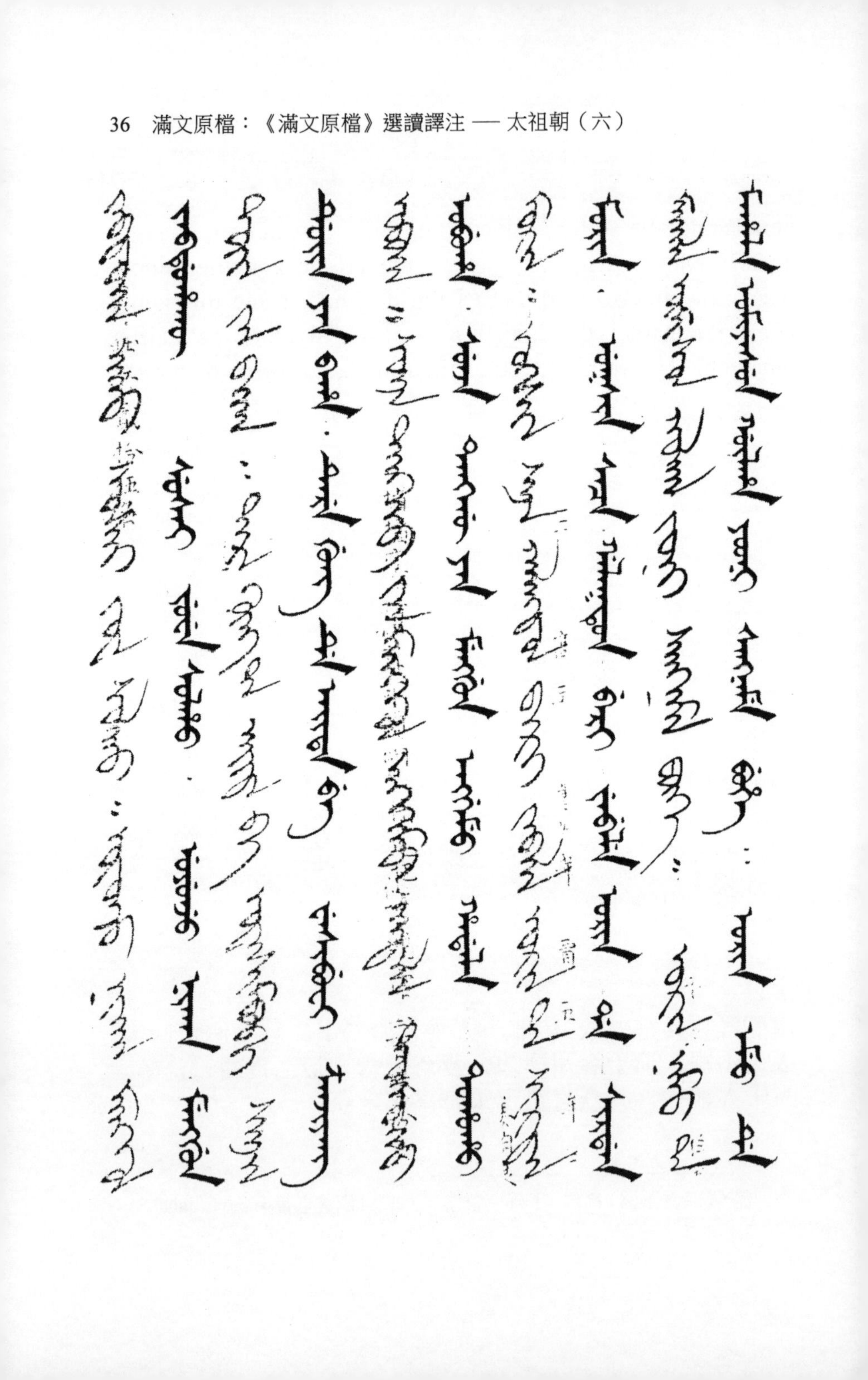

jabduhakū susai juwe solho, uyunju nikan menggun duin yan baha, tere gung de aita be wesibufi ts'anjiyang obuha, sunja tanggū yan menggun, enggemu hadala tohoho morin, uksin saca, galaktun, beri, jebele, orin da sirdan, mahala, umiyesun, gūlha yooni šangname buhe. orin emu de

---

其未及登舟朝鮮人五十二名、明人九十名，俱被擒獲，得銀四兩。愛塔因功擢參將，將銀五百兩、備鞍轡馬、盔甲、亮袖、弓、撒袋、箭二十枝、帽、腰帶[17]、靴，俱行賞賜[18]。二十一日，

其未及登舟朝鲜人五十二名、明人九十名，俱被擒获，得银四两。爱塔因功擢参将，将银五百两、备鞍辔马、盔甲、亮袖、弓、撒袋、箭二十枝、帽、腰带、靴，俱行赏赐。二十一日，

---

[17] 腰帶，《滿文原檔》寫作"ūmison"，《滿文老檔》讀作"umiyesun"。

[18] 俱行賞賜，句中「俱」，《滿文原檔》寫作"joni"，《滿文老檔》讀作"yooni"。按崇德四年(1639)六月二十六日滿漢二體《戶部禁煙告示》，滿文作"hūlhai weilei uyun yan menggun be gaifi, jafaha niyalma de joni bumbi."，漢文作「仍罰銀玖兩，賞給捉獲之人」，意即「因盜賊罪罰銀玖兩，俱賞給捕獲者」。

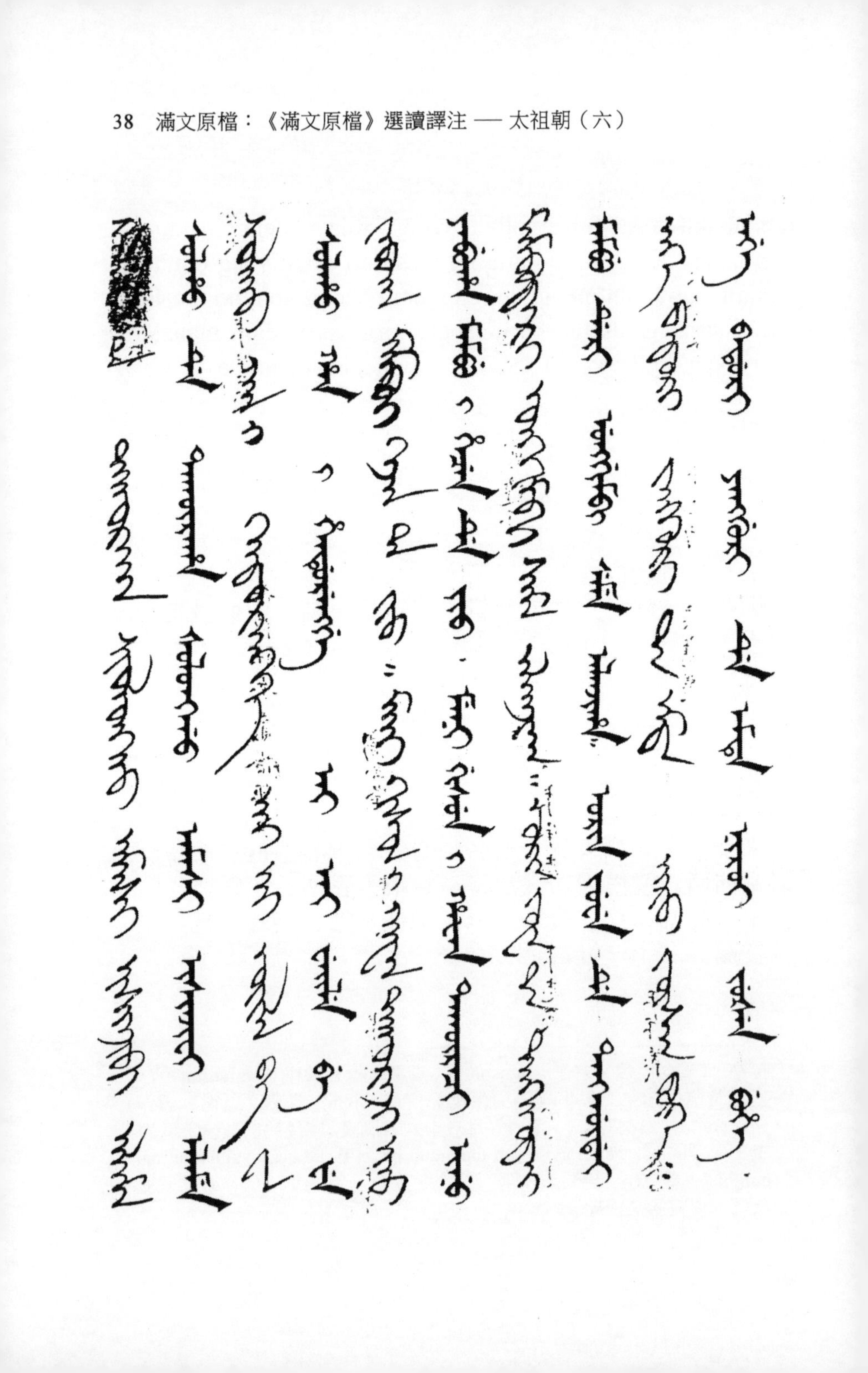

solho de takūraha šolonggo amasi isinjifi alame, solho han i hendurengge ai ai weile be fe yabuha mampu i hecen de jio, meni gisun i hafan takūraci inu mampu deri unggimbi seme alanjiha. orin juwe de tanggūdai age, baduri, yangguri de emte nirui jušen buhe.

遣往朝鮮之碩隆古返回告稱：「朝鮮王言，凡事仍照舊例[19]，來滿浦城辦理。我等若遣言官，亦由滿浦遣往。」二十二日，賜湯古岱阿哥、巴都里、揚古利各一牛彔諸申。

遣往朝鲜之硕隆古返回告称：「朝鲜王言，凡事仍照旧例，来满浦城办理。我等若遣言官，亦由满浦遣往。」二十二日，赐汤古岱阿哥、巴都里、扬古利各一牛彔诸申。

[19] 仍照舊例，《滿文原檔》寫作 "wa(e) jaboka"，《滿文老檔》讀作 "fe yabuha"。按此為無圈點滿文 "we" 與 "fe"、"ja" 與 "ya"、"bo" 與 "bu"、"ka" 與 "ha"之混用現象。

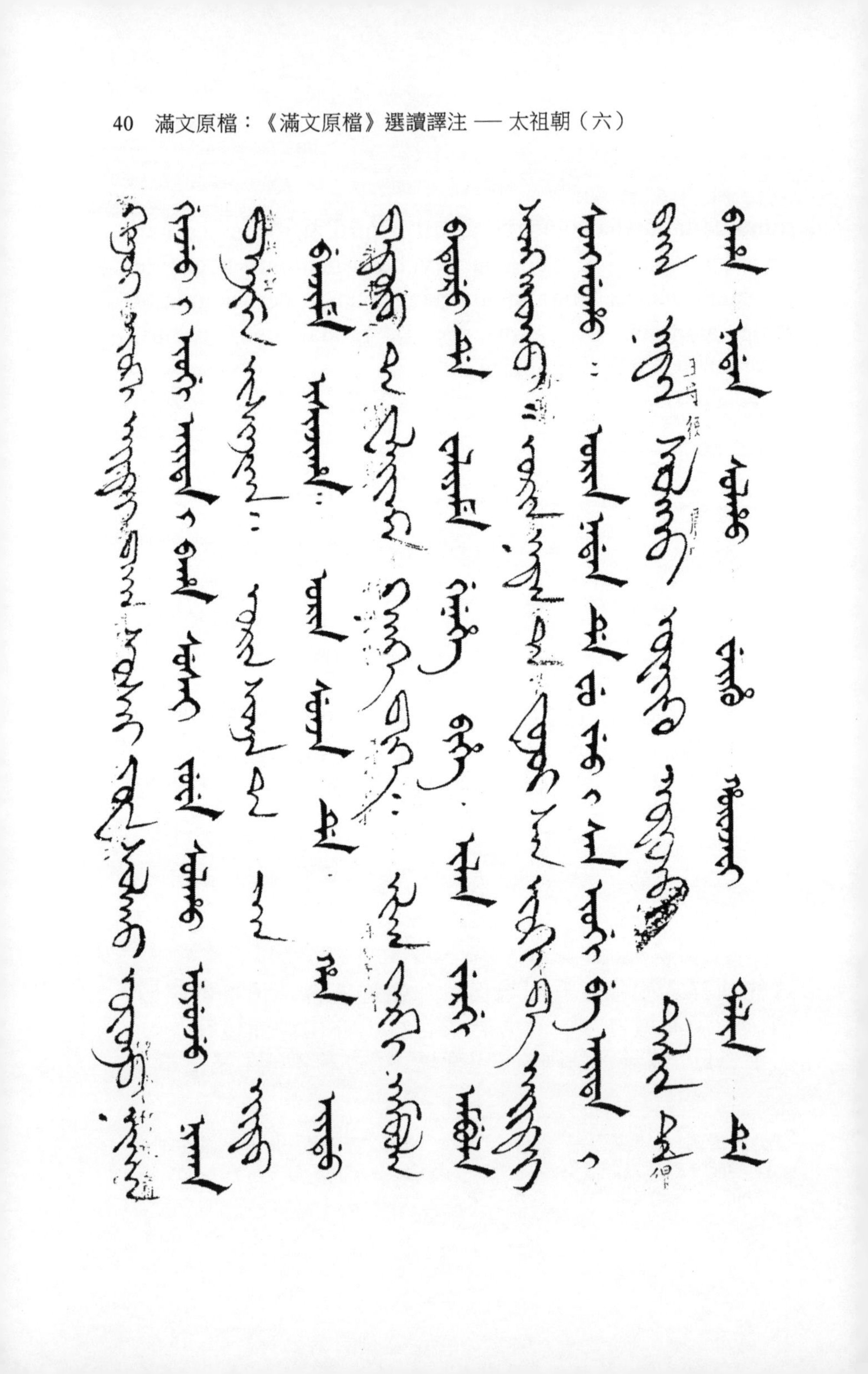

ginjeoi iogi aitai baha susai juwe solho, uyunju nikan benjime isinjiha. orin sunja de han eidu baturu de waliyame genehe bihe, ilan jergi ambula songgoho. orin nadan de fu jeo i san iogi be aitai baha nadan solho weihu hūwajafi dalin de

---

金州遊擊愛塔所獲朝鮮人五十二名、漢人九十名送至。二十五日，汗往祭額亦都巴圖魯，慟哭三次。二十七日，復州單遊擊攜愛塔所獲朝鮮人七名，及舟破登岸

金州游击爱塔所获朝鲜人五十二名、汉人九十名送至。二十五日，汗往祭额亦都巴图鲁，恸哭三次。二十七日，复州单游击携爱塔所获朝鲜人七名，及舟破登岸

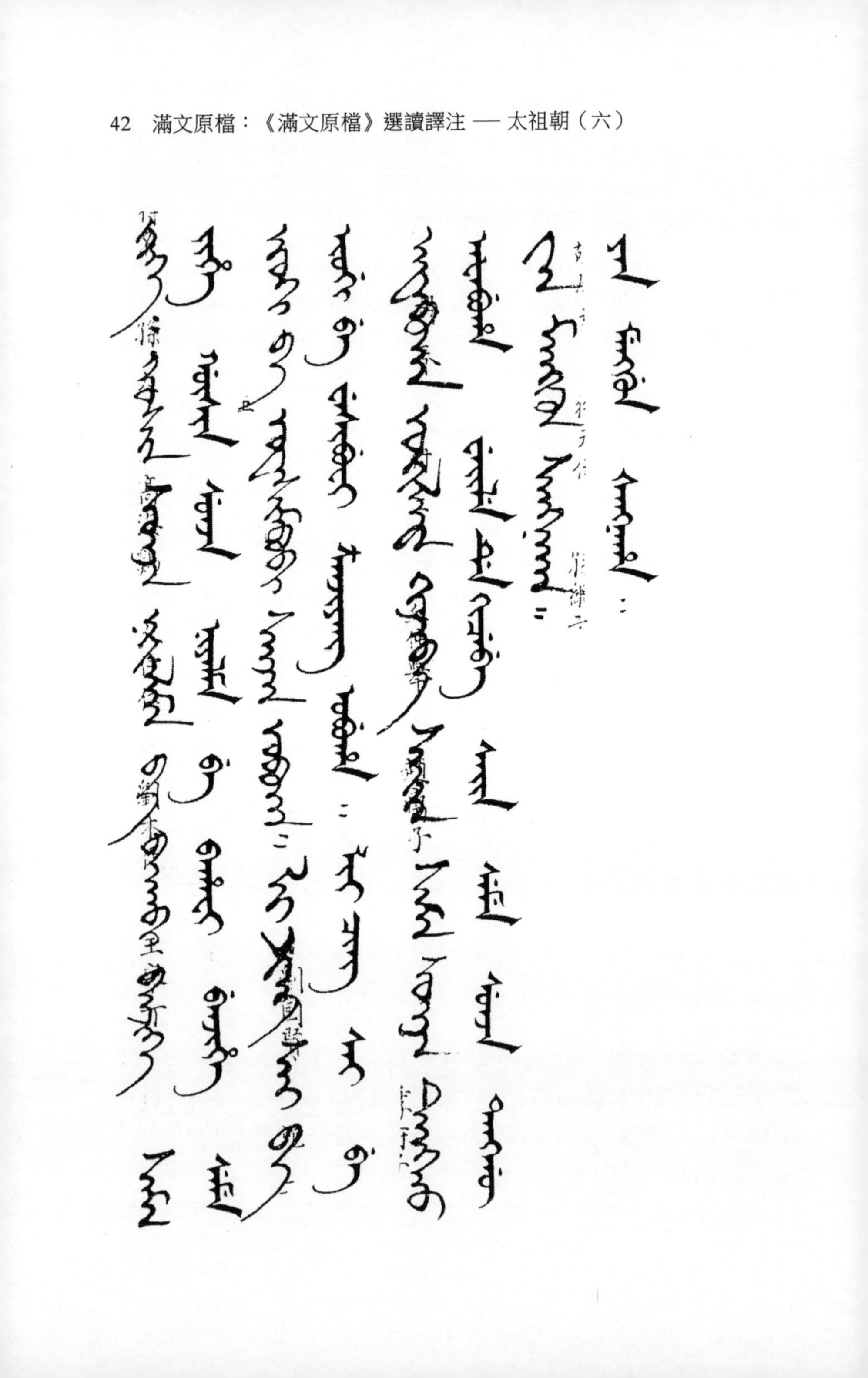

jihe gūsin sunja niyalma be bahafi benjihe seme, iogi be wesibufi ts'anjiyang obuha. lii cing sai be afabuha weile de kicebe sain seme, sunja tanggū yan menggun šangnaha.

被擒三十五人送來，遂擢[20]遊擊為參將。李慶賽以所交付之事克勤克善，賞銀五百兩。

被擒三十五人送来，遂擢游击为参将。李庆赛以所交付之事克勤克善，赏银五百两。

---

[20] 擢，《滿文原檔》寫作"uwesimbufi"，《滿文老檔》讀作"wesibufi"。按滿文"wesimbumbi"，舊與"wesibumbi"通用；其後定"wesimbumbi"漢義為「啟奏、上表章」，"wesibumbi"漢義為「陞用、拔擢」，遂分用。

三、金卮賜酒

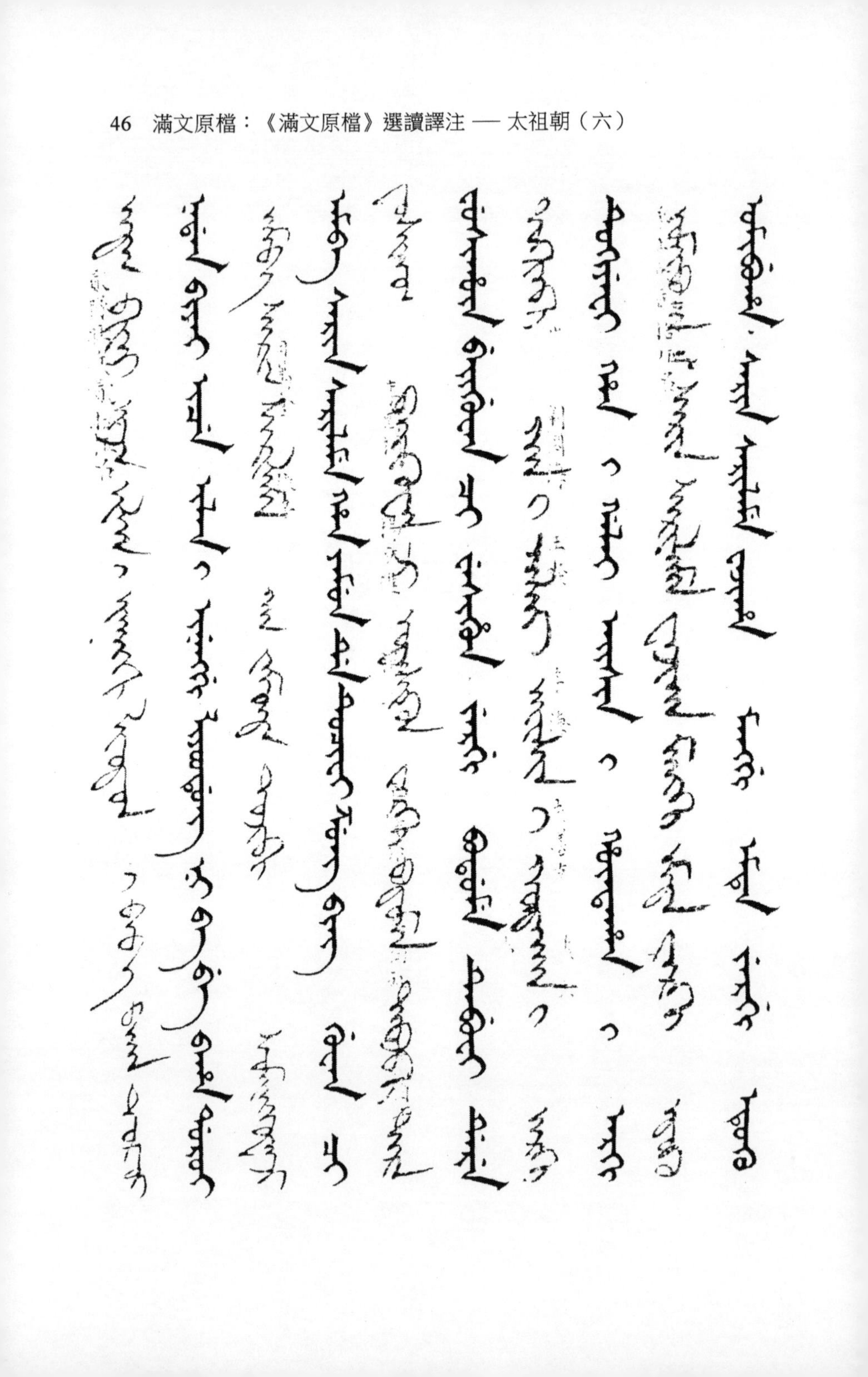

nadan biyai ice ilan i inenggi, liyoodung ni babe baha doroi amba sarin sarilame han yamunde tucifi, dzung bing guwanci fusihūn, beiguwanci wesihun jergi bodome tebufi dere tukiyefi, han i galai aisin i hūntahan i arki omibuha. sarin sarilame wajiha manggi emte jergi etuku

七月初三日，因得遼東地方，設大宴慶賀。汗御衙門，總兵官以下，備禦官以上，分左右依次坐畢，汗親舉金卮[21]賜酒[22]。宴畢，各賜衣一襲，

七月初三日，因得辽东地方，设大宴庆贺。汗御衙门，总兵官以下，备御官以上，分左右依次坐毕，汗亲举金卮赐酒。宴毕，各赐衣一袭，

21 金卮，句中「卮」，《滿文原檔》寫作 “kontakan”，《滿文老檔》讀作 “hūntahan”。按滿文 “hūntahan”係蒙文“qundaɣ-a(n)”借詞，意即「酒杯」。

22 賜酒，句中「酒」，《滿文原檔》、《滿文老檔》俱讀作 “arki”，係蒙文 “ariki”借詞，源自回鶻文 “haraq”，意即「燒酒」。

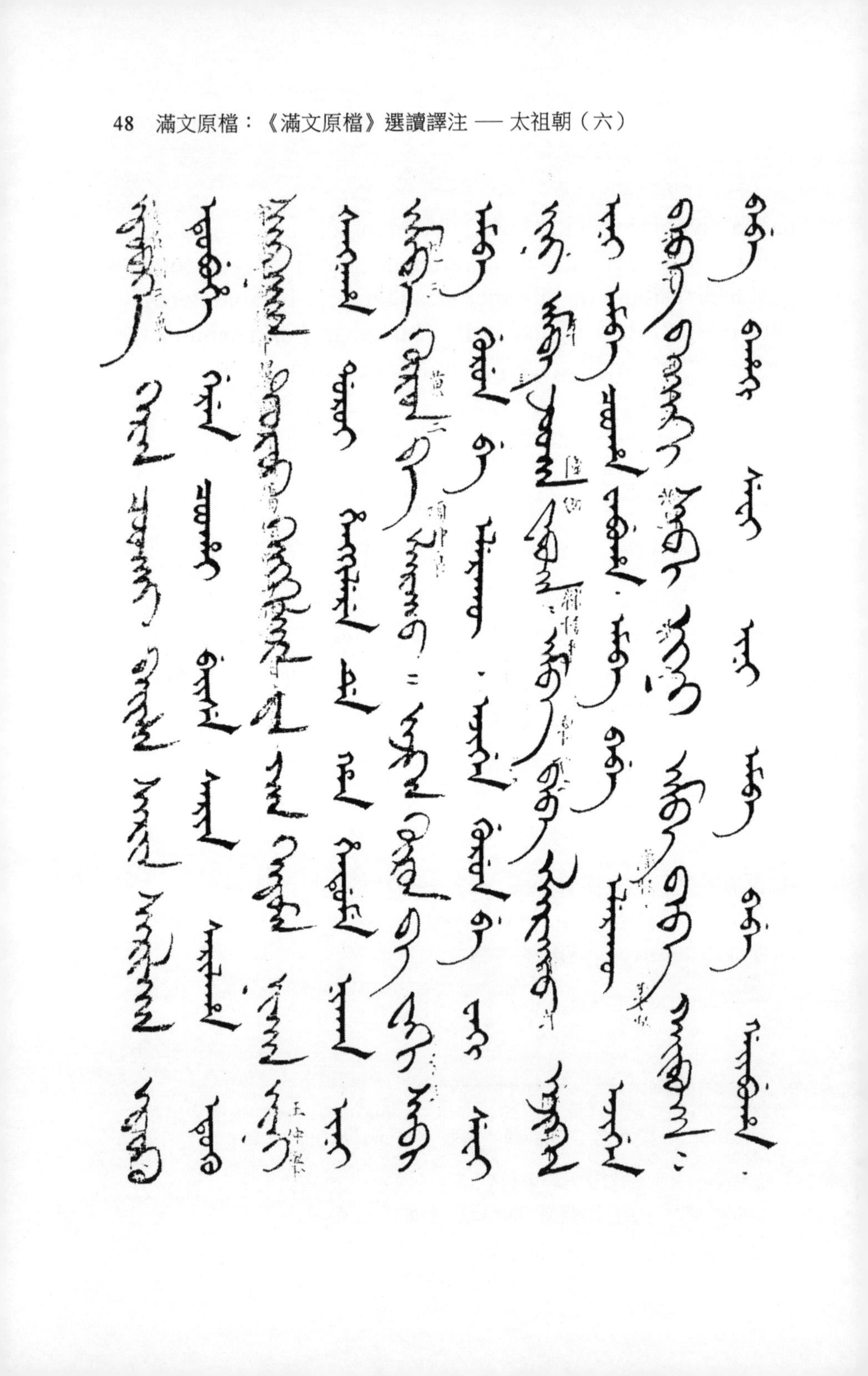

etubuhe geren coohai beise sarin sarilaha etuku šangnaha doroi hengkilere de, han hendume, nikan ini amba gurun be elerakū, ajigen gurun be waki sefi ini amba cooha wabuha. amba babe elerakū ajigen babe bahaki sefi ini amba babe gaibuha.

領兵貝勒叩謝賜宴、賞衣之禮。汗曰：「明為大國，尚以為不足，而欲剿小邦，故其大兵為人所殺也。其地廣大，尚以為不足，而欲得小邦之疆土，故喪失其廣大土地也。

领兵贝勒叩谢赐宴、赏衣之礼。汗曰：「明为大国，尚以为不足，而欲剿小邦，故其大兵为人所杀也。其地广大，尚以为不足，而欲得小邦之疆土，故丧失其广大土地也。

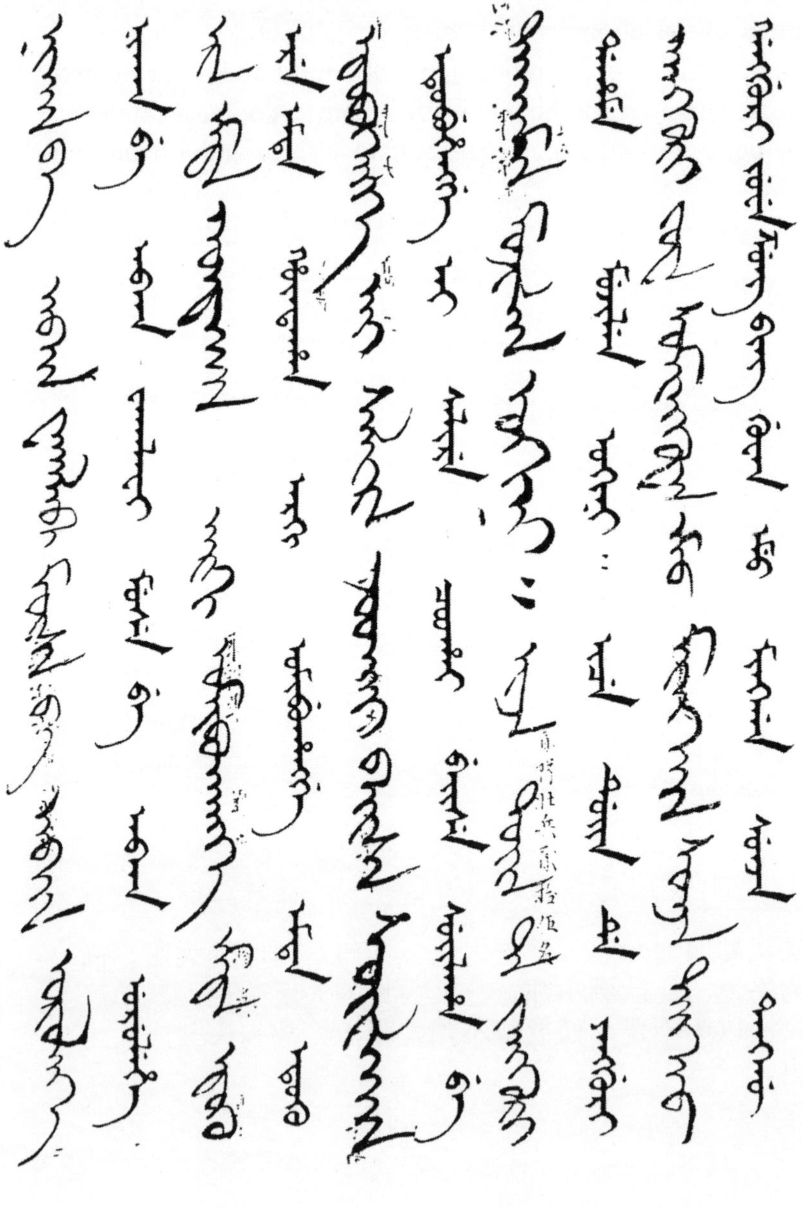

nikan be abka wakalafi muse be abka urulehe. ere emte hūntahan arki omibuhangge emte etuku etubuhengge ai salire. coohai beise suilaha be dahame mujilen okini. ice duin de yangguri, gangguri juwe dzung bing guwan emu minggan sunja tanggū

此皆天以明為非，天以我為是也。今賜酒各一卮、衣各一襲，能值幾何？但念諸領兵貝勒征戰勞苦，以表心意而已。」初四日，揚古利、剛古里二總兵官率兵一千五百人，

此皆天以明为非，天以我为是也。今赐酒各一卮、衣各一袭，能值几何？但念诸领兵贝勒征战劳苦，以表心意而已。」初四日，扬古利、刚古里二总兵官率兵一千五百人，

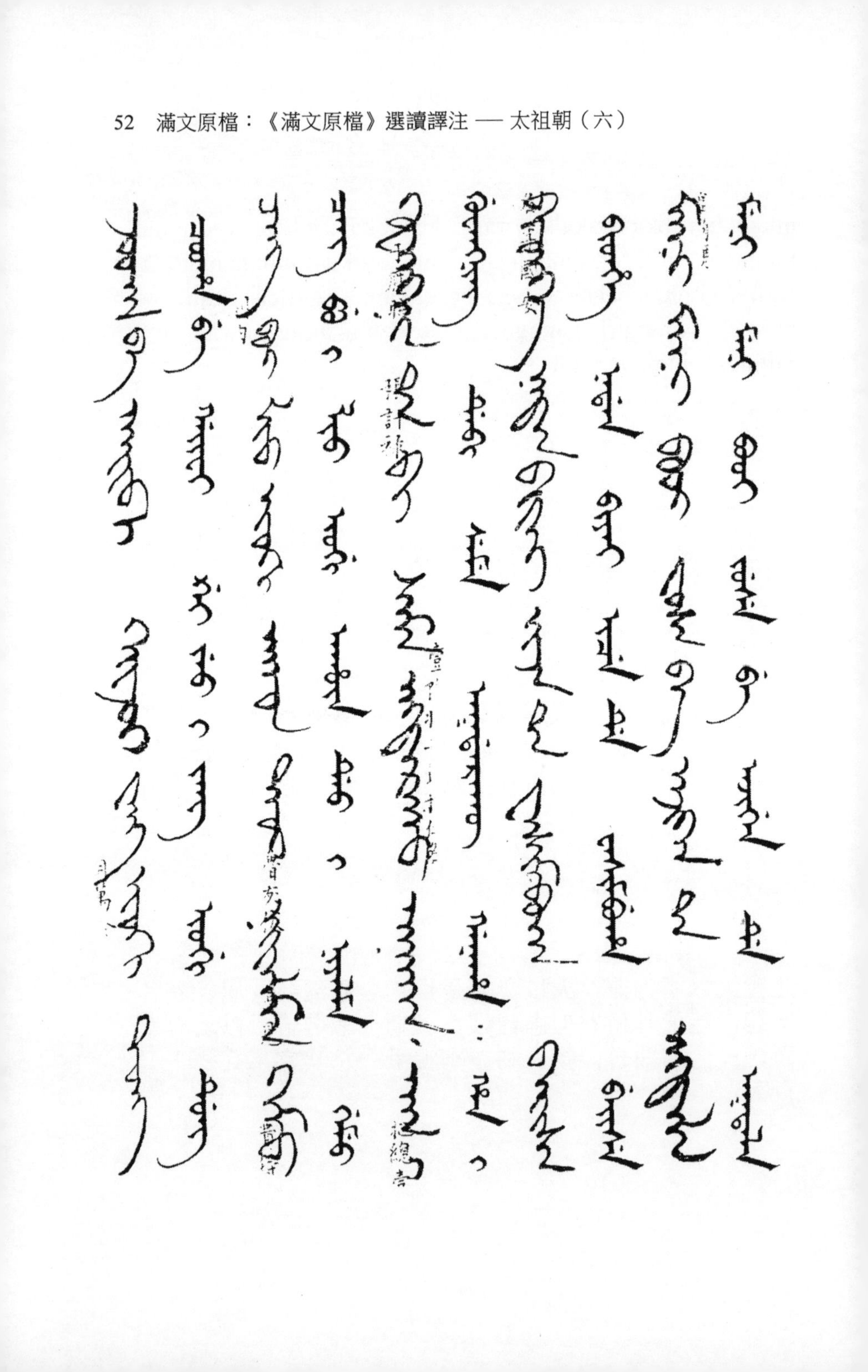

cooha be gaifi g'ai jeoi jang iogi, dung cang pui lio iogi ahūn deo i niyalma gemu guwangning debi seme akdarakū ganaha. han i bithe nadan biyai ice de wasimbuha, beise meni meni booi juse be ajigen de aktala

往接俱在廣寧無所倚靠蓋州張遊擊、東昌堡劉遊擊兄弟之人。七月初一日，汗諭令：「諸貝勒將包衣之子於幼時閹割[23]，

往接俱在广宁无所倚靠盖州张游击、东昌堡刘游击兄弟之人。七月初一日，汗谕令：「诸贝勒将包衣之子于幼时阉割，

[23] 閹割，《滿文原檔》寫作 "aktalabi"（k 陰性），《滿文老檔》讀作 "aktalafi"（k 陽性）。按滿文 "aktalambi"係蒙文"aɤtalaqu"借詞（根詞 "aktala-" 與"aɤtala-"相同），意即「騸馬、去勢」。

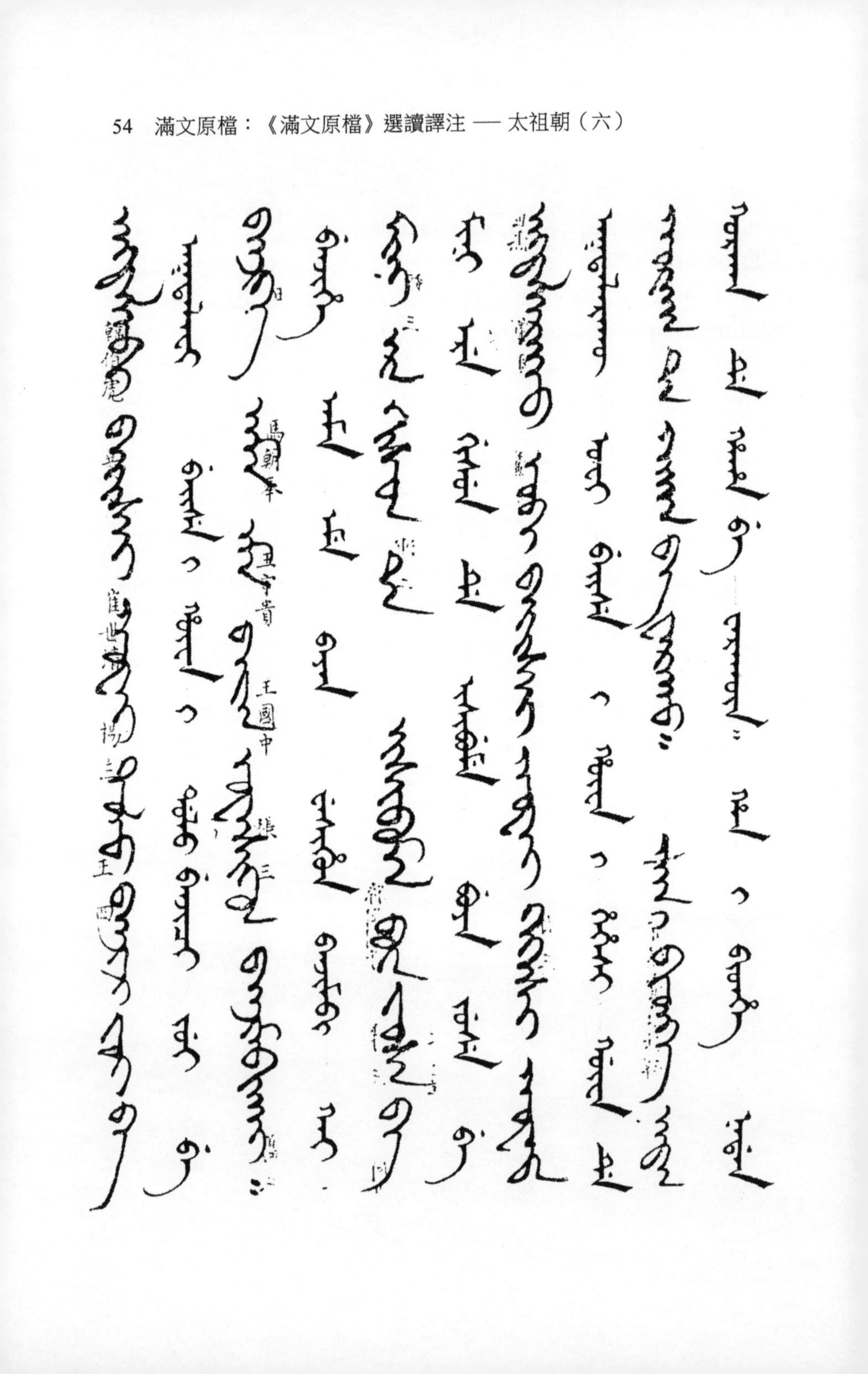

aktalafi beise i hūwai dolo benjici jui be benjihe ama eme bayan wesihun banjimbi kai. mini ere gisun de isibume buya juse be aktalarakū ofi beise i hūwa i hehesi gūwade koraka de haha be warakūn. han i bithe nadan

---

閹割之後，送入諸貝勒院內，其送來孩子之父母，可享富貴也。倘不從吾此言，因不將小孩閹割，致使諸貝勒院內之婦人與他人私通，豈不殺男子耶[24]？」

阉割之后，送入诸贝勒院内，其送来孩子之父母，可享富贵也。倘不从吾此言，因不将小孩阉割，致使诸贝勒院内之妇人与他人私通，岂不杀男子耶？」

---

[24] 豈不殺男子耶，《滿文原檔》讀作 "haha be warakū"，意即「不殺男子」，否定句；《滿文老檔》讀作 "haha be warakūn"，意即「不殺男子嗎」，疑問句。

四、交鄰之道

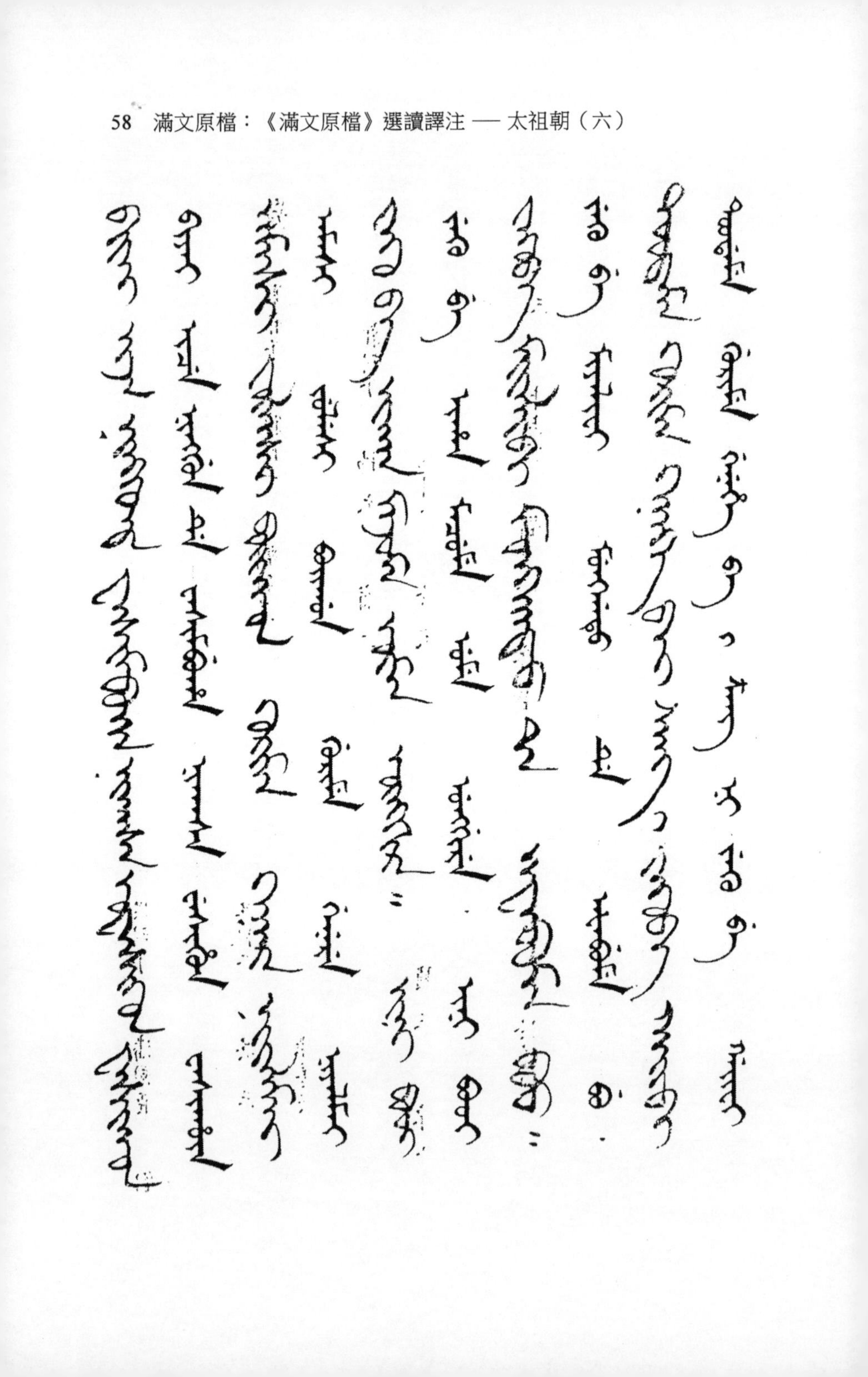

biyai ice ninggun de wasimbuha, nikasa wesihun wasihūn amasi julesi boigon gurime genere niyalmai jeku be ihan macume ume unggire, ini booi jeku be miyalifi munggatu de afabume bu. toodame gurime genehe ba i ts'ang ni jeku be gaifi

---

七月初六日，汗頒書面諭旨曰：「遷往東西南北漢人之家產，勿以牛只運送糧穀，恐牛疲瘦。應稱量其家中糧穀，交付蒙噶圖。俟抵遷居地，由該地倉糧內照數領回食用。

七月初六日，汗颁书面谕旨曰：「迁往东西南北汉人之家产，勿以牛只运送粮谷，恐牛疲瘦。应称量其家中粮谷，交付蒙噶图。俟抵迁居地，由该地仓粮内照数领回食用。

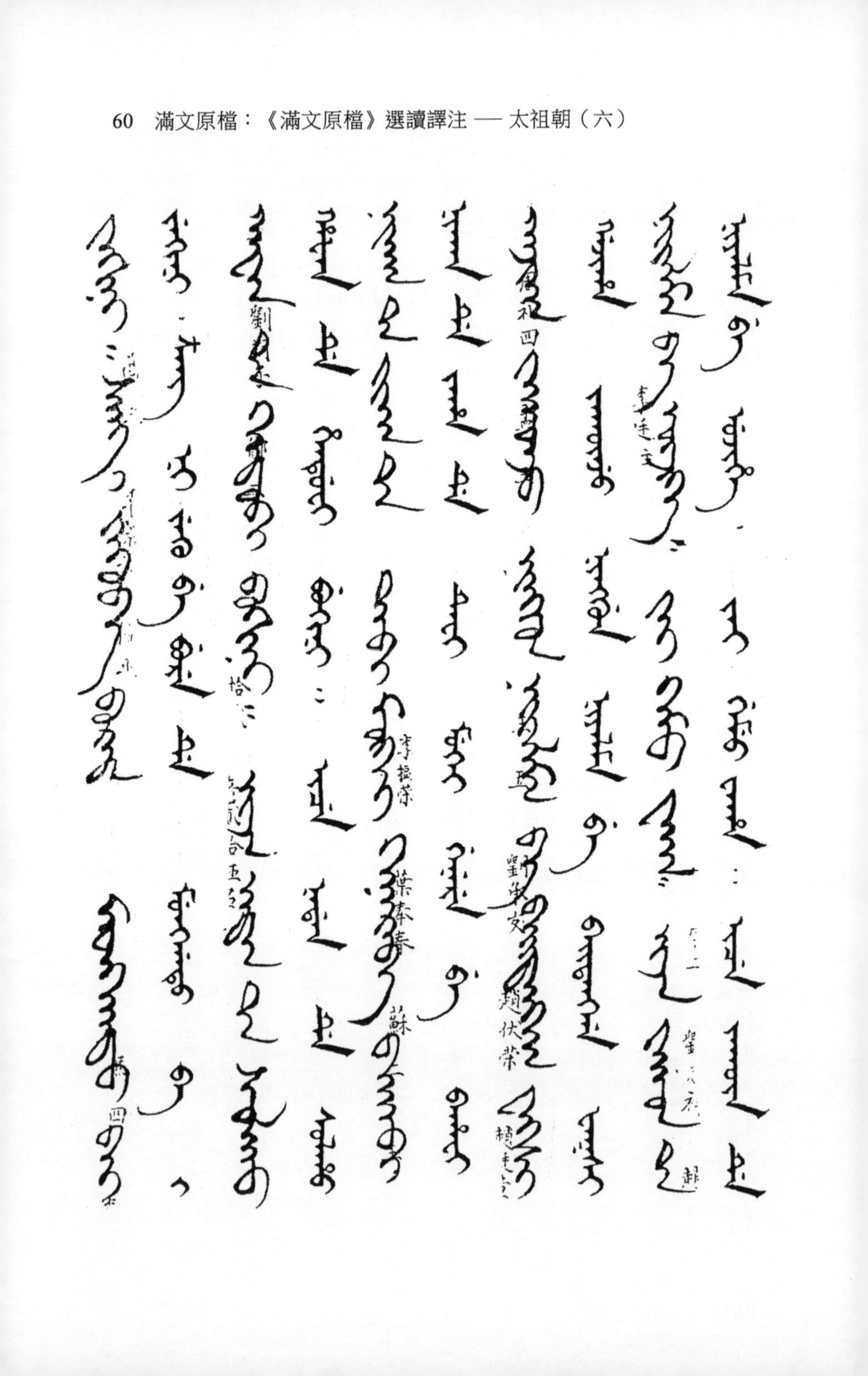

jekini. ts'ang ni jeku be bure de munggatu bai hafan de hendufi bukini. ice nadan de solho, nikan de jaha de tefi mukei generebe bahafi gajiha jakūnju ninggun niyalma be baitangga faksi niyalma be ujihe, jai gemu waha. ice jakūn de

---

撥給倉糧時，由蒙噶圖轉諭地方官撥給之。」初七日，拏獲乘坐刀船由水路前往明國之朝鮮人八十六名，除收養有用匠人外，其餘皆誅戮。初八日，

拨给仓粮时，由蒙噶图转谕地方官拨给之。」初七日，拏获乘坐刀船由水路前往明国之朝鲜人八十六名，除收养有用匠人外，其余皆诛戮。初八日，

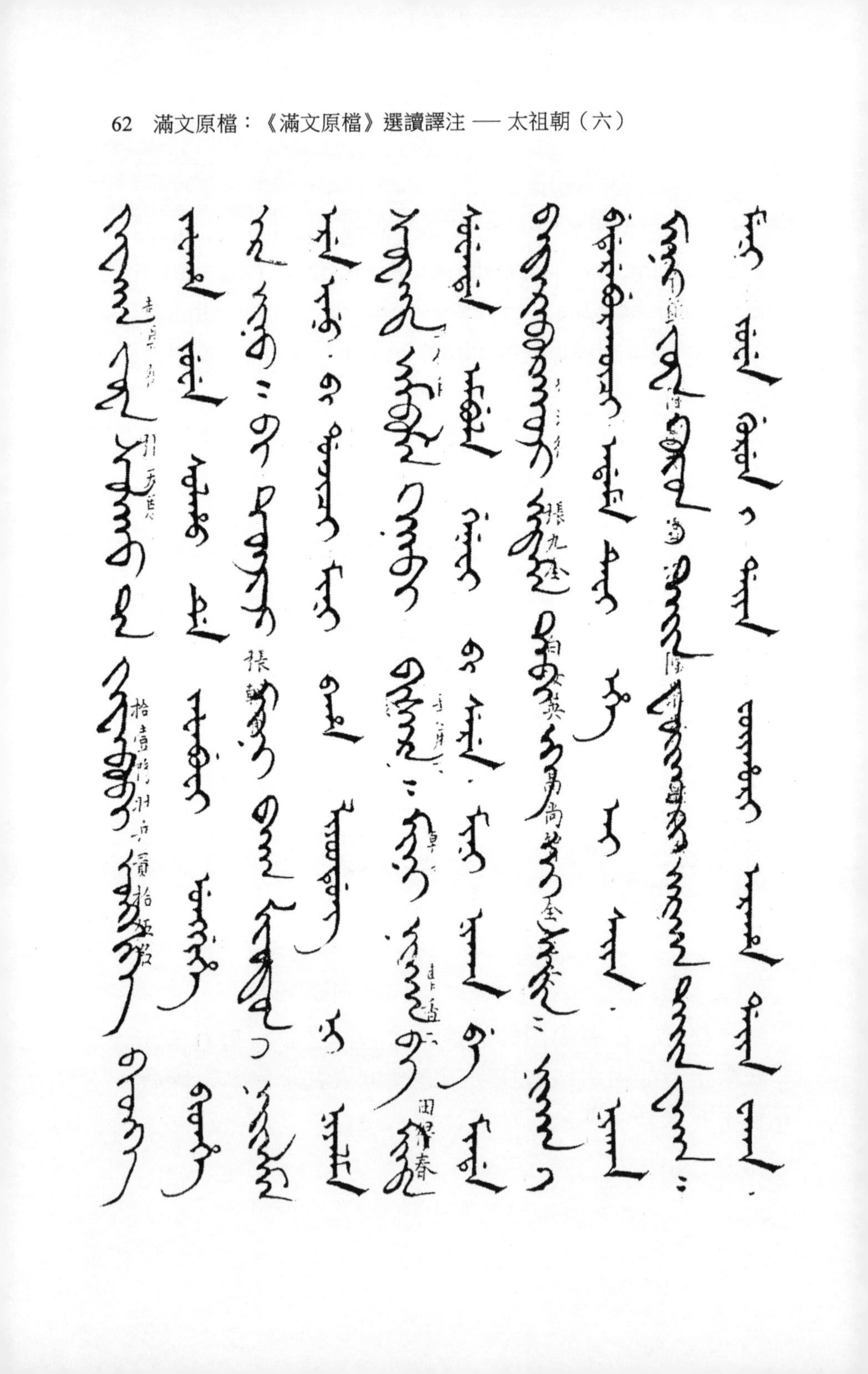

jafaha juwe solho de jafabufi unggihe bithe ere inu, bi donjici mini baha liyoodung ni niyalma suwende ambula genefi bisere, mini nikan be minde bedereburakūci adame tefi ehe ai sain. nikan meni juwe gurun i dain foihori araha dain waka,

---

遣所擒朝鮮人二名賫書曰：「據聞我所得遼東之人，多有逃往爾處者。倘不送還我之漢人，接壤鄰居彼此交惡，有何好處耶？明與我二國之戰爭，非偶然交兵也，

遣所擒朝鲜人二名赍书曰：「据闻我所得辽东之人，多有逃往尔处者。倘不送还我之汉人，接壤邻居彼此交恶，有何好处耶？明与我二国之战争，非偶然交兵也，

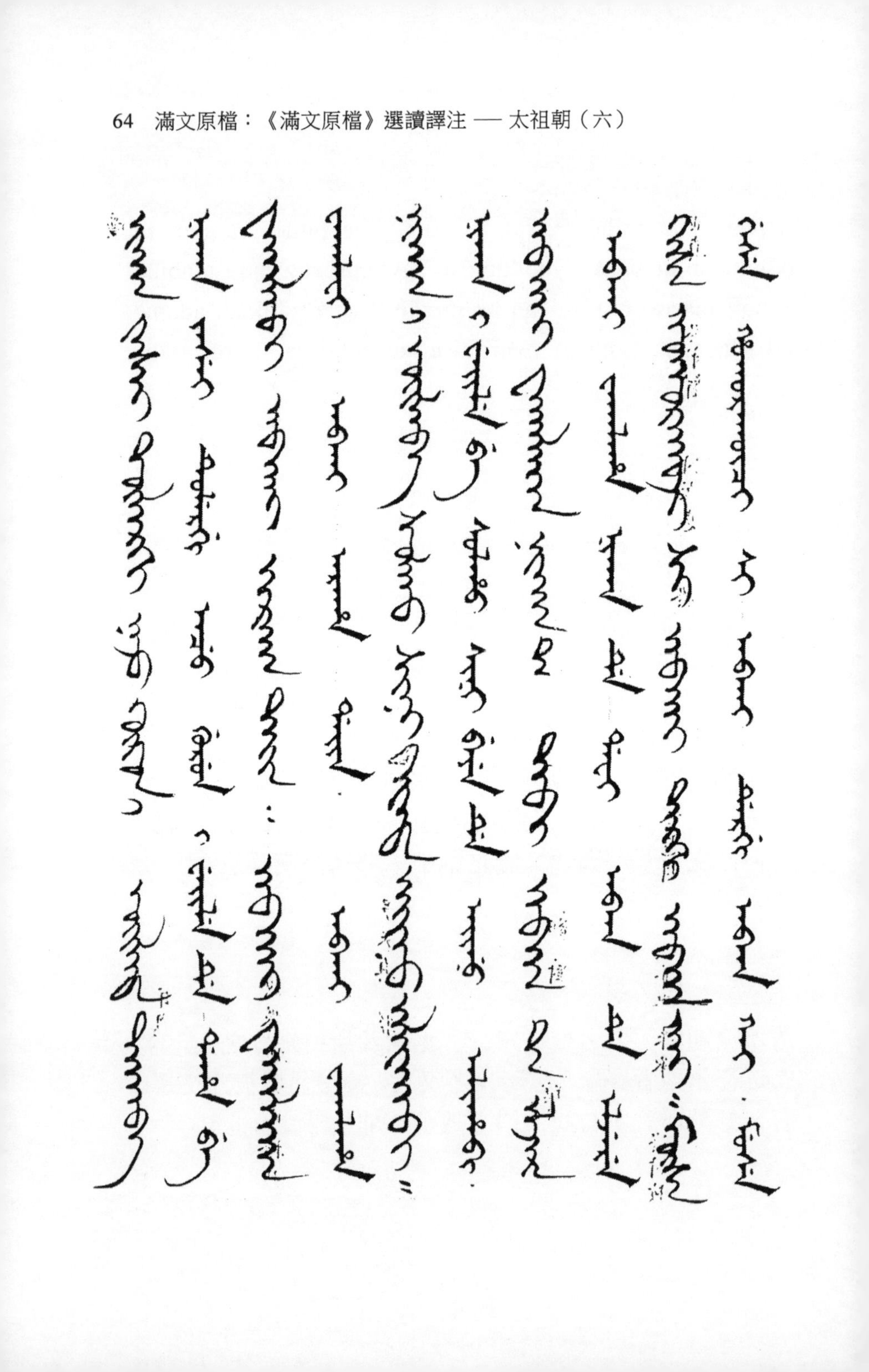

nikan jasei tulergi encu gurun i weile de dahabe wakalafi abkai araha dain. abkai wakalaha nikan i weile be solho sini beyede ainu alihabi. abkai wakalaha nikan de dafi abka de eljere gese hokorakūci si abkai dergi abka kai. muse

---

明國乃天譴妄干邊外異國[25]之事，而有此戰役。天所譴明國之罪，爾朝鮮緣何以身承當？助天譴之明國，猶如抗天，倘不悔悟，爾豈天上老天爺耶？

明国乃天谴妄干边外异国之事，而有此战役。天所谴明国之罪，尔朝鲜缘何以身承当？助天谴之明国，犹如抗天，倘不悔悟，尔岂天上老天爷耶？

---

[25] 異國，句中「異」，《滿文原檔》寫作 “e̱njo(u)”，《滿文老檔》讀作 “encu”。按此為無圈點滿文字首音節尾輔音 “ṉ”（加點）與隱形 “n”（不加點）、“ju” 與 “cu”之混用現象。

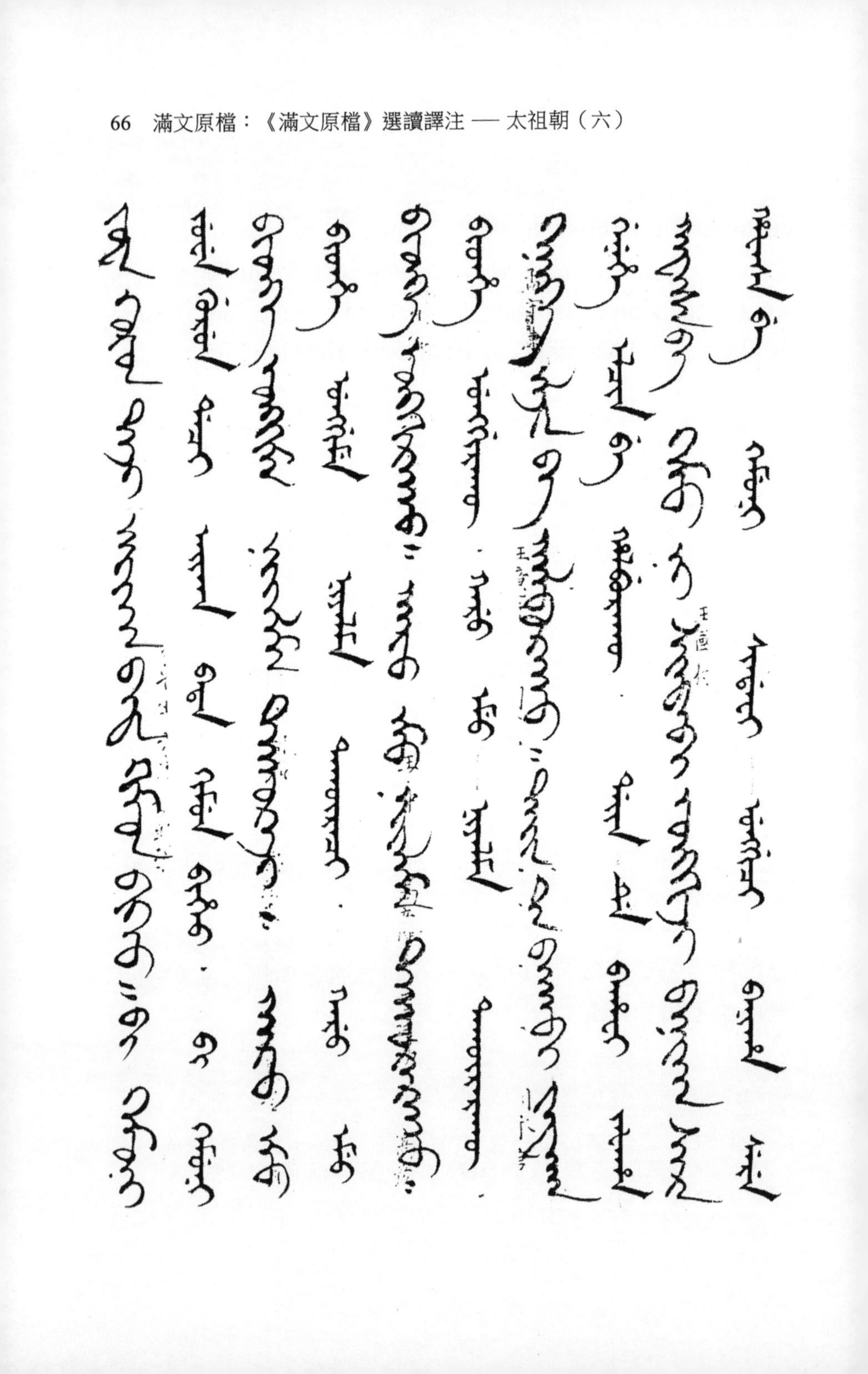

juwe gurun daci aika bata kimun biheo. bi kemuni bithe unggime niyalma takūraci, karu emu bithe unggirakū, karu emu niyalma takūrarakū, genehe elcin be halburakū. dain de bahafi jafaha hafasa be kemuni sindafi unggici baniha sere

我二國向來有何仇怨？我常致書遣人，爾卻無一覆文[26]，未遣一人，不納遣往之使。陣上所擒之官員，尚釋放[27]遣回，

我二国向来有何仇怨？我常致书遣人，尔却无一复文，未遣一人，不纳遣往之使。阵上所擒之官员，尚释放遣回

[26] 覆文，句中「覆」，《滿文原檔》寫作 "karo"，《滿文老檔》讀作 "karu"。按滿文 "karu" 係蒙文 "qariɣu"借詞，意即「答覆、反應、報答、報應」。

[27] 尚釋放，句中「尚」，《滿文原檔》讀作 "kemu ni"，分寫，訛誤；《滿文老檔》讀作 "kemuni"，改正。

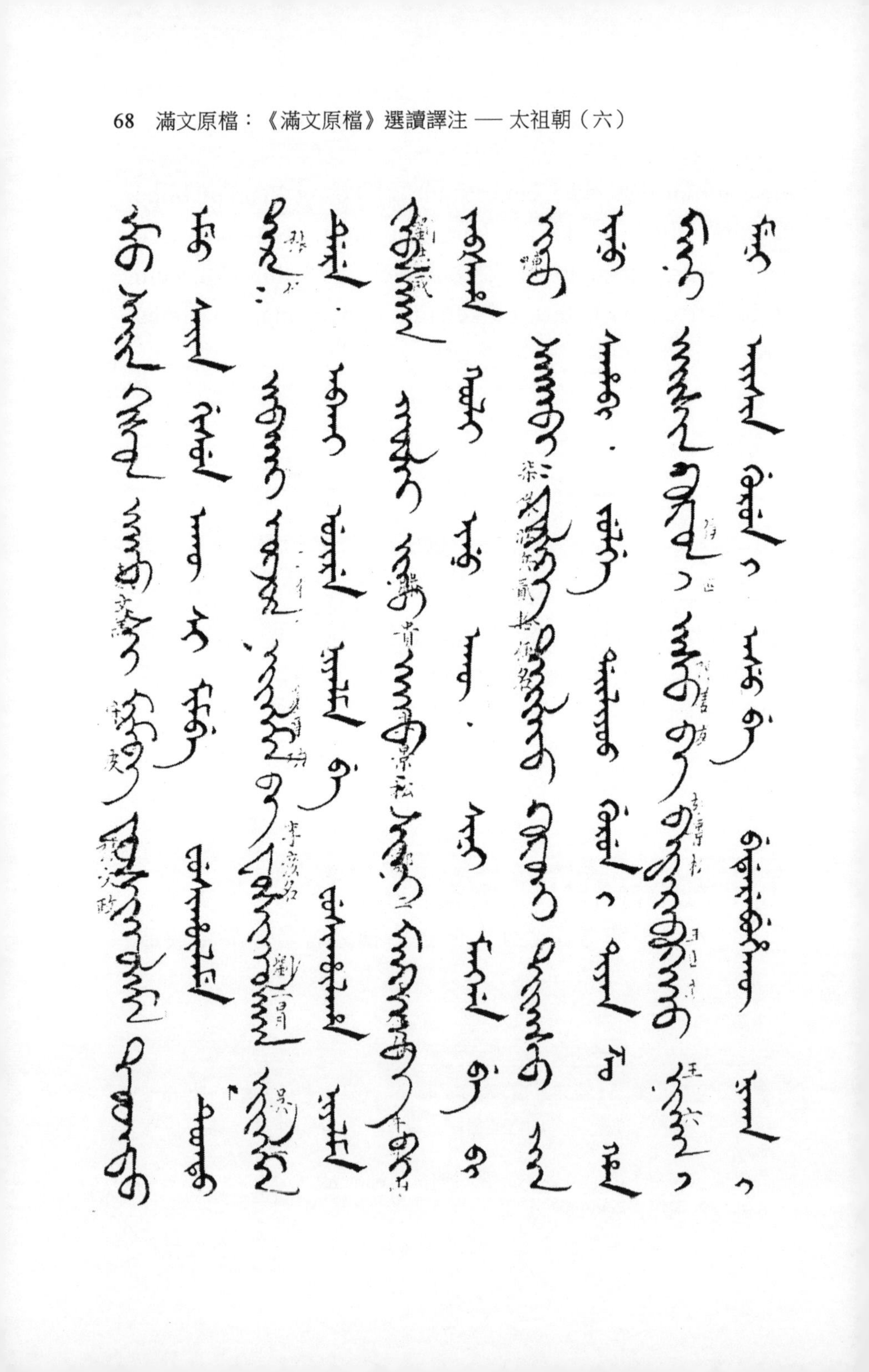

emu sain gisun akū, si mimbe fusihūlame tuttu dere. abkai ujire niyalma be fusihūlaha niyalma jabšaha kooli inu akū. sini manggabe bi inu sahabi. julge dailiyoo gurun i tiyan dzo han meni aisin gurun i asu be bederebuhekū, nikan i

---

卻無一善言相謝，爾如此鄙視我。鄙視天養之人，其人向無僥倖之例。爾國有難，我亦知之。古有大遼國天祚帝納我金國之阿蘇不遣還，

却无一善言相谢，尔如此鄙视我。鄙视天养之人，其人向无侥幸之例。尔国有难，我亦知之。古有大辽国天祚帝纳我金国之阿苏不遣还，

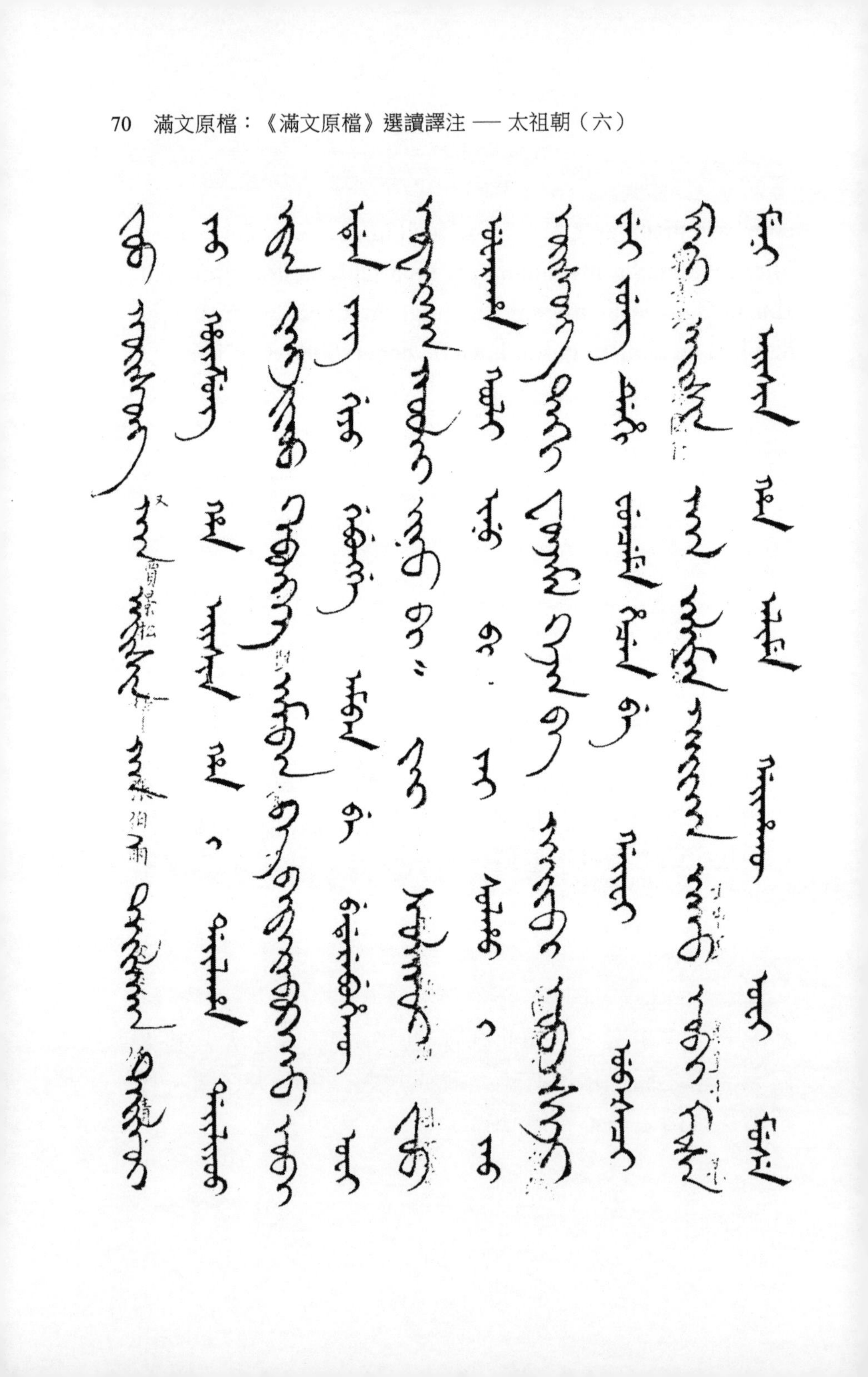

jao hoidzung han aisin han i dailaha dailiyoo eden jang giyo gebungge amban be bederebuhekū ofi ufaraha kooli inu bi. jai solhoi jao wei jung dehi funceme hecen be gaifi ubašaci meni aisin han alime gaihakū ofi muse

---

宋趙徽宗帝納金汗所征大遼之餘孽[28]名張覺之大臣不遣還而失敗之例。再者，朝鮮之趙惟忠[29]曾率四十餘城叛附[30]，而我金汗因未收納，

宋赵徽宗帝纳金汗所征大辽之余孽名张觉之大臣不遣还而失败之例。再者，朝鲜之赵惟忠曾率四十余城叛附，而我金汗因未收纳，

---

[28] 餘孽，《滿文原檔》寫作"eta(e)n"，《滿文老檔》讀作"eden"。按滿文"eden"，意即「殘廢的」，貶義詞。

[29] 趙惟忠，《滿文原檔》寫作"joo üisüng"，《滿文老檔》讀作"jao wei jung"；滿蒙漢三體《滿洲實錄》卷五，滿文作"joo wei jung"，漢文作「趙惟忠」。高麗卷一百，作「趙位寵」，韓文讀作"jo wi chong"。

[30] 叛附，《滿文原檔》寫作"obasaji"，《滿文老檔》讀作"ubašaci"。按滿文"ubašambi"根詞，源自蒙文"urbaqu"，意即「反叛、叛逆」，其構成方式："urba-"→"uba-"(r 脫落) + ša (附加成分、重覆進行體)"→"ubaša-"。

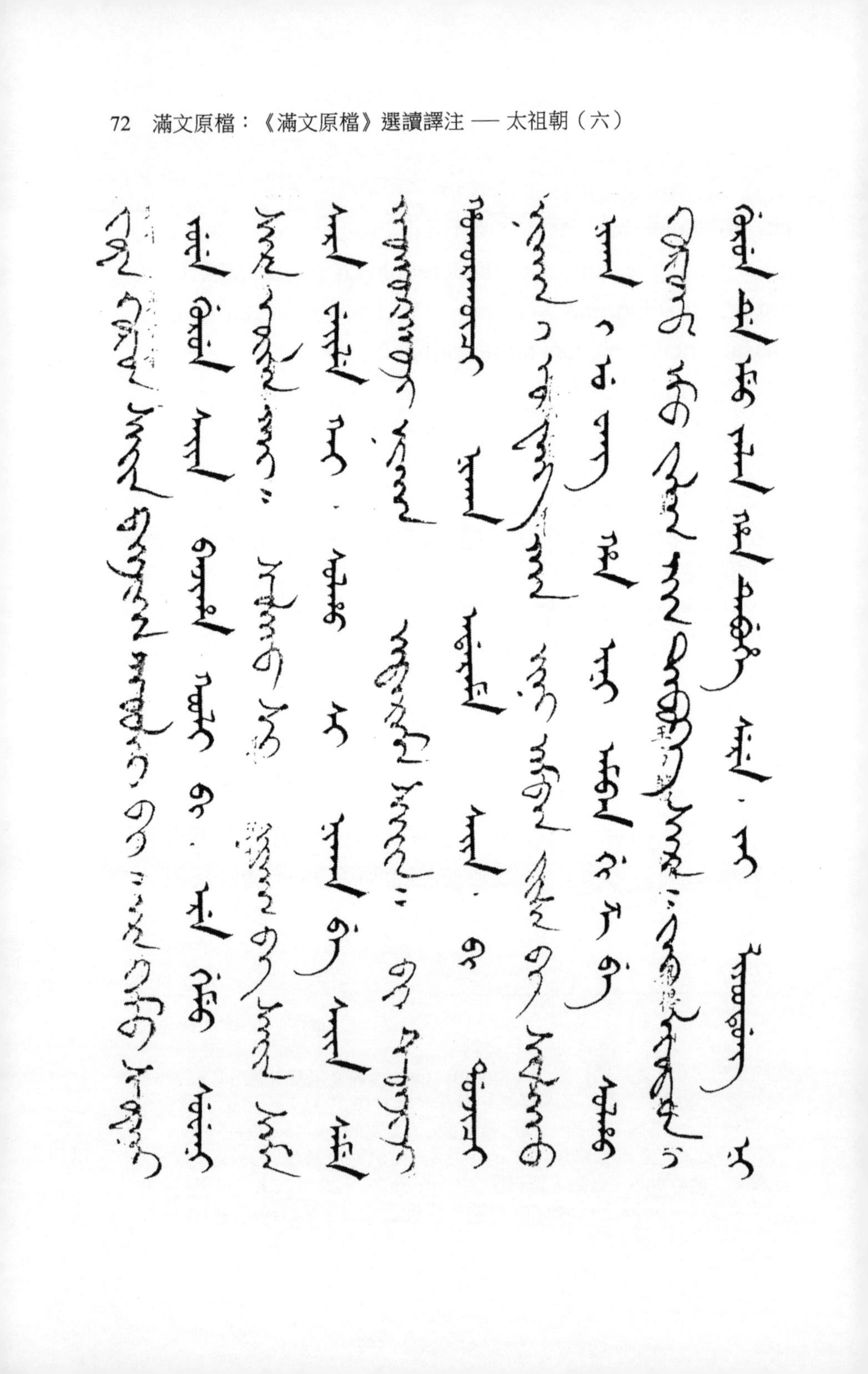

juwe gurun sain banjiha kooli bi, ere gemu suweni sara weile kai. solho si nikan be sain seme hokorakūci, nikan adarame sain. bi donjici nikan i u wang han ini amban gi dz be solho gurun de emu jalan han tebuhe sere, jai liyoodung ni

---

故有我兩國交好之例，此皆爾等所知之事也。爾朝鮮與明交好，不肯背棄，明何好之有？我聞周武王封其臣箕子[31]為朝鮮國一代之君，

故有我两国交好之例，此皆尔等所知之事也。尔朝鲜与明交好，不肯背弃，明何好之有？我闻周武王封其臣箕子为朝鲜国一代之君，

---

[31] 箕子，《滿文原檔》寫作“jisa(e)”，《滿文老檔》讀作“gi dz”。

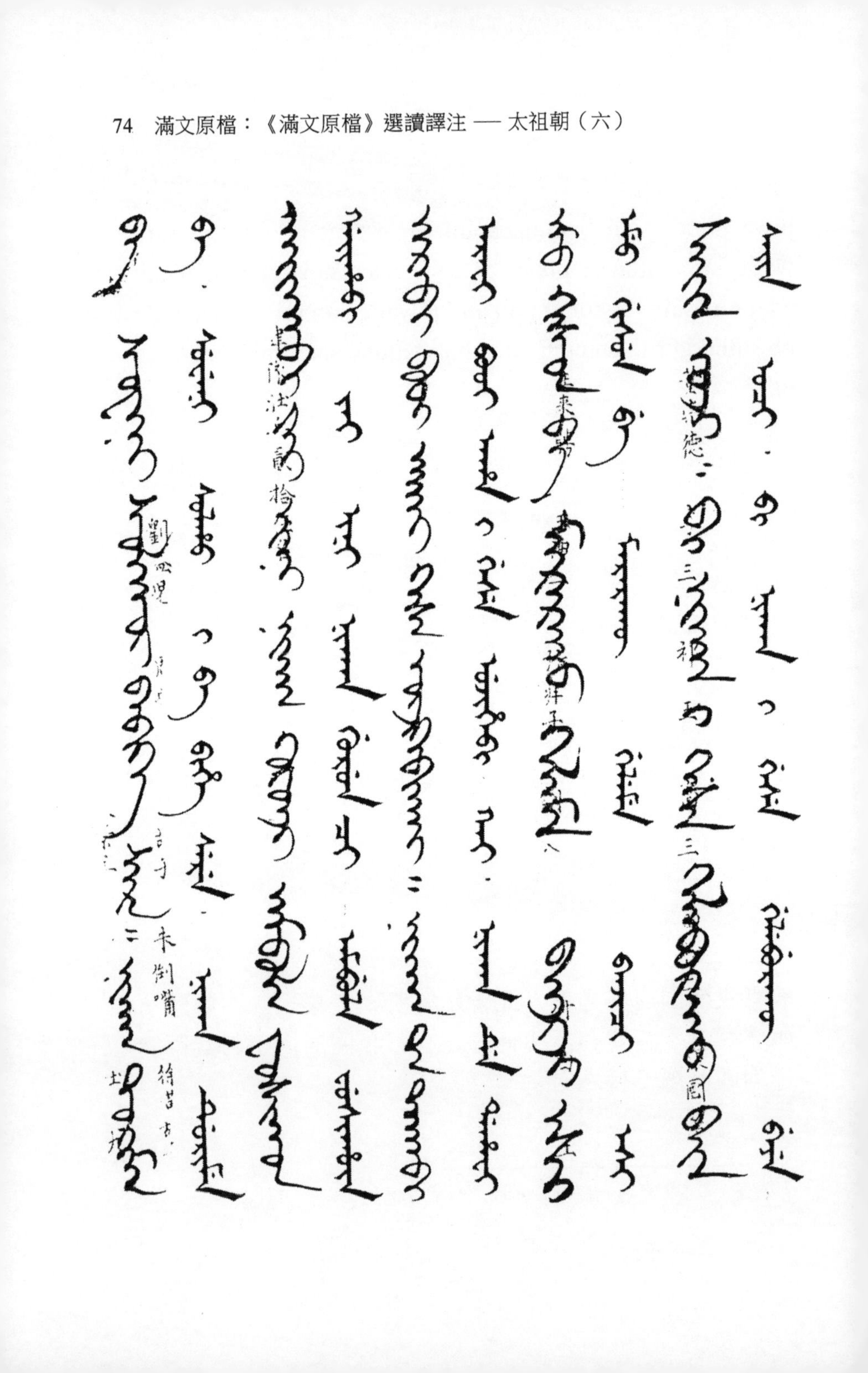

ba suweni solhoi ba bihe sere, nikan durime gaihabi, jai ini nikan gurun ci ambula fusihūn arafi, booi aha i gese ujihebikai. nikan de dahafi emu gisun be mararakū geleme banjici esi sain oci, bi nikan i gese geleburakū, beye

又聞遼東之地原屬爾朝鮮之地，後為明所奪取，又鄙視爾朝鮮人低賤於明國，猶如家奴豢養也。爾依附於明惶惶然一言不悖，自當希冀安居。我不若明恐赫他人，

又闻辽东之地原属尔朝鲜之地，后为明所夺取，又鄙视尔朝鲜人低贱于明国，犹如家奴豢养也。尔依附于明惶惶然一言不悖，自当希冀安居。我不若明恐赫他人，

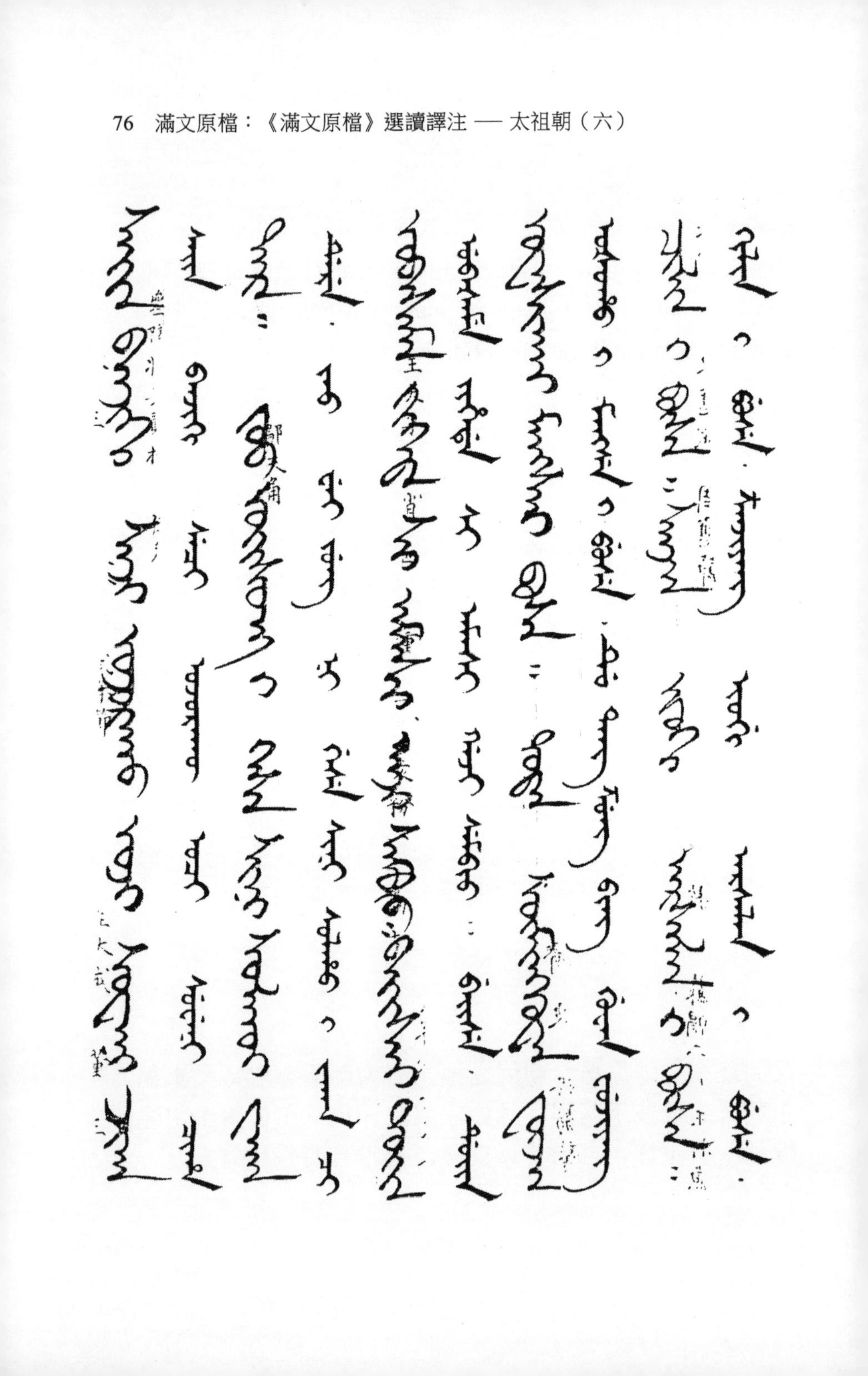

sain banjiki seci, ojorakū oci suweni ciha dere. jao wei jung ni gese sini solhoi jaka ci ubašame jihede si amasi gaji sembio. beise duin ošohoi mangse i puse, du tang, dzung bing guwan, fujiyang kilin i puse, ts'anjiyang, iogi arsalan i puse,

---

欲安然以居，或不欲安然以居，唯聽爾便。或如趙惟忠自爾朝鮮叛附，爾欲索還乎？」諸貝勒服四爪[32]蟒補服，都堂、總兵官、副將服麒麟[33]補服，參將、遊擊服獅子[34]補服，

欲安然以居，或不欲安然以居，唯听尔便。或如赵惟忠自尔朝鲜叛附，尔欲索还乎？」诸贝勒服四爪蟒补服，都堂、总兵官、副将服麒麟补服，参将、游击服狮子补服，

---

32 四爪，句中「爪」，《滿文原檔》寫作 "owasika"，讀作 "wasiha"，《滿文老檔》讀作 "ošoho"。 按《御製增訂清文鑑》卷三十， "wasiha"條，漢文作「爪」； "ošoho"條，漢文作「爪指」。

33 麒麟，《滿文原檔》寫作 "cilin"，《滿文老檔》讀作 "kilin"。

34 獅子，《滿文原檔》、《滿文老檔》俱讀作"arsalan"，係蒙文"arslan"借詞，源自回鶻文 "arslan" 意即「獅子」。

五、秋收冬藏

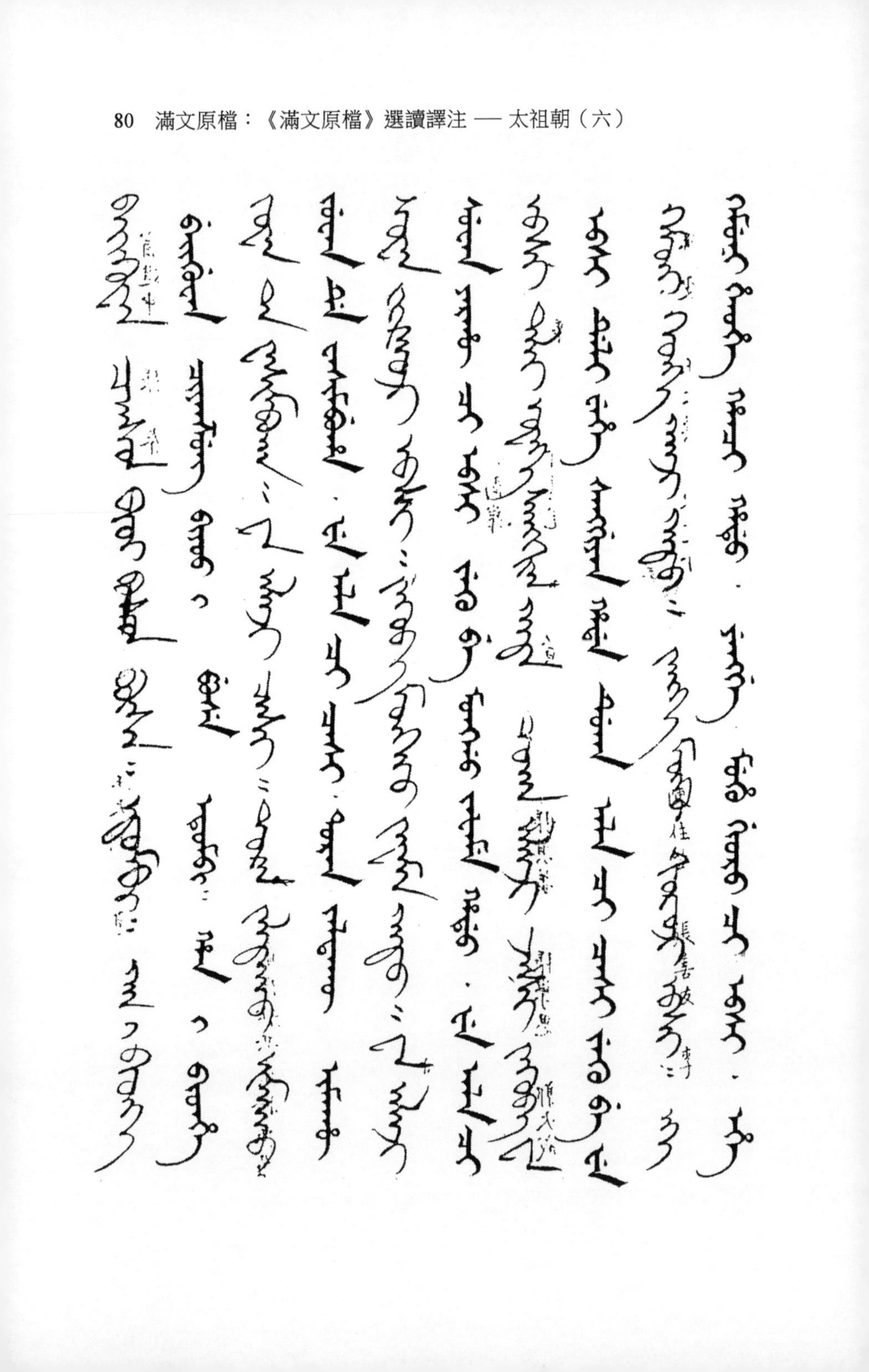

beiguwan, ciyandzung biyoo i puse etumbi. han i bithe juwan de wasimbuha, fe ala ci casi, toran jaltakū, imahū, suwan, yarhūci ebsi jeku be monggo jafame hadu. fe ala ci ebsi deli wehe, šanggiyan hada, duka alaci casi jeku be fe kemuni hethe hanci hadu. yengge, muhu gioroci ebsi, ehe

備御官、千總服彪補服。初十日，汗頒書面諭旨曰：「自費阿拉以外至托蘭扎爾塔庫、依瑪瑚、蘇完、雅爾呼以內之禾穀，割紅穗收成[35]。自費阿拉以內至德里斡赫、尚間崖、都喀阿拉以外之禾穀，仍舊近根收割[36]。自英額、木虎覺羅以內

备御官、千总服彪补服。初十日，汗颁书面谕旨曰：「自费阿拉以外至托兰扎尔塔库、依玛瑚、苏完、雅尔呼以内之禾谷，割红穗收成。自费阿拉以内至德里斡赫、尚间崖、都喀阿拉以外之禾谷，仍旧近根收割。自英额、木虎觉罗以内

[35] 割紅穗收成，《滿文原檔》寫作 "jekube mongko jawama kato"，《滿文老檔》讀作 "jeku be monggo jafame hadu"。

[36] 近根收割，《滿文原檔》寫作 "jekube ketke kanji kato"，《滿文老檔》讀作 "jeku be hethe hanci hadu"。句中 "hethe"，滿文書作 "henohe"，誤。

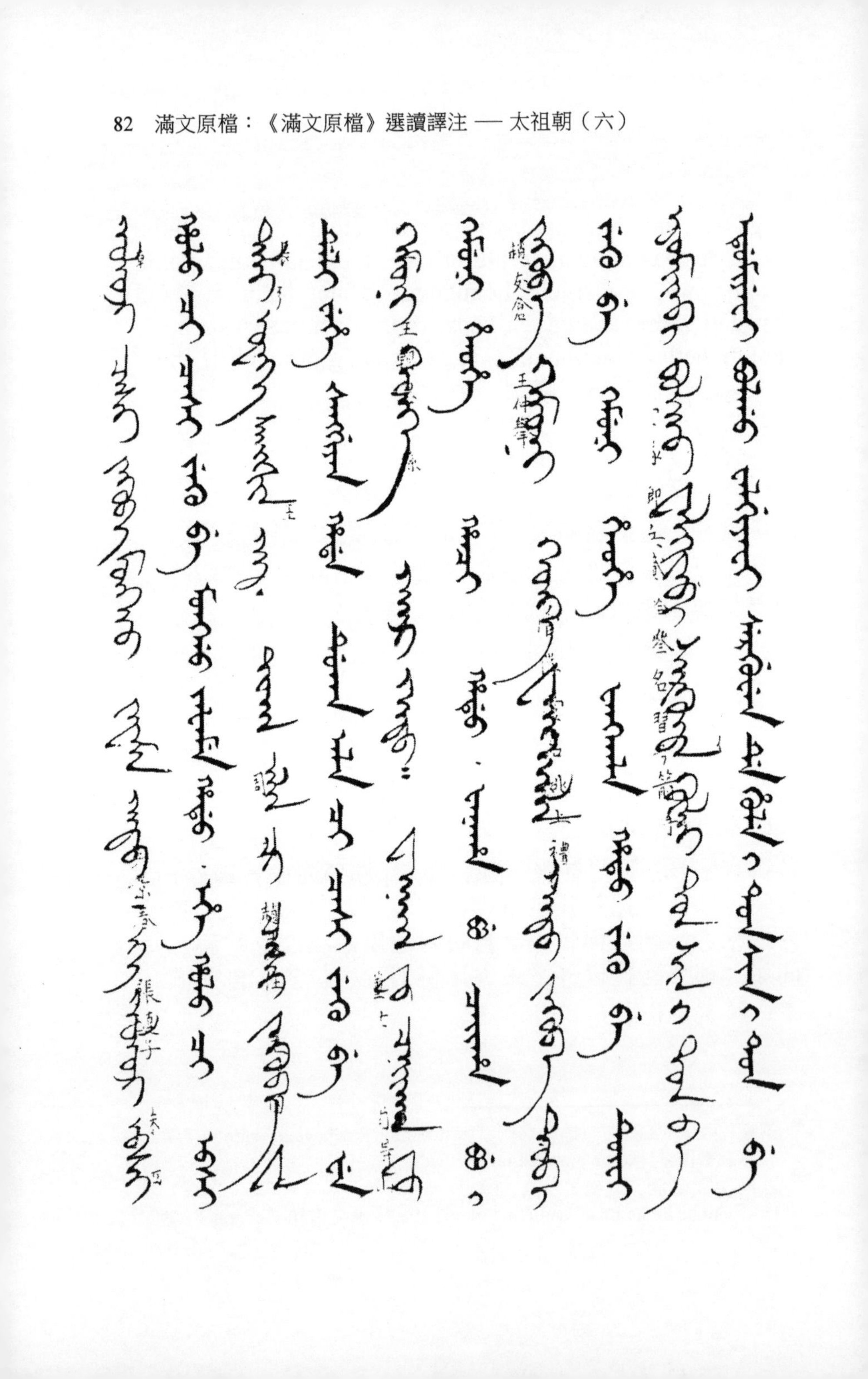

holo ci casi jeku be monggo jafame hadu. ehe holo ci ebsi deli wehe, šanggiyan hada, duka ala ci casi jekube fe kemuni hethe hanci hadu. fanaha pu, caiha pu i jeku be kemuni hethe fangkala hadu. jeku be tūfi edumiyefi bolgo walgiyafi serguwen de hulei ton, sin i ton be

---

至額赫霍洛以外之禾穀，割紅穗收成。自額赫霍洛以內至德里斡赫、尚間崖、都喀阿拉以外之禾穀，仍舊近根收割。法納哈堡、柴河堡之禾穀，仍舊低根收割[37]。將禾穀捶打風吹曬乾潔淨，乘涼爽[38]記明斗斤數目，

至额赫霍洛以外之禾谷，割红穗收成。自额赫霍洛以内至德里斡赫、尚间崖、都喀阿拉以外之禾谷，仍旧近根收割。法纳哈堡、柴河堡之禾谷，仍旧低根收割。将禾谷捶打风吹晒干洁净，乘凉爽记明斗斤数目，

---

[37] 低根收割，《滿文原檔》寫作"jekube kethe wangkala kato"，《滿文老檔》讀作"jeku be hethe fangkala hadu"。句中"hethe"，滿文誤書"henohe"。

[38] 涼爽，《滿文原檔》寫作"sa(e)rkün"，《滿文老檔》讀作"serguwen"。按滿文"serguwen"係蒙文"serigün"借詞，意即「涼爽的」。

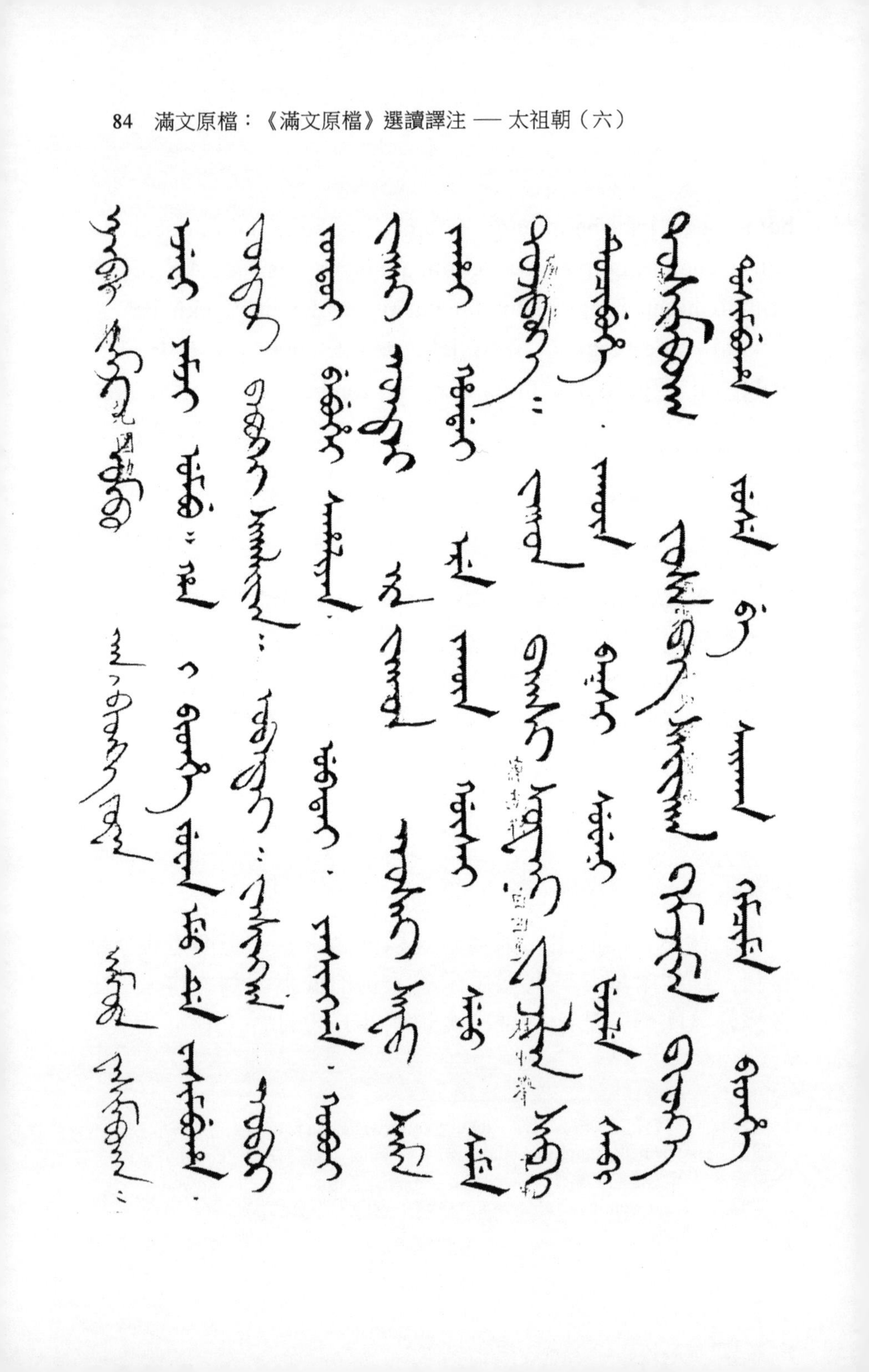

ejefi yamji umbu. han i bithe juwan emu de wasimbuha, jontoi, bebuhei, sahaliyan, ubatai, yasingga, koboi, jahai, hondai ere jakūn gūsai sefu seme, tucibuhe jakūn baksi suweni fejile šabi dosimbuha juse be saikan kimcime bithe

---

趁夜窖藏。」十一日，汗頒書面諭旨曰：「命準托依、博布黑、薩哈廉、烏巴泰、雅星阿、科貝、扎海、渾岱等為八旗師傅。所派出八位巴克什須善加詳察爾等門下弟子[39]及所收子弟，

趁夜窖藏。」十一日，汗颁书面谕旨曰：「命准托依、博布黑、萨哈廉、乌巴泰、雅星阿、科贝、扎海、浑岱等为八旗师傅。所派出八位巴克什须善加详察尔等门下弟子及所收子弟，

---

[39] 門下弟子，《滿文原檔》寫作 "wa(e)cila(e) sabi"，《滿文老檔》讀作 "fejile šabi"。按此為無圈點滿文 "we"與 "fe"、"ci"與 "ji"、"sa"與 "ša"之混用現象。

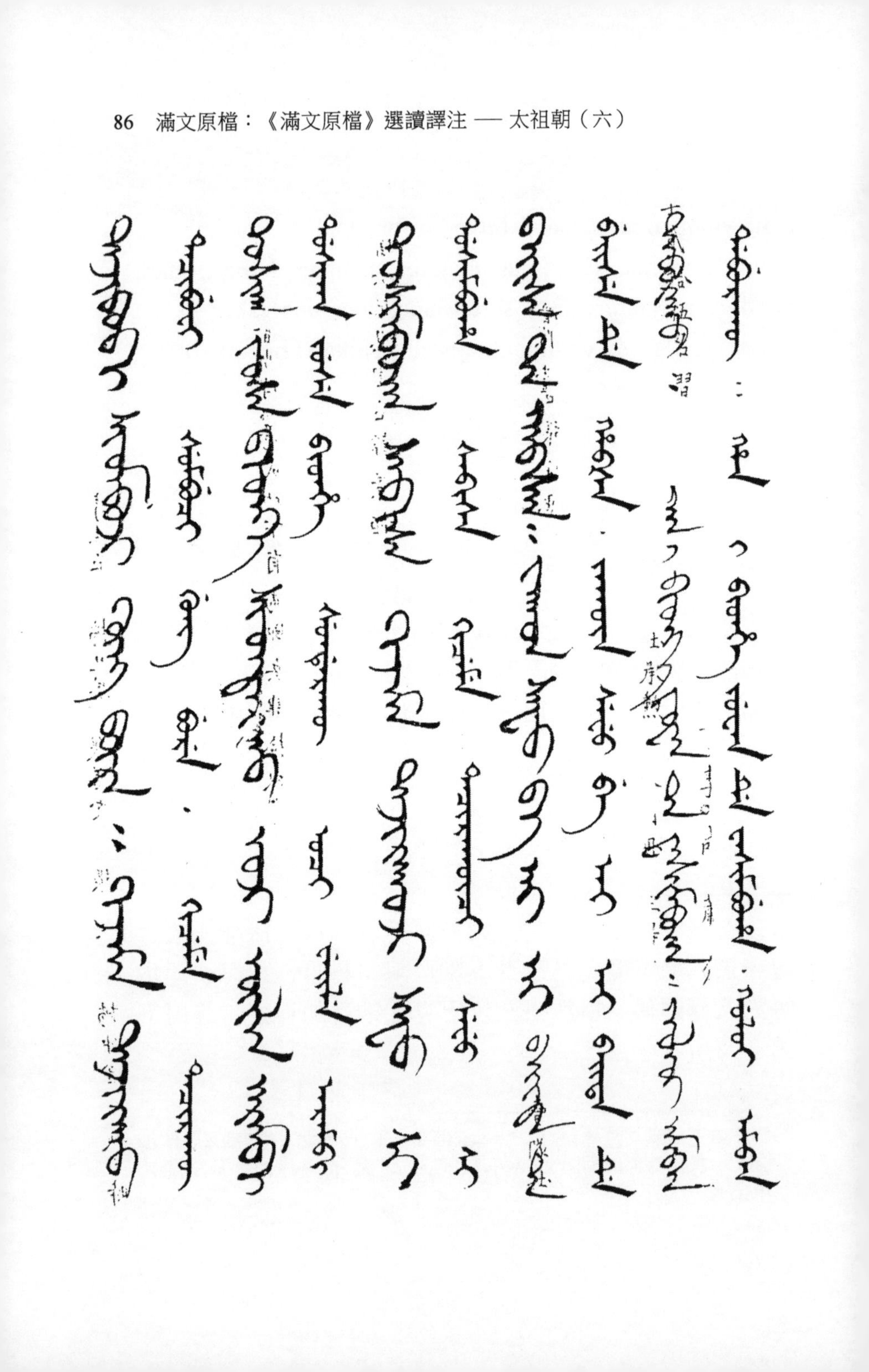

tacibufi šumbuci gung bure, kiceme tacirakū dosika juse bithe šunderakū oci weile arambi. dosimbuha šabisa kiceme tacirakūci sefu si beise de habša. jakūn sefu be ai ai baita de daburakū. han i bithe juwan de wasimbuha, goloi amban

教習通曉書文者賞以功，門下弟子不勤學，不通曉[40]書文者，治以罪。門下弟子若不勤學，爾等師傅可告於諸貝勒。八位師傅不管各事。」初十日，汗頒書面諭旨曰：

教习通晓书文者赏以功，门下弟子不勤学，不通晓书文者，治以罪。门下弟子若不勤学，尔等师傅可告于诸贝勒。八位师傅不管各事。」初十日，汗颁书面谕旨曰：

40 不通曉，《滿文原檔》寫作“sio(u)nta(e)rako”，《滿文老檔》讀作“šunderakū”。按此為無圈點滿文“siu”與“šu”、“te”與“de”、“ ko”與“kū”之混用現象。

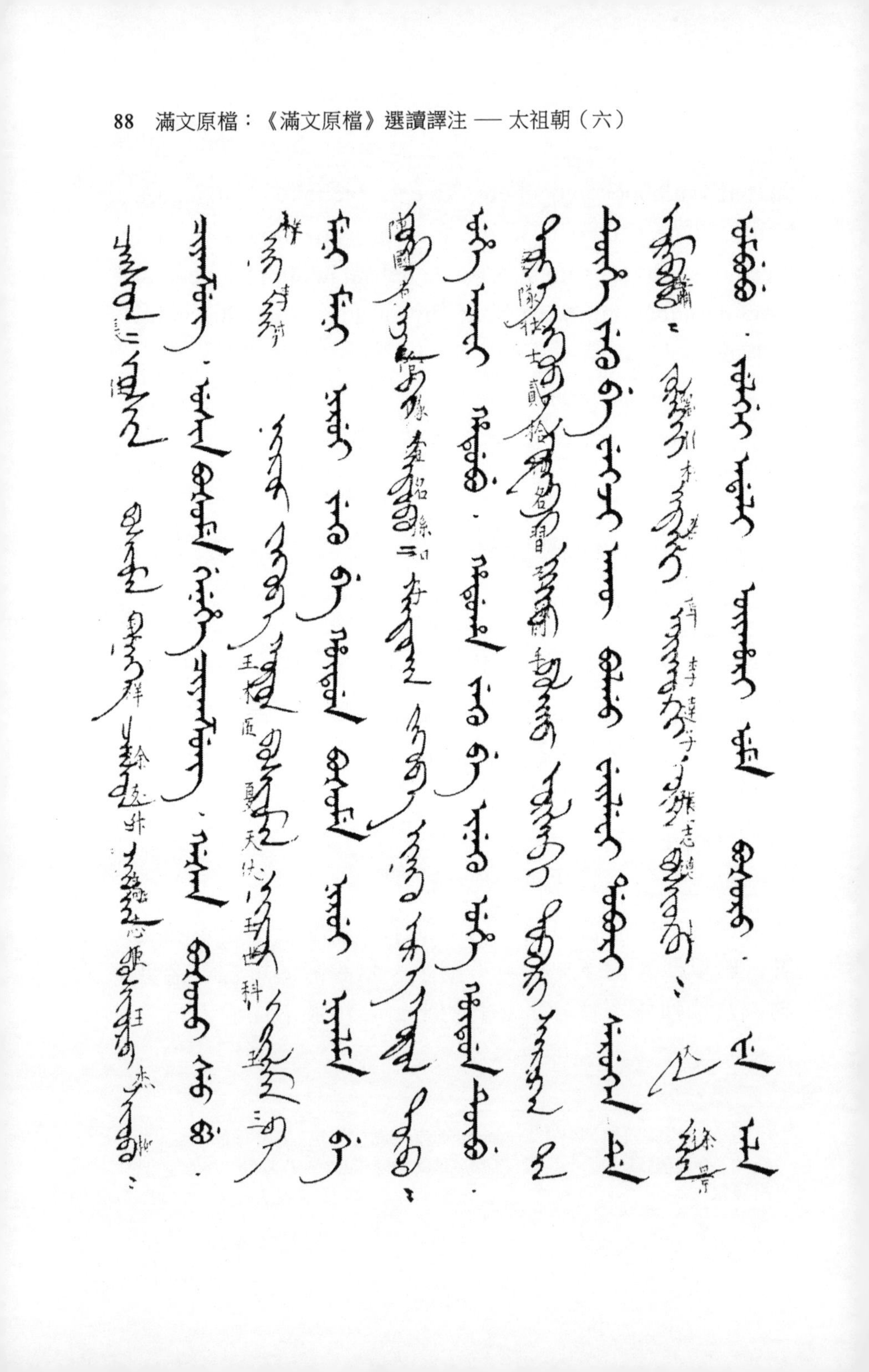

ciyandzung, usin bošome genehe ciyandzung, gašan bošoro šeo pu, meni meni nirui jeku be hūdun bošome nirui niyalma be uhe acafi hadubu. haduha jekube ineku uhe hūdun tūbu. tūhe jekube wekji akū bolgo weilefi dobori seruken de umbubu. julgei adali oihori ume bošoro. fe ala,

---

「命各路大臣、千總，催往田地千總、催往莊屯守堡，速催[41]牛彔人會同收割各牛彔糧穀。將所收割糧穀共同快速捶打，所捶打之糧穀除淨糠粃，趁夜間涼爽窖藏，毋如昔日輕忽。

「命各路大臣、千总，催往田地千总、催往庄屯守堡，速催牛录人会同收割各牛录粮谷。将所收割粮谷共同快速捶打，所捶打之粮谷除净糠粃，趁夜间凉爽窖藏，毋如昔日轻忽。

---

[41] 速催，句中「速」，《滿文原檔》寫作 “koton”，《滿文老檔》讀作 “hūdun”。按滿文 “hūdun” “係蒙文“qurdun”借詞，意即「快速的」。

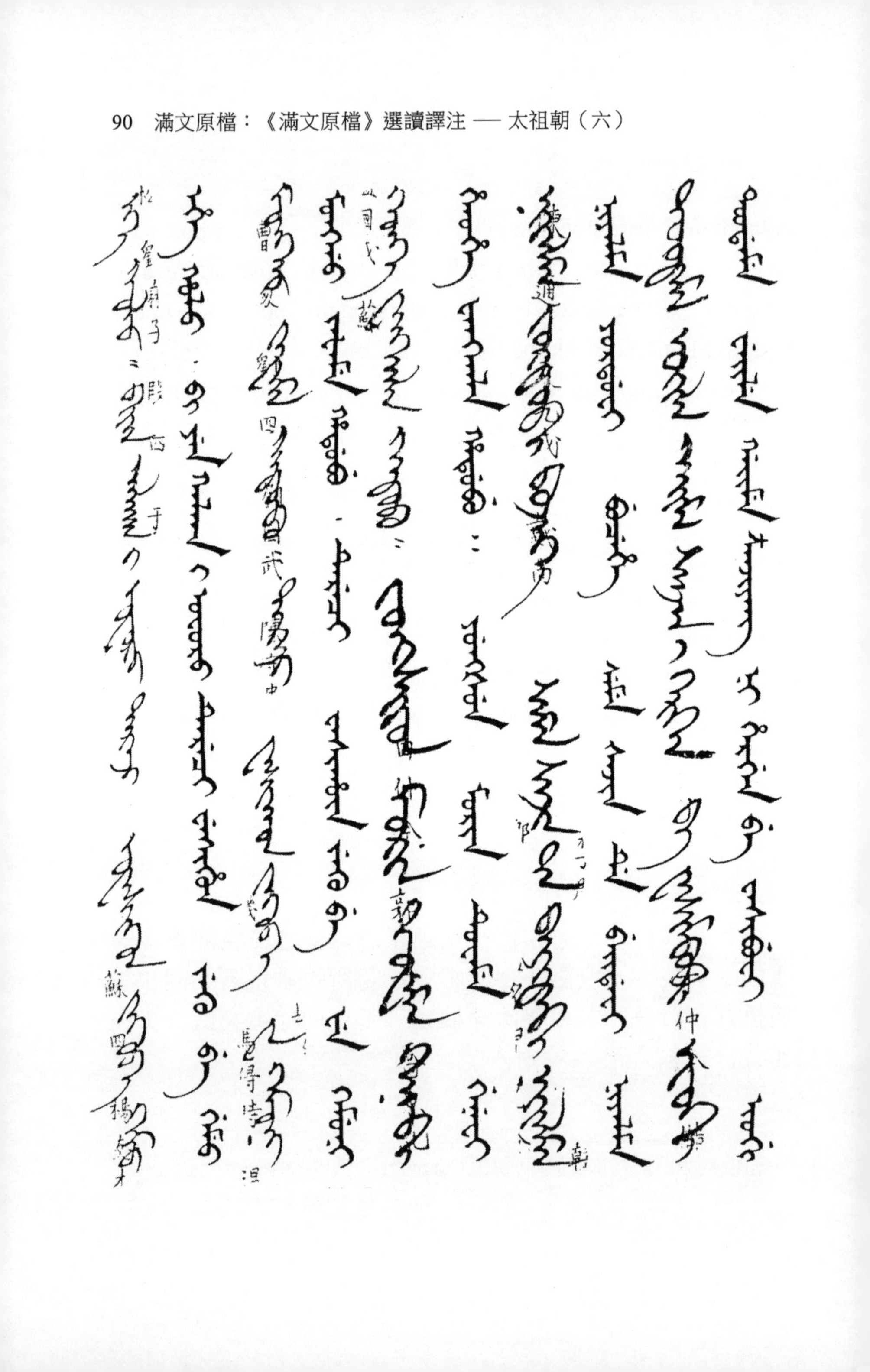

ehe holo, bi yen, kalka i oforo tereci wesihun jekube gemu monggo jafame hadubu, tereci wasihūn jekube fe kemuni hethe fangkala hadubu. yungšun morin tuwame genefi niyalma yordofi bucehe seme. šajin de beidefi niyalma toodame weile gaime ts'anjiyang ni hergen be wasibufi iogi

---

費阿拉、額赫霍洛、畢彥、喀爾喀之鄂佛洛及其以東之禾穀，皆割紅穗收成，其以西之禾穀，仍舊低根收割。」永順巡視馬匹，以骲頭箭射人致死，經法司鞫審，原擬償人抵罪，降參將之職[42]為遊擊。

费阿拉、额赫霍洛、毕彦、喀尔喀之鄂佛洛及其以东之禾谷，皆割红穗收成，其以西之禾谷，仍旧低根收割。」永顺巡视马匹，以骲头箭射人致死，经法司鞫审，原拟偿人抵罪，降参将之职为游击。

---

[42] 降參將之職，句中「降職」，《滿文原檔》寫作 "wasimbufi"，《滿文老檔》讀作 "wasibufi"。按滿文 "wasimbumbi"，舊與 "wasibumbi"通用；其後定 "wasimbumbi" 漢義為「降職、奉旨」，"wasibumbi" 漢義為「降黜、貶謫」，遂分用。

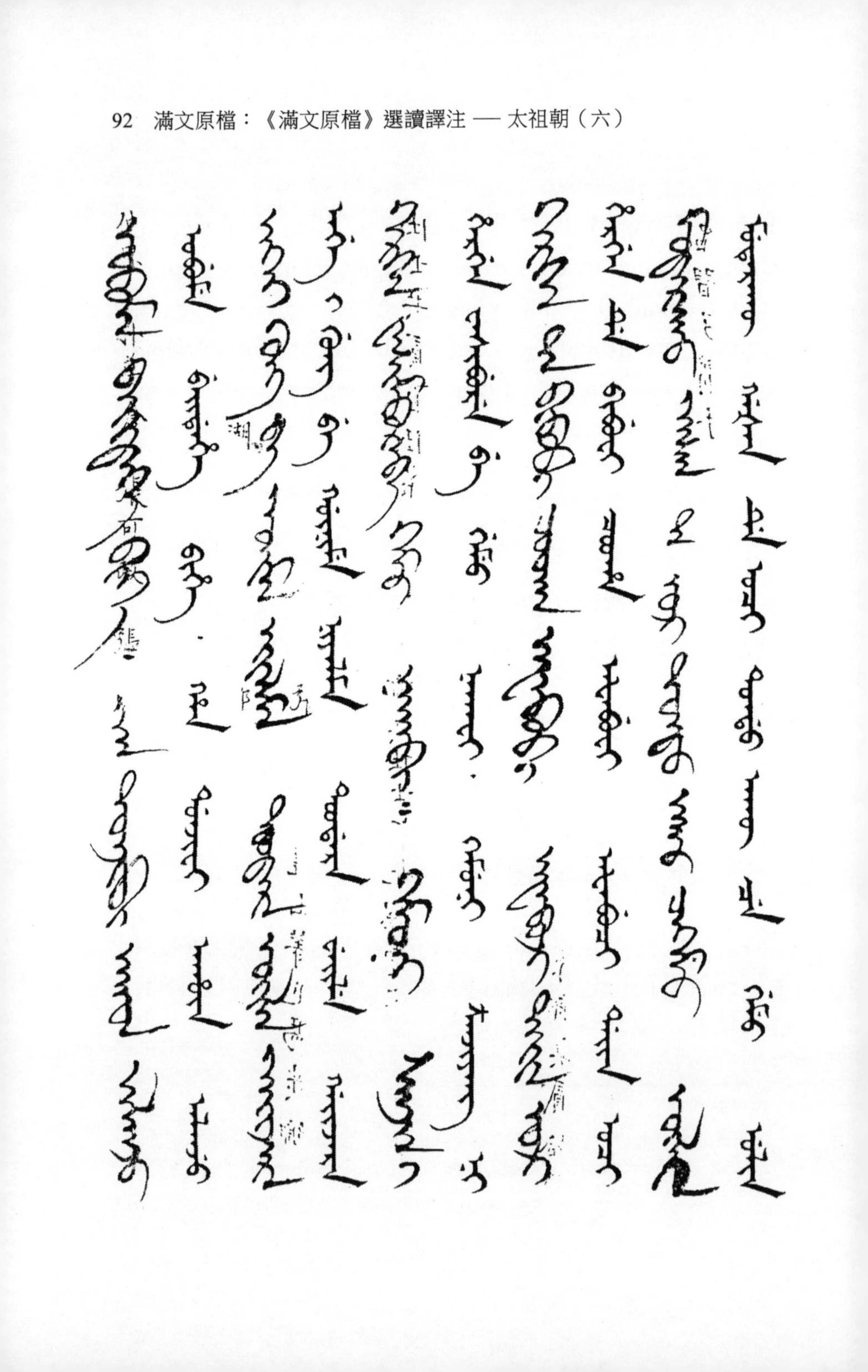

obume beidehe bihe. han donjifi ahūn alanju age i gung be gūnime niyalma toodara weile gaijara hergen wasiburebe gemu nakafi, kemuni ts'anjiyang ni hergen de bibufi, cooha afabufi afabuci dain oci muterakū gašan de oci tondo akū ce gemu ulin

汗聞之，念及其兄阿蘭珠阿哥之功，其償人抵罪降職，皆予寬免，仍留參將之職。因其不能統兵征戰，且於莊屯居心不公，伊等皆[43]

汗闻之，念及其兄阿兰珠阿哥之功，其偿人抵罪降职，皆予宽免，仍留参将之职。因其不能统兵征战，且于庄屯居心不公，伊等皆

[43] 伊等皆，《滿文原檔》寫作"cegemu"連寫，訛誤；《滿文老檔》讀作"ce gemu"，分寫，改正。

六、分撥田地

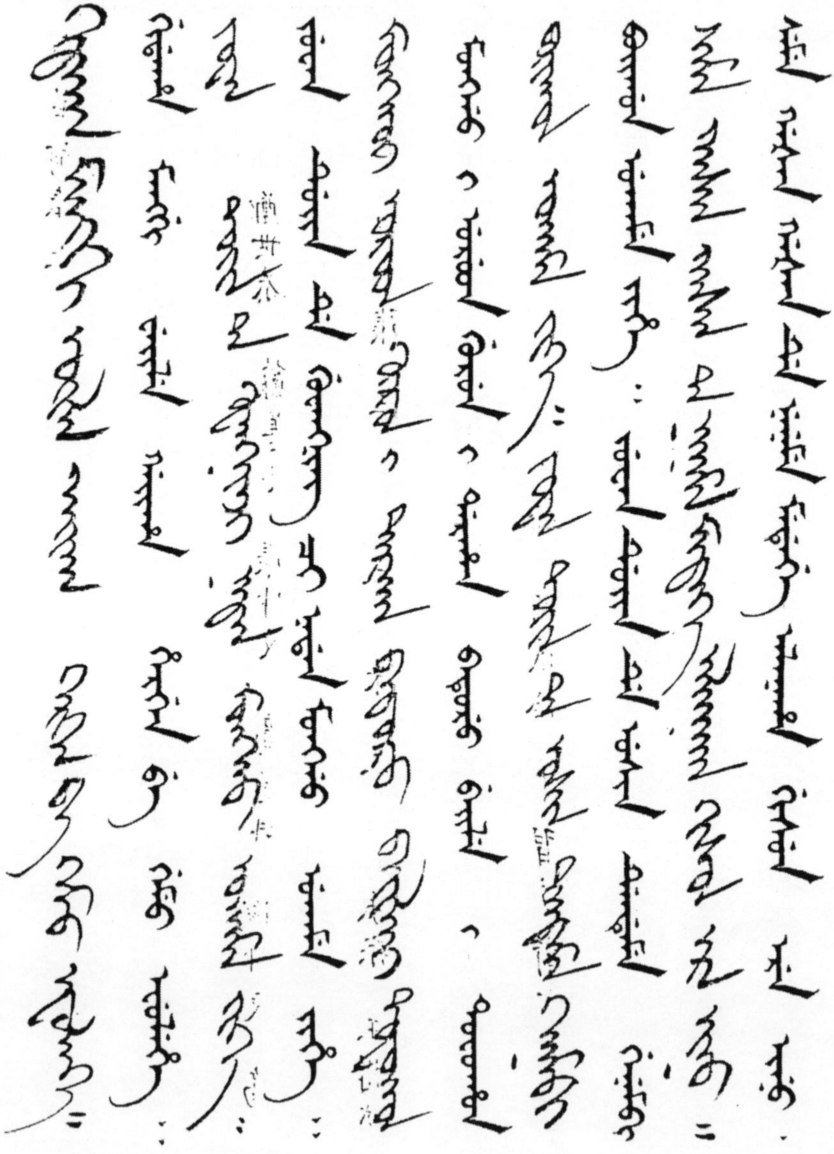

gidaha manggi weile gaiha, hergen be gemu efulehe. juwan duin de guwangningci nadan monggo ukame jihe. monggoi urut gurun i darhan baturu beilei tofohon boigon ukame jihe. juwan duin de usin dendeme genembi seme gašan gašan de neneme medege alanaha gisun ere inu,

---

藏匿財物，故治其罪，俱革其職。十四日，有蒙古七人自廣寧逃來。蒙古烏魯特國達爾漢巴圖魯貝勒屬下十五戶逃來。十四日，為前往分田事，先期將信息告知各村屯曰：

藏匿财物，故治其罪，俱革其职。十四日，有蒙古七人自广宁逃来。蒙古乌鲁特国达尔汉巴图鲁贝勒属下十五户逃来。十四日，为前往分田事，先期将信息告知各村屯曰：

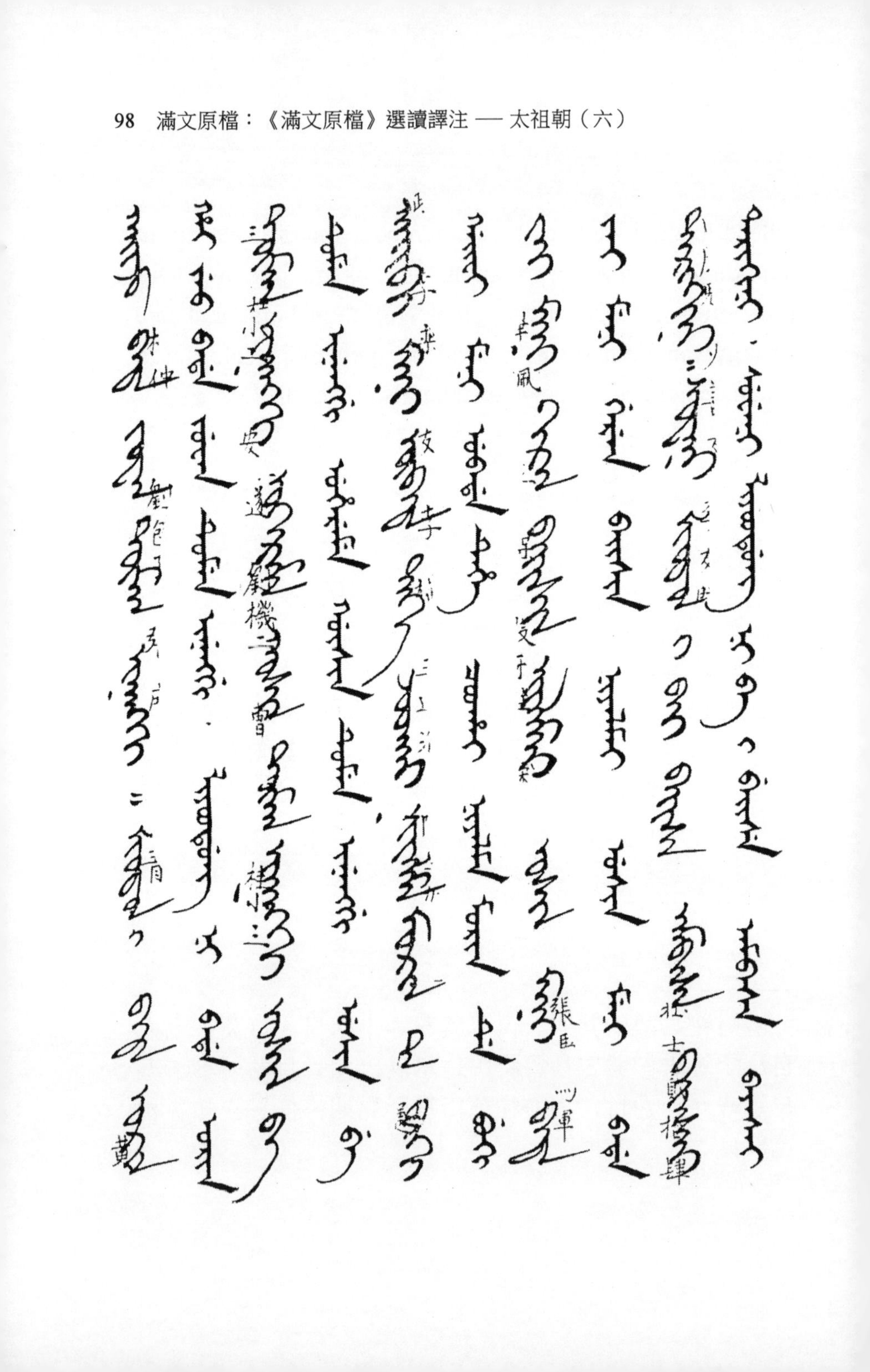

hai jeo bade juwan tumen inenggi, liyoodung ni bade orin tumen inenggi uhereme gūsin tumen inenggi usin be gaifi, meni ubade tehe coohai niyalma morin de buki. jai meni geren baisin niyalmai usin, meni bade tarikini. suweni liyoodung ni ba i beise ambasa, bayasai

---

「海州地方撥給田地十萬垧[44]，遼東地方撥給田地二十萬垧，共徵收田地三十萬垧，撥給我駐此地之兵馬。至我百姓之田地，令其在我處耕種。爾遼東地方諸貝勒大臣，

「海州地方拨给田地十万垧，辽东地方拨给田地二十万垧，共征收田地三十万垧，拨给我驻此地之兵马。至我百姓之田地，令其在我处耕种。尔辽东地方诸贝勒大臣，

---

44 十萬垧，句中「垧」，《滿文原檔》、《滿文老檔》俱讀作“inenggi”，意即「日、晌」。按「垧」為計算地畝單位，規範滿文讀作“cimari”。昔時臣工以「垧」、「晌」同音通假，又將「晌」省文作「日」，故迻譯滿文作“inenggi”。順治十二年（1655）十月十五日刻滿漢二體《賜湯若望塋地諭旨碑》，滿文作“usin uyun cimari”，漢文作「地土九日」，意即「田地九垧」。

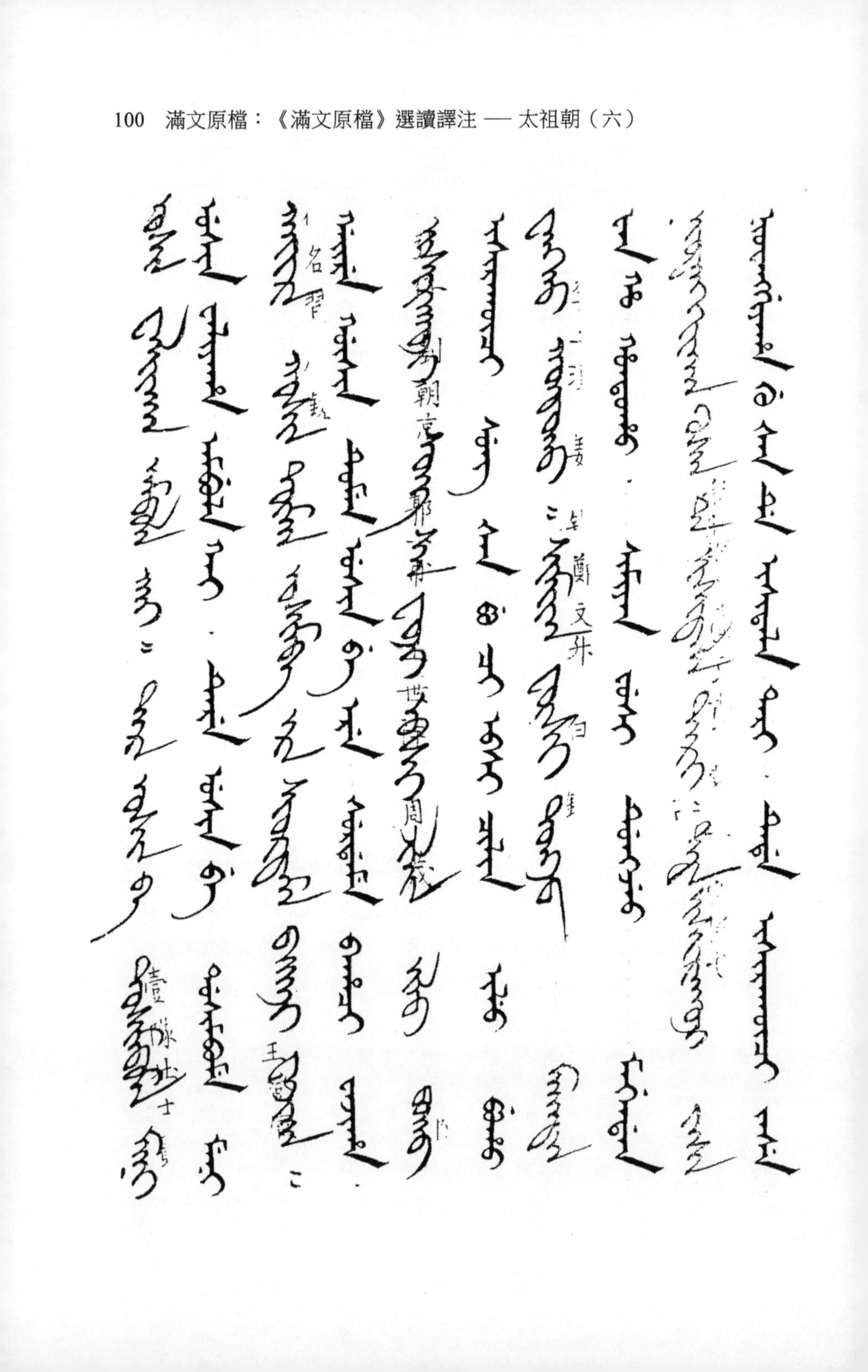

usin, waliyaha ambula kai. tere usin be dosimbume meni gaire gūsin tumen usimbe ere šurdeme bahaci wajiha. isirakūci sung šan pu ci ebsi cilin, ilu, puho, fan ho, hontoho, simiyan, fusi, dung jeo, magendan, niowanggiyaha, gu šan de isitala tari. tede isirakūci jase

---

及富庶人家之田地，荒棄者甚多也。該處田地亦列入我所徵收三十萬垧田地之內，其周遭所獲則已。如不敷用，可取松山堡以內至鐵嶺、懿路、蒲河、范河、琿托河、瀋陽、撫順、東洲、瑪根丹、清河、孤山等田地耕種。該地若仍不足，

及富庶人家之田地，荒弃者甚多也。该处田地亦列入我所征收三十万垧田地之内，其周遭所获则已。如不敷用，可取松山堡以内至铁岭、懿路、蒲河、范河、珲托河、沈阳、抚顺、东洲、玛根丹、清河、孤山等田地耕种。该地若仍不足，

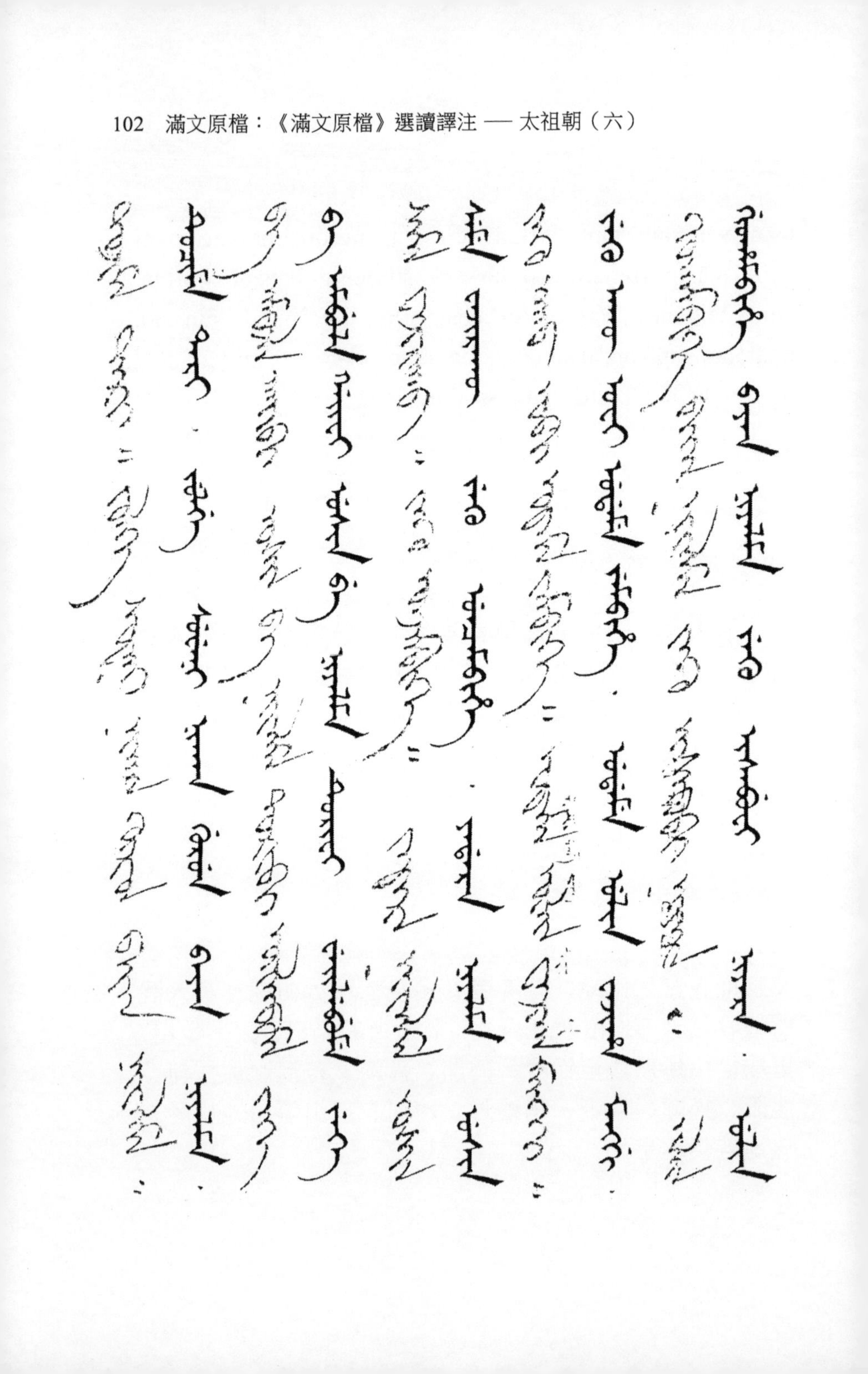

tucime tari. julge suweni nikan gurun bayan niyalma, ba ambula gaifi usin be niyalma turifi weilebume jeke seme wajirakū, jeku uncambihe. yadara niyalma usin jeku akū ofi udame jembihe, udame ulin wajiha manggi giohambihe. bayan niyalma jeku isabufi niyara, ulin

---

可出邊外耕種。從前，爾明國富人[45]佔田極廣，僱人耕種田地，食用不完而出售糧食。窮人[46]因無田地糧食，買糧而食，買糧錢財用完後，即乞討而食。富人與其囤積糧食腐爛，

可出边外耕种。从前，尔明国富人占田极广，雇人耕种田地，食用不完而出售粮食。穷人因无田地粮食，买粮而食，买粮钱财用完后，即乞讨而食。富人与其囤积粮食腐烂，

---

45 富人，句中「富」，《滿文原檔》寫作"bajan"，《滿文老檔》讀作"bayan"。按滿文"bayan"係蒙文"bayan"借詞，源自回鶻文"bay"，意即「富裕的」。

46 窮人，句中「窮」，《滿文原檔》寫作"jatara"，《滿文老檔》讀作"yadara"。按滿文"yadambi"係蒙文"yadaqu"借詞，意即「貧窮、疲乏」；源自回鶻文"yadamaq"，意即「消瘦」(根詞俱作"yada-")。

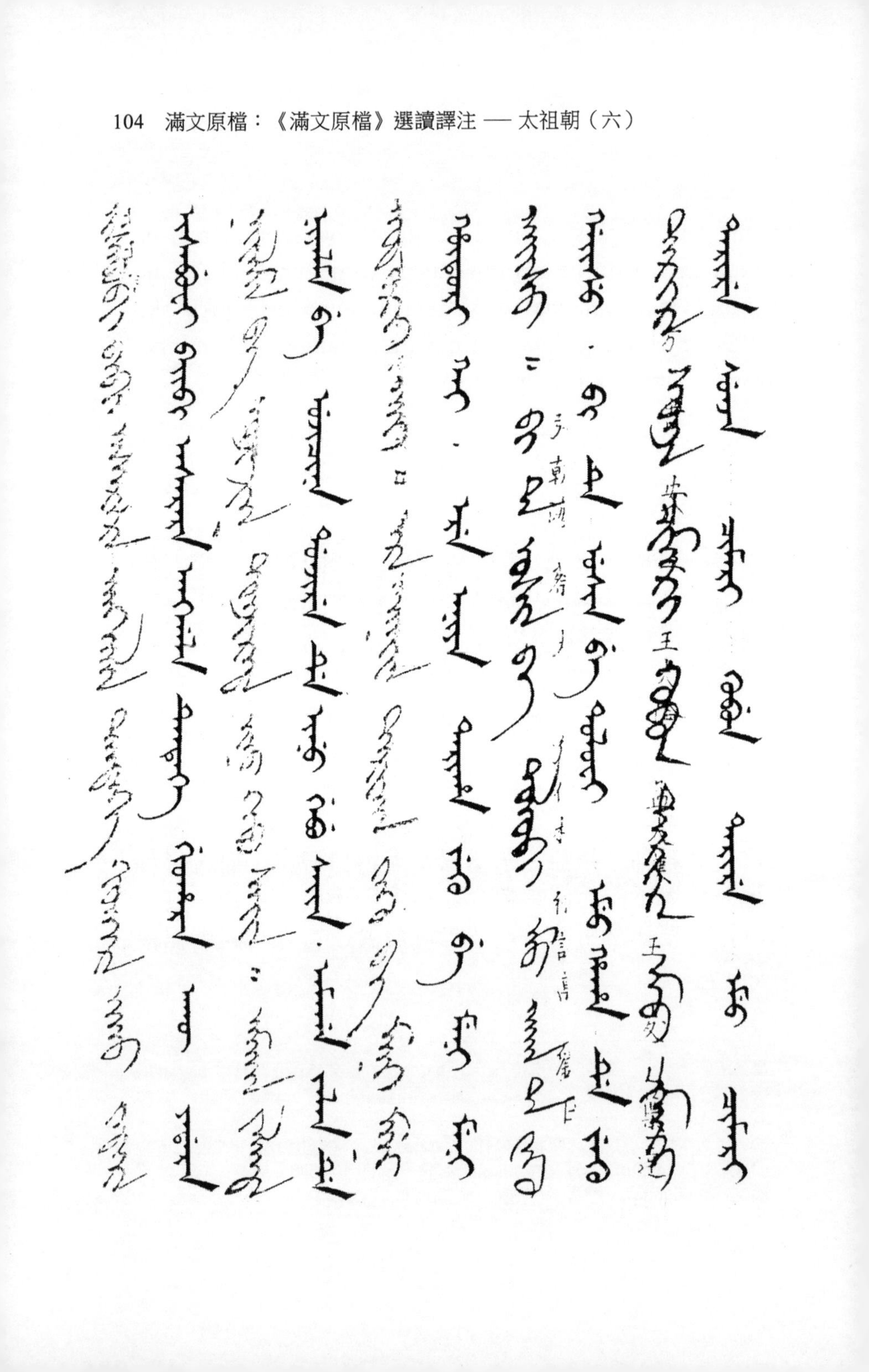

isabufi baibi asarara anggala tenteke giohara akū yadara niyalma be ujicina. donjirede inu gebu sain, amaga jalande hūturi kai. ere aniya tariha jeku be meni meni gaisu. bi te usin be tolofi emu haha de jeku tarire sunja cimari kubun tarire emu cimari

---

積聚財物徒然貯藏，不如贍養那些乞丐窮人。如此亦可聞其美名相傳，造福後世也。今年所種之糧，准其各自收割。我今盤點田地，每丁撥給種糧田地五晌、種棉田[47]地一晌，

积聚财物徒然贮藏，不如赡养那些乞丐穷人。如此亦可闻其美名相传，造福后世也。今年所种之粮，准其各自收割。我今盘点田地，每丁拨给种粮田地五晌、种棉田地一晌，

---

47 棉田，《滿文原檔》、《滿文老檔》俱讀作 "kubun"，係蒙文 "köböng" 借詞，意即「棉、棉花」。

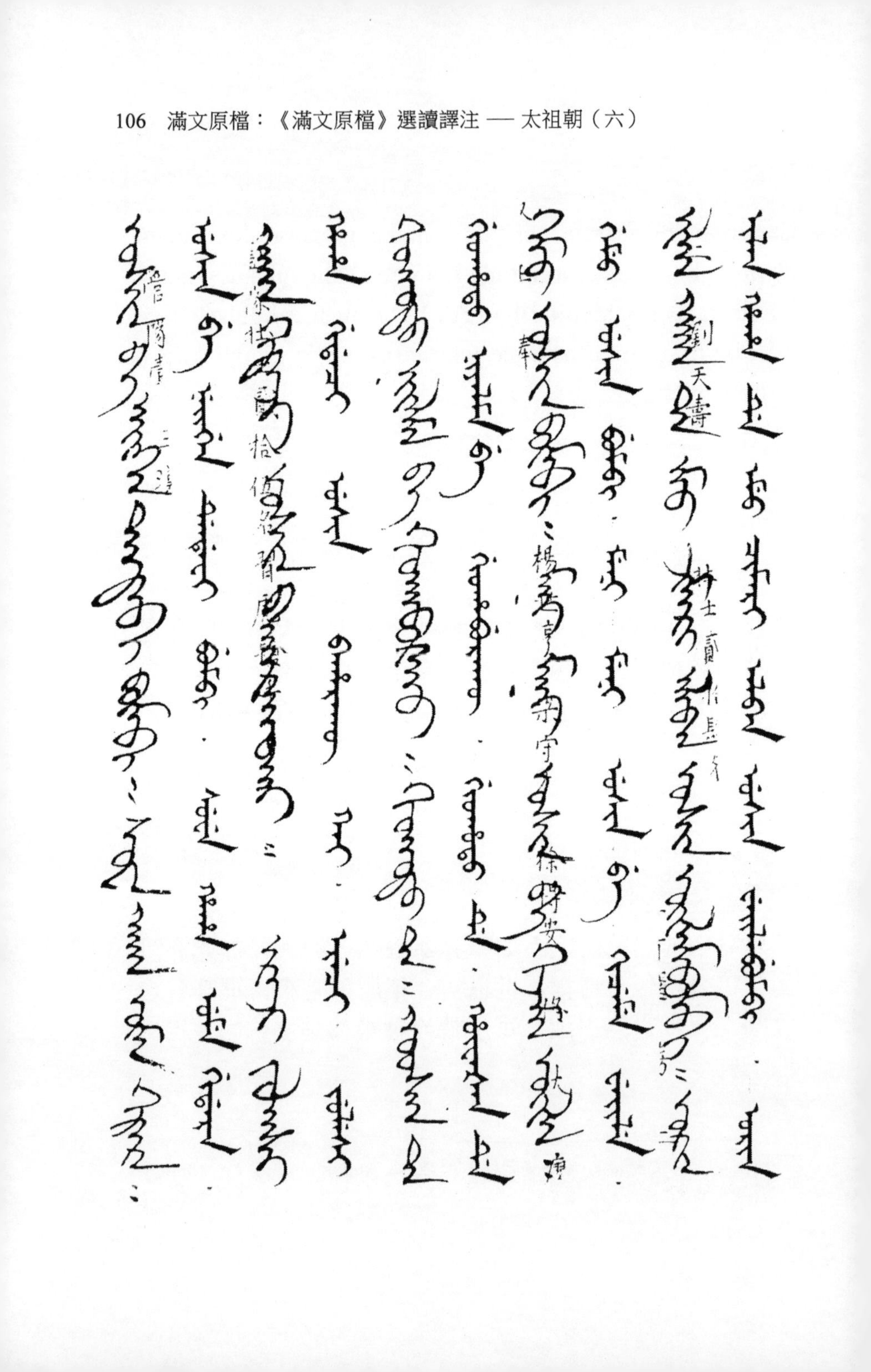

usin be neigen dendefi bumbi. suwe haha ume gidara, haha gidaci usin baharakūkai. ereci julesi giohoto niyalma be giohaburakū, giohoto de, hūwašan de gemu usin bumbi, meni meni usin be kiceme weile. ilan haha de emu cimari alban usin weilebumbi, orin

---

田地平均分給。爾等不可隱匿男丁，若隱匿男丁，則得不到田地也。從此以後，勿令乞丐乞討，乞丐、僧人[48]皆撥給田地，令其各自勤加耕作。每三丁合種官田一垧，

田地平均分给。尔等不可隐匿男丁，若隐匿男丁，则得不到田地也。从此以后，勿令乞丐乞讨，乞丐、僧人皆拨给田地，令其各自勤加耕作。每三丁合种官田一垧，

---

48 僧人，《滿文原檔》寫作 “koosan”，《滿文老檔》讀作 “hūwašan”。 按滿文 “hūwašan”係蒙文“quušang”借詞，俱為漢文「和尚」音譯，源自于闐文 “khosha”。又，滿文佛經讀作 “hūbarak”，係蒙文“quwaraɣ” 借詞，意即「僧侶」。

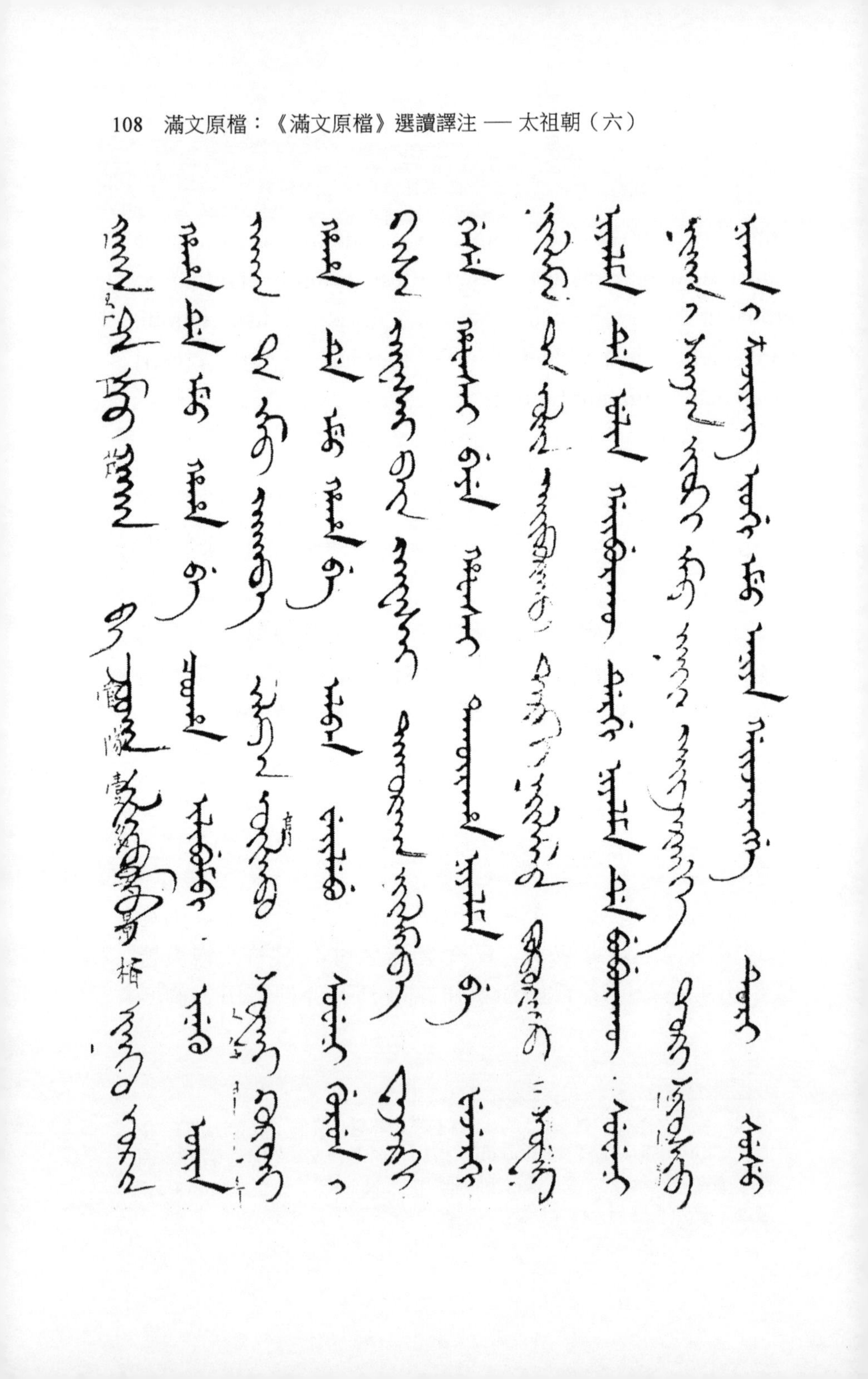

haha de emu haha be cooha ilibumbi. ineku orin haha de emu haha be alban weilebu. suweni guruni gese hafasai beye hafasai takūraha niyalmabe fejergi niyalma de ulin gaiburakū, dergi niyalma de buburakū, suweni nikan i ts'anjiyang, iogi emu aniya gaijarangge turi, šušu,

---

每二十丁，以一丁充兵。同樣每二十丁，以一丁服徭役[49]。不似爾國官員本人、官員差人，無不歛財於下，無不賄賂於上。爾漢人參將、遊擊一年所領取者，計豆、高粱、

每二十丁，以一丁充兵。同样每二十丁，以一丁服徭役。不似尔国官员本人、官员差人，无不敛财于下，无不贿赂于上。尔汉人参将、游击一年所领取者，计豆、高粱、

---

[49] 徭役，《滿文原檔》、《滿文老檔》俱讀作"alban"，系蒙文"alba(n)"借詞，源自回鶻文"alban"，意即「徭役、貢賦」。

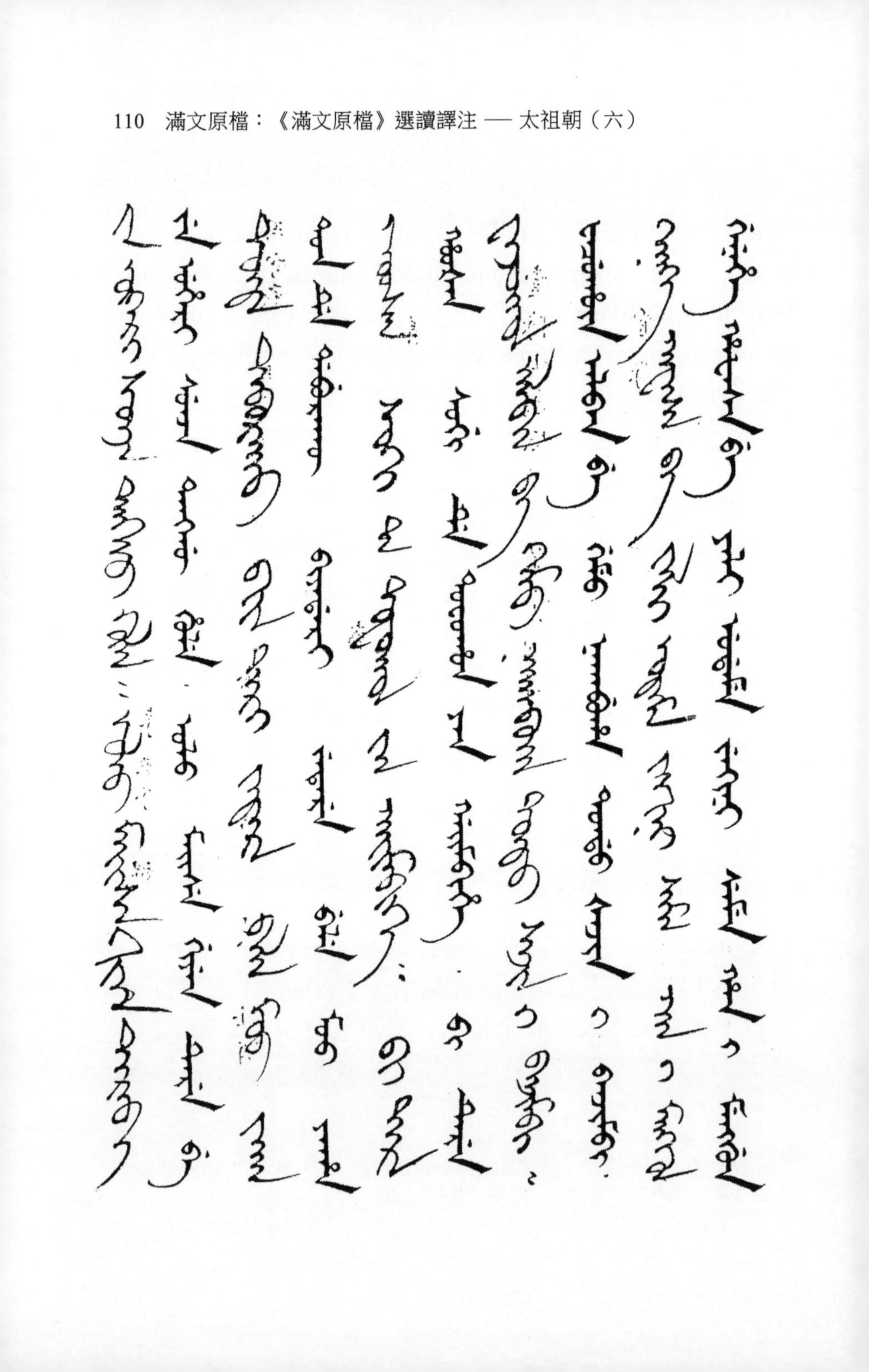

je uheri sunja tanggū hule, olo, maise, giyen terebe tonde daburakū. biyadari jetere bele, moo yaha, hoošan, sogi de tofohon yan gaimbihe. bi tere facuhūn alban be gemu nakabuha, tondo šajin i banjimbi. genehe hafasa be yali udame jekini seme han i menggun

---

小米共五百石，麻、麥、靛等不計其數。每月領取食米、木炭、紙張、蔬菜費十五兩。我已諭令將此種雜費[50]皆廢止，秉公執法為生。官員出去，由汗賞銀買肉食用，

小米共五百石，麻、麦、靛等不计其数。每月领取食米、木炭、纸张、蔬菜费十五两。我已谕令将此种杂费皆废止，秉公执法为生。官员出去，由汗赏银买肉食用，

---

50 雜費，《滿文原檔》寫作"wajokon alban"，《滿文老檔》讀作"facuhūn alban"，意即「煩擾貢賦」。按此為無圈點滿文"wa"與"fa"、jo"與"cu"、"ko"與"hū"之混用現象。

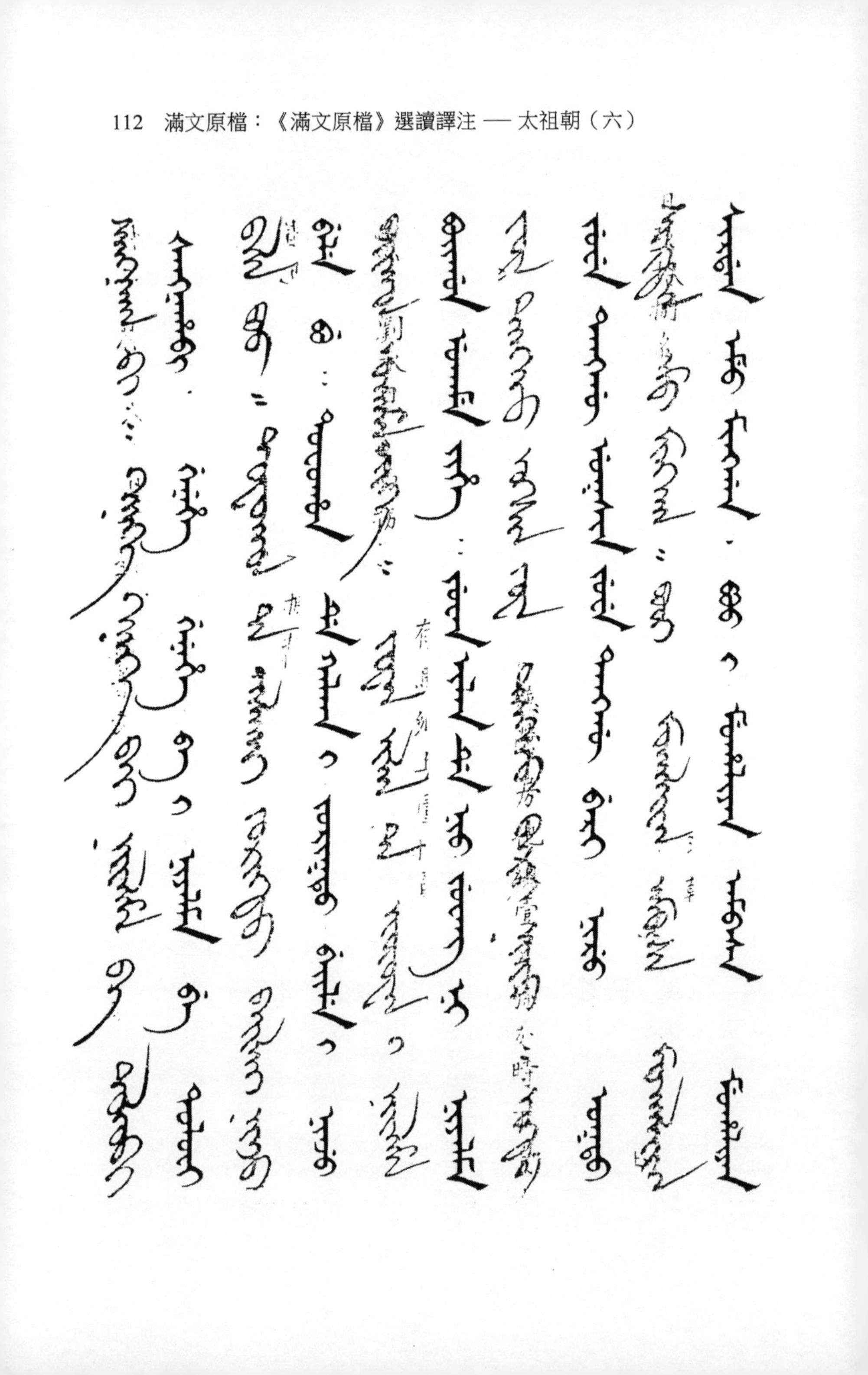

šangnahabi, genehe genehe ba i niyalma be tolofi bele bu. tofohon de kalkai joriktu beilei ninju boigon ukame jihe. juwan ilan de nio juwang ni niyalma juwe tanggū uksin, juwe tanggū beri niru, okto sirdan emu minggan, poo i muhaliyan ambasa muhaliyan

---

計算前往地方之人數給米。」十五日，喀爾喀卓里克圖貝勒屬下六十戶逃來。十三日，牛莊之人攜來甲二百副、弓矢二百張、藥箭一千支、

计算前往地方之人数给米。」十五日，喀尔喀卓里克图贝勒属下六十户逃来。十三日，牛庄之人携来甲二百副、弓矢二百张、药箭一千支、

七、保護果木

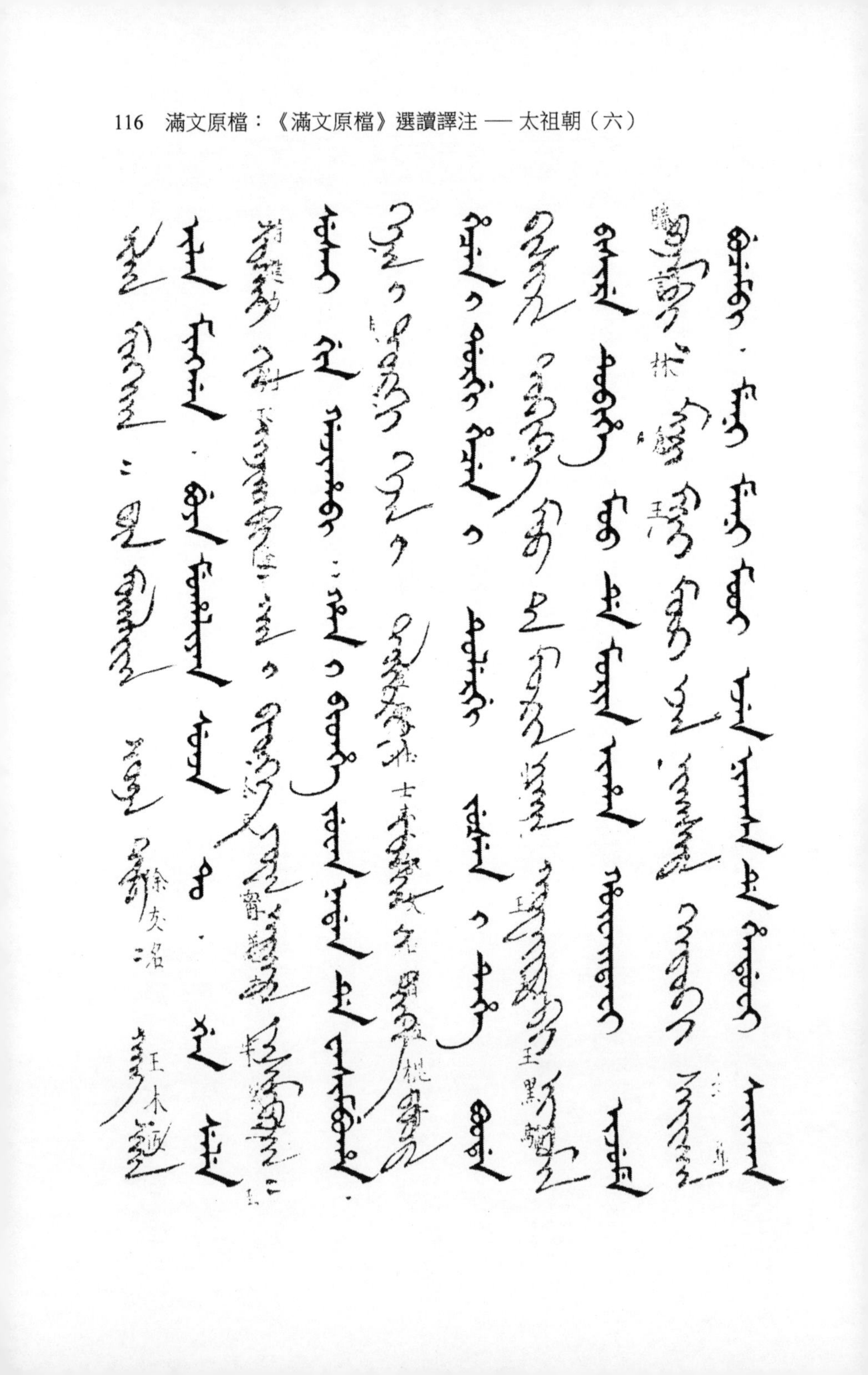

ilan minggan, buya muhaliyan sunja to, g'an sele susai gin gajihabi. han i bithe juwan nadan de wasimbuha, hecen i dorgi hecen i tulergi jušen i tehe boode bisire tubihe moo de morin ihan hūwaitafi ijume bucembi, meni meni mooi ejen nikasa de hendufi saikan

---

大礮彈三千發、小礮彈五斗、鋼鐵五十斤。十七日，汗頒書面諭旨曰：「城內城外諸申住宅所種果木，拴繫牛馬後必將摩擦而死。令傳諭各樹主及漢人，

大炮弹三千发、小炮弹五斗、钢铁五十斤。十七日，汗颁书面谕旨曰：「城内城外诸申住宅所种果木，拴系牛马后必将摩擦而死。令传谕各树主及汉人，

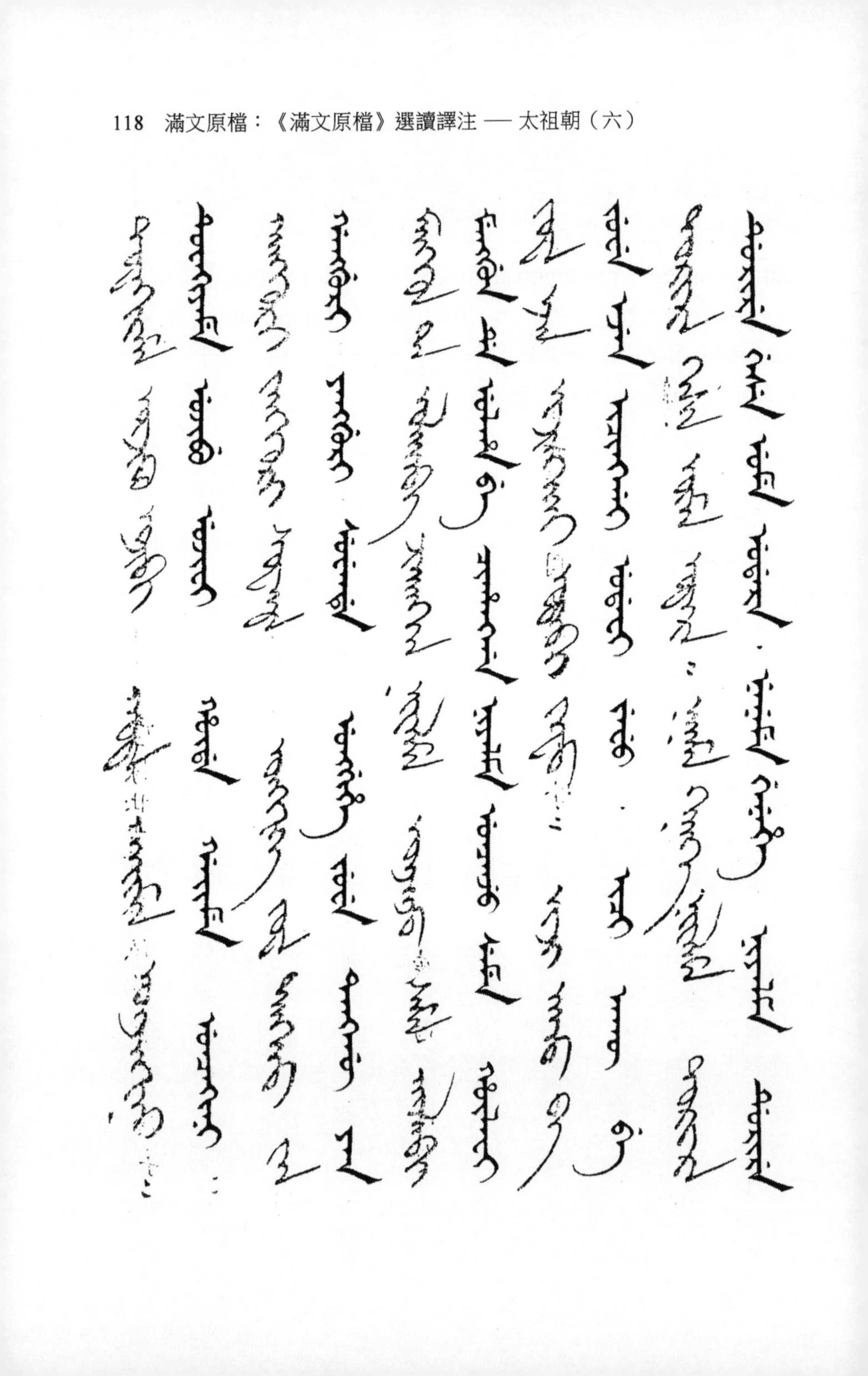

tuwakiyame ujibu, ujifi hūda gaime uncakini. gangguri yangguri suwende unggihe juwe tanggū yan menggun de ulhabe cihangga niyalma uncanju seme hūlafi juwe ejen icinggai udafi jefu, ici akū be durire gese ume udara. neneme genehe niyalma durire

---

善加養護，養成後索價出售。剛古里、揚古利寄銀二百兩給與爾等者，乃命召喚願售牲畜之人前來，二主相願，則購而食之；倘若不願形同搶奪，則勿購買。聞先去之人

善加养护，养成后索价出售。刚古里、扬古利寄银二百两给与尔等者，乃命召唤愿售牲畜之人前来，二主相愿，则购而食之；倘若不愿形同抢夺，则勿购买。闻先去之人

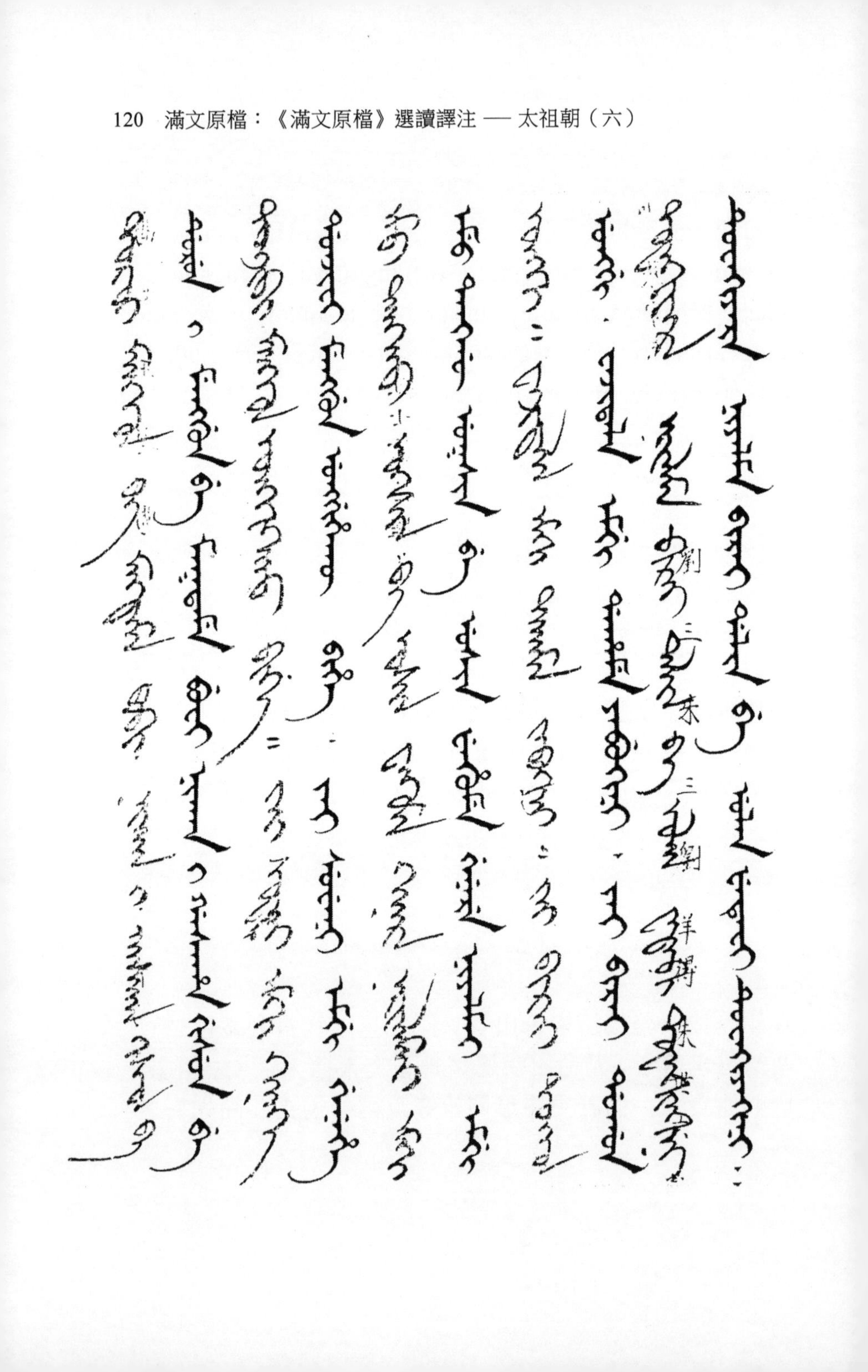

durun i menggun be maktame bufi nikan i gasaha gisun be donjifi menggun unggihekū bihe. jai suweni emgi genehe emu tanggū uksin be usin fehume genere niyalmai emgi unggi, wajitala emgi dahame yabukini. jai birai dogon tuwakiyara niyalma birai dalin be ulan fetefi tuwakiyakini.

擲銀強購，形同搶奪，以致漢人頗有怨言，故未寄銀。再者，與爾等同去之披甲百人，可與前往步量田地之人一同遣之，並隨同行走至終點。再者，戍守渡口之人，可令其於河岸掘壕戍守。

掷银强购，形同抢夺，以致汉人颇有怨言，故未寄银。再者，与尔等同去之披甲百人，可与前往步量田地之人一同遣之，并随同行走至终点。再者，戍守渡口之人，可令其于河岸掘壕戍守。

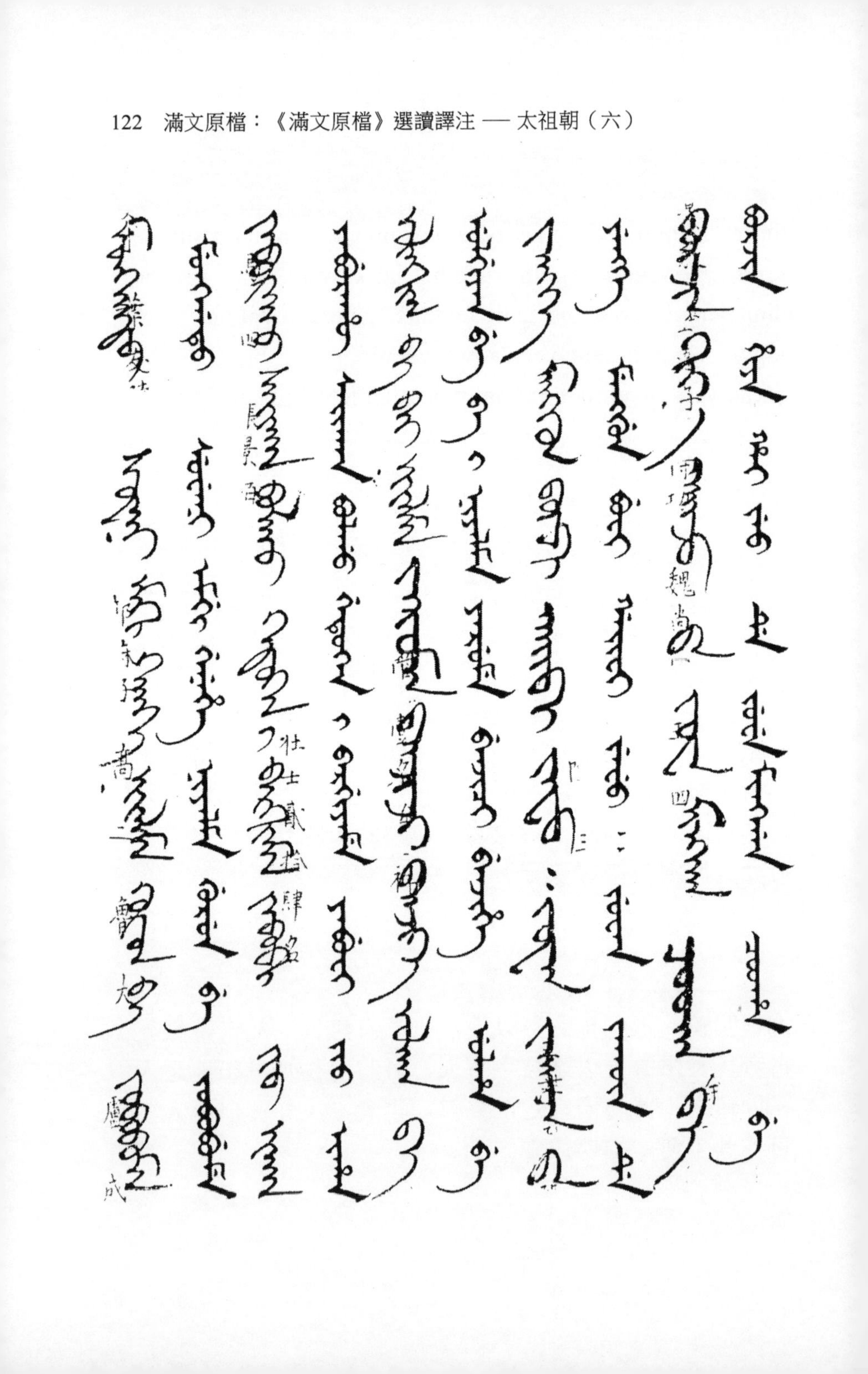

munggatu suweni emgi genehe niyalma gurun be jobobume yaburahū saikan bolgo getuken i bargiyame yabufi jio. ihan ulgiyan be ba i niyalma yarume benjici benjihe ulha be yengke menggun bufi gaifi jefu. juwan jakūn de borjin hiya hai jeo de juwe minggan cooha be

---

蒙噶圖，著爾約束與爾等同去之人，恐行走時擾害國人，應妥善潔淨明白往來收購。地方之人牽來牛豕時，按價給與銀錁[51]後方可取食。」十八日，博爾晉侍衛率兵二千人前往海州換防。

蒙噶图，着尔约束与尔等同去之人，恐行走时扰害国人，应妥善洁净明白往来收购。地方之人牵来牛豕时，按价给与银锞后方可取食。」十八日，博尔晋侍卫率兵二千人前往海州换防。

---

51 銀錁，《滿文原檔》寫作 “ja(e)ngke”，《滿文老檔》讀作 “yengke”，係漢文「銀錁」音譯詞，意即「小銀錠」。

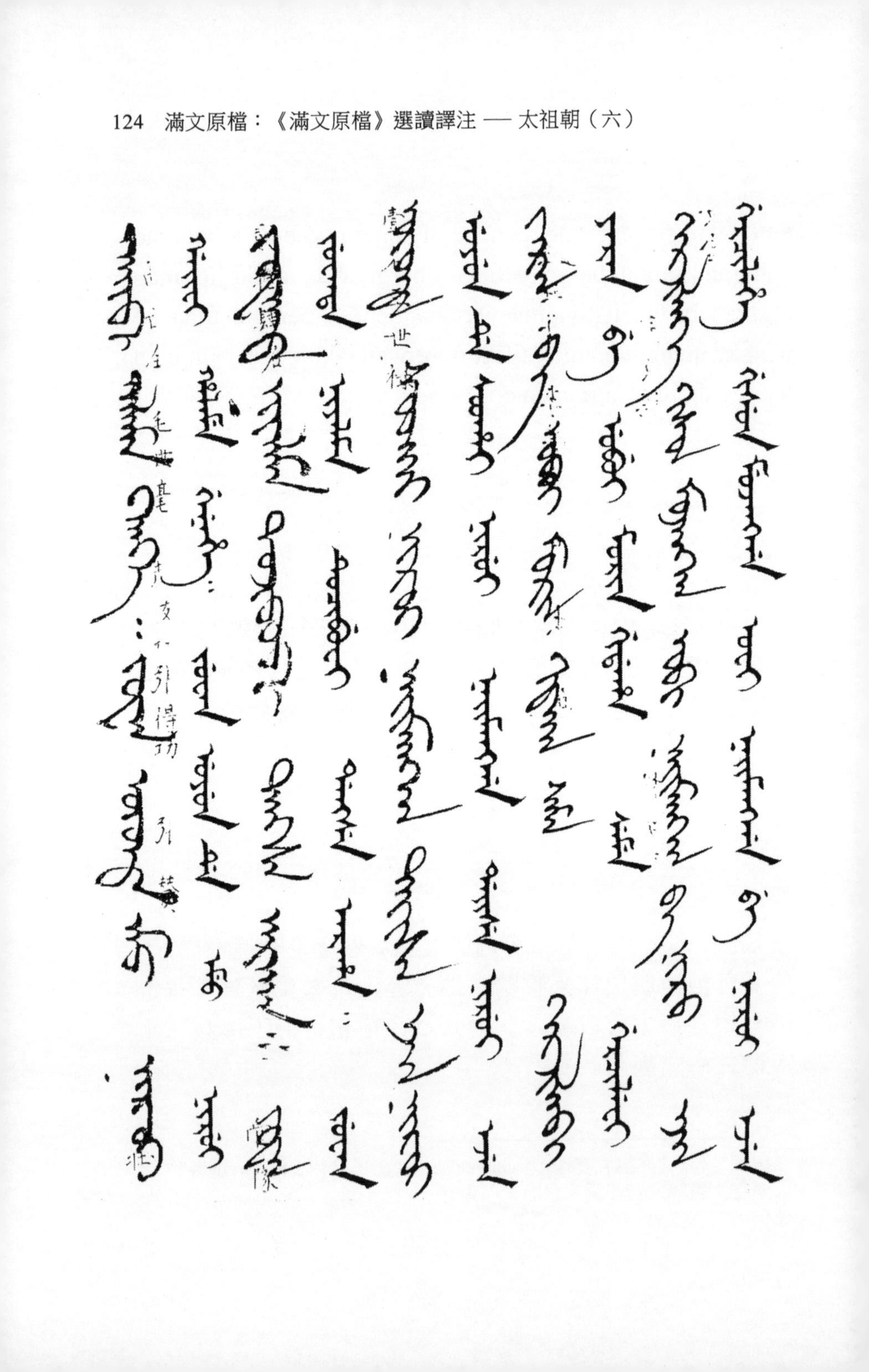

gaifi halame genehe. juwan uyun de emu nirui juwanta niyalma tucibufi dangse araha. juwan uyun de soohai nirui naimangga daise nirui ejen yaran be ubui morin gidaha seme gercilefi, gercilehe gisun mujangga ofi naimangga be niru ejen

---

十九日，每牛彔各派十人繕寫檔子。十九日，索海牛彔下乃莽阿首告[52]代理牛彔額真雅蘭，藏匿公共份額馬匹。因所告之言屬實，授乃莽阿為牛彔額真。

十九日，每牛录各派十人缮写档子。十九日，索海牛录下乃莽阿首告代理牛录额真雅兰，藏匿公共份额马匹。因所告之言属实，授乃莽阿为牛录额真。

---

[52] 首告，《滿文原檔》寫作 "kerjilebi"，《滿文老檔》讀作 "gercilefi"。按滿文 "gercilembi" 係蒙文"gercilekü"借詞(根詞俱作 "gercile-")，意即「作證」。

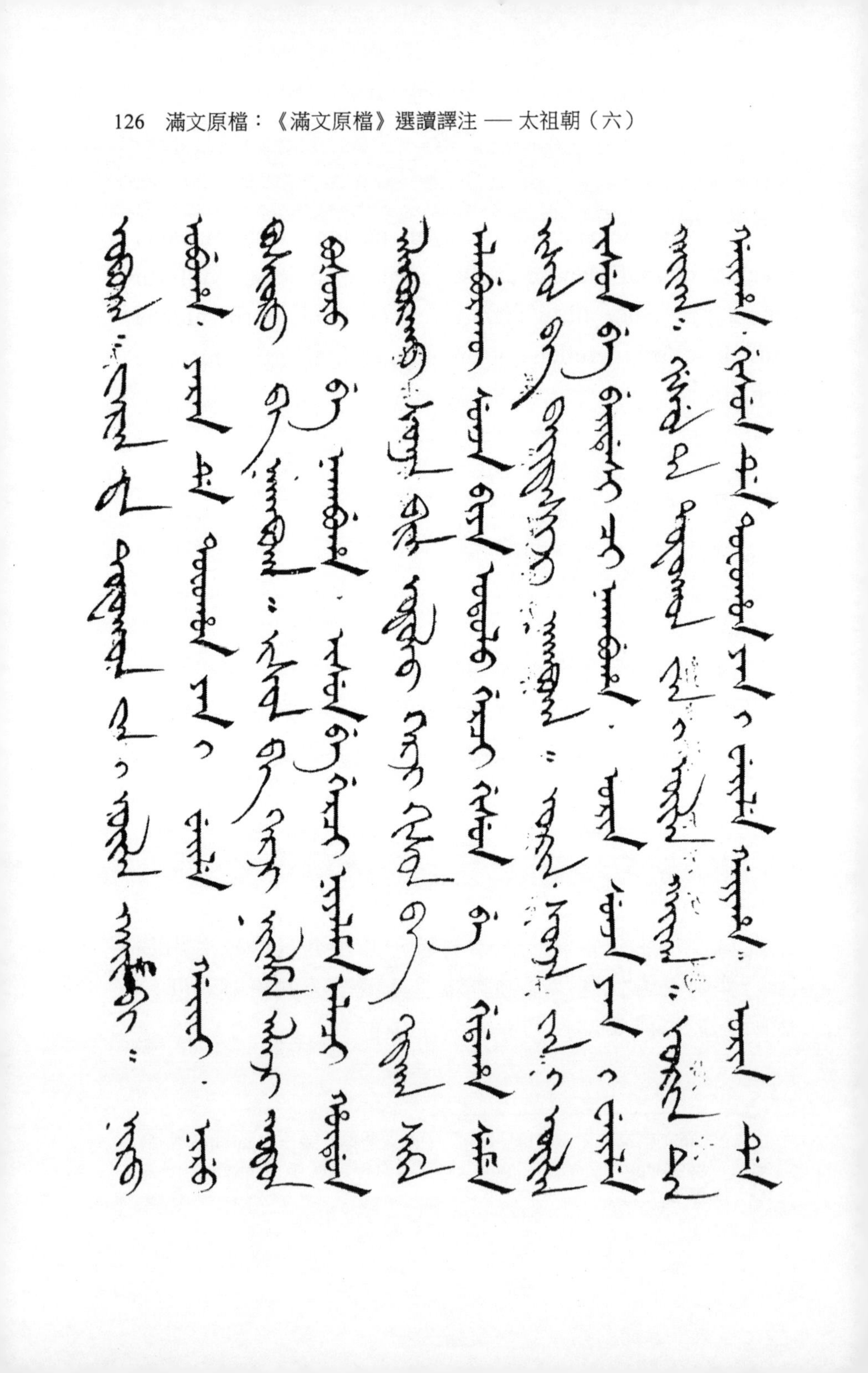

obuha. yaran de tofohon yan i weile gaifi, niru bošoro be nakabuha. isun be gerci niyalma alaci hūdun alaburakū sunja biya otolo gerci gisun be gidaha seme isun be beidesici nakabuha, orin sunja yan i weile gaiha, gisun de tofohon yan i weile gaiha. orin de

---

罰銀雅蘭十五兩，革其掌管牛彔。伊蓀不速行告知首告人之言，隱匿首告之言直到五個月之久，革伊蓀審事官之職，罰銀二十五兩，罰銀吉蓀十五兩。二十日

罚银雅兰十五两，革其掌管牛彔。伊荪不速行告知首告人之言，隐匿首告之言直到五个月之久，革伊荪审事官之职，罚银二十五两，罚银吉荪十五两。二十日，

八、海上動靜

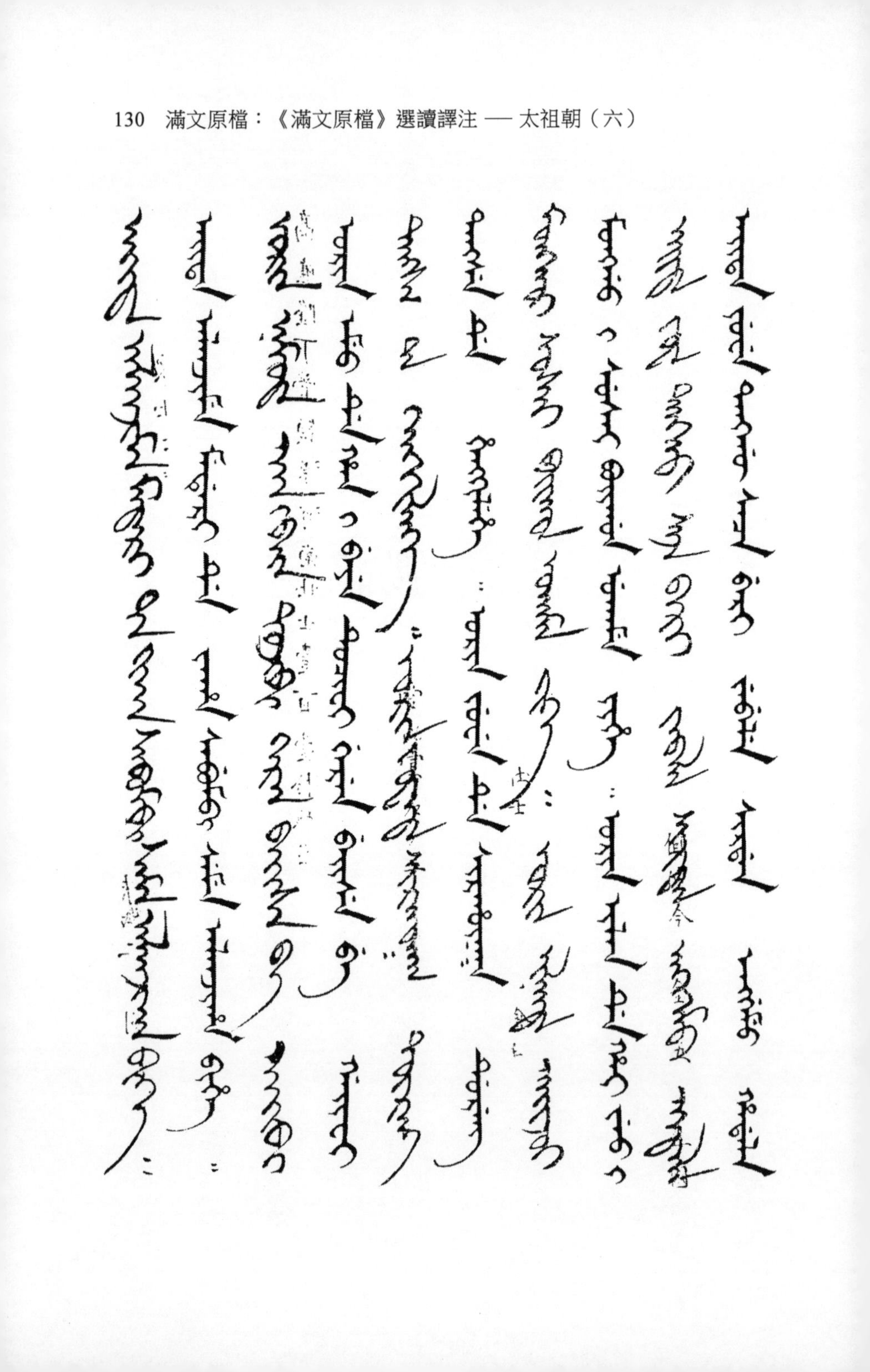

aita alanjime mederi de jaha sabumbi seme alanjiha bihe. orin emu de han i beye tucifi geren beise be gaifi tangse de hengkilehe. orin juwe de sirhūnak dureng monggoi susai boigon ukame jihe. orin ilan de hai jeoi aita juwe tanggū saca, beri, jebele, sirdan, enggemu, hadala

---

爱塔來報，海上看見小舟。二十一日，汗親自出衙門率諸貝勒叩拜堂子。二十二日，希爾胡納克杜楞屬下蒙古五十戶逃來。二十三日，海州爱塔遣人送來盔二百副及弓、撒袋、箭、鞍、轡俱全。

爱塔来报，海上看见小舟。二十一日，汗亲自出衙门率诸贝勒叩拜堂子。二十二日，希尔胡纳克杜楞属下蒙古五十户逃来。二十三日，海州爱塔遣人送来盔二百副及弓、撒袋、箭、鞍、辔俱全。

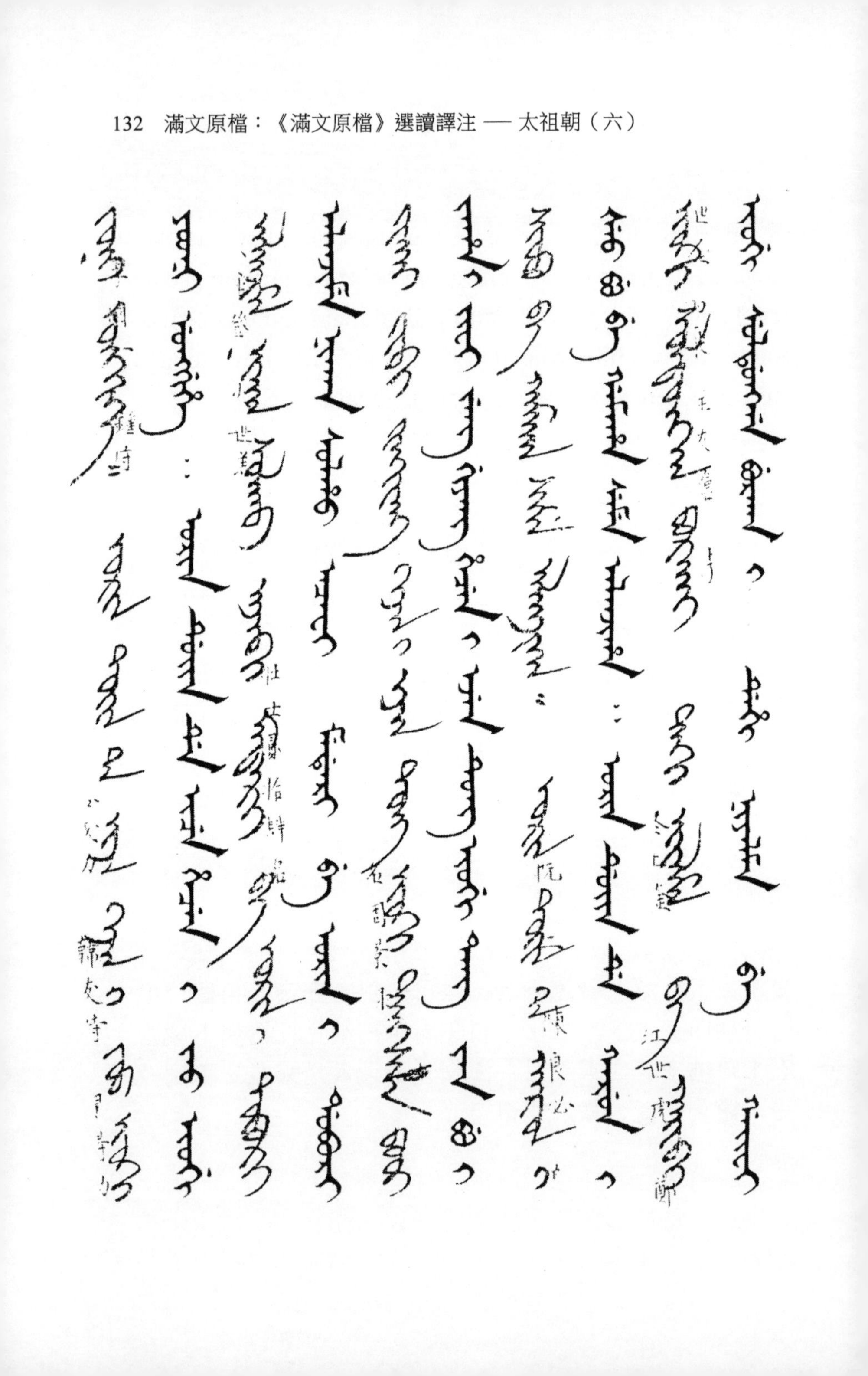

yooni unggihe. orin duin de ice hecen i jao iogi alanjime, nikan, solho acafi mederi be orin i dobori jaha i jifi jeng giyang hecen i ejen tung iogi, tang jan pu i šeo pu be gamaha seme alanjiha. orin duin de karun i iogi suldungga burkan i dehi niyalma be gaifi

---

二十四日，新城趙遊擊來報：「二十日夜，明、朝鮮合兵乘小舟渡海而來，掠鎮江[53]城主佟遊擊及湯站堡守堡而去。」二十四日，遣卡倫[54]遊擊蘇勒東阿率布爾堪之四十人

二十四日，新城赵游击来报：「二十日夜，明、朝鲜合兵乘小舟渡海而来，掠镇江城主佟游击及汤站堡守堡而去。」二十四日，遣卡伦游击苏勒东阿率布尔堪之四十人

---

[53] 鎮江，《滿文原檔》寫作 “jinkijang”，《滿文老檔》讀作 “jeng giyang”。按此為無圈點滿文拼讀漢字地名時 “ji” 與 “je”、“n” 與 “ng”、“ki” 與 “gi”、“ja” 與 “ya”之混用現象。又，此「鎮江」，位於今遼寧省丹東，與江蘇省鎮江，同名異地。

[54] 卡倫，《滿文原檔》、《滿文老檔》俱讀作 “karun”，與蒙文“qaraɣul” 為同源詞（字尾 “n” 與 “l”音轉），意即「邊哨、崗哨」。

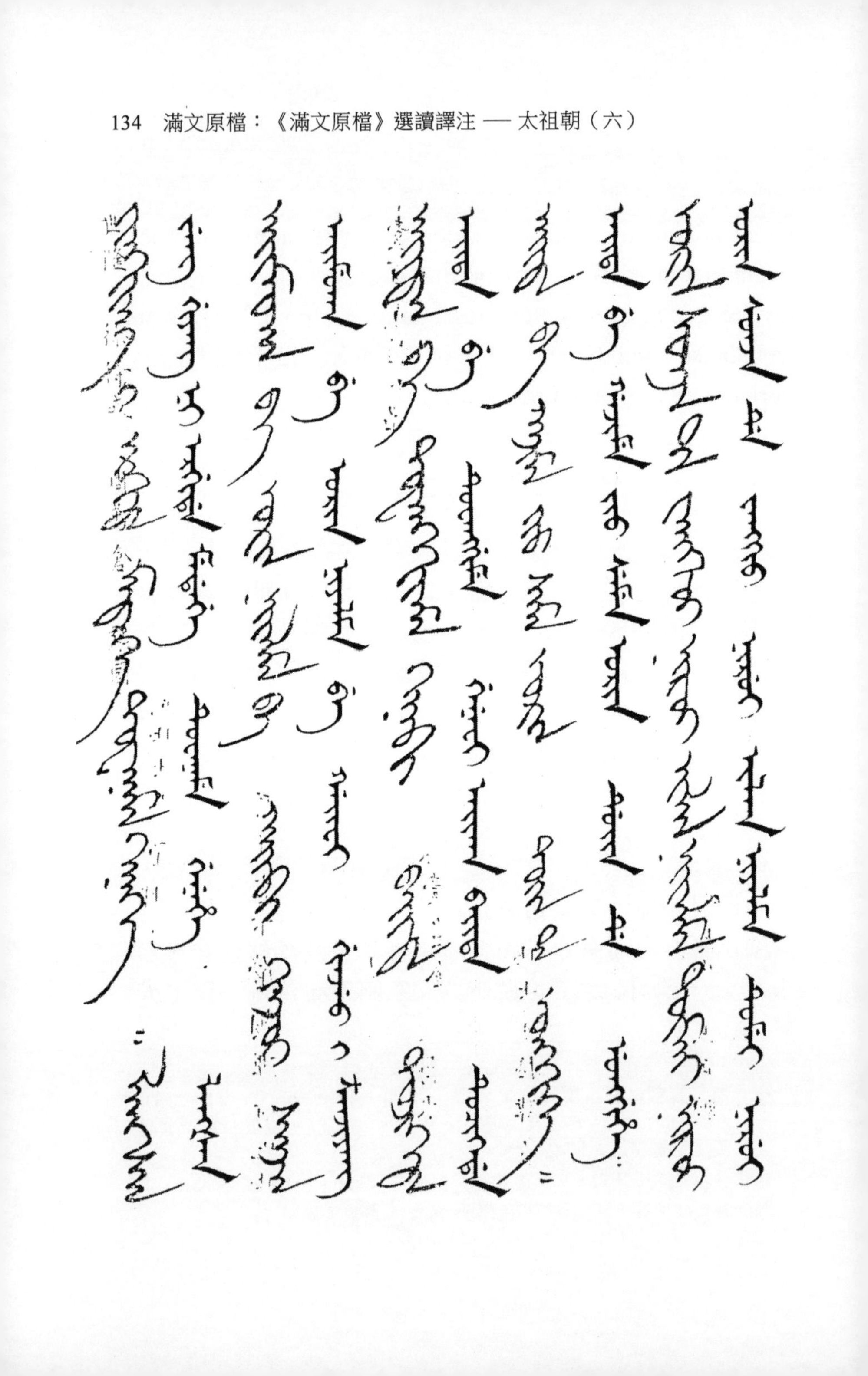

jeng giyang ni ergide medege tuwaname genehe. langšan aimuka be orin niyalma be gaifi ginjeo i ts'anjiyang aita be tuwanggime genefi aika baita tucikede aita be gajime jio seme orin duin de unggihe. orin sunja de jangkio nirui ilan niyalma tumei nirui

---

前往鎮江一帶探信。二十四日，遣郎善、愛穆喀率二十人去看金州参將愛塔，倘若出事時，則攜愛塔前來。二十五日，張邱牛彔下三人，

前往镇江一带探信。二十四日，遣郎善、爱穆喀率二十人去看金州参将爱塔，倘若出事时，则携爱塔前来。二十五日，张邱牛彔下三人，

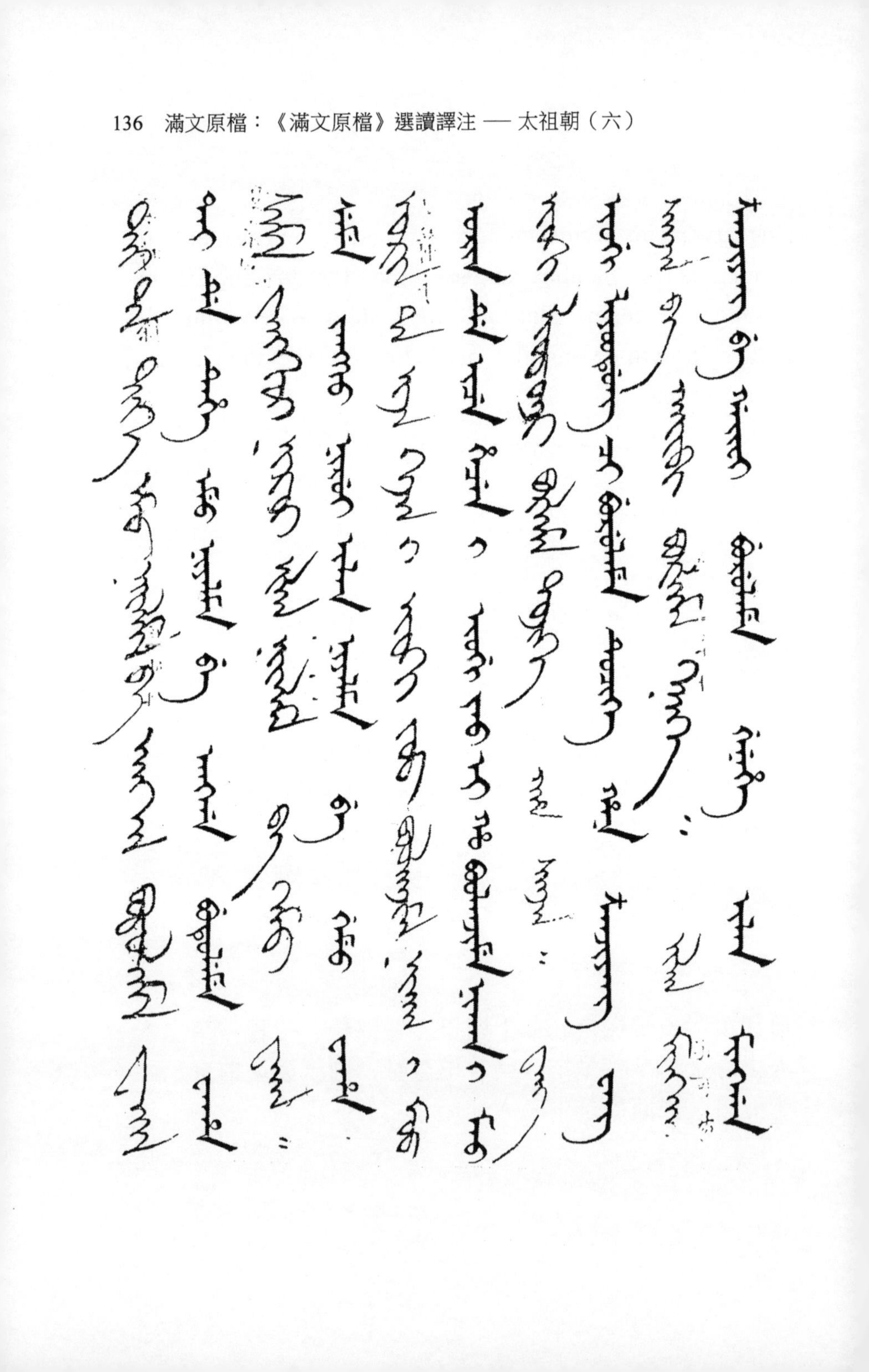

tai de tehe emu niyalma be angga butuleme waha seme, jangkio nirui ilan niyalma be gemu waha. orin de ice hecen i iogi jao i ho boolanjime, nikan i mao iogi liyoodungci burulame tucike han ts'anjiyang, wang ts'anjiyang be gaifi burulame genehe ilan minggan

---

將圖梅牛彔住台一人捂住其口殺害，故將張邱牛彔下三人俱處死。二十日，新城遊擊趙義和[55]來報云：「明毛遊擊率領自遼東逃出之韓參將、王參將及敗走之兵三千名，

将图梅牛录住台一人捂住其口杀害，故将张邱牛录下三人俱处死。二十日，新城游击赵义和来报云：「明毛游击率领自辽东逃出之韩参将、王参将及败走之兵三千名，

---

[55] 遊擊趙義和，《滿文原檔》寫作"ioki joo"，闕名；《滿文老檔》讀作"iogi joo i ho"，補正。

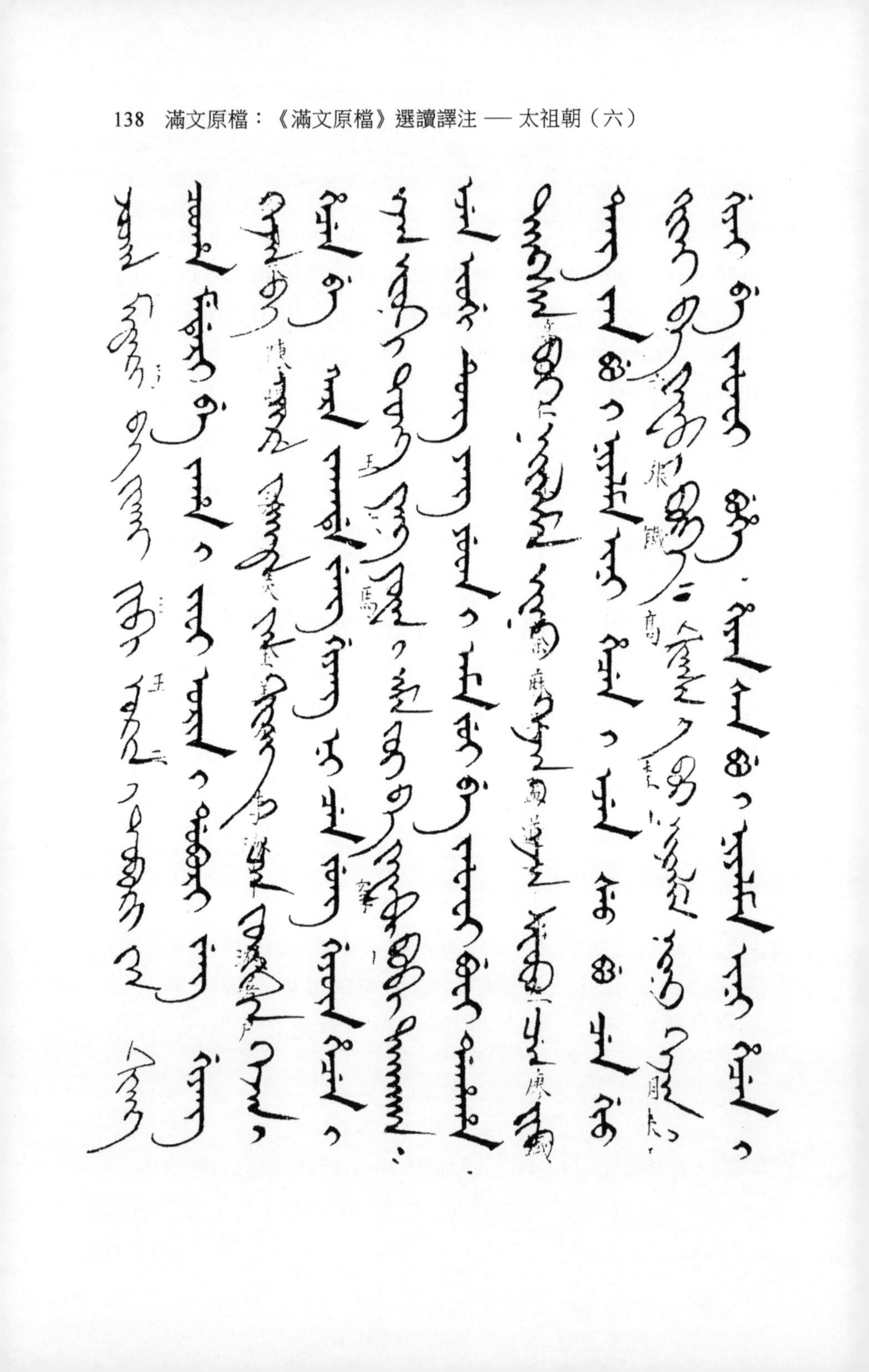

cooha mederi be jaha i jifi, orin i dobori jeng giyang hecen be kara jakade, jeng giyang ni cen jung giyūn hecen i ejen iogi tung yang yuwan i ama jui be jafafi bufi dahaha. tang jan pu i niyalma, ini hecen i ejen šeo pu cen gio giyai be jafafi buhe. hiyan šan pu i niyalma ini hecen i

---

乘舟渡海而來，於二十日夜圍攻鎮江城，鎮江陳中軍[56]執獻城主遊擊佟養元父子以降，湯站堡之人執其城主守堡陳九階以獻，險山堡[57]之人

乘舟渡海而来，于二十日夜围攻镇江城，镇江陈中军执献城主游击佟养元父子以降，汤站堡之人执其城主守堡陈九阶以献，险山堡之人

---

[56] 陳中軍，即陳良策，《滿文原檔》寫作"can jongkin"，《滿文老檔》讀作"cen jung giyūn"。按此為無圈點滿文拼讀漢字人名、職銜時"ca"與"ce"、"jo"與"ju"、"ki"與"giyū"之混用現象。

[57] 險山堡，《滿文原檔》寫作"kijansa-n bo"，《滿文老檔》讀作"hiyan šan pu"。按此為無圈點滿文拼讀漢字地名時"ki"與"hi"、"ja"與"ya"、"sa-n"（分寫左撇）與"šan"（右撇）之混用現象。

九、邊境憂患

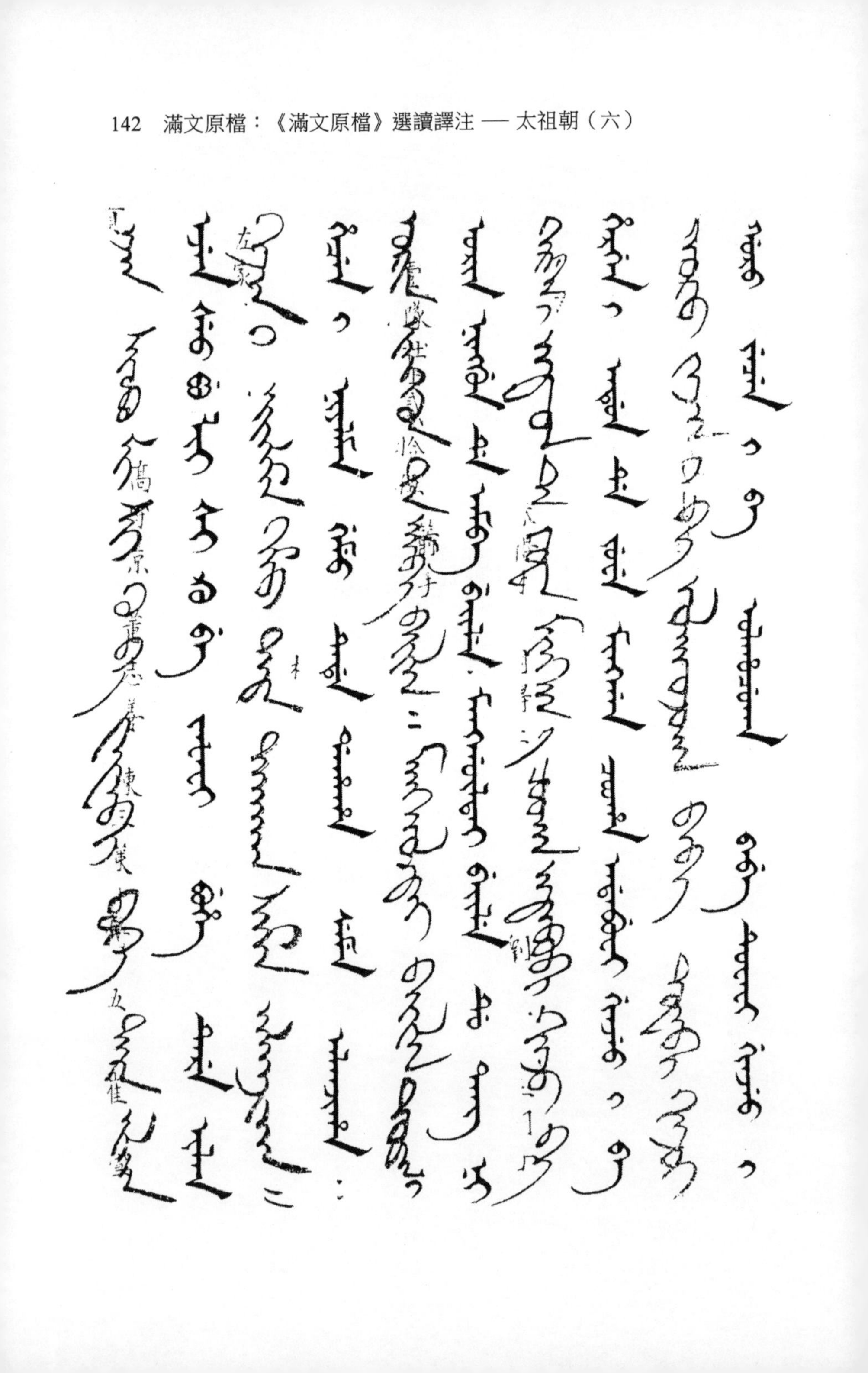

ejen šeo pu lii ši k'o be jafafi buhe. tere ilan hecen i niyalma gemu tede dahaha seme alanjiha. orin ninggun de amba beile, manggūltai beile, du tang ni hergen i adun de juwe minggan cooha adabufi ginjeo i ba goro jecen i ba olhocuka babe tuwafi ginjeo i

---

執其城主守堡李世科以獻。此三城之人皆降。」二十六日，遣大貝勒、莽古爾泰貝勒、都堂職銜阿敦率兵二千名，往閱金州地方及偏遠邊境可虞之地。

执其城主守堡李世科以献。此三城之人皆降。」二十六日，遣大贝勒、莽古尔泰贝勒、都堂职衔阿敦率兵二千名，往阅金州地方及偏远边境可虞之地。

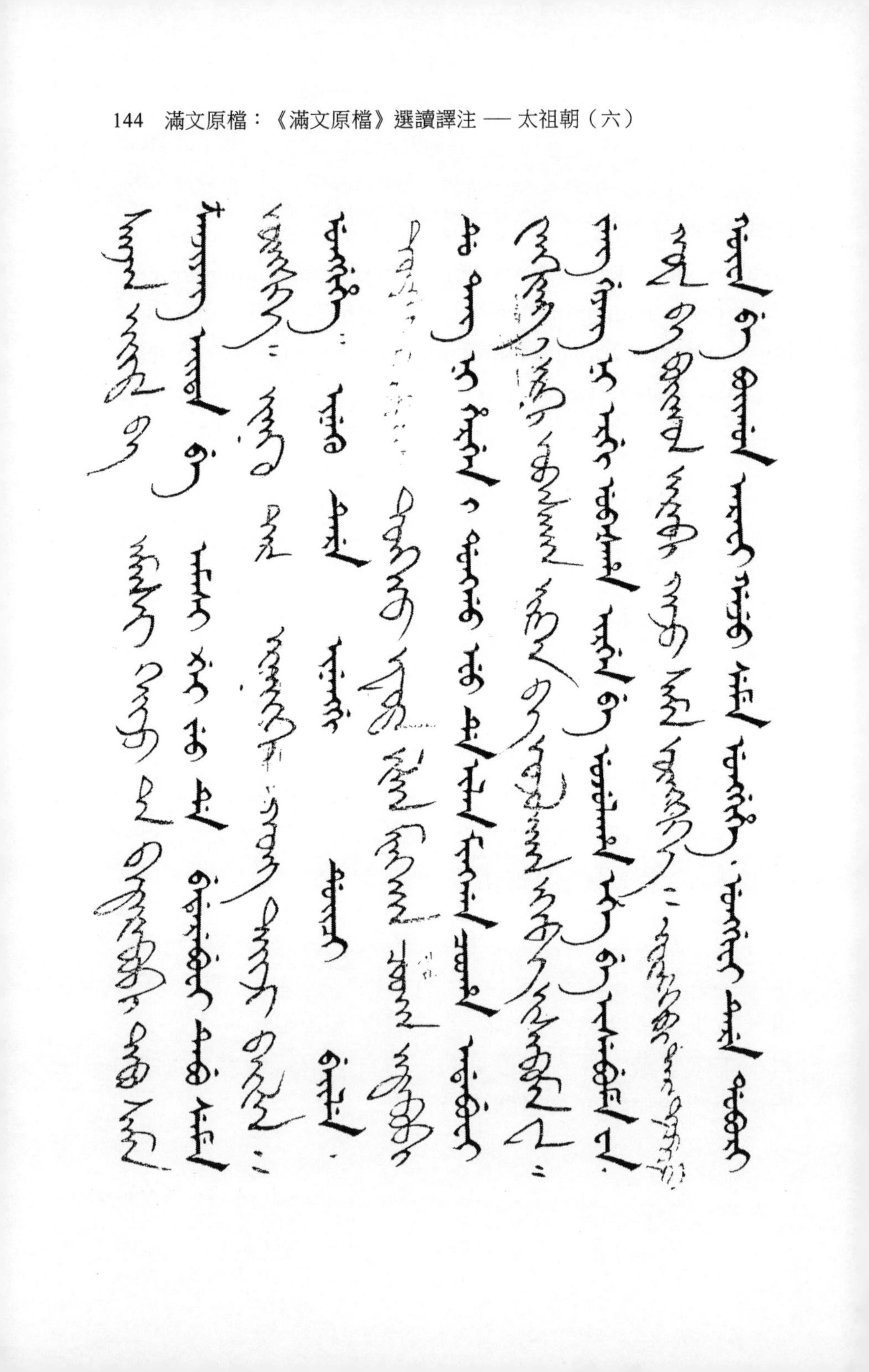

ts'anjiyang aita be amasi g'ai jeo de bederebufi tebu seme unggihe. inkeu tere inenggi hong taiji beile, du tang ni hergen i donggo efu de ilan minggan cooha adabufi jeng giyang ni ergi ubašaha irgen be ujulaha ehe be isebume wa, gūwa be boigon arafi gaju seme unggihe. unggifi tere obori

---

命金州參將愛塔退駐蓋州。是日，命洪台吉貝勒[58]、都堂職銜棟鄂額駙率兵三千名，往剿鎮江一帶叛民，並諭令殺其首惡，餘眾編戶攜歸，諭畢遣之。

命金州参将爱塔退驻盖州。是日，命洪台吉贝勒、都堂职衔栋鄂额驸率兵三千名，往剿镇江一带叛民，并谕令杀其首恶，余众编户携归，谕毕遣之。

---

[58] 洪台吉貝勒，即清太宗皇太極，清太祖第四子。《滿文原檔》讀作 "hong taiji beile"，《滿文老檔》讀作 "duici beile"，意即「第四貝勒」。

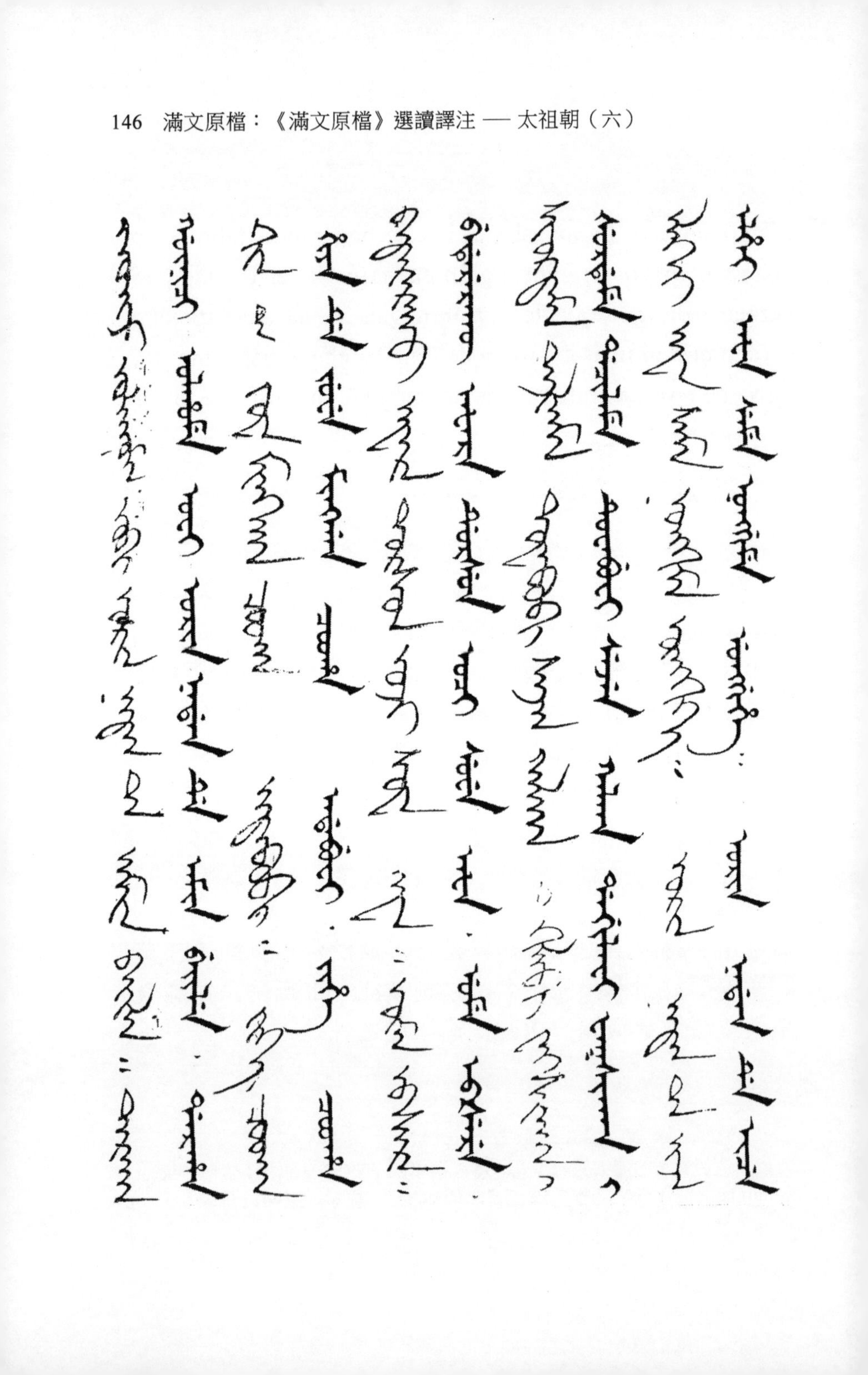

gūnici olhome ofi orin nadan de amin beile, darhan hiya de juwe minggan cooha adabufi, jihe cooha bedererakū afara dursun oci suwe afa, ume ebšere, šurdeme dacilame tuwabufi sejen kalka dagilafi faksikan i elhei afa seme nonggime unggihe. orin nadan de, ice

---

是夜思之，因恐不妥，故於二十七日又加派阿敏貝勒、達爾漢侍衛率兵二千名往援，諭以：「來兵若有攻擊不退樣子，爾等可攻之，但勿過急，宜詳察四周，妥佈車、盾，巧為緩攻。」二十七日，

是夜思之，因恐不妥，故于二十七日又加派阿敏贝勒、达尔汉侍卫率兵二千名往援，谕以：「来兵若有攻击不退样子，尔等可攻之，但勿过急，宜详察四周，妥布车、盾，巧为缓攻。」二十七日，

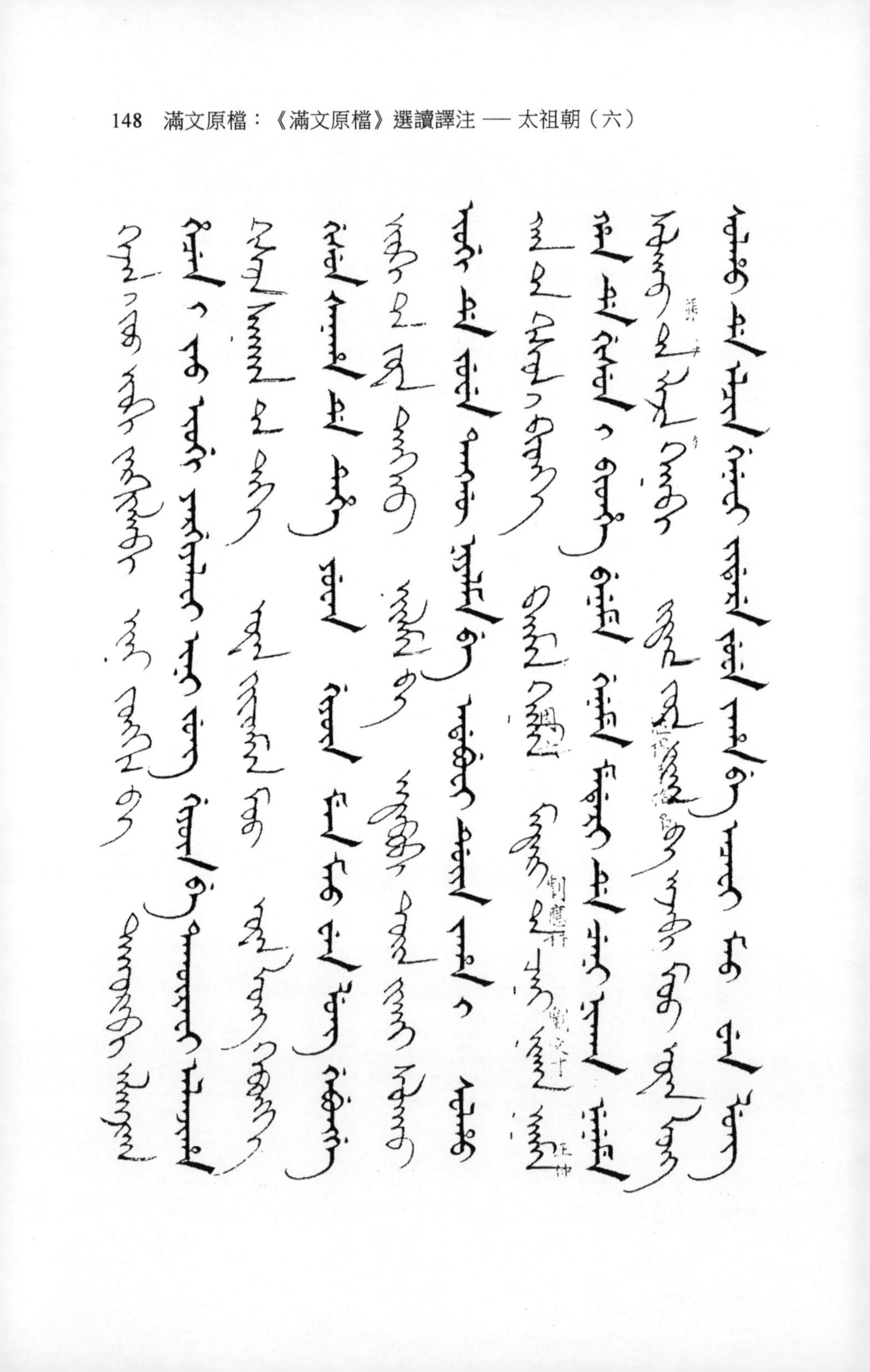

hecen i jao iogi yargiyalafi, ini jung giyūn be takūrafi alanjiha gisun, šanaha de tehe yuwan giyūn men mao wen lung gebungge iogi de juwe tanggū niyalma be adabufi duin jahai solho han de gisun i bithe beneme geneme mederi de ceni nikan neneme solho de elcin genefi jidere juwe jaha be acafi, mao wen lung

---

新城趙遊擊探得實信，遣其中軍來報稱：「駐守山海關之袁軍門[59]令名毛文龍之遊擊率二百人，駕四舟齎遞書信前往送交朝鮮國王。與其先前赴朝鮮之明使乘二舟返回，相遇於海上，

新城赵游击探得实信，遣其中军来报称：「驻守山海关之袁军门令名毛文龙之游击率二百人，驾四舟赍递书信前往送交朝鲜国王。与其先前赴朝鲜之明使乘二舟返回，相遇于海上，

---

[59] 袁軍門，即袁應泰，《滿文原檔》寫作 "owan〔yowan〕jijoman"，《滿文老檔》讀作 "yuwan giyūn men"。按此為無圈點滿文拼讀人名、職銜時 "yo" 與 "yu"、"ji" 與 "gi"、"jo" 與 "yū"、"ma" 與 "me"之混用現象。

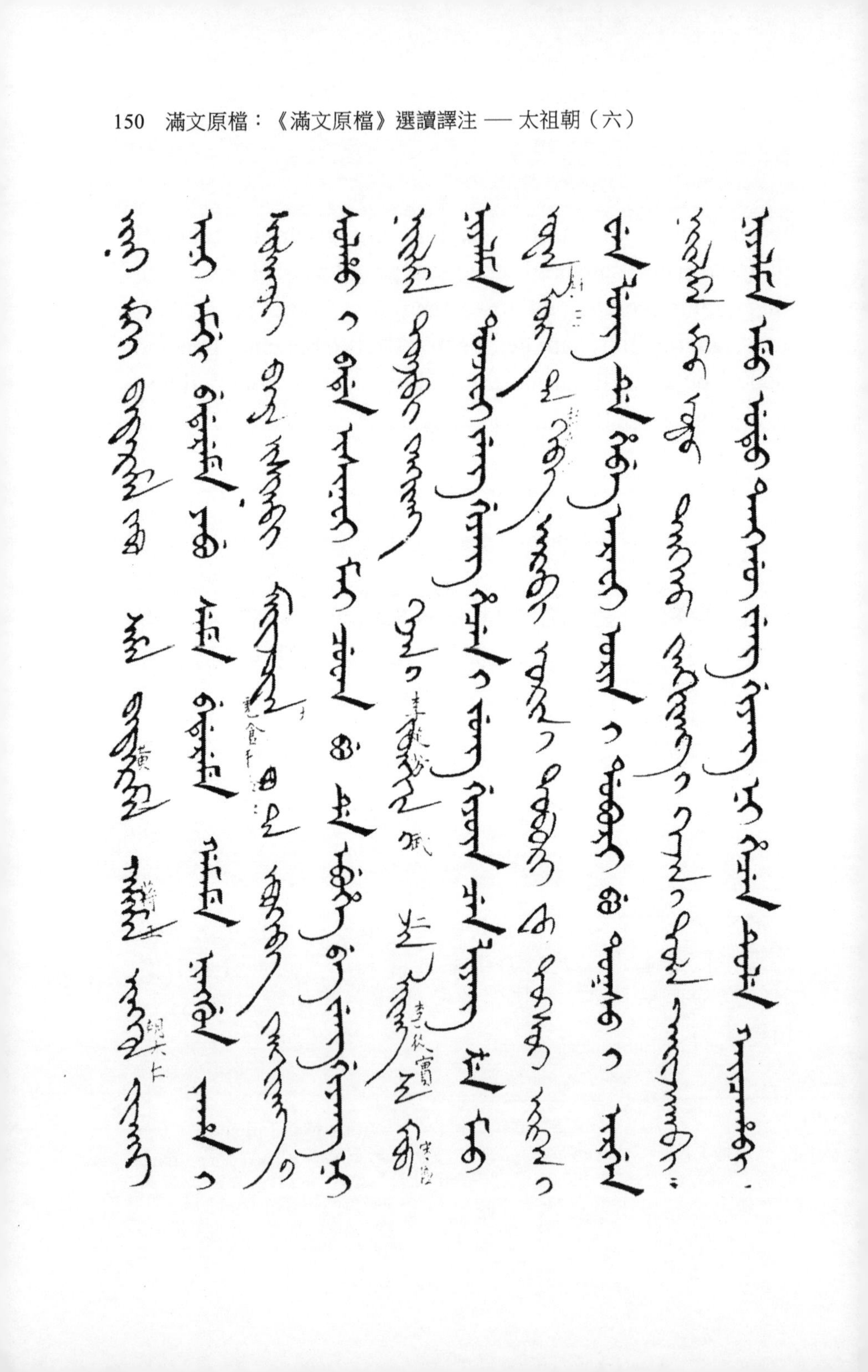

ini emgi bedereme yabu seme bedereme gamame, ninggun jaha i solhoi bade isinafi mai cuwan pu de ebuhe be jeng giyang ni niyalma donjifi, jeng giyang hecen i jung giyūn cen liyang ts'e mao wen lung de hebe arafi, orin i dobori pu tokso i irgen niyalma emu udu tanggū jeng giyang ni hecen tule kaicahabi.

毛文龍遂命其同往朝鮮。六舟至朝鮮地方，於麥川堡登岸。鎮江人聞之，鎮江城中軍陳良策與毛文龍合謀。二十日夜，屯堡民人數百名於鎮江城外吶喊，

毛文龙遂命其同往朝鲜。六舟至朝鲜地方，于麦川堡登岸。镇江人闻之，镇江城中军陈良策与毛文龙合谋。二十日夜，屯堡民人数百名于镇江城外呐喊，

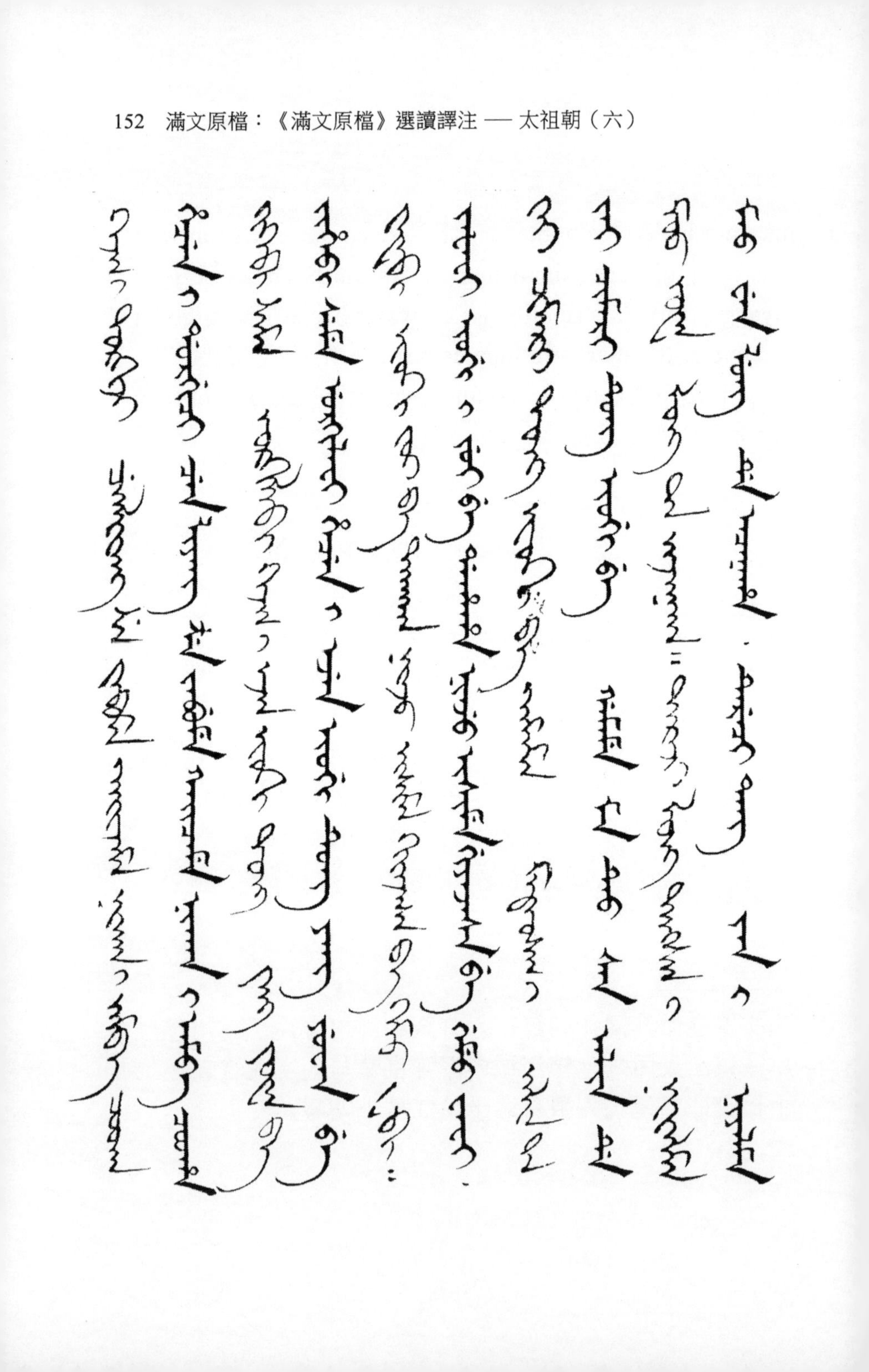

hecen i dorgici cen liyang ts'e jabume kaicame nikan i amba cooha jihebi seme urkilafi, hecen i ejen iogi tung yang yuwan be jafafi iogi i jui be dahaha ninju isime giyajasa be gemu wafi, jai cimari tung iogi be gamame ma teo šan alin de mao wen lung de acanaha. tereci tang jan i niyalma

---

陳良策自城內響應，隨聲附和大呼『明大兵至』。遂執城主遊擊佟養元，將遊擊之子及侍從近六十人俱殺之。翌日，攜佟遊擊往馬頭山與毛文龍相會。於是湯站之人

陈良策自城内回应，随声附和大呼『明大兵至』。遂执城主游击佟养元，将游击之子及侍从近六十人俱杀之。翌日，携佟游击往马头山与毛文龙相会。于是汤站之人

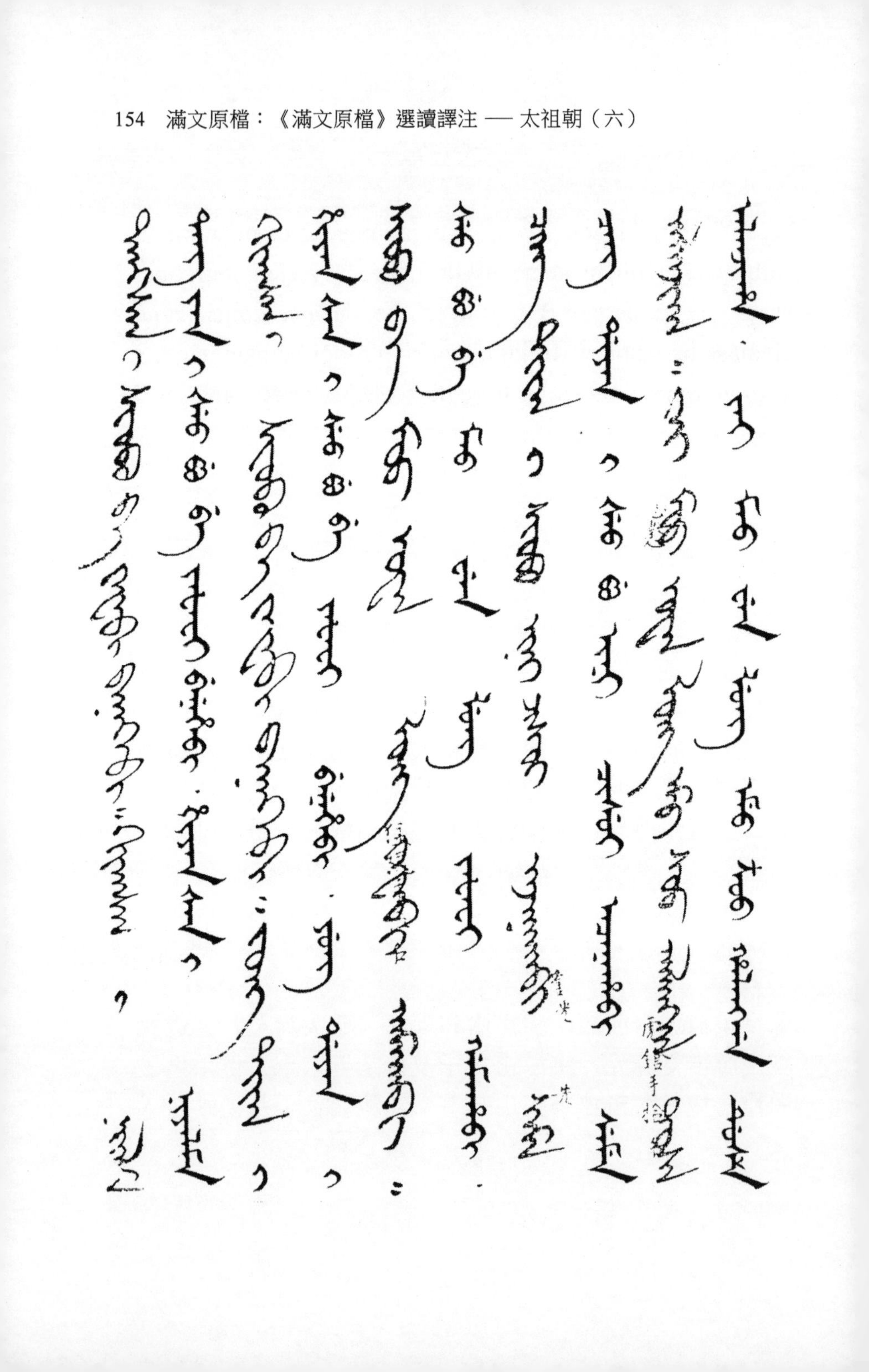

tang jan i šeo pu be jafafi benehebi. hiyan šan i niyalma hiyan šan i šeo pu be jafafi benehebi. yung diyan i šeo pu be mao wen lung jafafi gamahabi, cang diyan i šeo pu ini cisui acanahabi seme alanjiha. jai mao wen lung emu ts'oo halangga dusy

---

執湯站守堡以獻，險山之人執險山守堡以獻。毛文龍執永甸守堡帶去，長甸守堡自行前往會見。」再者，毛文龍遣一曹姓都司官

执汤站守堡以献，险山之人执险山守堡以献。毛文龙执永甸守堡带去，长甸守堡自行前往会见。」再者，毛文龙遣一曹姓都司官

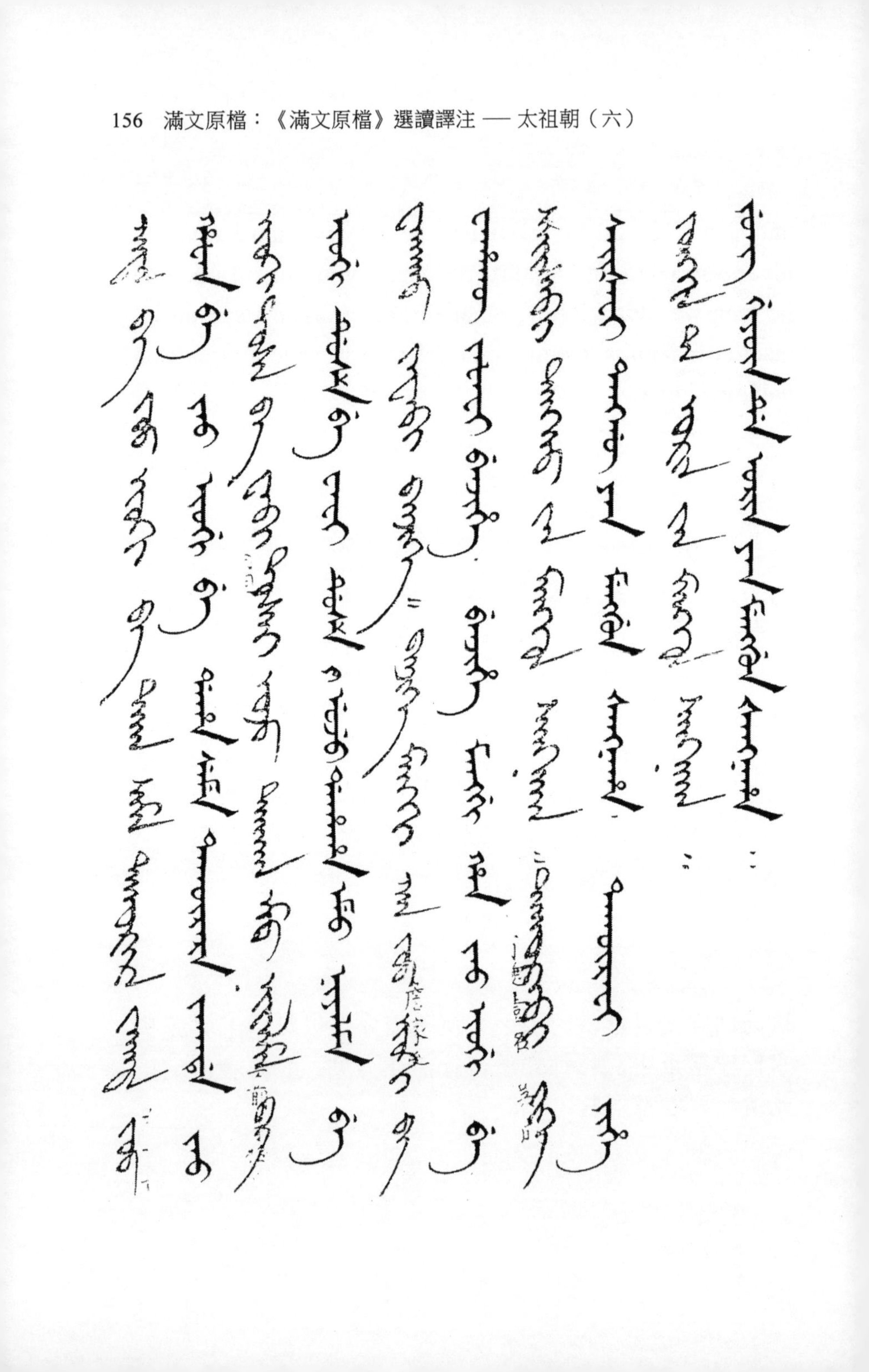

hafan be, jao iogi be daha seme takūrara jakade, jao iogi dusy be wafi dusy i uju dahaha emu niyalma be wahakū jafafi benjihe. benjihe manggi han jao iogi be saišafi tanggū yan mengun šangnaha. takūrafi jihe jung giyūn de orin yan menggun šangnaha.

勸趙遊擊降，趙遊擊殺都司，以都司首級，並所執未殺從者一人來獻。來獻後，汗嘉許[60]趙遊擊，賞銀百兩，賞遣來中軍銀二十兩。

劝赵游击降，赵游击杀都司，以都司首级，并所执未杀从者一人来献。来献后，汗嘉许赵游击，赏银百两，赏遣来中军银二十两。

---

60 嘉許，《滿文原檔》寫作“saisabi”，《滿文老檔》讀作“saišafi”。按滿文“saišambi”，係蒙文“saisiyaqu”借詞（根詞“saiša-”與“saisiya-”同），意即「贊揚、嘉獎」。

十、招降撫順

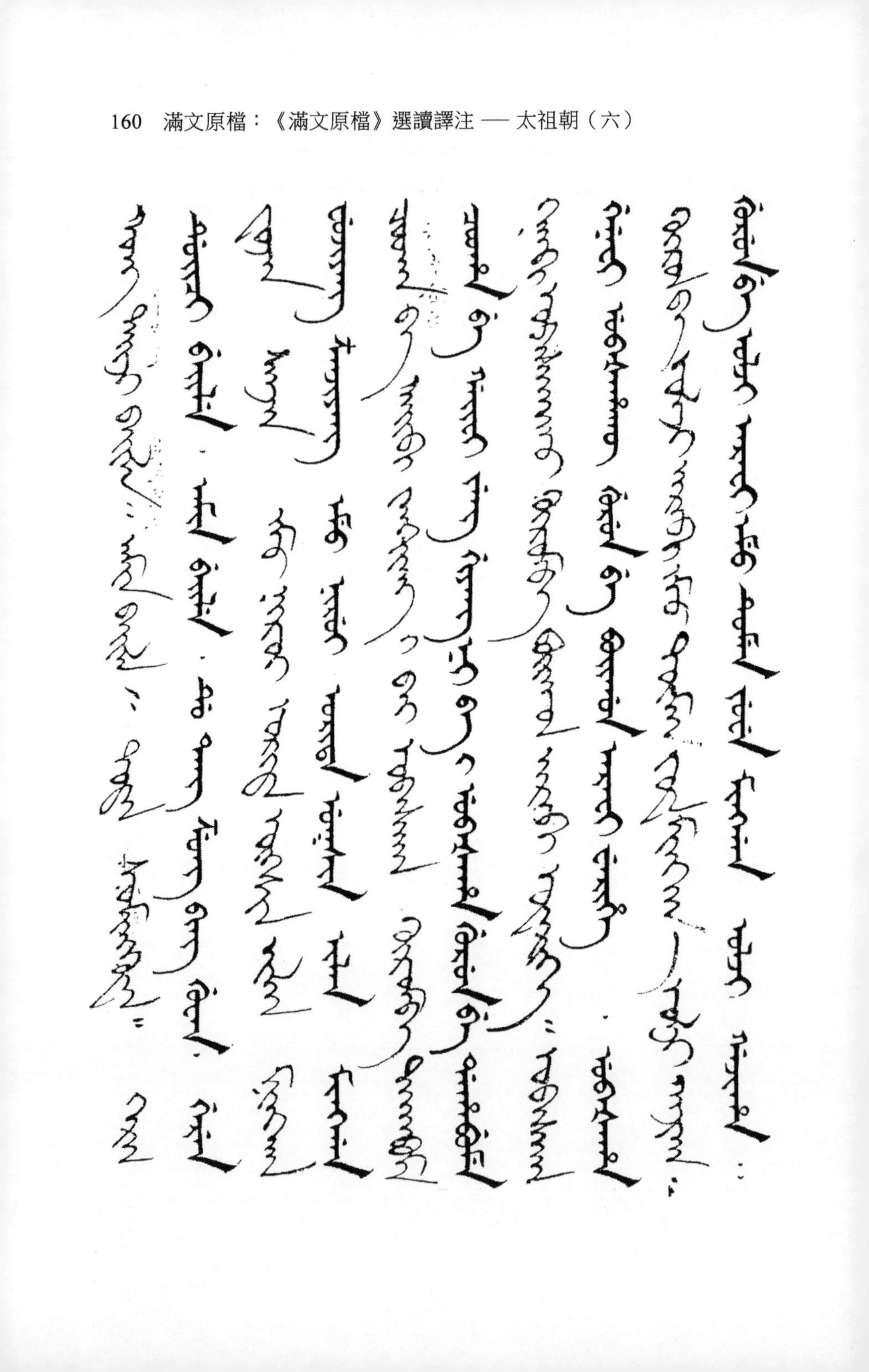

hong taiji beile, amin beile, du tang, dzung bing guwan, geren fujiyang, ts'anjiyang emu nirui orita uksin ilan minggan cooha be gaifi jeng giyang ni bai ubašaha gurumbe dahabume genefi ubašahakū gurumbe boigon arafi werihe, ubašaha gurun be olji arafi emu tumen juwe minggan olji gajiha.

洪台吉貝勒、阿敏貝勒率都堂、總兵官、眾副將、參將等官及每牛彔披甲各二十人，共三千兵前往鎮江地方招撫叛人，將其未叛人編戶留居原地，已叛人眾為俘虜[61]，擄來俘虜一萬二千名。

洪台吉贝勒、阿敏贝勒率都堂、总兵官、众副将、参将等官及每牛彔披甲各二十人，共三千兵前往镇江地方招抚叛人，将其未叛人编户留居原地，已叛人众为俘虏，携来俘虏一万二千名。

---

[61] 俘虜，《滿文原檔》、《滿文老檔》俱讀作"olji"，係蒙文"olǰa"借詞，源自回鶻文"olja"，意即「戰利品」。

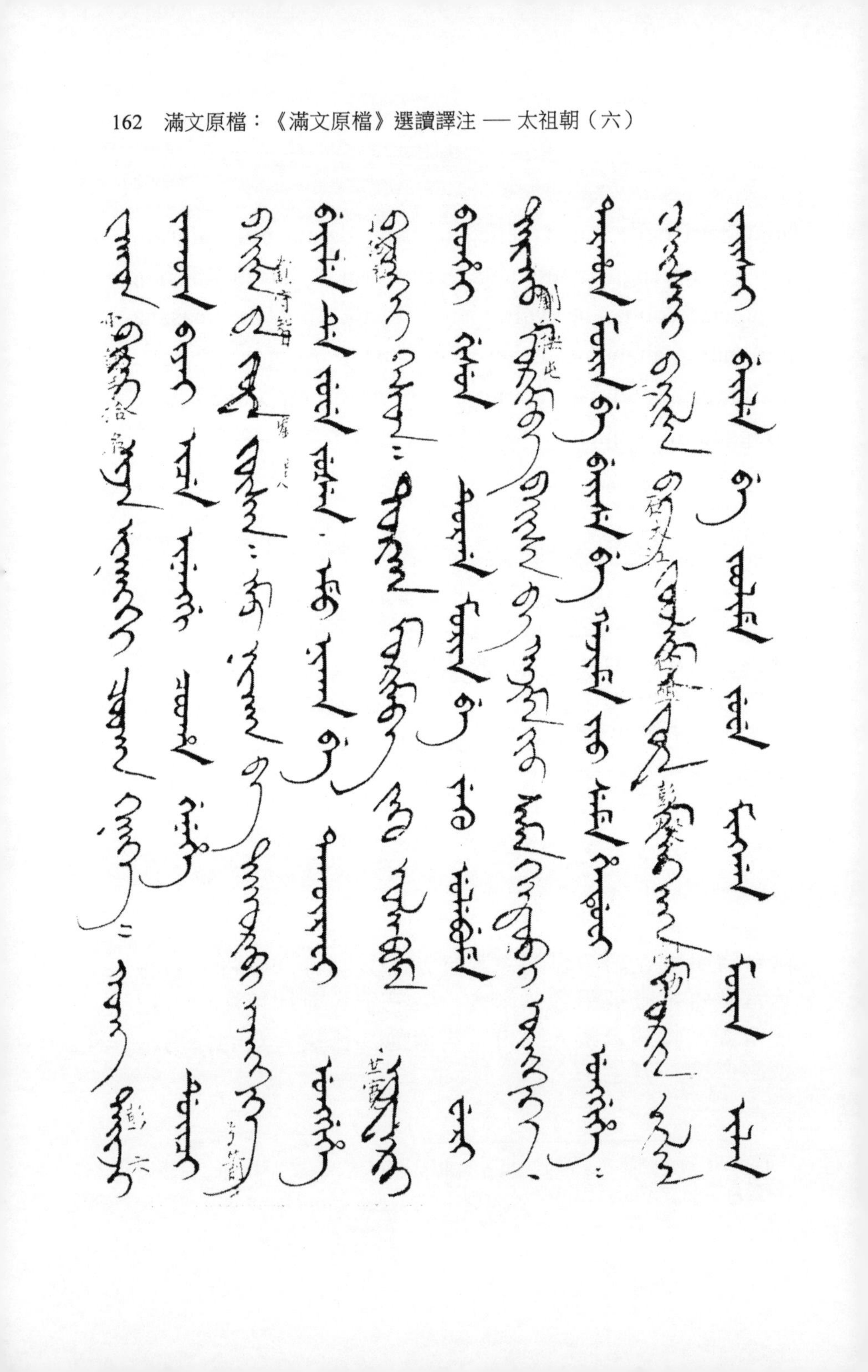

jakūn biyai ice inenggi cooha genehe hong taiji beile de juwe jušen, emu nikan be takūrafi unggihe bithei gisun, turga morimbe jeku ulebume weri, tarhūn morimbe beise be gajime jio seme hendufi unggihe. jaisai beile be joolime juwe minggan morin, ilan

---

八月初一日，遣諸申二人、漢人一人，齎書給與出征洪台吉貝勒曰：「羸瘦[62]馬匹餵糧留下，膘壯[63]馬匹由諸貝勒帶回。」諭畢遣之。初三日，贖[64]宰賽貝勒之使者至，獻馬二千匹、

八月初一日，遣诸申二人、汉人一人，赍书给与出征洪台吉贝勒曰：「羸瘦马匹喂粮留下，膘壮马匹由诸贝勒带回。」谕毕遣之。初三日，赎宰赛贝勒之使者至，献马二千匹、

---

62 羸瘦，《滿文原檔》寫作“torka”，《滿文老檔》讀作“turga”。按滿文“turga”係蒙文“turaqan”借詞，意即「消瘦的、掉膘的」。

63 膘壯，《滿文原檔》寫作“tarko”，《滿文老檔》讀作“tarhūn”。按滿文“tarhūn”係蒙文“tarɣun”借詞，意即「肥胖的」。

64 贖，《滿文原檔》、《滿文老檔》俱讀作“joolime”。按滿文“joolimbi”係蒙文“ǰoliqu”借詞（根詞“jooli-”與“ǰoli-”同），意即「贖回」。

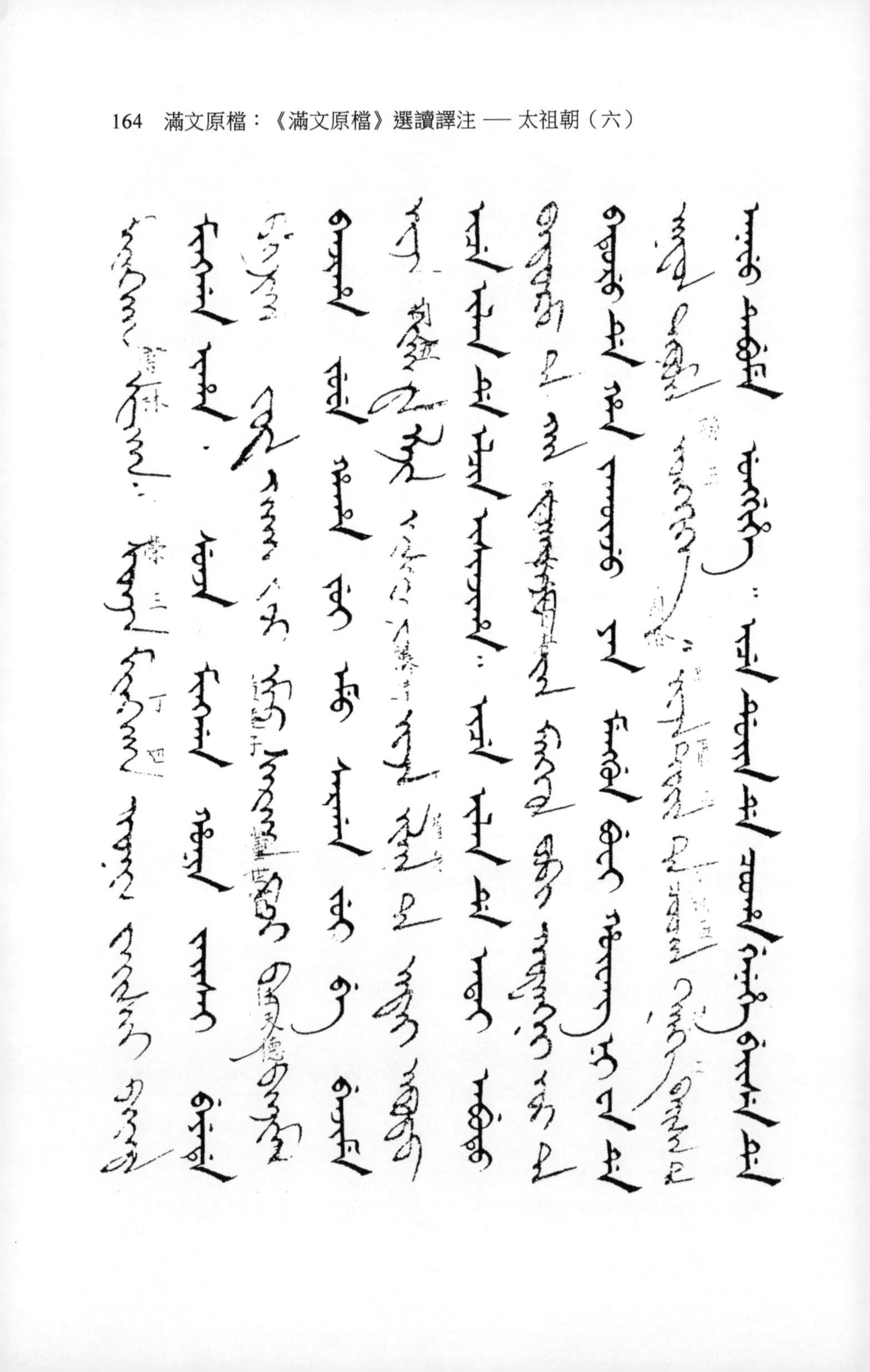

minggan ihan, sunja minggan honin jaisai beyede banjiha juwe haha jui emu sargan jui be benjime ice ilan de elcin isinjiha. ice ilan de atai, abutu baturu de han jakūnju yan menggun bufi hūwang ni wa de anafu tebume unggihe. ice duin de cooha genehe beise de

---

牛三千頭、羊五千隻，並送宰賽親生之二子一女。初三日，汗賜阿泰、阿布圖巴圖魯銀八十兩，遣往黃泥窪[65]戍守。初四日，汗遣使二人往諭出征諸貝勒曰：

牛三千头、羊五千只，并送宰赛亲生之二子一女。初三日，汗赐阿泰、阿布图巴图鲁银八十两，遣往黄泥洼戍守。初四日，汗遣使二人往谕出征诸贝勒曰：

---

[65] 黃泥窪，《滿文原檔》寫作"kowangni oi"，《滿文老檔》讀作"hūwang ni wa"。

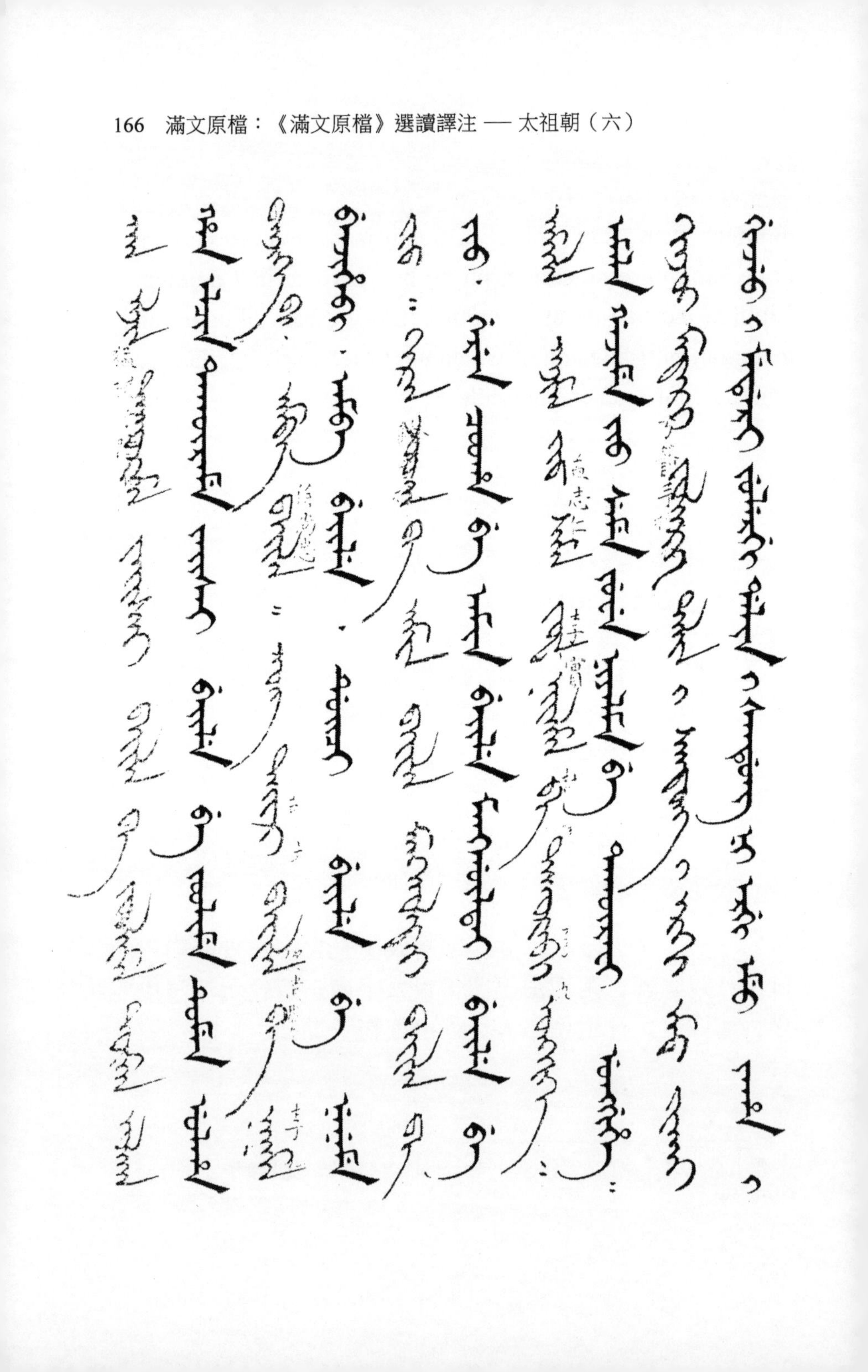

han, elcin takūrame jaisai beile be joolime tumen ulha benjihebi. amba beile, hong taiji beile be neneme jio. geren cooha be amin beile, manggūltai beile be amala gajime jio seme juwe niyalma be takūrafi unggihe. ginjeo i mederi julergi dalin i šangdung ni ergi emu jaha i

---

「為贖宰賽貝勒，來獻牲畜一萬。著大貝勒、洪台吉貝勒先來，阿敏貝勒、莽古爾泰貝勒率大軍隨後而來。」諭畢遣之。金州海南岸山東方向，

「为赎宰赛贝勒，来献牲畜一万。着大贝勒、洪台吉贝勒先来，阿敏贝勒、莽古尔泰贝勒率大军随后而来。」谕毕遣之。金州海南岸山东方向，

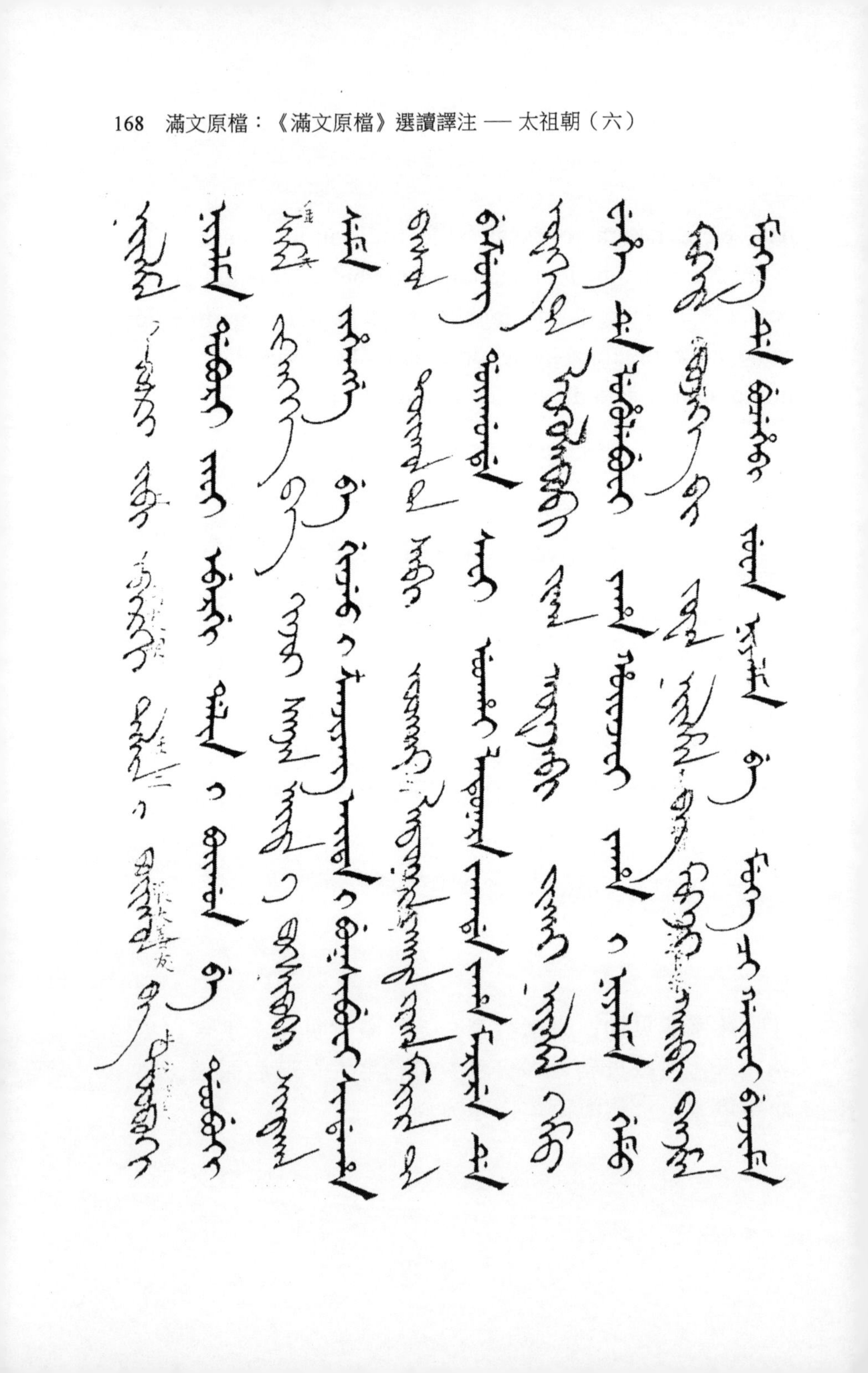

niyalma, dobori jifi ebergi dalin i boigon be doobuki seme jihengge be, ginjeoi ts'anjiyang aita i buksibufi sindaha bedzung doigonde safi uthai latunara jakade, jaha marire de wehe de luhulebufi jaha hūwajafi jaha i niyalma gemu muke de bucehebi. juwan niyalma be mukeci gaifi benjime

---

有人趁夜駕一小舟前來，欲潛渡此岸人戶，為金州參將愛塔埋伏之把總預先得知，即往拏捕[66]；小舟急返，觸礁舟碎，舟上之人皆溺水而死。自水中拏獲十人，

有人趁夜驾一小舟前来，欲潜渡此岸人户，为金州参将爱塔埋伏之把总预先得知，即往拏捕；小舟急返，触礁舟碎，舟上之人皆溺水而死。自水中拏获十人，

---

66 拏捕，《滿文原檔》寫作"latonara"，《滿文老檔》讀作"latunara"，意即「去侵犯」。

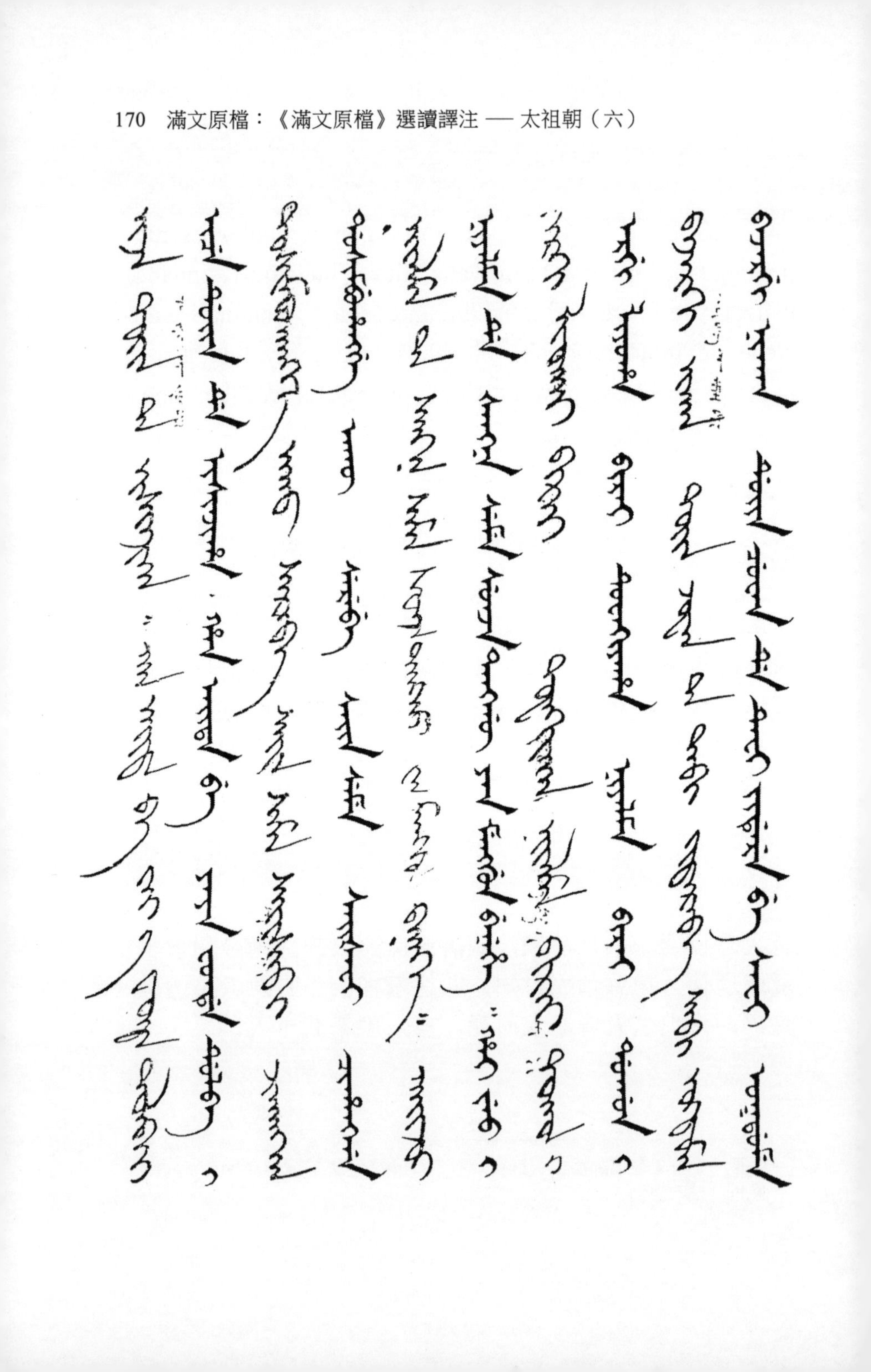

ice duin de isinjiha, han aita be yaya fonde dulba i dosimbuhangge akū serebe sain seme saišafi cihangga niyalma de šangna seme sunja tanggū yan menggun benehe. hai jeo i ergi liyoha birai tuwakiyaha niyalma birai dogon i bajargi nikan duin cuwan de tefi jiderebe safi okdome

---

於初四日解送到來。汗嘉許爱塔之善，隨時[67]謹慎，無隙可乘，送去銀五百兩隨意賞人。戍守海州一帶遼河之人，見遼河渡口隔岸有漢人駕船四艘前來，

于初四日解送到来。汗嘉许爱塔之善，随时谨慎，无隙可乘，送去银五百两随意赏人。戍守海州一带辽河之人，见辽河渡口隔岸有汉人驾船四艘前来，

---

[67] 隨時，《滿文原檔》寫作“jay-a fonta”，《滿文老檔》讀作“yaya fonde”。按此為無圈點滿文“ja”與“ya”、“ta”與“de”混用及字尾“y-a”（分寫左撇）過渡至“ya”（右撇）之現象。

十一、綏撫蒙古

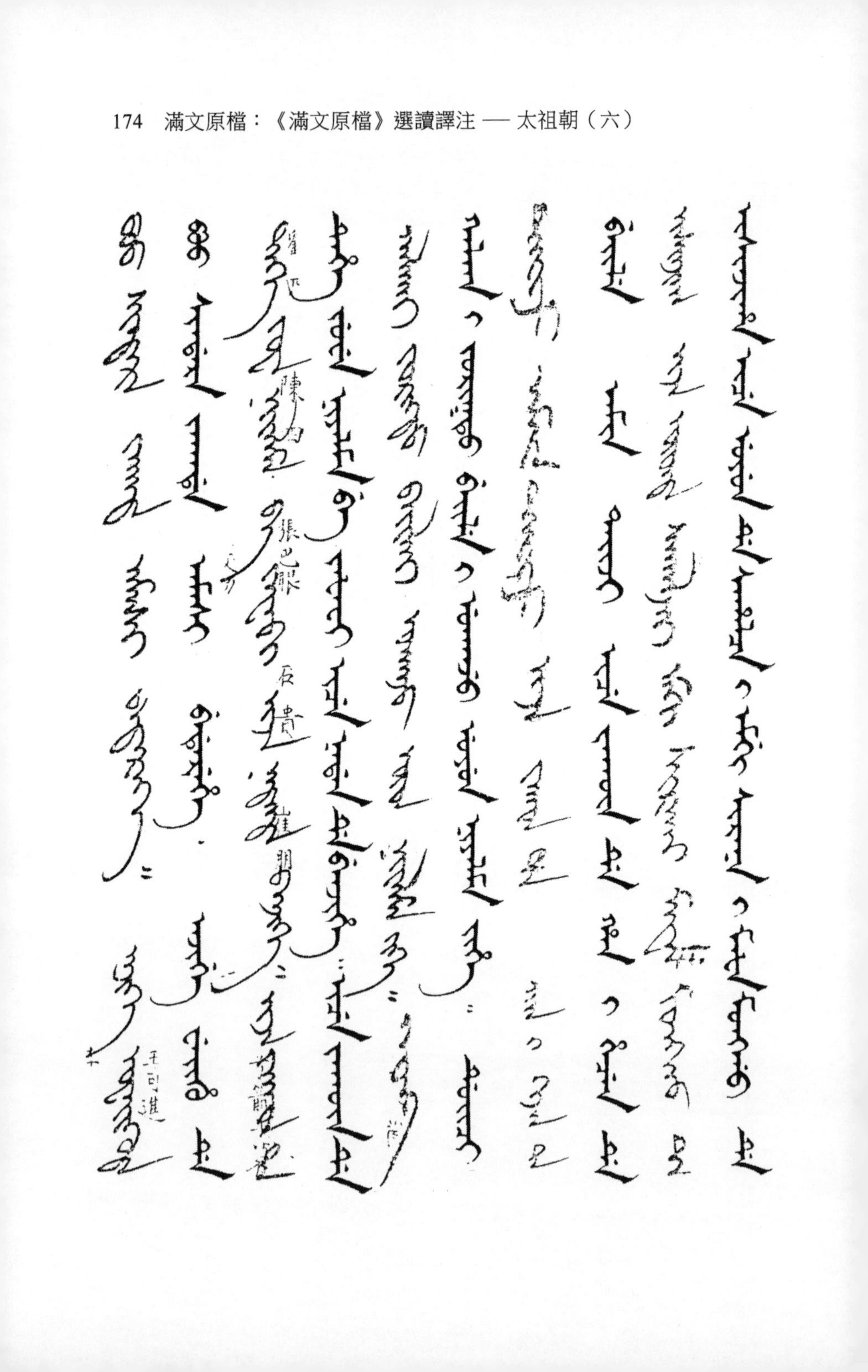

poo sindara jakade amasi bederehe. ajige weihude tehe juwe niyalma be jafafi ice nadande benjihe. ice jakūn de kalkai joriktu beile i ukanju uyun niyalma jihe. hong taiji, amin taiji ice jakūn de han i hecen de isinjiha. ice uyun de sahalcai emgi siranai mafa monggo de

---

乃放礮迎擊，彼等遂即退回；拏獲乘坐小船之二人，於初七日解送前來。初八日，喀爾喀卓里克圖貝勒屬下逃人九人逃來。洪台吉、阿敏台吉於初八日來到汗城。初九日，錫喇納之祖父同薩哈勒察出使蒙古。

乃放炮迎击，彼等遂即退回；拏获乘坐小船之二人，于初七日解送前来。初八日，喀尔喀卓里克图贝勒属下逃人九人逃来。洪台吉、阿敏台吉于初八日来到汗城。初九日，锡喇纳之祖父同萨哈勒察出使蒙古。

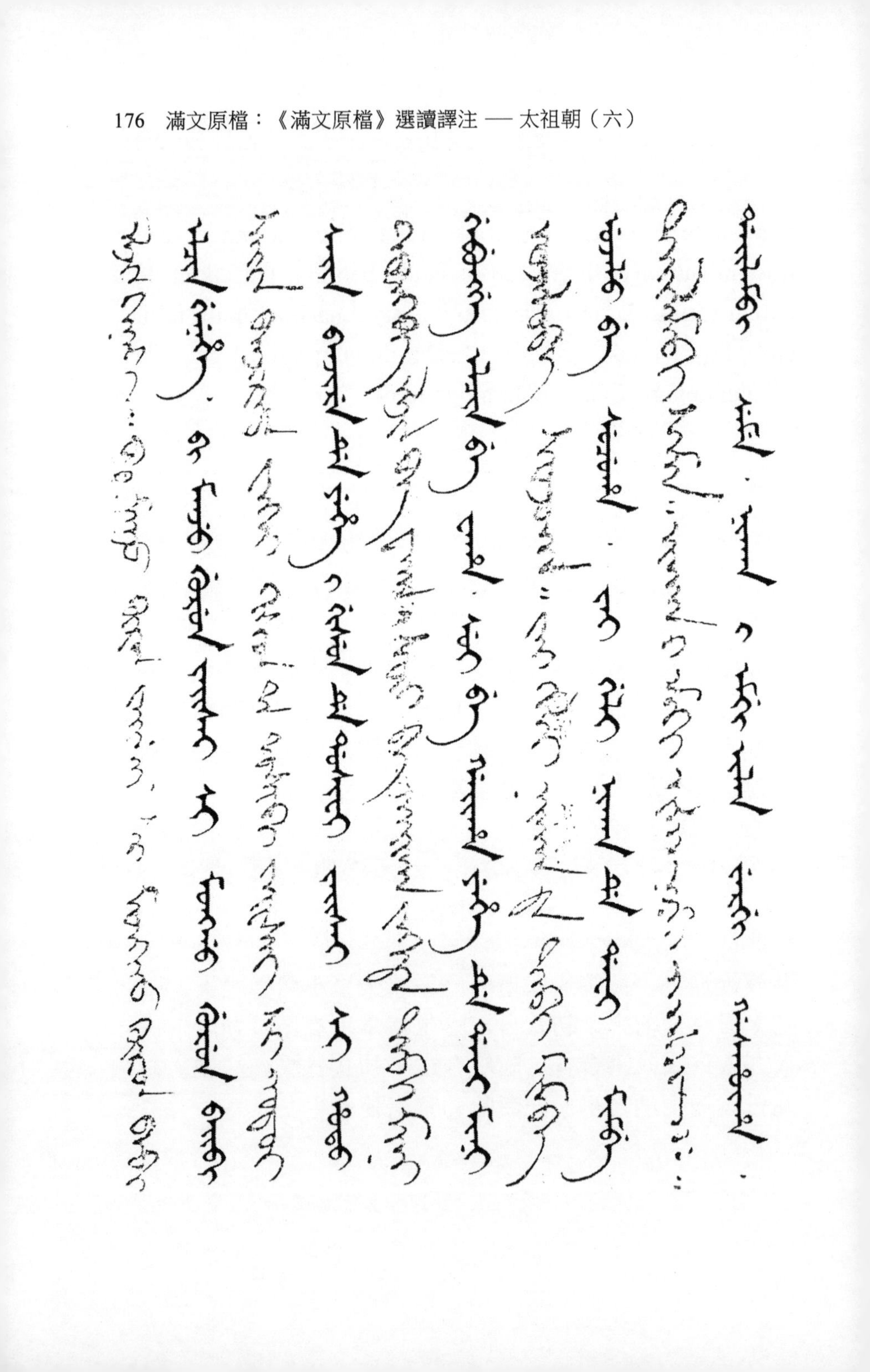

elcin genehe, bi manju gurun jaisai si monggo gurun baibi sain banjirede, yehe i gisun de dosifi jaisai si hoto gebungge elcin be waha, sui be gaiha yehede dafi mini ujalube sucuha, jai geli nikan de dafi mimbe dailambi seme, nikan i emgi ilan jergi gashūha.

「我滿洲國與爾宰賽蒙古國素相和好。然爾宰賽輕信葉赫之言，殺我名和托之使者。助獲罪之葉赫，衝我烏扎路；再又助明，三次與明盟誓，欲征伐我。

「我满洲国与尔宰赛蒙古国素相和好。然尔宰赛轻信叶赫之言，杀我名和托之使者。助获罪之叶赫，冲我乌扎路；再又助明，三次与明盟誓，欲征伐我。

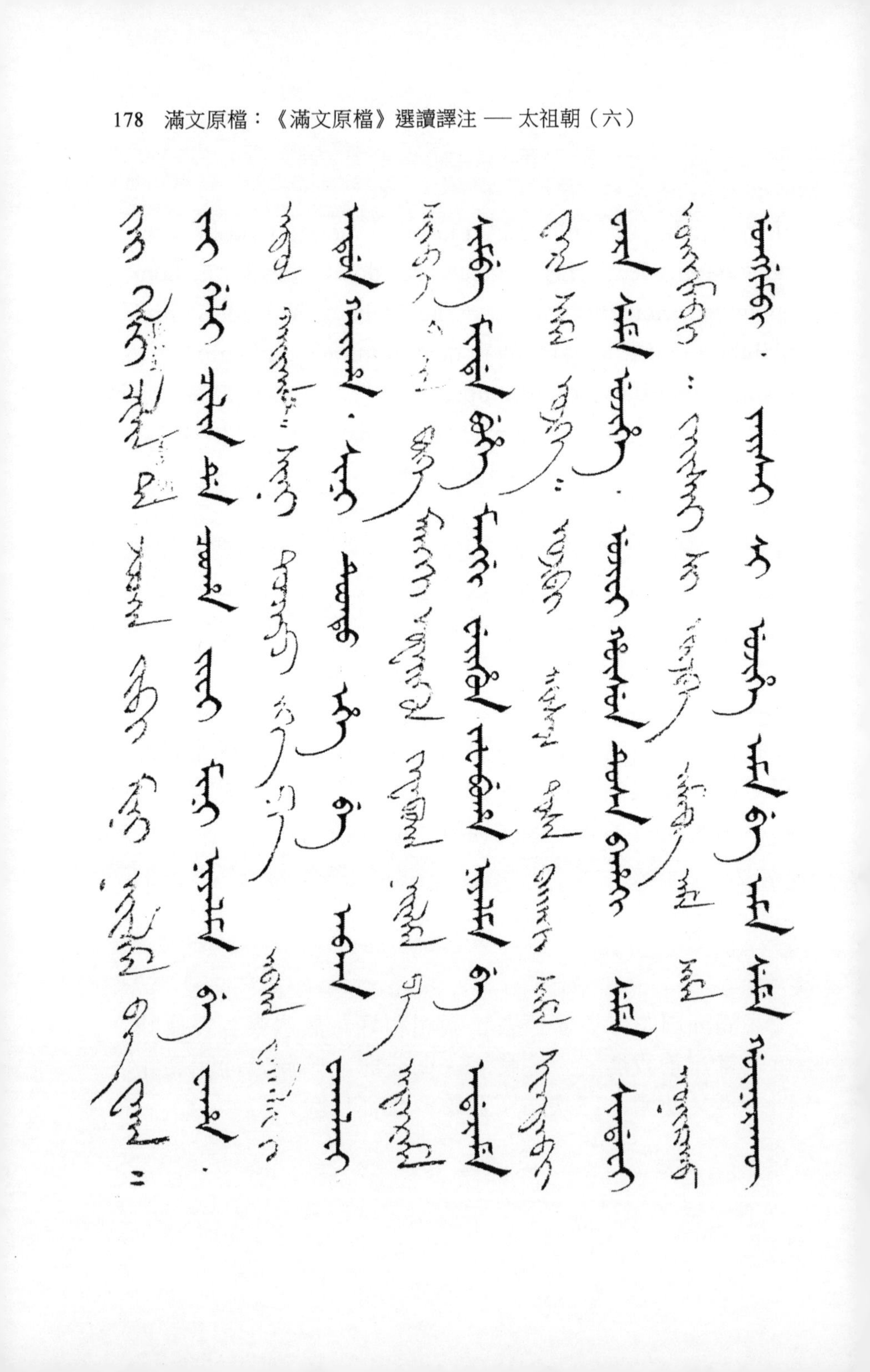

jai geli cilin de cooha jifi mini niyalma be waha, adun gaiha, sini tuttu ehe be abka wakalafi simbe minde buhe manggi, weihun jafabuha niyalma be adarame wara seme ujihe, ujifi hūsun tusa bahaki seme sindafi unggimbi. jaisai si ujihe amabe ama seme gūnirakū,

---

再又兵至鐵嶺，殺我之人，掠奪牧群，故天譴爾之惡，以爾畀我後，不忍殺害生擒之人而養之。料豢養後必獲其益處，故將爾釋還。倘爾宰賽不以豢養之父為父，

再又兵至铁岭，杀我之人，掠夺牧群，故天谴尔之恶，以尔畀我后，不忍杀害生擒之人而养之。料豢养后必获其益处，故将尔释还。倘尔宰赛不以豢养之父为父，

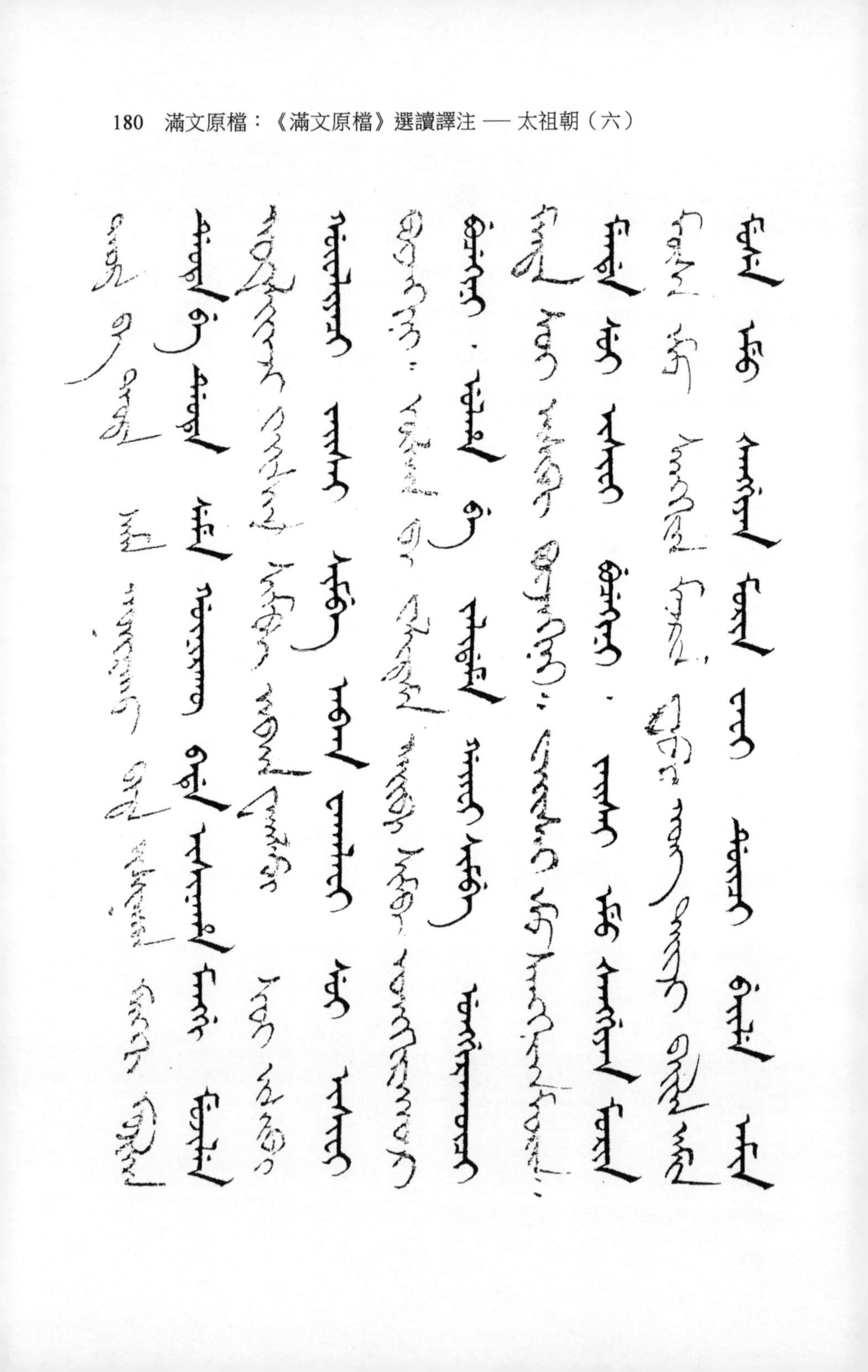

deote be deote seme gūnirakū, bade isinaha manggi mujilen gūwaliyaci jaisai simbe abka wakalafi sui isifi bucekini. ulha be jalidame gaifi simbe unggirakūci mende sui isifi bucekini. jaisai emu šanggiyan morin muse emu šanggiyan morin waif, hong taiji beile amin

不以諸弟為弟，回到故土後變心，天必譴爾宰賽，因罪而死。倘我詐取牲畜，不釋爾還，則罪及我而死。」宰賽刑白馬一匹，我刑白馬一匹，

不以诸弟为弟，回到故土后变心，天必谴尔宰赛，因罪而死。倘我诈取牲畜，不释尔还，则罪及我而死。」宰赛刑白马一匹，我刑白马一匹，

十二、沿海遷界

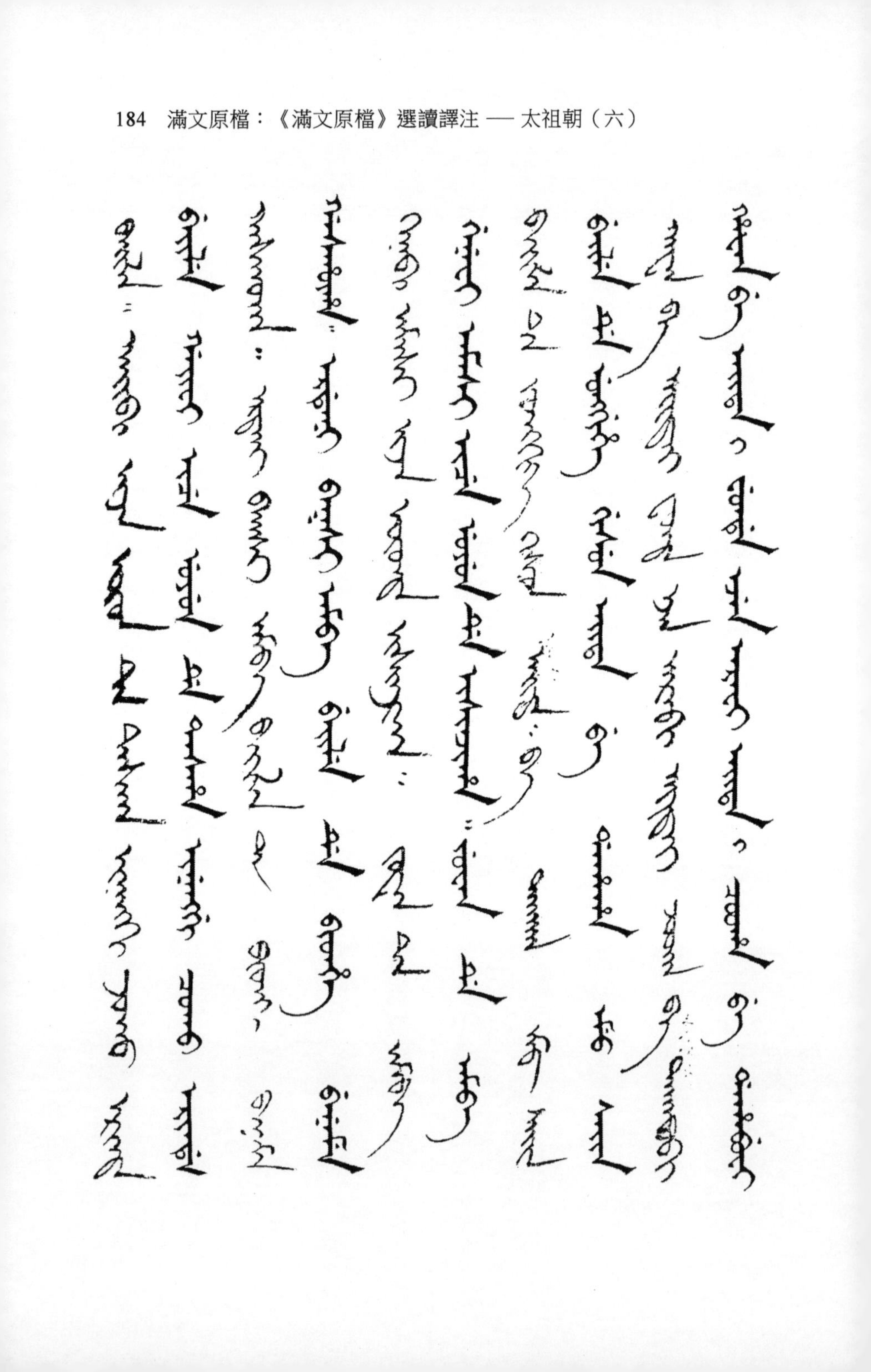

beile gaifi, ice uyun de tasha inenggi coko erinde gashūha. erdeni baksi amba beile de bithe beneme genefi amasi ice uyun de isinjiha. juwan de amba beile de unggihe gisun, aita be dahaha emu sain hafan be aita i funde ejen arafi, aita i cooha be dahabufi

---

汗率洪台吉貝勒、阿敏貝勒於初九寅日酉時盟誓[68]。額爾德尼巴克什齎書前往給與大貝勒後返回，於初九日到來。初十日，齎遞書面諭旨諭大貝勒曰：「著舉隨愛塔賢員一人替代愛塔為主將，統率愛塔之兵

汗率洪台吉贝勒、阿敏贝勒于初九寅日酉时盟誓。额尔德尼巴克什赍书前往给与大贝勒后返回，于初九日到来。初十日，赍递书面谕旨谕大贝勒曰：「着举随爱塔贤员一人替代爱塔为主将，统率爱塔之兵

---

68 初九寅日酉時盟誓，按該誓詞內容起自「我滿洲國與爾宰賽蒙古國」，訖至「則罪及我而死」（見圖版，頁 176 至頁 180），此處滿文為倒敘句法。

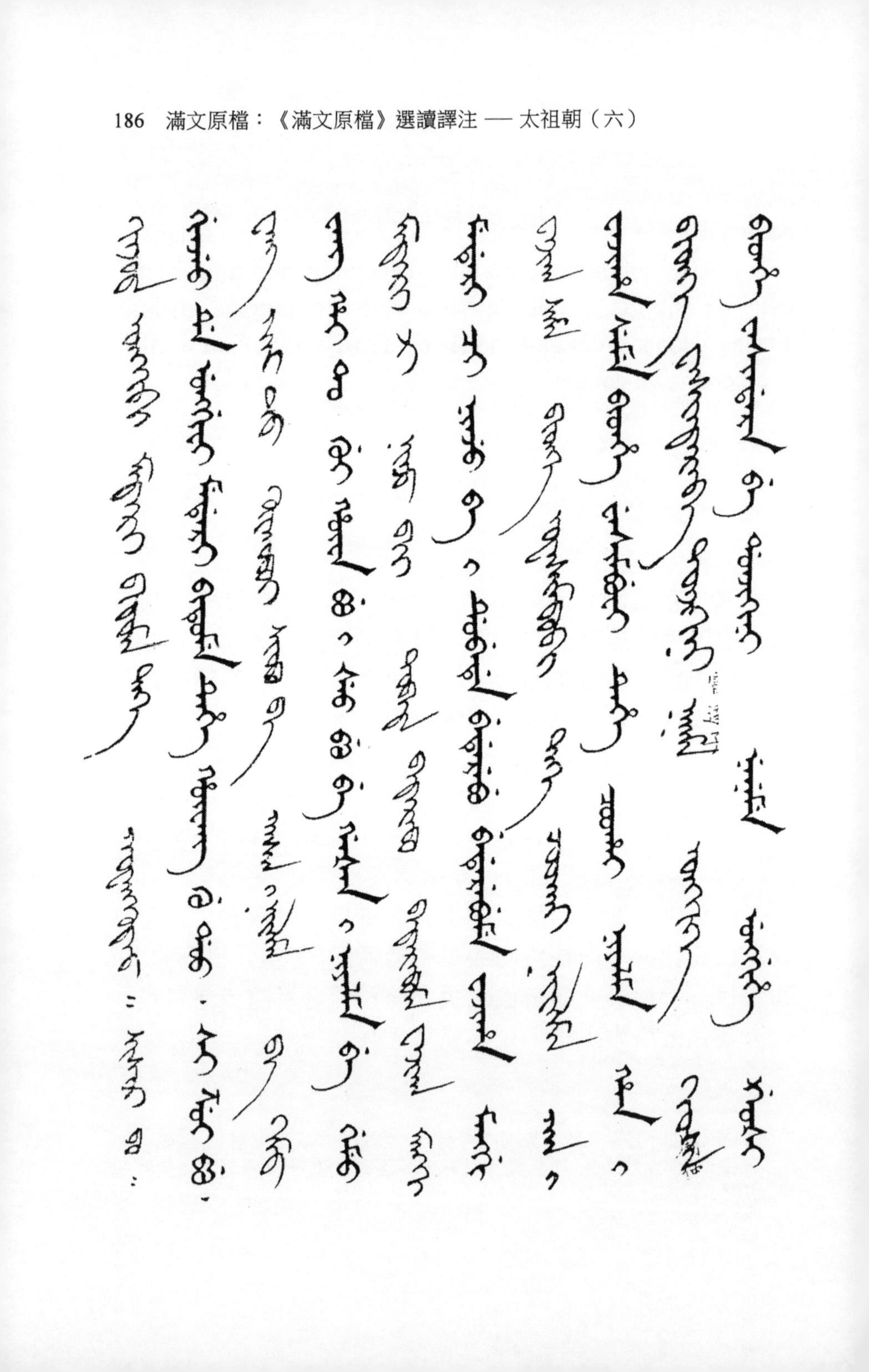

ginjeode unggifi mederi bitume tehe hūwang gu doo, ši dzui pu, wang hai to, gui hūwa pu i šeo pu be gašan i niyalma be gemu mederi ci ninju ba i dubede bederebu. bederebume wajiha manggi wajiha seme bithe wesimbufi tehe coohai niyalma han i bithe wasindarabe donjikini. neneme unggihe g'aoši

---

遣往金州，命居沿海皇姑島、石嘴堡、望海堝、歸化堡之守堡及村屯之人，俱退居距海六十里之外，退居事畢後，繕文具奏。駐守兵丁，當聽從汗諭旨。

遣往金州，命居沿海皇姑岛、石嘴堡、望海埚、归化堡之守堡及村屯之人，俱退居距海六十里之外，退居事毕后，缮文具奏。驻守兵丁，当听从汗谕旨。

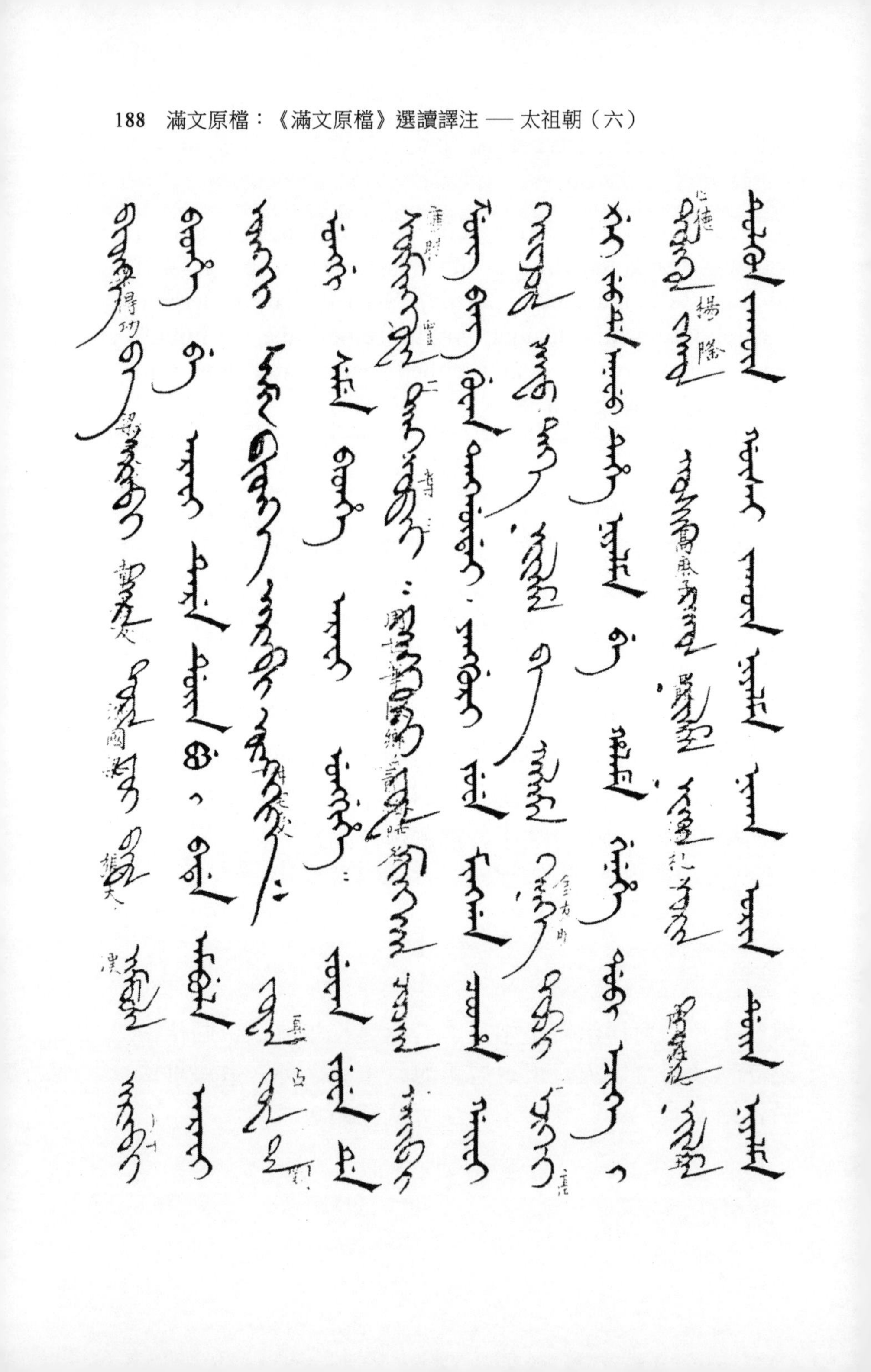

bithe be arafi tere duin pu i bade ambula arafi unggi seme bithe arafi unggihe. juwan juwe de dzung bing guwan tanggūdai, yangguri juwe minggan cooha gaifi g'ai jeode anafu tehe niyalma be halame genehe. dobi ecikei tulkun jakūn gūsai jakūn niyalma, nikan orin duin niyalma

---

可繕寫先前所頒告示，該四堡地方可多繕書發去。」十二日，總兵官湯古岱、揚古利率兵二千名，前往更換戍守之人。多璧叔父屬下圖勒昆及八旗之八人、漢人二十四人

可缮写先前所颁告示，该四堡地方可多缮书发去。」十二日，总兵官汤古岱、扬古利率兵二千名，前往更换戍守之人。多璧叔父属下图勒昆及八旗之八人、汉人二十四人

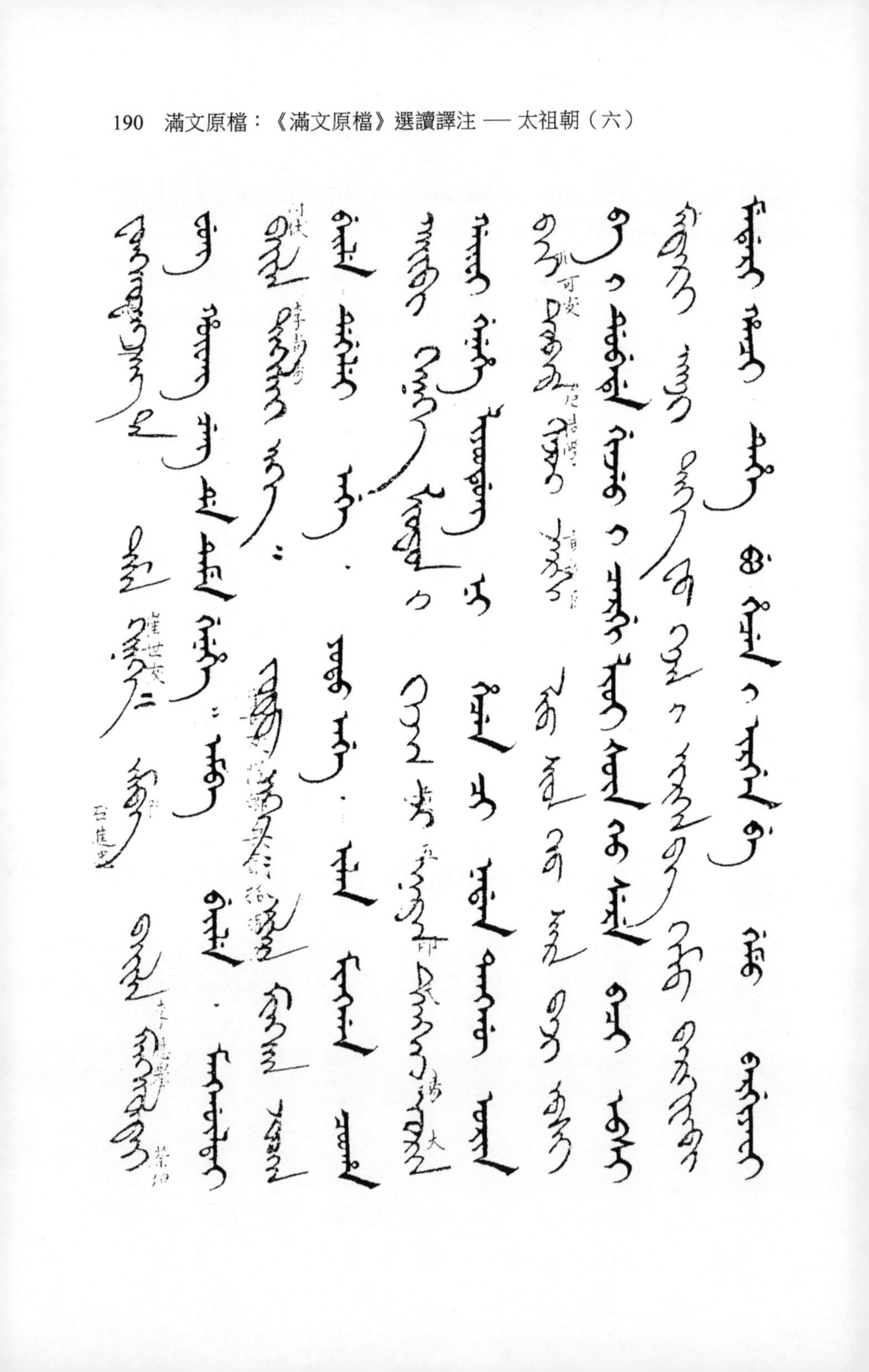

fung hūwang ceng de teme genehe. amba beile, manggūltai beile, degelei age, yoto age, ilan minggan cooha gaifi genehe liyoodung ni hecen ci nadan tanggū orin ba i dubede ginjeo i cargi lioi šūn keo sere baci ebsi mederi hanci tehe pu hecen i irgen be gemu bargiyafi

---

前往鳳凰城居住。大貝勒、莽古爾泰貝勒、德格類阿哥、岳托阿哥率兵三千名，前往距遼東城七百二十里處，盡收自金州對岸至旅順口以內地方近海堡城居民。

前往凤凰城居住。大贝勒、莽古尔泰贝勒、德格类阿哥、岳托阿哥率兵三千名，前往距辽东城七百二十里处，尽收自金州对岸至旅顺口以内地方近海堡城居民。

十三、賞賜俘獲

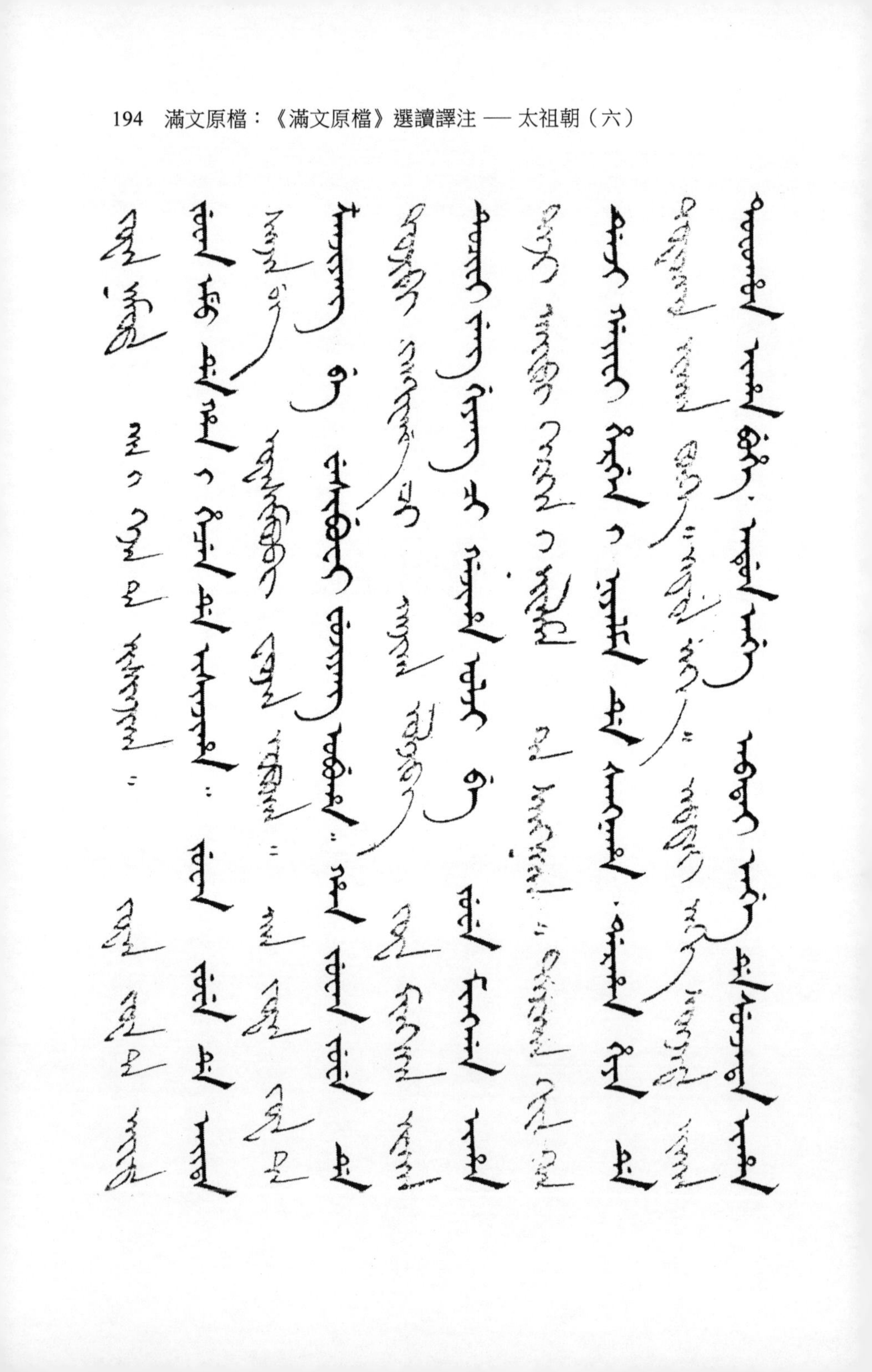

juwan emu de han i hecen de isinjiha. juwan juwe de aita ts'anjiyang be wesibufi fujiyang obuha. han juwan juwe de tucifi jeng giyang ci gajiha oljibe juwe minggan ihan deji gaifi hergen i niyalma de šangnaha. darhan hiya de tofohon ihan buhe, adun age, abatai age de sunjata ihan

---

十一日，回到汗城。十二日，陞愛塔參將為副將。十二日，汗御衙門，從鎮江攜來俘獲中選出上等[69]牛二千頭賞給有職者，賜達爾漢侍衛牛十五頭，阿敦阿哥、阿巴泰阿哥牛各五頭，

十一日，回到汗城。十二日，升爱塔参将为副将。十二日，汗御衙门，从镇江携来俘获中选出上等牛二千头赏给有职者，赐达尔汉侍卫牛十五头，阿敦阿哥、阿巴泰阿哥牛各五头，

---

[69] 上等，《滿文原檔》寫作“taji”，《滿文老檔》讀作“deji”。按滿文“deji”，係蒙文“degeǰi”借詞，意即「(獻)德吉」。

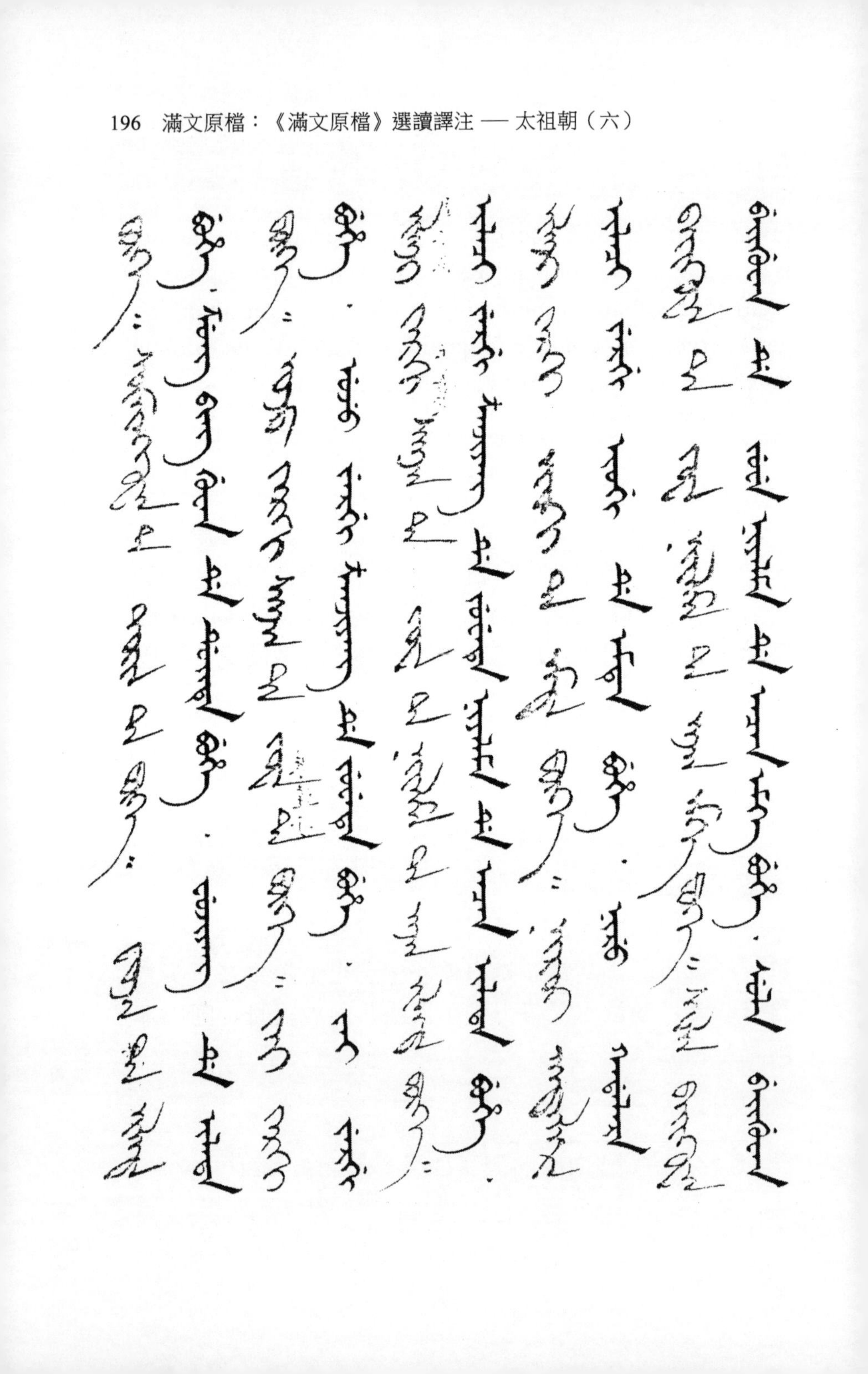

buhe, dzung bing guwan de duite buhe, fujiyang de ilata buhe, uju jergi ts'anjiyang de juwete buhe, jai jergi, ilaci jergi ts'anjiyang de juwete niyalma de acan ilata buhe, ilaci jergi iogi de emte buhe, nirui kadalara beiguwan de juwe niyalma de acan emke buhe, sula beiguwan

---

賜總兵官各四頭，賜副將各三頭，賜頭等參將各二頭，賜二等、三等參將每二人合分三頭，賜三等遊擊各一頭，賜管牛彔備禦官每二人合分一頭，賜閒散備禦官、

赐总兵官各四头，赐副将各三头，赐头等参将各二头，赐二等、三等参将每二人合分三头，赐三等游击各一头，赐管牛彔备御官每二人合分一头，赐闲散备御官、

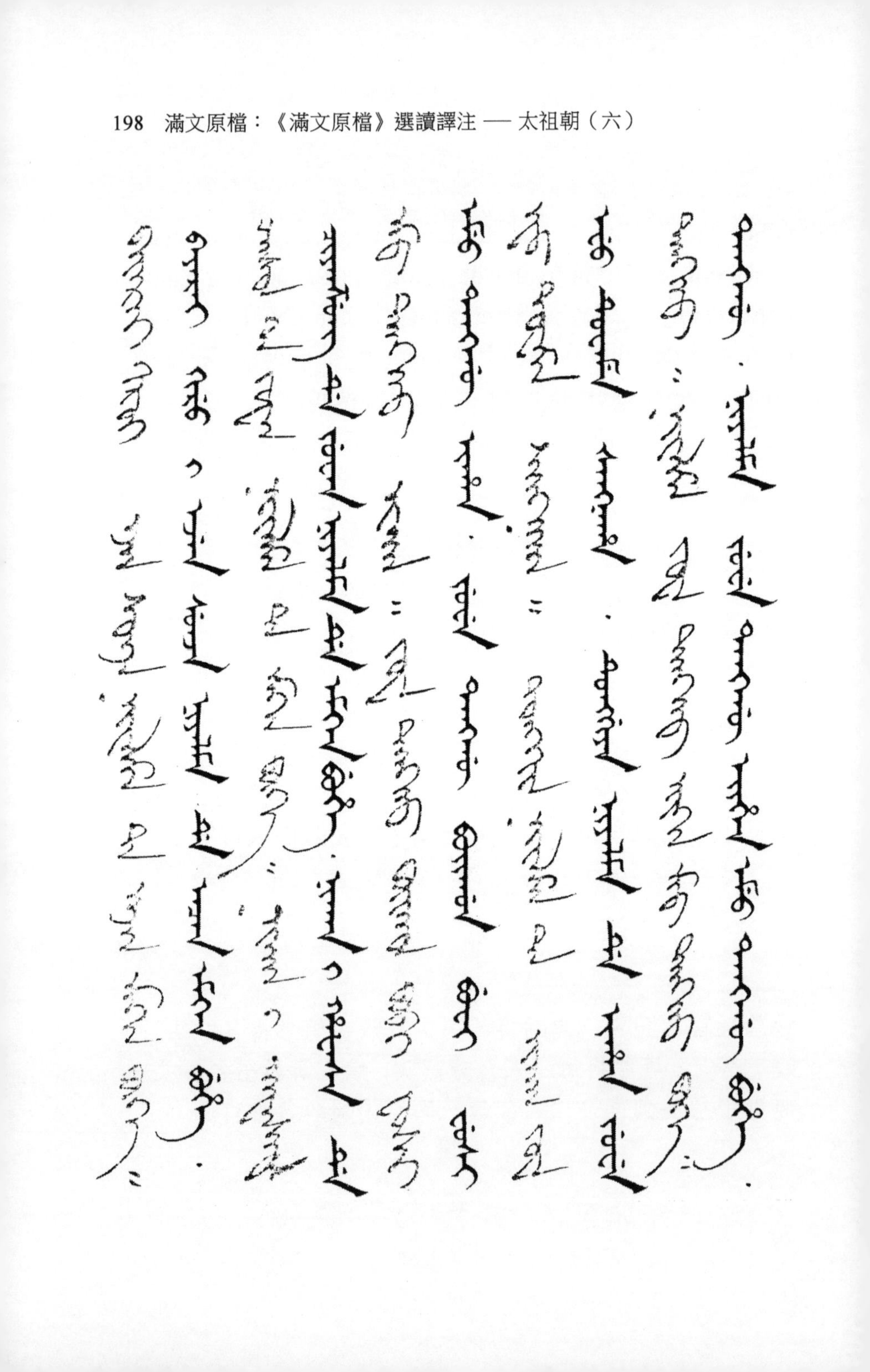

bayarai kiru i ejen sunja niyalma de acan emken buhe, ciyandzung de juwan niyalma de emken buhe. nikan i hafasa de emu tanggū ihan, juwe tanggū boigon bufi fusi efu tuwame šangnaha. tunggiya niyalma de ihan juwe tanggū, niyalma juwe tanggū eihen emu tanggū buhe,

---

巴牙喇小旗主每五人合分一頭，賜千總每十人一頭，諸漢官牛一百頭、人二百戶，由撫順額駙監賞。賜佟家人牛二百頭、人二百名、驢一百隻。

巴牙喇小旗主每五人合分一头，赐千总每十人一头，诸汉官牛一百头、人二百户，由抚顺额驸监赏。赐佟家人牛二百头、人二百名、驴一百只。

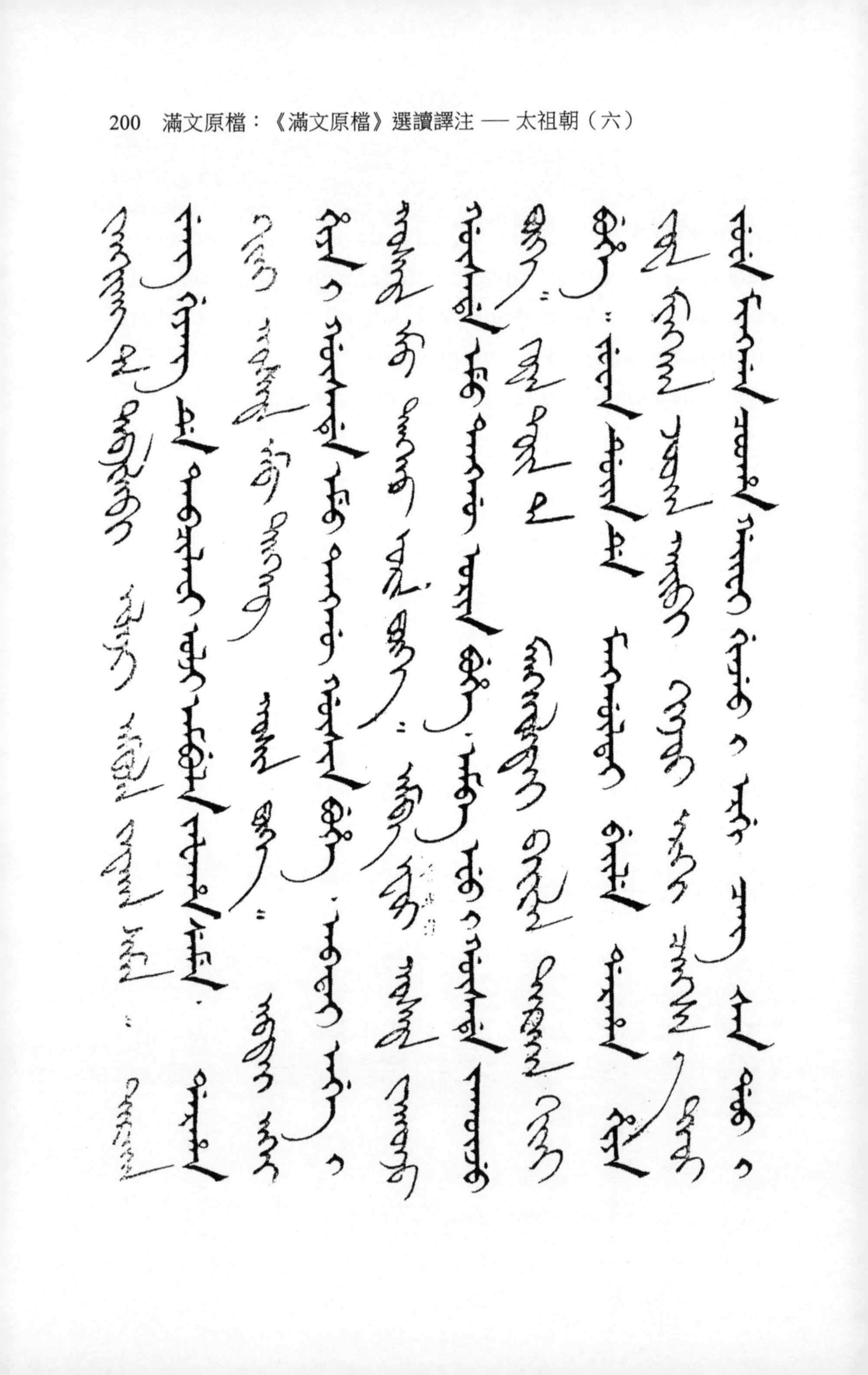

jeng giyang de tabcilafi olji ambula jafaha seme, darhan hiyai gūsade emu tanggū gūsin buhe, abatai age i gūsade emu tanggū orin buhe, amba efui gūsade jakūnju buhe. juwan duin de manggūltai beile, darhan hiyai juwe minggan cooha gaifi ginjeo i ergi cang šan dooi

---

以掠鎮江俘獲甚豐，賜達爾漢侍衛旗下一百三十頭、阿巴泰阿哥旗下一百二十頭、大額駙旗下八十頭。十四日，因金州方向長山島人叛變，莽古爾泰貝勒、達爾漢侍衛率兵二千名前往征之。

以掠镇江俘获甚丰，赐达尔汉侍卫旗下一百三十头、阿巴泰阿哥旗下一百二十头、大额驸旗下八十头。十四日，因金州方向长山岛人叛变，莽古尔泰贝勒、达尔汉侍卫率兵二千名前往征之。

十四、十里相送

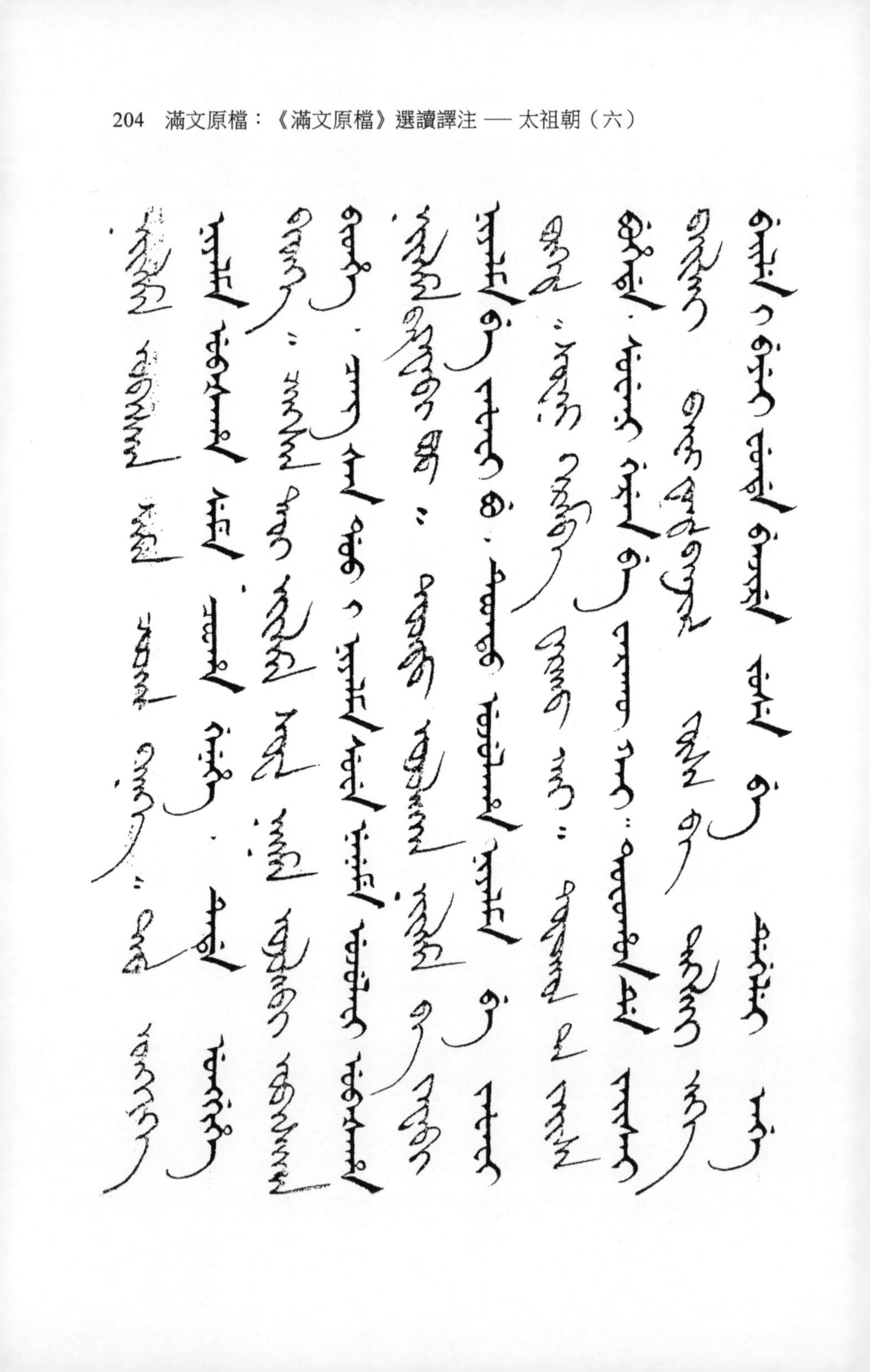

niyalma ubašaha seme cooha genehe. tede unggihe bithe, cang šan dooi niyalma suwe neneme ujulafi ubašaha niyalma be jafafi bu, tuttu ujulaha niyalma be jafafi buhede, suweni gerembe warakū kai. tofohon de jaisai beilei beyei funde benjire juse be degelei age,

---

行文長山島人曰：「長山島之人，爾等當先行執獻為首叛變之人，執獻為首之人時，如此可不殺爾等眾人也。」十五日，宰賽貝勒贖身質子送至，德格類阿哥、

行文长山岛人曰：「长山岛之人，尔等当先行执献为首叛变之人，执献为首之人时，如此可不杀尔等众人也。」十五日，宰赛贝勒索身质子送至，德格类阿哥、

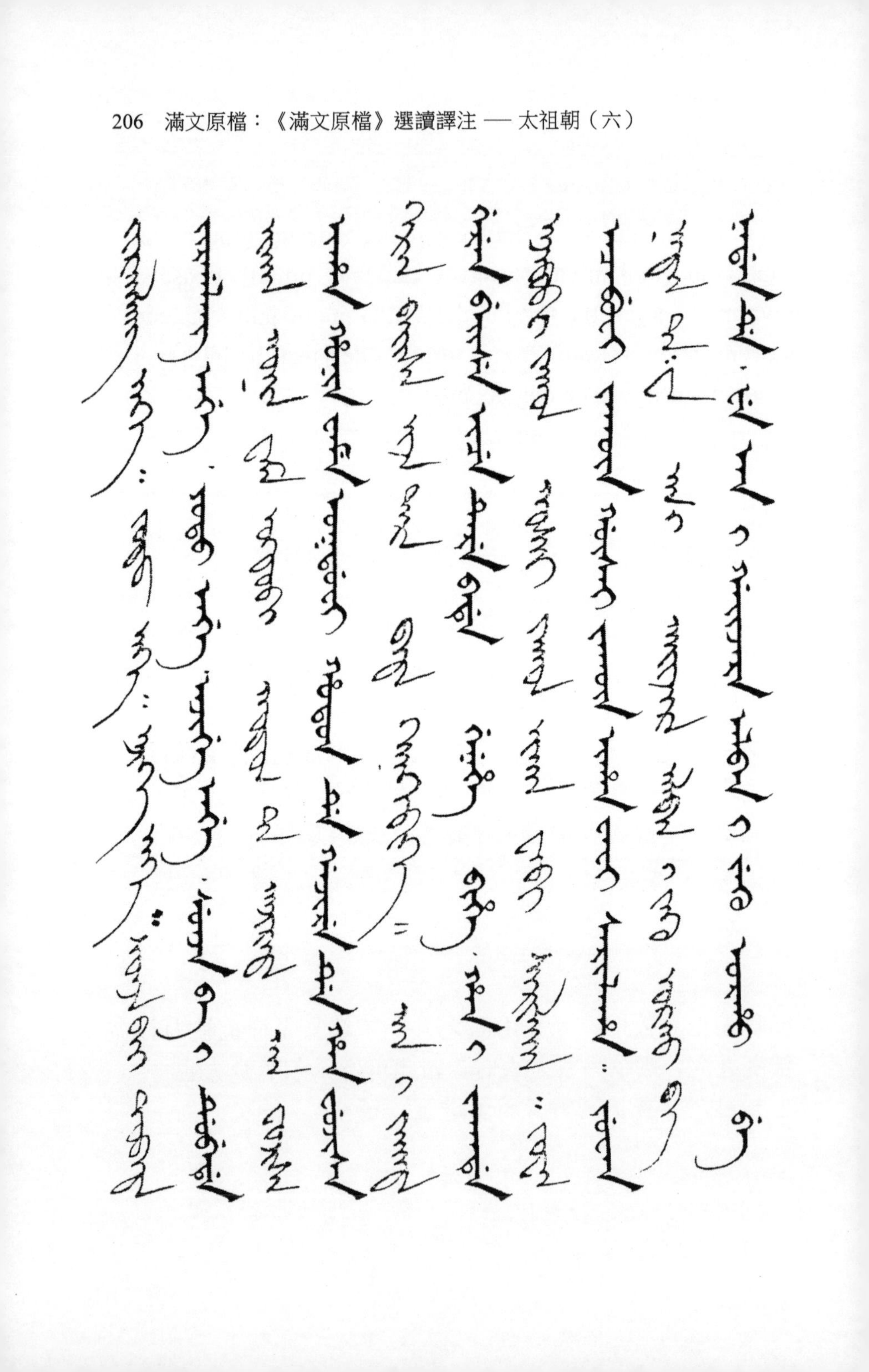

jirgalang age, yoto age, ajige age, sunja bai dubede ihan honin wame okdofi hoton de gajire de, han, fujisa, geren beise ice tere bade genehebihe, han i jakade acabufi jakūn gūsai jakūn ihan wafi sarilaha. juwan nadan de, fe an i gaijara alban i jeku orho be

---

濟爾哈朗阿哥、岳托阿哥、阿濟格阿哥至五里外宰牛羊迎之入城。時汗、諸福晉、諸貝勒等已往新居，引之至汗前會見，八旗宰八牛宴之。十七日，命按舊例速逼催徵正賦糧草，

济尔哈朗阿哥、岳托阿哥、阿济格阿哥至五里外宰牛羊迎之入城。时汗、诸福晋、诸贝勒等已往新居，引之至汗前会见，八旗宰八牛宴之。十七日，命按旧例速逼催征正赋粮草，

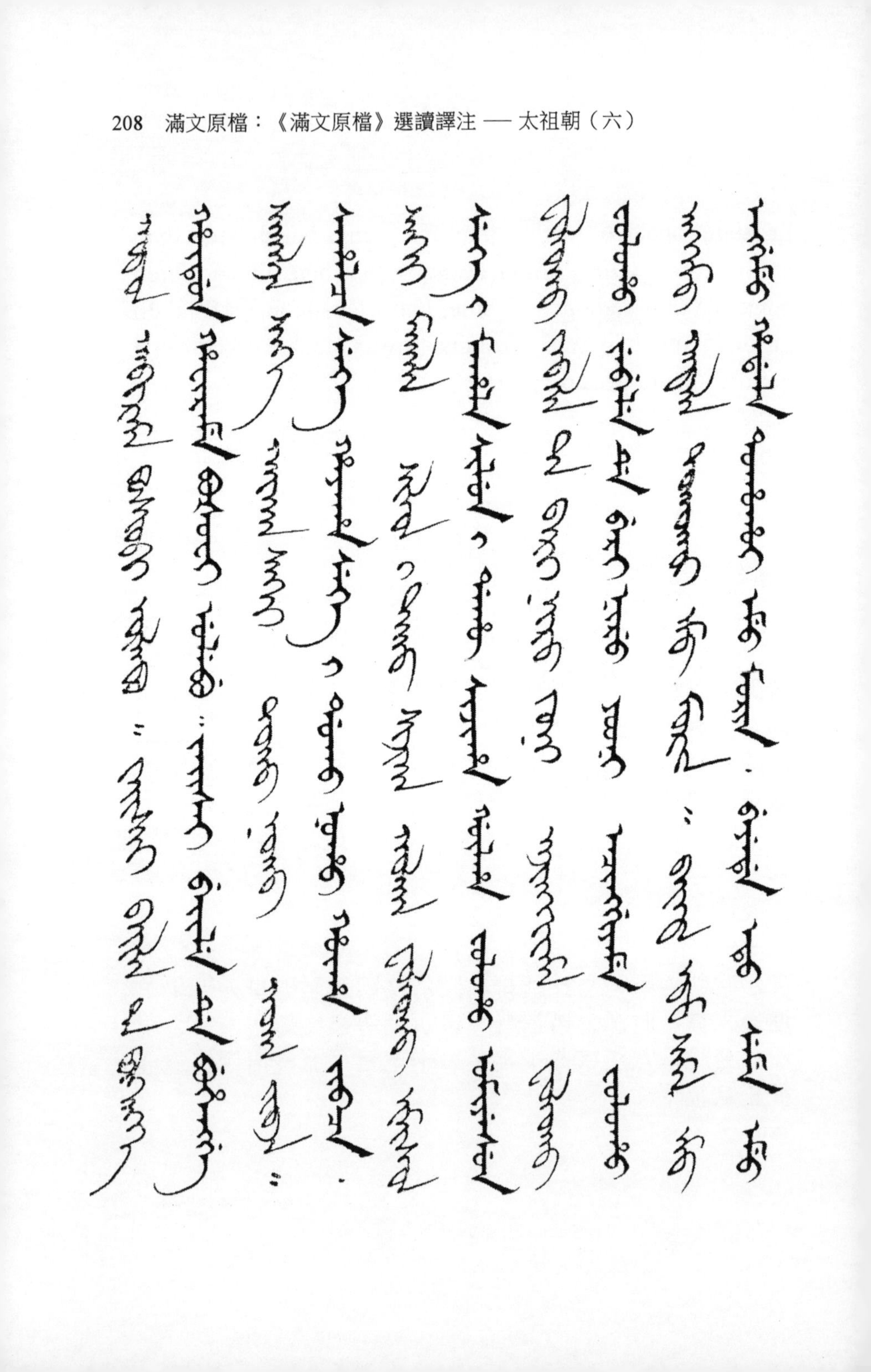

hūdun hafirame bošofi ulebu. jaisai beile de buhengge sahalca seke hayaha sekei doko noho hūha jibca, sekei mahala, silun i dahū, sijiha gūlha, foloho umiyesun, foloho jebele de beri niru yooni acinggiyame, foloho enggemu hadala tohohoi emu morin, beyede etu seme emu

---

以飼牲畜。賜宰賽貝勒鑲黑貂皮朝衣、貂皮裏皮襖、貂皮帽、猞猁猻皮端罩、密縫棉靴、玲瓏腰帶及雕花撒袋弓矢全副、雕花備鞍轡馬一匹、

以饲牲畜。赐宰赛贝勒镶黑貂皮朝衣、貂皮裹皮袄、貂皮帽、猞猁狲皮端罩、密缝棉靴、玲珑腰带及雕花撒袋弓矢全副、雕花备鞍辔马一匹、

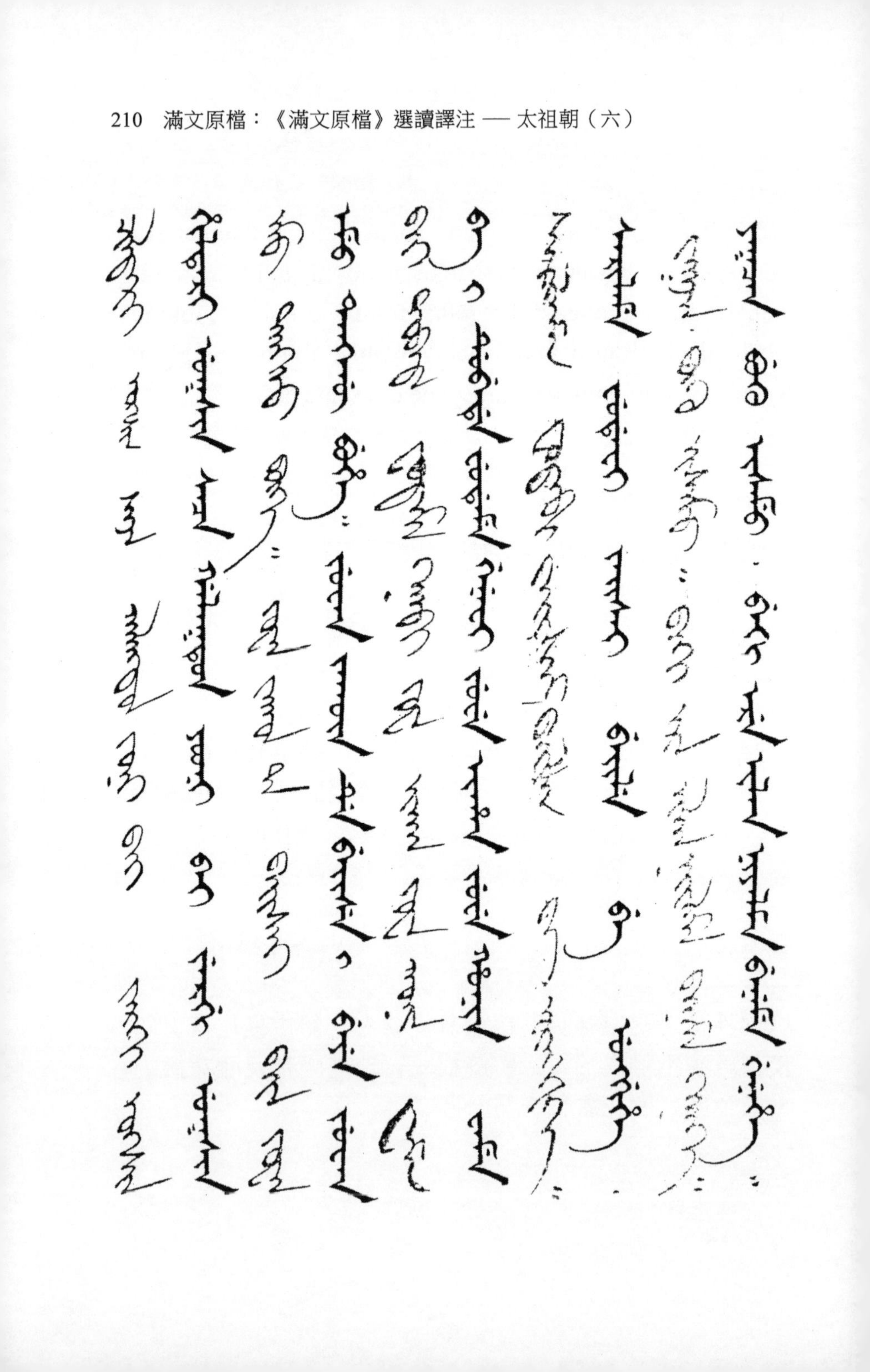

hilteri, uksin saca galaktun yooni, bai jergi uksin emu tanggū buhe. juwan jakūn de beise i beye juwan bai dubede fudeme genefi juwe ihan, juwe honin wame sarilame fudefi jaisai beile be unggihe, yakcan buku, isamu, beki ere ilan niyalma beneme genehe.

身上穿明甲[70]一副、盔甲亮袖齊配、次等甲一百副。十八日，諸貝勒親至十里外送行，宰牛二頭、羊二隻設宴，送往為宰賽貝勒餞行，派雅克禪布庫、伊薩穆、博齊三人送去。

身上穿明甲一副、盔甲亮袖齐配、次等甲一百副。十八日，诸贝勒亲至十里外送行，宰牛二头、羊二只设宴，送往为宰赛贝勒饯行，派雅克禅布库、伊萨穆、博齐三人送去。

---

70 明甲，《滿文原檔》寫作“ciltari”，《滿文老檔》讀作“hilteri”。

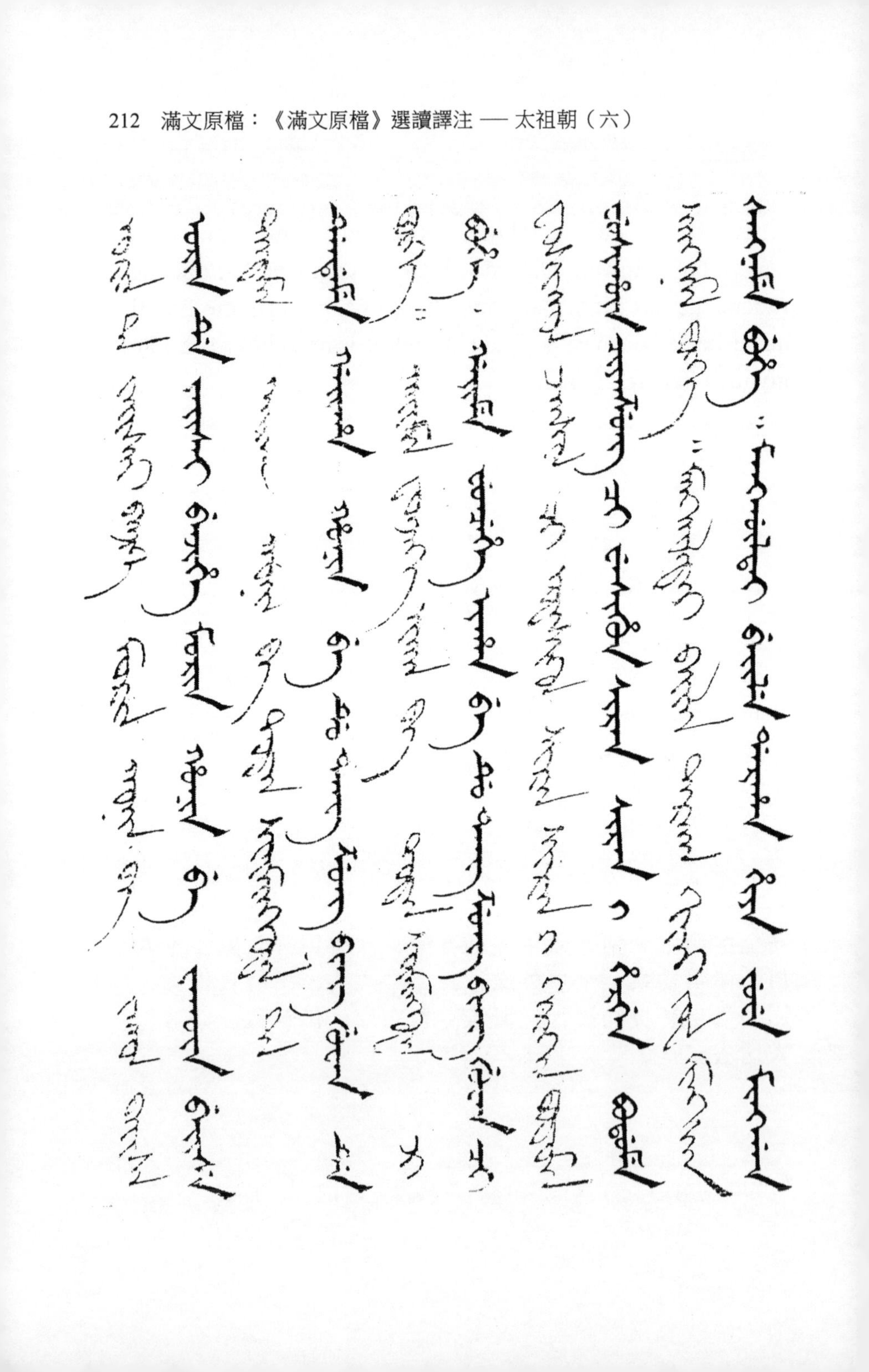

orin de jaisai benjihe morin honin (ihan) be jakūn beise dendeme gaiha. honin be du tang, dzung bing guwan de buhe, gaime funcehe ihan be du tang, dzung bing guwan ci fusihūn ciyandzung ci wesihun siran siran i hergen bodome šangname buhe. manggūltai beile darhan hiya juwe minggan

---

二十日，八貝勒分取宰賽送來馬匹、羊隻。羊隻賜都堂、總兵官；其餘牛隻按職等依次賞賜都堂、總兵官以下千總以上各官。莽古爾泰貝勒、達爾漢侍衛率兵二千，

二十日，八贝勒分取宰赛送来马匹、羊只。羊只赐都堂、总兵官；其余牛只按职等依次赏赐都堂、总兵官以下千总以上各官。莽古尔泰贝勒、达尔汉侍卫率兵二千，

十五、武職陞遷

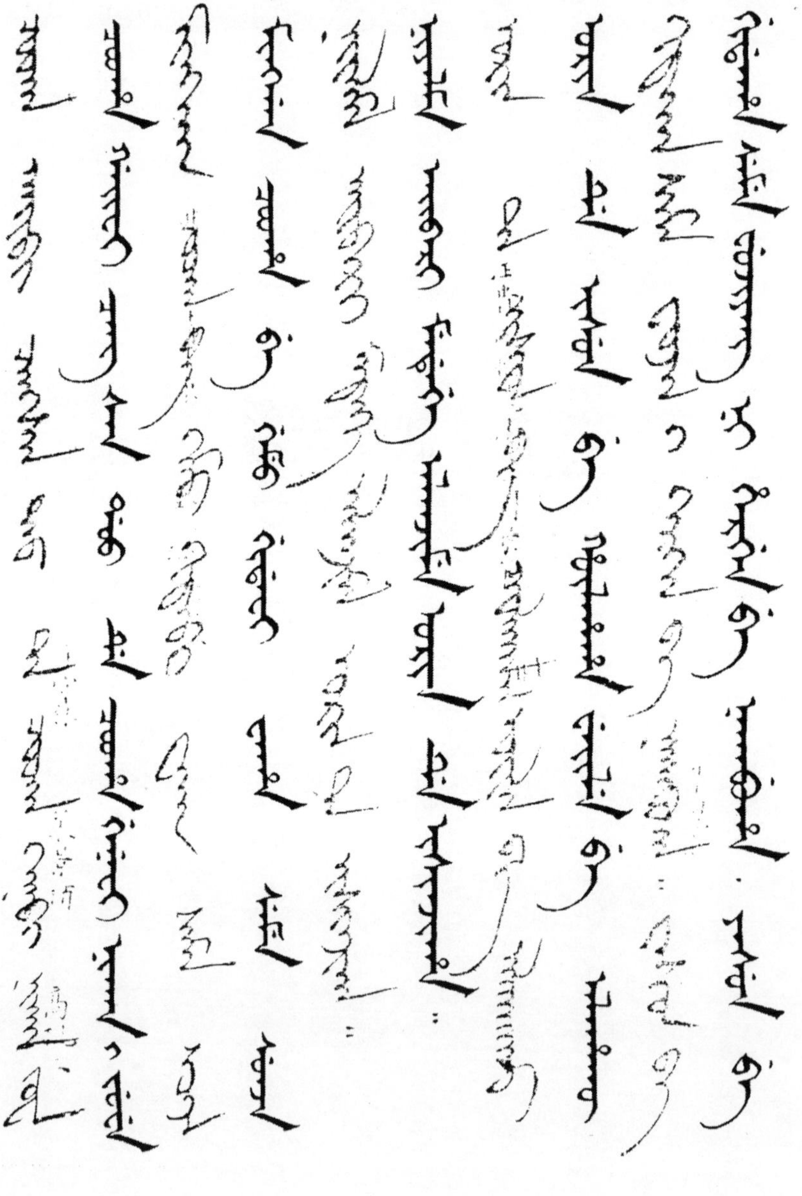

cooha gaifi cang šan doo de cooha genefi nikan i juwe minggan cooha be gemu gidafi waha seme, sunja niyalma aibari medege alanjime orin de isinjiha. orin de isun be hūlhaha weile be alahakū gidaha seme, fujiyang ni hergen be nakabuha, yasun be

---

往征長山島，明兵二千名皆被撲殺，遣愛巴里等五人來報資訊，於二十日到來。二十日，伊蓀因隱匿竊案[71]未報，革其副將之職，

往征长山岛，明兵二千名皆被扑杀，遣爱巴里等五人来报信息，于二十日到来。二十日，伊荪因隐匿窃案未报，革其副将之职，

---

[71] 竊案，句中「竊」，《滿文原檔》寫作“kolkaka”，《滿文老檔》讀作“hūlhaha”。按滿文“hūlhambi”係蒙文“qulaɣuqu”借詞（根詞“hūlha-”與“qulaɣu-”相關），意即「偷竊」。

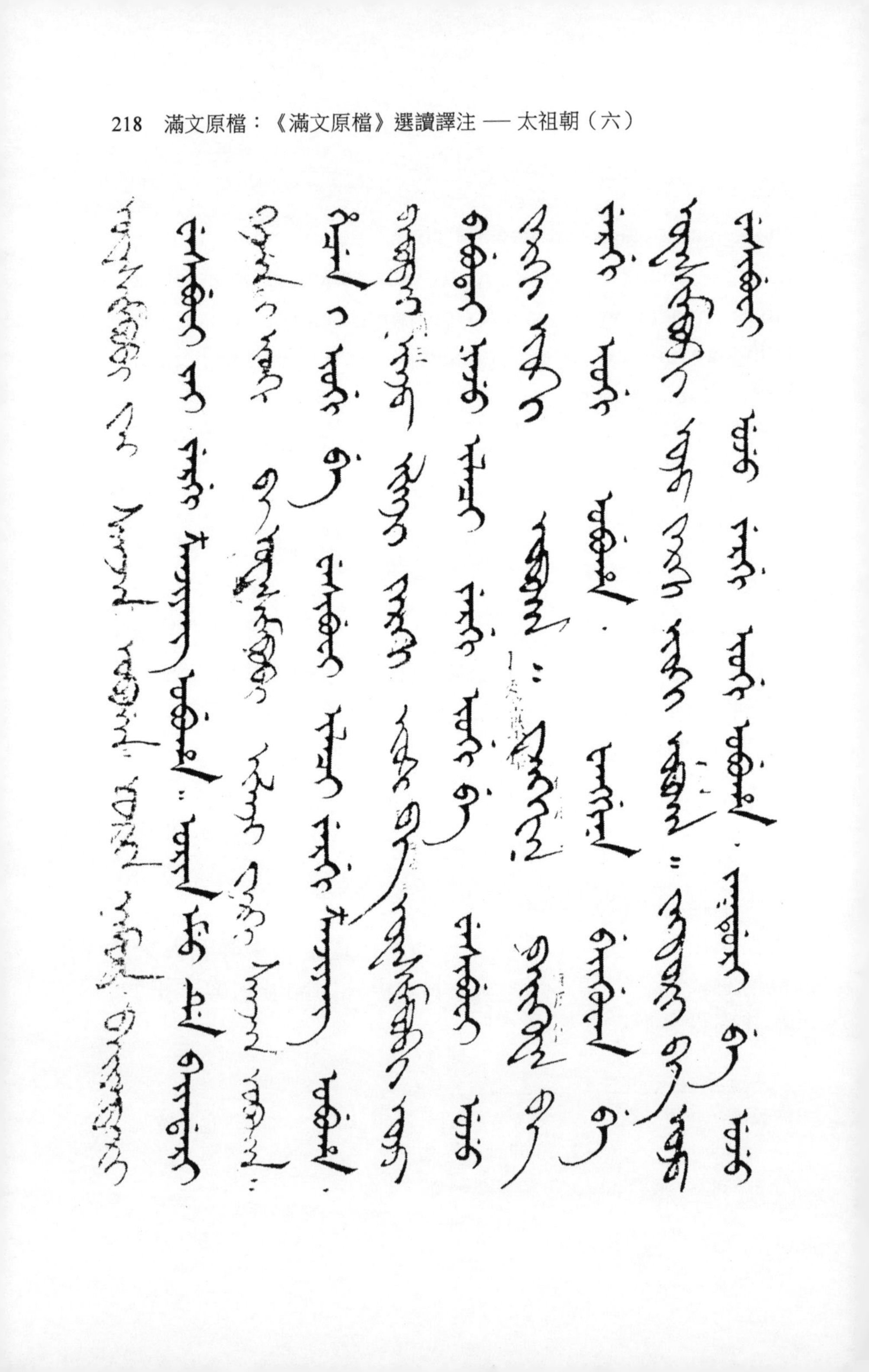

wesibufi jai jergi ts'anjiyang obuha. orin emu de baindari hecen i iogi be wesibufi ilaci jergi ts'anjiyang obuha. babutai, ninju ilaci jergi iogi be wesibufi uju jergi iogi obuha. fanggina beiguwan be wesibufi uju jergi iogi obuha, jakduri be uju

陞雅蓀為二等參將。二十一日，陞拜音達里城遊擊為三等參將。陞巴布泰、尼音珠三等遊擊為一等遊擊。陞方吉納備禦官為一等遊擊，授扎克都里

升雅荪为二等参将。二十一日，升拜音达里城游击为三等参将。升巴布泰、尼音珠三等游击为一等游击。升方吉纳备御官为一等游击，授扎克都里

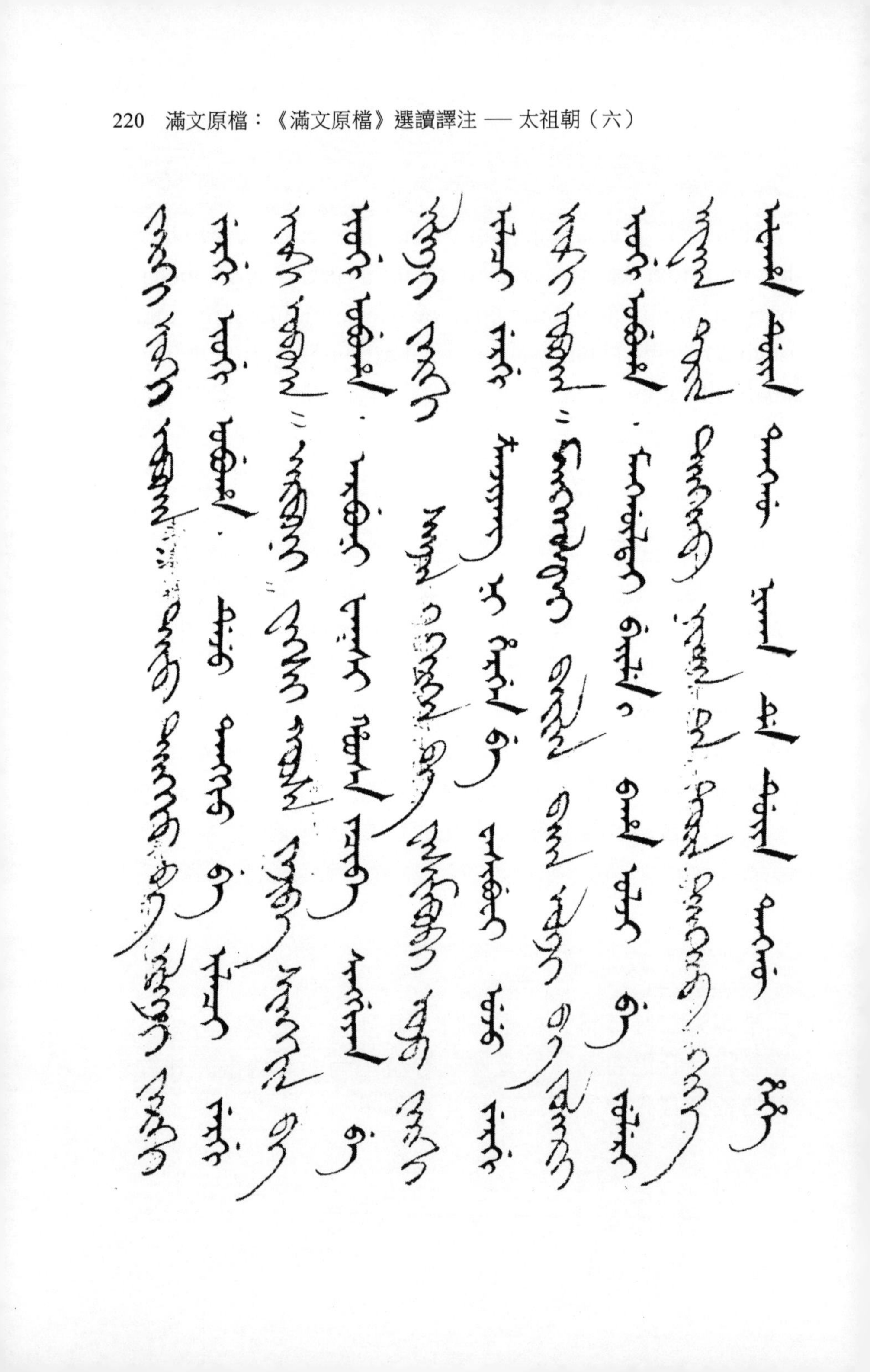

jergi iogi obuha. deju, tangkio be ilaci jergi iogi obuha. arbuni faksi, hoosa, jaciba, singgiyan be ilaci jergi ts'anjiyang ni hergen be wesibufi uju jergi iogi obuha. manggūltai beile i baha olji be juleri afaha duin tanggū nikan de duin tanggū hehe

---

為一等遊擊。授德珠、唐丘為三等遊擊。降工匠阿爾布尼、豪撒、扎齊巴、星建三等參將為一等遊擊。莽古爾泰貝勒所獲俘虜，以婦人四百名給陣前作戰之四百漢人，

为一等游击。授德珠、唐丘为三等游击。降工匠阿尔布尼、豪撒、扎齐巴、星建三等参将为一等游击。莽古尔泰贝勒所获俘虏，以妇人四百名给阵前作战之四百汉人，

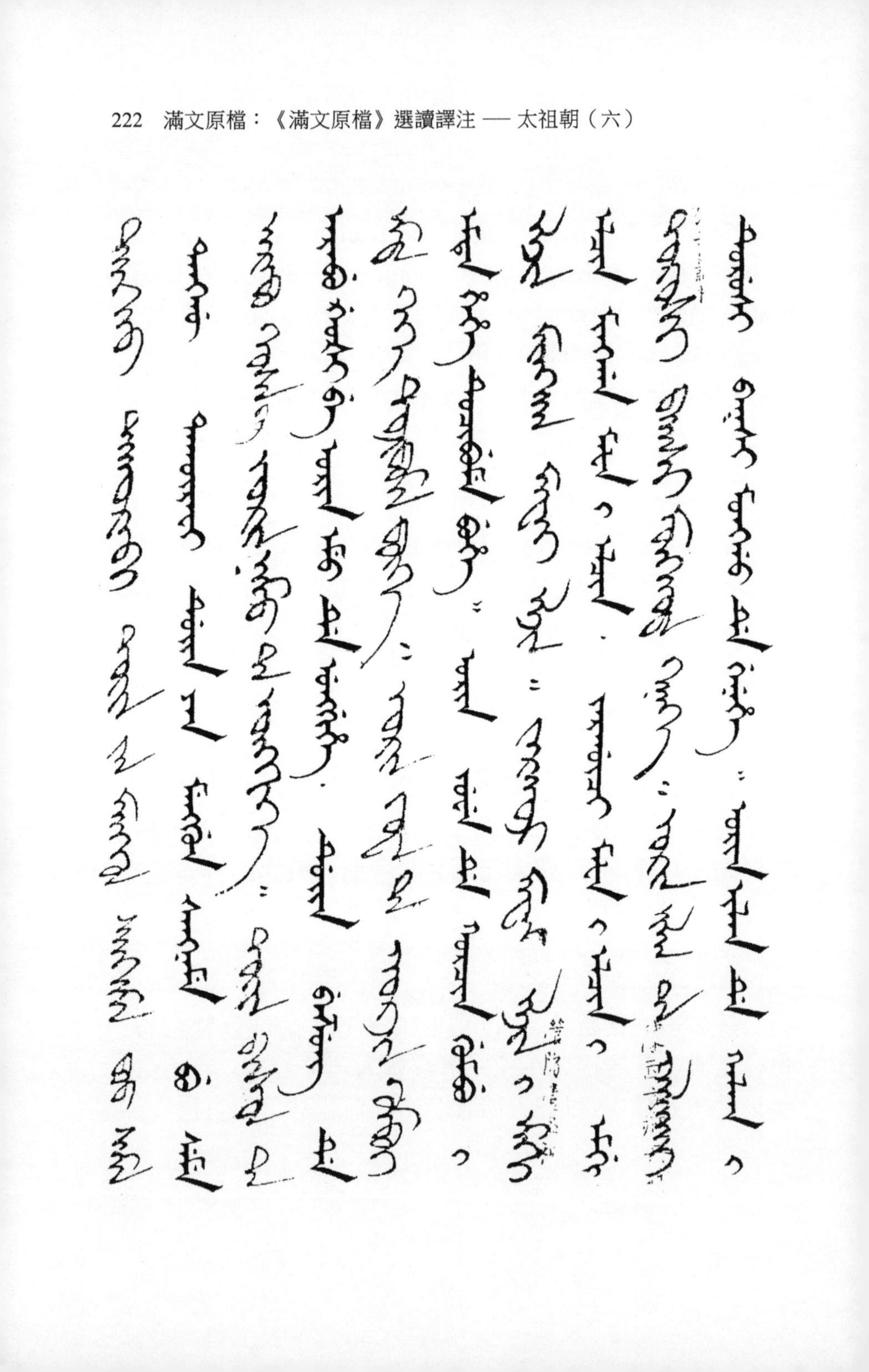

Tanggū (niyalma) takūrafi duin yan menggun šangname bu seme arabu. g'aoši be orin emu de unggihe. duin bedzung de emte hehe tucibume buhe. orin juwe de korcin gumbu i elcin, minggan mafa i elcin, jargūci mafa i elcin i emgi turusi baksi monggo de genehe. orin ilan de kalka i

---

差遣之一百人各賞賜銀四兩。奉命所撰告示已於二十一日發往。把總四人各賜一婦女。二十二日，遣圖魯什巴克什與科爾沁古木布之使者、明安老翁之使者、扎爾固齊老翁之使者同往蒙古。二十三日，

差遣之一百人各赏赐银四两。奉命所撰告示已于二十一日发往。把总四人各赐一妇女。二十二日，遣图鲁什巴克什与科尔沁古木布之使者、明安老翁之使者、扎尔固齐老翁之使者同往蒙古。二十三日，

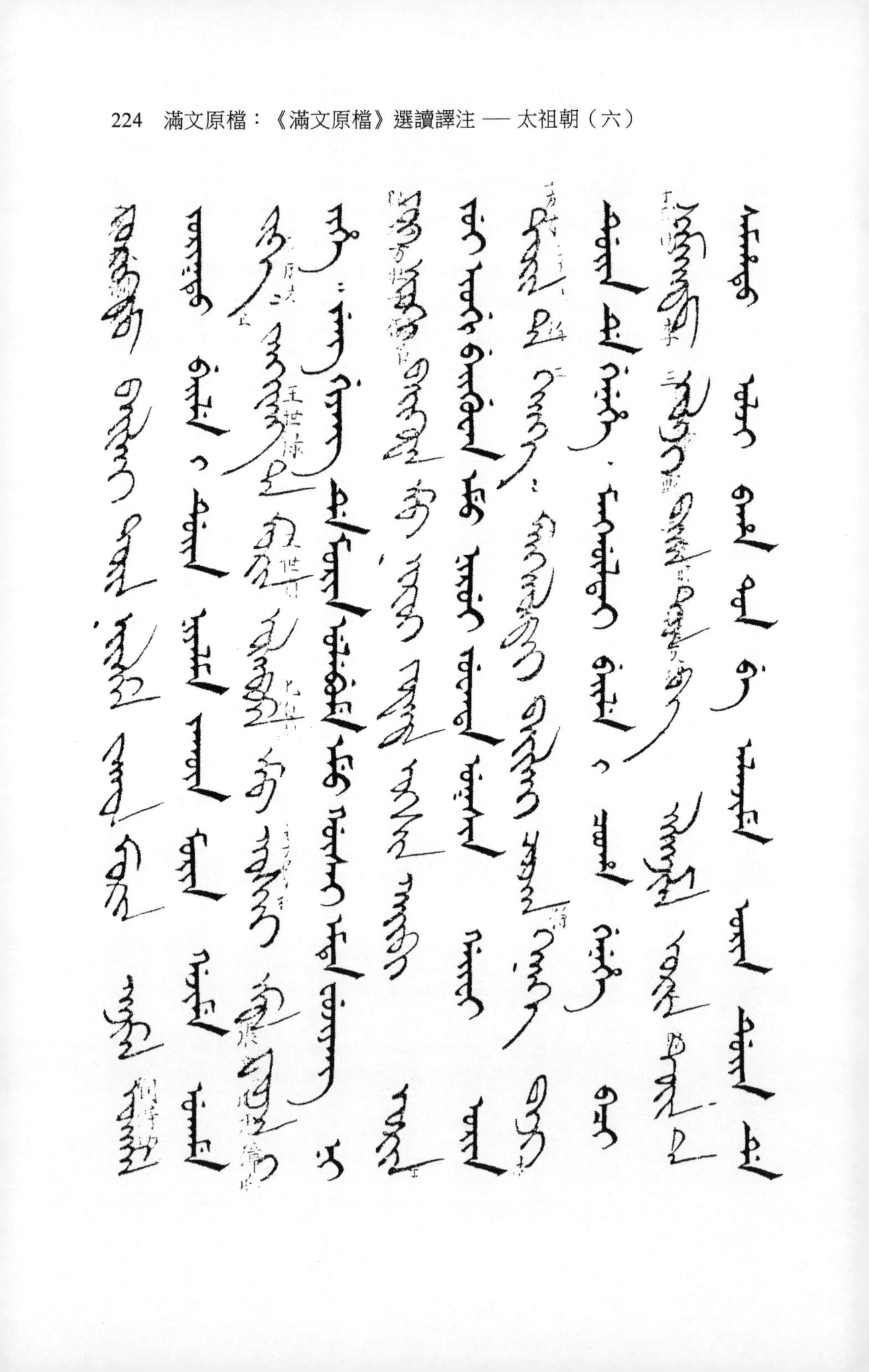

joriktu beilei duin niyalma jakūn morin gajime ukame jihe. jeng giyang de morin ulebume emu gūsai emte fujiyang ni jui iogi, beiguwan emu nirui juwanta uksin gaifi orin duin de genehe. manggūltai beile i cooha genehe baci samhatu olji baha ton be alanjime orin duin de

---

喀爾喀卓里克圖貝勒屬下四人攜馬八匹逃來。每旗派副將之子各一人率遊擊、備禦官及每牛彔披甲各十人於二十四日往鎮江餵馬。薩木哈圖自莽古爾泰貝勒出征地方來報所獲俘虜數目，於二十四日到來。

喀尔喀卓里克图贝勒属下四人携马八匹逃来。每旗派副将之子各一人率游击、备御官及每牛彔披甲各十人于二十四日往镇江喂马。萨木哈图自莽古尔泰贝勒出征地方来报所获俘虏数目，于二十四日到来。

十六、放貸糧石

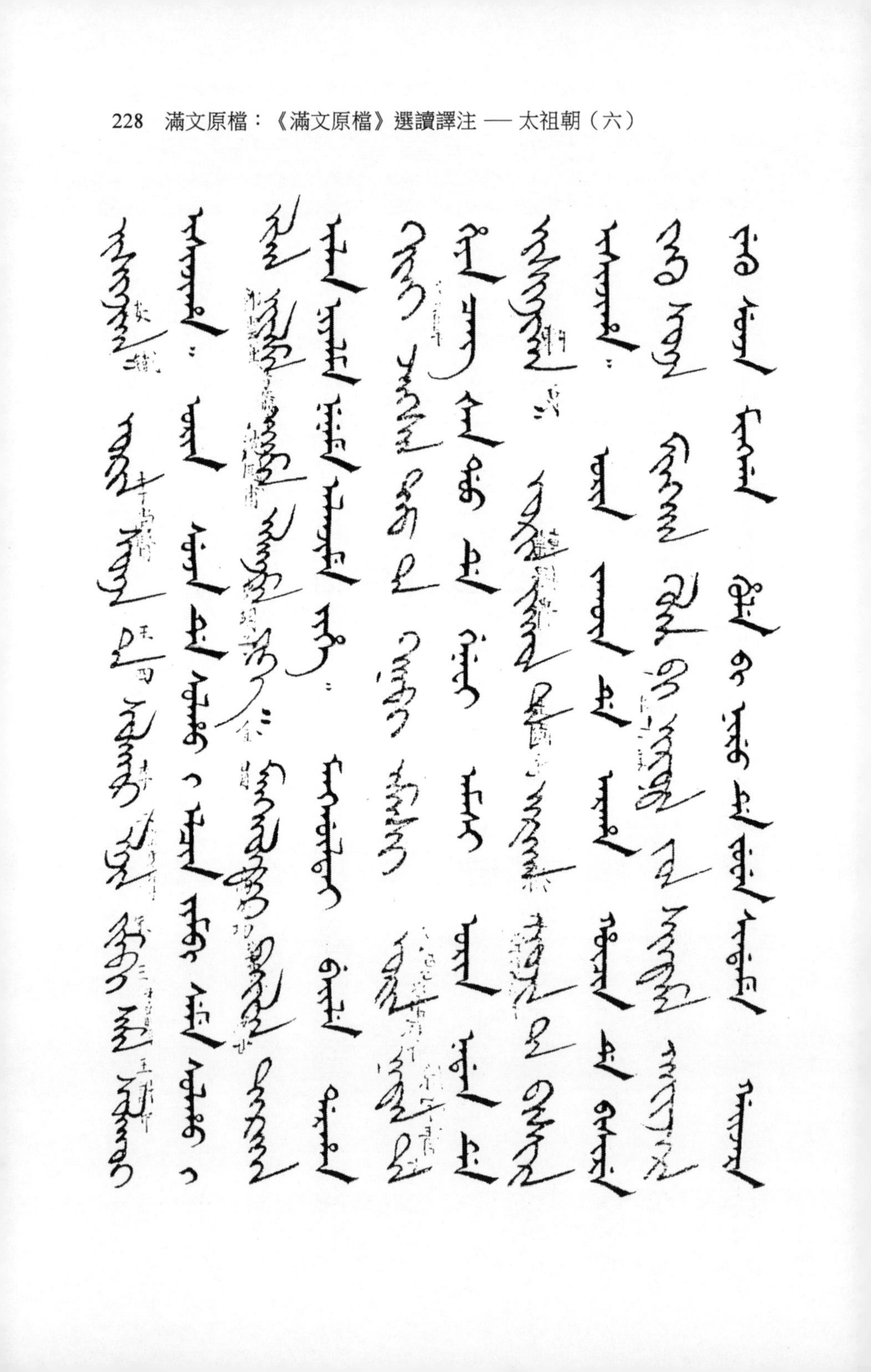

isinjiha. orin sunja de solhoi elcin jimbi seme solho i ilan niyalma neneme alanjime jihe. manggūltai beile darhan hiya cang šan doo de genefi amasi orin nadan de isinjiha. orin jakūn de araha hūcin de bisire jeku sunja minggan hule bi, niru de juwen sindame gaijara

---

二十五日，朝鮮先遣三人來報，朝鮮使者將至。莽古爾泰貝勒、達爾漢侍衛前往長山島，於二十七日歸來。二十八日，窖中有存糧五千石，各牛彔應收放貸[72]之糧

二十五日，朝鲜先遣三人来报，朝鲜使者将至。莽古尔泰贝勒、达尔汉侍卫前往长山岛，于二十七日归来。二十八日，窖中有存粮五千石，各牛彔应收放贷之粮

---

[72] 放貸，《滿文原檔》寫作“jon sintama(e)”，讀作“jun sindame”，《滿文老檔》讀作“juwen sindame”。

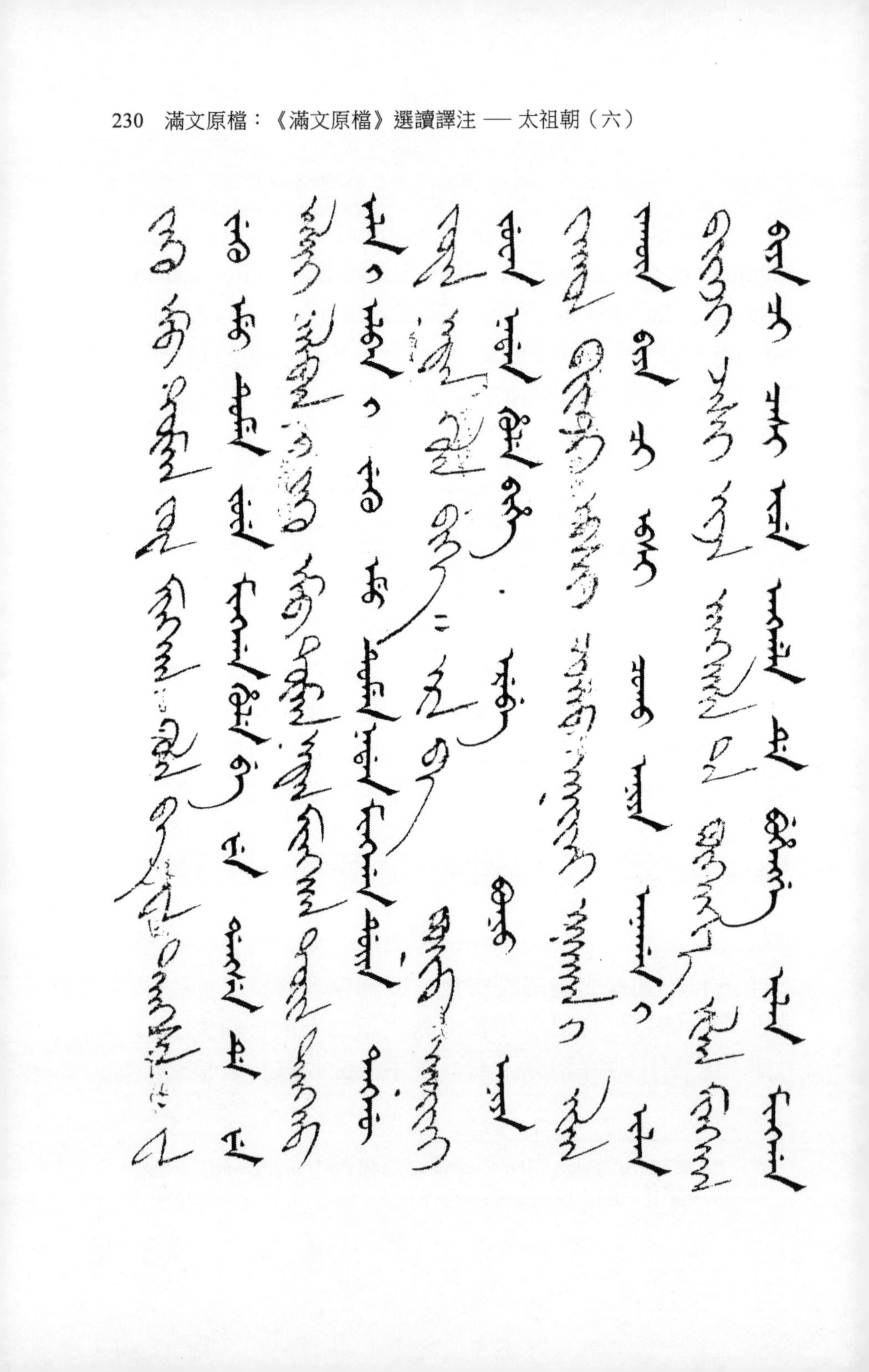

jeku emu tumen juwe minggan hule be, fe dangse de fe alai alban i jeku emu tumen nadan minggan duin tanggū juwan nadan hule bihe. ere be bonio aniya jakūn biyaci ebsi coko aniya anagan i ilan biyaci casi ice anggala de buhengge ilan minggan

---

一萬二千石，舊檔內所記費阿拉官糧為一萬七千四百一十七石。此項存糧自申年八月至酉年閏三月，發給新附人口者為

一万二千石，旧档内所记费阿拉官粮为一万七千四百一十七石。此项存粮自申年八月至酉年闰三月，发给新附人口者为

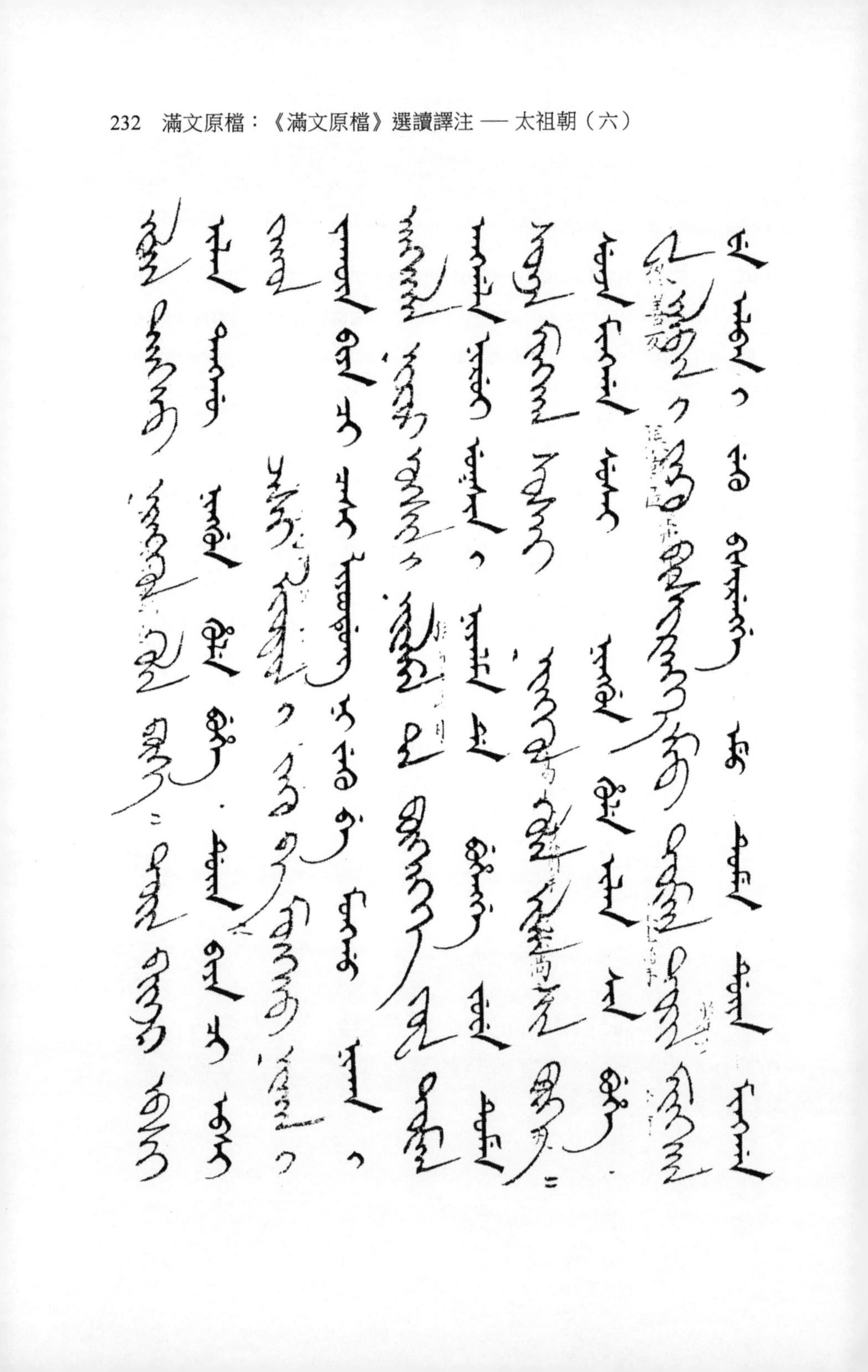

ilan tanggū ninggun hule buhe. duin biyaci ebsi jakūn biyaci casi liyoodung ni jeku be monggo, nikan i anggala nirui uksin i niyalma de buhengge juwe tumen sunja minggan susai ninggun hule ilan sin buhe, fe alban i jeku bisirengge emu tumen duin minggan

---

三千三百零六石。自四月至八月，將遼東之糧發給蒙古、漢人家口及牛彔披甲之人為二萬五千零五十六石三斗，尚存舊官糧為一萬四千一百一十一石，

三千三百零六石。自四月至八月，将辽东之粮发给蒙古、汉人家口及牛录披甲之人为二万五千零五十六石三斗，尚存旧官粮为一万四千一百一十一石，

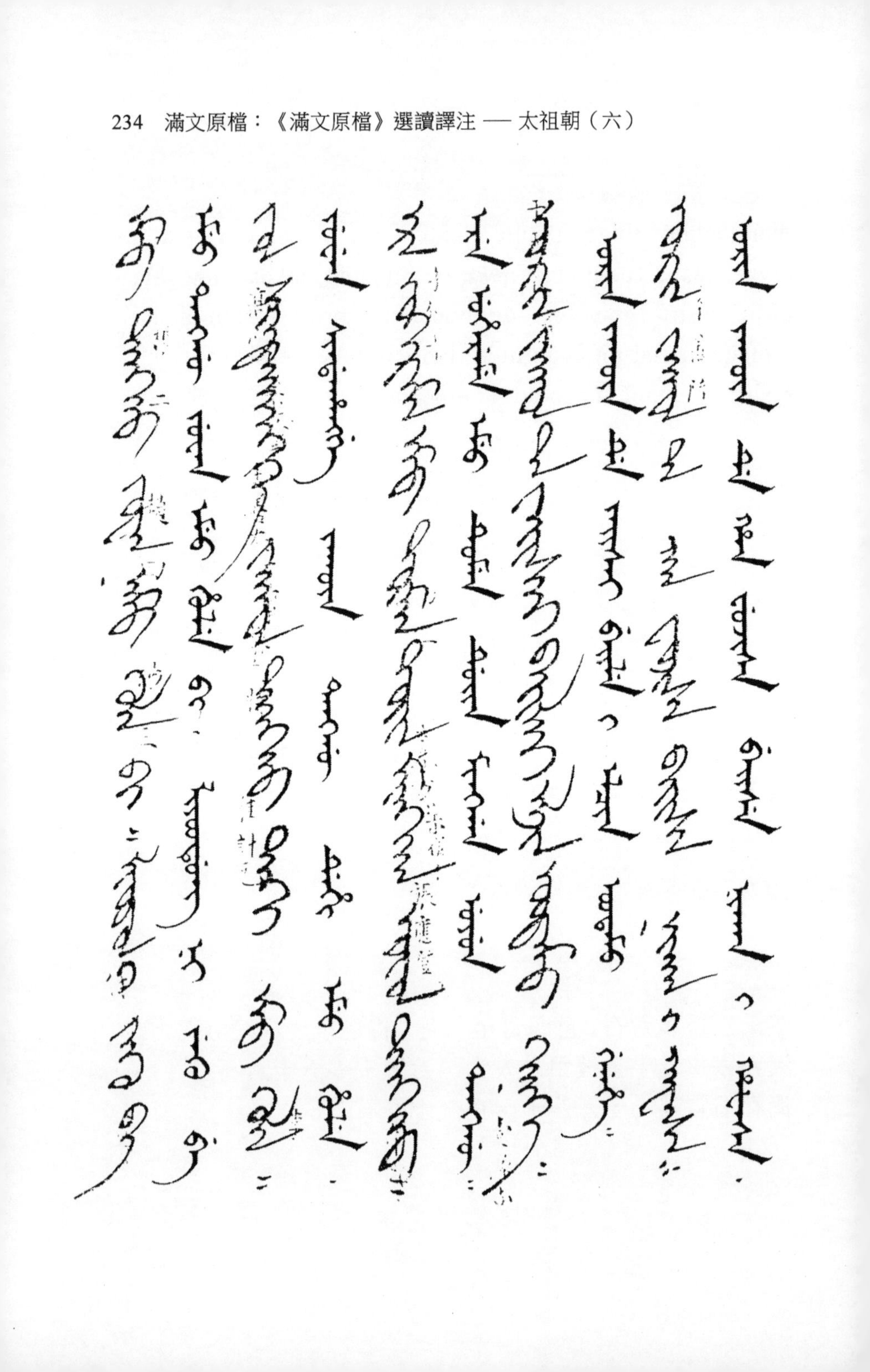

emu tanggū juwan emu hule bi, liyoodung ni jeku be juwen sindahangge jakūn tanggū dehi emu hule, ere uhereme emu tumen duin minggan uyun tanggū. orin jakūn de jaisai beile i elcin ootamo genehe. orin jakūn de han fujisa, beise, nikan i hafasa,

---

遼東放貸糧八百四十一石，共計一萬四千九百石。二十八日，遣宰賽貝勒之使者敖塔莫回去。二十八日，汗攜諸福晉、貝勒、漢官

辽东放贷粮八百四十一石，共计一万四千九百石。二十八日，遣宰赛贝勒之使者敖塔莫回去。二十八日，汗携诸福晋、贝勒、汉官

十七、盡忠職守

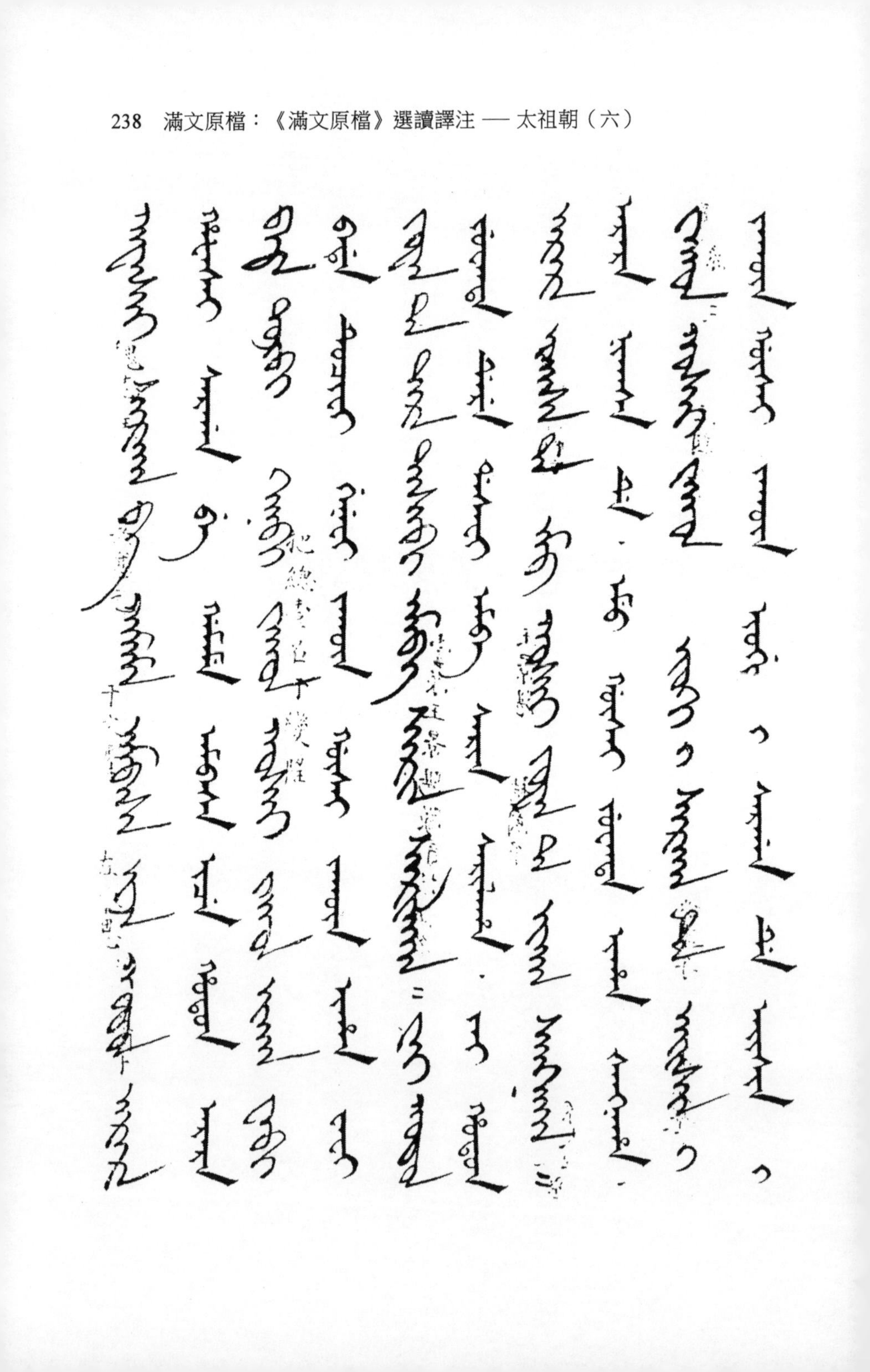

hafasai sargan be gamame ambasa ice hoton arara bade tucifi genefi, jakūn gūsai jakūn ihan wafi juwanta dere dasafi amba sarin sarilaha. jai hoton arara nikasa de emu gūsai juwanta ihan šangnaha. jakūn gūsai jakūn iogi i sargan de aisin i

---

及眾官員之妻室，前往諸大臣修築新城之處。八旗宰牛八頭，各設筵十席，大宴之。再者，每旗各以牛十頭賞築城之漢人。八旗八遊擊之妻，

及众官员之妻室，前往诸大臣修筑新城之处。八旗宰牛八头，各设筵十席，大宴之。再者，每旗各以牛十头赏筑城之汉人。八旗八游击之妻，

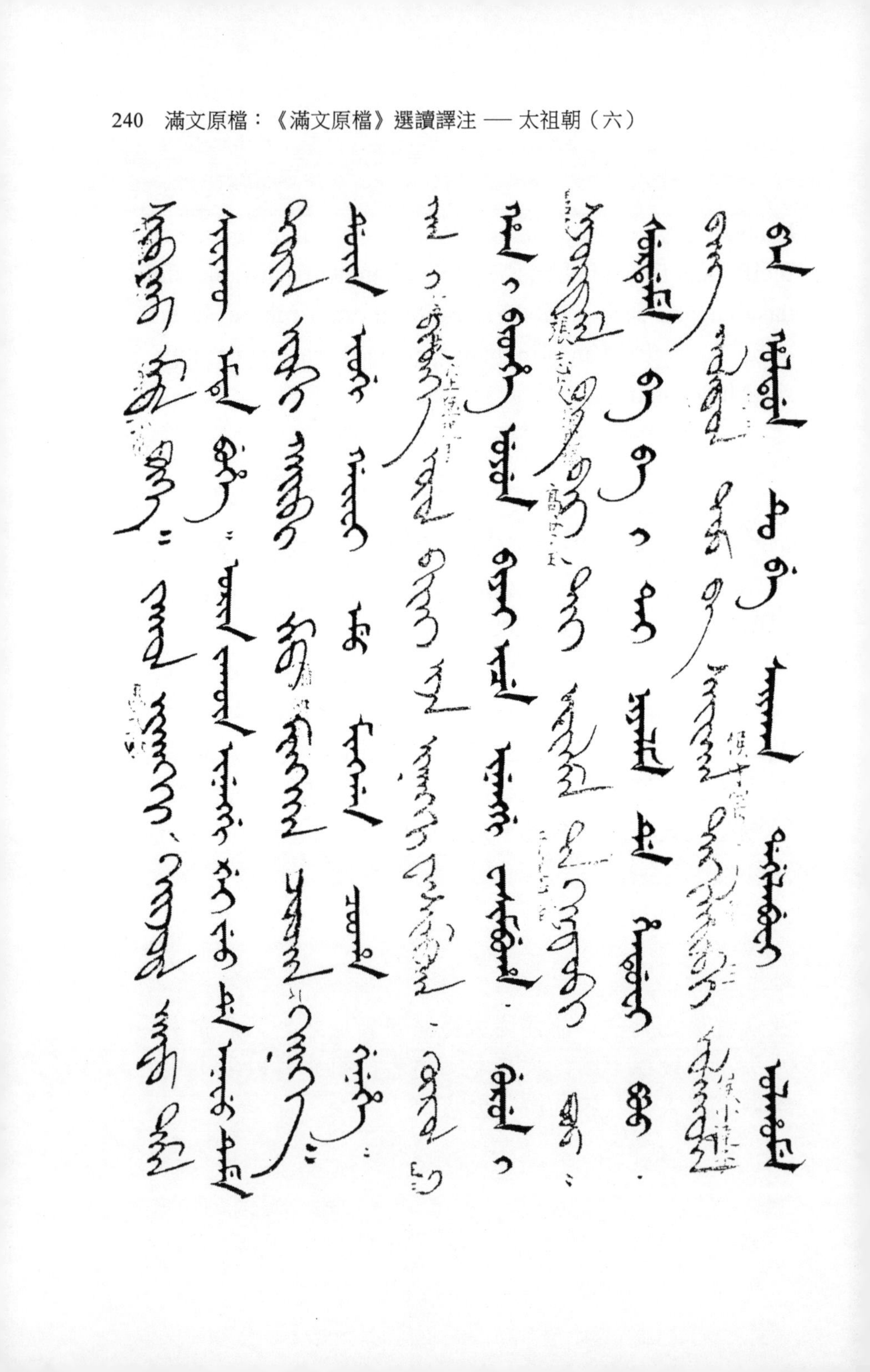

sifikū emte buhe. orin jakūn inenggi g'ai jeode anafu teme duin iogi gaifi emu minggan cooha genehe. han i bithe uyun biyai ice inenggi wasimbuha, gurun i šurdeme ba bai tai niyalma de hendufi poo, pan, holdon, tu be saikan dagilabufi olhome

各賜金簪[73]一支。二十八日，命遊擊四人率兵一千名前往蓋州戍守。九月初一日，汗頒書面諭旨曰：「著國之周邊各處台站之人，妥備響礟、雲牌、烽火、旗纛[74]，

各賜金簪一支。二十八日，命游击四人率兵一千名前往盖州戍守。九月初一日，汗颁书面谕旨曰：「着国之周边各处台站之人，妥备响炮、云牌、烽火、旗纛，

[73] 簪，《滿文原檔》寫作"sibiko"，《滿文老檔》讀作"sifikū"。

[74] 旗纛，句中「纛」,《滿文原檔》寫作"too"，《滿文老檔》讀作"tu"，規範滿文讀作"turun"。又，蒙文讀作"tuɣ"，與滿文"tu"，俱源自漢文「纛」。

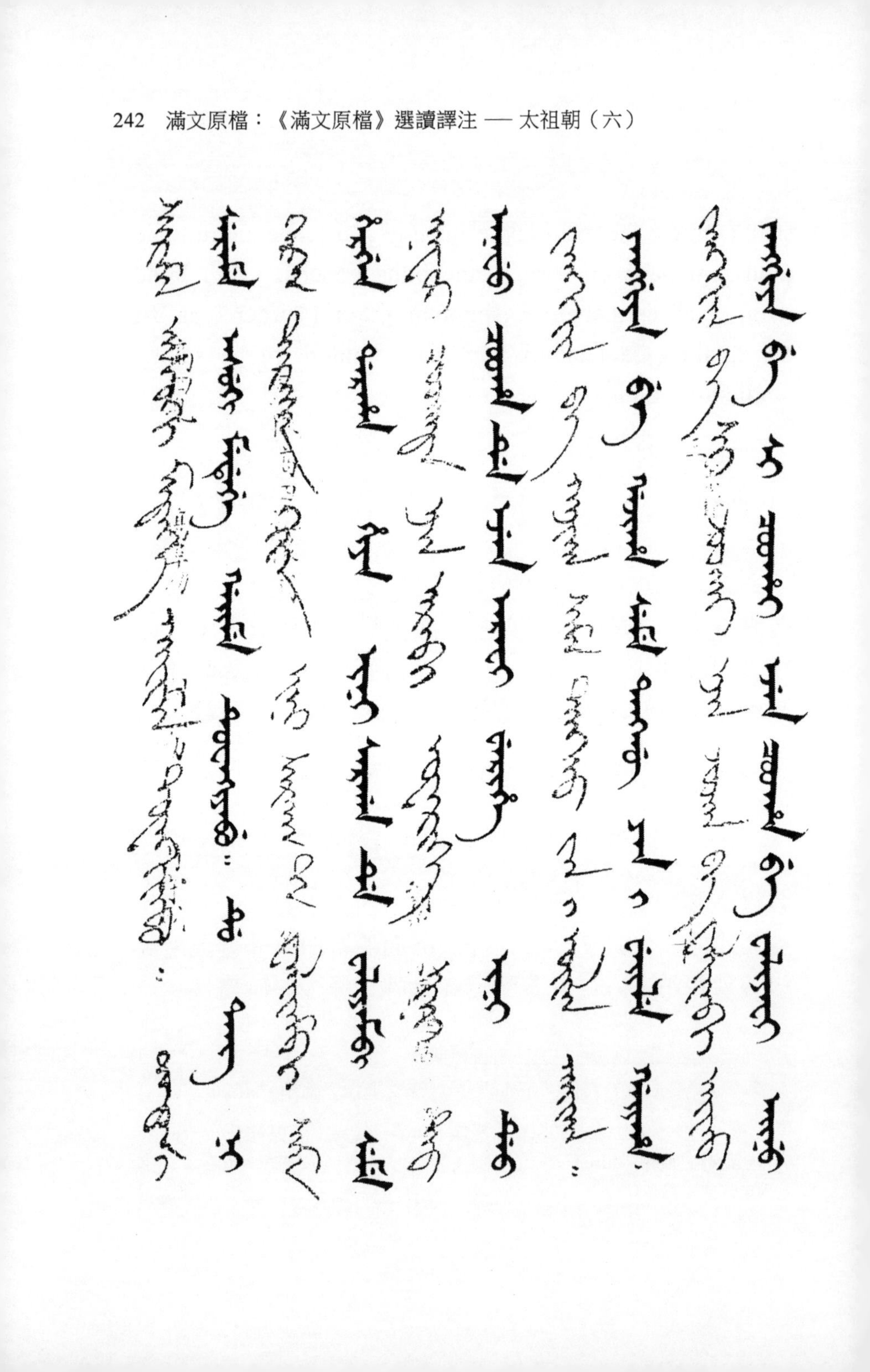

sereme asuki medege gaime tuwakiyabu. du tang ni hergen darhan hiya ini sargan de waliyambi seme, anafu coohade ejen arafi werihe ini deo janggiya be gajiha seme, tanggū yan i weile gaiha. janggiya be si coohai ejen cooha be waliyafi ainu

---

小心防備，探聽音信。」都堂職銜達爾漢侍衛為祭其亡妻，召回留守之弟統兵主將章佳，罰銀百兩。又責章佳曰：「爾為統兵主將，為何棄兵而來耶？」

小心防备，探听音信。」都堂职衔达尔汉侍卫为祭其亡妻，召回留守之弟统兵主将章佳，罚银百两。又责章佳曰：「尔为统兵主将，为何弃兵而来耶？」

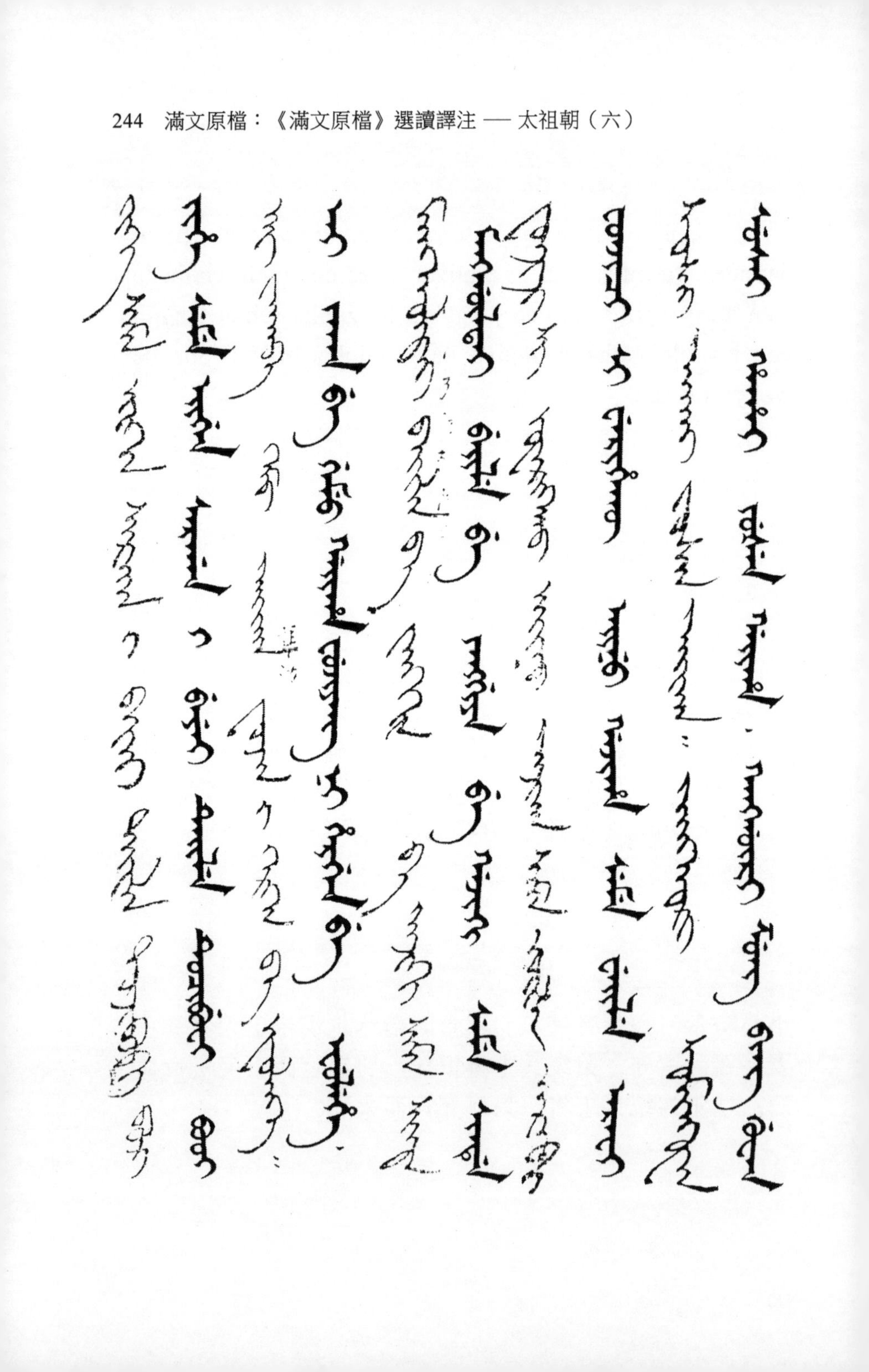

jihe seme eigen sargan i beyei teile tucibufi booi ai jakabe gemu gaiha, fujiyang ni hergen be efulehe. manggūltai beile be janggiya be gajiki seme sinde fonjici si werihekū ainu gajiha seme, weile arafi susai hahai jušen gaiha, kanggūri dzung bing guwan

---

將其夫婦二人空身逐出，盡沒家產，革其副將之職。又責莽古爾泰貝勒，「召回章佳時，曾詢問爾，爾為何未留下而任其召來？」因此治罪，沒收其男諸申五十人。總兵官康古里

将其夫妇二人空身逐出，尽没家产，革其副将之职。又责莽古尔泰贝勒，「召回章佳时，曾询问尔，尔为何未留下而任其召来？」因此治罪，没收其男诸申五十人。总兵官康古里

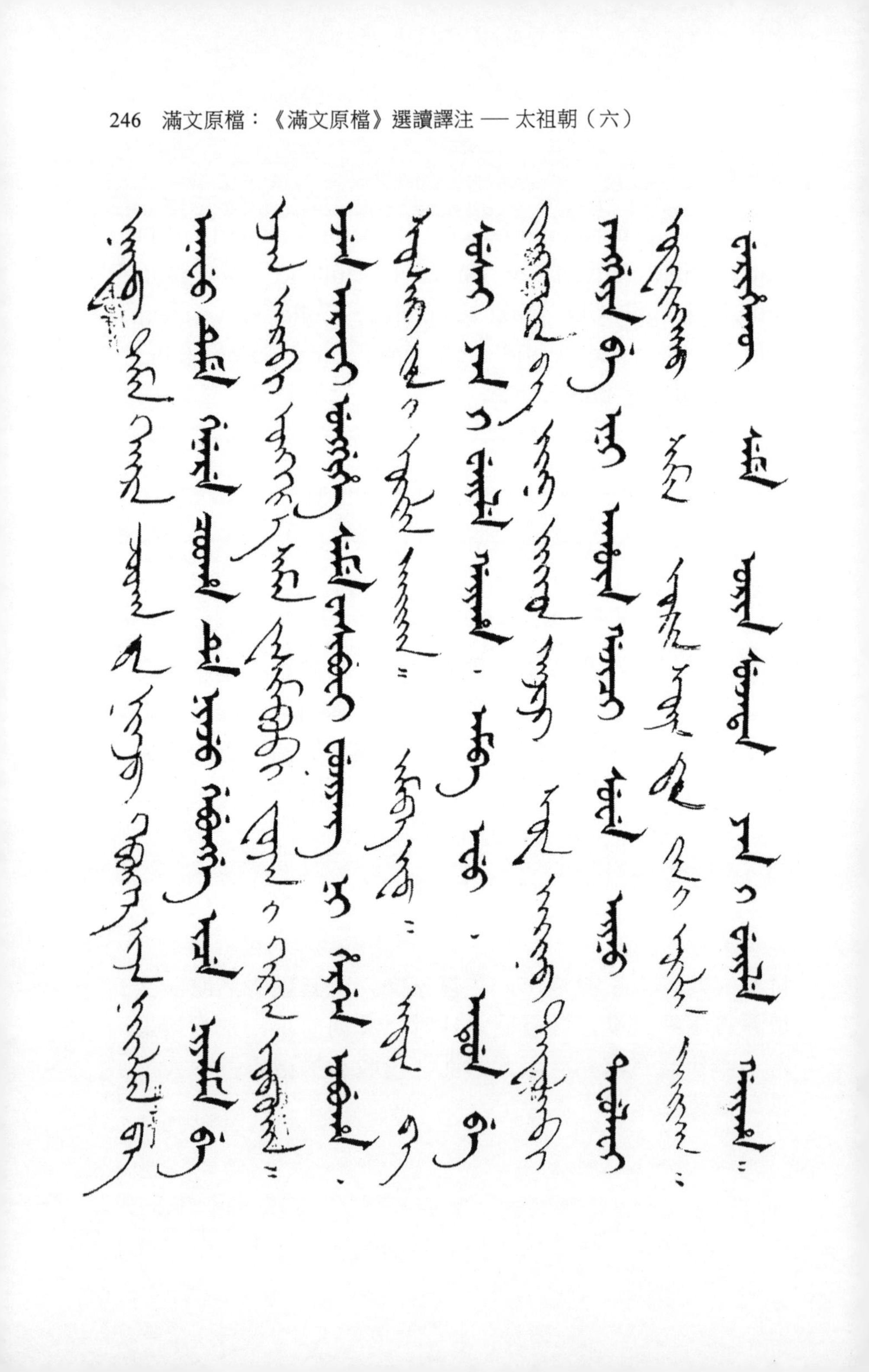

anafu teme genere cooha de ninju gebungge ice niyalma be ejen arafi unggihe seme wasibufi, fujiyang ni hergen obuha, susai yan i weile gaiha. amba efu, adun be janggiya be ini ahūn gajici suwe ainu tafulafi werihekū seme, orin sunjata yan i weile gaiha.

出兵戍守時，遣名叫尼音珠新附之人為主將，降為副將之職，罰銀五十兩。大額駙、阿敦以章佳之兄召回章佳時，爾等為何未勸其留下，各罰銀二十五兩。

出兵戍守时，遣名叫尼音珠新附之人为主将，降为副将之职，罚银五十两。大额驸、阿敦以章佳之兄召回章佳时，尔等为何未劝其留下，各罚银二十五两。

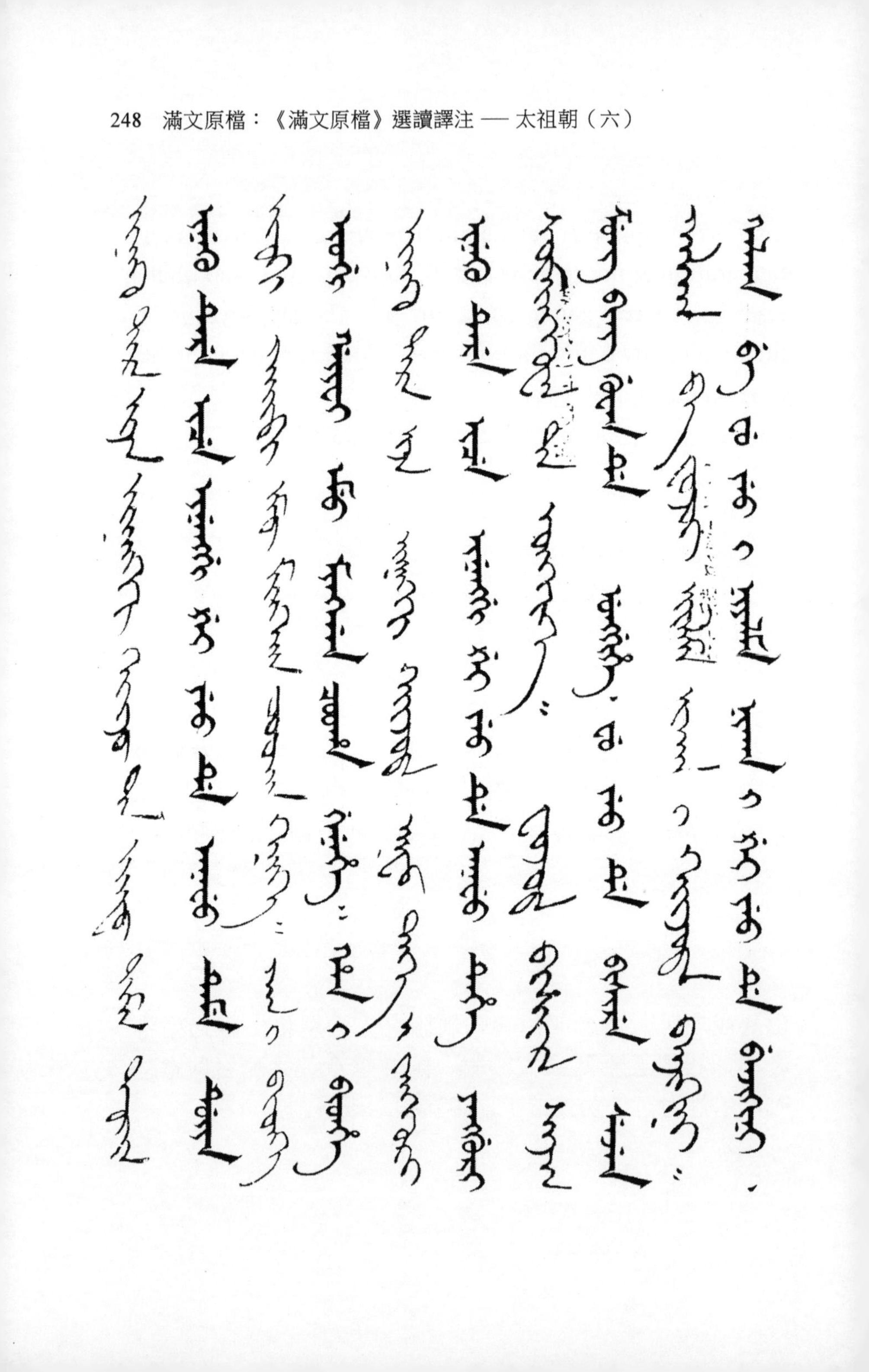

ineku tere ice inenggi g'ai jeo de anafu teme duin iogi gaifi emu minggan cooha genehe. han i bithe ineku tere ice inenggi g'ai jeo de anafu tehe yangguri dzung bing guwan de unggihe. fu jeo de bisire sejen kalka be fu jeoi niyalma nikan i g'ai jeo de benjikini.

也是初一日，四遊擊率兵一千往蓋州駐守。初一日，汗遣人齎書往諭戍守蓋州之總兵官揚古利曰：「著復州之人將復州之車、盾運至漢人所駐之蓋州。

也是初一日，四游击率兵一千往盖州驻守。初一日，汗遣人赍书往谕戍守盖州之总兵官扬古利曰：「着复州之人将复州之车、盾运至汉人所驻之盖州。

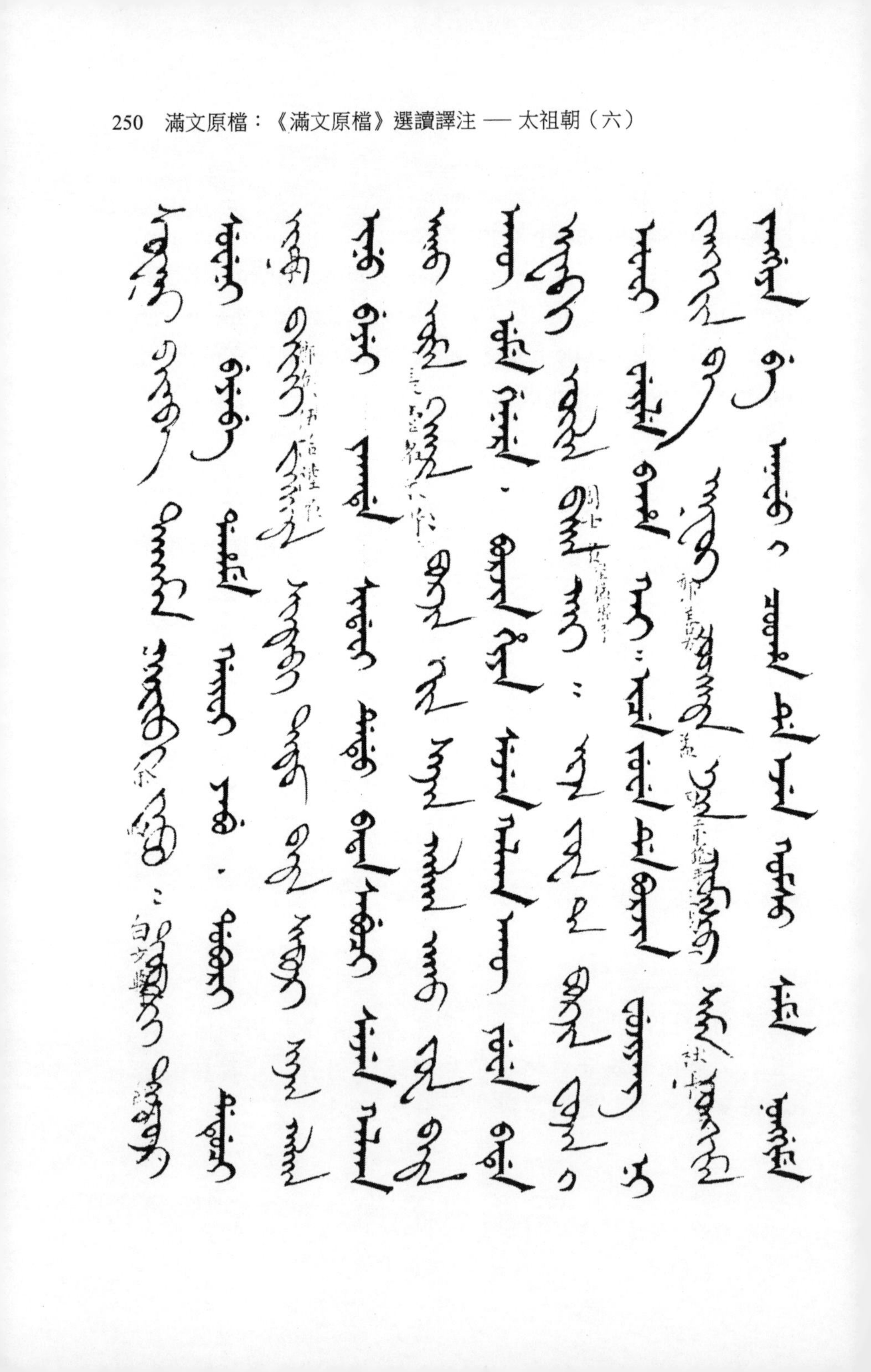

suweni beyebe dahame gaifi yabu, dobori deduci inu beyei jakade sindafi dedu, bata sabuci, sejen kalka akū ume genere, borjin hiya sejen kalka akū juwe bade afafi weile baha kai. ice juwe de borjin fujiyang ni janggiya be anafu i cooha de ejen komso seme nonggime

---

爾等隨身攜帶而行，夜宿時亦當放置身邊而宿，遇敵若無車、盾，則勿前往。博爾晉侍衛曾因無車、盾出戰兩處而獲罪也。」初二日，因戍兵主將少而增派博爾晉副將屬下章佳前往。

尔等随身携带而行，夜宿时亦当放置身边而宿，遇敌若无车、盾，则勿前往。博尔晋侍卫曾因无车、盾出战两处而获罪也。」初二日，因戍兵主将少而增派博尔晋副将属下章佳前往。

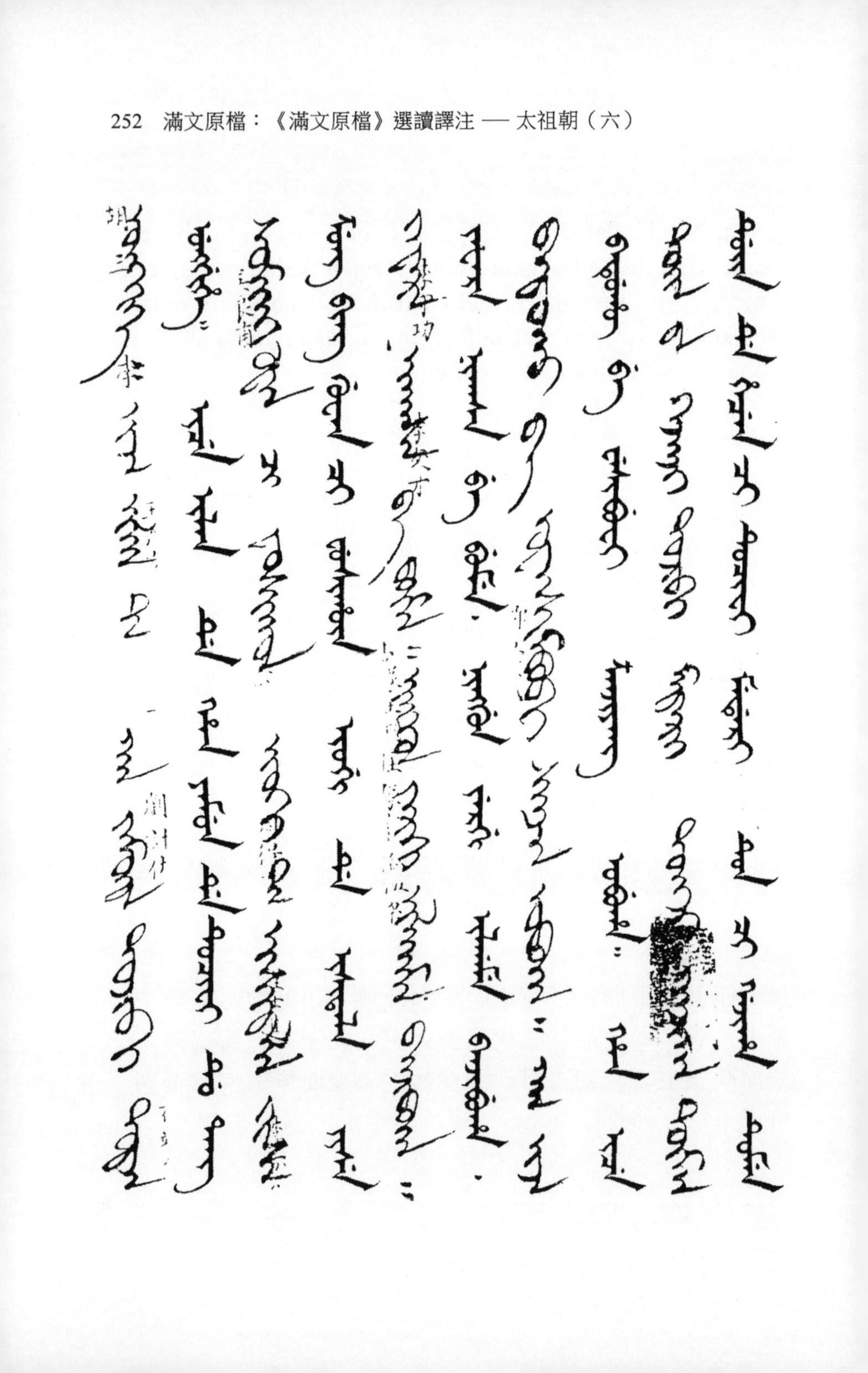

unggihe. ice ilan de han yamun de tucifi du tang, dzung bing guwan ci fusihūn iogi de isitala jise jafara nikasa be bume, ninggun jergi ilgame banjibuha. baduhū be wesibufi ts'anjiyang obuha. han ice duin de hecen ci tucifi mederi tun ci gajiha tumen

---

初三日，汗御衙門，都堂、總兵官以下至遊擊各配以漢人書辦[75]，分別[76]編為六等。陞巴都虎為參將。初四日，汗出城外，將自海島攜來之俘虜萬人

初三日，汗御衙门，都堂、总兵官以下至游击各配以汉人书办，分别编为六等。升巴都虎为参将。初四日，汗出城外，将自海岛携来之俘虏万人

---

75 書辦，《滿文原檔》寫作"jisa jawara"，《滿文老檔》讀作"jise jafara"，意即「執掌草稿的」；規範滿文讀作"šudesi"。

76 分別，《滿文原檔》、《滿文老檔》俱讀作"ilgame"。按滿文"ilgambi"與蒙文"ilɣaqu"為同源詞，源自回鶻文"ilghamaq"（根詞 ilga-、ilɣa-、ilgha-相同），意即「區分」。

十八、是非顛倒

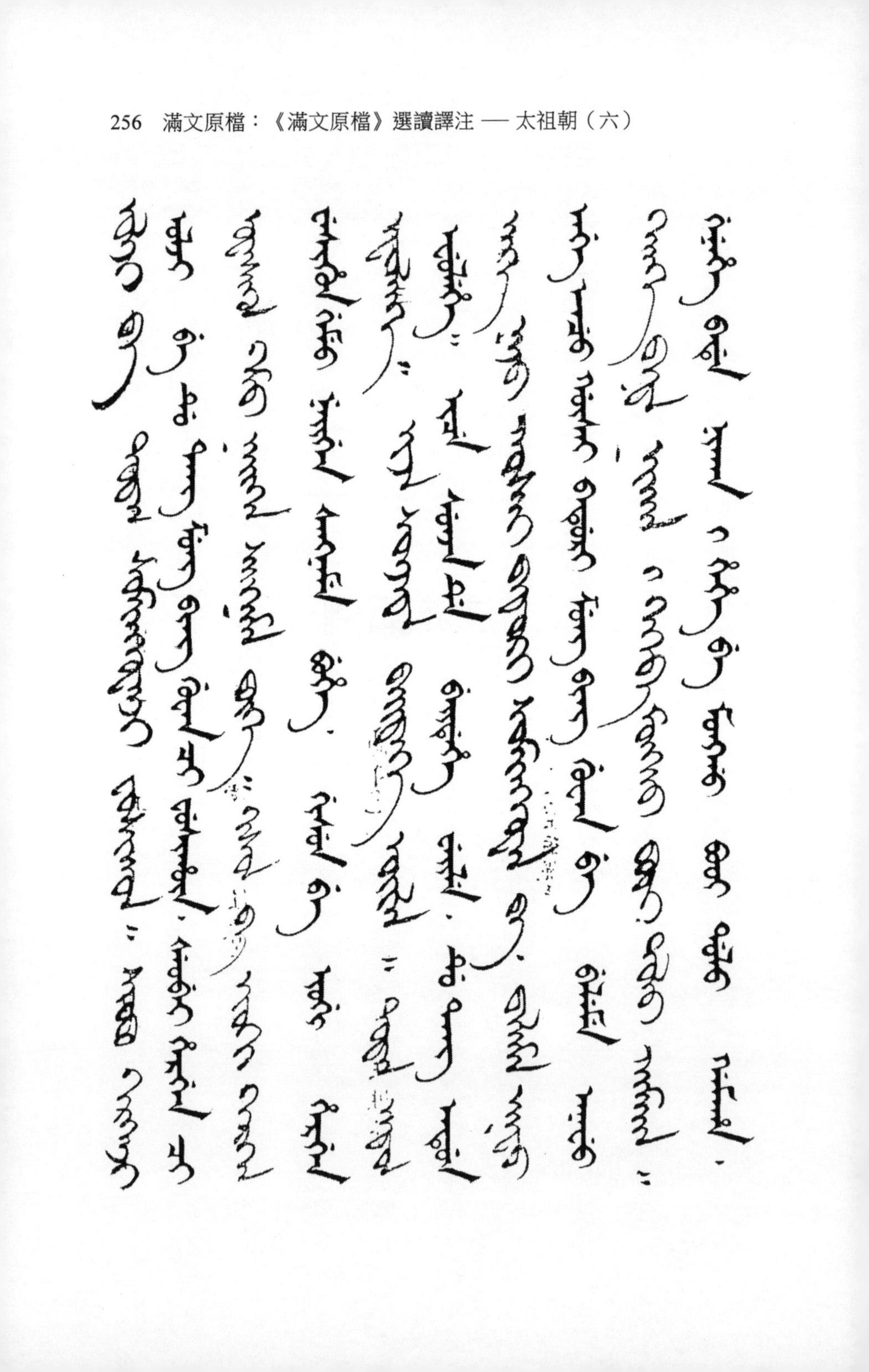

olji be du tang, dzung bing guwan ci fusihūn, šeobei hergenci wesihun gemu neigen šangname buhe. gisun be iogi hergen efulehe. ice sunja de beidehe weile, du tang adun age encu gūsai baduri dzung bing guwan be beleme anafu genehe bade, nikan i hehebe monggo booi dolo gamaha,

皆平均賞賜都堂、總兵官以下守備職銜以上各官。革吉蓀遊擊之職。初五日審理之案，都堂阿敦阿哥誣陷他旗總兵官巴都里前往戍守之地，攜漢人婦女進蒙古包[77]內，

皆平均赏赐都堂、总兵官以下守备职衔以上各官。革吉荪游击之职。初五日审理之案，都堂阿敦阿哥诬陷他旗总兵官巴都里前往戍守之地，携汉人妇女进蒙古包内，

[77] 蒙古包，《滿文原檔》、《滿文老檔》俱讀作“monggo boo”，蒙文讀作“mongɣol ger”。

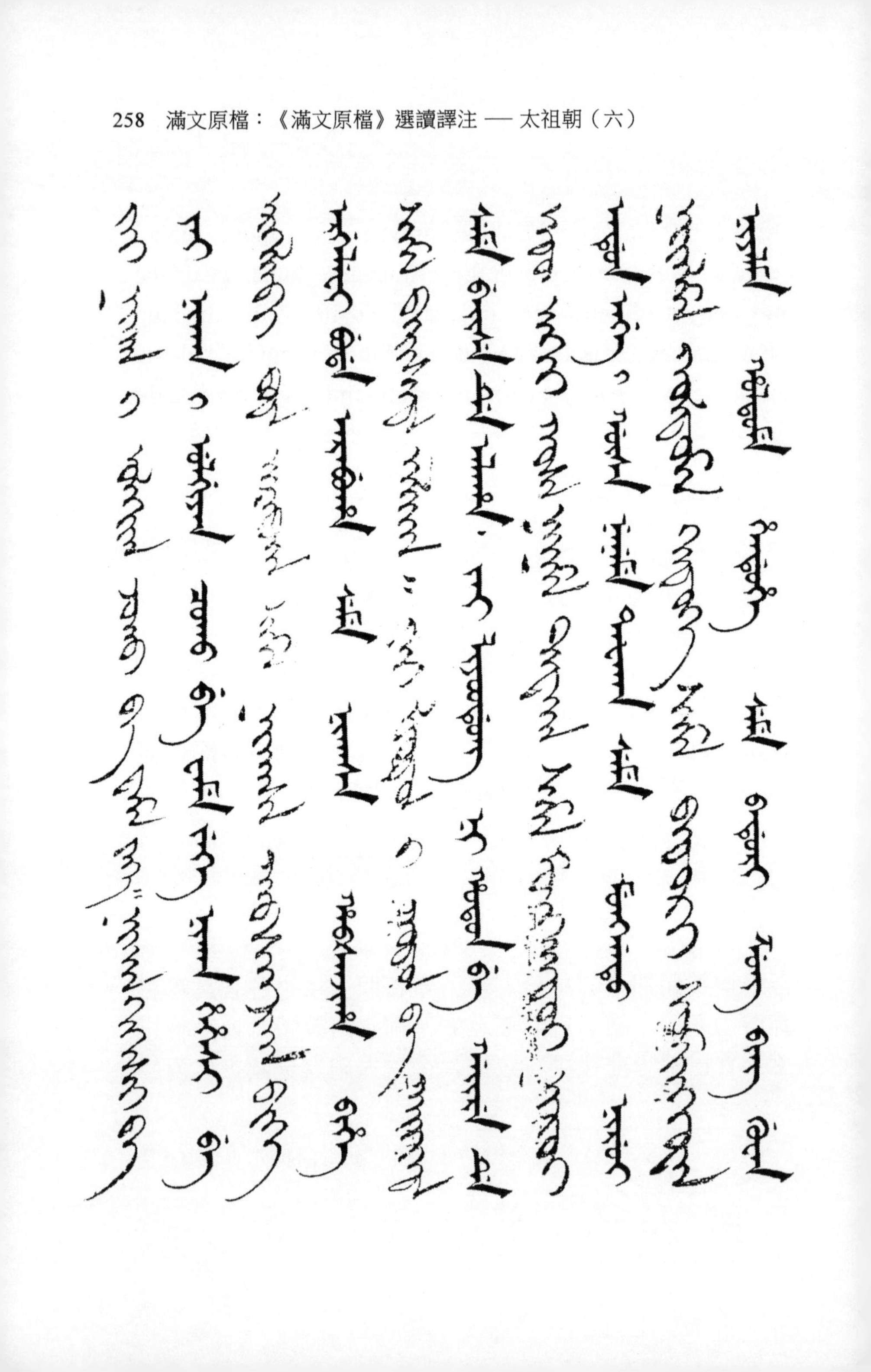

jai nikan i ulgiyan coko be wame jeke nikan hehesi be ergelefi buda arabuha seme nikasa habšanjiha bihe seme beise de alaha. jai liyoodung ni hoton be gairede adun age i gūsa neneme tafaka seme munggatu nirui niyalma holtome henduhe seme, baduri dzung bing guwan

---

並宰食漢人之豬、鷄，逼迫漢人婦女為之做飯，曾為漢人控告，曾告之於諸貝勒。再者，蒙噶圖牛彔之人謊稱攻取遼東城時，阿敦阿哥之旗先登，總兵官巴都里

并宰食汉人之猪、鸡，逼迫汉人妇女为之做饭，曾为汉人控告，曾告之于诸贝勒。再者，蒙噶图牛录之人谎称攻取辽东城时，阿敦阿哥之旗先登，总兵官巴都里

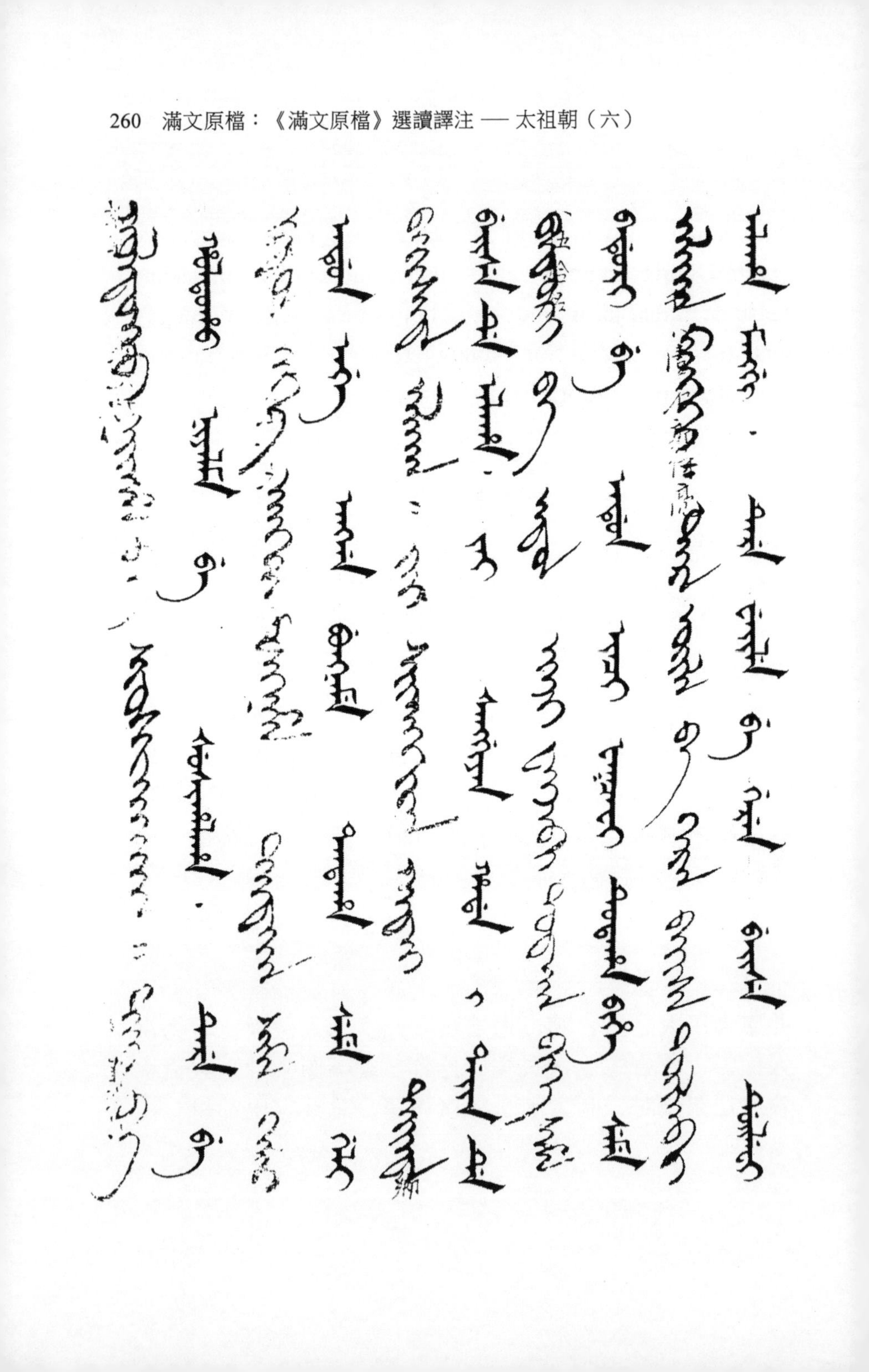

holtoho niyalma be šusihalaha, tere be adun age angga bungname tantaha seme geli beise de alaha, jai šanggiyan hadai dain de baduri be adun inci fakcafi tutaha bihe seme alaha manggi, tere weile be geren beise duilefi

---

曾鞭責撒謊者。阿敦阿哥以其顛倒是非責打之，又告之於諸貝勒。又以巴都里於尚間崖[78]戰役離開阿敦而留於後面而告之。經眾貝勒審理其案後，

曾鞭责撒谎者。阿敦阿哥以其颠倒是非责打之，又告之于诸贝勒。又以巴都里于尚间崖战役离开阿敦而留于后面而告之。经众贝勒审理其案后，

---

[78] 尚間崖，《滿文原檔》寫作"sijangkijan kata"，讀作"siyanggiyan hada"，《滿文老檔》讀作"šanggiyan hada"，意即「白色岩峯」。

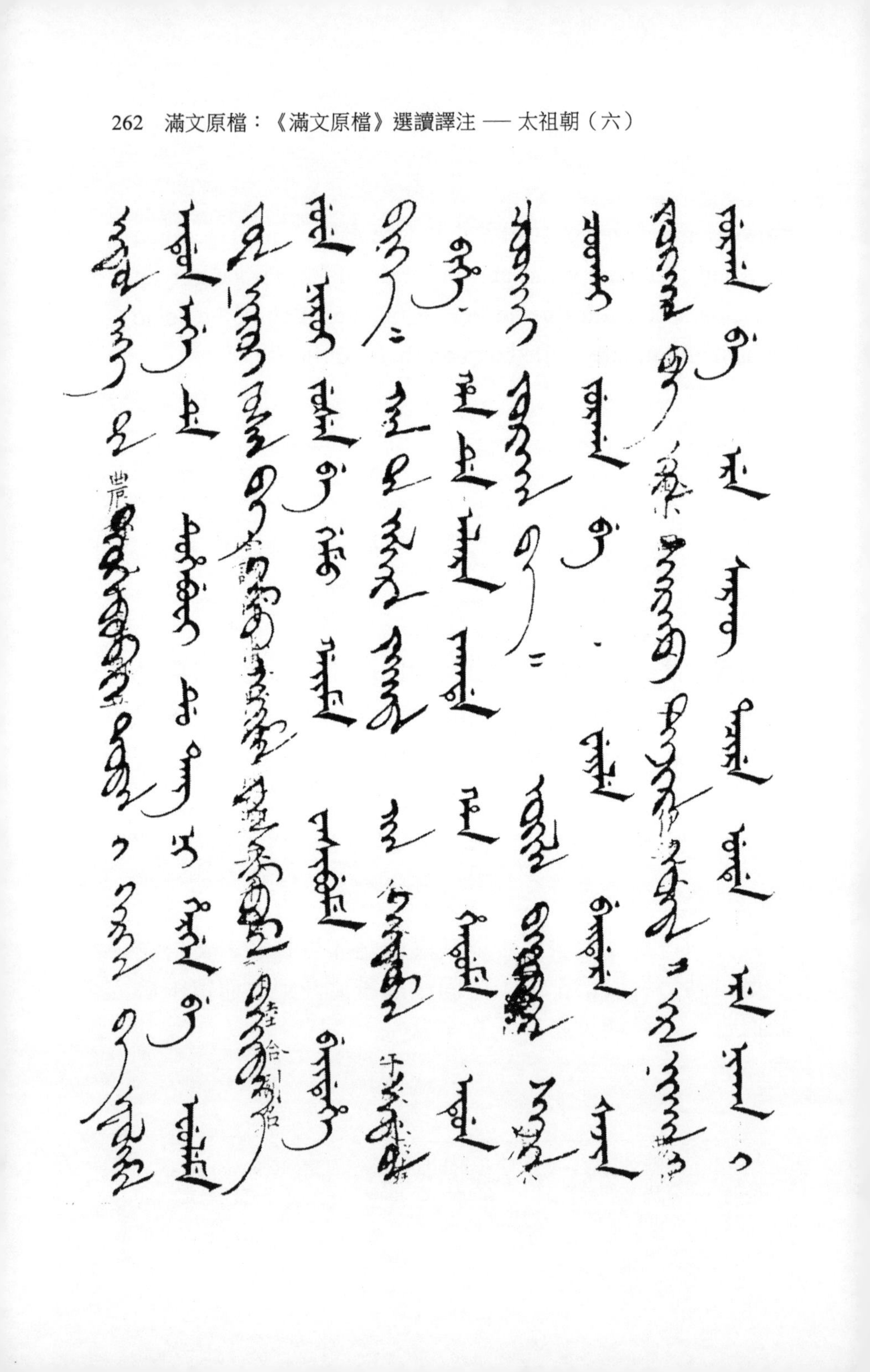

adun age de tuhebufi du tang ni hergen be efuleme juwe nirui jušen be gemu gaime wasibume beidehe bihe. han de alara jakade han hendume, adun coohai jurgan be, weile beidere šajin jurgan be ere sarkū tacire unde, ere nikan i

擬阿敦阿哥以罪，革其都堂之職，其二牛彔之諸申俱沒收以消其勢[79]。告之於汗，汗曰：「阿敦不知軍伍[80]、不知理事法紀，尚未學習，

拟阿敦阿哥以罪，革其都堂之职，其二牛彔之诸申俱没收以消其势。告之于汗，汗曰：「阿敦不知军伍、不知理事法纪，尚未学习，

79 以消其勢，《滿文原檔》寫作"wasimbuma(e)"，《滿文老檔》讀作"wasibume"，意即「使貶謫」。

80 軍伍，《滿文原檔》寫作"cookai jorkan"，《滿文老檔》讀作"coohai jurgan"。句中"jurgan"意即「行伍」；舊清語，"meyen"之意。

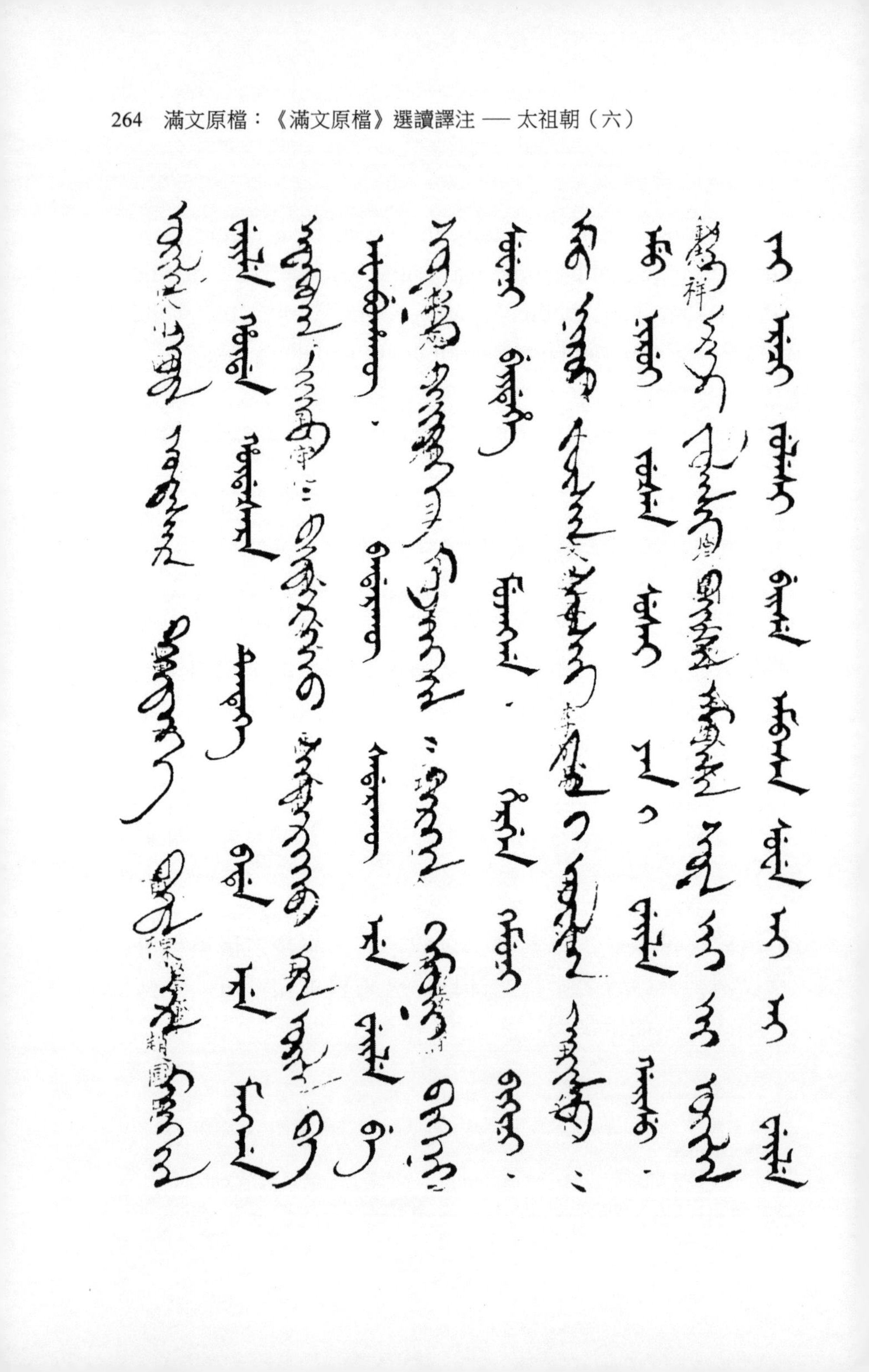

weile, hūda hūdašara tenteke bade ere mangga afabuhakū, bandarakū šadarakū. ere weile be suweni beidehe mujangga, hergen kemuni bikini. emu nirui jušen susai yan i weile gaisu. jai ereci julesi beise ambasa suwe ai ai weile

---

此為漢人之罪也。行商貿易等事，乃其所擅長，今尚未委以此事，委之必不倦怠[81]。此罪爾等所擬極是，可仍留其職[82]，沒收其一牛彔諸申，罰銀五十兩。嗣後，爾等諸貝勒大臣有任何罪案，

此为汉人之罪也。行商贸易等事，乃其所擅长，今尚未委以此事，委之必不倦怠。此罪尔等所拟极是，可仍留其职，没收其一牛彔诸申，罚银五十两。嗣后，尔等诸贝勒大臣有任何罪案，

---

[81] 乃其所擅長，今尚未委以此事，委之必不倦怠，此據〈簽注〉:「謹思，"tenteke bade ere mangga, afabuhakū, bandarakū, šadarakū"，蓋此其所長，唯未委之耳，如若委之，豈能不加竭勉之意。」迻譯漢文。

[82] 仍留其職，句中「仍留」,《滿文原檔》讀作"kemuni bikini"；《滿文老檔》讀作"bikini kemuni"，訛誤，語序倒置。

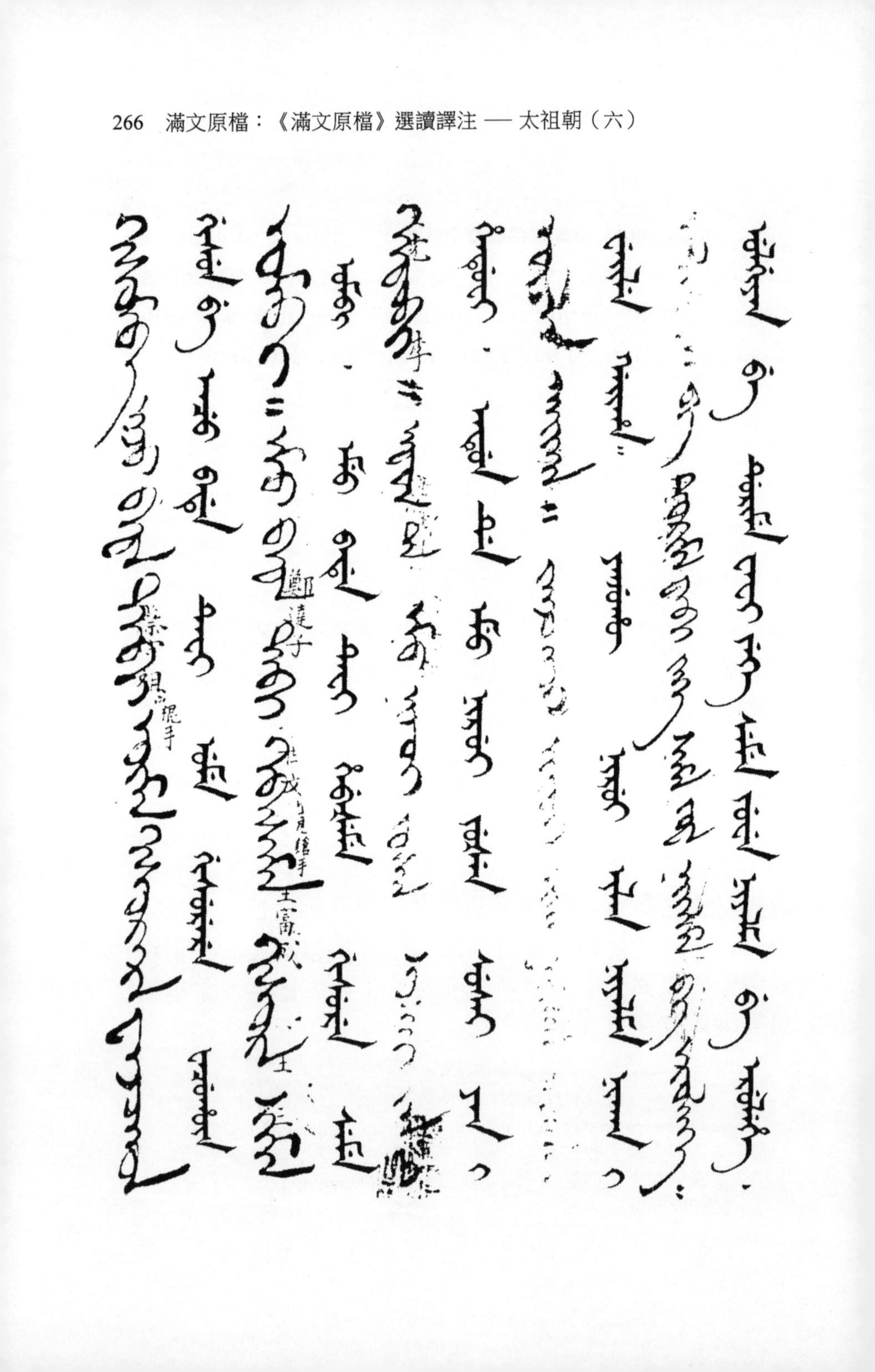

gisumbe encu bade tefi ume gisurere facuhūn ombi, emu bade tefi hebešeme gisure seme hendufi, adun de emu nirui jušen, susai yan i weile gaiha. yanjuhū nirui ilan niyalma nikan i ulgiyan be durime wafi jeke seme, juwe niyalma be erulehe,

---

不可坐於異處議論，致生混亂，應坐於一處商議。」諭畢，遂沒收阿敦一牛彔諸申，罰銀五十兩。延朱虎牛彔下有三人搶奪漢人之豬，宰殺而食，二人用刑拷打[83]，

不可坐于异处议论，致生混乱，应坐于一处商议。」谕毕，遂没收阿敦一牛彔诸申，罚银五十两。延朱虎牛彔下有三人抢夺汉人之猪，宰杀而食，二人用刑拷打，

---

[83] 用刑拷打，《滿文原檔》、《滿文老檔》俱讀作"erulehe"。按滿文"erulembi"係蒙文"eregülekü"借詞（根詞"erule-"與"eregüle-"相同），意即「用刑、拷打」。

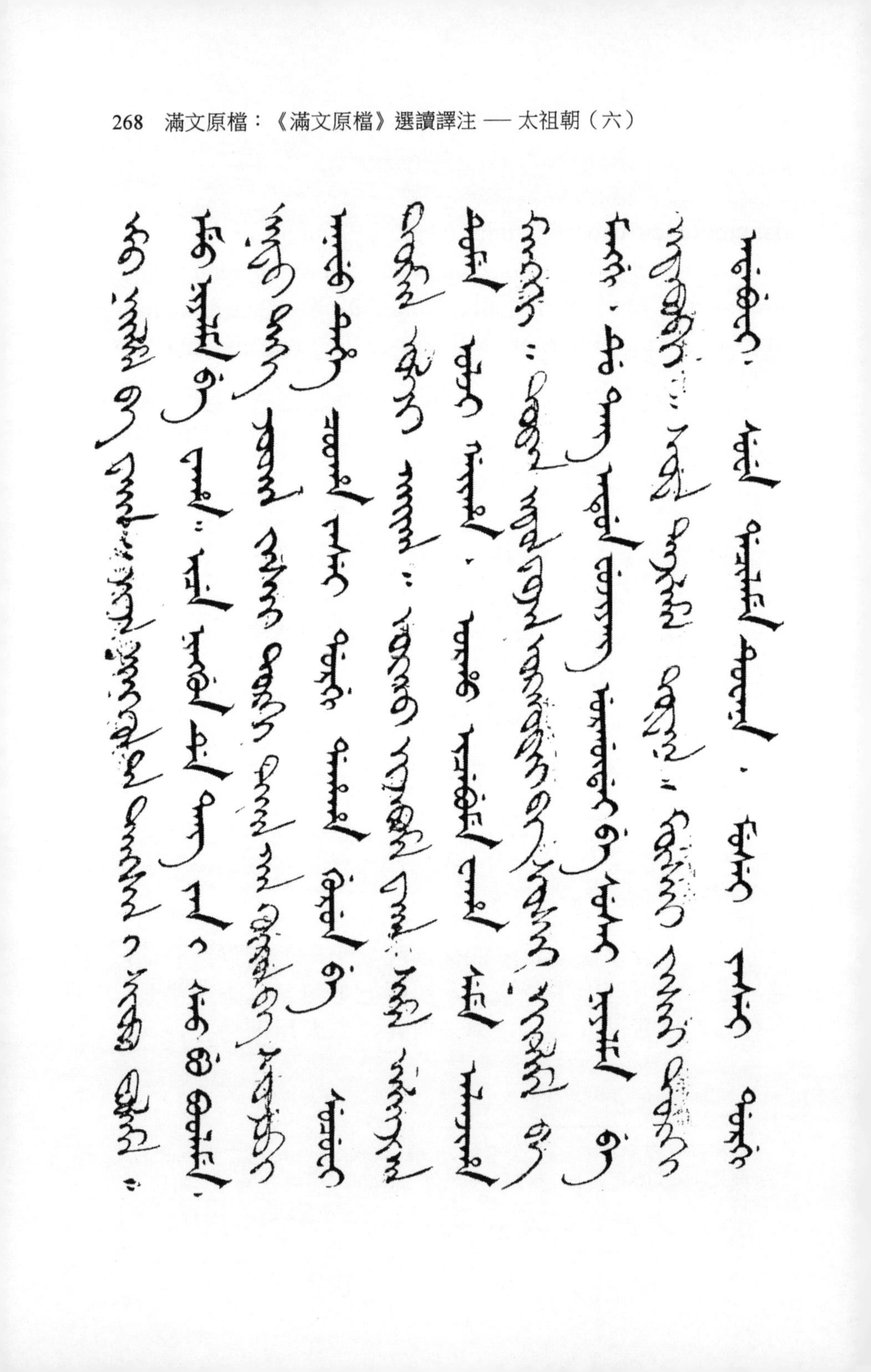

emu niyalma be waha. ice ninggun de tang jan i šeo pu boolame, anafu tehe cooha jasei dorgi dahaha gurun be sucufi tumen olji gaiha, orho icebume waha seme alanjiha manggi, du tang adun, fujiyang urgūdai be susai niyalma be adabufi, suwe dacilame tuwana, musei jasei dorgi

---

殺一人。初六日，湯站守堡來報，戍守之兵擾害邊界內已降人眾，獲俘萬人，殺害血濺草地等語。遂命都堂阿敦、副將烏爾古岱率五十人，曰：「爾等前往探視，

杀一人。初六日，汤站守堡来报，戍守之兵扰害边界内已降人众，获俘万人，杀害血溅草地等语。遂命都堂阿敦、副将乌尔古岱率五十人，曰：「尔等前往探视，

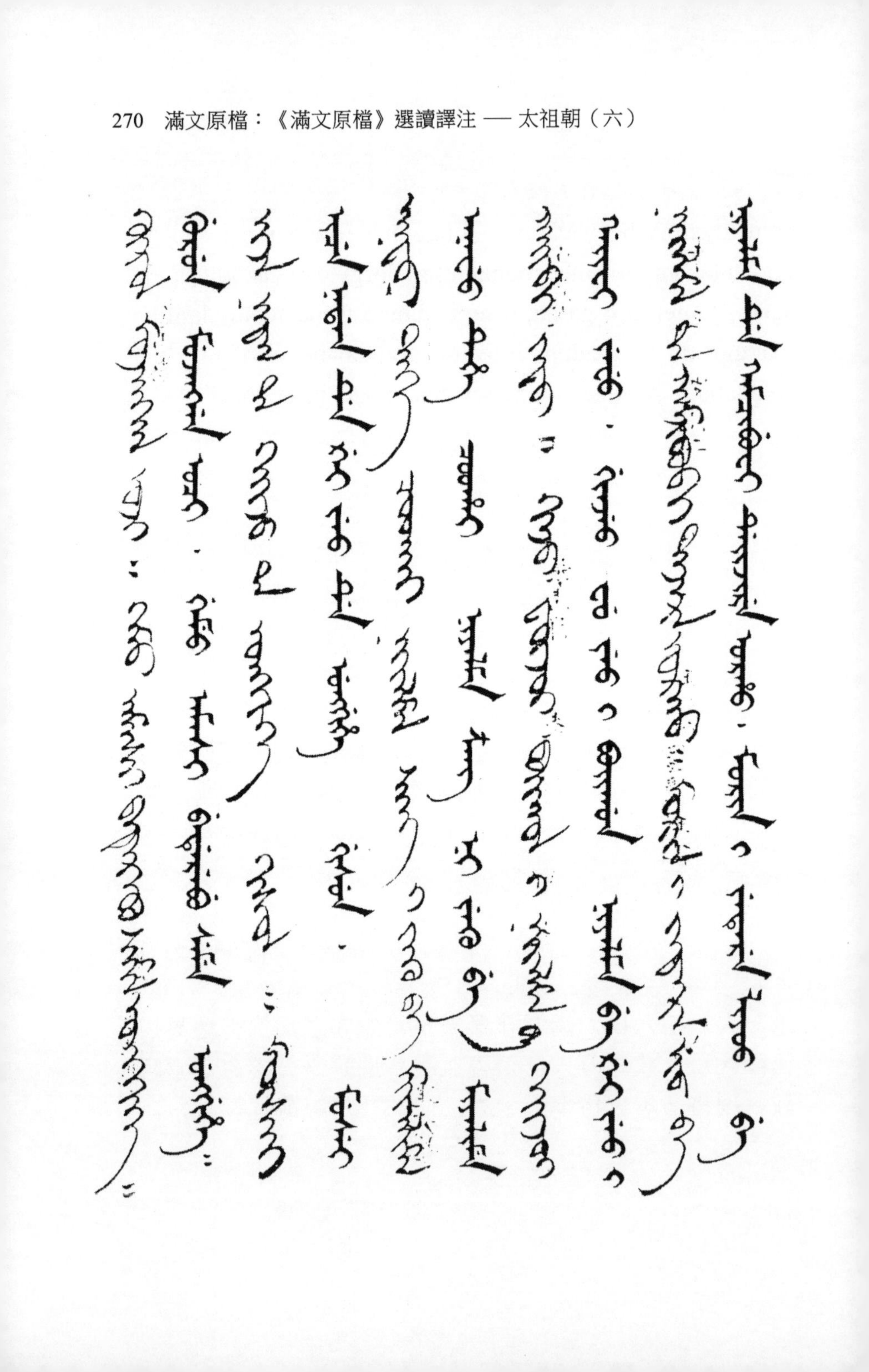

gurun mujangga oci, gemu amasi bederebu seme unggihe. ice nadan de g'ai jeo de unggihe gisun, musei anafu tehe coohai niyalma ts'ang ni jeku be miyalime gaifi jefu. ginjeo fu jeoi boigon niyalma be g'ai jeoi niyalma de kamcibufi deijire orho, morin i jetere liyoo be

---

若確實是我邊界內人眾，俱令退回。」初七日，傳諭蓋州曰：「我戍守兵丁應量取倉糧食用。其金州、復州戶口之人歸蓋州之人兼管，借給柴草，馬所食之料餵養，

若确实是我边界内人众，俱令退回。」初七日，传谕盖州曰：「我戍守兵丁应量取仓粮食用。其金州、复州户口之人归盖州之人兼管，借给柴草，马所食之料喂养，

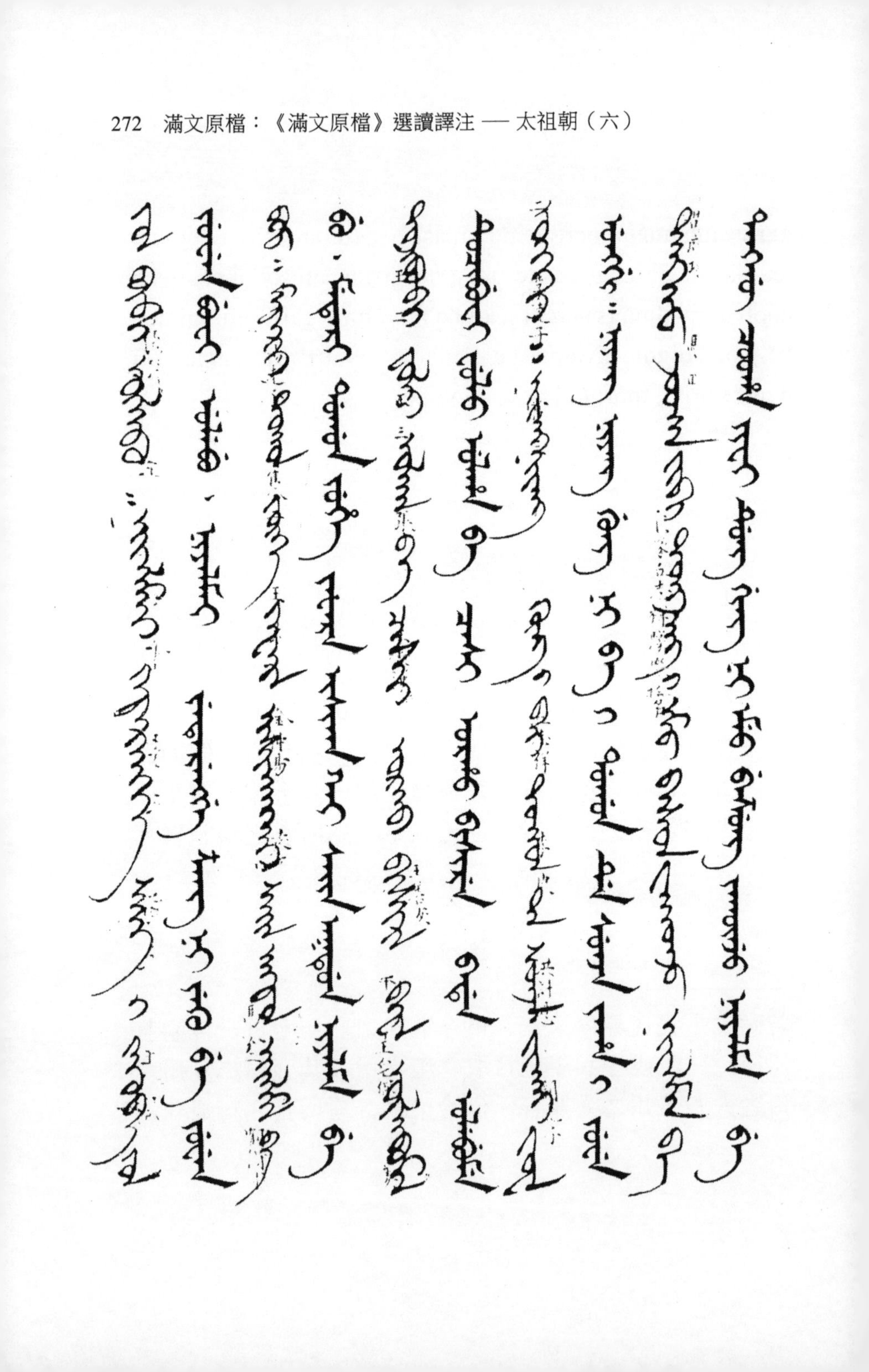

juwen bufi ulebu, niyalmai jeterengge ts'ang ni jekube juwen bu, mederi dogon juhe jafara isikakai. sain akdun niyalma be tucibufi fulu ulha be casi orho bisire bade ulebume unggi. niyang niyang gung ni ba i dogon de sunja jaha i juwe tanggū cooha jifi, dung ging ni emu bedzung jakūnju niyalma be

---

借給人所食倉糧，海岸渡口即將結凍也。應派出可靠良善之人，將多餘牲畜趕往有草地方餵養。」有二百兵乘坐五舟來至娘娘宮地方渡口，東京把總一員率八十人

借给人所食仓粮，海岸渡口即将结冻也。应派出可靠良善之人，将多余牲畜赶往有草地方喂养。」有二百兵乘坐五舟来至娘娘宫地方渡口，东京把总一员率八十人

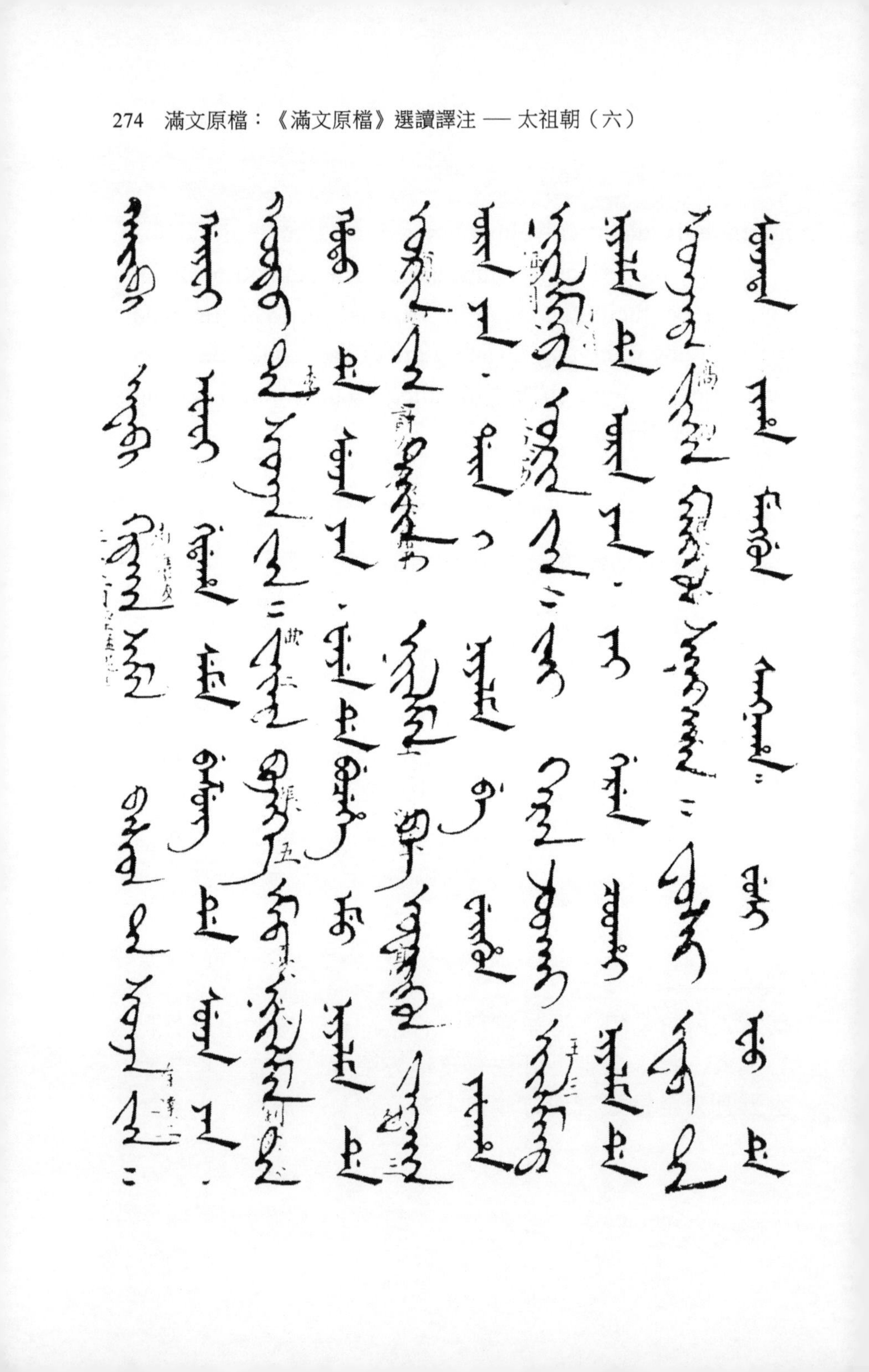

gaifi afafi gidaha seme, bedzung de sunja yan, hoto de sunja yan, feye de bucehe emu niyalma de orin yan, dain i niyalma be weihun jafaha niyalmade orin yan, jai geren coohai niyalmade sunjata jiha menggun šangnaha. fusi efu de

---

前往擊敗之，遂賞把總銀五兩、霍托銀五兩；因傷致死者一人，賞銀二十兩；生擒陣上之人者，賞銀二十兩；其餘兵丁各賞銀五錢。

前往击败之，遂赏把总银五两、霍托银五两；因伤致死者一人，赏银二十两；生擒阵上之人者，赏银二十两；其余兵丁各赏银五钱。

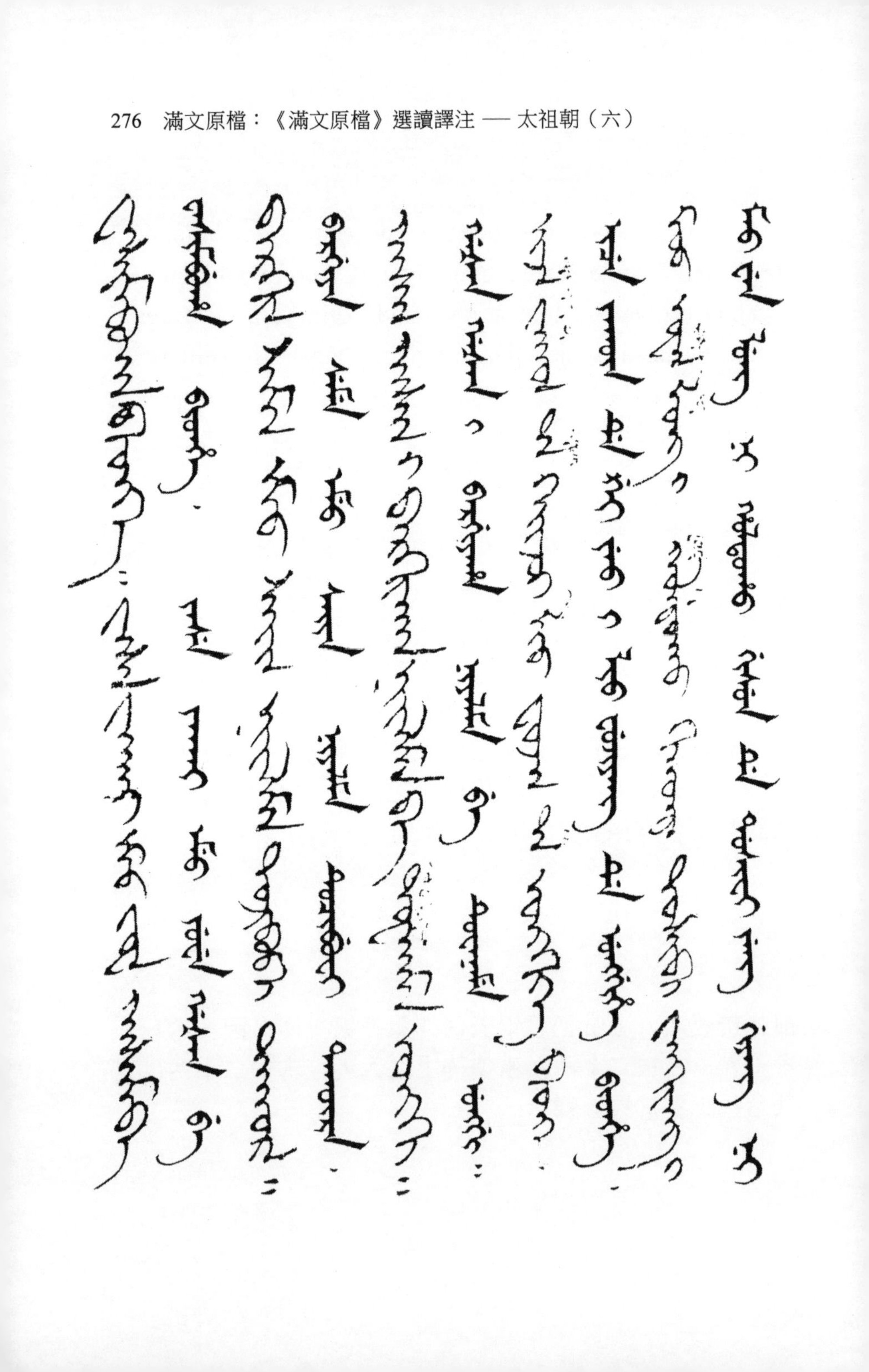

wasimbuha bithe, jase jakai emu juwe gašambe bargiya seme emu sain niyalma tucibufi takūra, gašan gašan i bargiyaha niyalma be tuwaname unggi. ice jakūn de g'ai jeo i lio fujiyang de unggihe bithe, mao wen lung ni holtoho gisun de dosifi jeng giyang ni

---

頒降書面諭旨於撫順額駙曰：「著派出良善之人一名，收邊塞一、二村屯，視察各村屯所收之人。」初八日，發書去給蓋州劉副將曰：「鎮江之人，輕信毛文龍謊言，

颁降书面谕旨于抚顺额驸曰：「着派出良善之人一名，收边塞一、二村屯，视察各村屯所收之人。」初八日，发书去给盖州刘副将曰:「镇江之人，轻信毛文龙谎言，

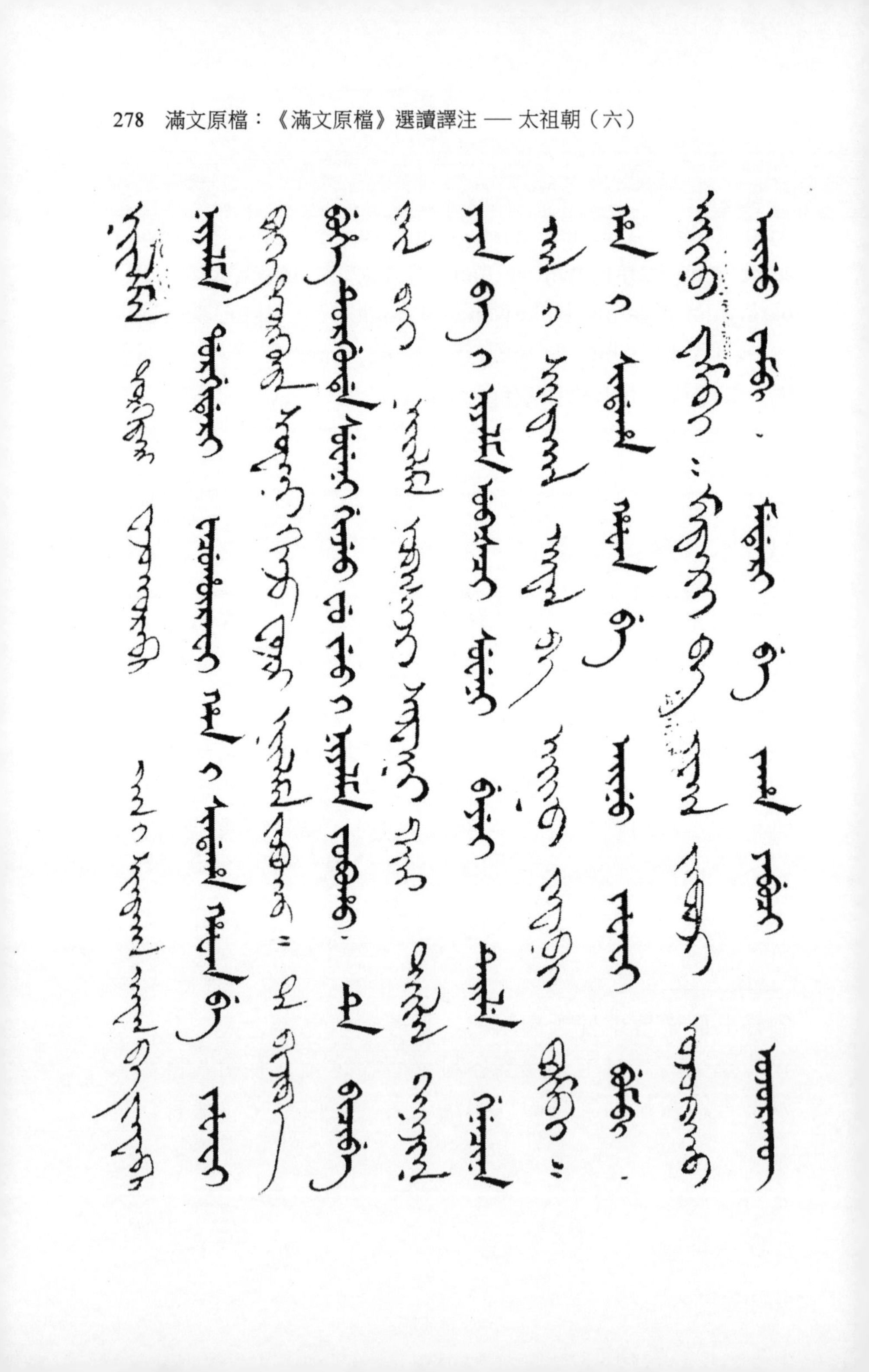

niyalma dorgideri facuhūrafi, han i sindaha hafan be jafafi buhe turgunde, suweni ginjeo, fu jeoi niyalma joboho. te bicibe yaya bai niyalma ubašaci suweni beyei teile genecina. han i sindaha hafan be ainu jafafi bumbi. ainu wambi. mederi be jaha yabuci ojorakū,

---

自內作亂，竟執汗所委任之官以獻，擾害爾金州、復州之人。如今無論何處之人叛亂，爾等隻身前往可也，為何執獻汗所委任之官耶？為何殺害？海上既不可行舟，

自内作乱，竟执汗所委任之官以献，扰害尔金州、复州之人。如今无论何处之人叛乱，尔等只身前往可也，为何执献汗所委任之官耶？为何杀害？海上既不可行舟，

十九、門禁森嚴

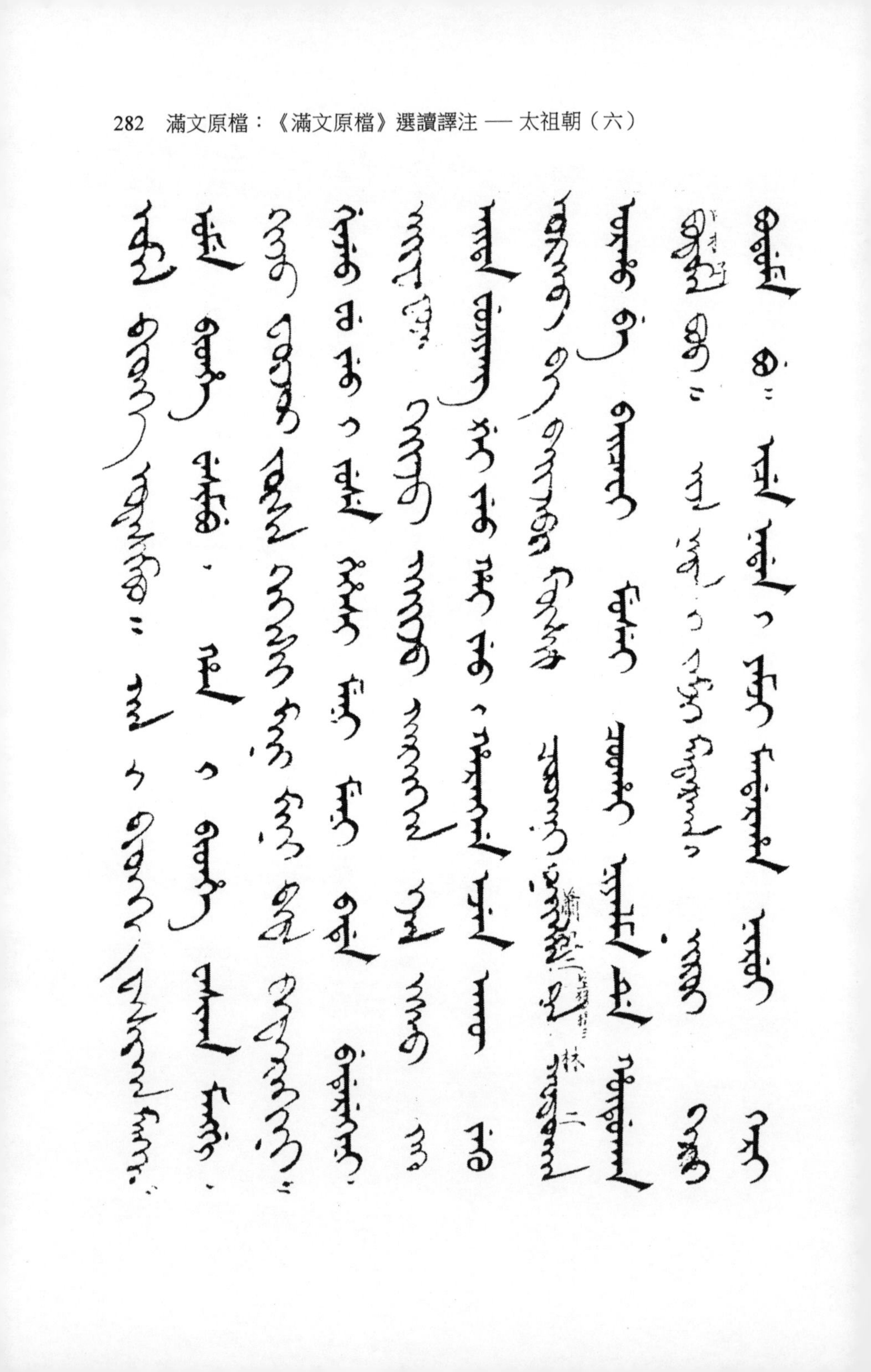

ume bithe wesimbu, han i bithe wasika manggi, ginjeo, fu jeoi juse hehesi meni meni bade bederekini. aita fujiyang g'ai jeo hai jeo i harangga ejen akū jeku orho be baicafi, musei coohai niyalma de hūdukan bodome bu. ice nadan i yamji mandarhan nirui keri

---

毋庸繕文具奏，俟汗頒書後，再令金州、復州婦孺返回各自地方。著爱塔副將查明蓋州、海州所屬無主糧草，速行[84]計量給我兵丁。」初七日夜，滿達爾漢牛彔下克里

毋庸缮文具奏，俟汗颁书后，再令金州、复州妇孺返回各自地方。着爱塔副将查明盖州、海州所属无主粮草，速行计量给我兵丁。」初七日夜，满达尔汉牛录下克里

---

84 速行，《滿文原檔》寫作"kotokan"，《滿文老檔》讀作"hūdukan"。按滿文 "hūdukan"係蒙文"qurduqan"借詞，意即「快一些、較快的」。

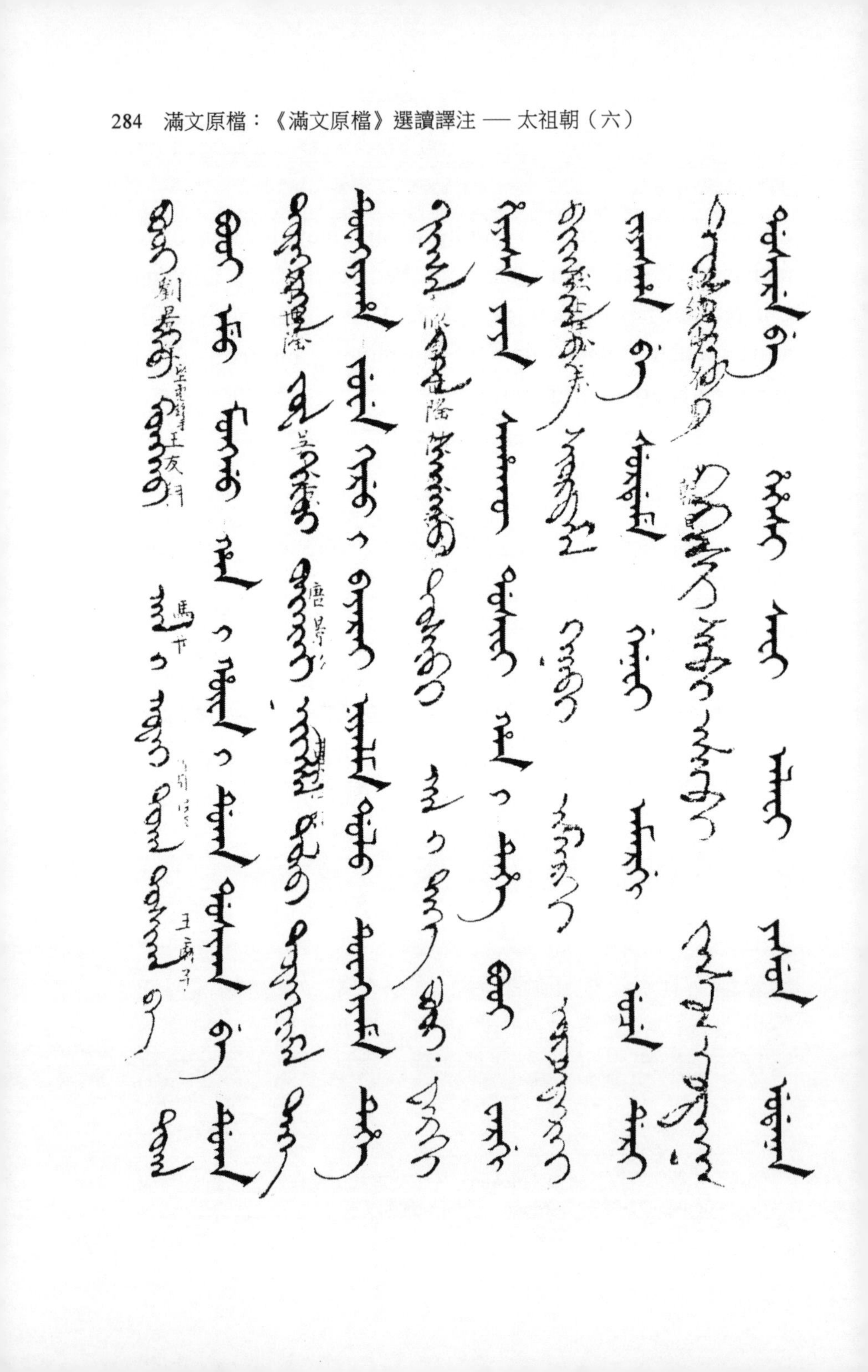

booi emu monggo han i hūwai duka dosika be duka tuwakiyaha juwe kirui bayarai niyalma dolo tuwakiyame tehe hiyasa yaya sahakū, dosifi han i tehe booi wargi fiyasha be šurdeme genefi amargi ucederi dosirebe hehesi safi alafi, yasun, udanan,

---

家之一蒙古進入汗之院門，守門二旗巴牙喇人及院內駐守之侍衛等竟未察知。該蒙古繞汗住家之西山牆[85]，自後門進入，眾婦女見之入告，雅蓀、烏丹納、

家之一蒙古进入汗之院门，守门二旗巴牙喇人及院内驻守之侍卫等竟未察知。该蒙古绕汗住家之西山墙，自后门进入，众妇女见之入告，雅荪、乌丹纳、

---

85 山牆，《滿文原檔》寫作"bijaska"，《滿文老檔》讀作"fiyasha"。按此為無圈點滿文"bi"與"fi"、"ja"與"ya"、"ka"與"ha"之混用現象。

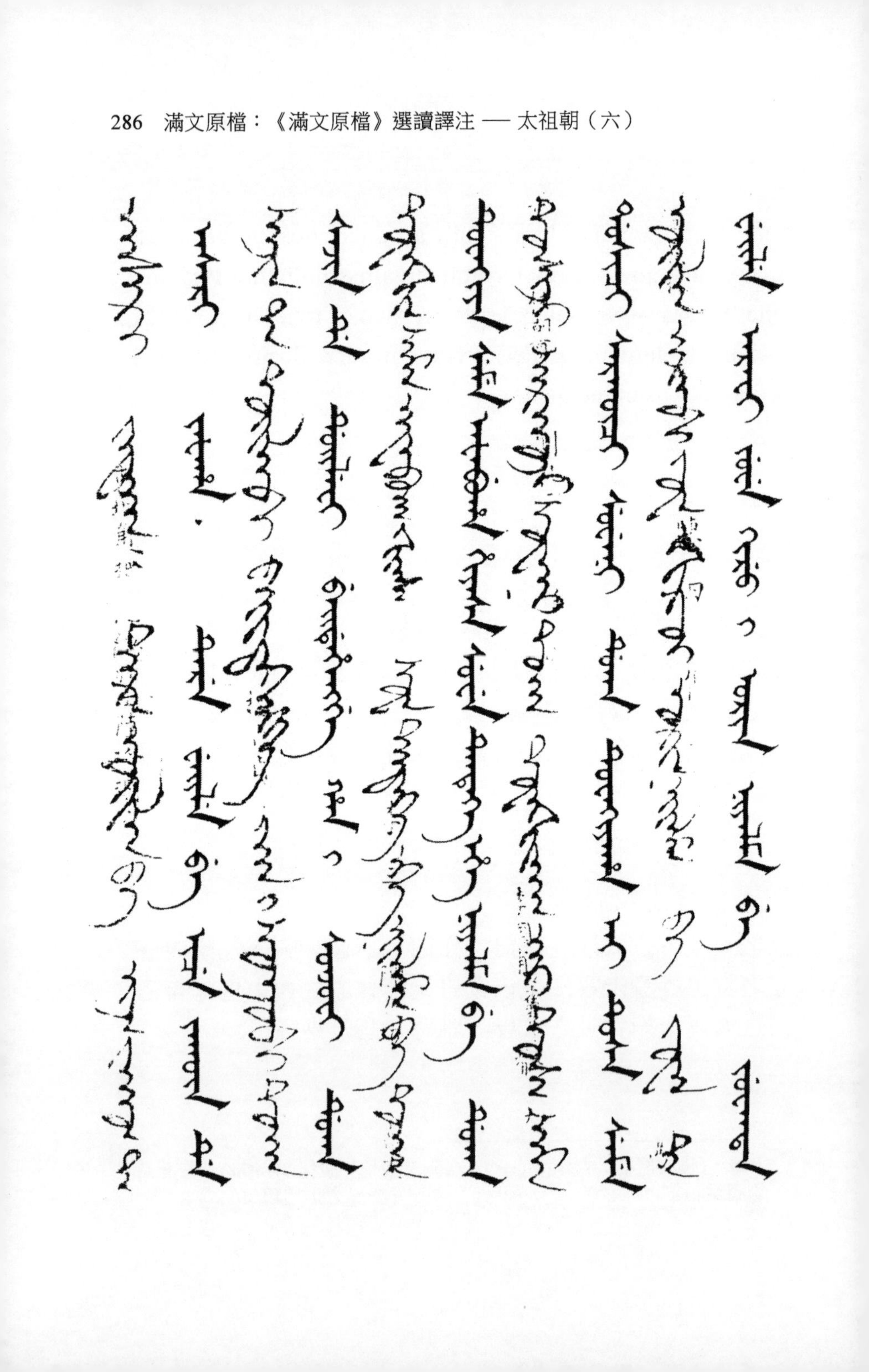

asari jafaha. tere weile be ice jakūn de šajin de duilefi beidehengge, han i sonjofi duka tuwakiya seme afabuha hiyasa, suwe tenteke ehe niyalma be duka dosici sarkūci suweni duka tuwakiyaha ai tusa seme weile arafi, juwe kiru i orin niyalma be juwanta

---

阿薩里執之。初八日，法司審擬其罪，責之曰：「爾等乃經汗簡選委令守門之侍衛，如此兇惡之徒，進入院門，竟未察知，以爾等守門又有何用？」遂治以罪，將二旗二十人各鞭打十鞭。

阿萨里执之。初八日，法司审拟其罪，责之曰：「尔等乃经汗简选委令守门之侍卫，如此凶恶之徒，进入院门，竟未察知，以尔等守门又有何用？」遂治以罪，将二旗二十人各鞭打十鞭。

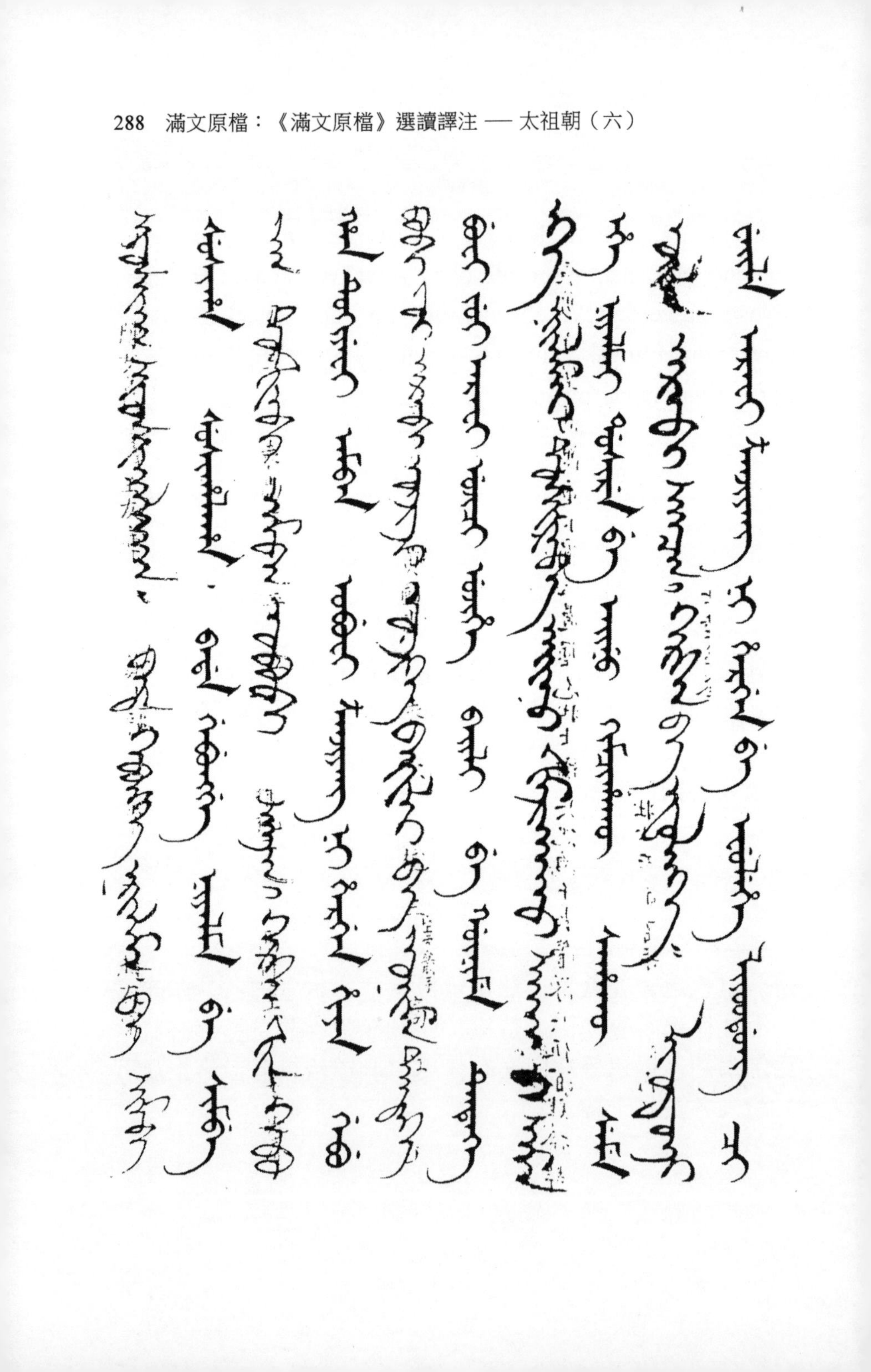

šusiha šusihalaha. bada gebungge niyalma be, simbe han tukiyefi amban obufi ts'anjiyang ni hergen, hiya gebu bufi, jui arafi ujici ujihe baili be gūnime tenteke ehe niyalmai dosirebe ainu kimcihakū sahakū seme weile arafi, ts'anjiyang ni hergen be efulehe, liyoodung ci

---

責名叫巴達之人曰：「汗擢爾為大臣，賜以參將之職、侍衛之名，視爾為子而加以豢養，然爾不念豢養之恩，如此兇惡之徒進入，為何未察知？」遂治以罪，革參將之職，

责名叫巴达之人曰：「汗擢尔为大臣，赐以参将之职、侍卫之名，视尔为子而加以豢养，然尔不念豢养之恩，如此凶恶之徒进入，为何未察知？」遂治以罪，革参将之职，

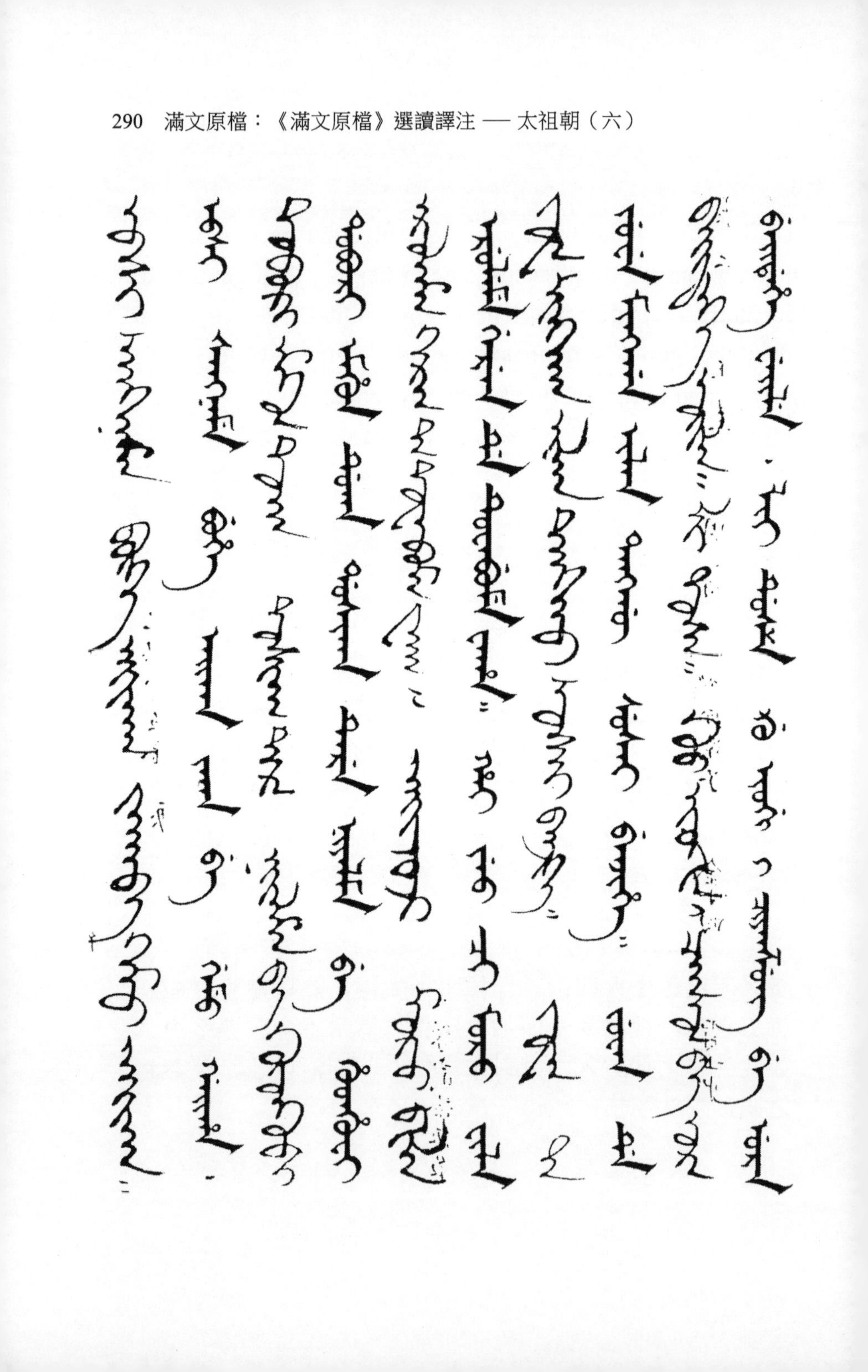

ebsi šangname buhe aika jakabe gemu gaiha, dobori emhun duka dosika tere niyalma be huthufi eruleme geren de tuwabume waha. hai jeoci moro, fila juwe minggan ilan tanggū susai benjihe. juwan de beidehe weile, lii dusy g'o iogi i ciyandzung be ura

---

自遼東戰役以來所賞一切物件俱沒收。將趁夜獨自進入院門之人，捆縛用刑，殺之以示眾。自海州送來碗、碟[86]二千三百五十件。初十日，審理案件。李都司曾執郭遊擊之千總打屁股、

自辽东战役以来所赏一切对象俱没收。将趁夜独自进入院门之人，捆缚用刑，杀之以示众。自海州送来碗、碟二千三百五十件。初十日，审理案件。李都司曾执郭游击之千总打屁股、

---

[86] 碟，《滿文原檔》寫作“bila”，《滿文老檔》讀作“fila”。按滿文“fila”，與蒙文“pila”為同源詞（f、p 音轉）。

二十、防守渡口

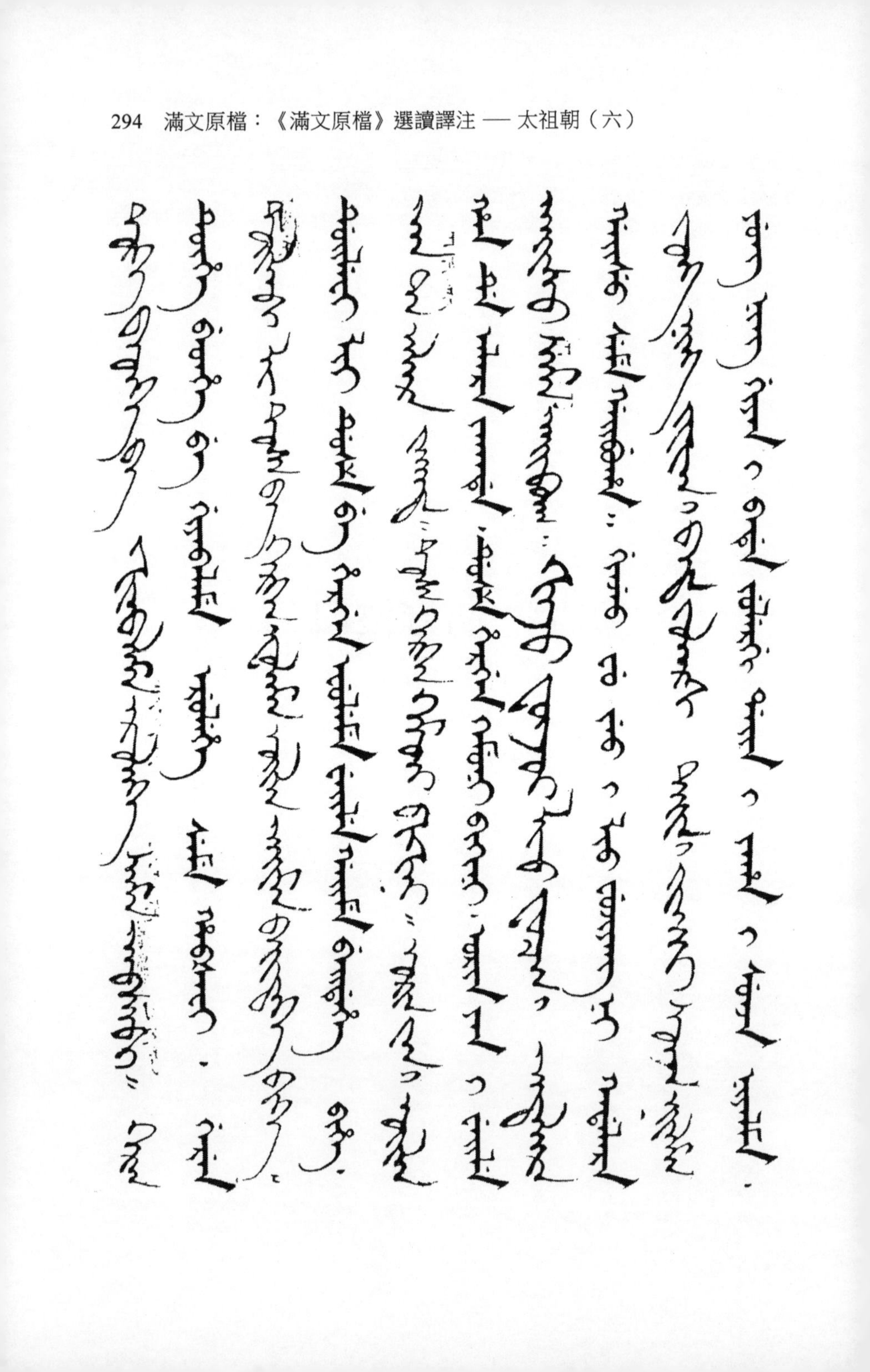

tūhe bethe be giyabalame erulehe seme habšafi, geren duilefi lii dusy be hergen efuleme weile gaime beidehe bihe. han de alara jakade, dusy hergen kemuni bikini, orin yan i weile gaisu seme gaibuha. ginjeo fu jeoi lio fujiyang ni kadalara yung ning giyan i bade julergi dain i jaha i sunja niyalma,

---

夾足用刑而為人首告。眾人會審，革李都司之職，擬治其罪，報之於汗。命仍留都司之職，罰銀二十兩。金州、復州劉副將所轄永寧監地方，擒獲南方乘坐戰船五人。

夹足用刑而为人首告。众人会审，革李都司之职，拟治其罪，报之于汗。命仍留都司之职，罚银二十两。金州、复州刘副将所辖永宁监地方，擒获南方乘坐战船五人。

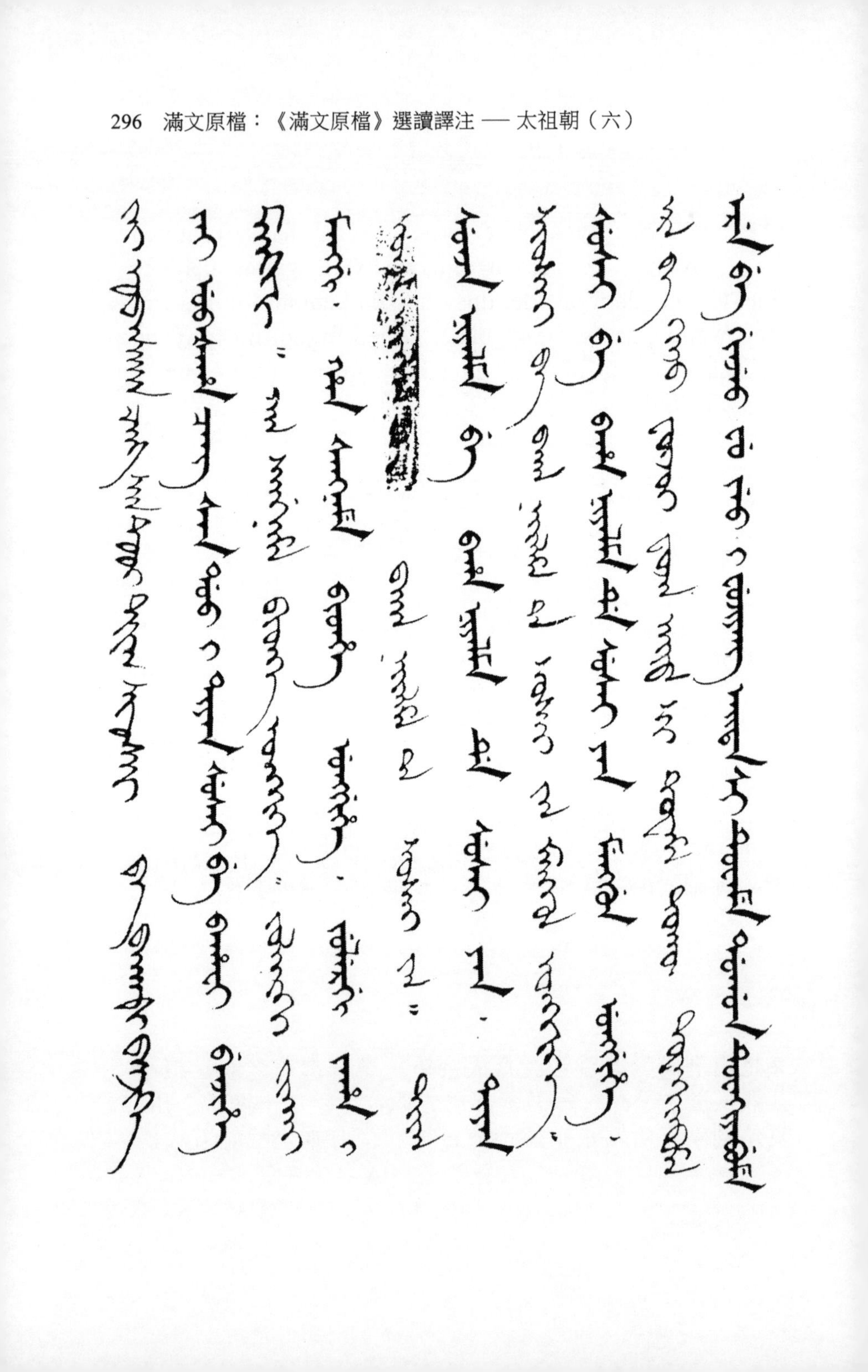

jai ubašaha cang šan dooi tiyan šusai be bahafi benjihe manggi, han šangname bithe unggihe, julergi jaha i sunja niyalma be baha niyalma de susai yan, tiyan šusai be baha niyalma de susai yan menggun unggihe. ere be ginjeo, fu jeo i fujiyang aita, si tuwame dogon tuwakiyabume

---

又擒獲叛逃之長山島之田書生，解送前來後，汗遣人齎書往賜擒獲南面乘舟五人者銀五十兩，擒獲田書生之人銀五十兩。又命金州、復州副將愛塔曰：「看守渡口

又擒获叛逃之长山岛之田书生，解送前来后，汗遣人赍书往赐擒获南面乘舟五人者银五十两，擒获田书生之人银五十两。又命金州、复州副将爱塔曰：「看守渡口

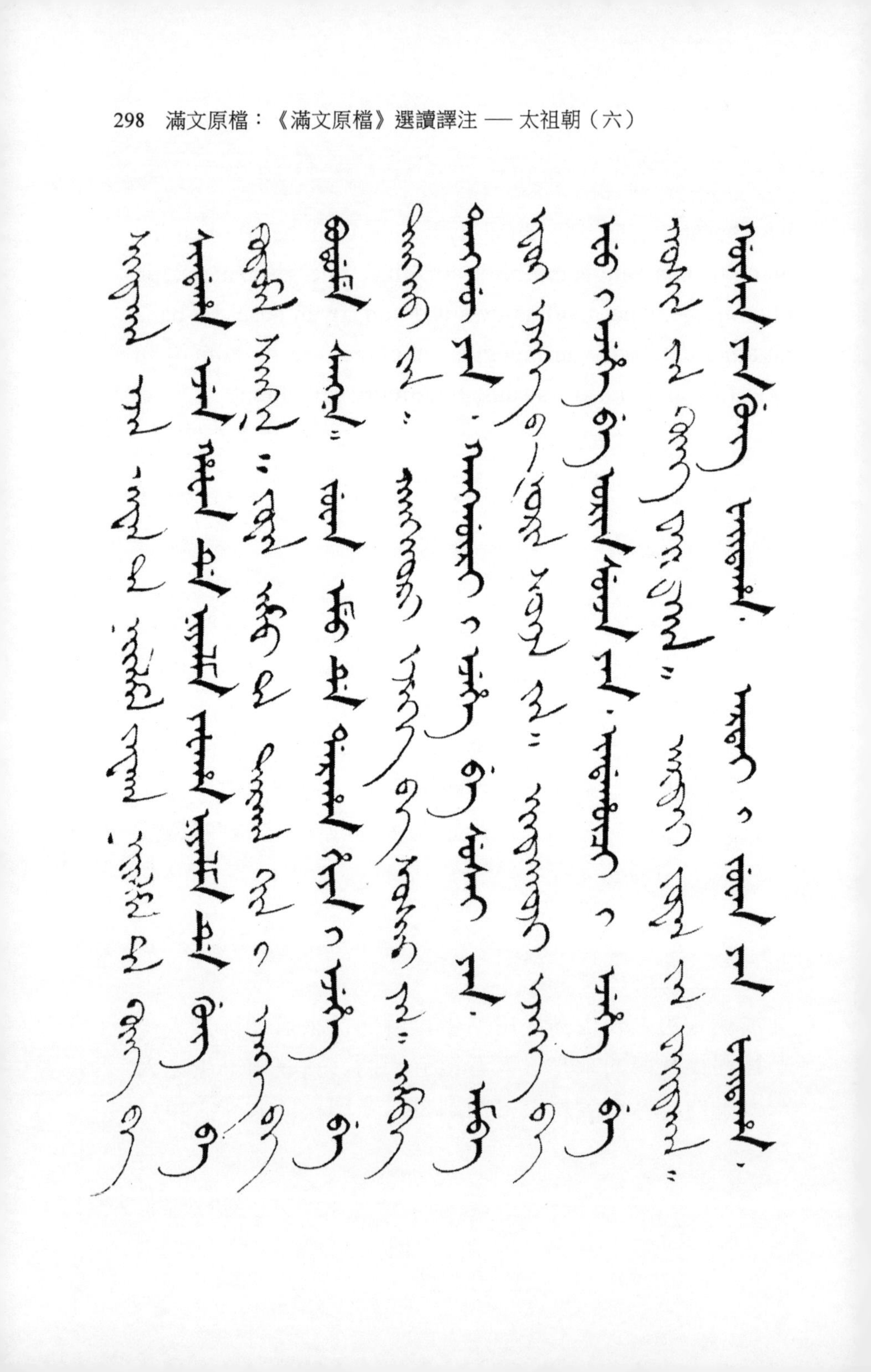

sindaha ejen hafan de niyalma jafaha niyalma de gung be bodome šangna. juwan emu de darhan hiya i ejehe be tanggū yan, kanggūri i ejehe be susai yan, amba efu i ejehe be orin sunja yan, indahūci i ejehe be gūsin yan gung faitaha, artai i juwan yan faitaha.

補放主將官員，擒獲人者，爾可酌此論功行賞。」十一日，罰記功俸銀：達爾漢侍衛一百兩、康古里五十兩、大額駙二十五兩、音達呼齊三十兩、阿爾泰十兩、

补放主将官员，擒获人者，尔可酌此论功行赏。」十一日，罚记功俸银：达尔汉侍卫一百两、康古里五十两、大额驸二十五两、音达呼齐三十两、阿尔泰十两、

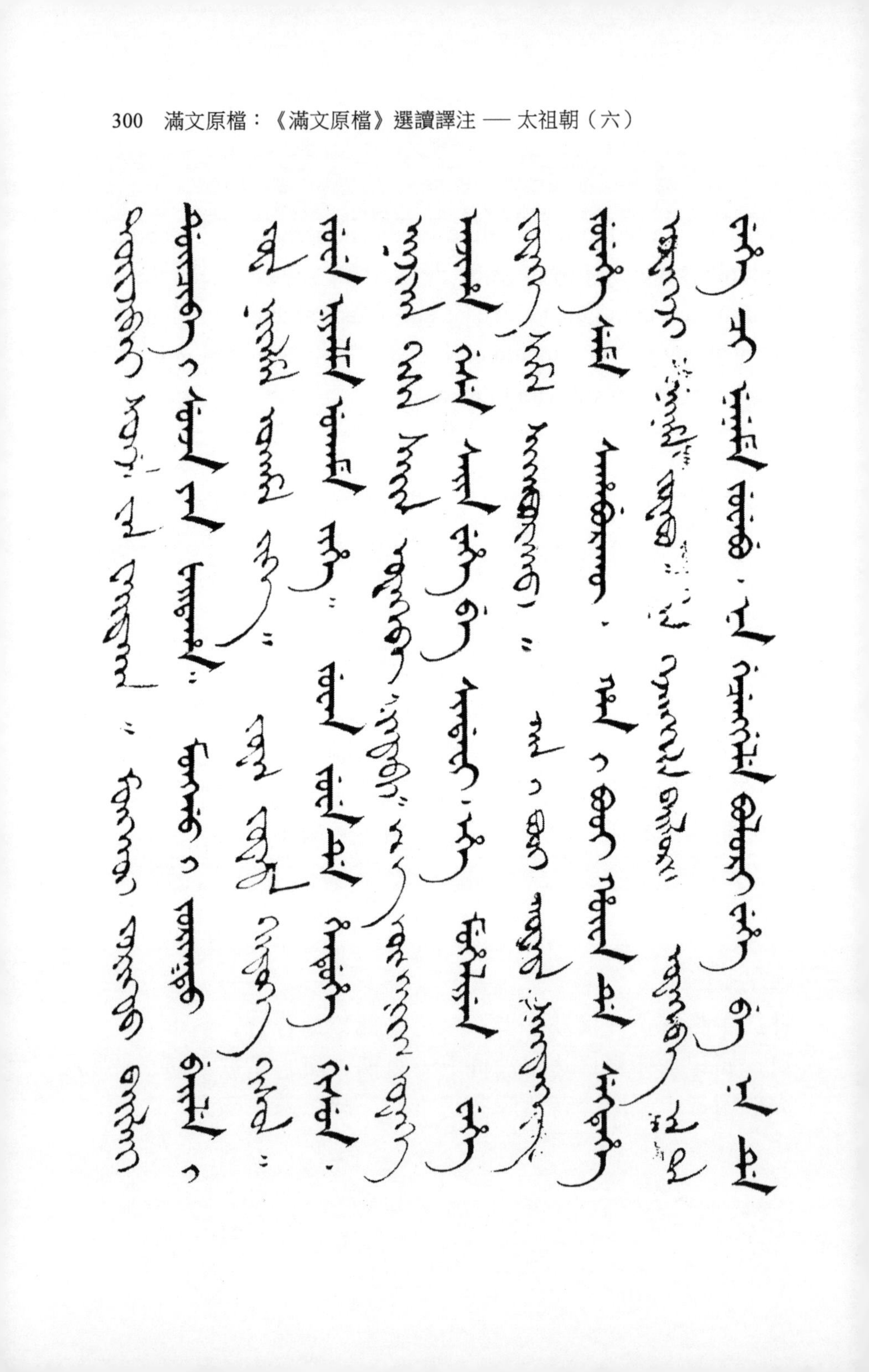

duiciba i sunja yan faitaha. monggoi joriktu beilei juwe niyalma ukame jihe. juwan juwe de henduhe gisun, anjiha gese sain wehebe sindafi, ehe muheliyen wehe juwehe seme sahaburakū, han i booi hūwa de sektehe weheci neneme juwebu, na gecenggele bolori wehe be na de

---

杜依齊巴五兩。蒙古卓里克圖貝勒屬下二人逃來。十二日，汗諭曰：「因放著鑿過之美石不用，反將圓形劣石運來，故未令壘砌。可將汗宅院內所鋪之石先行運來。石若掩埋於地下，可趁秋季地未結凍以前

杜依齐巴五两。蒙古卓里克图贝勒属下二人逃来。十二日，汗谕曰：「因放着凿过之美石不用，反将圆形劣石运来，故未令垒砌。可将汗宅院内所铺之石先行运来。石若掩埋于地下，可趁秋季地未结冻以前

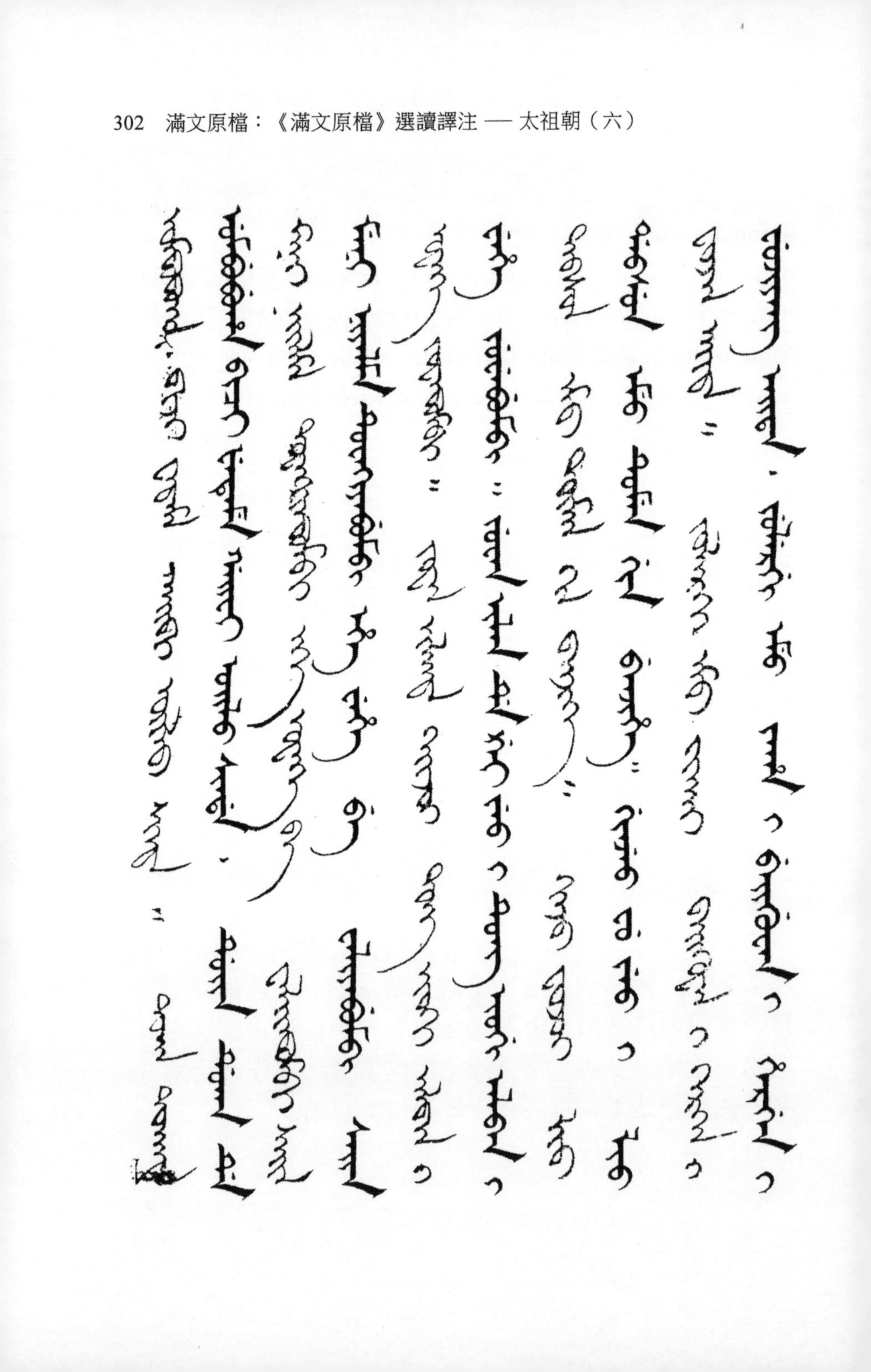

umbubuha bici feteme gaifi oilo sinda, duin duka de meni niyalma tuwakiyabumbi. ehe wehe be waliyabumbi sain wehe juwebumbi. juwan ilan de g'ai jeo i tung iogi alban i dabsun emu tumen gin benjihe. ginjeo, fu jeoi lio fujiyang aita, julergi emu jaha i beiguwan i hergen i

---

挖取，放置地面，四門派我之人看守。劣石棄之，美石運之。」十三日，蓋州佟遊擊送來官鹽一萬斤。金州、復州劉副將愛塔，獲南面一舟之備禦官銜

挖取，放置地面，四门派我之人看守。劣石弃之，美石运之。」十三日，盖州佟游击送来官盐一万斤。金州、复州刘副将爱塔，获南面一舟之备御官衔

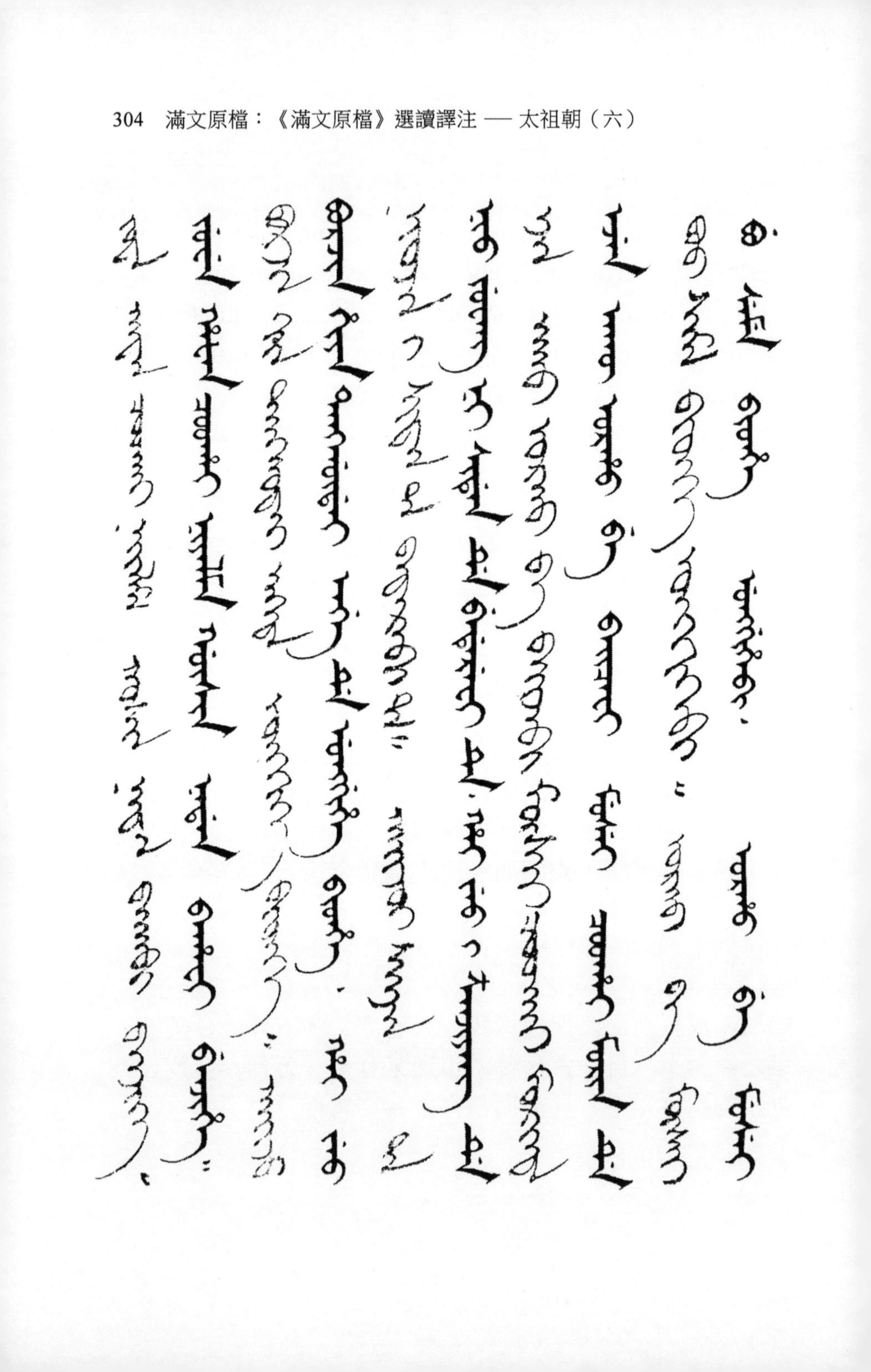

juwe hafan, coohai niyalma gūsin nadan bahafi benjihe. borjin hiya, tanggūdai age de unggihe bithe, hai jeo nio juwang ni siden de bederefi te. hai jeo i ts'anjiyang de ejen akū orho be baicafi musei coohai morinde bu seme bithe unggihebi. orho be musei

---

官員二人、兵丁三十七人解來。傳諭博爾晉侍衛、湯古岱阿哥曰：「著退駐海州、牛莊之間。海州參將查明無主草料，給我兵馬。」傳諭畢，將此草料

官员二人、兵丁三十七人解来。传谕博尔晋侍卫、汤古岱阿哥曰：「着退驻海州、牛庄之间。海州参将查明无主草料，给我兵马。」传谕毕，将此草料

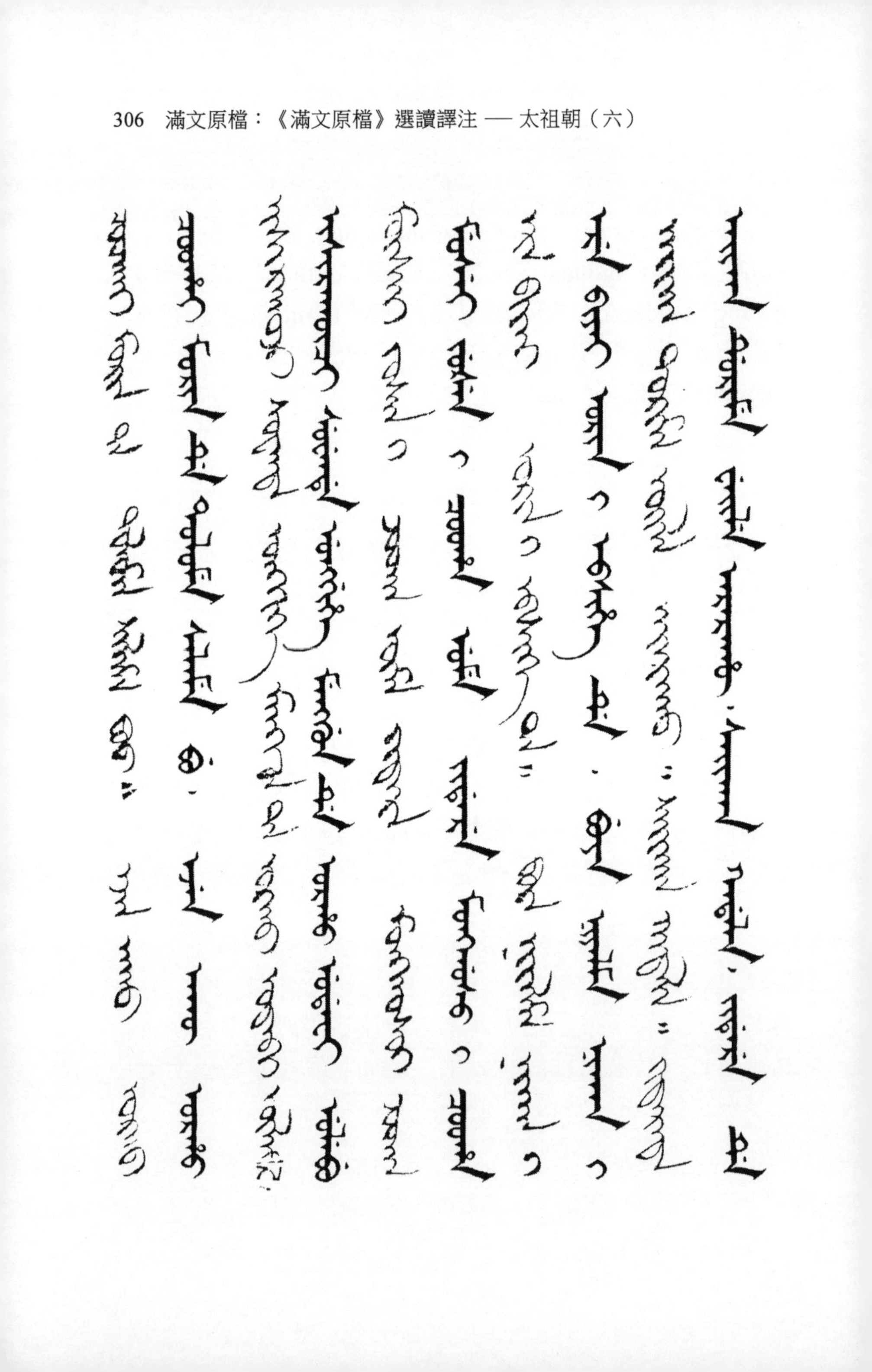

coohai morin de tolome salame bu. ejen akū orho isirakūci, suwende unggihe menggun de orho udafi ulebu. musei jušen i cooha ume jidere, monggosoi cooha ere biyai orin i ebsihe de, buya niyalma nikan i aika durime weile ararahū, saikan kadala, jidere de

計數散給我軍。無主草料若不敷給，可用送往爾等之銀兩購草餵養。我諸申之兵勿來，蒙古之兵於本月二十日之前到來，恐小人掠奪漢人物品，以致犯罪[87]，途次必善加管束，來時

计数散给我军。无主草料若不敷给，可用送往尔等之银两购草喂养。我诸申之兵勿来，蒙古之兵于本月二十日之前到来，恐小人掠夺汉人物品，以致犯罪，途次必善加管束，来时

[87] 恐小人掠奪漢人物品，以致犯罪，句中「恐犯罪」，《滿文原檔》寫作“üile ararako”，《滿文老檔》讀作“weile ararahū”。

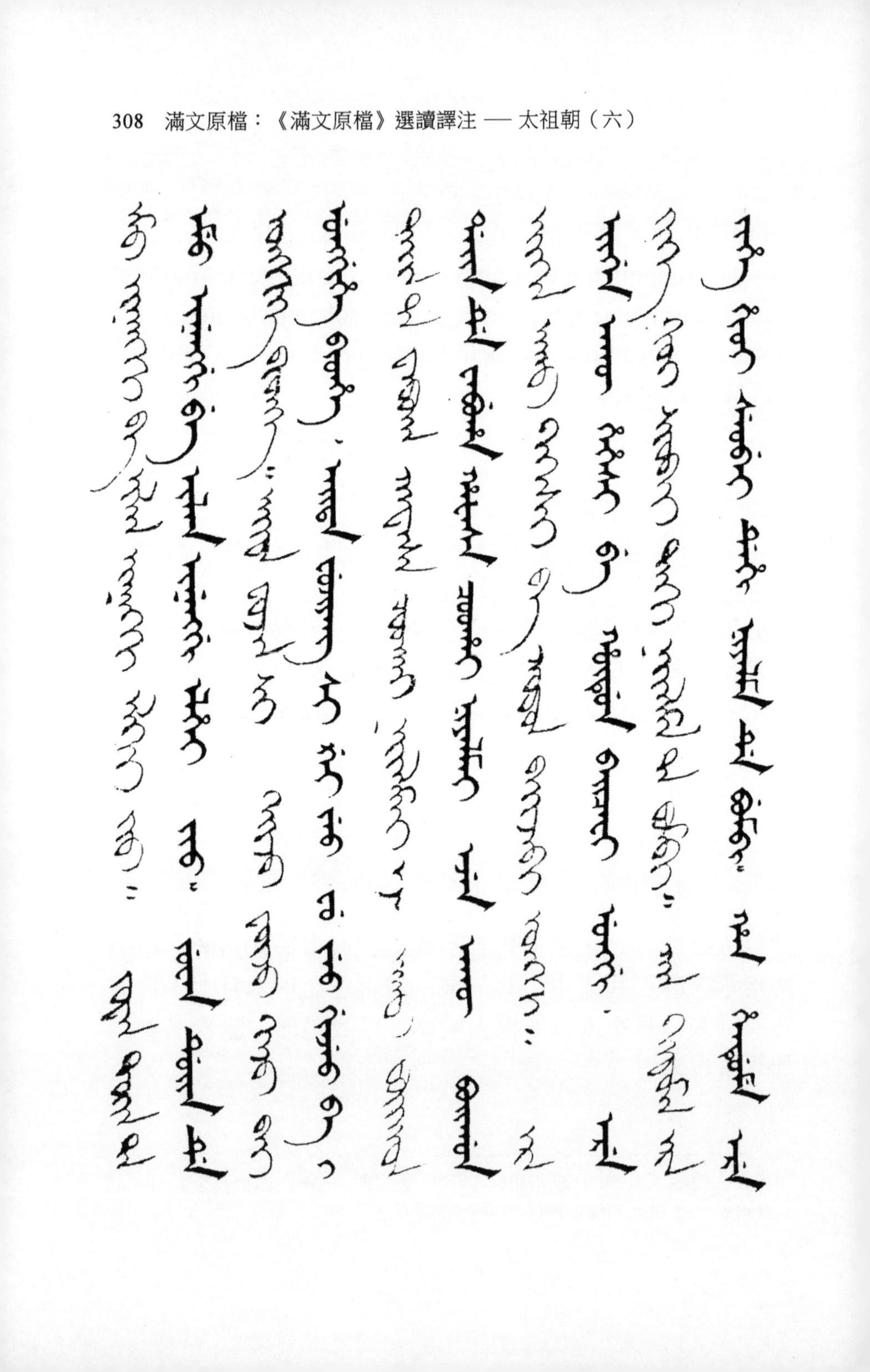

emu inenggi be ilan inenggi elhei jio. juwan duin de unggihe bithe, aita fujiyang si g'ai jeo, fu jeo, ginjeo ba i dain de wabuha hafasa coohai niyalmai ejen akū boigon eigen akū hehesi be hūdun baicafi unggi, ere jihe hioi šeobei dehi niyalma de bumbi. han hendume, ere

---

可緩慢行走，一日路程，可行走三日。」十四日，致書曰：「愛塔副將，著爾將蓋州、復州、金山地方於陣中被殺官員、兵丁、無主之戶以及無夫之婦女，速行查明送來，給與來降徐守備四十人。」

可缓慢行走，一日路程，可行走三日。」十四日，致书曰：「爱塔副将，着尔将盖州、复州、金山地方于阵中被杀官员、兵丁、无主之户以及无夫之妇女，速行查明送来，给与来降徐守备四十人。」

二十一、後顧之憂

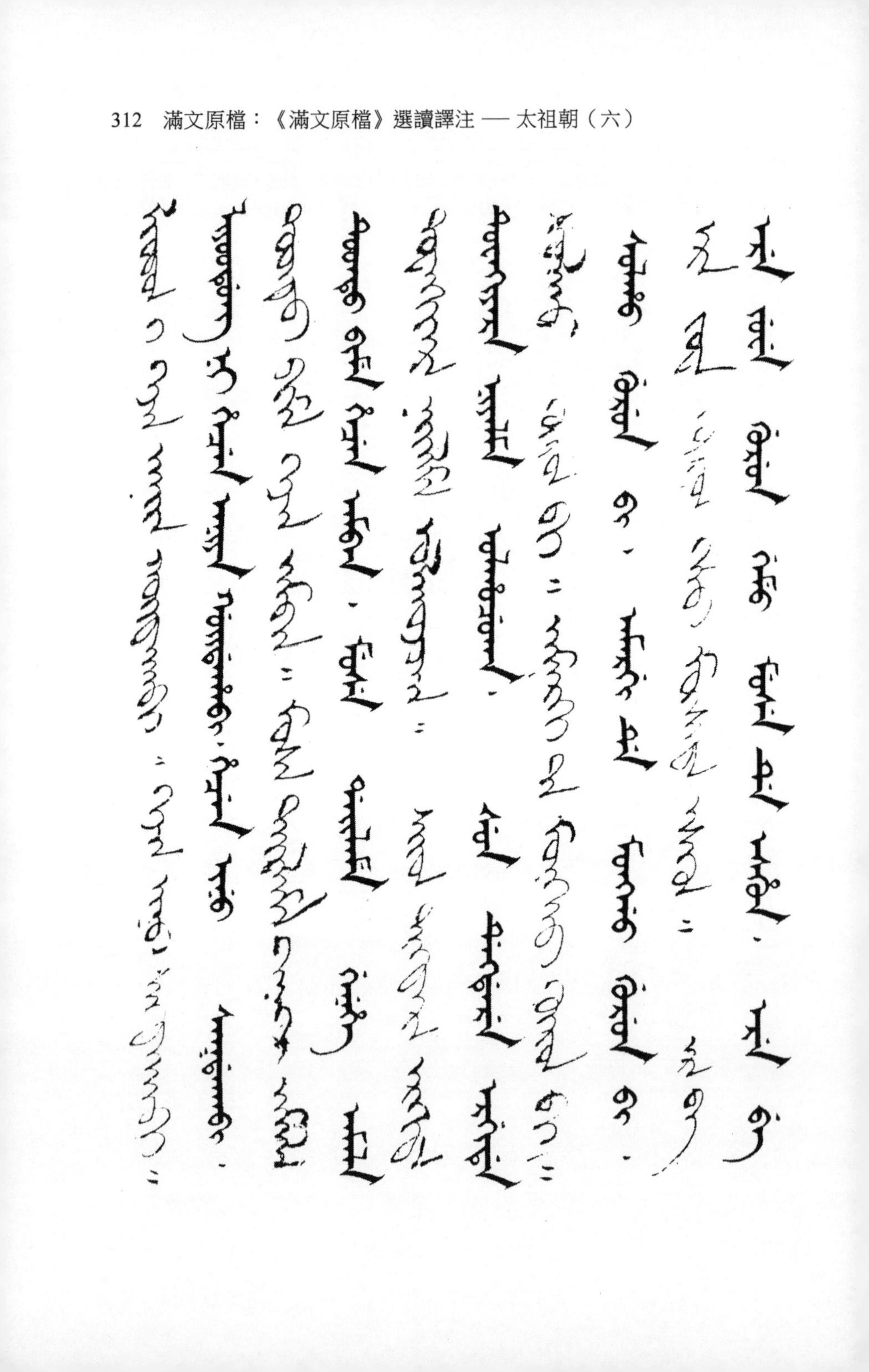

liyoodung ni hecen aniya goidahabi, hecen inu sakdakabi, tuttu bime hecen amban, muse dailame genehe amala tuwakiyara niyalma olhocuka. šun dekdere ergide solho gurun bi, amargi de monggo gurun bi, ere juwe gurun gemu musede eshun, ere be

---

汗曰：「此遼東城年代久遠，城垣亦老舊，而且城大。我出征後，守城之人畏懼。東邊有朝鮮國，北有蒙古國，此二國皆與我生疏。

汗曰：「此辽东城年代久远，城垣亦老旧，而且城大。我出征后，守城之人畏惧。东边有朝鲜国，北有蒙古国，此二国皆与我生疏。

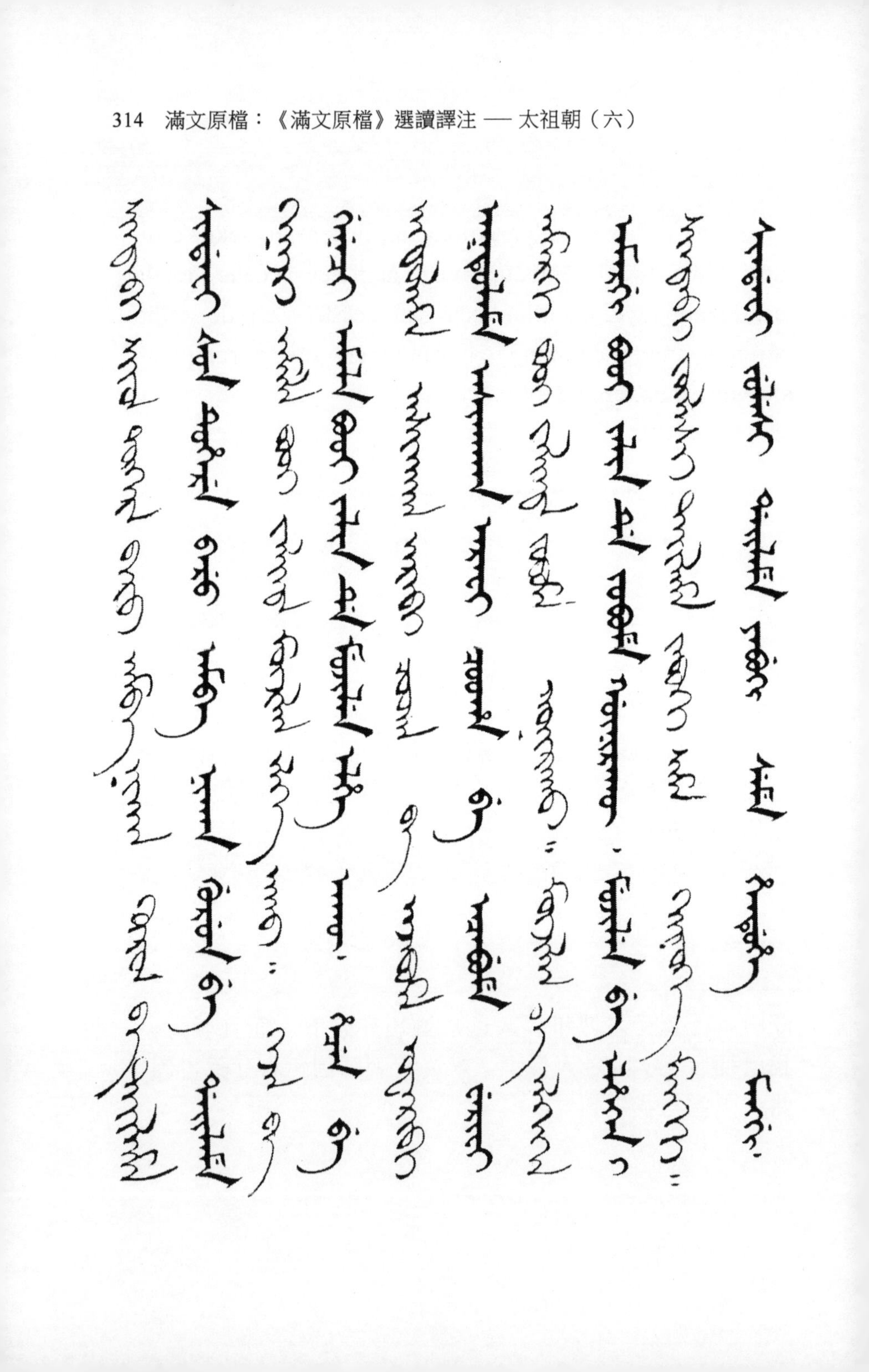

sindafi šun tuhere baru amba nikan gurun be dailame geneci amala booi jalinde mujilen elhe akū. hecen be akdulame asikakan arafi cooha be acabume werifi amargi booi jalinde jobome gūnirakū, mujilen be elheken i sindafi julesi dailame yabuki seme henduhe manggi,

---

若放下此，西征大明國，則必有後顧之憂。需加固城垣，略為縮小修築，酌留守兵，以解後患，安心南征。」諭畢，

若放下此，西征大明国，则必有后顾之忧。需加固城垣，略为缩小修筑，酌留守兵，以解后患，安心南征。」谕毕，

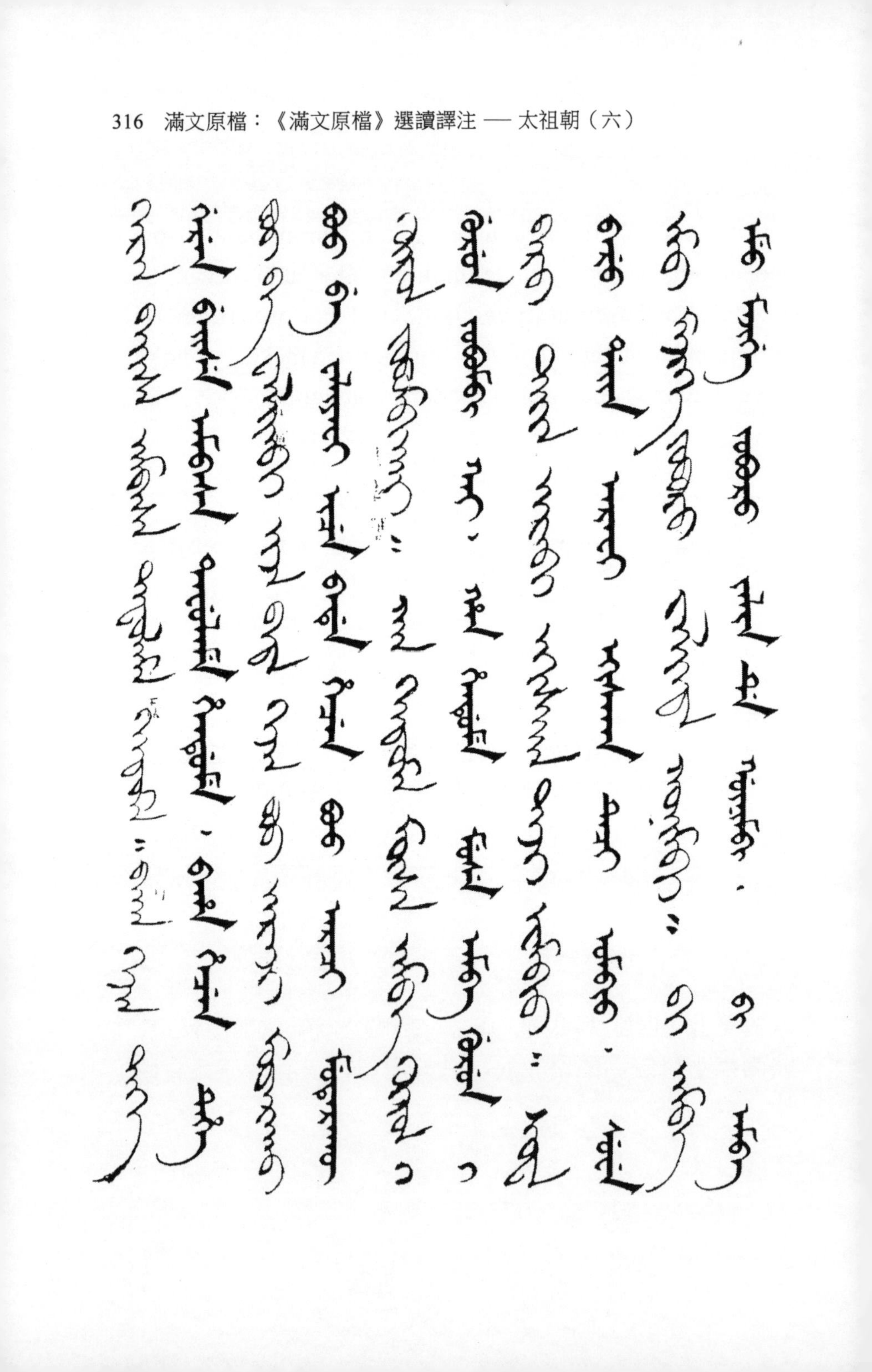

geren beise ambasa tafulame hendume, baha hecen tehe boo be waliyafi ice bade hecen boo araci muterakū gurun jobombikai. han hendume, muse amba gurun i baru dain arafi ekisaka teci ombio. suwe emu majige joboro jalinde gūnimbi, bi amba

---

諸貝勒大臣諫曰：「若棄已得之城、所居之宅，於新地築城蓋屋，恐力所不能，勞苦國人也。」汗曰：「我與大國搆兵，可以安居耶？爾等惟慮一時之勞苦，

诸贝勒大臣谏曰：「若弃已得之城、所居之宅，于新地筑城盖屋，恐力所不能，劳苦国人也。」汗曰：「我与大国构兵，可以安居耶？尔等惟虑一时之劳苦，

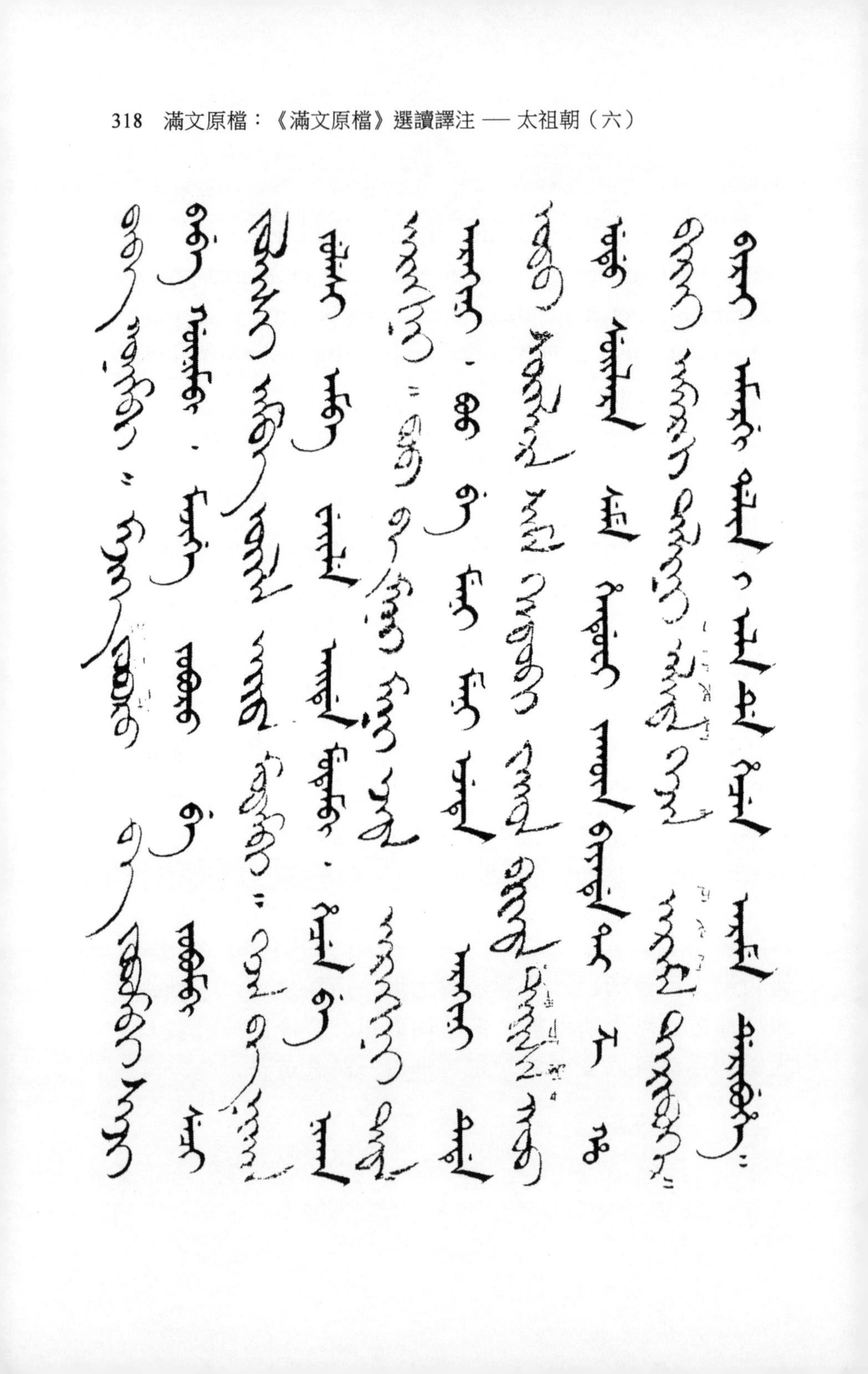

babe gūnimbi, majige joboro be jobombi seci julesi amba weile aide mutembi. hecen be nikan arakini, boo be meni meni ejete arakini tede udu suilara seme hendufi, jakūn biyade taidzi ho birai amargi dalin i alade hecen arame deribuhe.

而我所念及者大也。若慮一時之勞苦，何能成就未來之大業耶？可令漢人築城，至於房屋可令各屋主蓋造，如此，其勞苦有多少？」諭畢，遂於八月，在太子河北岸山崗開始築城。

而我所念及者大也。若虑一时之劳苦，何能成就未来之大业耶？可令汉人筑城，至于房屋可令各屋主盖造，如此，其劳苦有多少？」谕毕，遂于八月，在太子河北岸山岗开始筑城。

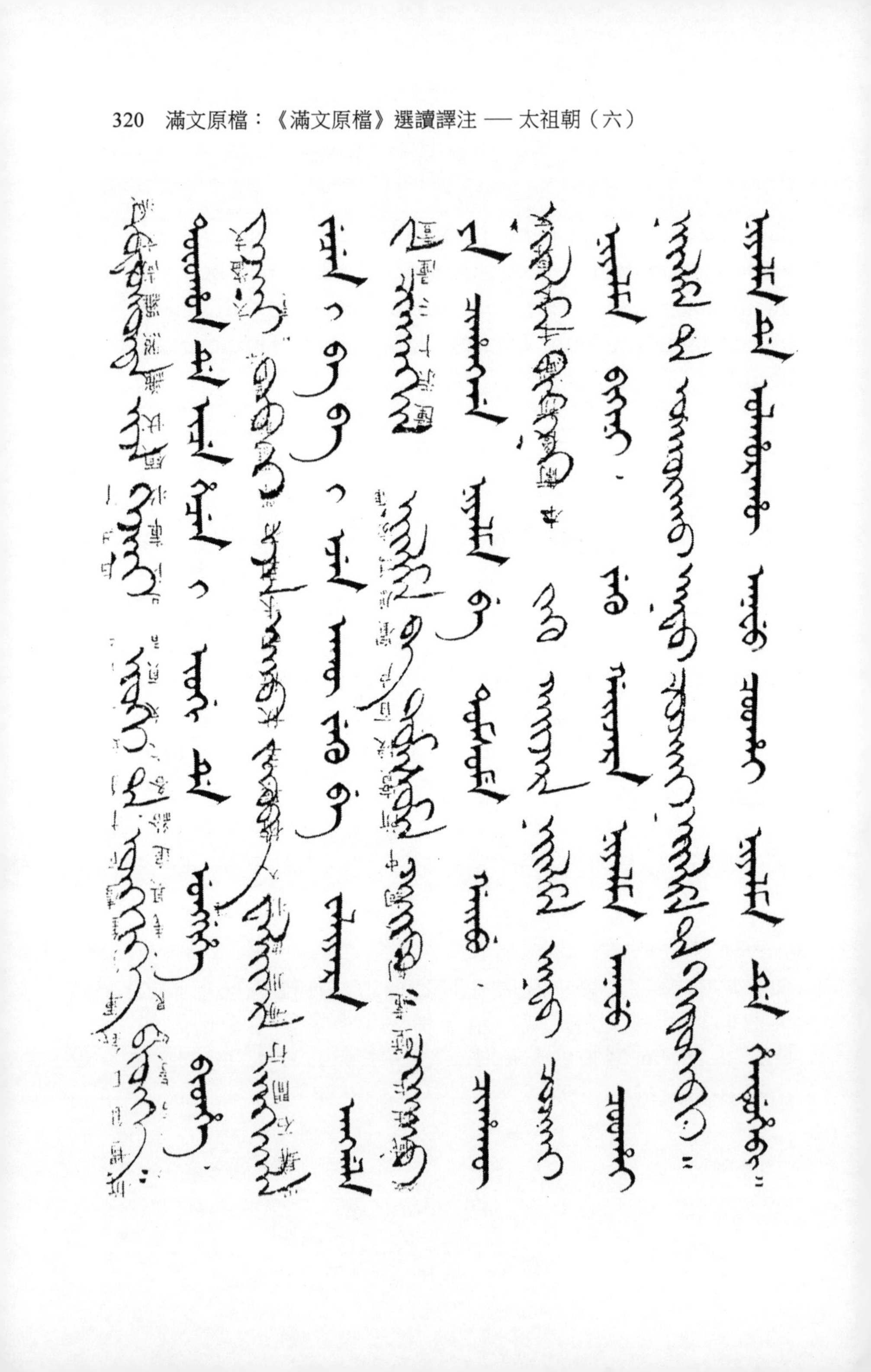

tofohonde ice heceni iogi de unggihe bithe, jeceni babai ejen akū jeku be waliyara anggala ya cihangga niyalma be tomsome gaibu, cihakū niyalma bikini. jeku gaijara niyalma anafu coohai niyalma de olhorahū anafu coohai niyalma de henduhebi.

十五日，致書於新城遊擊曰：「沿邊境各地無主之糧，與其遺棄，不如令有意願之人收取，無意願之人則罷。恐取糧之人畏懼戍守兵丁，可先告知戍守兵丁。」

十五日，致书于新城游击曰：「沿边境各地无主之粮，与其遗弃，不如令有意愿之人收取，无意愿之人则罢。恐取粮之人畏惧戍守兵丁，可先告知戍守兵丁。」

二十二、互通有無

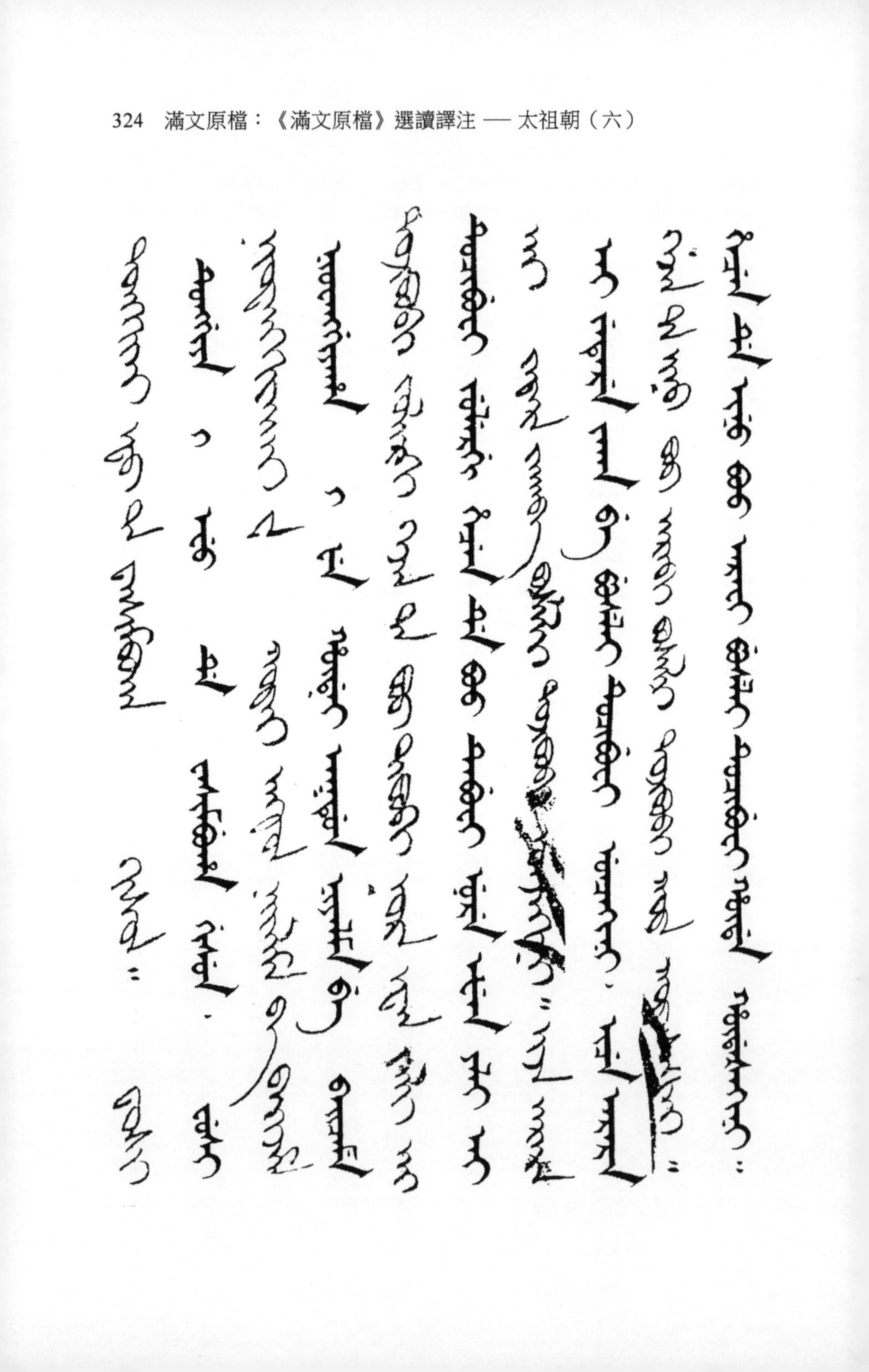

tunggiyai efu de wasimbuha gisun, fusi, niowanggiyahai fe hūdai akdun niyalma be baicame tucibufi, julergi hecen de boo tebufi nure, efen, yali ai ai jetere jakabe puseli tucibufi uncakini, ice arara hecen de inu boo arafi puseli tucibufi hūda hūdašakini.

頒諭於佟家額駙曰：「著查出撫順、清河可信舊商賈，於南城蓋房開鋪販賣酒、餑餑、肉等各種食物，新築之城，亦蓋房開鋪貿易。」

颁谕于佟家额驸曰：「着查出抚顺、清河可信旧商贾，于南城盖房开铺贩卖酒、饽饽、肉等各种食物，新筑之城，亦盖房开铺贸易。」

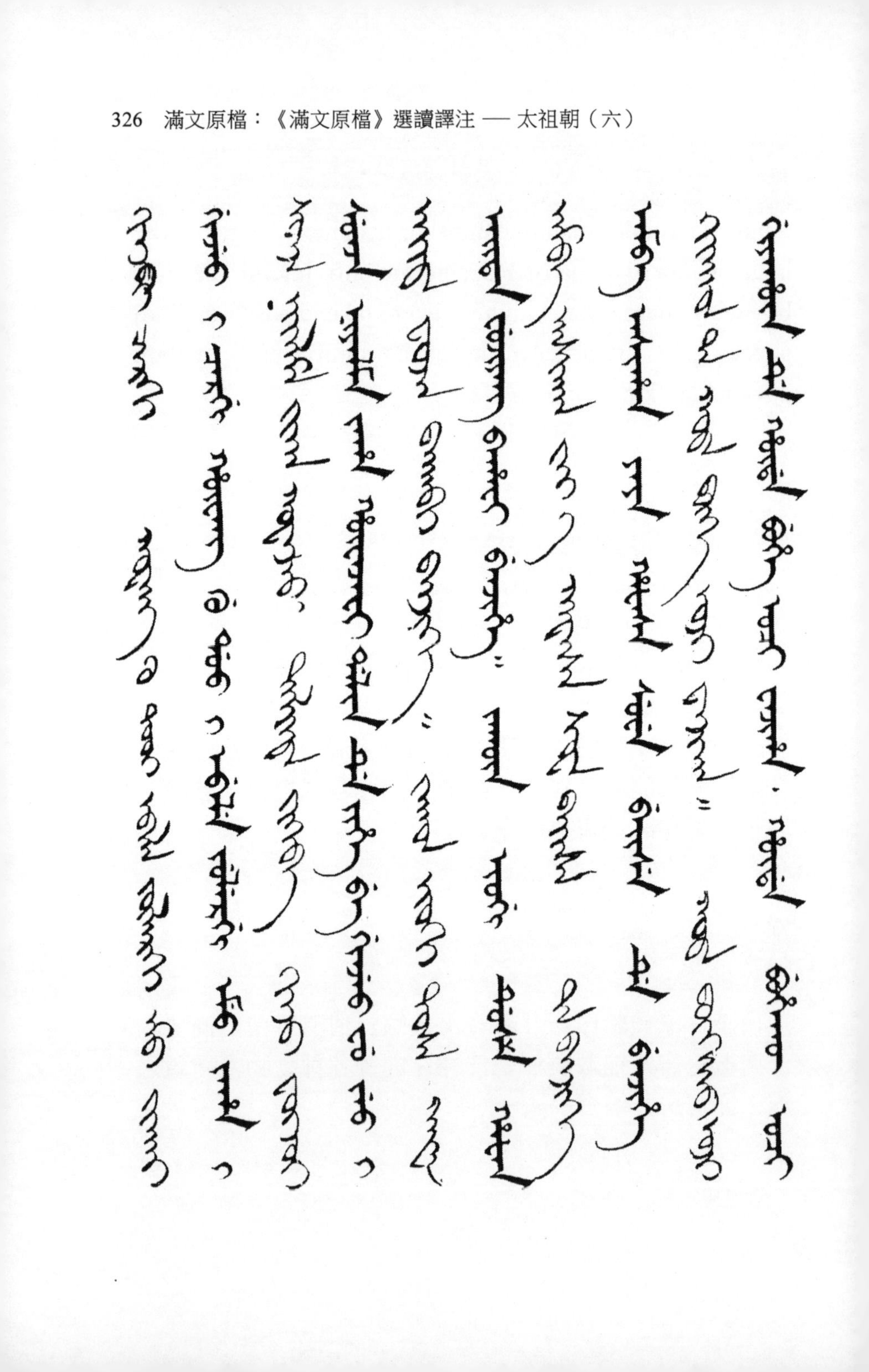

ginjeoi cargi hūwang gu dooi ebele julergi emu jaha i sunja niyalma jaha hūwajafi dalin de jihe be ginjeo, fu jeoi aita fujiyang bahafi benjihe. jakūn iogi dusy hafan amba asihan yaya hafasa suwe beise de benjihe giyahūn de hūda buhe oci wajiha, hūda buhekū oci

---

自金州那邊至皇姑島這邊之間，有五人乘坐一舟由南而來，因舟破登岸，為金州、復州愛塔副將拏獲解來。諭八遊擊、都司等大小各官曰：「爾等獻給諸貝勒之鷹，若已給價則已，若未給價，

自金州那边至皇姑岛这边之间，有五人乘坐一舟由南而来，因舟破登岸，为金州、复州爱塔副将拏获解来。谕八游击、都司等大小各官曰：「尔等献给诸贝勒之鹰，若已给价则已，若未给价，

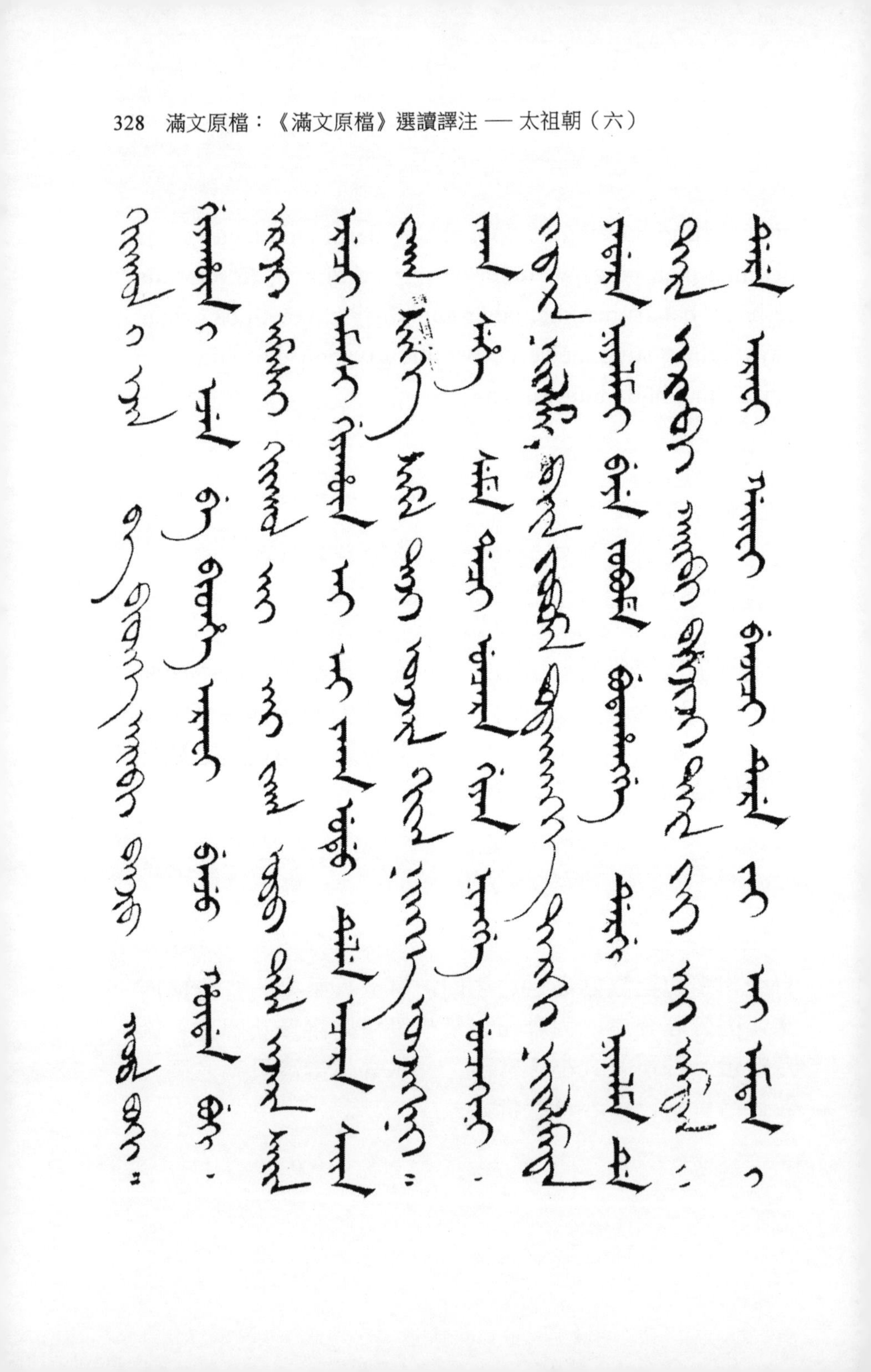

giyahūn i ejen be bithe arafi benju hūda buki, ereci amasi giyahūn ai ai jaka udu dele acara sain jaka sehe seme daci uncara giyan ningge uncakini. yadara niyalmai beye jobome butahangge dergi niyalmade dere arafi gaifi benjici tere jai ai amtan i

---

可令鷹主具文送來，以便給價。嗣後，鷹等一應物件，雖屬上等佳物，然而本應出售者，即令出售。貧窮之人自身辛苦捕獲者，為取悅尊者取而進獻，彼又有何興趣捕捉？

可令鹰主具文送来，以便给价。嗣后，鹰等一应对象，虽属上等佳物，然而本应出售者，即令出售。贫穷之人自身辛苦捕获者，为取悦尊者取而进献，彼又有何兴趣捕捉？

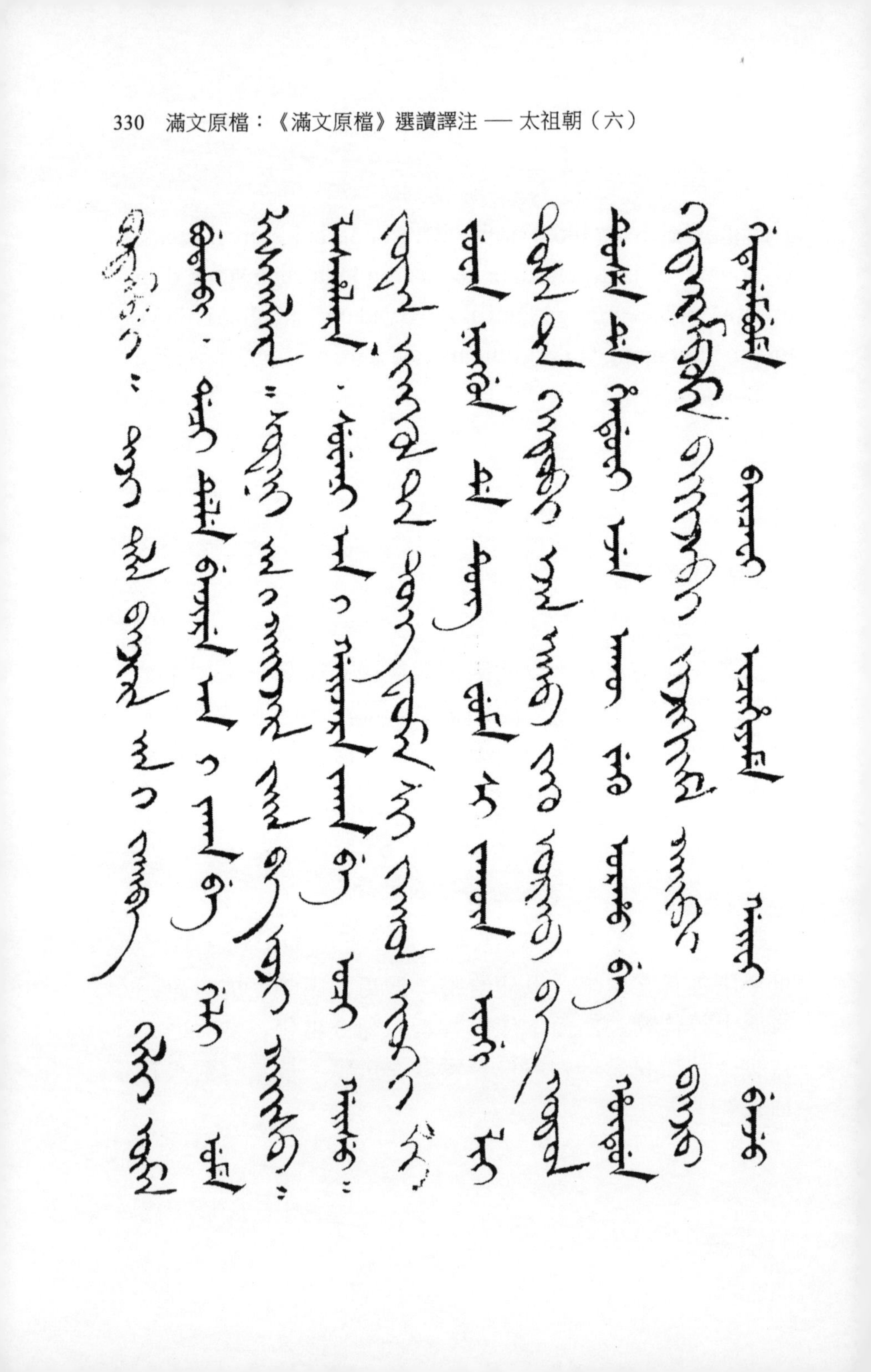

butambi. daci dele benjire an i jakabe geli ume lashalara. suweni an i gaijara jaka be oci gaisu. juwan ninggun de tung fuma si jakūn iogi, lii dusy de hendufi ejen akū jeku orho be hūdun geterembume baicafi icihiyame gaifi benju

---

原應上獻之物，照例進獻，不可中斷。若是爾等應收受之物，亦照例收受。」十六日，命佟駙馬[88]傳諭八遊擊、李都司；「著速清查無主糧草運送前來，

原应上献之物，照例进献，不可中断。若是尔等应收受之物，亦照例收受。」十六日，命佟驸马传谕八游击、李都司；「着速清查无主粮草运送前来，

---

88 駙馬，《滿文原檔》寫作“foma”，《滿文老檔》讀作“fuma”。按滿文“fuma”係漢文「駙馬」音譯詞，規範滿文讀作“efu”。

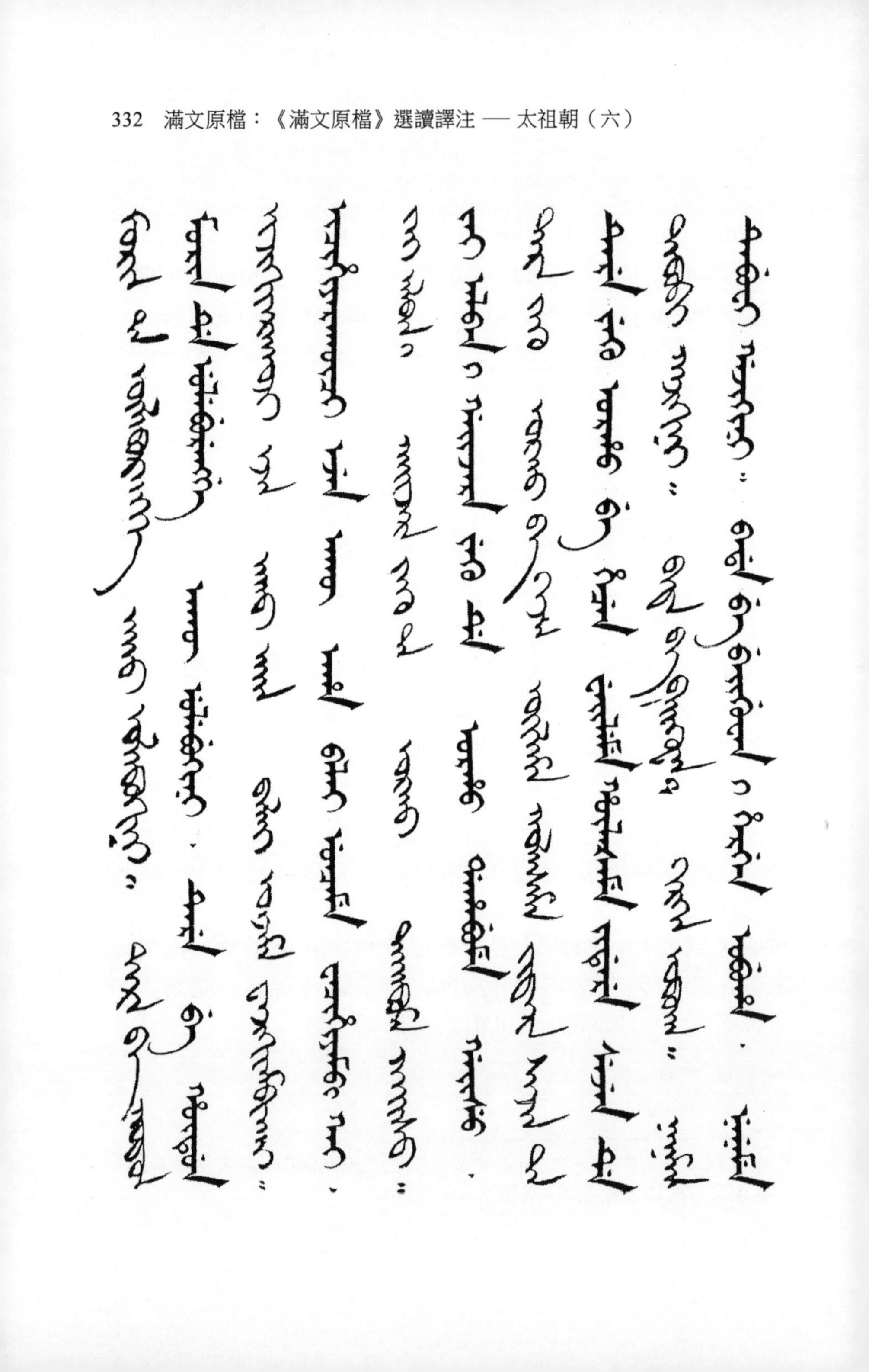

morin de uleburengge akū ulebukini. tere be hūdun icihiyarakūci ejen akū aha balai uncame wacihiyambikai. jai alban i gaijara jeku de orho dahabume gaisu. tere jeku orho be hecen weileme hūlašame jidere sejen de tebufi gajikini. bada be beiguwan i hergen obuha, neneme

---

以供無糧草餵馬者餵養。彼若不速行辦理，則無主奴僕妄自售盡也。再者，徵收官糧時，須連草料一併徵收。將糧草皆以築城替換前來之車輛裝載帶來。」授巴達為備禦官。

以供无粮草喂马者喂养。彼若不速行办理，则无主奴仆妄自售尽也。再者，征收官粮时，须连草料一并征收。将粮草皆以筑城替换前来之车辆装载带来。」授巴达为备御官。

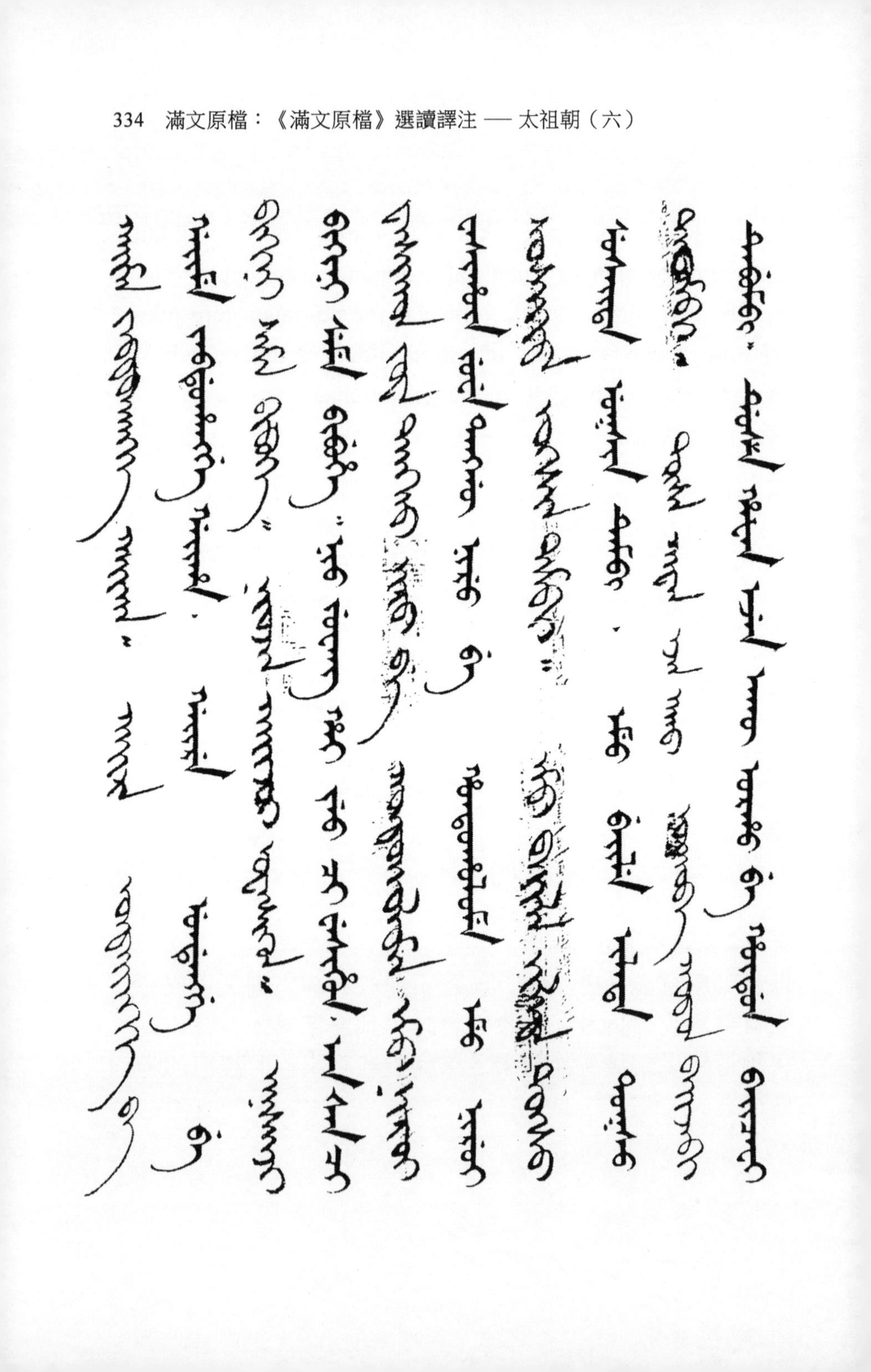

gaime jabduhangge gaiha, gaire undengge be bikini seme bibuhe. nio juwang, hai jeoci wesihun, an šanci wasihūn juwe tanggū niru be hontoholome emu nirui susaita uksin tembi, emu beile ilata tokso tebumbi. dusy hafan ejen akū orho be hūdun baicafi

---

其先已來得及取者即取之，其尚未取者，則留之。自牛莊、海州以東，自鞍山以西之間，將二百牛彔分為兩半，每牛彔各以披甲五十名駐之，每貝勒各置莊屯三處。命都司等速行查明無主草料

其先已来得及取者即取之，其尚未取者，则留之。自牛庄、海州以东，自鞍山以西之间，将二百牛录分为两半，每牛录各以披甲五十名驻之，每贝勒各置庄屯三处。命都司等速行查明无主草料

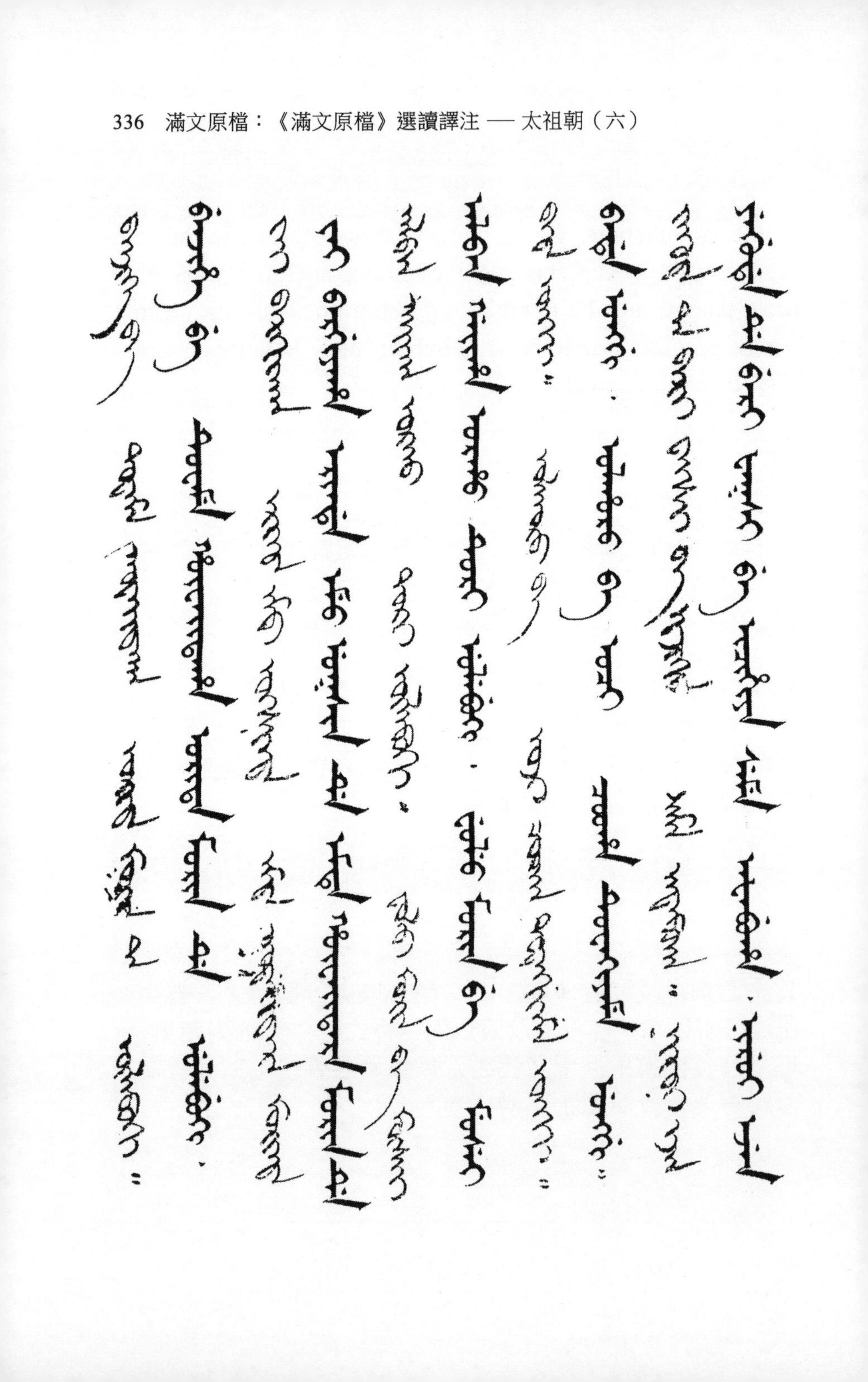

benjihe be tuwame hūwaitaha orita morin de ulebuki, jai bargiyaha erinde emu uksin de emte hūwaitara morin de alban gaiha orho turi ulebuki. fulu morin be musei bade unggi, olhoro ba oci cooha tuwakiyame unggi. yegude de beri faksi be icihiya seme afabuha, nirui ejen

---

運來，斟酌各拴馬二十匹餵養。俟收穫時，每披甲各拴馬一匹，以官徵草豆餵養。其多餘馬匹送來我處，若有可虞之處，遣兵看守。委派葉古德辦理弓匠事宜，

运来，斟酌各拴马二十匹喂养。俟收获时，每披甲各拴马一匹，以官征草豆喂养。其多余马匹送来我处，若有可虞之处，遣兵看守。委派叶古德办理弓匠事宜，

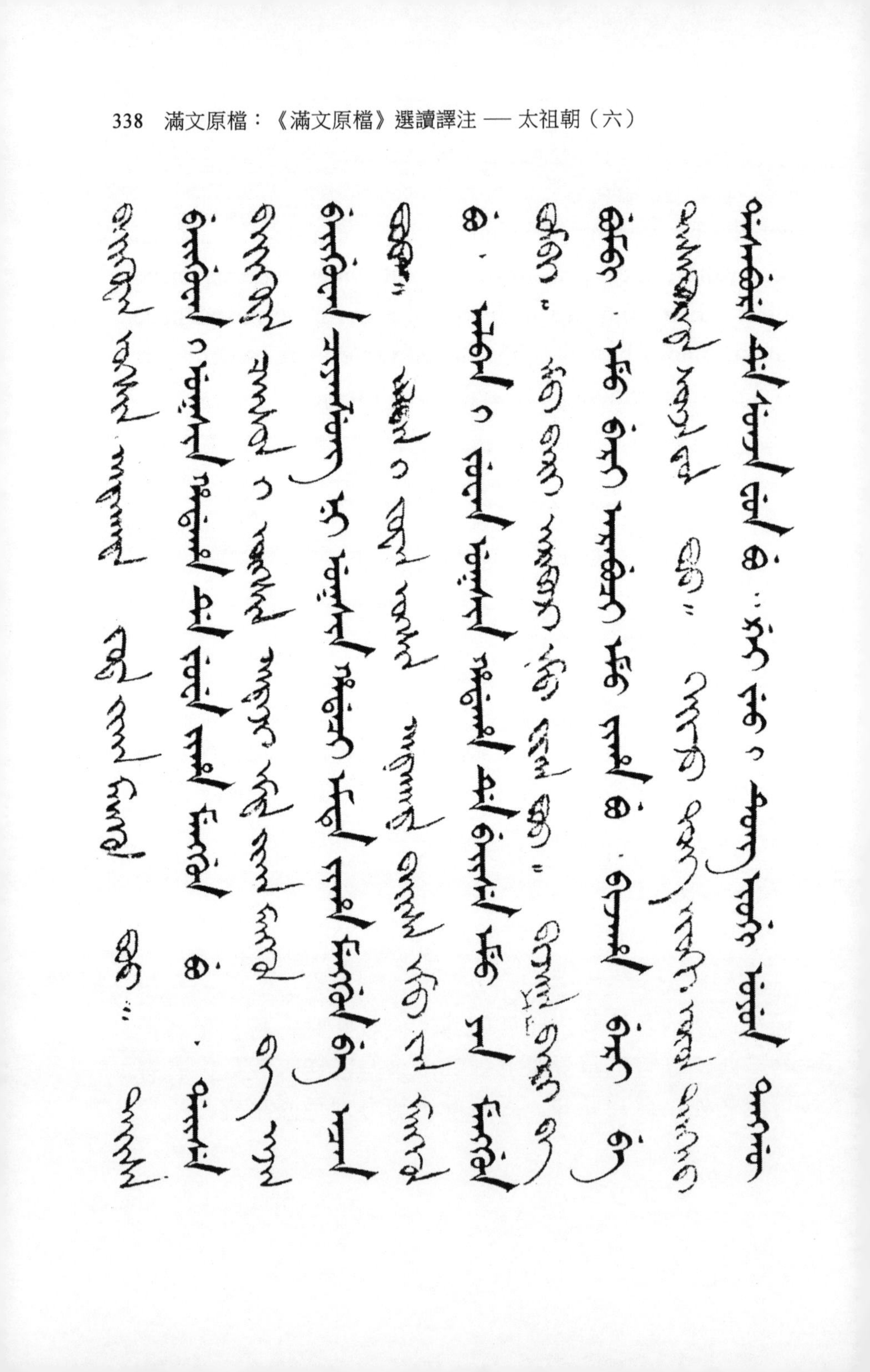

beiguwan i uksin hadaha de juwe jiha menggun bu. daise beiguwan ciyandzung ni uksin hadaci emte jiha menggun be acan bu. alban i juwan uksin hadaha de beise emu yan menggun bumbi. emu beri arabuci emu jiha bu, bijaha beri be dasaburede sunja fun bu. g'ai jeo i tung iogi uyun tanggū

釘製牛彔額真備禦官之甲，給銀二錢；釘製代子備禦官、千總之甲，合給銀各一錢；釘製官甲十副，由貝勒給銀一兩；製弓一張，給銀一錢；修理折斷之弓，給銀五分。蓋州佟遊擊

钉制牛录额真备御官之甲，给银二钱；钉制代子备御官、千总之甲，合给银各一钱；钉制官甲十副，由贝勒给银一两；制弓一张，给银一钱；修理折断之弓，给银五分。盖州佟游击

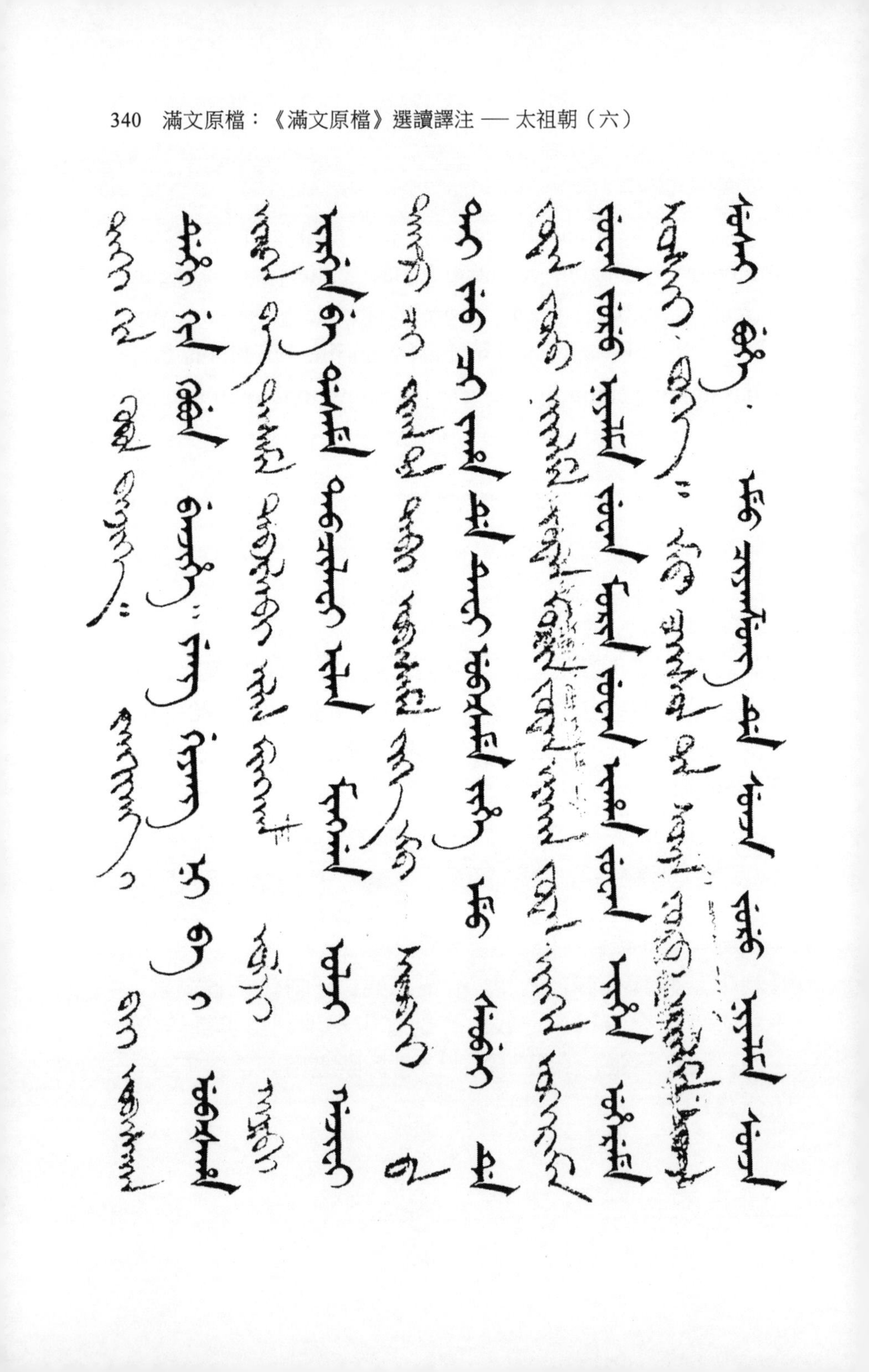

dehi gin kubun benjihe. jeng giyang ni bai ubašaha irgen be dasame tabcilafi ilan minggan olji gajifi, tai jeo ci jaha de tefi ubašame jihe emu šeobei de juwan juru niyalma, juwan morin, juwan ihan, juwan eihen uhereme susai buhe. emu ciyandzung de sunja juru niyalma, sunja

---

送來棉花九百四十斤。復往搶掠鎮江地方之叛民，拏獲俘虜三千人解來。賞自台州叛變乘舟來投之一守備以人十對、馬十匹、牛十頭、驢十隻，共計給五十；一千總以人五對、

送来棉花九百四十斤。复往抢掠镇江地方之叛民，拏获俘虏三千人解来。赏自台州叛变乘舟来投之一守备以人十对、马十匹、牛十头、驴十只，共计给五十；一千总以人五对、

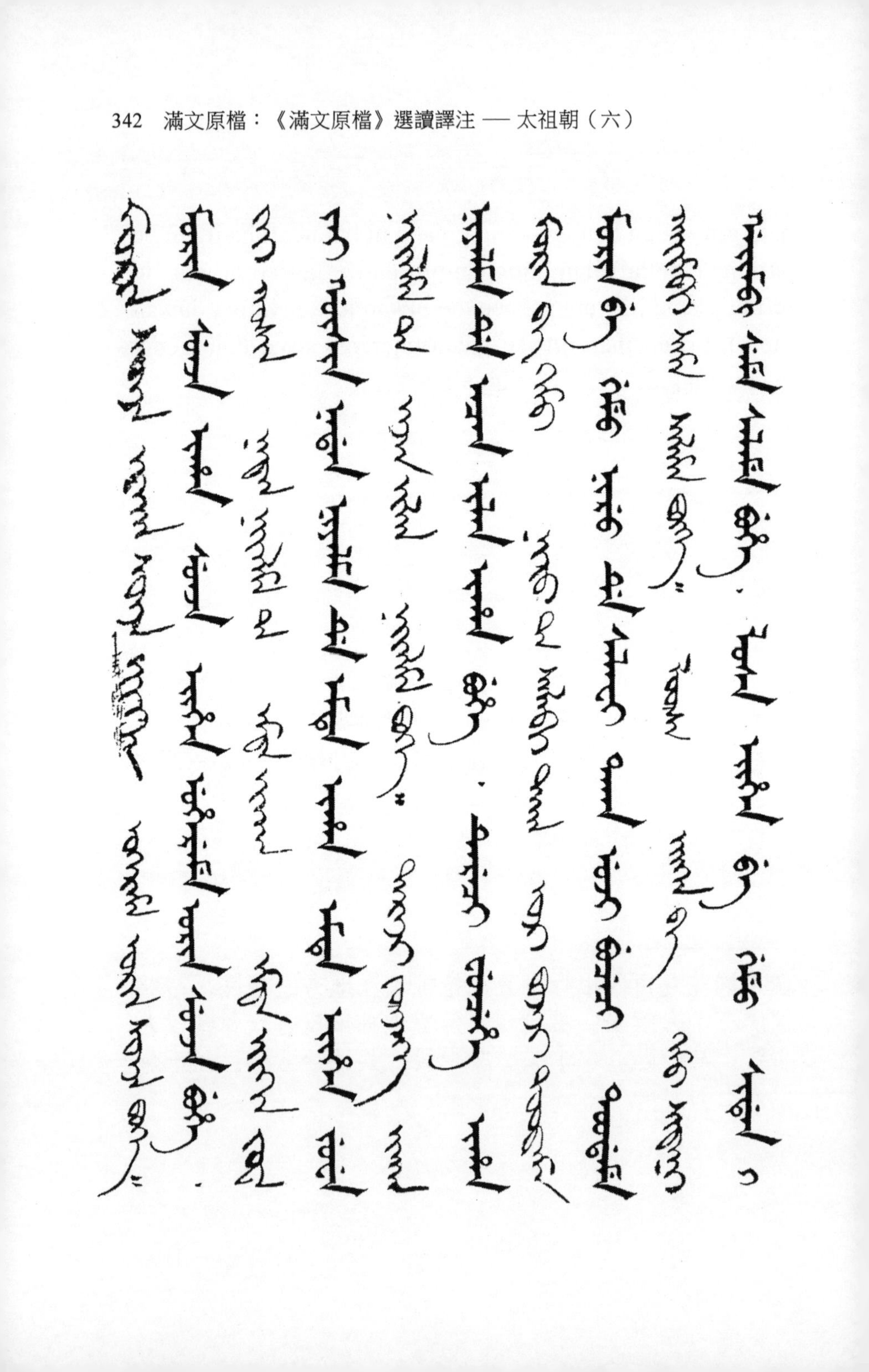

morin, sunja ihan, sunja eihen uhereme orin sunja buhe. jai gūsin nadan niyalma de emte ihan, emte eihen, juwe niyalma de acan ilan ihan buhe. tereci funcehe ihan, morin be gemu niru de salafi taka uji buceci toodame gaimbi seme salame buhe. losa, eihen be gemu siden i

馬五匹、牛五頭、驢五隻，共計給二十五；另有三十七人，各賞牛一頭、驢一隻，每二人合給牛三頭。其餘牛、馬，皆散給牛彔暫行餵養。若有倒斃，著令賠償。其騾[89]、驢，

马五匹、牛五头、驴五只，共计给二十五；另有三十七人，各赏牛一头、驴一只，每二人合给牛三头。其余牛、马，皆散给牛彔暂行喂养。若有倒毙，着令赔偿。其骡、驴，

89 騾，《滿文原檔》寫作“loosa”，《滿文老檔》讀作“losa”。按滿文“losa”係蒙文“laɣusa”借詞，意即「騾子」。

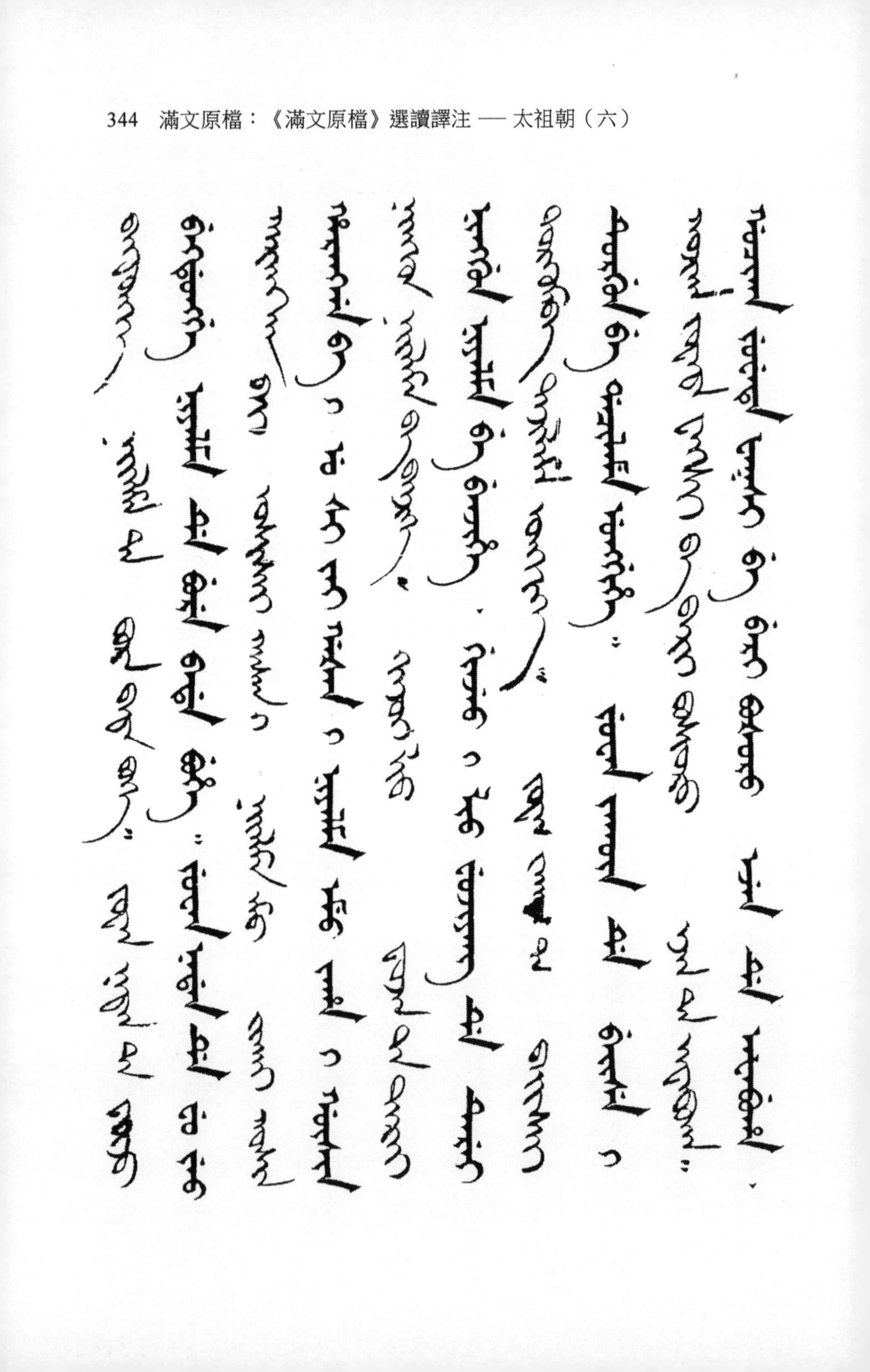

bekdungge niyalma de bure bade buhe. juwan nadan de fu jeo harangga bai u ši jai gašan i niyalma emu jahai gūsin ninggun niyalma be benjihe, ginjeoi lio fujiyang de terei turgumbe dacilame unggihe. juwan jakūn de beise i gocika juwete faksi be beri bošoro ejen de afabuha,

---

皆給虧欠官債之人餵養。十七日，復州所屬地方五十寨村屯之人執送乘坐一舟之三十六人前來，遂遣人前往金州劉副將處探詢其情由。十八日，命將諸貝勒親丁匠役各二人交付管弓之額真，

皆给亏欠官债之人喂养。十七日，复州所属地方五十寨村屯之人执送乘坐一舟之三十六人前来，遂遣人前往金州刘副将处探询其情由。十八日，命将诸贝勒亲丁匠役各二人交付管弓之额真，

二十三、挑撥是非

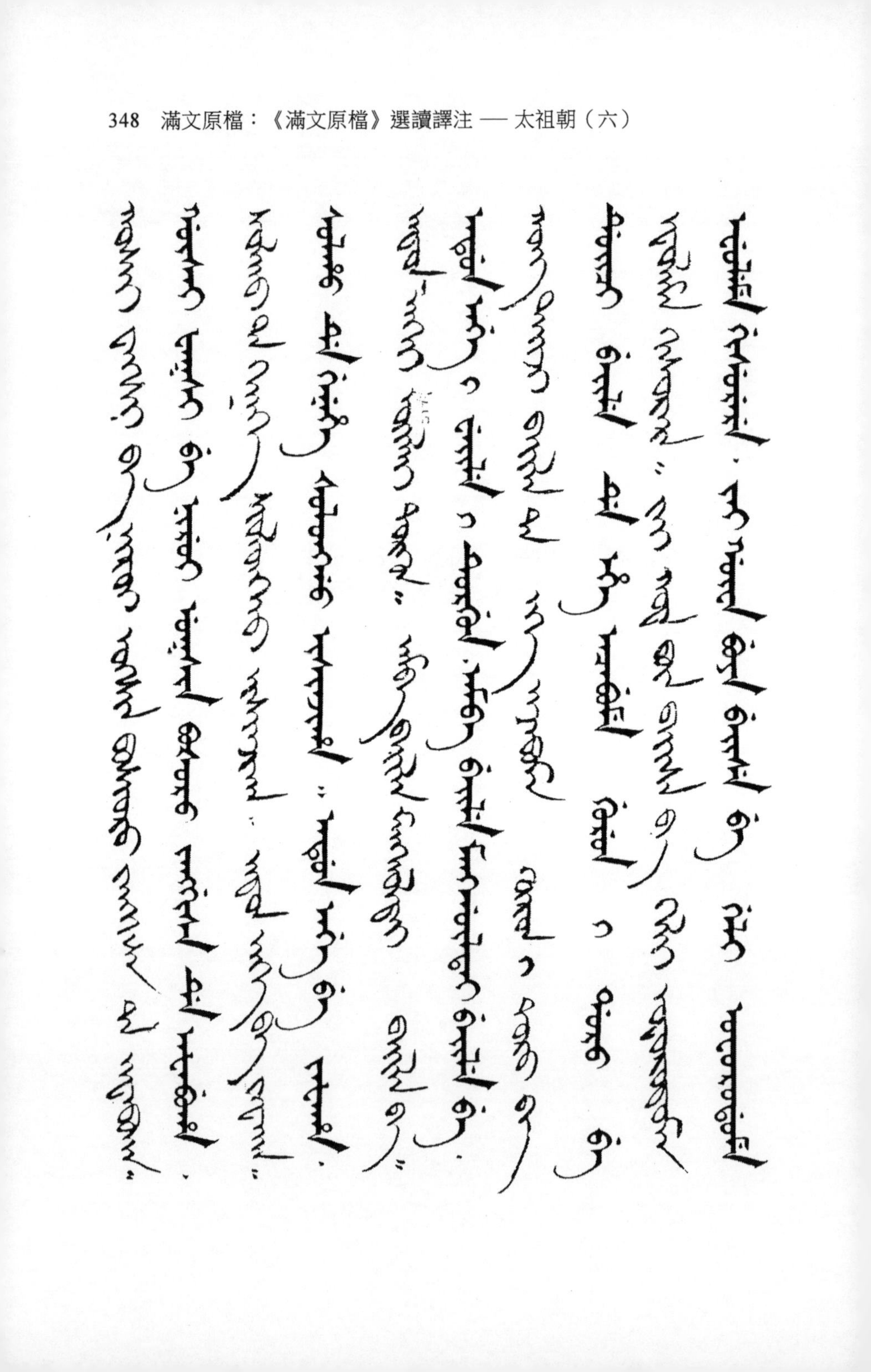

gūsai faksi be nirui uksin bošoro janggisa de afabuha. solho de genehe šolonggo isinjiha. adun age be jafaha, adun agei weile i turgun, amba beile, manggūltai beile be, hong taiji beile de ehe acabume gurun i doro be efuleme gisurere, jai gūwa buya beise be geli oforodome

---

將各旗匠役交付管牛彔披甲章京等。遣往朝鮮之碩隆古返回。執阿敦阿哥，阿敦阿哥之罪由，乃因唆使大貝勒、莽古爾泰貝勒與洪台吉貝勒不和，詆毀國政，再者，又挑撥離間其他小貝勒。

将各旗匠役交付管牛彔披甲章京等。遣往朝鲜之硕隆古返回。执阿敦阿哥，阿敦阿哥之罪由，乃因唆使大贝勒、莽古尔泰贝勒与洪台吉贝勒不和，诋毁国政，再者，又挑拨离间其它小贝勒。

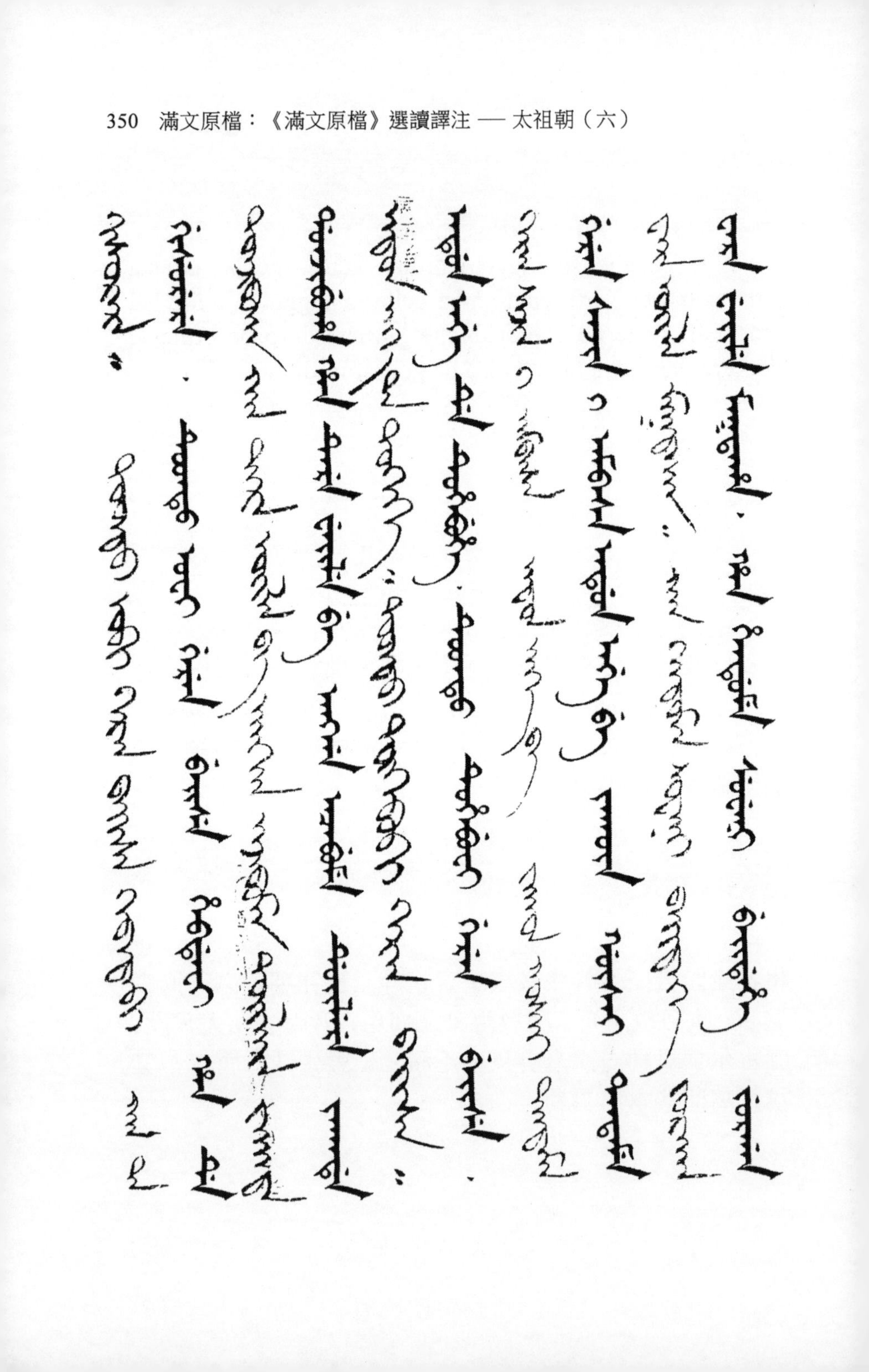

gisurere, tuttu ofi geren beise hebdefi han de donjibuha. han tere weile be angga acabume duilere jakade adun age de tuhebuhe, tuttu tuhebufi geren beise, geren šajin i ambasa adun age be jakūn gūsai tantame wara weile maktaha. han hendume, suweni beidehe jurgan

---

因此，經諸貝勒商議後，奏聞於汗。經汗質審，擬阿敦阿哥罪。如此審擬後，諸貝勒及眾執法大臣擬將阿敦阿哥交八旗杖斃之罪。汗曰：「爾等所審甚是，

因此，经诸贝勒商议后，奏闻于汗。经汗质审，拟阿敦阿哥罪。如此审拟后，诸贝勒及众执法大臣拟将阿敦阿哥交八旗杖毙之罪。汗曰：「尔等所审甚是，

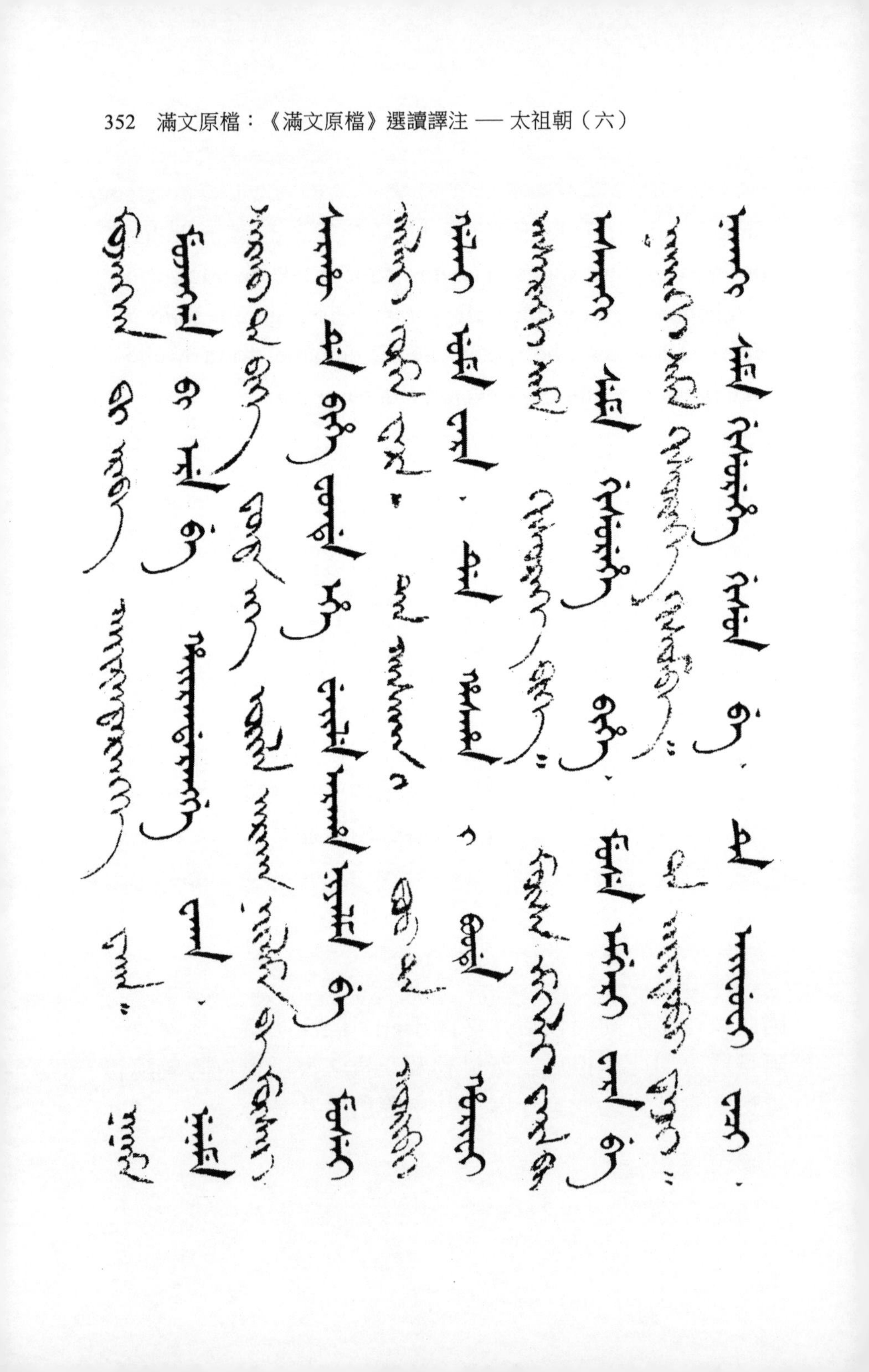

mujangga, bi erebe hairandarangge waka, neneme sarhū de bihe fonde ehe weile araha niyalma be musei galai ume wara, den hashan i boode horifi asaraki seme gisurehe bihe, muse emgeri wara be nakaki seme gisurehe gisumbe, te aifufi waci,

---

我非爱惜此人，先前在薩爾滸時，曾有言凡犯罪惡之人，我等毋庸親手殺之，當囚禁[90]於高柵屋內，我等可免其一死。今若食言而殺之，

我非爱惜此人，先前在萨尔浒时，曾有言凡犯罪恶之人，我等毋庸亲手杀之，当囚禁于高栅屋内，我等可免其一死。今若食言而杀之，

---

[90] 囚禁，《滿文原檔》寫作“koribi”，《滿文老檔》讀作“horifi”。按滿文“horimbi”與蒙文“qoriqu”為同源詞(根詞“hori-”與“qori-”相同)，意即「囚禁」。

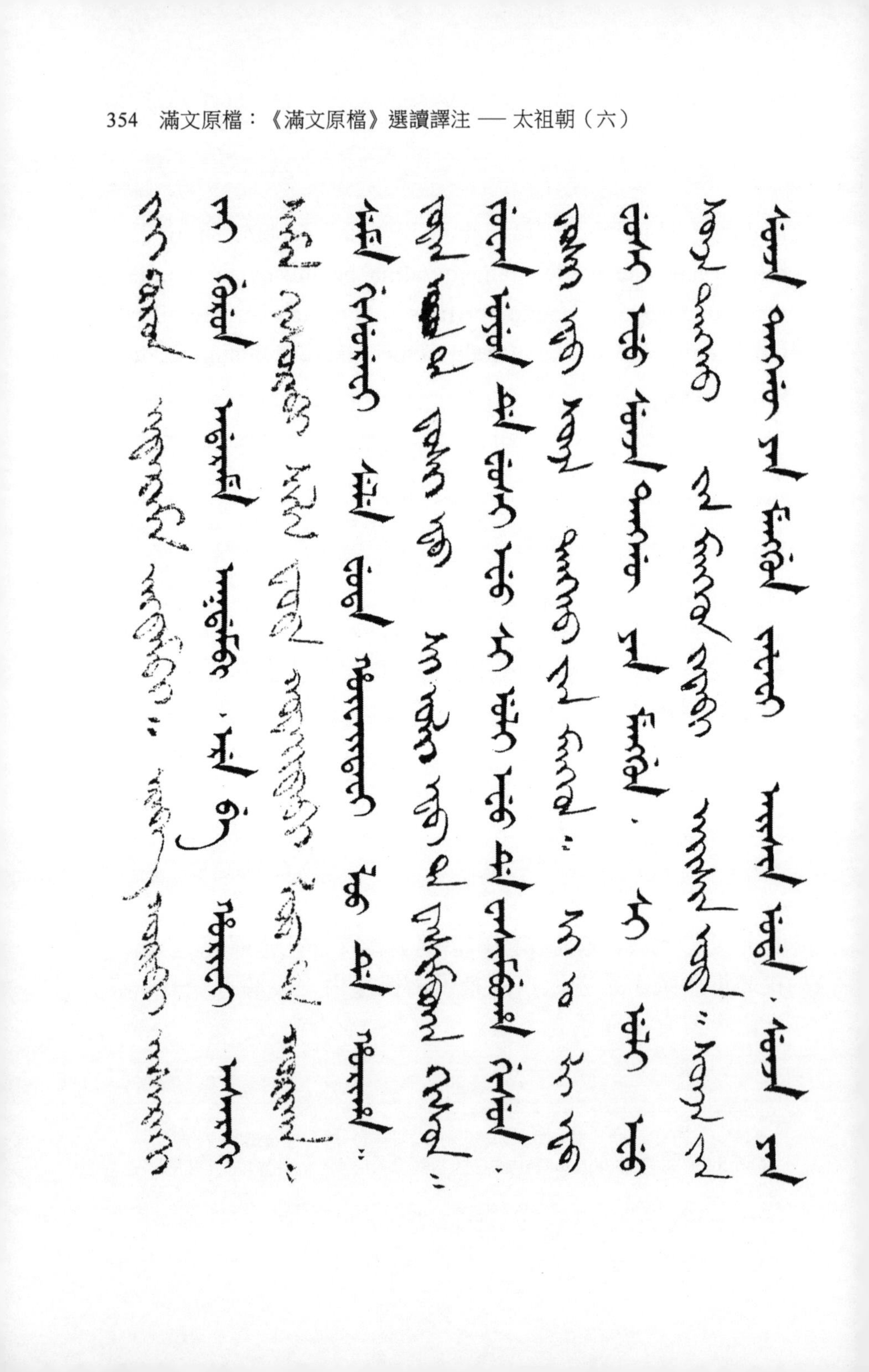

jai gurun adarame akdambi. ere be horifi asaraki seme gisurefi, sele futa hūwaitafi loo de horiha. juwan uyun de fusi efu, si uli efu de wasimbuha gisun, fusi efu sunja tanggū yan menggun, si uli efu sunja tanggū yan menggun jafafi aisin uda, sunja yan

---

將如何再取信於國人？可將其囚禁留之。」諭畢，遂縛以鐵索囚禁於牢中。十九日，諭撫順額駙、西烏裏額駙曰：「著撫順額駙持銀五百兩，西烏裏額駙持銀五百兩購金，

将如何再取信于国人？可将其囚禁留之。」谕毕，遂缚以铁索囚禁于牢中。十九日，谕抚顺额驸、西乌里额驸曰：「着抚顺额驸持银五百两，西乌里额驸持银五百两购金，

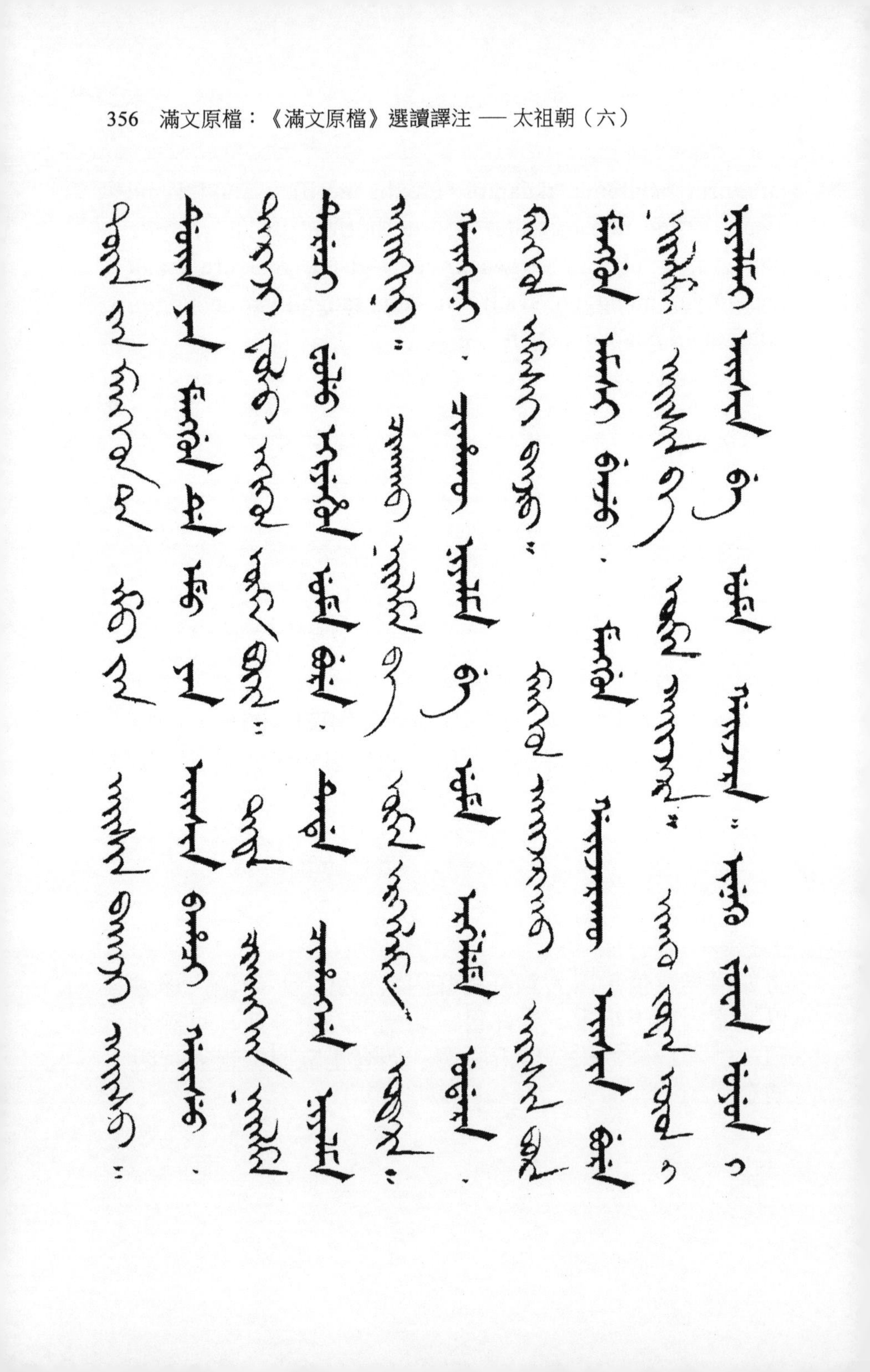

duin yan menggun de emu yan aisin bahaci gaisu, tereci fulu ekiyehun ume bure. tede cihangga niyalma gaikini, cihakū niyalma be ume ergeleme udara, menggun amasi benju, menggun gaijarakū aisin bure, niyalmai aisin be ume gaijara. ineku juwan uyun i

---

若以銀五兩或四兩購得金一兩即購，給價勿多於少於[91]此。其情願之人，令其收買，不情願之人，勿逼迫購買，將銀帶回。給金不取銀者，勿取其人之金。」同十九日，

若以银五两或四两购得金一两即购,给价勿多于少于此。其情愿之人，令其收买，不情愿之人，勿逼迫购买，将银带回。给金不取银者，勿取其人之金。」同十九日，

---

[91] 多於少於，《滿文原檔》寫作“folo ekikun”，《滿文老檔》讀作“fulu ekiyehun”，意即「多餘的、短缺的」。

二十四、私匿財物

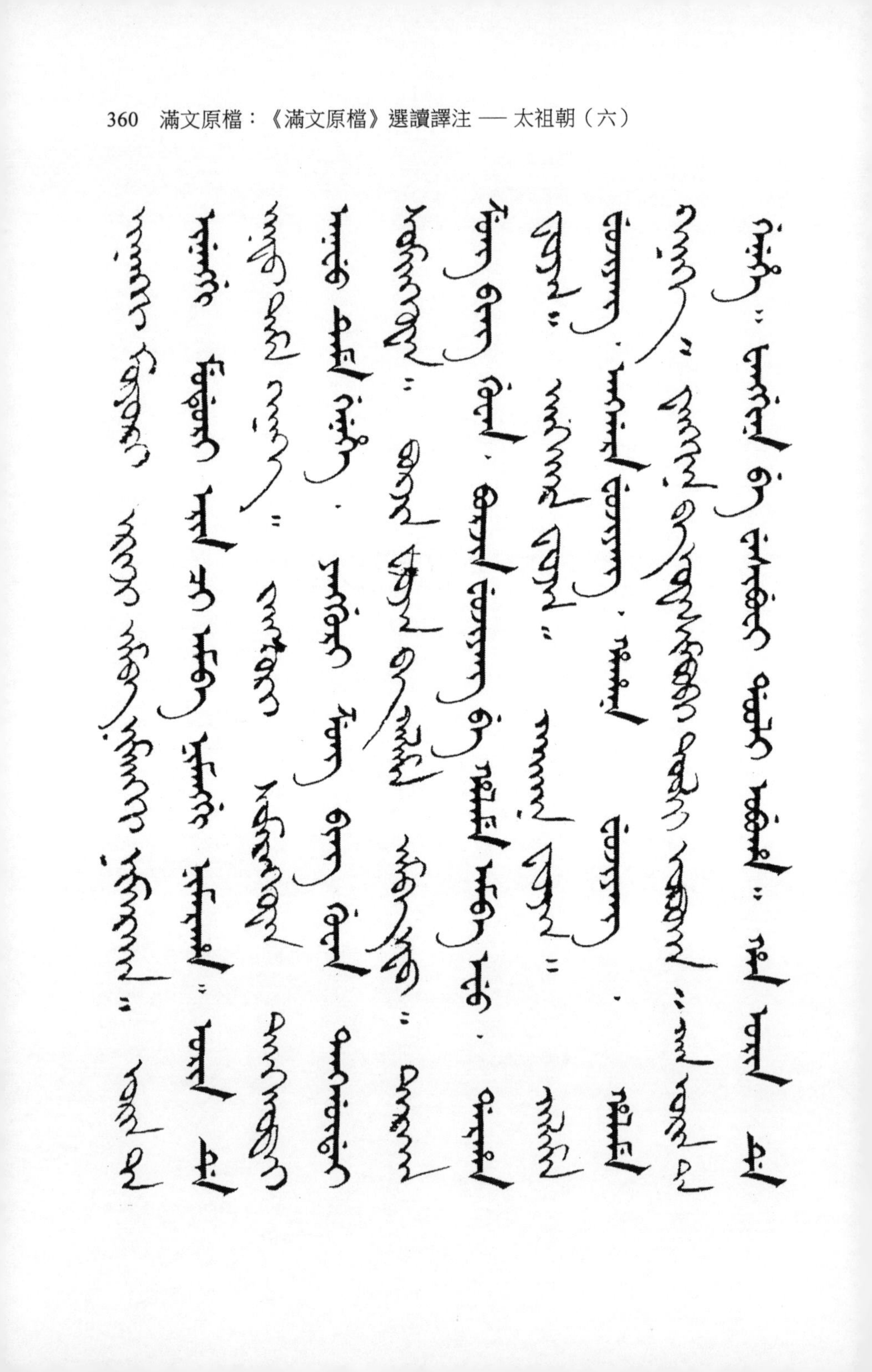

inenggi muduri erinci amba nimanggi nimaraha. orin de anafu teme genehe yangguri dzung bing guwan, tanggūdai dzung bing guwan, borjin fujiyang be halame amba efu, darhan fujiyang, anggara fujiyang, hahana fujiyang halame genehe. fanggina be wesibufi dooli obuha. han orin de

---

自辰時起降大雪。二十日，大額駙、達爾漢副將、昂阿拉副將、哈哈納副將前往替換駐守之揚古利總兵官、湯古岱總兵官、博爾晉副將。陞方吉納為道員。汗於二十日

自辰时起降大雪。二十日，大额驸、达尔汉副将、昂阿拉副将、哈哈纳副将前往替换驻守之扬古利总兵官、汤古岱总兵官、博尔晋副将。升方吉纳为道员。汗于二十日

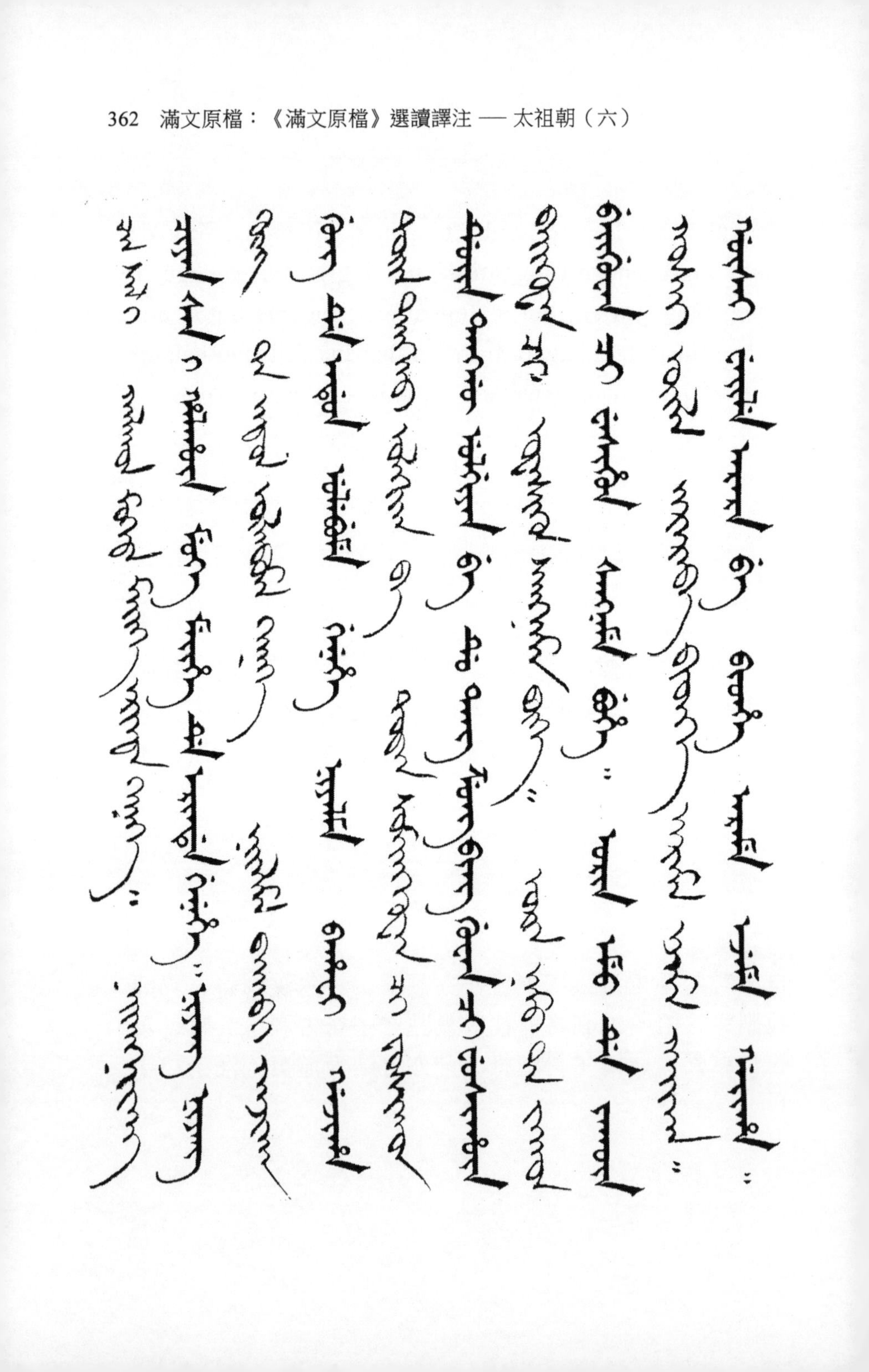

ciyan šan i halhūn mukede meihe erinde genehe. niyang niyang gung de adun ulebume genehe niyalma bahafi gajiha duin tanggū ulgiyan be, du tang, dzung bing guwan ci fusihūn beiguwan ci wesihun šangname buhe. orin emu de jakūn gūsai weile arara be bithe arame ejeme gaiha.

巳時前往千山湯泉[92]。前往娘娘宮餵養牧群之人，獲豬四百隻帶來，賞賜都堂、總兵官以下備禦官以上各官。二十一日，將八旗治罪案件繕書記錄在案。

巳时前往千山汤泉。前往娘娘宫喂养牧群之人，获猪四百只带来，赏赐都堂、总兵官以下备御官以上各官。二十一日，将八旗治罪案件缮书记录在案。

---

92 湯泉，《滿文原檔》寫作"kalkon mo(u)ke"，《滿文老檔》讀作"halhūn muke"。句中滿文"halhūn"，係蒙文"qalaɣun"借詞，意即「熱的」。

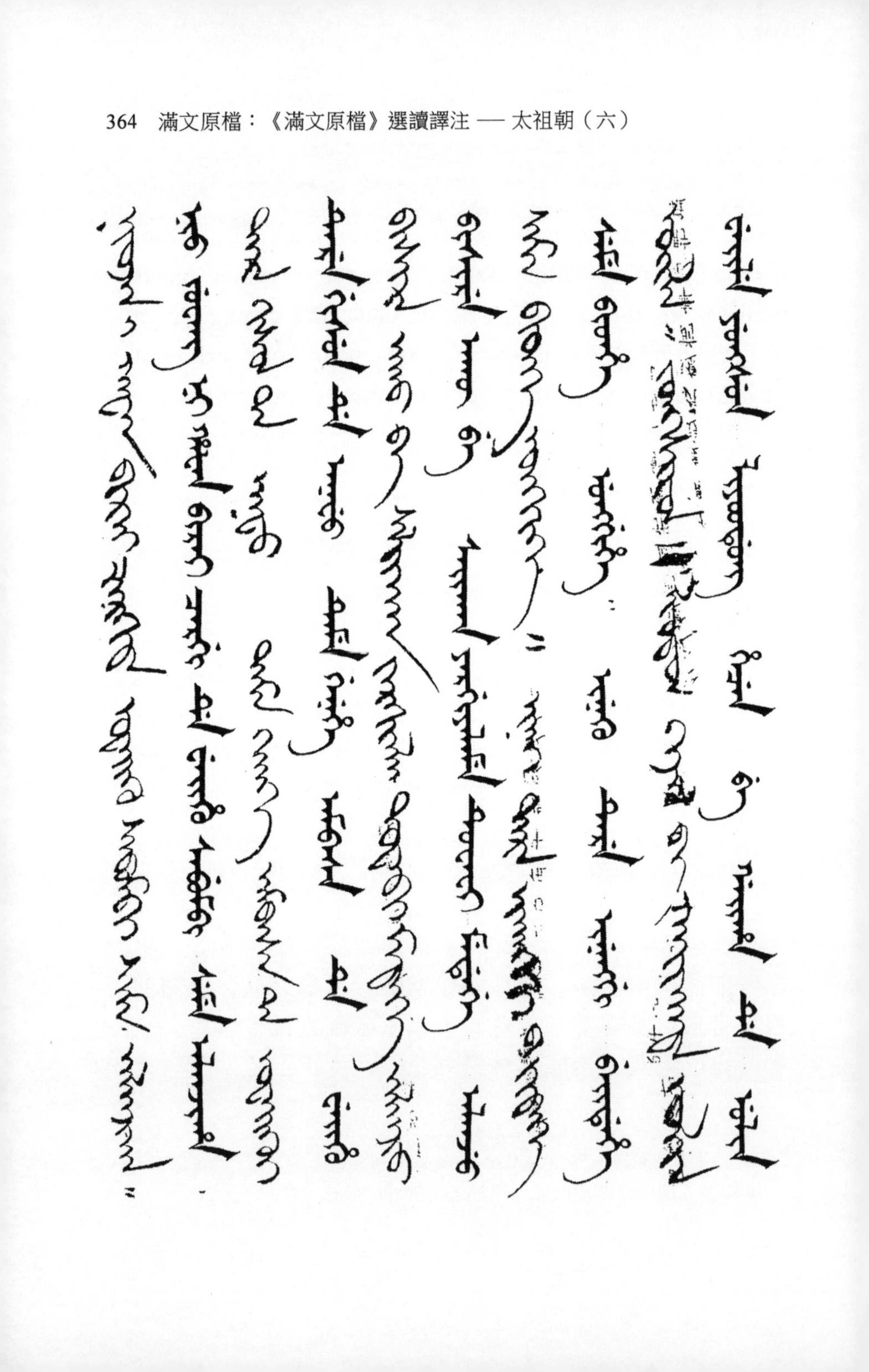

nio juwang ni hafan birai cargide weihu sabumbi seme alanjiha. tere gisun de anafu teme genehe ambasa de weihui bisire akū be saikan yargiyalame tuwafi medege alanju seme bithe unggihe. ineku tere inenggi beidehe weile, yungšun liyoodung hecen be gaiha de ulin

---

牛莊官員來告稱，河對岸見有小船。行文前往駐守大臣等，令其妥為驗看有無小船來報信息。本日，審理案件，攻取遼東城時，

牛庄官员来告称，河对岸见有小船。行文前往驻守大臣等，令其妥为验看有无小船来报信息。本日，审理案件，攻取辽东城时，

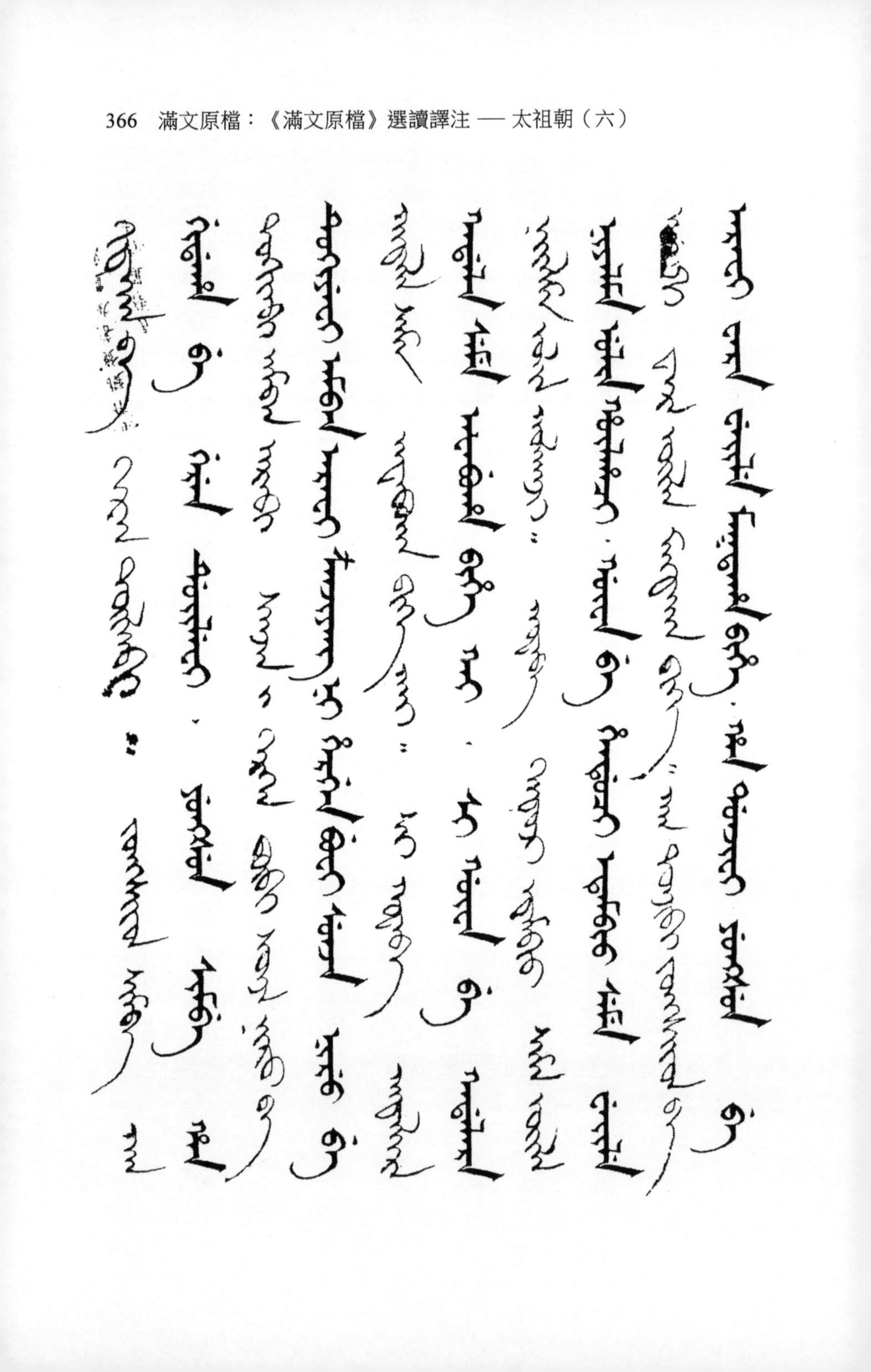

gidaha be geren duilefi, yungšun simbe han tukiyefi amban arafi ts'anjiyang ni hergen bufi sunja niru be kadala seme afabuha bihe kai. si gūwabe kadalara niyalma ulin hūlhaci, gūwabe henduci etembio seme weile arafi, wara weile maktaha bihe. han donjifi yungšun be

---

永順私匿財物，經眾官審訊治罪，曰：「汗擢永順爾為大臣，賜以參將之職，委任管理五牛彔也。爾乃管理他人者，若偷竊財物，焉能約束他人耶？」遂擬以死罪。汗聞之，

永顺私匿财物，经众官审讯治罪，曰：「汗擢永顺尔为大臣，赐以参将之职，委任管理五牛彔也。尔乃管理他人者，若偷窃财物，焉能约束他人耶？」遂拟以死罪。汗闻之，

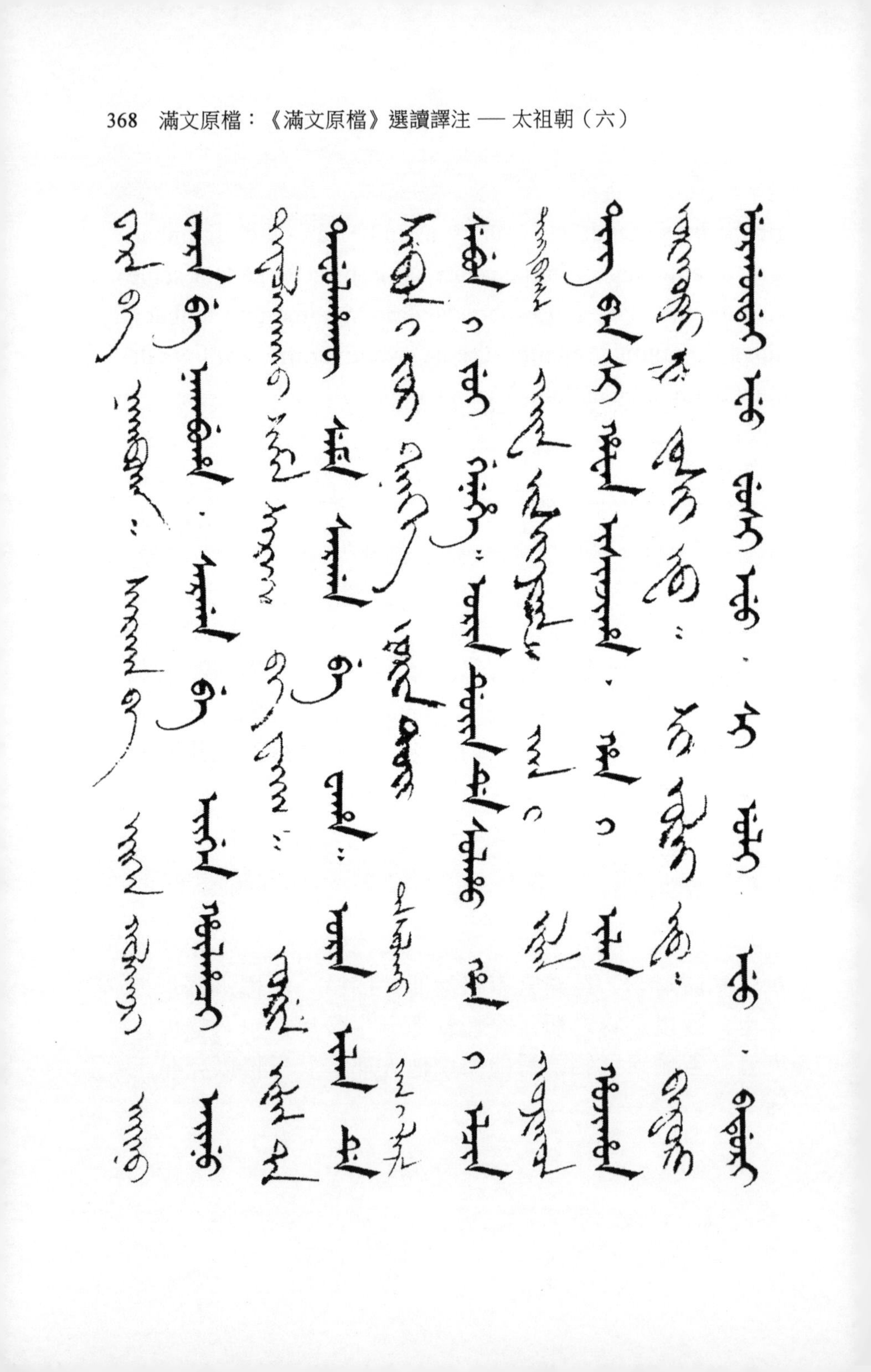

wara be nakabuha, sargan be eigen hūlhaci ainu tafulahakū seme sargan be waha. orin ilan de sebun i jui genehe. orin duin de solho han i elcin ting pan ši hafan isinjiha. han i ilan hojihon urgūdai efu, fusi efu, si uli efu, baduri

---

免永順死，以其妻見夫偷竊為何不加勸阻，遂殺其妻。二十三日，色本之子回去。二十四日，朝鮮王所遣使者廳判事官到來。汗之三婿烏爾古岱額駙、撫順額駙、西烏里額駙

免永顺死，以其妻见夫偷窃为何不加劝阻，遂杀其妻。二十三日，色本之子回去。二十四日，朝鲜王所遣使者厅判事官到来。汗之三婿乌尔古岱额驸、抚顺额驸、西乌里额驸

二十五、相互饋贈

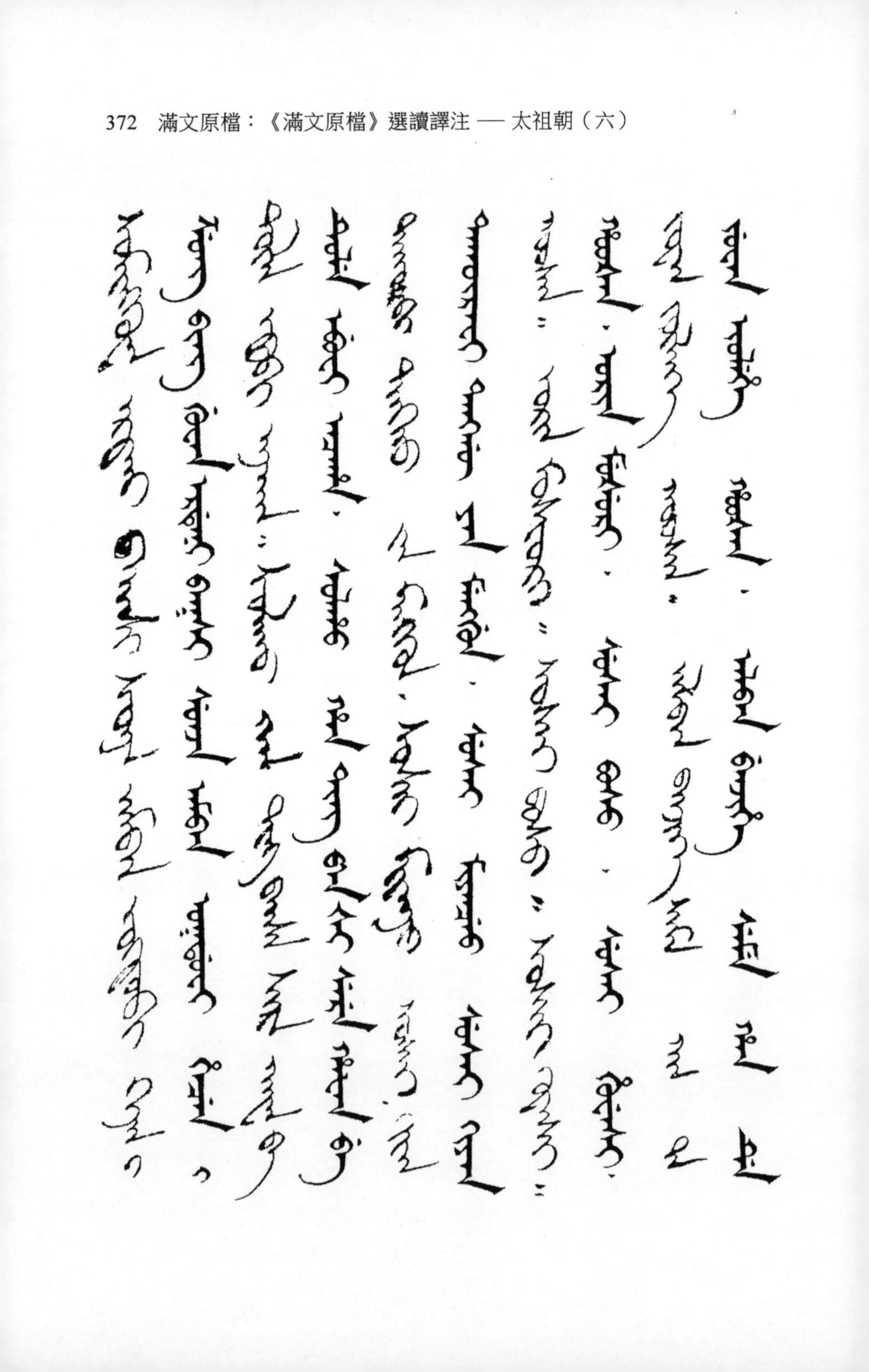

dzung bing guwan, erdeni baksi sunja amban okdofi hecen i tule ebufi acaha. solho han ting pan ši sere hafan be takūrafi tanggū yan menggun, susai miyanceo, susai kiyan hoošan, orin mušuri, susai boso, susai huwesi, juwan iolehe hoošan, alban benjihe seme han de

---

及巴都里總兵官、額爾德尼巴克什等五大臣出迎，於城外下馬相見。朝鮮王遣廳判事官呈獻貢品：銀百兩、綿綢五十疋、紙五十刀、高麗夏布二十疋、布五十疋、刀五十把、油紙十刀；

及巴都里总兵官、额尔德尼巴克什等五大臣出迎，于城外下马相见。朝鲜王遣厅判事官呈献贡品：银百两、绵绸五十疋、纸五十刀、高丽夏布二十疋、布五十疋、刀五十把、油纸十刀；

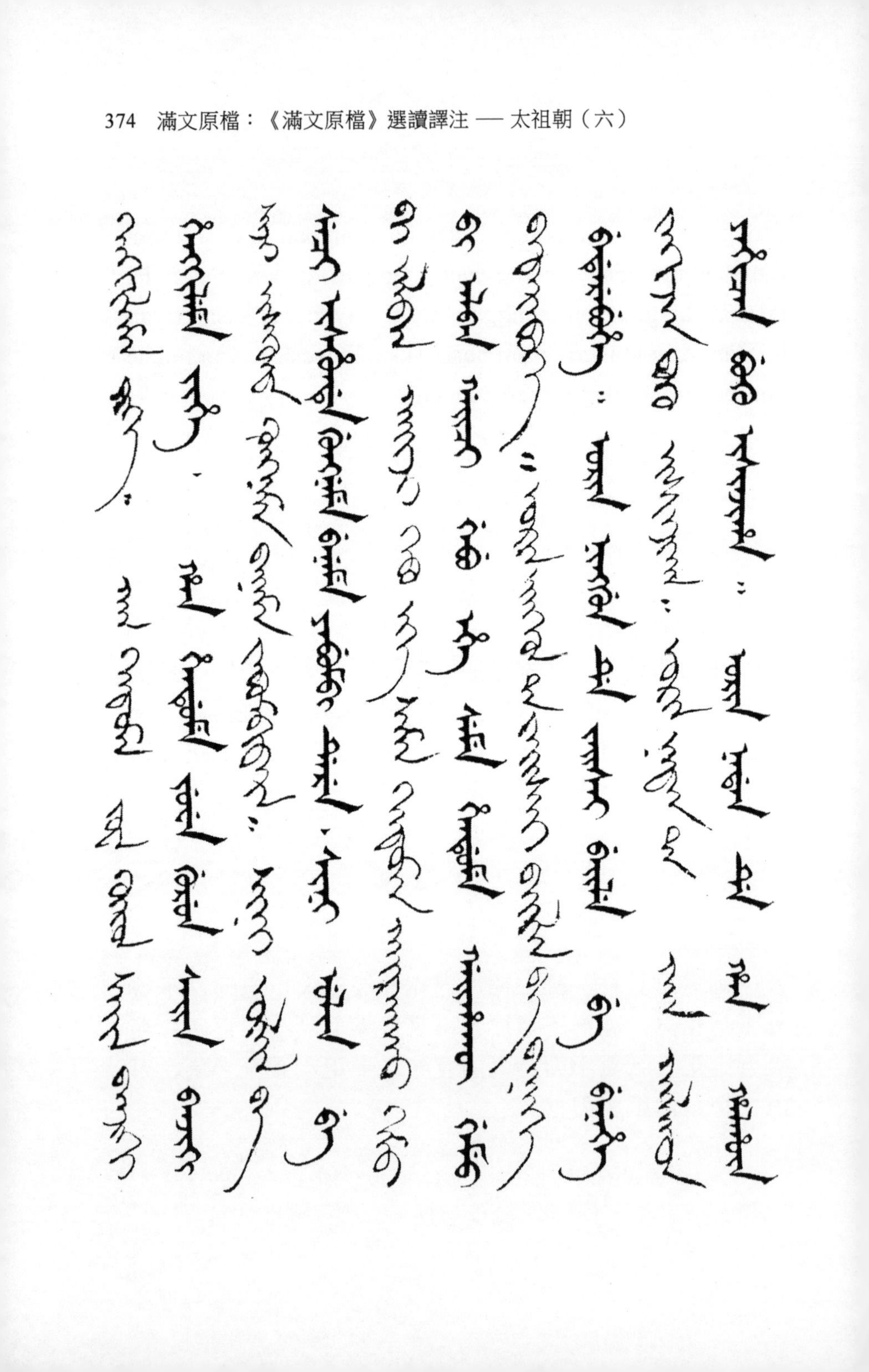

hengkileme jihe. han hendume, juwe gurun sain banjiki seci ishunde gungneme beneme yabumbidere, sini ulin be bi alban gaici gebu ehe seme hendume, gaihakū gemu bederebuhe. orin ninggun de jaisai beile be benehe yahican buku isinjiha. orin nadan de han halhūn

---

前來叩見汗。汗曰：「凡兩國欲交好，應當相互饋贈。若收爾貢物，恐壞我名。」言畢，未收，俱令退還。二十六日，護送宰賽貝勒之雅希禪布庫返回到來。二十七日，

前来叩见汗。汗曰：「凡两国欲交好，应当相互馈赠。若收尔贡物，恐坏我名。」言毕，未收，俱令退还。二十六日，护送宰赛贝勒之雅希禅布库返回到来。二十七日，

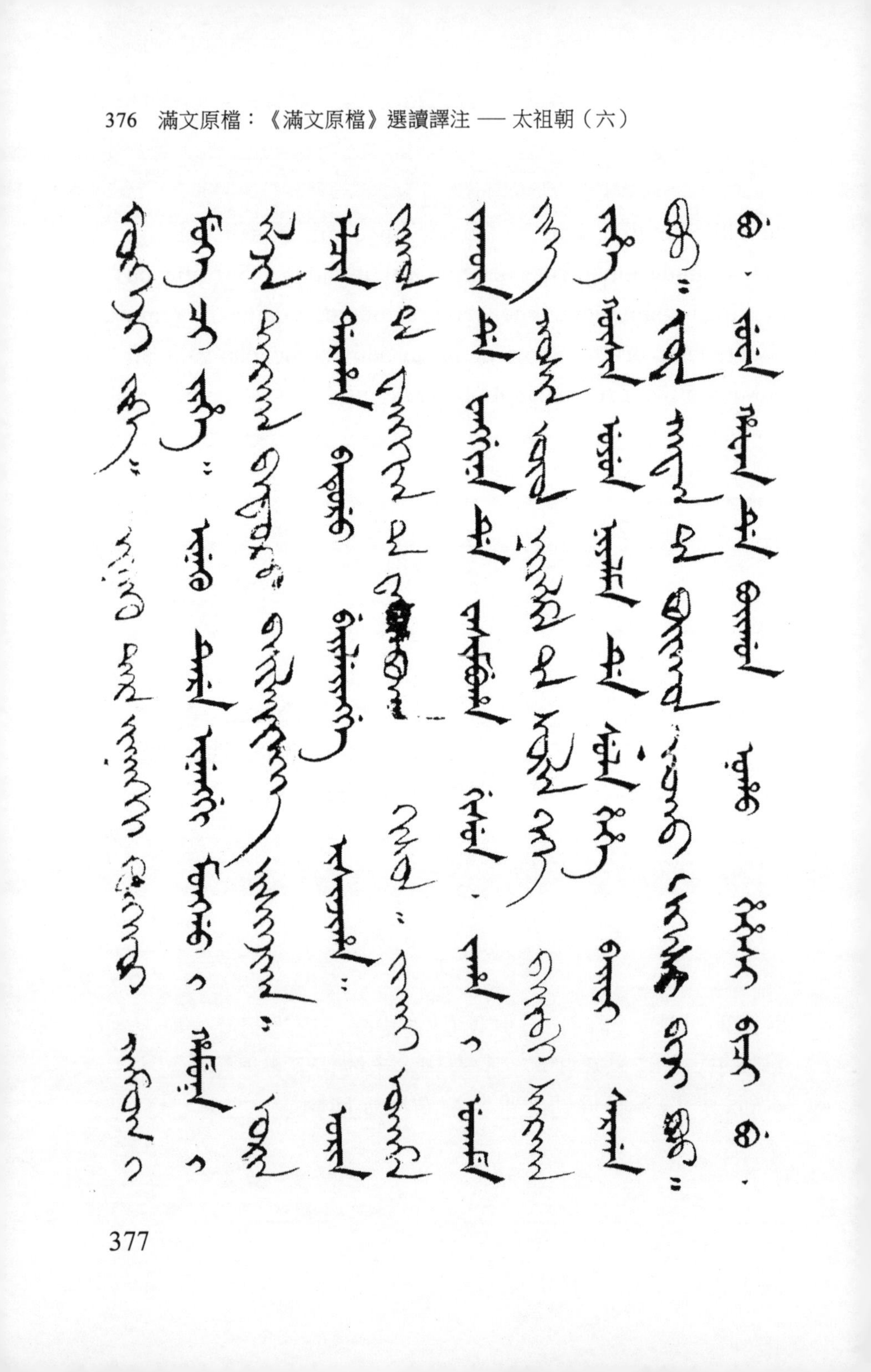

377

mukeci jihe. ineku tere inenggi monggoi hamuk i elcin darhan baturu beileingge isinjiha. orin jakūn de fanggina de wasimbuha gisun, jaha i ukame jihe gūsin uyun niyalma de sula hehe baifi sargan bu, juwe hafan de boigon noho hehesi bici bu,

---

汗自湯泉還。是日，蒙古哈木克之使者達爾漢巴圖魯貝勒英額到來。二十八日，諭方吉納曰：「乘舟逃來之三十九人，尋覓閒散之女妻之。其二官員，以有家產之寡婦妻之。

汗自汤泉还。是日，蒙古哈木克之使者达尔汉巴图鲁贝勒英额到来。二十八日，谕方吉纳曰：「乘舟逃来之三十九人，寻觅闲散之女妻之。其二官员，以有家产之寡妇妻之。

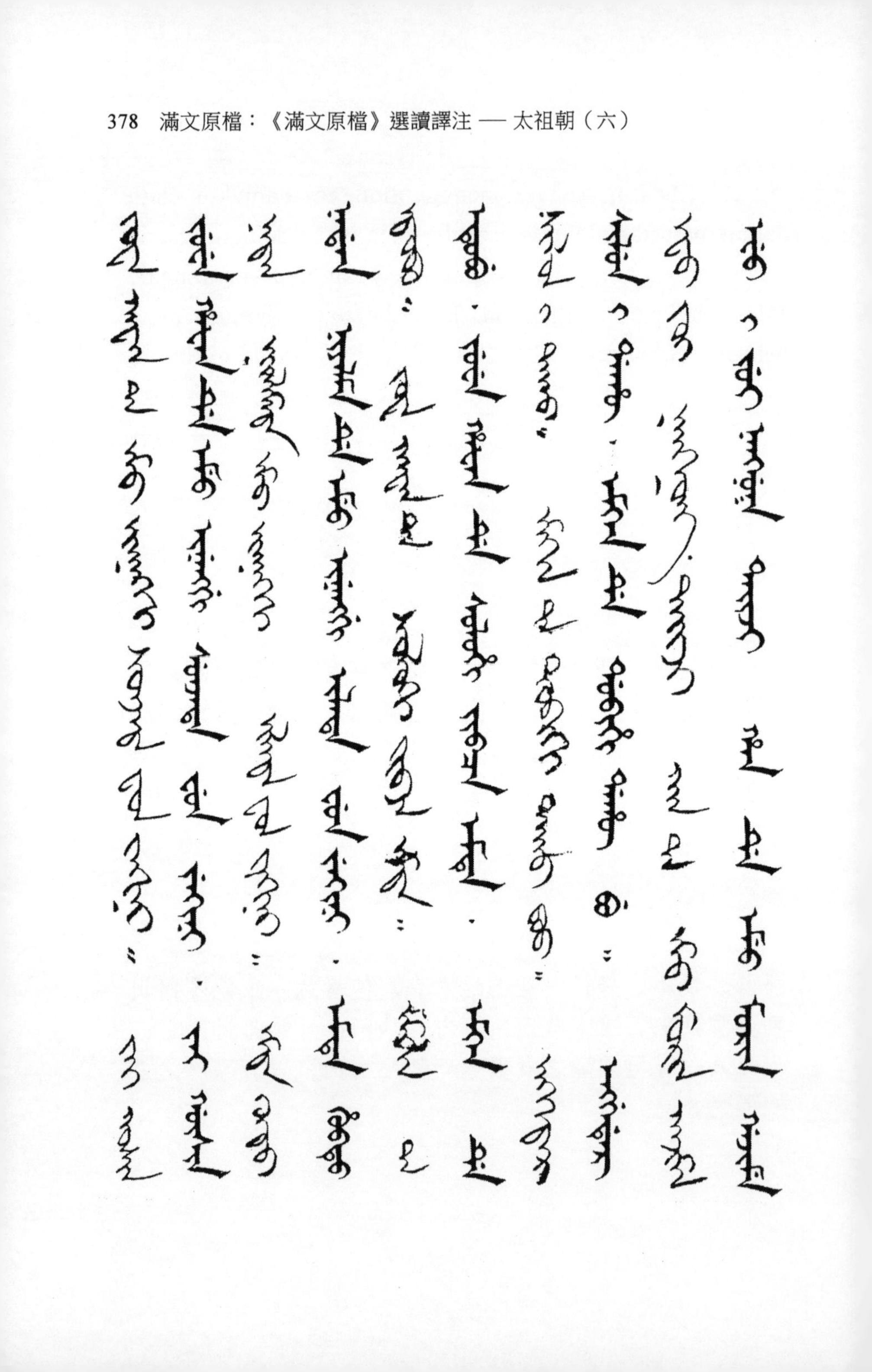

juwe hafan de emu inenggi sunjata fun jekini, jai gūsin nadan niyalma de emu inenggi ilata fun jekini, emte hubtu etubu, juwe hafan de solohi jibca emte, emken de silun i dahū, emken de dobihi dahū bu. enggeder efu i jui nangnuk taiji han de emu morin gajime

---

二官員每日各食五分。其餘三十七人，每日各食三分，賜棉袍[93]各一襲。二官員賜騷鼠皮襖各一襲，其一賜以猞猁皮端罩，另一賜以狐皮端罩。」恩格德爾額駙之子囊努克台吉攜馬一匹前來叩見汗。

二官员每日各食五分。其余三十七人，每日各食三分，赐棉袍各一袭。二官员赐骚鼠皮袄各一袭，其一赐以猞猁皮端罩，另一赐以狐皮端罩。」恩格德尔额驸之子囊努克台吉携马一匹前来叩见汗。

---

93 棉袍，《滿文原檔》寫作“küktü ” (k 陰性)，《滿文老檔》讀作“hubtu” 。按滿文“küktü”係蒙文“kügdü”借詞，意即「厚棉褲」。

二十六、力田積粟

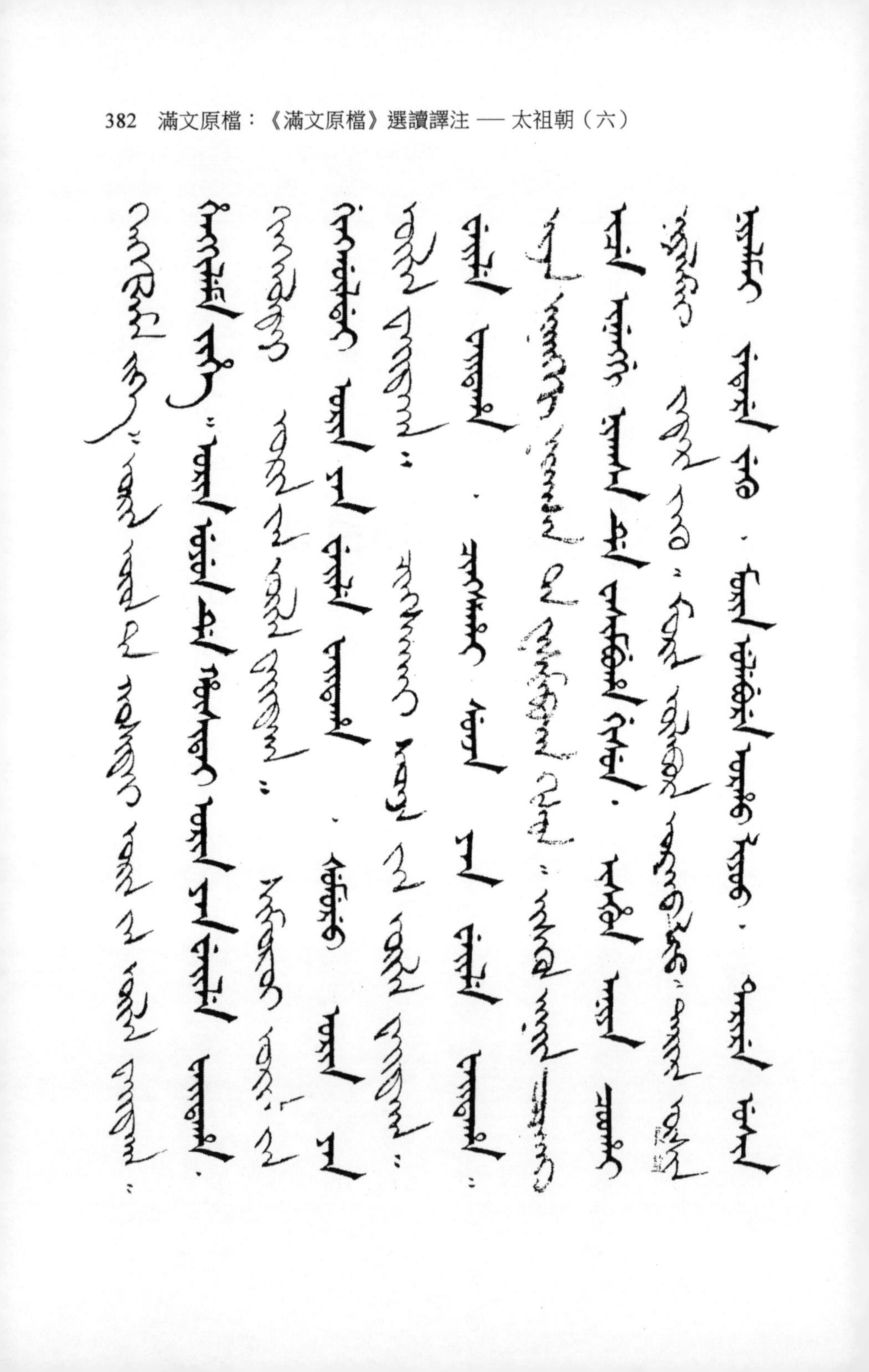

hengkileme jihe. orin uyun de hūsitai orin yan weile faitaha, ginggūldai orin yan weile faitaha, šumurui orin yan weile faitaha, cingsyhai sunja yan weile faitaha. ice inenggi nikasa de wasimbuha gisun, ishun aniya coohai niyalmai jetere jeku, morin ulebure orho liyoo, tarire usin

---

二十九日，胡希泰罰俸銀二十兩，精古勒岱罰俸銀二十兩，舒木路罰俸銀二十兩，青斯海罰俸銀五兩。初一日，諭漢人曰：「明年徵收兵丁食糧、飼馬草料、耕種田地。

二十九日，胡希泰罚俸银二十两，精古勒岱罚俸银二十两，舒木路罚俸银二十两，青斯海罚俸银五两。初一日，谕汉人曰：「明年征收兵丁食粮、饲马草料、耕种田地。

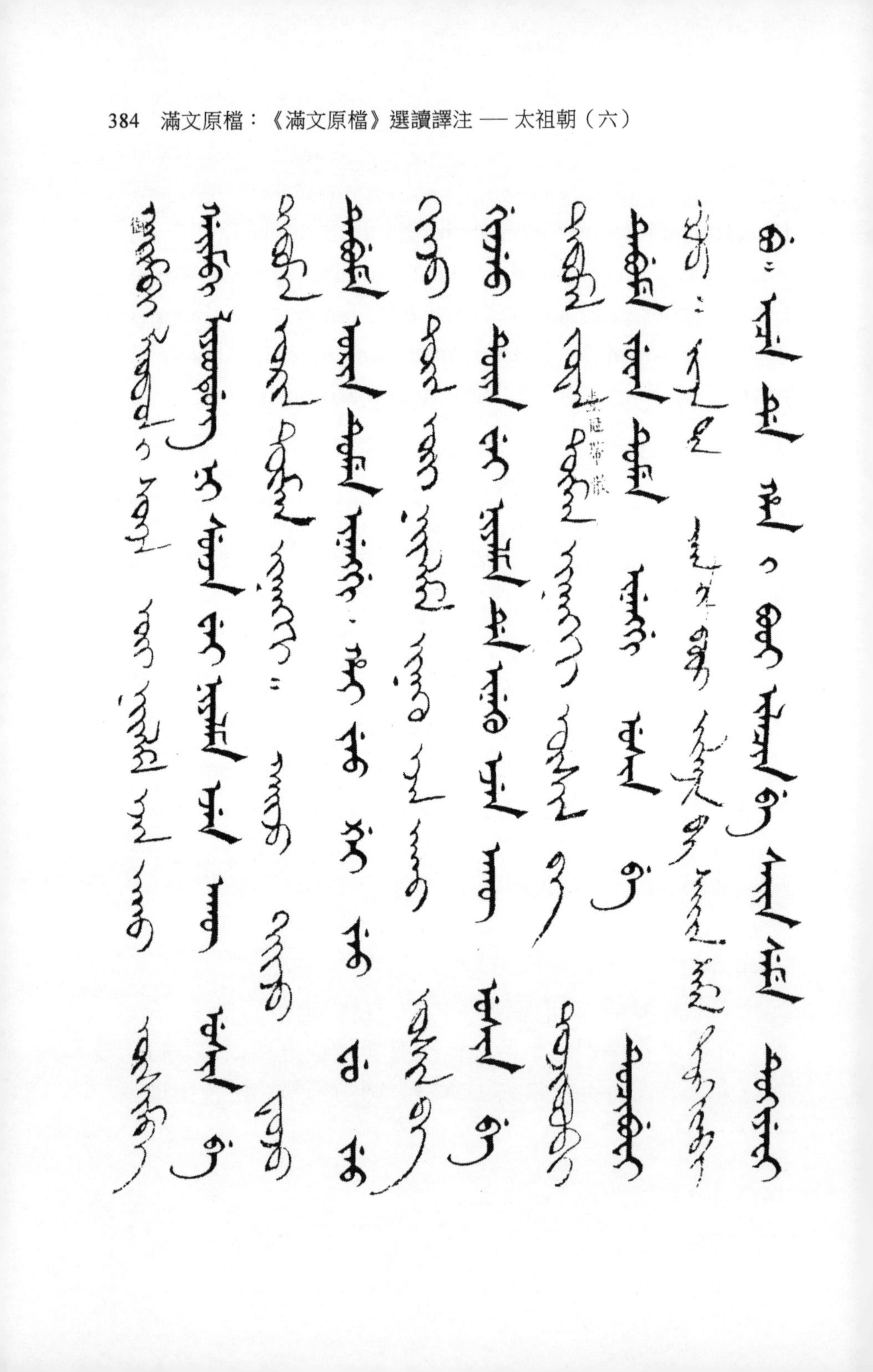

gaimbi. liyoodung ni sunja wei niyalma ejen akū usimbe tebume orin tumen inenggi, hai jeo, g'ai jeo, fu jeo, ginjeo duin wei niyalma de ineku ejen akū usin be tebume, juwan tumen inenggi usin be tucibufi bu. ice de han i booi ilacin be sain seme tukiyefi

---

遼東五衛之人可耕種無主田地二十萬晌，從其中可耕種無主田地撥出十萬晌，給海州、蓋州、復州、金州四衛之人耕種。」初一日，汗之包衣伊拉欽因賢能

辽东五卫之人可耕种无主田地二十万晌，从其中可耕种无主田地拨出十万晌，给海州、盖州、复州、金州四卫之人耕种。」初一日，汗之包衣伊拉钦因贤能

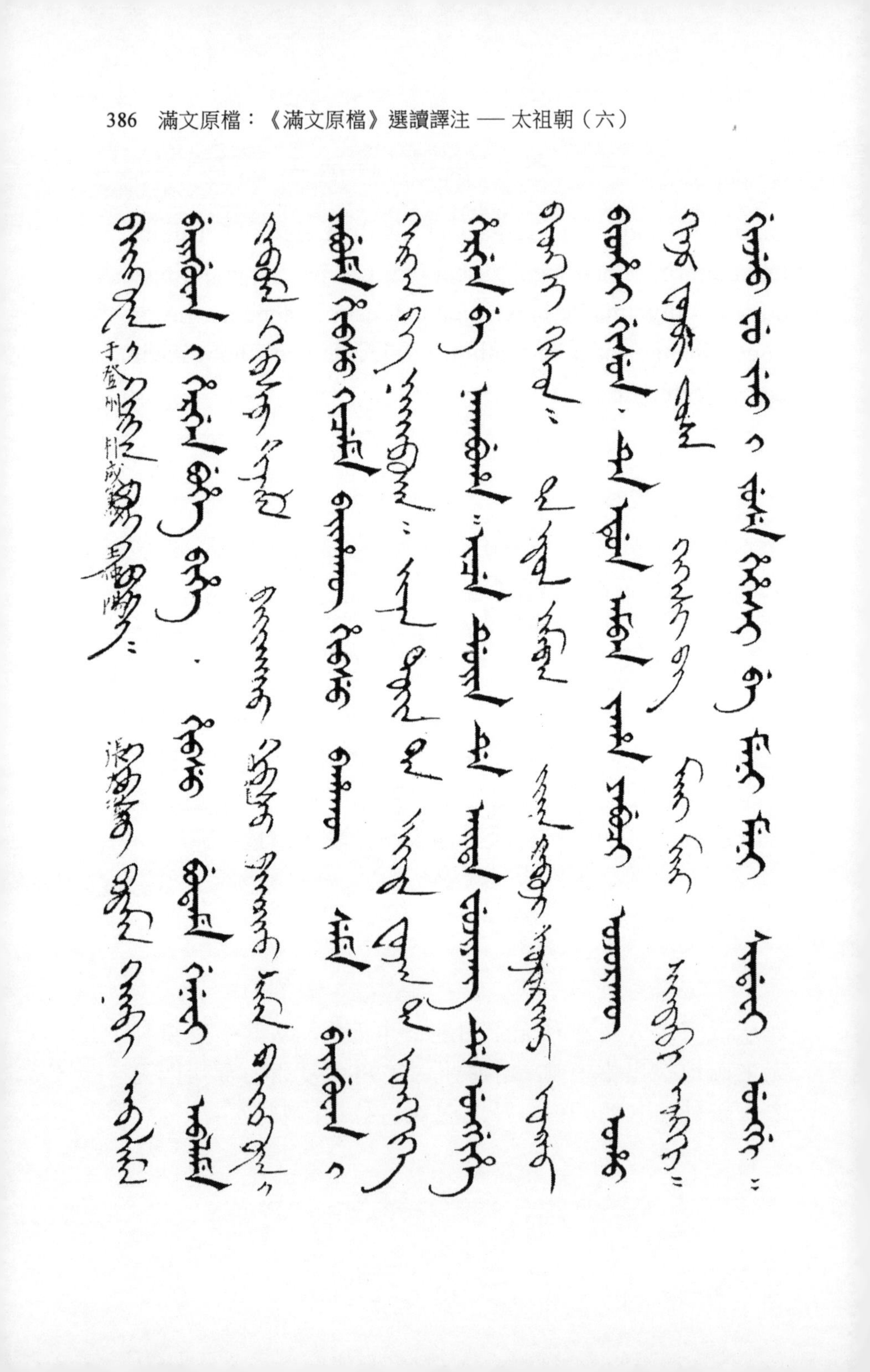

beiguwan i hergen buhe bihe. hibsu butame genefi abalame yabume hibsu kiceme baihakū hibsu bahakū seme beiguwan i hergen be nakabuha. ice duin de aita fujiyang de unggihe bithei gisun, te edun amban jaha yabuci ojorakū oho, ginjeo, fu jeo i juse hehesi be meni meni sindafi unggi.

擢為備禦官之職；前往採蜜，因行圍[94]未勤於採蜜，而未獲蜜，故革其備禦官之職。初四日，行文愛塔副將曰：「今風大，不可行舟，著將金州、復州之婦孺各自放還。」

擢为备御官之职；前往采蜜，因行围未勤于采蜜，而未获蜜，故革其备御官之职。初四日，行文爱塔副将曰：「今风大，不可行舟，着将金州、复州之妇孺各自放还。」

---

[94] 行圍，《滿文原檔》、《滿文老檔》俱讀作"abalame"。按滿文"abalambi"與蒙文"abalaqu"為同源詞（根詞"abala-"相同），意即「打獵、圍獵」。

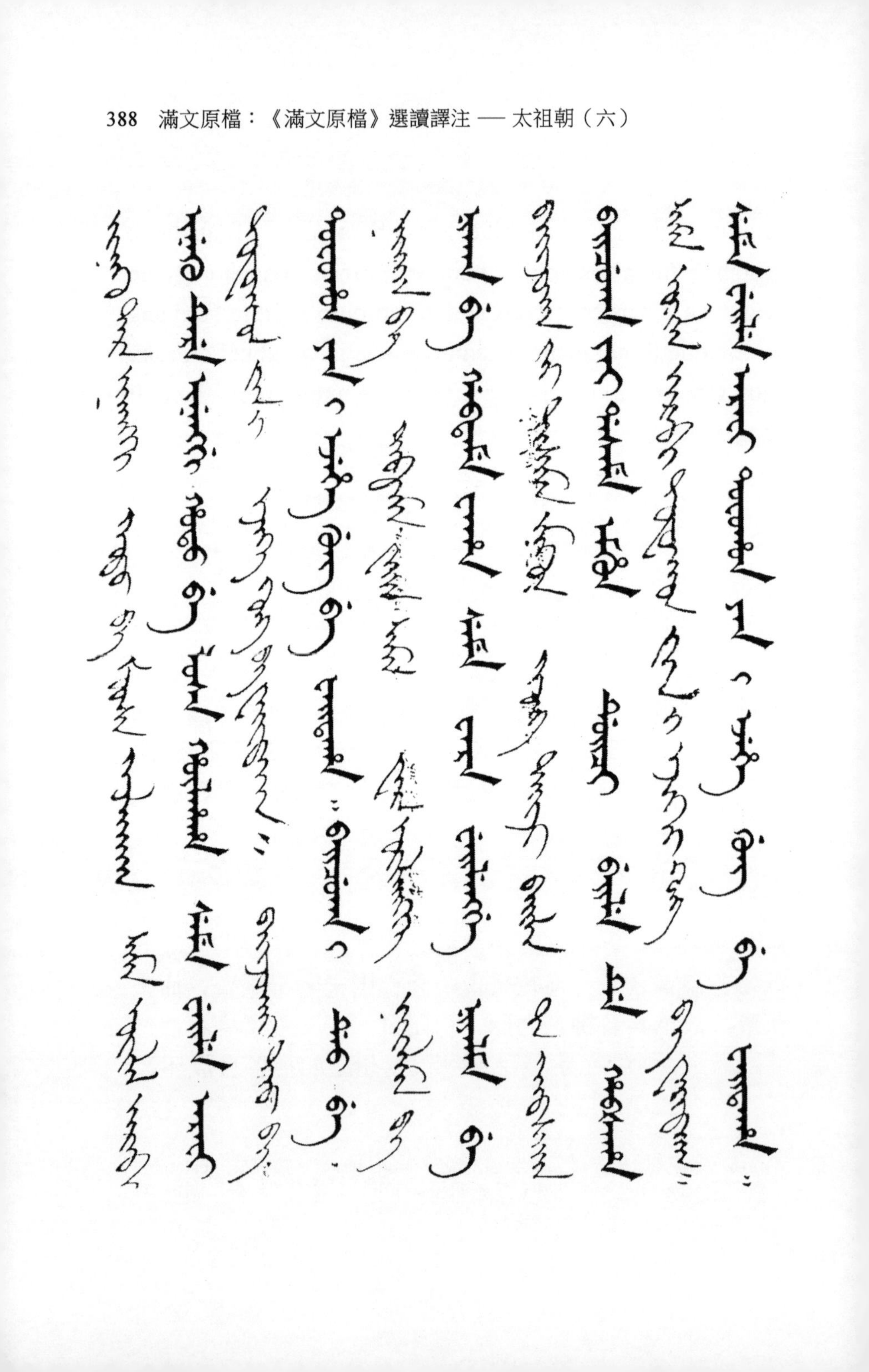

ineku tere inenggi hoto be losa hūlhaha seme weile arafi, tofohon yan i ejehe gung be faitaha. baicuka i deo be, nikan be gabtame waha seme wara weilengge niyalma be baicuka jai dasame emhun hong taiji beile de habšaha seme weile arafi, tofohon yan i ejehe gung be faitaha.

是日，霍托因偷騾治罪，罰其記功銀十五兩。拜楚喀之弟因射殺漢人，定擬死罪。拜楚喀復獨自至洪台吉貝勒前申訴，遂治其罪，罰其記功銀十五兩。

是日，霍托因偷骡治罪，罚其记功银十五两。拜楚喀之弟因射杀汉人，定拟死罪。拜楚喀复独自至洪台吉贝勒前申诉，遂治其罪，罚其记功银十五两。

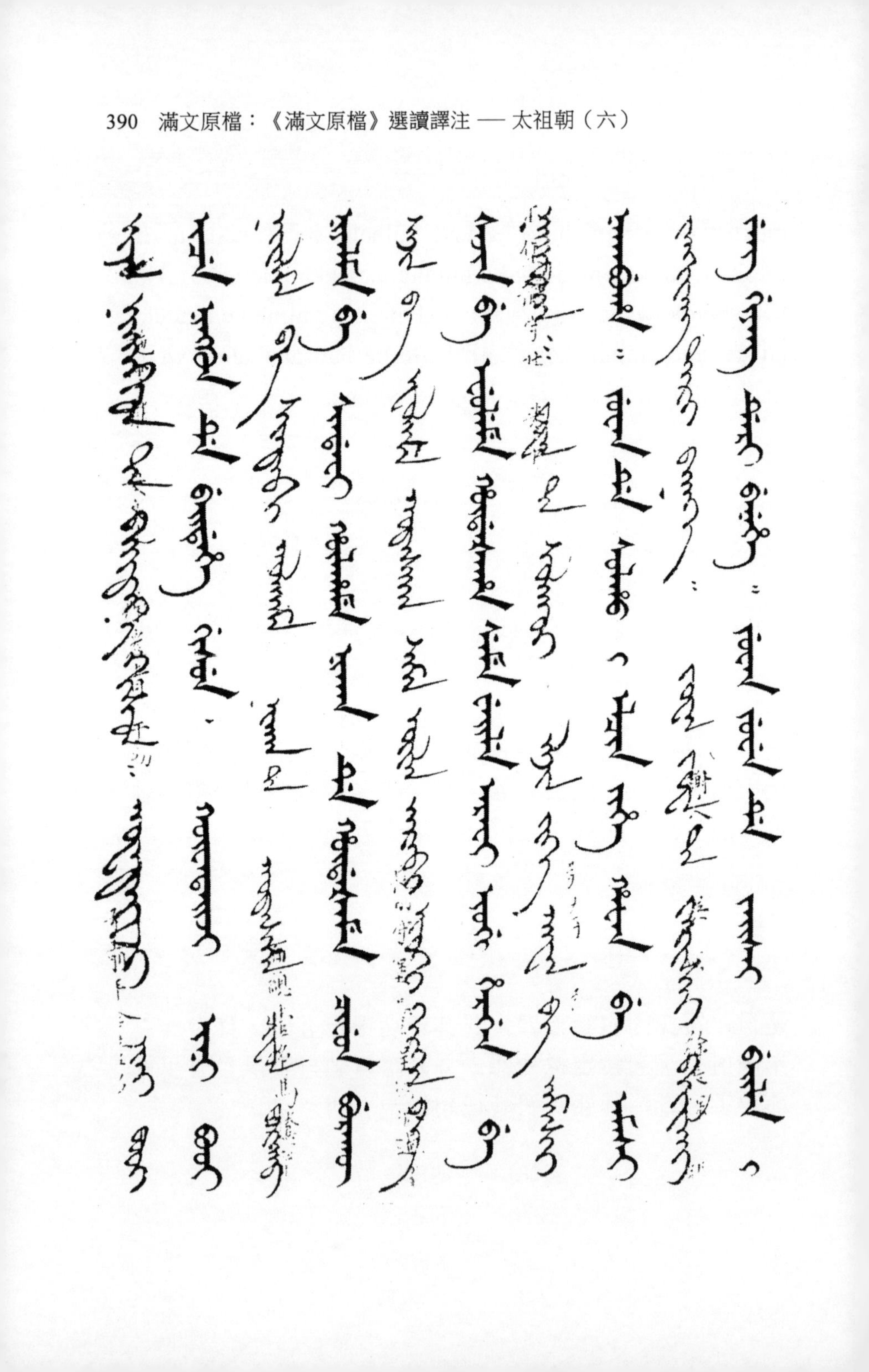

ice ninggun de beidehe gisun, kūwataiji ini booi niyalma be sindafi hūlhame nikan de hūdašame, cifun burakū šajin be efuleme hūdašaha seme weile arafi, iogi hergen be nakabuha. juwan de solhoi elcin jihe hafan be amasi jeng giyang deri benehe. juwan juwe de jaisai beile i

---

初六日，審訊之言，夸泰吉放縱其家人與漢人暗中貿易，拒不付稅，違法貿易，遂治其罪，革遊擊之職。初十日，護送朝鮮來使官員經由鎮江回國。十二日，宰賽貝勒

初六日，审讯之言，夸泰吉放纵其家人与汉人暗中贸易，拒不付税，违法贸易，遂治其罪，革游击之职。初十日，护送朝鲜来使官员经由镇江回国。十二日，宰赛贝勒

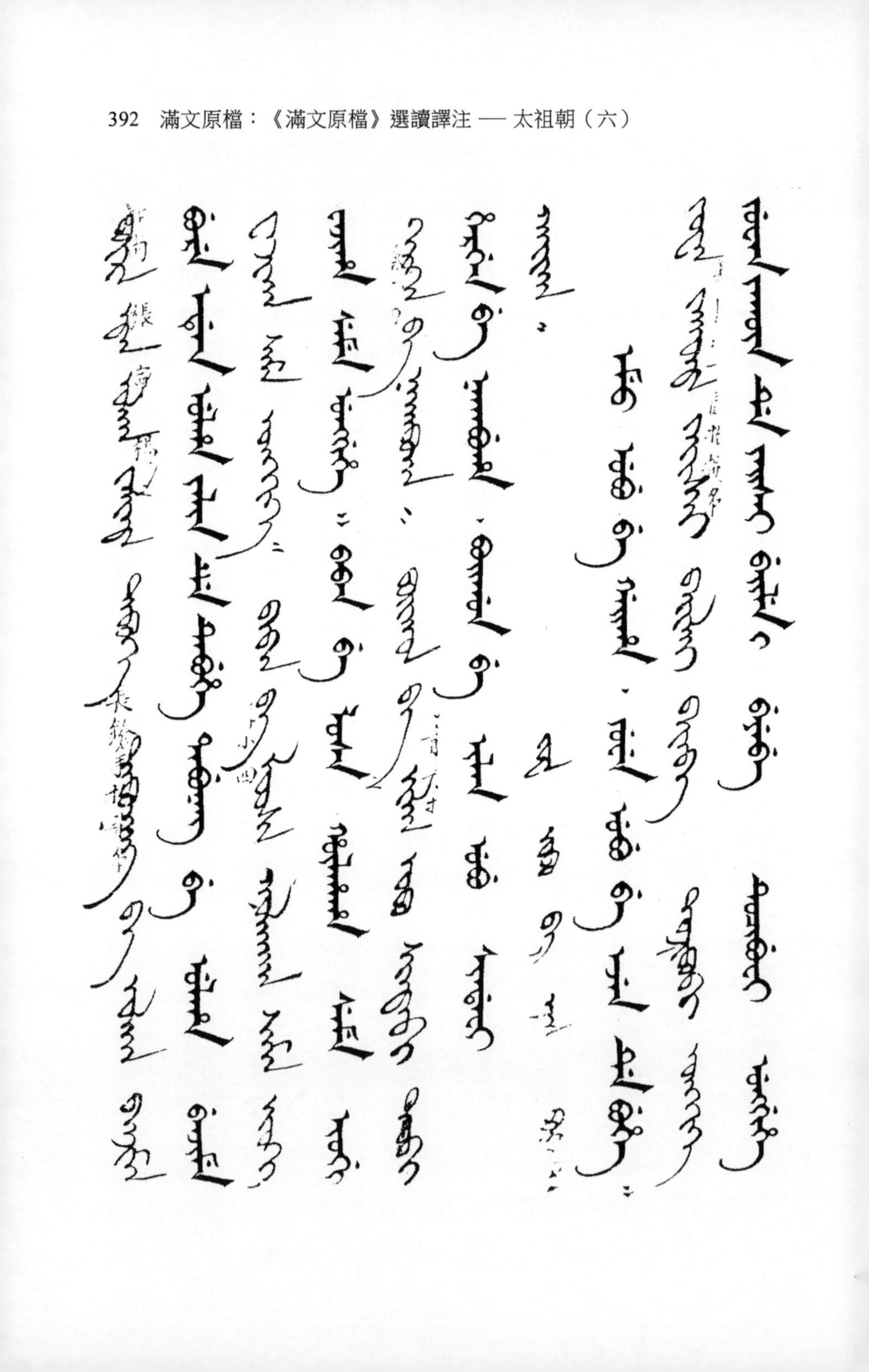

bure eden ulha jalinde tebuhe tabunang be ulha benjime wajiha seme unggihe. baban be losa hūlhaha seme iogi hergen be nakabuha, boigon be ilan ubu sindafi emu ubu be gaiha, juwe ubu be ejen de buhe. juwan jakūnde jaisai beilei beyebe tucibufi unggihe

---

因所給牲畜不足而羈留之塔布囊，已送來牲畜完結，故遣之歸。巴班因偷騾，革遊擊之職，並分其家產為三份，籍沒其一份，其二份給本主。十八日，宰賽貝勒以其身獲釋，

因所给牲畜不足而羁留之塔布囊，已送来牲畜完结，故遣之归。巴班因偷骡，革游击之职，并分其家产为三份，籍没其一份，其二份给本主。十八日，宰赛贝勒以其身获释，

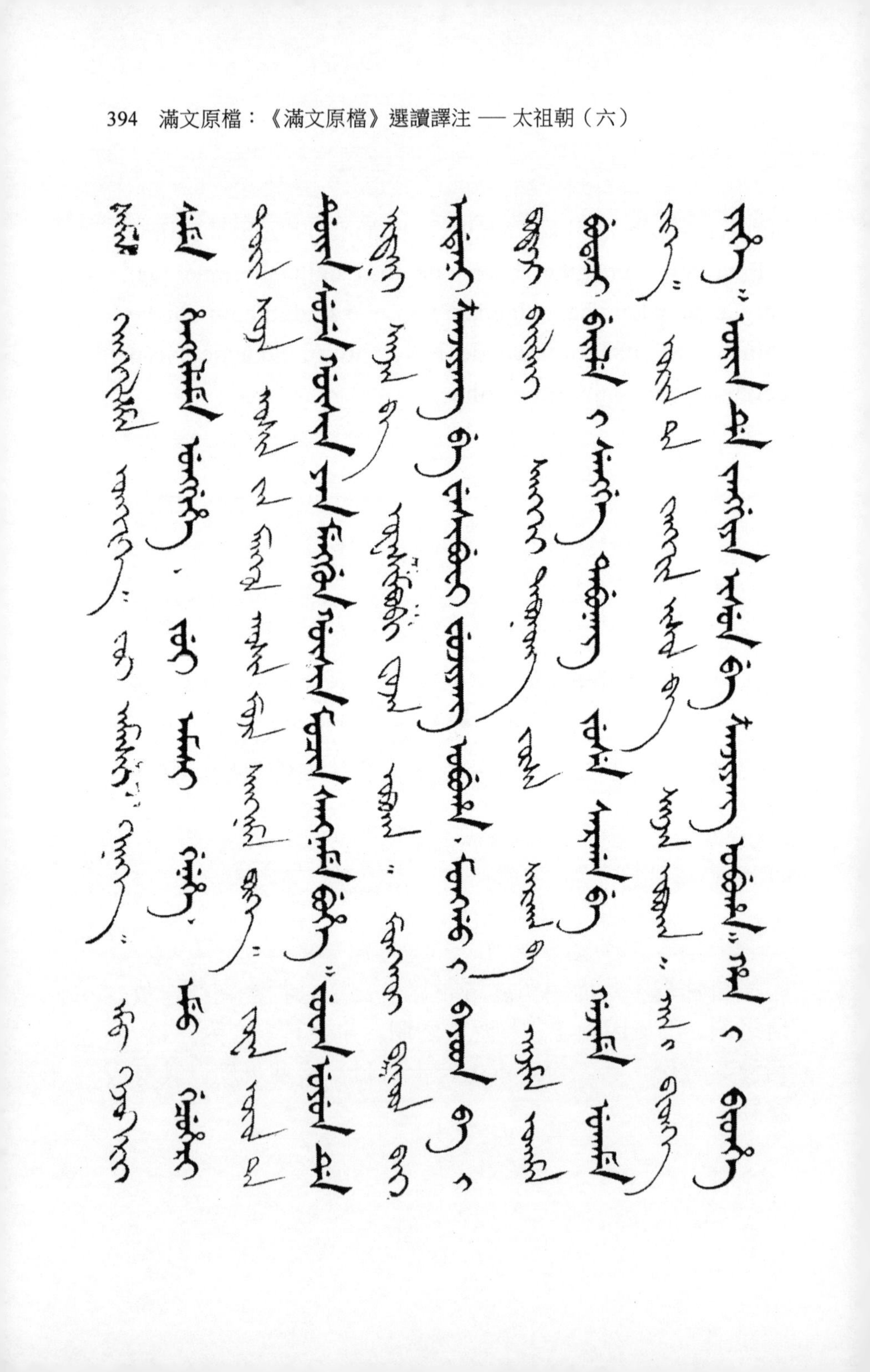

seme hengkileme unggihe, jui amasi genehe, emu gecuheri, duin suje, gūsin yan menggun, gūsin mocin šangname buhe. juwan uyun de erdeni ts'anjiyang be wesibufi fujiyang obuha. monggoi bayot bai butaci beile i sengge tabunang juse sargan be gajime ukame jihe. orin de janggiya isun be ts'anjiyang obuha. han i bithe

---

遣子前來叩謝，至是遣回，並賞賜蟒緞一疋、綢緞四疋、銀三十兩、毛青布三十疋。十九日，陞額爾德尼參將為副將。蒙古巴岳特地方布塔齊貝勒屬下僧格塔布囊攜妻孥逃來。二十日，擢章佳伊蓀為參將。

遣子前来叩谢，至是遣回，并赏赐蟒缎一疋、绸缎四疋、银三十两、毛青布三十疋。十九日，升额尔德尼参将为副将。蒙古巴岳特地方布塔齐贝勒属下僧格塔布囊携妻孥逃来。二十日，擢章佳伊荪为参将。

二十七、斂財擾民

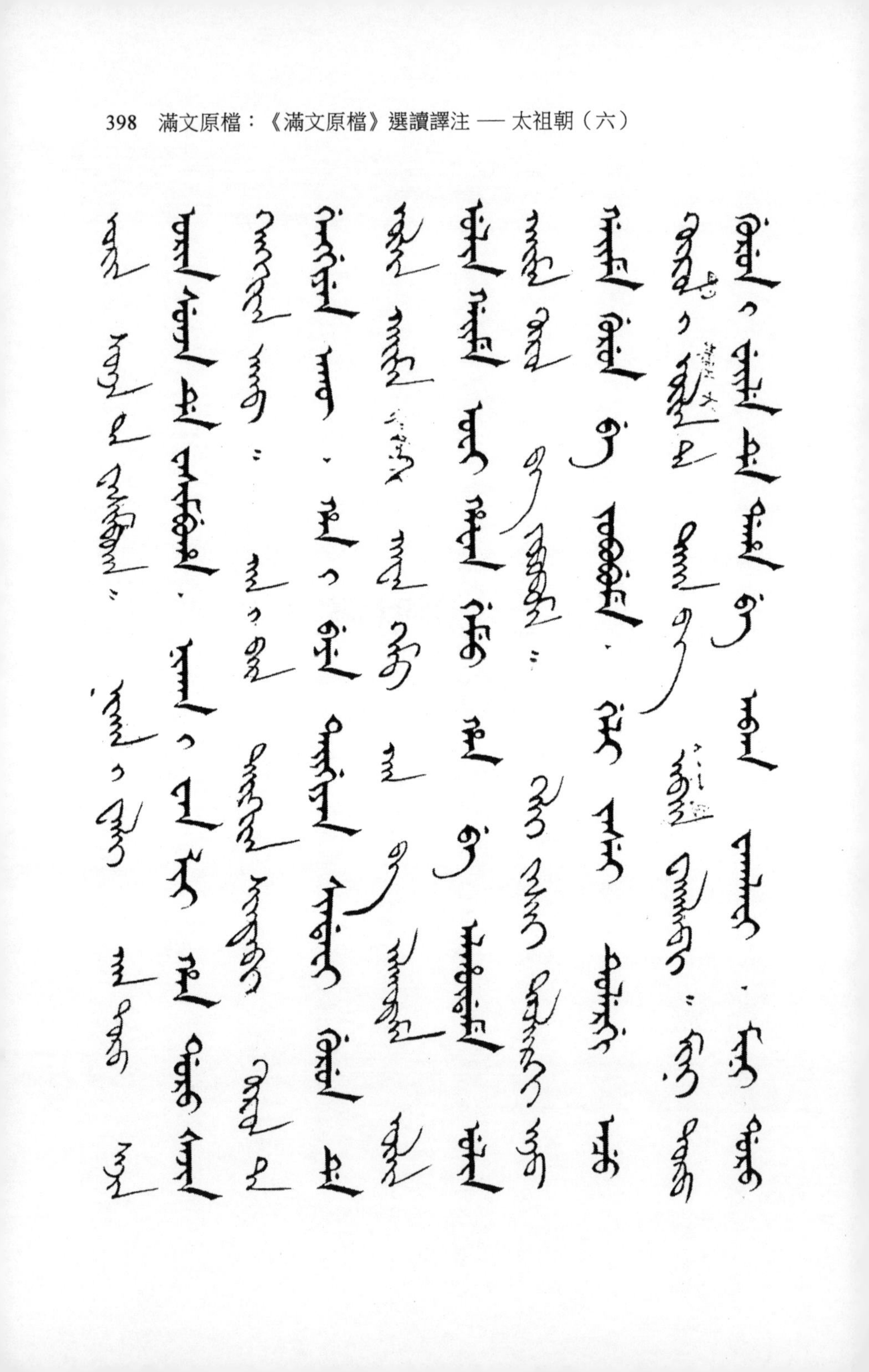

orin sunja de wasimbuha, nikan i wan lii han doro šajin genggiyen akū, han i beye taigiyan sindafi gurun de ulin gaime ofi, hafan gemu han be alhūdame ulin gaime gurun be jobobume, geli jasei tulergi encu gurun i weile de daha be abka wakalafi, mini doro

---

二十五日汗頒諭旨：「明萬曆帝道法不明，帝躬自縱放太監聚斂民財，官皆效帝，斂財擾民；復干涉邊外異國之事，致遭天譴。

二十五日汗颁谕旨：「明万历帝道法不明，帝躬自纵放太监聚敛民财，官皆效帝，敛财扰民；复干涉边外异国之事，致遭天谴。

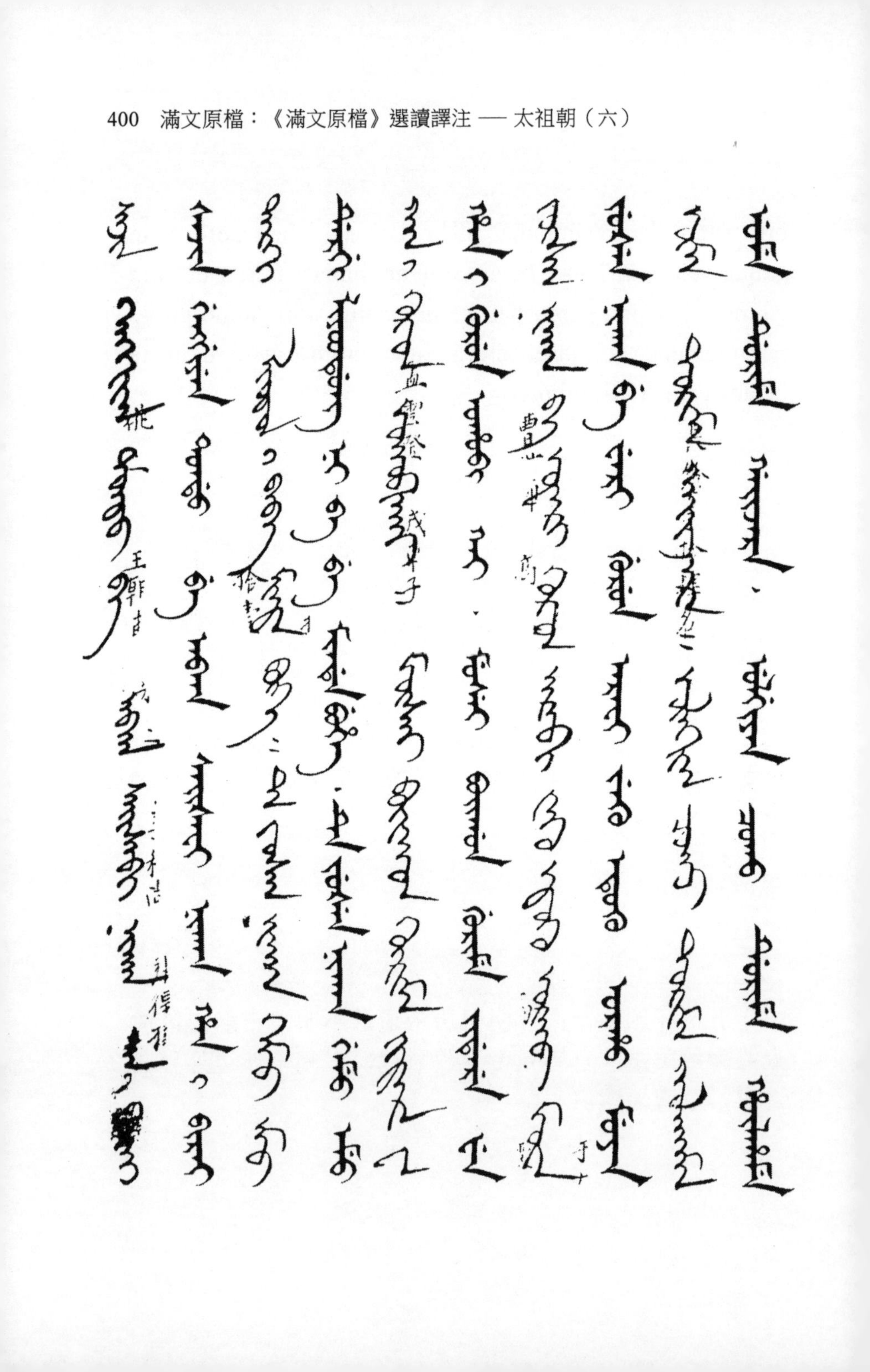

šajin genggiyen tondo be abka saišafi nikan han i birai dergi liyoodung ni babe minde buhe. te jušen nikan gemu emu han i gurun ohobikai. musei boigon gurime jidere fe jušen nikan be weri gurun arafi, jeku etuku orho muya ume durime gaijara. ulgiyan coko durime hūlhame

---

而我之道法公正嚴明，蒙天嘉佑，將明帝河東遼東地方畀我。今諸申、漢人俱歸一汗之民也。我遷戶口而來之舊諸申，不得視漢人為他國之民，毋掠奪其衣食柴草，勿竊殺其豬鷄。

而我之道法公正严明，蒙天嘉佑，将明帝河东辽东地方畀我。今诸申、汉人俱归一汗之民也。我迁户口而来之旧诸申，不得视汉人为他国之民，毋掠夺其衣食柴草，勿窃杀其猪鸡。

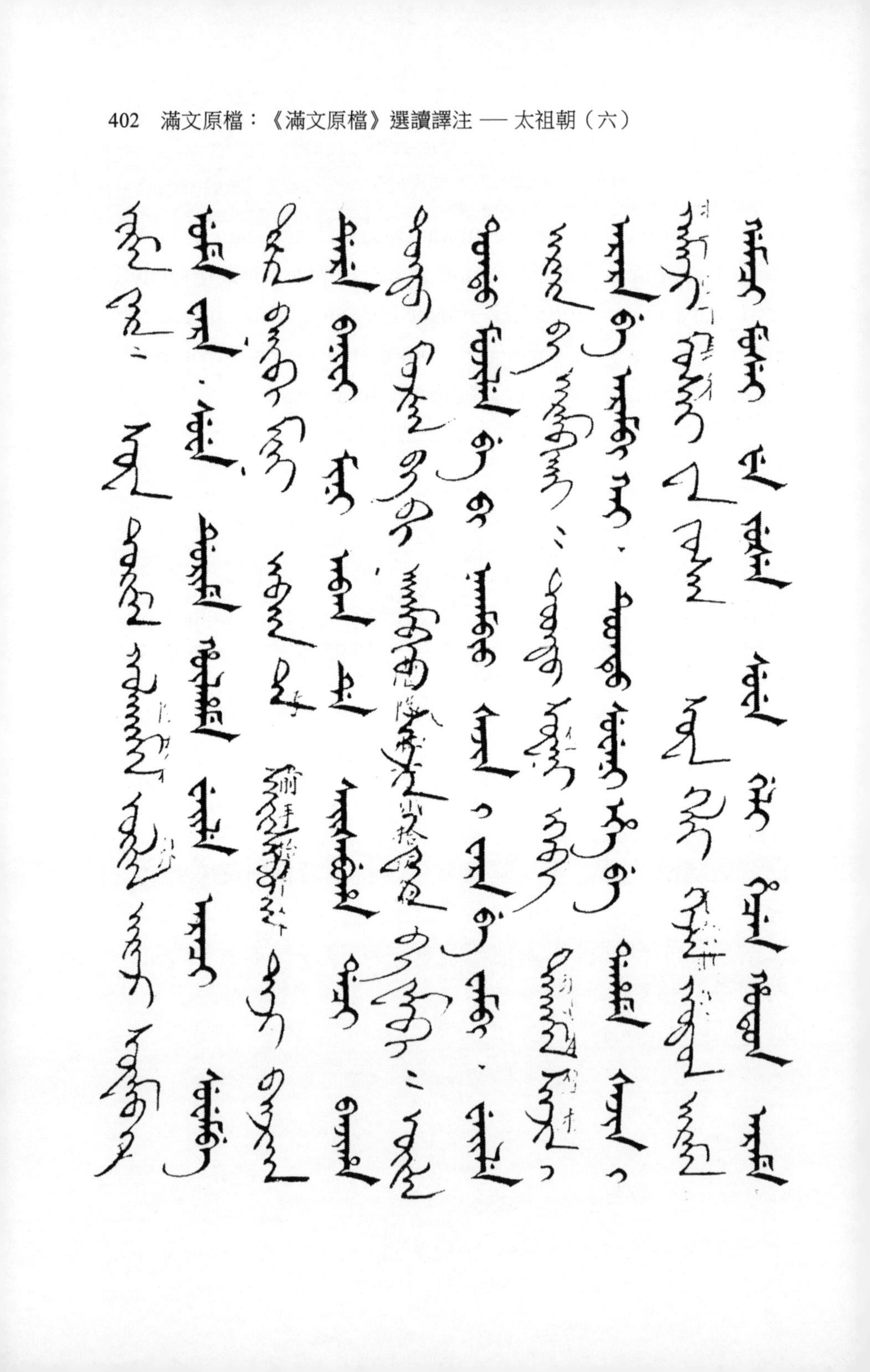

ume wara. suwe durime hūlhame weile araci suwembe dere banifi mini abka de saišabuha daci banjiha tondo mujilen be bi nakambio. šajin i wara be wambi, weile arara be arambikai. tuttu suweni ehebe dahame šajin i gamaci musei fe jušen suwe geli hecen hoton arame

---

爾等倘若竊奪治罪，而我徇情[95]寬恕爾等，我豈非棄向來上天嘉佑我公正之心耶？必依法論處，該殺者殺之，應治罪者即治罪也。因此，倘若爾等作惡伏法，我等舊諸申爾等又將承受築城、

尔等倘若窃夺治罪，而我徇情宽恕尔等，我岂非弃向来上天嘉佑我公正之心耶？必依法论处，该杀者杀之，应治罪者即治罪也。因此，倘若尔等作恶伏法，我等旧诸申尔等又将承受筑城、

---

95 徇情，《滿文原檔》寫作“dara banibi”，《滿文老檔》讀作“dere banifi”。按“dere banimbi”，舊清語，同“dere banjimbi”，意即「看面子、講人情」。

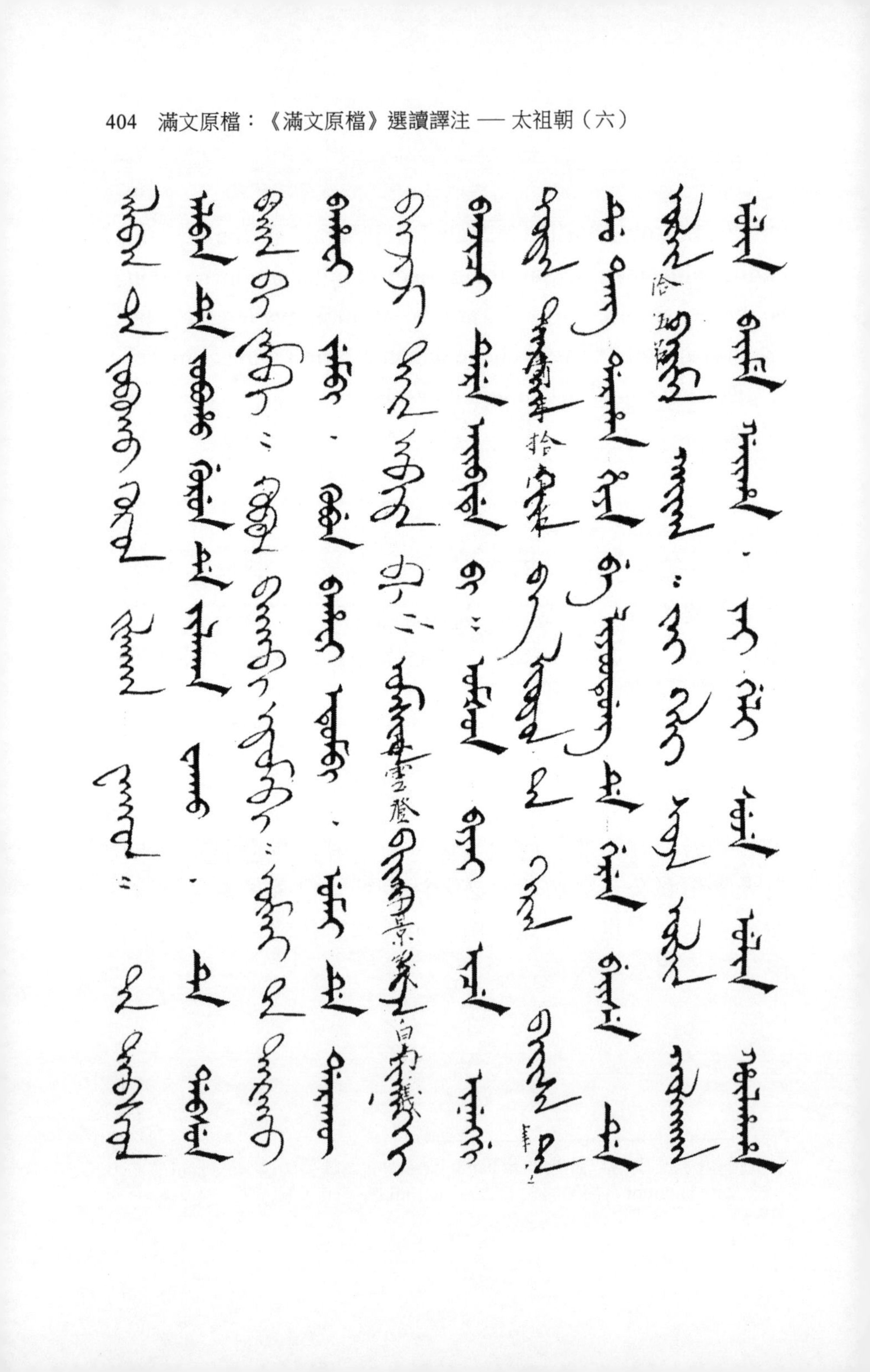

alban de joboho, gurun de jilakan wakao. te dabsun bahafi jembi, kubun bahafi etumbi, umai de darakū banjici dere aibide bi. omšon biyai ice inenggi du tang darhan hiya be liyoodung de geren beise de ulin baime gaiha, jai geli suje ulin hūlhaha

---

徭役之苦，豈非國人之悲乎[96]？今爾等得鹽而食，得棉而穿，倘若並不干涉他人而度日，則何等體面？」十一月初一日，都堂達爾漢侍衛因於遼東向諸貝勒索取財物，且又竊取財帛，

徭役之苦，岂非国人之悲乎？今尔等得盐而食，得棉而穿，倘若并不干涉他人而度日，则何等体面？」十一月初一日，都堂达尔汉侍卫因于辽东向诸贝勒索取财物，且又窃取财帛，

---

[96] 豈非國人之悲乎，《滿文原檔》寫作“kürün de jilakan wakaon”，《滿文老檔》讀作“gurun de jilakan wakao”。

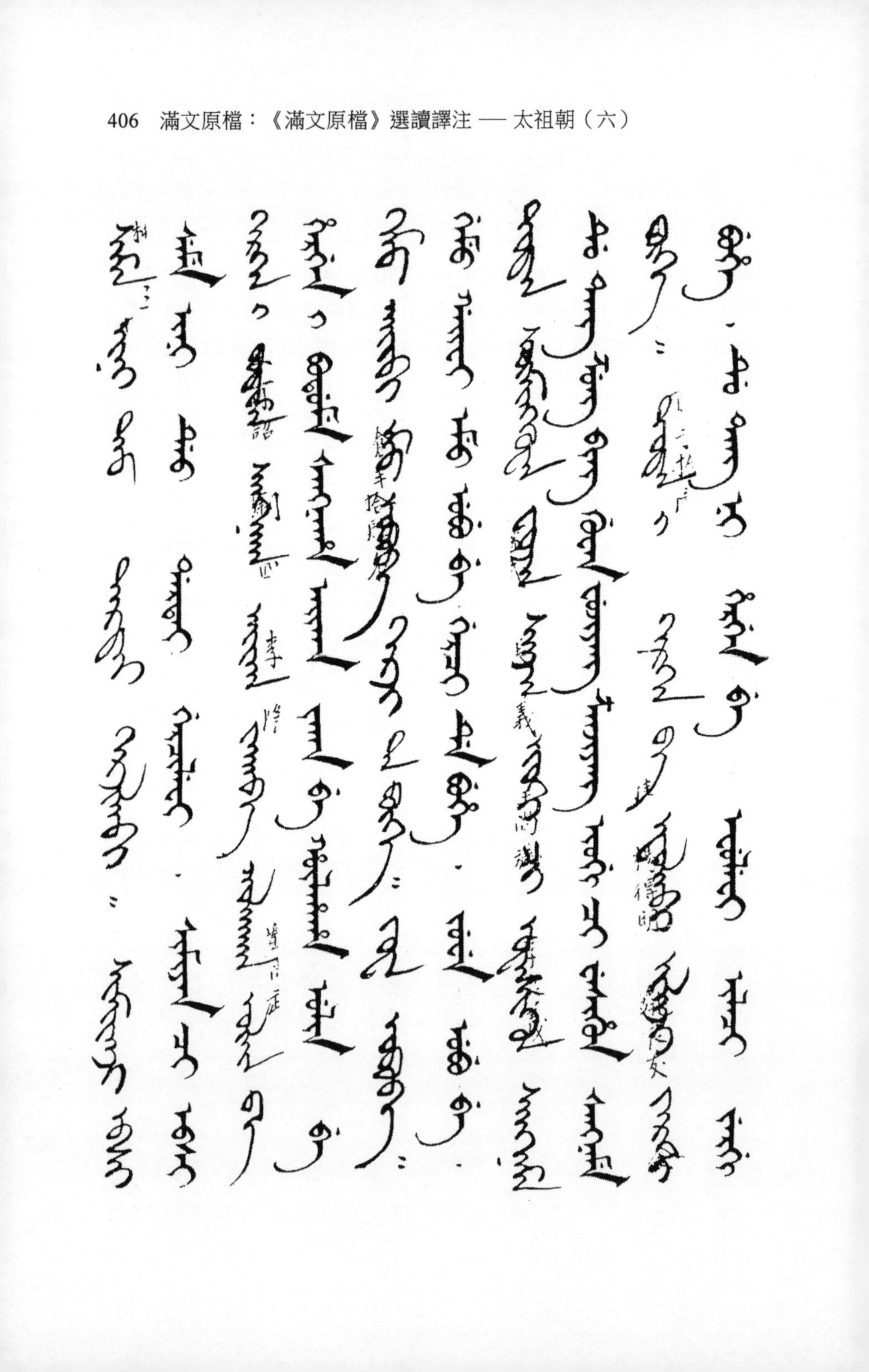

seme ini deo dartai gercilefi, simiyan ci ebsi hergen i bodome šangnaha aika jakabe hūlhaha ulin be gemu gaifi, emu ubube gerci de buhe, juwe ubube du tang, dzung bing guwan, fujiyang, ts'anjiyang, iogi ci wesihun šangname buhe. du tang ni hergen be efulefi ilaci jergi

---

而為其弟達爾泰首告；遂盡沒其自瀋陽以來按職所賞一應物品及所竊財物，一份賜首告者，二份賞賜都堂、總兵官、副將、參將、遊擊以上各官。革其都堂之職，

而为其弟达尔泰首告；遂尽没其自沈阳以来按职所赏一应物品及所窃财物，一份赐首告者，二份赏赐都堂、总兵官、副将、参将、游击以上各官。革其都堂之职，

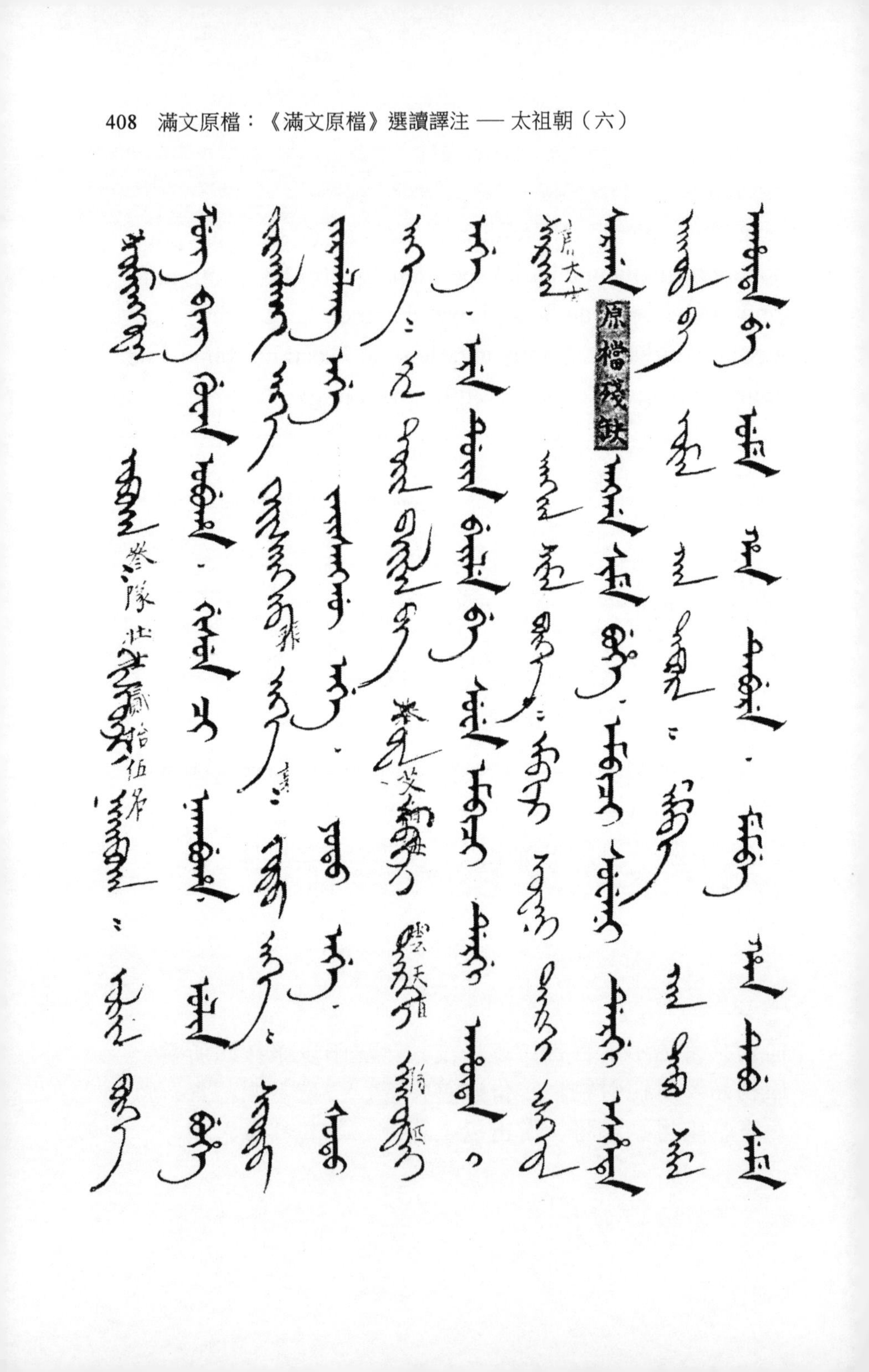

原檔殘缺

dzung bing guwan obuha, gisun ci nakabuha. ulin buhe jirgalang age, jaisanggū age, yoto age, šoto age, ere duin beile be, suwe embici dergi ahūta i sargan [原檔殘缺] angga sime buhe, embici suweni dergi eshete ahūta be ume han tebure, membe han tebu seme

---

授為三等總兵官，免其參議。又斥行賄之濟爾哈朗阿哥、齋桑古阿哥、岳托阿哥、碩托阿哥等四貝勒曰：「爾等行賄，或欲堵塞諸兄嫂[原檔殘缺]之嘴，或思阻諸叔父兄長為汗，自謀汗位而行賄也？

授为三等总兵官，免其参议。又斥行贿之济尔哈朗阿哥、斋桑古阿哥、岳托阿哥、硕托阿哥等四贝勒曰：「尔等行贿，或欲堵塞诸兄嫂[原档残缺]之嘴，或思阻诸叔父兄长为汗，自谋汗位而行贿也？

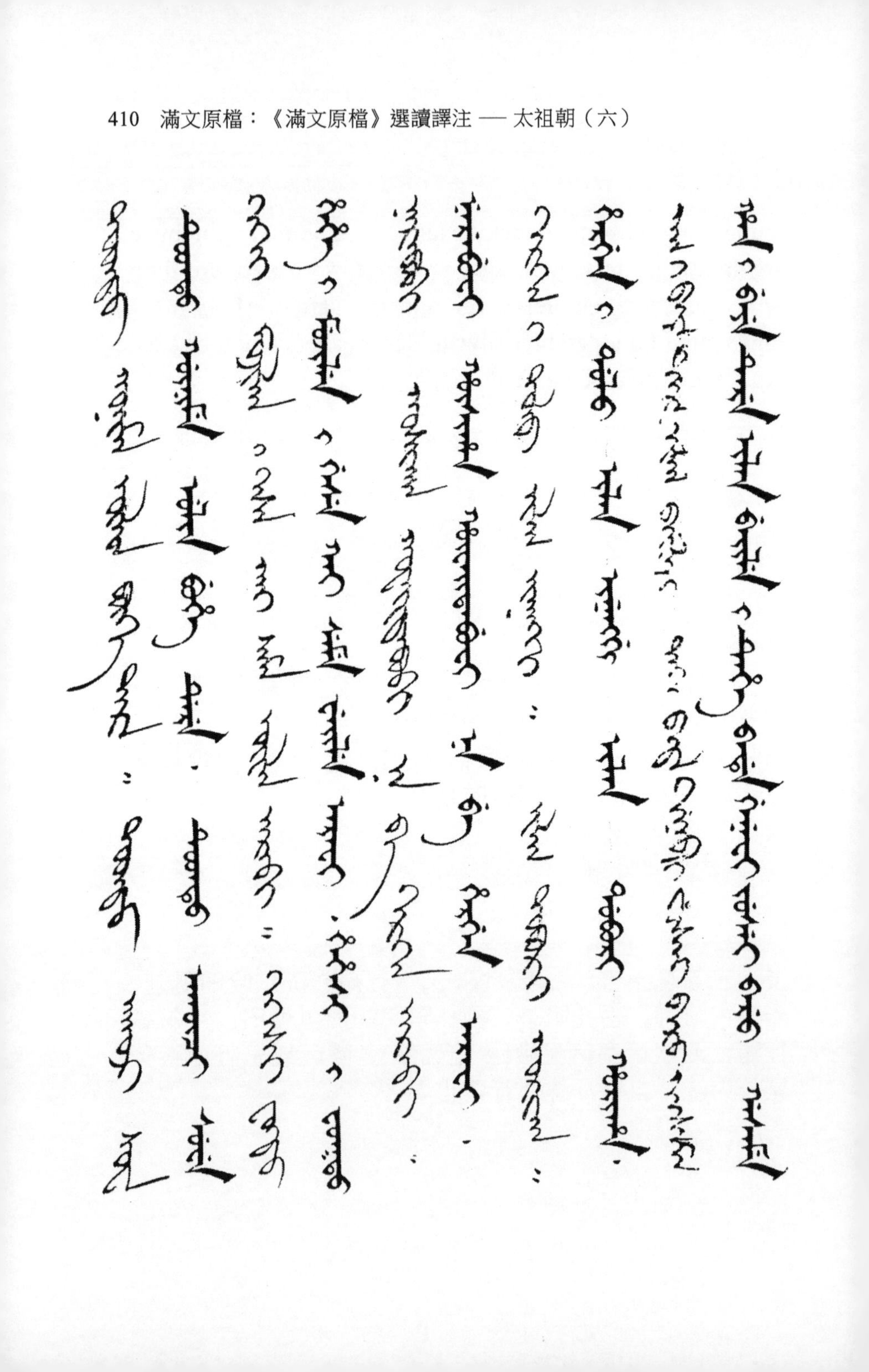

tuttu gūnime ulin buhe dere. tuttu akūci suwe hehe i mujilen i gese kai seme weile arafi, hehesi i fokto nerebufi hūsihan hūwaitabufi na be hergen arafi, hergen i dolo ilan inenggi, ilan dobori horiha. han i beye tere ilan beile i tehe bade genefi jusei baru gasame

---

不然，爾等如同婦人之心矣。」遂治其罪，令披婦人短袍、繫女裙，畫地為牢，於牢內囚禁三日三夜。汗親往其三貝勒住處，痛斥諸子，

不然，尔等如同妇人之心矣。」遂治其罪，令披妇人短袍、系女裙，画地为牢，于牢内囚禁三日三夜。汗亲往其三贝勒住处，痛斥诸子，

二十八、賞功罰罪

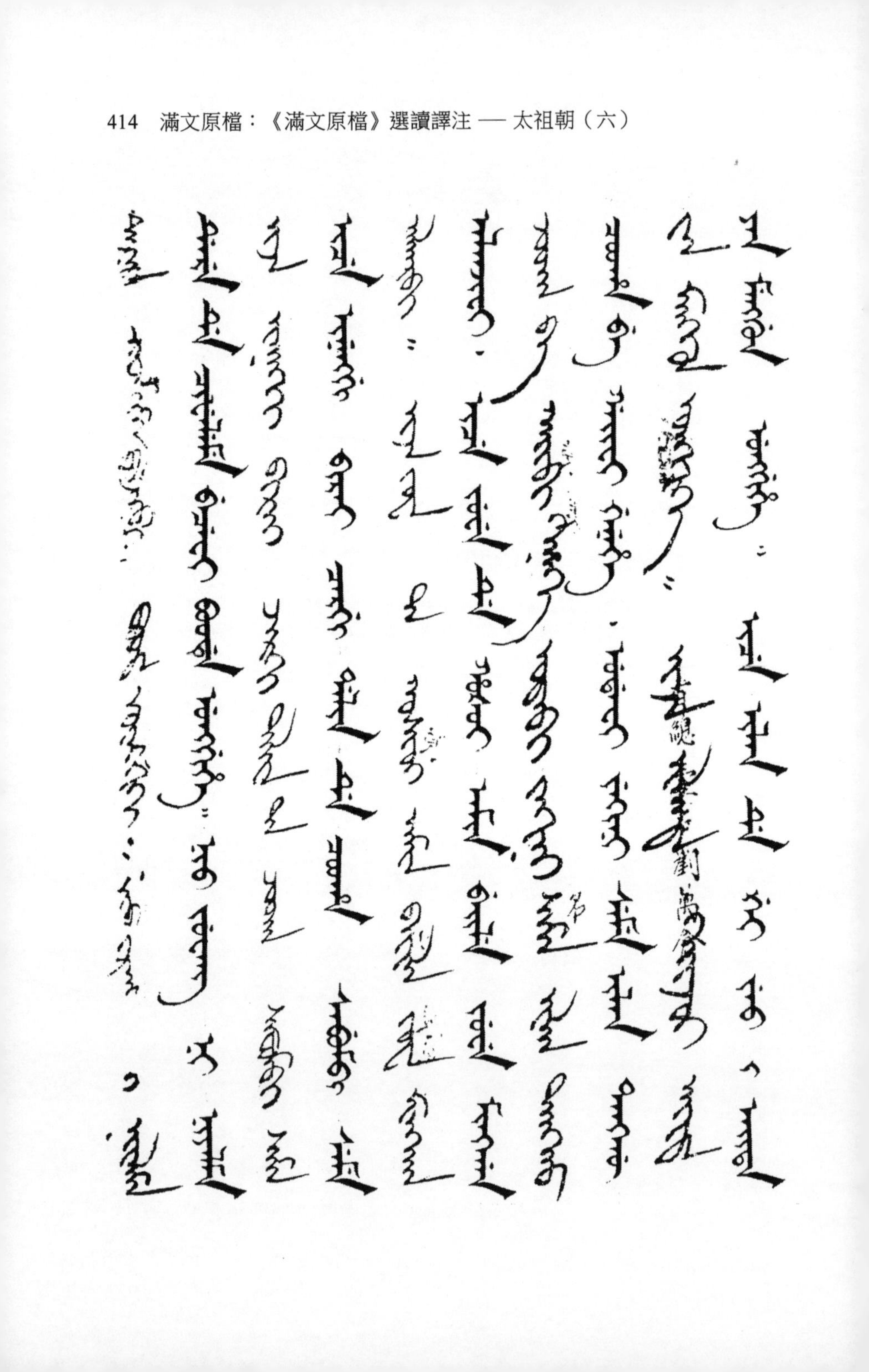

dere de cifeleme becefi boode unggihe. nio juwang ni niyalma ice inenggi birai cargi dalin de cooha sabumbi seme alanjifi, ice juwe de hošoi amin beile juwe minggan cooha be gaifi genehe, udafi jekini seme ilan tanggū yan menggun unggihe. ice ilande g'ai jeo i aita

---

唾其顏後遣回家。牛莊之人於初一日來告稱，河對岸見有敵兵。初二日，和碩阿敏貝勒率兵二千名前往，發給銀三百兩，令其購糧食用。初三日，

唾其颜后遣回家。牛庄之人于初一日来告称，河对岸见有敌兵。初二日，和硕阿敏贝勒率兵二千名前往，发给银三百两，令其购粮食用。初三日，

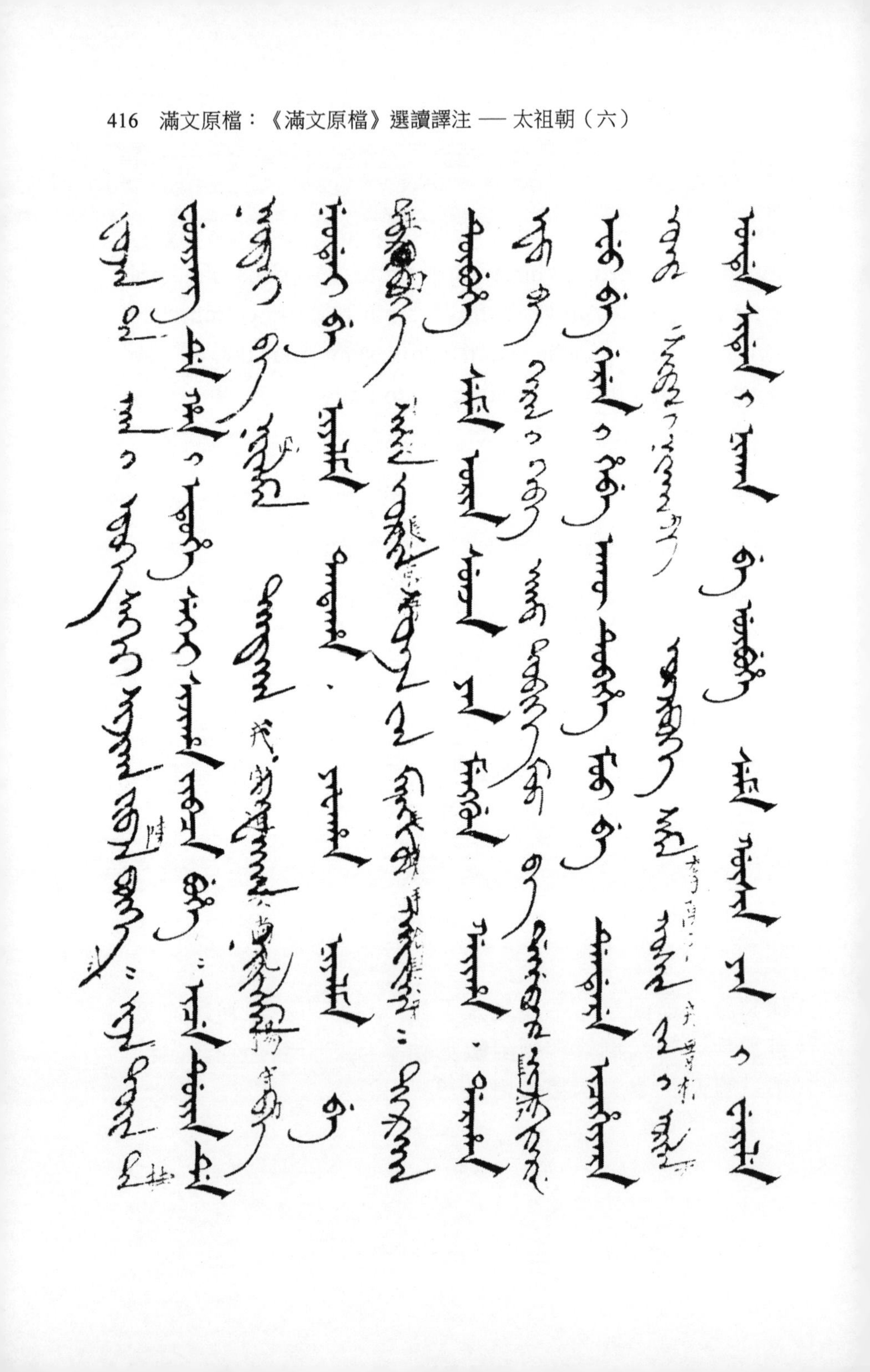

fujiyang de han i etuhe sekei sijiha jibca buhe. ice duin de neodei be niyalma tantaha, yafahan niyalma be tūbuhe seme, orin sunja yan menggun gaiha. darhan efu be geren i hebe akū tubihe moo be dendere icihiyara unde, siden i nikan be ujibuhe seme gūsin yan i weile

---

賜蓋州爱塔副將以汗所穿細縫貂皮褂。初四日，以紐德依打人，命人捶打徒步之人，罰銀二十五兩。以達爾漢額駙未與眾人商議而私分果木，並命收養尚未安置之公中漢人，罰銀三十兩。

赐盖州爱塔副将以汗所穿细缝貂皮袄。初四日，以纽德依打人，命人捶打徒步之人，罚银二十五两。以达尔汉额驸未与众人商议而私分果木，并命收养尚未安置之公中汉人，罚银三十两。

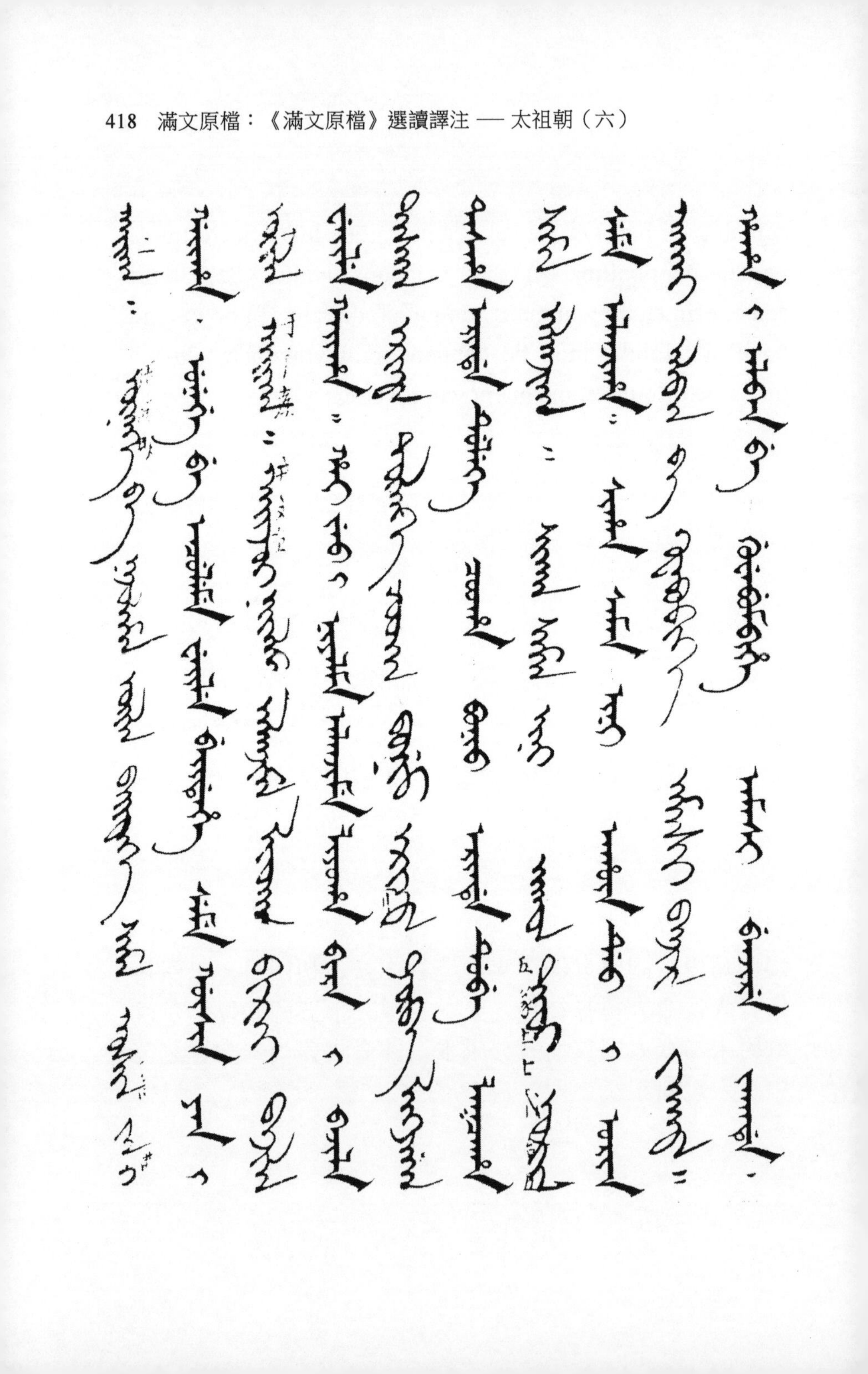

gaiha. unege be enculeme weile beidehe seme gūsin yan i weile gaiha. hai jeoi niyalma alanjime, liyoha bira i bajila tasha erinde duleke cooha bonio erinde dube lakcaha seme alanjiha. sihan saman ini ahūn deoi orin haha i alban be guwebumbihe amasi benjire jakade,

---

以烏訥格另行擅自審案，罰銀三十兩。海州人來告，遼河彼岸於寅時所過之兵，至申時方斷。原曾免[97]錫翰、薩滿兄弟二十丁之賦，因其後送回，

以乌讷格另行擅自审案，罚银三十两。海州人来告，辽河彼岸于寅时所过之兵，至申时方断。原曾免锡翰、萨满兄弟二十丁之赋，因其后送回，

---

97 原曾免，《滿文原檔》讀作“guwebubihe”，訛誤；《滿文老檔》讀作“guwebumbihe”，改正，意即「原曾豁免」。

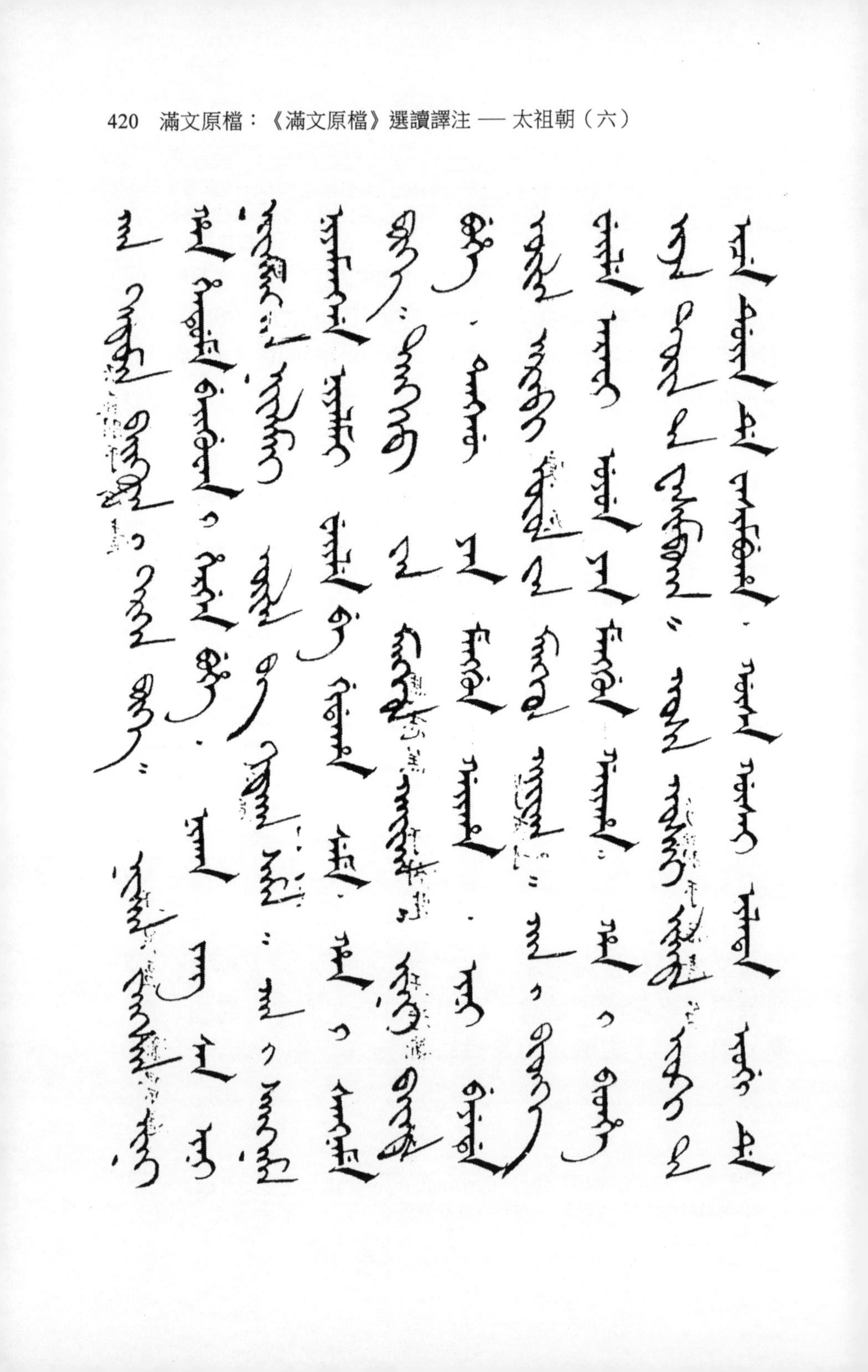

han hendume, beiguwan i hergen buhe. nikan jang san ini niyamangga niyalmai weile be gidaha seme, han i šangname buhe tanggū yan menggun gaiha, ini beyede weile arafi uyun yan menggun gaiha. han i bithe ice duin de wasimbuha, gūsa gūsai ilata iogi de

---

汗曰：「賜以備禦官之職。」以漢人張三隱匿其親戚之罪，罰沒收汗賞賜之銀百兩，且治其本身之罪，罰銀九兩。初四日，汗頒諭旨：「著命各旗之各三遊擊，

汗曰：「赐以备御官之职。」以汉人张三隐匿其亲戚之罪，罚没收汗赏赐之银百两，且治其本身之罪，罚银九两。初四日，汗颁谕旨：「着命各旗之各三游击，

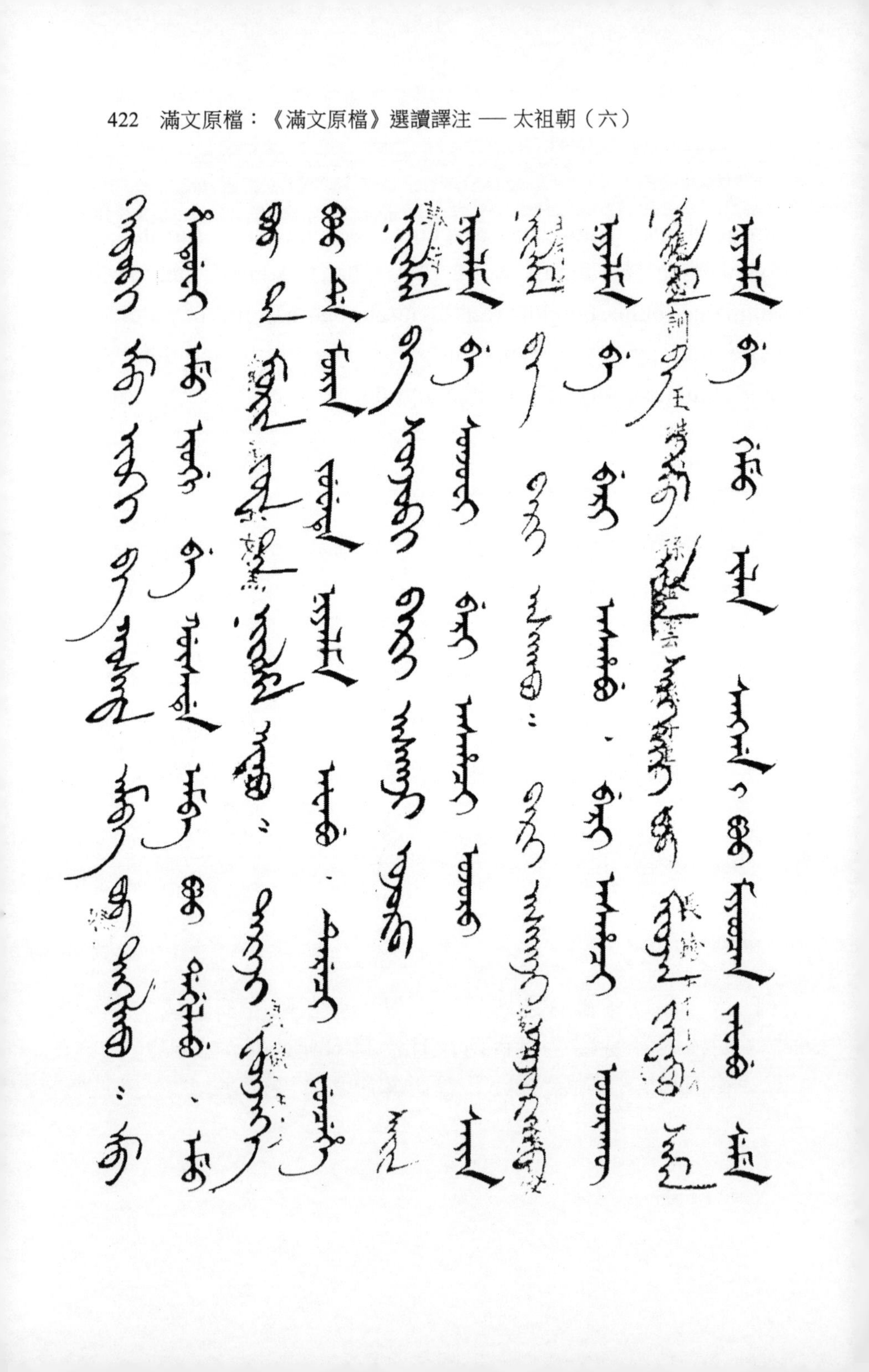

hendufi emu iogi be gūsade amba poo dagilabu, emu poo de morin juwete niyalma afabu. tereci funcehe niyalma be sonjofi beri ashaci ojoro sain niyalma be beri ashabu, beri ashaci ojorakū niyalma be gemu ilan sanggai poo, miyoocan jafabu seme

---

由一遊擊在旗備辦大礮，每礮配馬各二匹，委人管理；其餘人等，選人佩弓，令其壯者佩弓，其不能佩弓之人，俱令執三孔礮及槍。」

由一游击在旗备办大炮，每炮配马各二匹，委人管理；其余人等，选人佩弓，令其壮者佩弓，其不能佩弓之人，俱令执三孔炮及枪。」

二十九、緊迫盯人

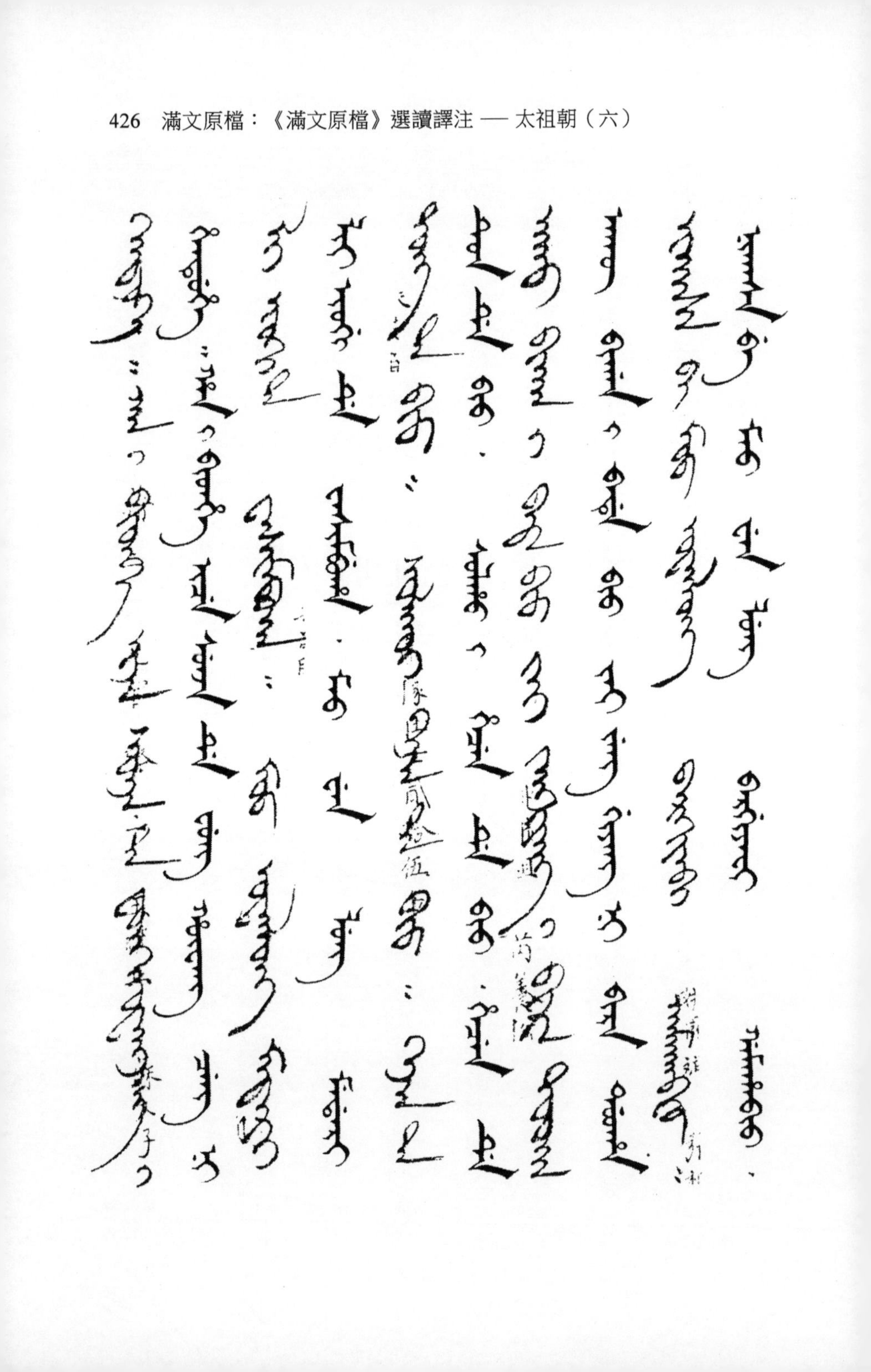

henduhe. han i bithe ice sunja de fung hūwang ceng ni lii iogi de wasimbuha, mao wen lung mederi tun de bio. solhoi hecen de bio. hecen de akū bigan i bade bio. jai jeng giyang ni bira dooha nikasa be mao wen lung bargiyafi gamahabio.

初五日，汗頒諭旨於鳳凰城李遊擊曰：「毛文龍在海島耶？或在朝鮮城內耶？或不在城內，而在野地耶？再者，毛文龍是否收去鎮江渡河之漢人耶？

初五日，汗颁谕旨于凤凰城李游击曰：「毛文龙在海岛耶？或在朝鲜城内耶？或不在城内，而在野地耶？再者，毛文龙是否收去镇江渡河之汉人耶？

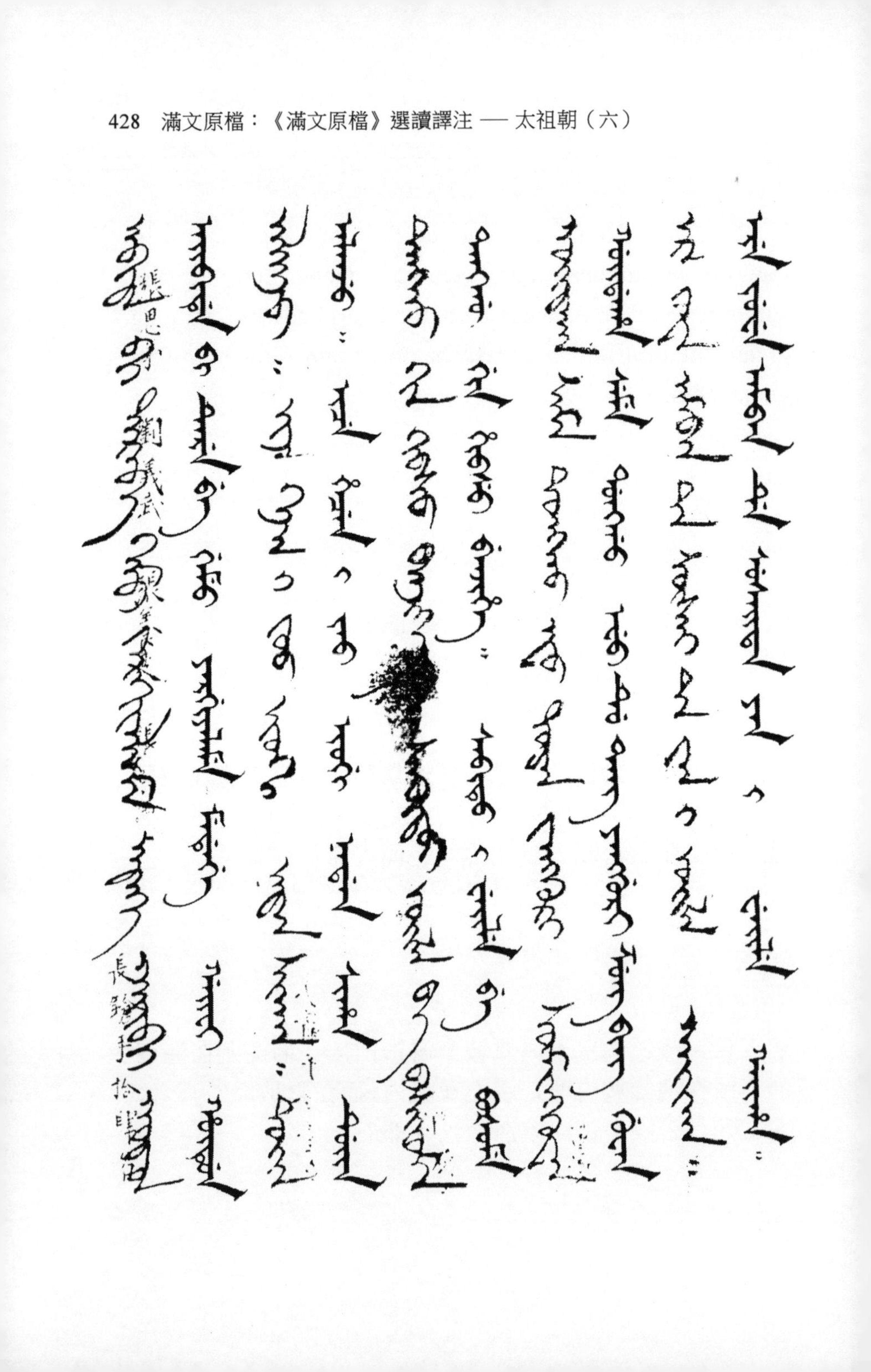

aibide bi. terebe gemu yargiyalame medege gaifi hūdun alanju. ice hecen i jao iogi nadan sihan duin tanggū gin hibsu benjihe. sabitu i weile be bošome goidaha seme donggo efu du tang, yangguri dzung bing guwan ere juwe amban de susaita yan i weile gaiha.

現在何處？著爾俱探取確實信息，從速來告。」新城趙遊擊獻蜜七桶四百斤。以棟鄂額駙都堂及揚古利總兵官二大臣催辦薩畢圖之事遲誤，罰銀各五十兩。

现在何处？着尔俱探取确实信息，从速来告。」新城赵游击献蜜七桶四百斤。以栋鄂额驸都堂及扬古利总兵官二大臣催办萨毕图之事迟误，罚银各五十两。

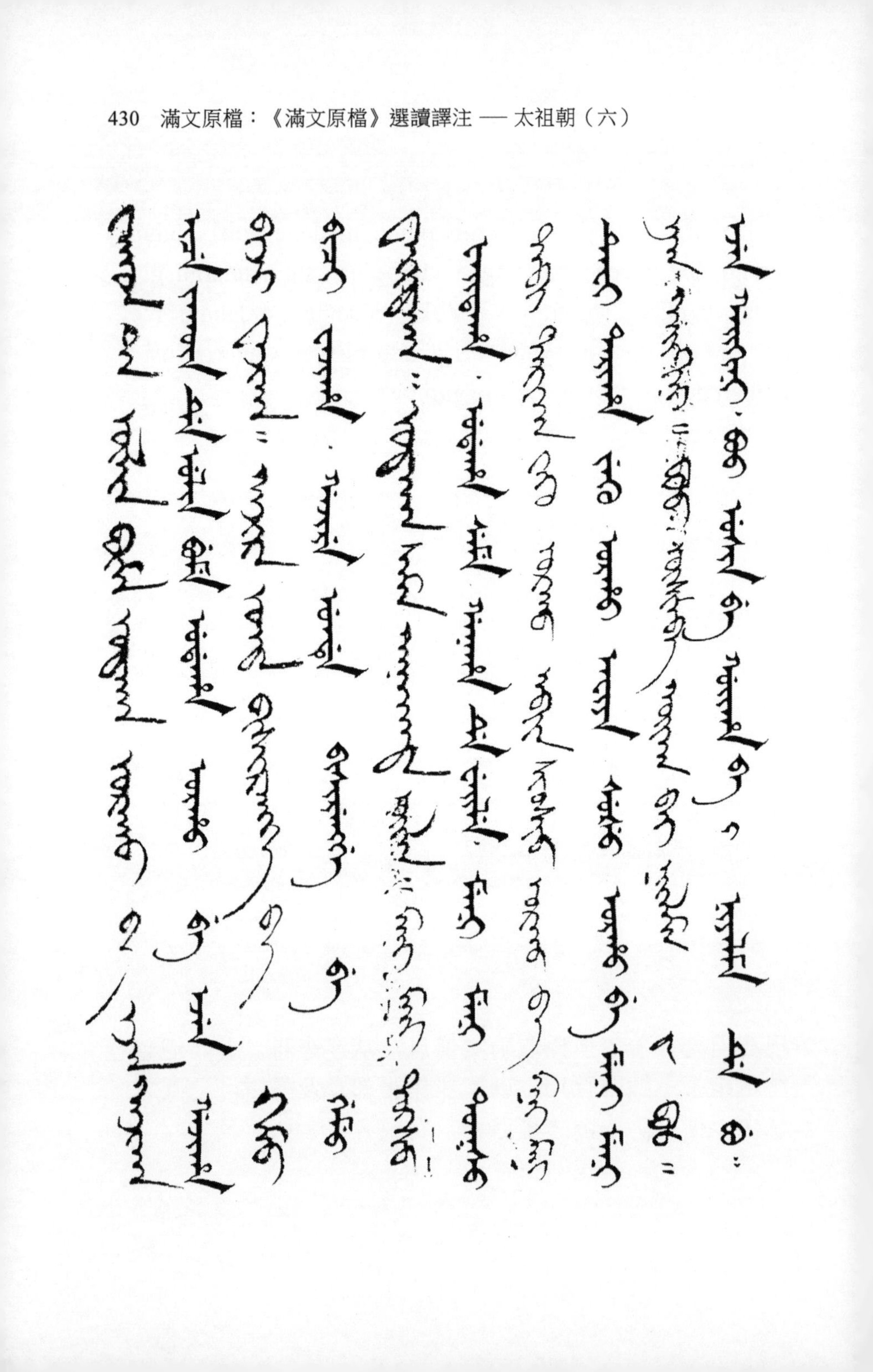

ice jakūn de ulin bume udaha orho be ejen gajiha bici wajiha, gajire unde bisirengge be gemu faitaha. udaha seme ganaha de weile. meni meni tokso tefi tariha jeku orho, afiya, šušu orho be meni meni ejen gaikini. boo usimbe goiha ba i niyalma de bu.

初八日，凡給價錢購買之草，若其主攜至則已，其未攜至者，皆裁之。已購買而去取者，罪之。各莊屯所種之糧草、豆秸[98]、秫秸，由各主收取。田舍分給該地方之人。

初八日，凡给价钱购买之草，若其主携至则已，其未携至者，皆裁之。已购买而去取者，罪之。各庄屯所种之粮草、豆秸、秫秸，由各主收取。田舍分给该地方之人。

---

[98] 豆秸，《滿文原檔》寫作“abija”，《滿文老檔》讀作“afiya”。按此為無圈點滿文“bi”與“fi”、“ja”與“ya”之混用現象。

三十、傳統習俗

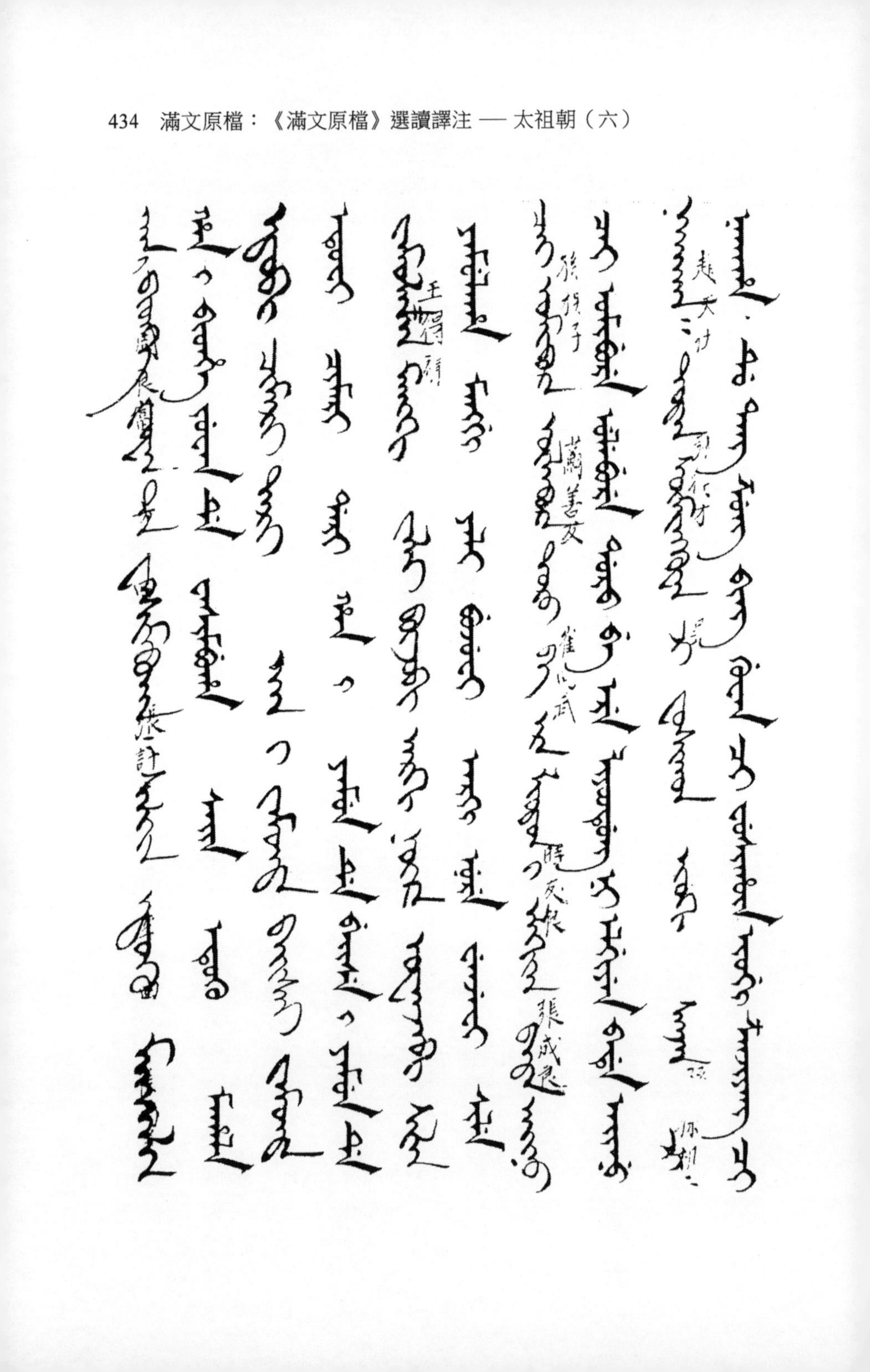

han i bithe juwan de wasimbuha, sain etuku mahala etufi cimari dari han i yamun de beise i yamun de yamulaha manggi, yali bujufi arki nure wenjefi sile cai omibure ulebure doro be, ere liyoodung ni elgiyen bade ainu nakaha. du tang, dzung bing guwan ci fusihūn, iogi, ts'anjiyang ci

---

初十日，汗頒諭旨：「向有群臣每晨穿戴華麗衣冠上汗衙門或諸貝勒衙門後，煮肉、溫酒、飲茶、喝湯[99]之禮。此乃遼東富庶之地，其禮為何廢止？著都堂、總兵官以下，遊擊、參將以上，

初十日，汗颁谕旨：「向有群臣每晨穿戴华丽衣冠上汗衙门或诸贝勒衙门后，煮肉、温酒、饮茶、喝汤之礼。此乃辽东富庶之地，其礼为何废止？着都堂、总兵官以下，游击、参将以上，

---

99 喝湯，句中「湯」，《滿文原檔》、《滿文老檔》俱讀作“sile”，與蒙文“sölö”為同義詞，意即「肉湯」。

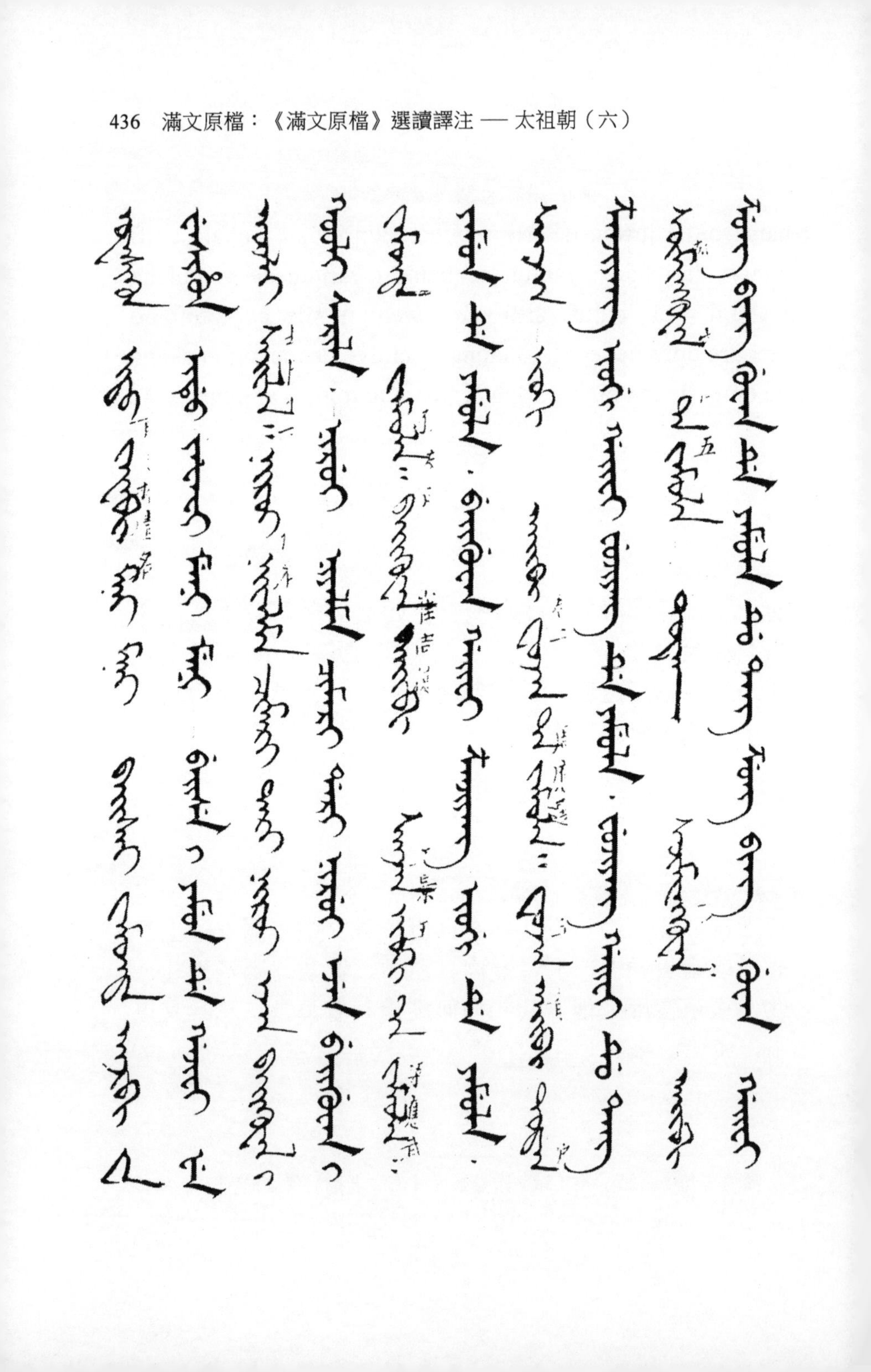

wesihun, idu jafafi meni meni beise i yamunde gajifi fe kooli sarila, nirui niyalma cimari dari nirui ejen, beiguwan i yamun de yamula, beiguwan gaifi ts'anjiyang, iogi de yamula, ts'anjiyang, iogi gaifi fujiyang de yamula, fujiyang gaifi du tang, dzung bing guwan de yamula, du tang, dzung bing guwan gaifi

---

輪班召至各貝勒衙門，照舊例筵宴。牛彔之人，每晨上牛彔額真、備禦官衙門，率備禦官上參將、遊擊衙門，率參將、遊擊上副將衙門，率副將上都堂、總兵官衙門，率都堂、總兵官

轮班召至各贝勒衙门，照旧例筵宴。牛录之人，每晨上牛录额真、备御官衙门，率备御官上参将、游击衙门，率参将、游击上副将衙门，率副将上都堂、总兵官衙门，率都堂、总兵官

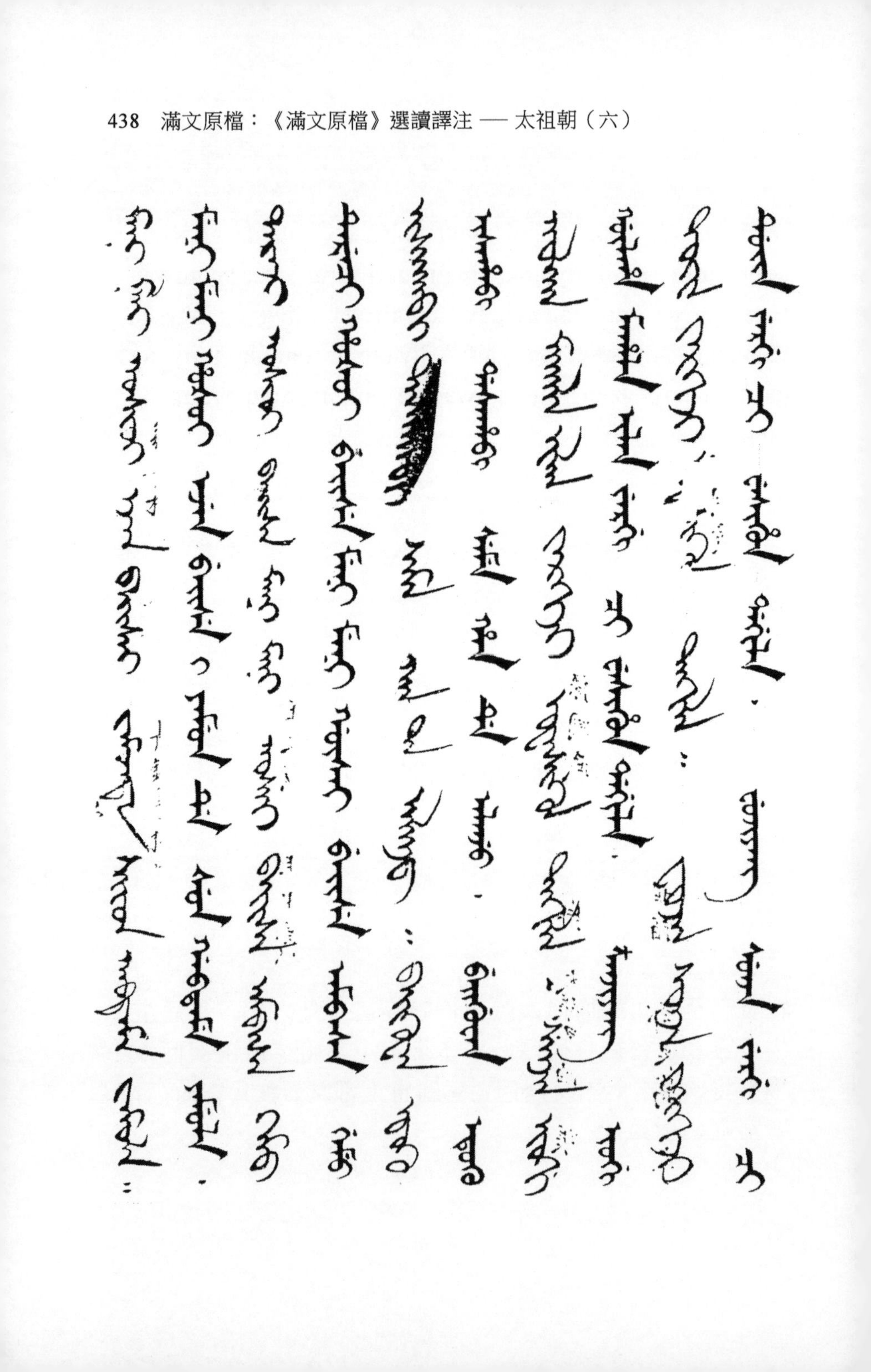

meni meni hošoi ejen beise i yamunde šun gabtame yamula, tereci hošoi beise meni meni gūsai beise ambasa gemu isahabi dasahabi seme han de alanju. beiguwan etuku gūlha mahala ilan jergici wesihun dagila, ts'anjiyang, iogi duin jergici wesihun dagila, fujiyang sunja jergici

---

於日出[100]時上各自和碩額真貝勒衙門，和碩貝勒即以該旗貝勒大臣皆已齊集而入告於汗。備禦官備衣、靴、帽三襲以上，參將、遊擊備四襲以上，副將備五襲以上，

于日出时上各自和硕额真贝勒衙门，和硕贝勒即以该旗贝勒大臣皆已齐集而入告于汗。备御官备衣、靴、帽三袭以上，参将、游击备四袭以上，副将备五袭以上，

---

[100] 日出，《滿文原檔》寫作"sijon kabtama"，《滿文老檔》讀作"šun gabtame"，意即「日光照射」。

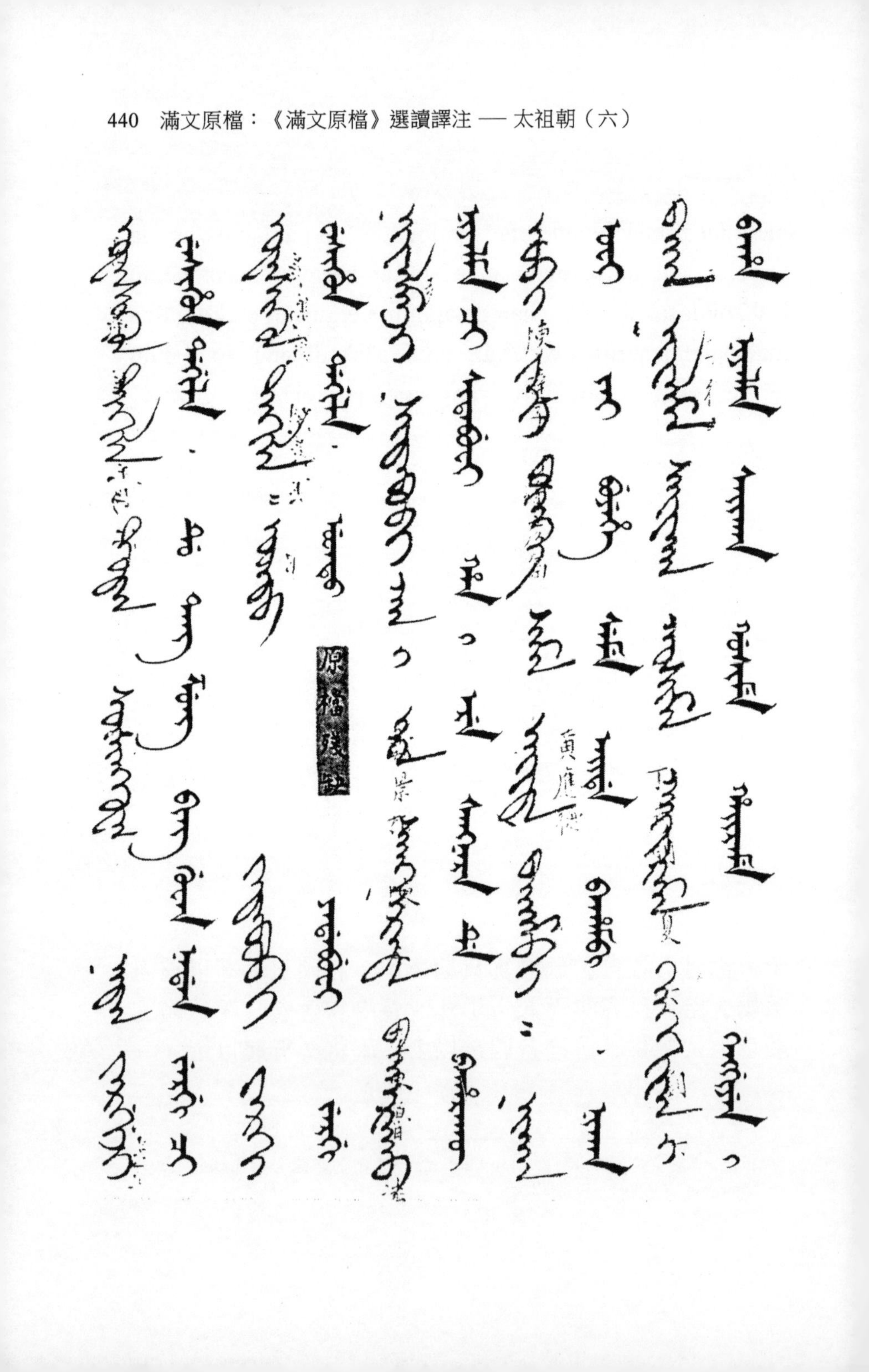

原檔殘缺

wesihun dagila, du tang, dzung bing guwan nadan jergici wesihun dagila, uttu [原檔殘缺] yadabufi jergi niyalmaci sitabufi han i ere šangnarade baharakū ofi jai buyehe seme aide bahambi. nikan baha niyalma saikan gosime hairame genggiyen i

---

都堂、總兵官備七襲以上，如此[原檔殘缺]令其貧困，落後同僚，得不到汗之此賞，雖然愛慕，卻何以得之？得漢人者，倘若不善加仁愛清明度日，

都堂、总兵官备七袭以上，如此[原档残缺]令其贫困，落后同僚，得不到汗之此赏，虽然爱慕，却何以得之？得汉人者，倘若不善加仁爱清明度日，

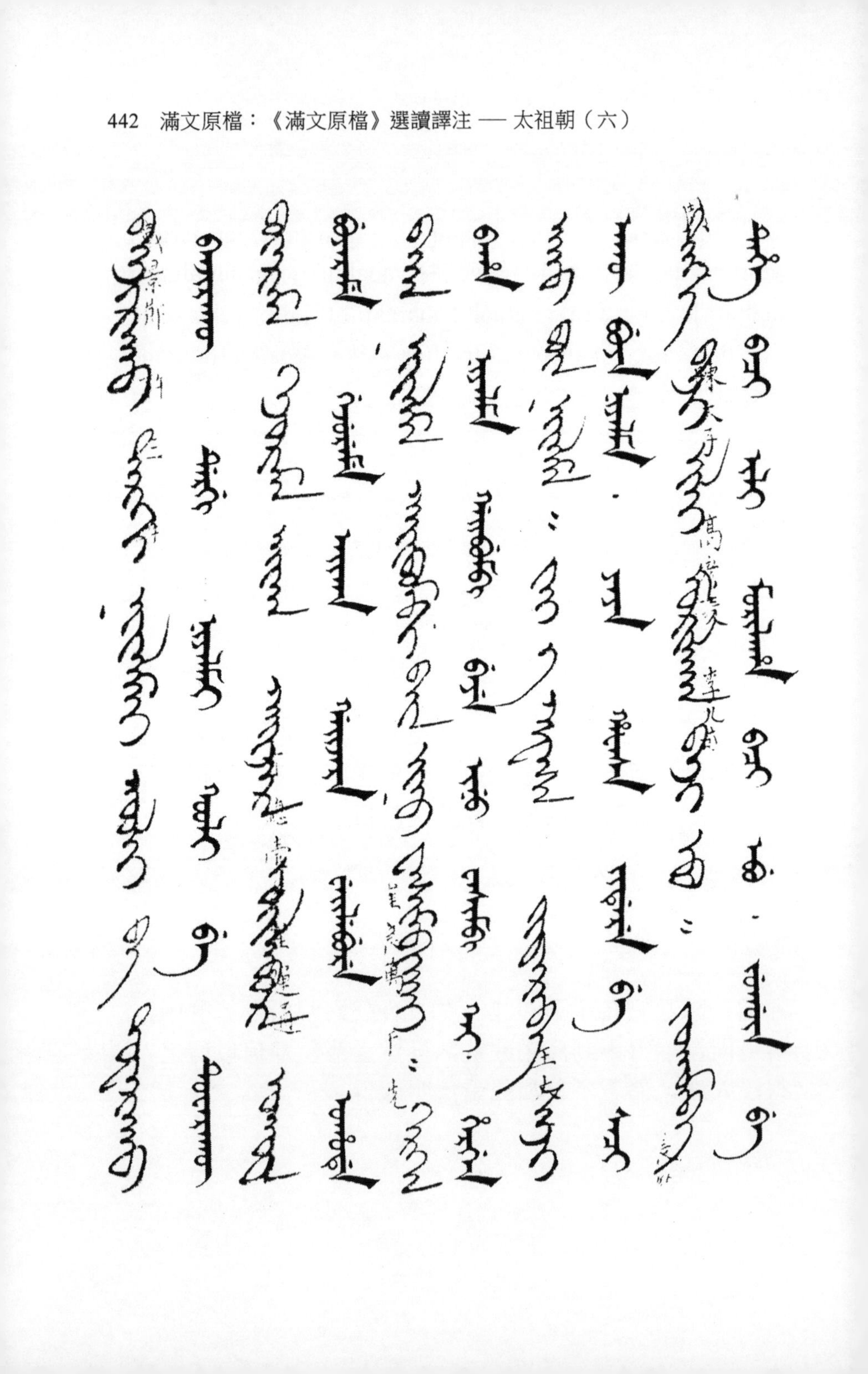

banjirakū, dergi niyalmai kooli be tuwarakū, buyarame gejureme aika gaijara weilebure ohode, baha niyalma gaibumbi beye inu wasimbikai. hergen akū buya niyalma, yaya hafasa jiderebe saci tehe baci ili morilaha baci ebu, jugūnbe

---

無視上司規矩，橫征暴斂，則所得之人被殺，自身亦衰敗也。無職庶人，若見官來，須自座位起立，從馬上下來，

无视上司规矩，横征暴敛，则所得之人被杀，自身亦衰败也。无职庶人，若见官来，须自座位起立，从马上下来，

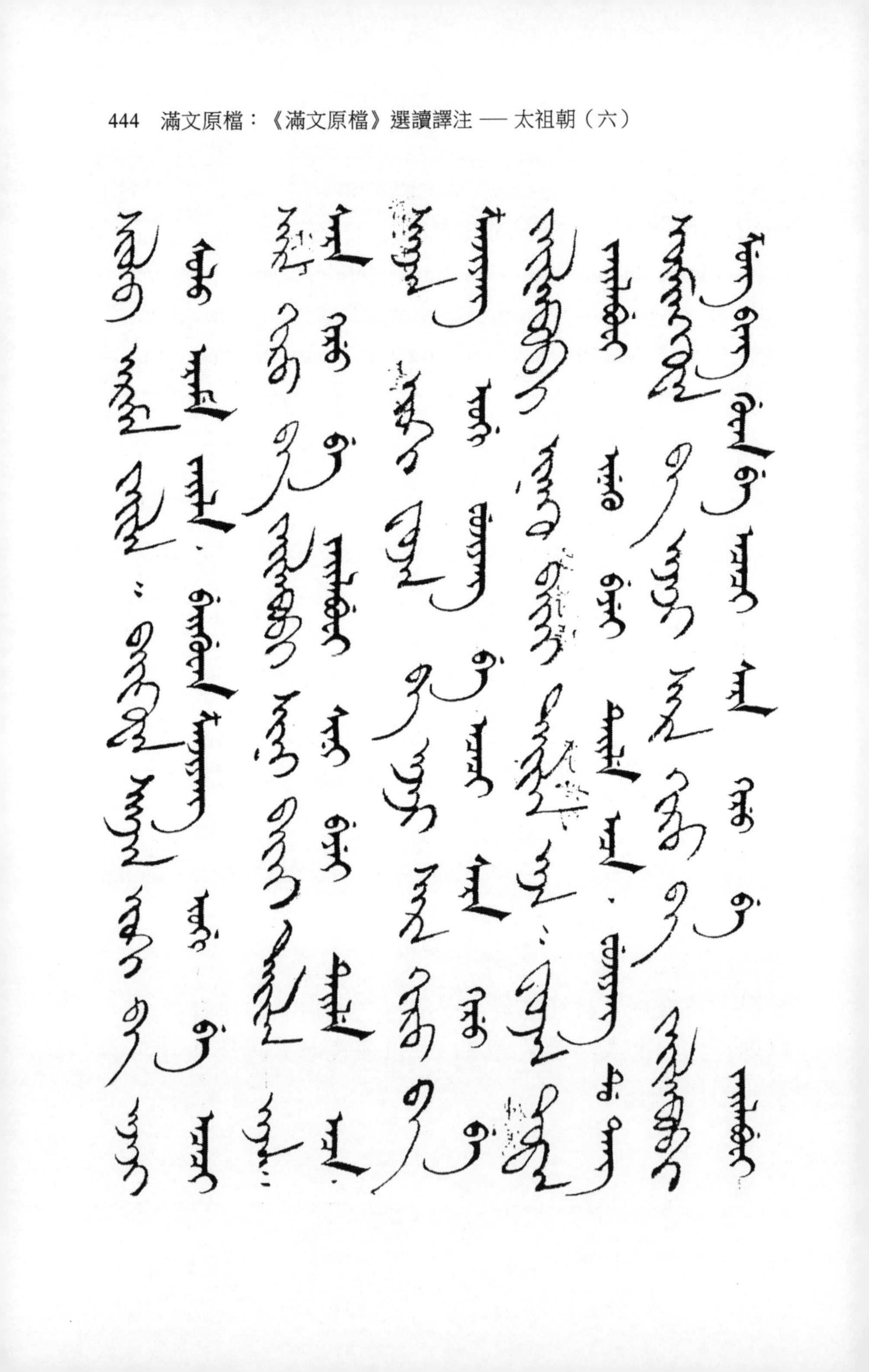

šolo arame jaila. beiguwan ts'anjiyang, iogi be acaci sara kiru be jailabufi sini beyei teile aca. ts'anjiyang, iogi fujiyang be acaci sara kiru be jailabufi ineku beyei teile aca. fujiyang du tang, dzung bing guwan be acaci sara kiru be jailabufi

讓路迴避。備禦官遇參將、遊擊，則命傘、旗迴避，爾隻身相見；參將、遊擊遇副將，則命傘、旗迴避，僅本身相見；副將遇都堂、總兵官，命傘、旗迴避，

让路回避。备御官遇参将、游击，则命伞、旗回避，尔只身相见；参将、游击遇副将，则命伞、旗回避，仅本身相见；副将遇都堂、总兵官，命伞、旗回避，

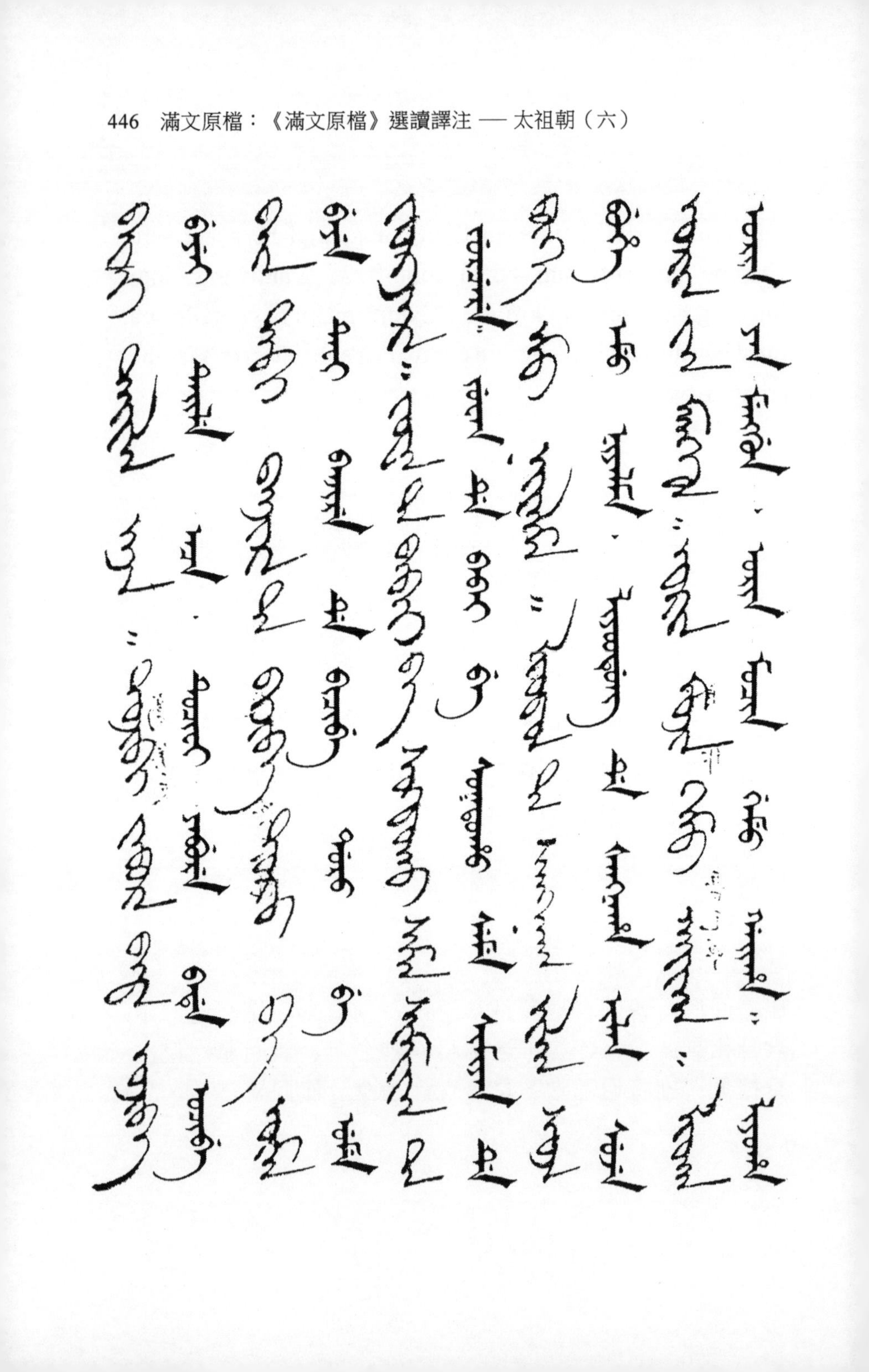

beyei teile aca. tucifi yabure bade ocibe, beye tefi banjire de bicibe, doro be ume jurcere. juwan de babai be soktoho seme simiyan de buhe emu niyalma, liyoodung de šangnaha ilan suje, orin yan menggun, orin mocin gemu gaiha. liyoha

---

隻身相見。無論外出行走之處，無論居家度日，均不得違禮。」初十日，以巴拜醉酒[101]，將其在瀋陽所賜一人，在遼東所賞緞三疋、銀二十兩、毛青布二十疋，俱行沒收。

只身相见。无论外出行走之处，无论居家度日，均不得违礼。」初十日，以巴拜醉酒，将其在沈阳所赐一人，在辽东所赏缎三疋、银二十两、毛青布二十疋，俱行没收。

---

101 醉酒，句中「醉」，《滿文原檔》寫作"soktoko (k 陰性)"，《滿文老檔》讀作"soktoho (k 陽性)"。按滿文"soktombi (k 陽性)"與蒙文"soɤtoqu"為同源詞（根詞"sokto-"與"soɤto-"相同）。

三十一、漢人怨言

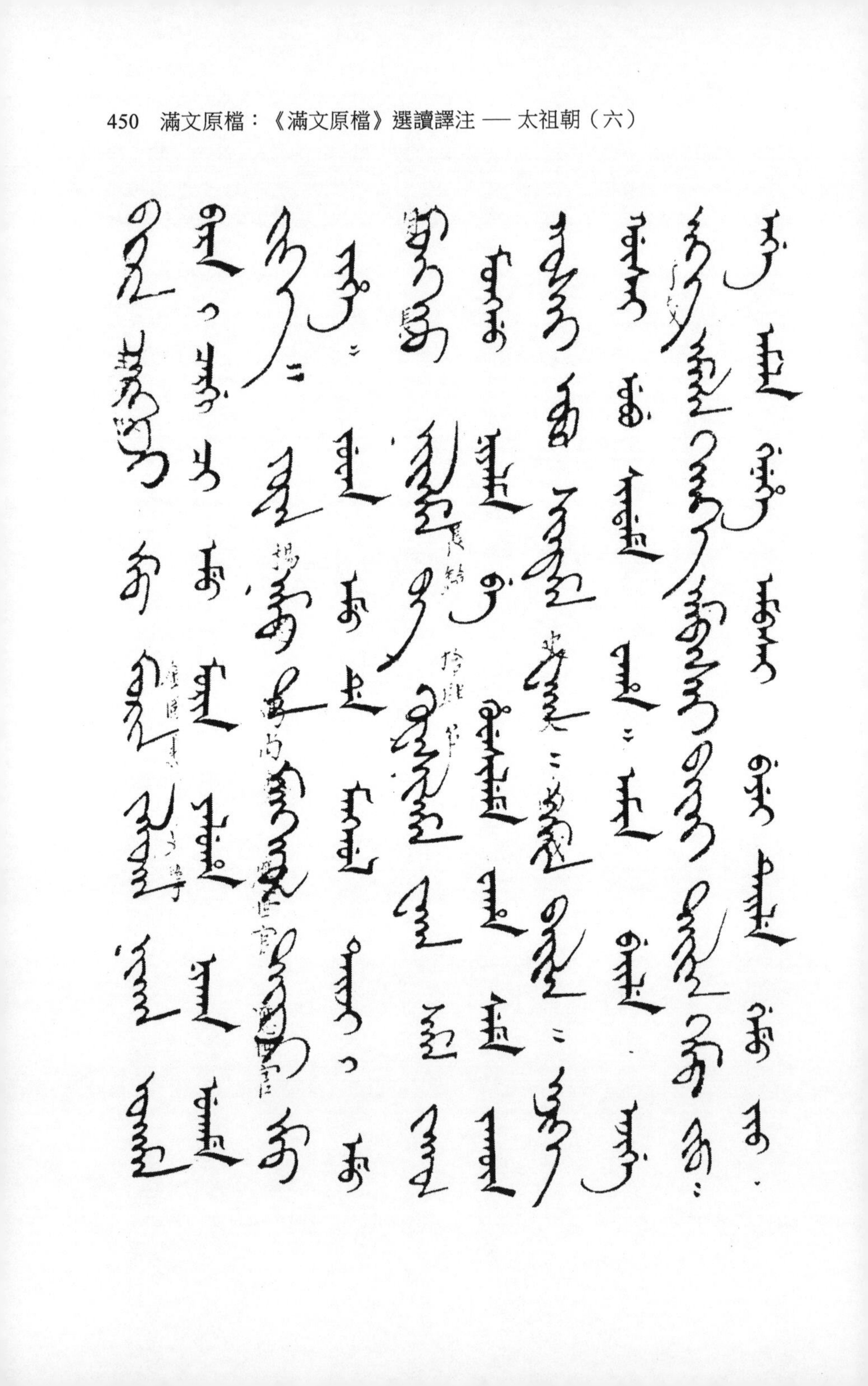

bira i cargi ci emu morin yaluha nikan ukame jihe. juwan emu de manggol taiji i emu monggo niyalma be huwesileme waha seme jakūn gūsai ubu sindame waha. amin beile, ajige age, amala genehe ambasai beyei teile gemu jio,

---

有一乘馬漢人由遼河對岸逃來。十一日，莽古勒台吉屬下一蒙古人因以小刀殺人，故殺之而為八旗之戒。命阿敏貝勒、阿濟格阿哥及後來前往之諸大臣俱隻身回來，

有一乘马汉人由辽河对岸逃来。十一日，莽古勒台吉属下一蒙古人因以小刀杀人，故杀之而为八旗之戒。命阿敏贝勒、阿济格阿哥及后来前往之诸大臣俱只身回来，

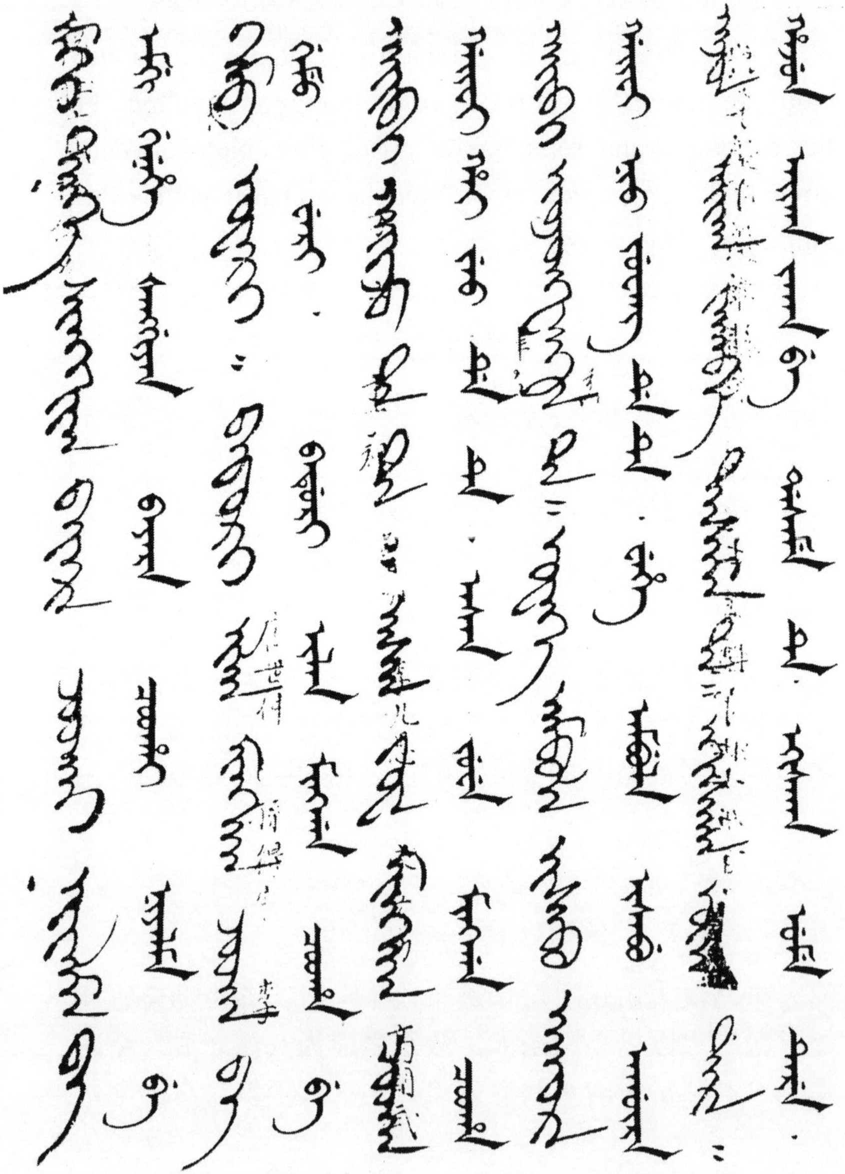

emgi genehe šanggiyan bayara coohai niyalma be gemu weri. baduri ilan minggan cooha be gaifi hai jeo de te, asan juwe minggan cooha gaifi nio juwangde te. wehe ambula isabu agūra hajun aika jakabe dasame te, ekisaka ume tere.

其同去之白巴牙喇兵丁俱留下。命巴都里率兵三千名，駐海州，阿山率兵二千名，駐牛莊。命多積石塊，整修器械諸物駐之，勿圖清靜駐之。

其同去之白巴牙喇兵丁俱留下。命巴都里率兵三千名，驻海州，阿山率兵二千名，驻牛庄。命多积石块，整修器械诸物驻之，勿图清静驻之。

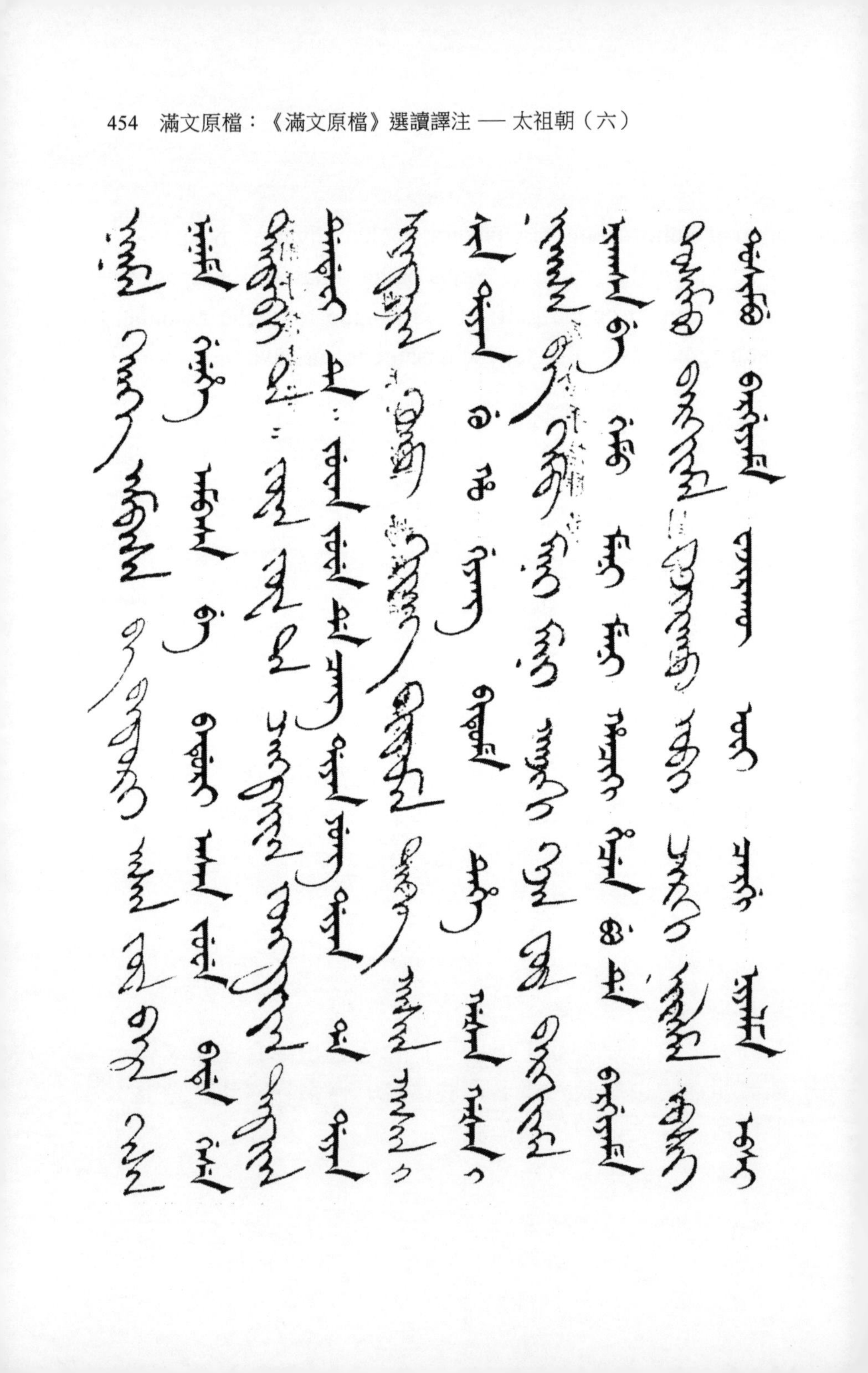

neneme genehe ambasa be baduri, asan juwe bade gese dendefi te. juwan juwe de cang diyan, yung diyan, da diyan sin diyan, gu ho, giyang bitume tehe gašan gašan i nikasa be gemu meni meni hanciki hecen pude bargiyame dosimbu. bargiyame wajirakū ofi cargi niyalma ebsi

---

其先去之大臣，分駐於巴都里、阿山兩地。十二日，命將長甸、永甸、大甸、新甸、古河及沿江所居各村屯漢人，俱收入其鄰近之各城堡。因未收完，對面之人來犯，

其先去之大臣，分驻于巴都里、阿山两地。十二日，命将长甸、永甸、大甸、新甸、古河及沿江所居各村屯汉人，俱收入其邻近之各城堡。因未收完，对面之人来犯，

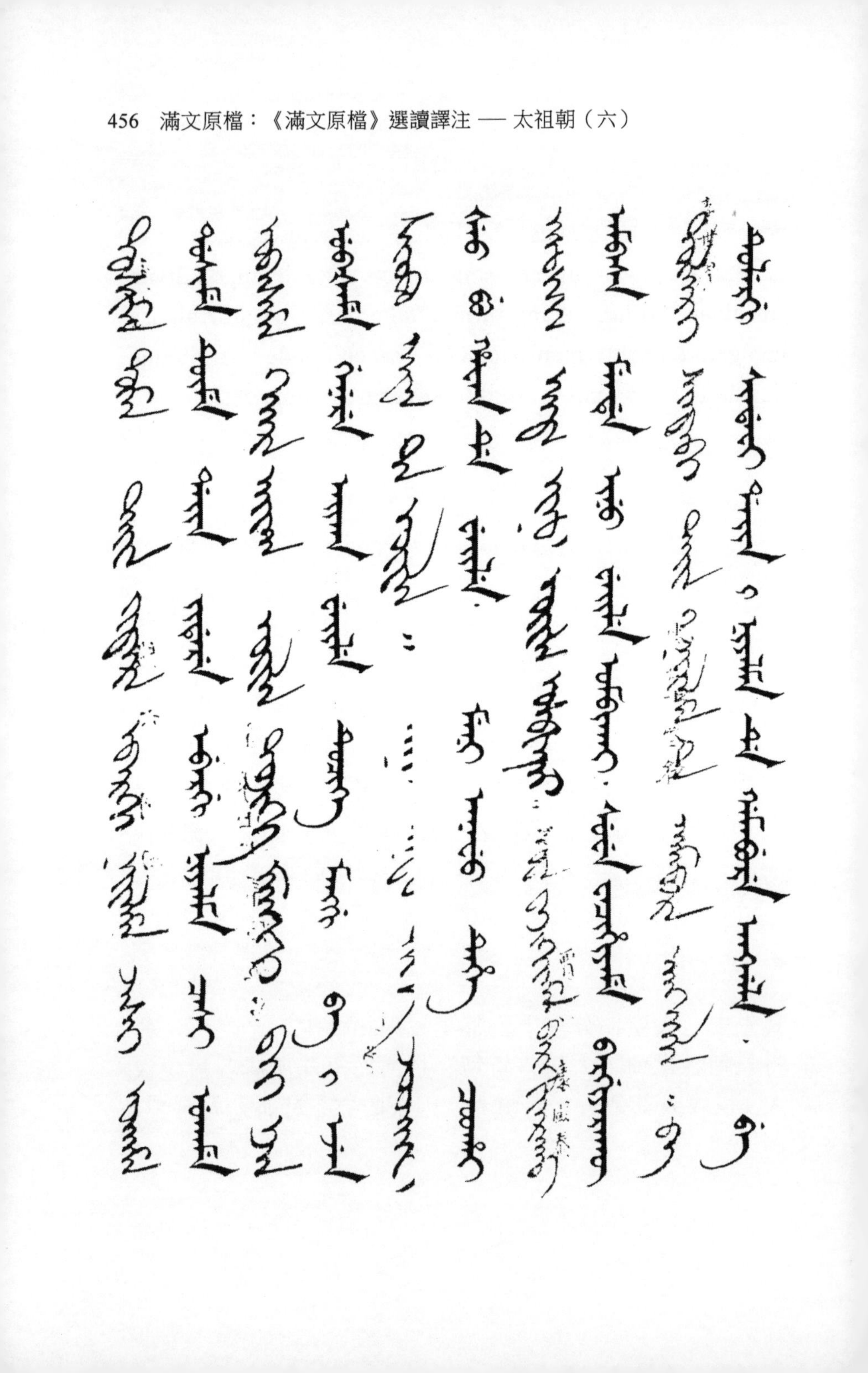

dosime tūme dain jidere ebergi niyalma casi ukame ubašame genere, aika weile tucike manggi, ba i ejen šeo pu hafan de weile, meni anafu tehe coohai ambasa mende inu weile ombikai. suwe wacihiyame bargiyarakū tulergi sindafi dain i niyalma de gamabure anggala, be

---

這邊之人叛逃對面而去，致生事端，則惟地方額真、守堡官是問，亦將罪及我守軍大臣也。爾等若不盡收之，置之於外，與其為敵人所擄，

这边之人叛逃对面而去，致生事端，则惟地方额真、守堡官是问，亦将罪及我守军大臣也。尔等若不尽收之，置之于外，与其为敌人所掳，

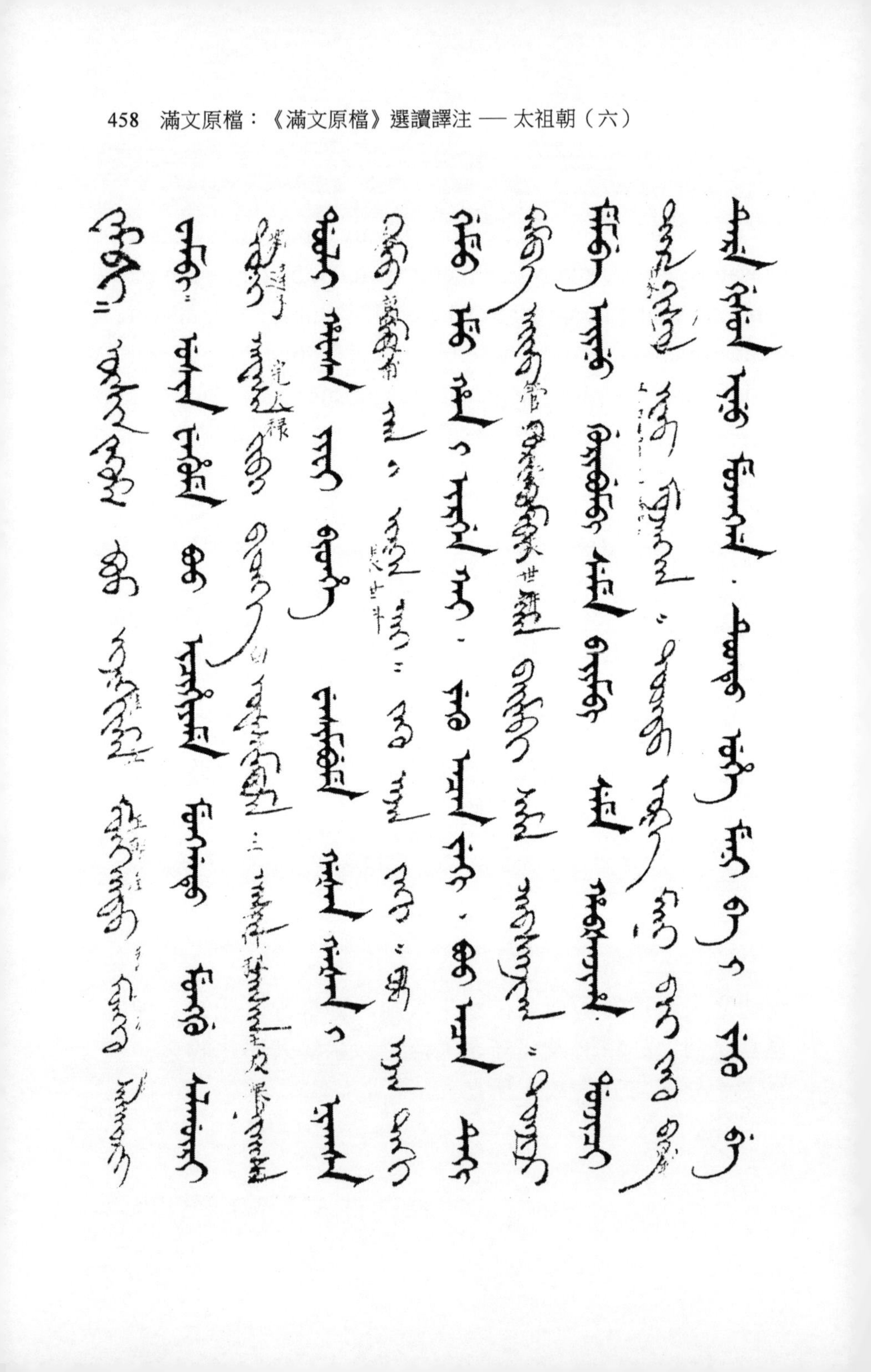

wambi. usin fehume boo icihiyame munggatu, munggu, salgūri dooli hafasa jifi bithe wesimbume, gašan gašan i nikasa gemu emu han i irgen kai, jeku acan jeki, boo acan teki, membe ainu guribumbi seme baimbi seme habšanjiha, donjici tere gisun inu mujangga, tuttu uhe meni bai jeku be

---

尚不如殺之。蒙噶圖、孟古、薩勒古里等道員前來踏勘田地，處理房舍後，繕文具奏曰：「各村屯漢人請求，既皆係同一汗之民，糧則同食，屋則共住，為何將我等遷移？如此來訴後，聞之，其言誠然，

尚不如杀之。蒙噶图、孟古、萨勒古里等道员前来踏勘田地，处理房舍后，缮文具奏曰：「各村屯汉人请求，既皆系同一汗之民，粮则同食，屋则共住，为何将我等迁移？如此来诉后，闻之，其言诚然，

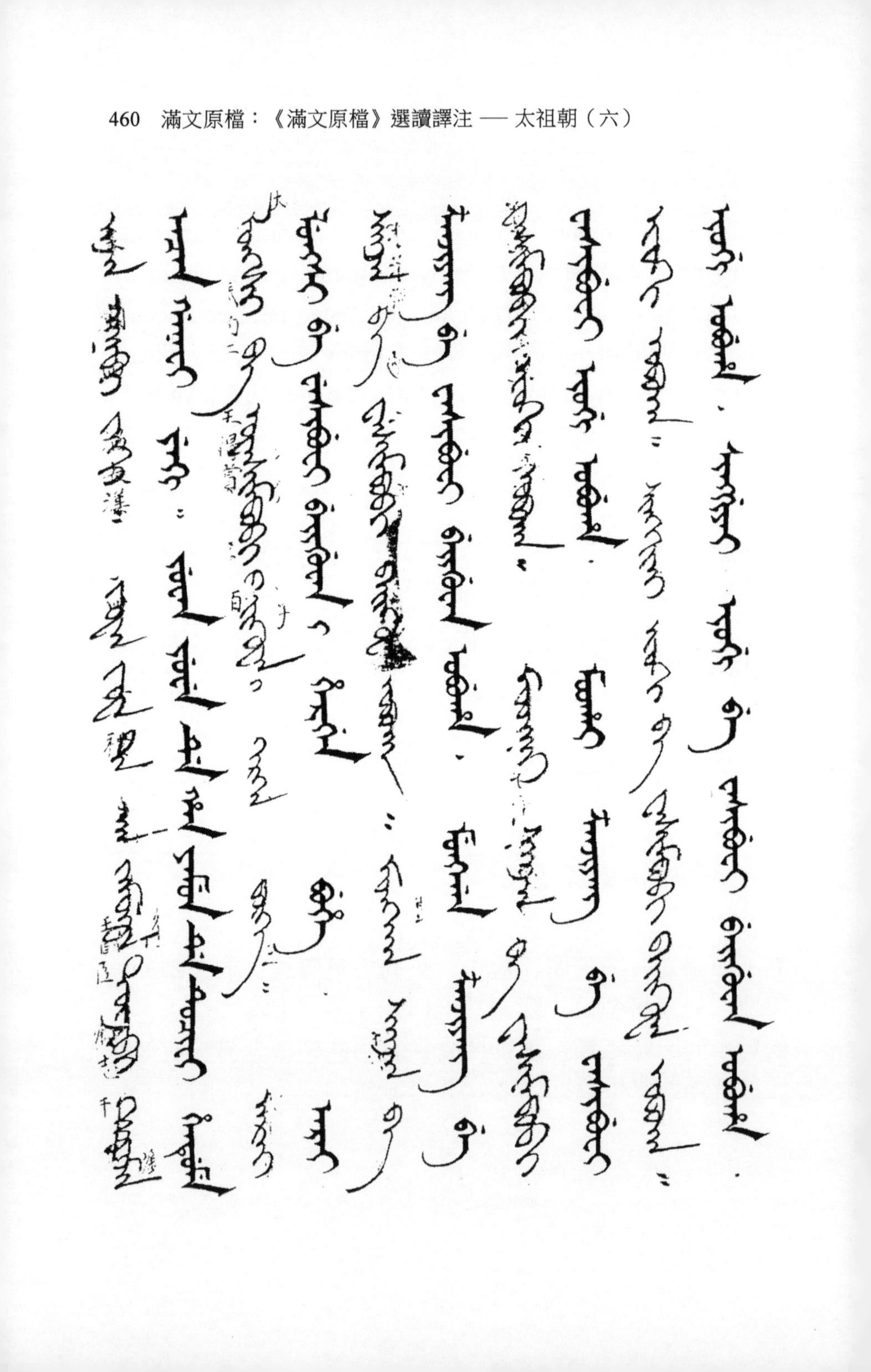

acan ganafi jeki. juwan juwe de han yamun de tucifi hendume, lungsi be wesibufi beiguwan i hergen buhe, arai ts'anjiyang be wasibufi beiguwan obuha, munggan ts'anjiyang be wasibufi iogi obuha, moohai ts'anjiyang be wasibufi iogi obuha, singgiyai iogi be wasibufi beiguwan obuha,

---

請准其取我地方之糧穀同食之。」十二日，汗御衙門曰：「陞龍什賜備禦官，降阿賴參將為備御官，降蒙安參將為遊擊，降茂海參將為遊擊，降興嘉遊擊為備禦官，

请准其取我地方之粮谷同食之。」十二日，汗御衙门曰：「升龙什赐备御官，降阿赖参将为备御官，降蒙安参将为游击，降茂海参将为游击，降兴嘉游击为备御官，

三十二、索還逋逃

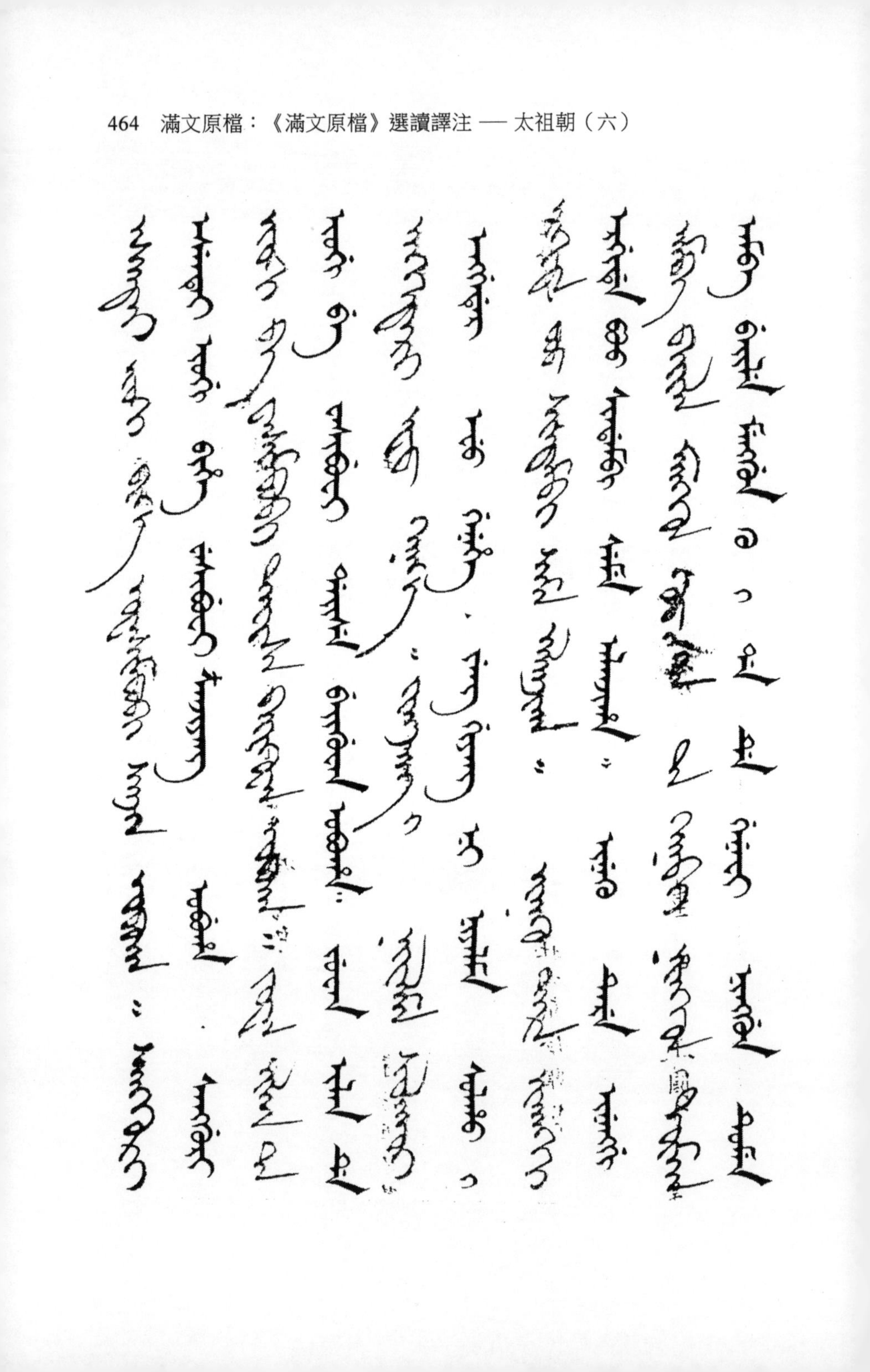

esentei iogi bihe wesibufi ts'anjiyang obuha, sangguri iogi be wasibufi daise beiguwan obuha. juwan ilan de enggeder efu genehe, jeng giyang ni niyalma solhoi ergide poo sindambi seme alanjiha. ineku tere inenggi amba beile menggun ku i da de genefi ninggun tumen

---

陞額森特依原任遊擊為參將，降桑古里遊擊為代理備禦官。十三日，恩格德爾額駙前往。鎮江之人來告，朝鮮方向放礮。是日，大貝勒往銀庫長[102]處，

升额森特依原任游击为参将，降桑古里游击为代理备御官。十三日，恩格德尔额驸前往。镇江之人来告，朝鲜方向放炮。是日，大贝勒往银库长处，

---

[102] 銀庫長，《滿文原檔》讀作"menggun küü i da"，《滿文老檔》讀作"menggun ku i da"。

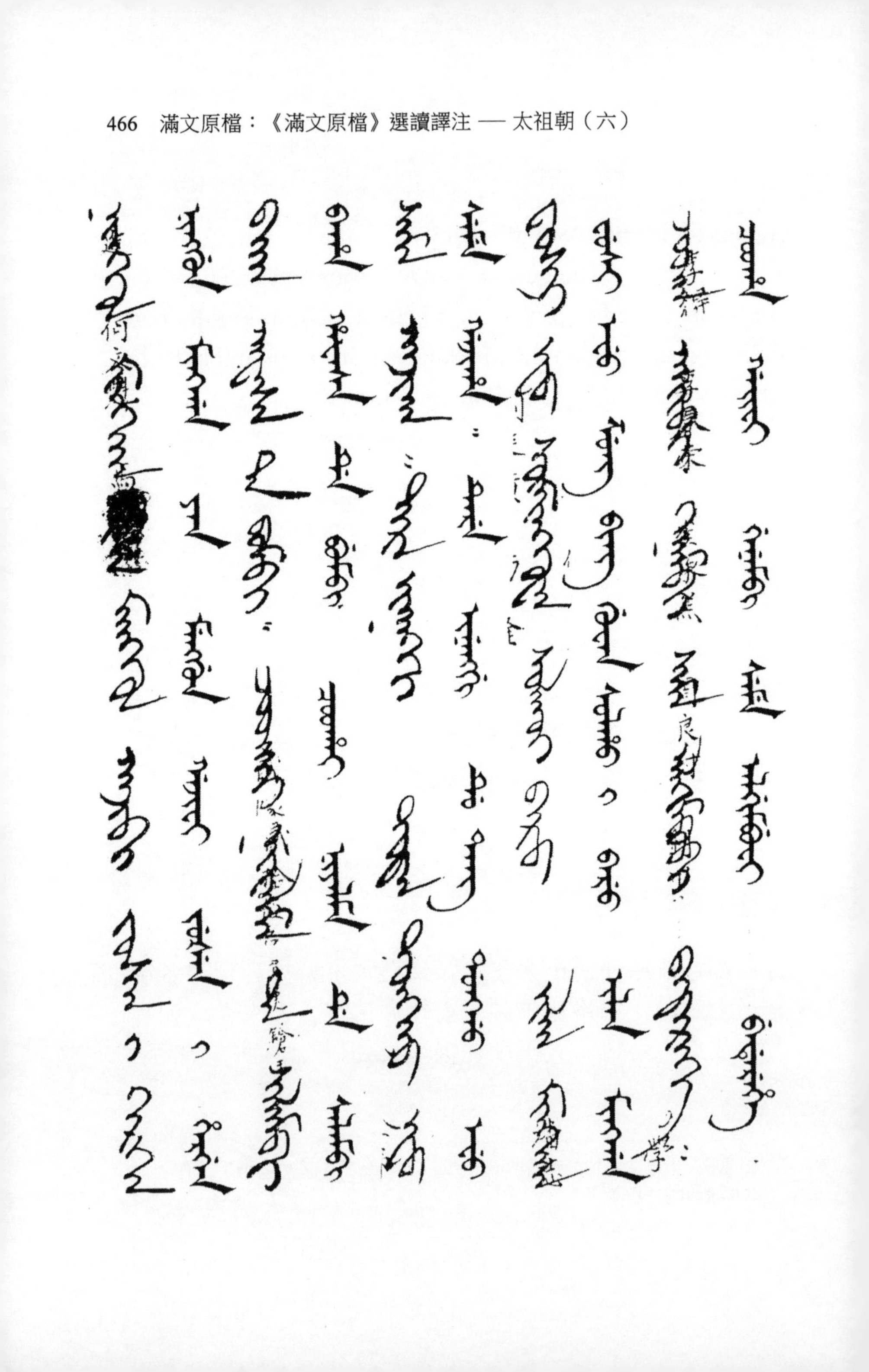

ninggun minggan yan menggun gajifi jušen i hergen baha hafasa de bumbi, coohai niyalma de salambi seme gajiha. tere inenggi du tang donggo efu, fusi efu dzung bing guwan solhoi baru ilan minggan cooha gaifi genembi seme algimbufi bederehe,

---

取銀六萬六千兩，以賜諸申有職官員，並散給兵丁。是日，都堂棟鄂額駙、撫順額駙總兵官揚言率兵三千名往征朝鮮後返回。

取银六万六千两，以赐诸申有职官员，并散给兵丁。是日，都堂栋鄂额驸、抚顺额驸总兵官扬言率兵三千名往征朝鲜后返回。

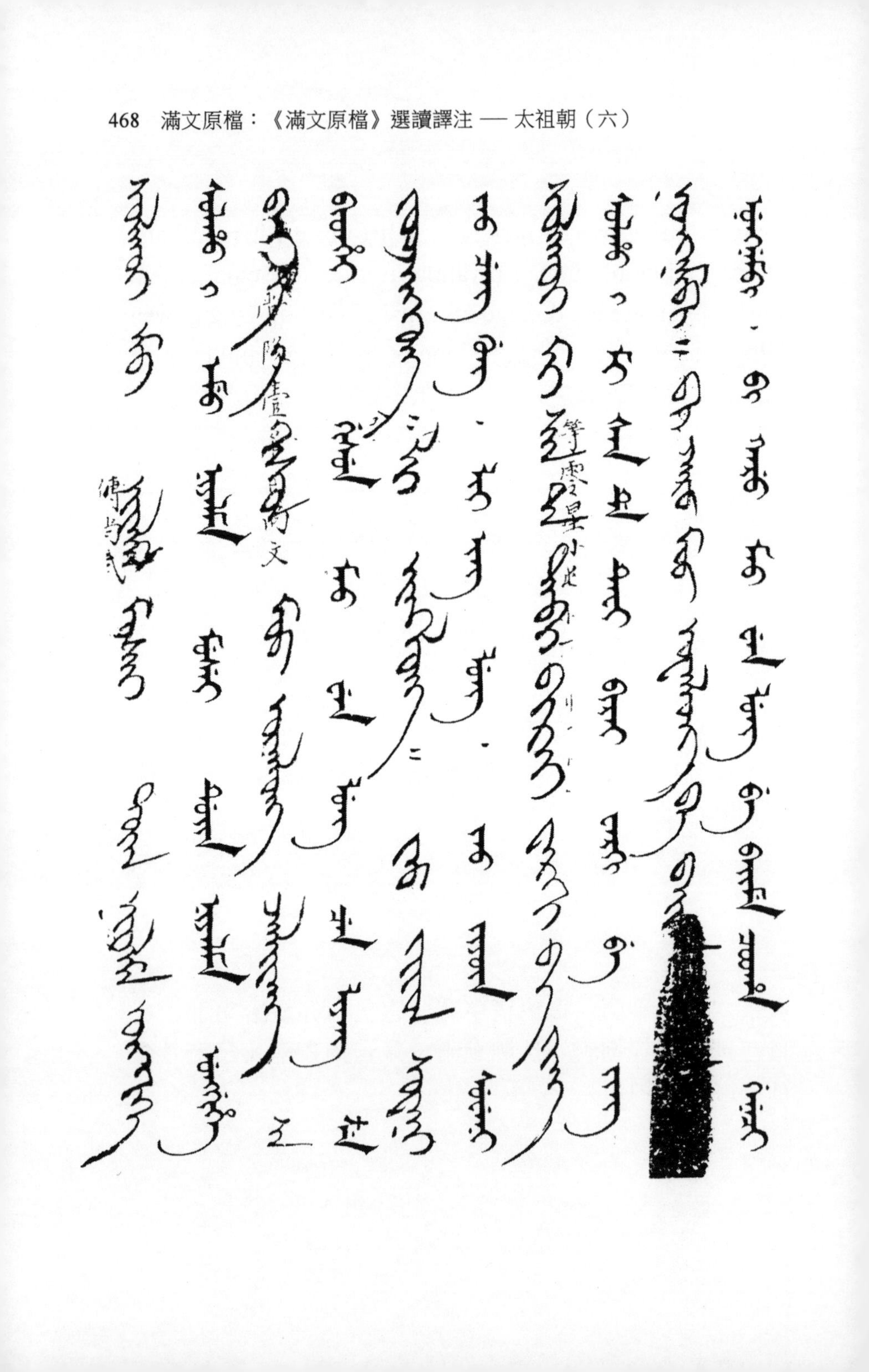

solhoi emu niyalma musei duin niyalma unggihe bithe i gisun, mao wen lung, cen liyang ts'e, jao ceng gung, lii ing lung, jao jiyūn suweni solhoi mi šan de tefi birai wargi be jing nungnembi. bi karu mao wen lung be baime cooha geneci

---

遣朝鮮一人同我四人賫書前往。書曰：「毛文龍、陳良策、趙成功、李應龍、趙俊等踞爾朝鮮之彌山，常犯河西。我若出兵前往搜索毛文龍，

遣朝鲜一人同我四人赍书前往。书曰：「毛文龙、陈良策、赵成功、李应龙、赵俊等踞尔朝鲜之弥山，常犯河西。我若出兵前往搜索毛文龙，

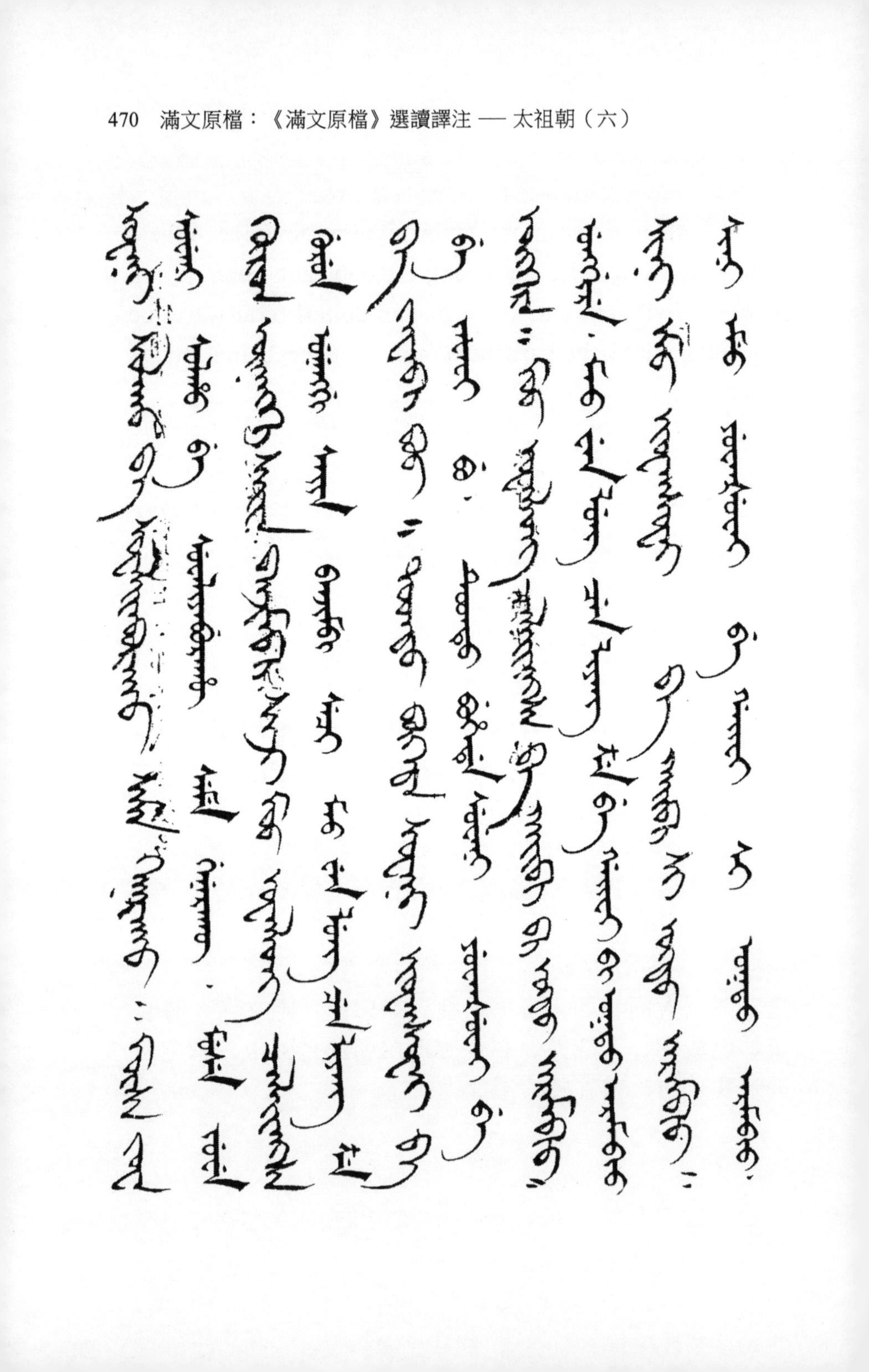

suweni solho be suwaliyaburahū seme generakū, muse juwe gurun unenggi sain banjimbi seci mao wen lung, cen liyang ts'e be jafafi bu, tuttu buhede suweni yuwanšuwai be unggire. mao wen lung, cen liyang ts'e be gaifi bi okto arambio. sini emu yuwanšuwai be gaifi si okto arambio.

又恐連累爾朝鮮，是以不往。我兩國若欲真誠和好度日，則當執獻毛文龍、陳良策，如此，方可遣還爾元帥。我索毛文龍、陳良策，我可製藥耶？爾索一元帥，爾可製藥耶？

又恐连累尔朝鲜，是以不往。我两国若欲真诚和好度日，则当执献毛文龙、陈良策，如此，方可遣还尔元帅。我索毛文龙、陈良策，我可制药耶？尔索一元帅，尔可制药耶？

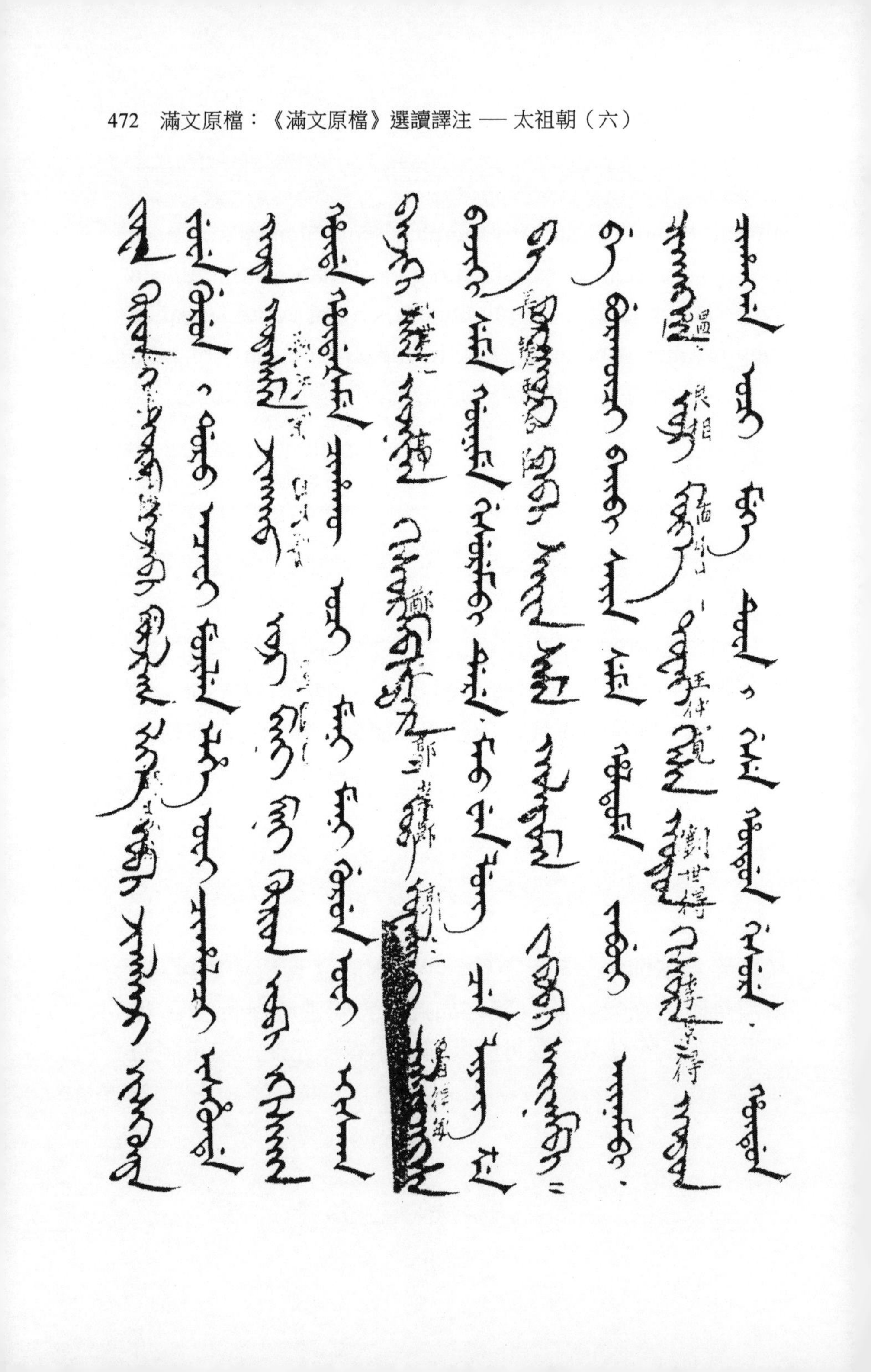

juwe gurun i doro acafi mujilen elhe ofi cihalaci ishunde hūda hūdašame, cihakū oci meni meni gurun ofi ekisaka banjiki seme gūnime gisurembidere. mao wen lung, cen liyang ts'e be burakūci baibi sain seme holtome jabufi ainambi. cihangga oci muke tuwai gese hūdun gisure, hūdun

---

所言者乃為兩國和好，共享昇平也。若情願，則相互貿易，若不情願，則各自寧謐安生也。若不給還毛文龍、陳良策，徒然謊稱通好，又何為耶？若是情願，則如水火，速行相議，

所言者乃为两国和好，共享升平也。若情愿，则相互贸易，若不情愿，则各自宁谧安生也。若不给还毛文龙、陈良策，徒然谎称通好，又何为耶？若是情愿，则如水火，速行相议，

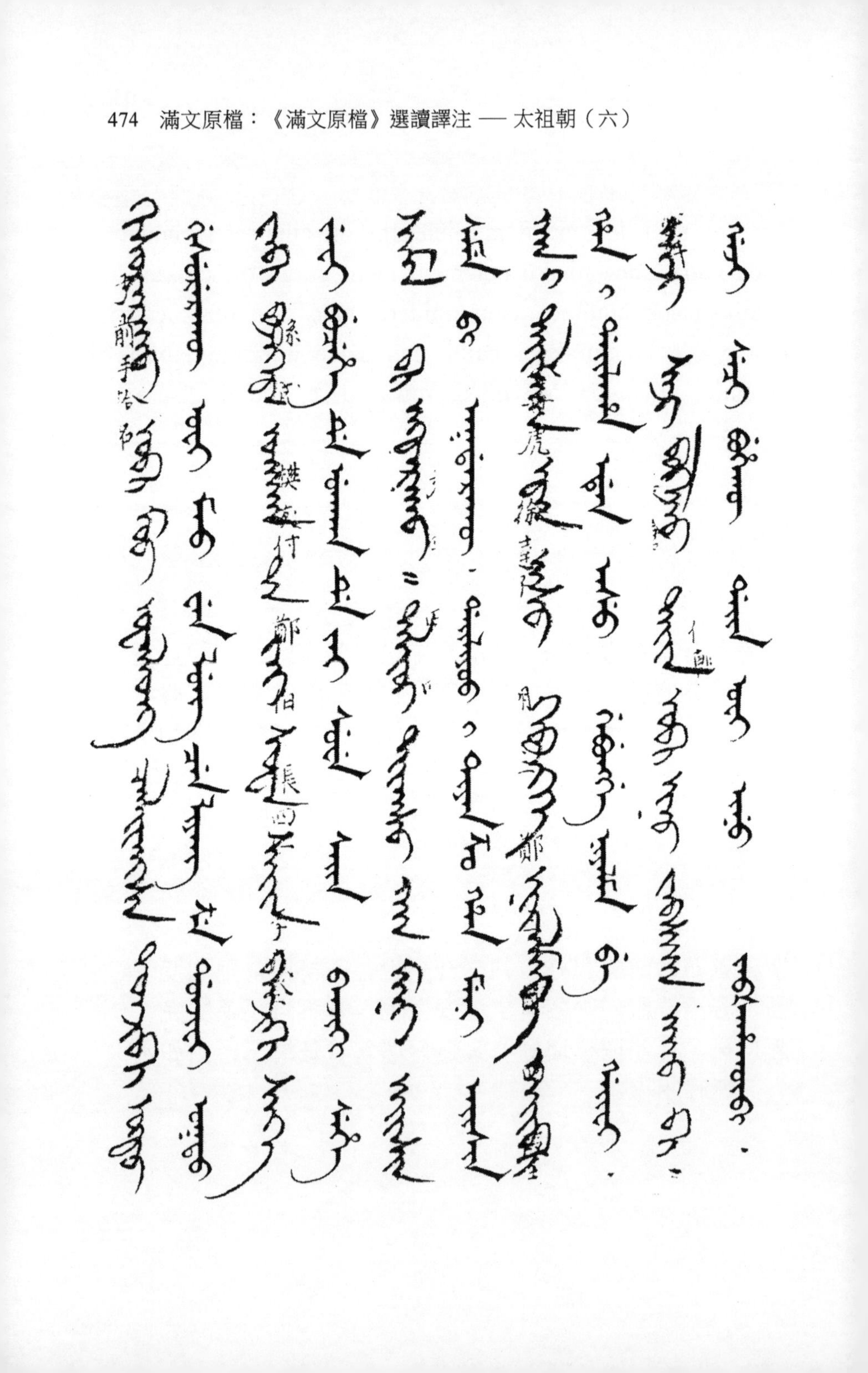

gisurerakū ofi mao wen lung, cen liyang ts'e donjifi okto jefi bucehede ukaka de jai suwe sain banjiki sehe seme bi akdarakū. dailiyoo i tiyan dzo han meni aisin han i dailaha eden asu gebungge niyalmabe gaifi, gaji seci buhekū dain ofi inu jabšahakūbi.

若因不速議，毛文龍、陳良策聞之，或服毒身死，或先期他竄，爾等雖言欲通好，我亦不信也。大遼天祚汗收容我金汗所征討之餘孽阿蘇，雖索之而未給，是以搆兵，亦未倖免。

若因不速议，毛文龙、陈良策闻之，或服毒身死，或先期他窜，尔等虽言欲通好，我亦不信也。大辽天祚汗收容我金汗所征讨之余孽阿苏，虽索之而未给，是以构兵，亦未幸免。

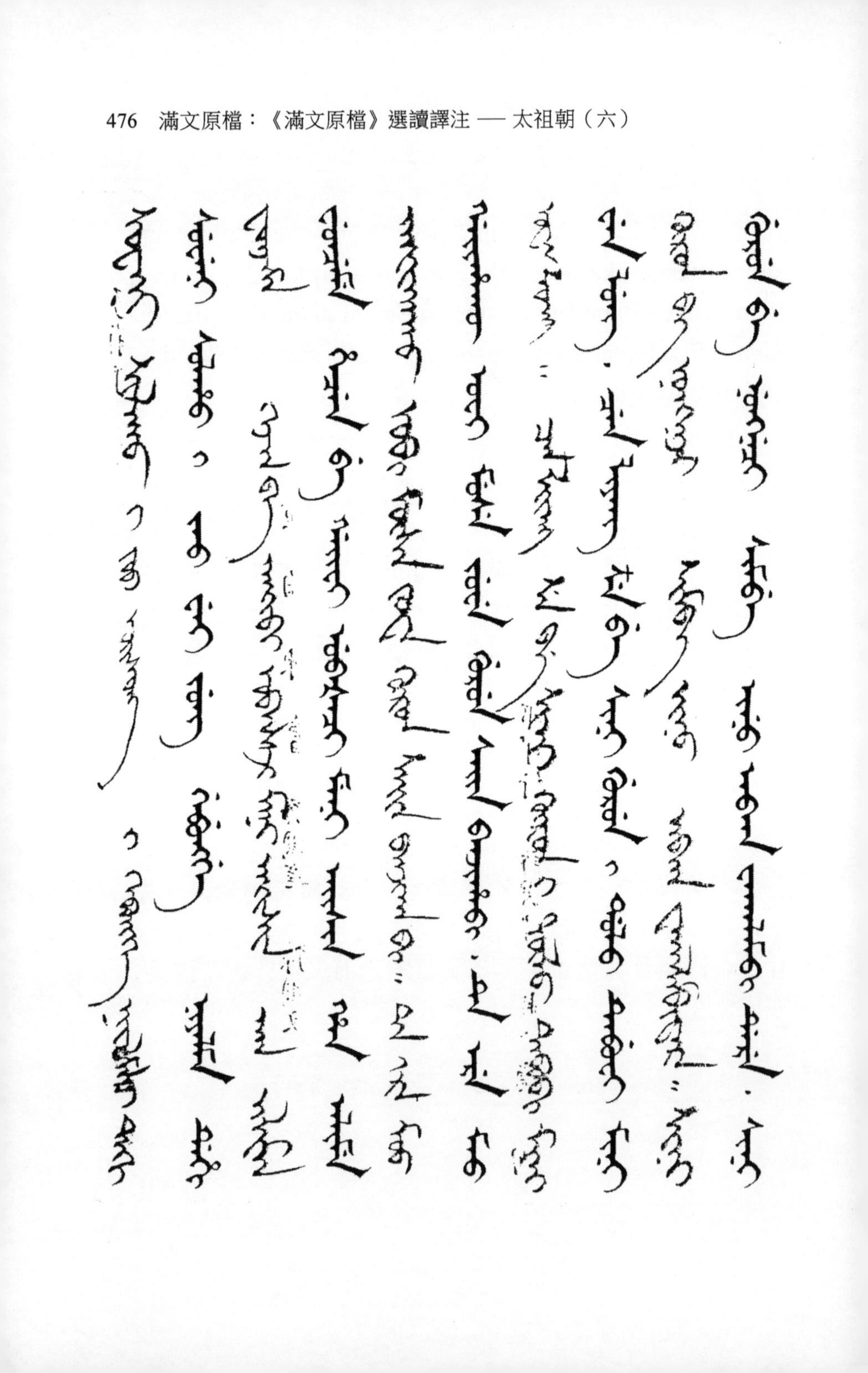

suweni solho i jao wei jung gebungge niyalma dehi funceme hecen be gaifi ubašaci meni aisin han alime gaihakū ofi, muse juwe gurun sain banjihabi. te ere mao wen lung, cen liyang ts'e be sini gurun i dolo tebufi mini gurun be nungneci simbe inu abka wakalambidere. sini

---

爾朝鮮有名趙惟忠之人率四十餘城叛投，因我金汗並未收容，故我兩國和好度日。今此毛文龍、陳良策居爾國內，侵擾我國，諒爾亦將遭天譴也。

尔朝鲜有名赵惟忠之人率四十余城叛投，因我金汗并未收容，故我两国和好度日。今此毛文龙、陈良策居尔国内，侵扰我国，谅尔亦将遭天谴也。

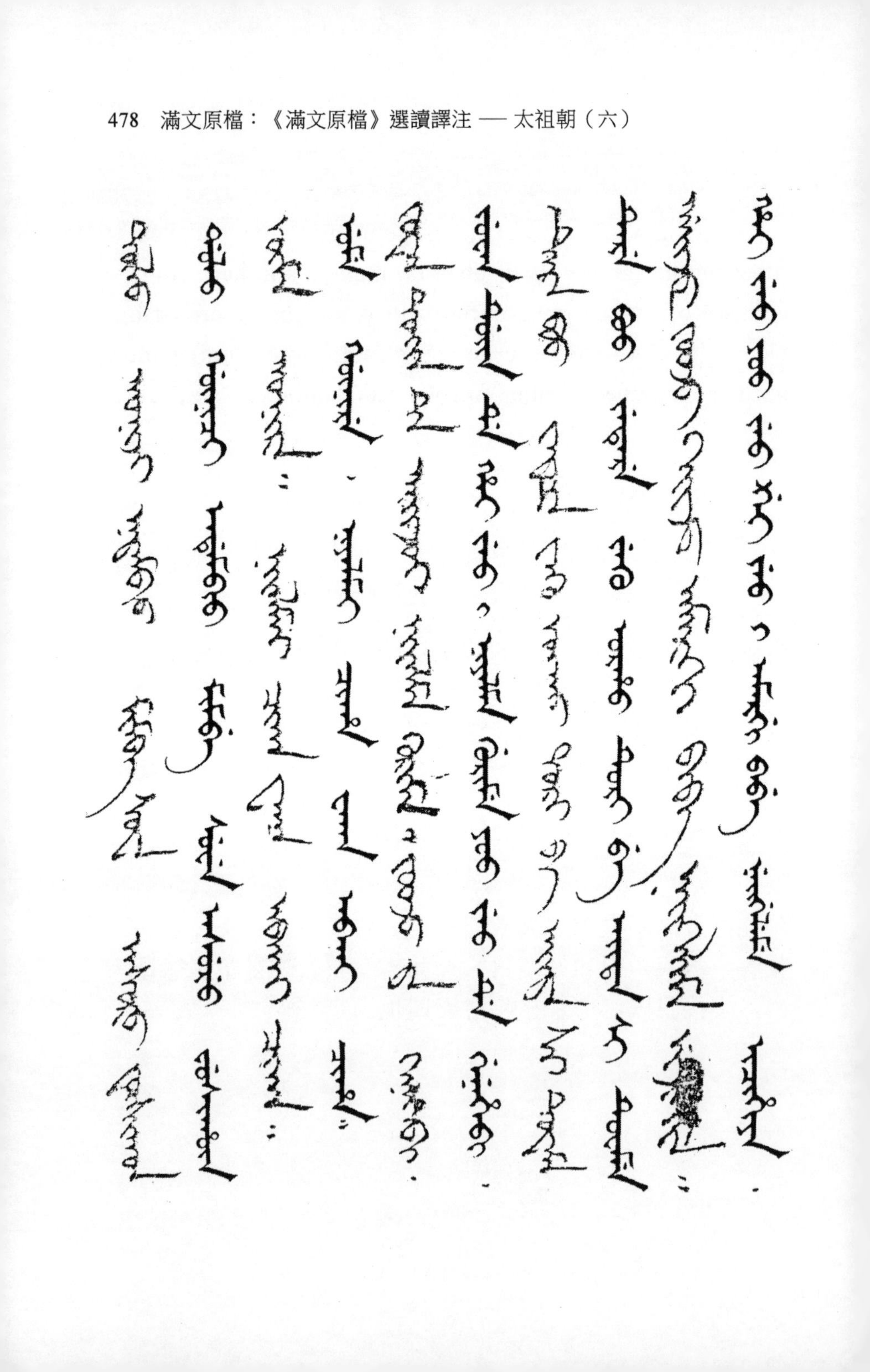

dolo gūnici endembio. mimbe suwe asuru fusihūn ume gūnire, niyalmai ciha waka abkai ciha. juwan duin de hai jeoi niyalma gurime yoo jeo de genehebi. tere boo, jetere jeku, orho turi be aita si tuwame hai jeo, yoo jeo, g'ai jeo i amargi babe neigeleme icihiya,

---

爾內心若思之，瞞得住麼？爾切勿輕慢我等，此非人意，天意也。」十四日，海州之人已遷往耀州，其住房、食糧、草豆等，著愛塔爾斟酌將海州、耀州、蓋州以北地方平均辦理，

尔内心若思之，瞒得住么？尔切勿轻慢我等，此非人意，天意也。」十四日，海州之人已迁往耀州，其住房、食粮、草豆等，着爱塔尔斟酌将海州、耀州、盖州以北地方平均办理，

三十三、牛彔披甲

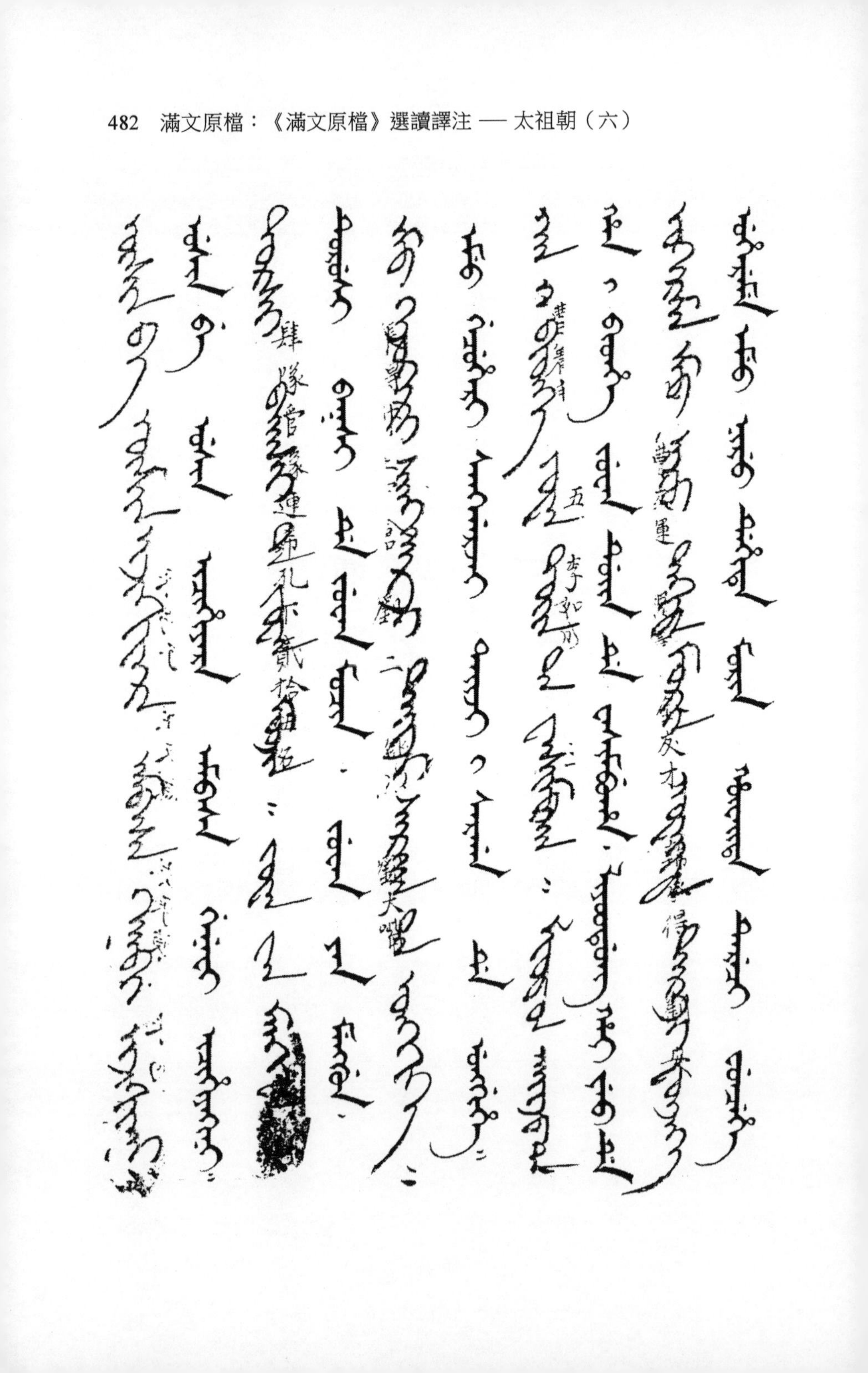

usin be, usin icihiyara ambasa genefi icihiyakini. turusi baksi de juwan mocin, juwan yan menggun, emu gecuheri sanggarjai taiji i sargan de unggihe. han i bithe juwan duin de wasimbuha, liyoodung, hai jeo de uhereme emu niru dehite morin hūwaita tereci funcehe

---

其田地由管田大臣前往辦理。遣圖魯什巴克什攜毛青布十疋、銀十兩、蟒緞一疋，往賜桑噶爾寨台吉之妻。十四日，汗頒書曰：「遼東、海州總共每牛彔各拴養馬四十匹，

其田地由管田大臣前往办理。遣图鲁什巴克什携毛青布十疋、银十两、蟒缎一疋，往赐桑噶尔寨台吉之妻。十四日，汗颁书曰：「辽东、海州总共每牛彔各拴养马四十匹，

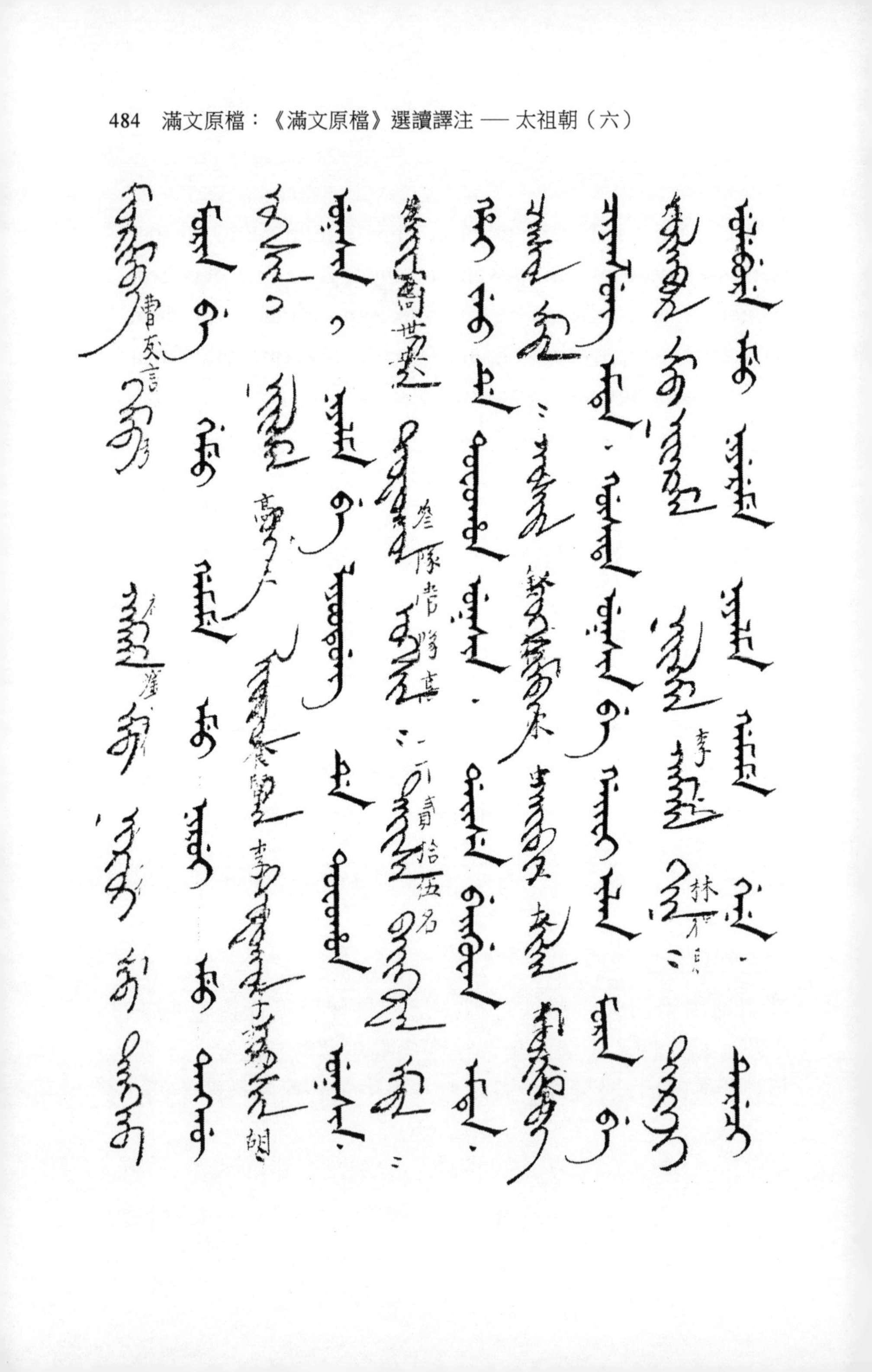

morin be gemu gamame, emu nirui emu tanggū uksin i niyalma be liyoodung de tofohon uksin, hai jeo de tofohon uksin, daise beiguwan emte, ciyandzung emte, gūsita uksin be gaifi, ilan morimbe ulebure emu niyereme niyalma gamame gene. tereci

---

其餘馬匹俱攜回。每牛彔披甲一百人，以披甲十五人駐遼東，披甲十五人駐海州，代理備禦官各一名，千總各一名，各率披甲三十人，攜餵養馬三匹非披甲一人前往。

其余马匹俱携回。每牛彔披甲一百人，以披甲十五人驻辽东，披甲十五人驻海州，代理备御官各一名，千总各一名，各率披甲三十人，携喂养马三匹非披甲一人前往。

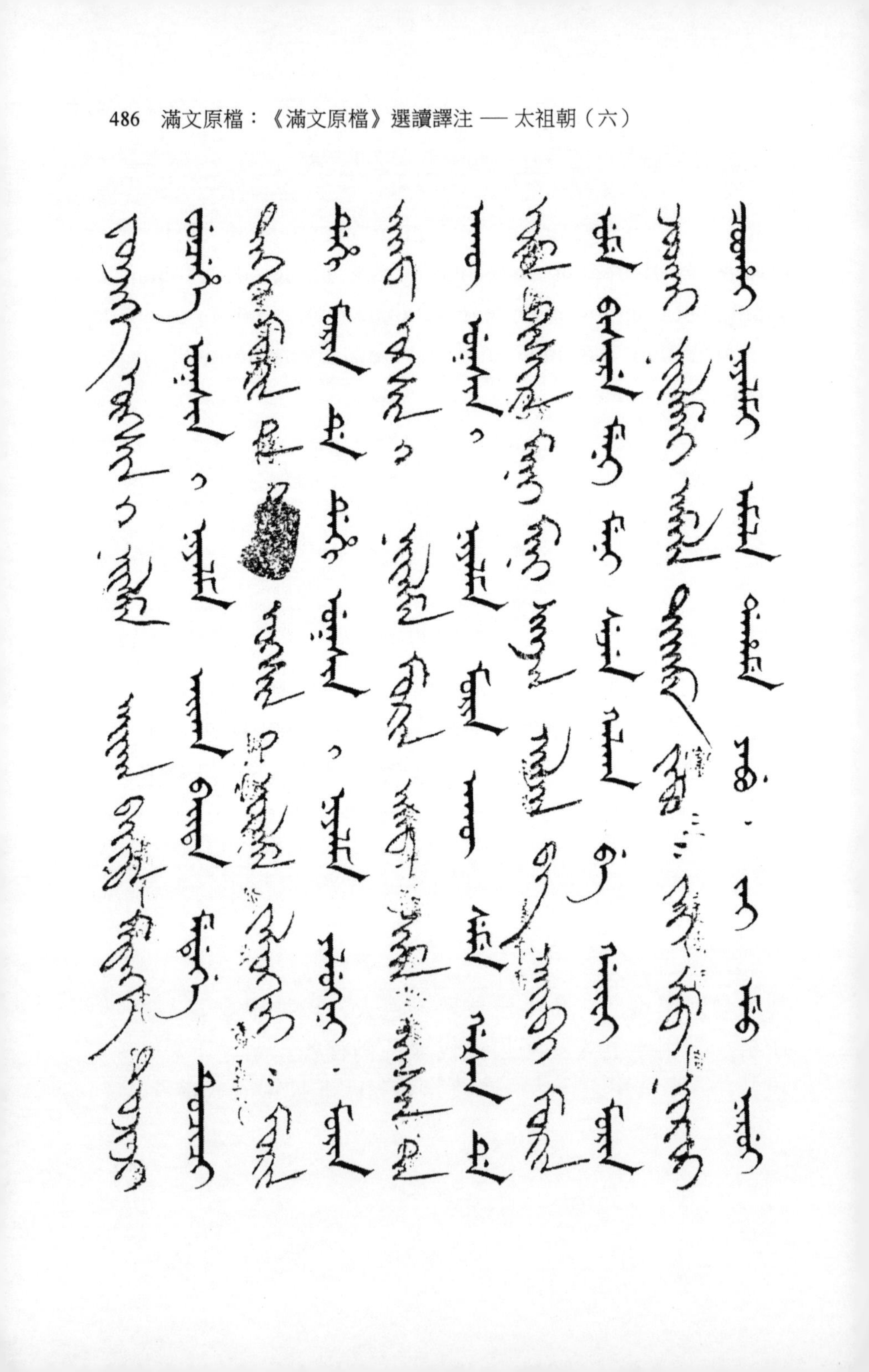

funcehe uksin i niyalma aika baita medege tucici dehi morin de dehi uksin i niyalma yalukini. morin akū uksin i niyalma morin akū seme gašan de ume bisire, meni meni sejen kalka be gaifi morin coohai niyalmai amala dahame yabu, jai emu nirui

---

其餘披甲之人，若有出事信息，即令披甲之四十人乘騎四十匹馬，無馬披甲之人，毋以無馬而滯留村屯，應各自攜帶車、盾跟隨在騎馬兵丁後而行。

其余披甲之人，若有出事信息，即令披甲之四十人乘骑四十匹马，无马披甲之人，毋以无马而滞留村屯，应各自携带车、盾跟随在骑马兵丁后而行。

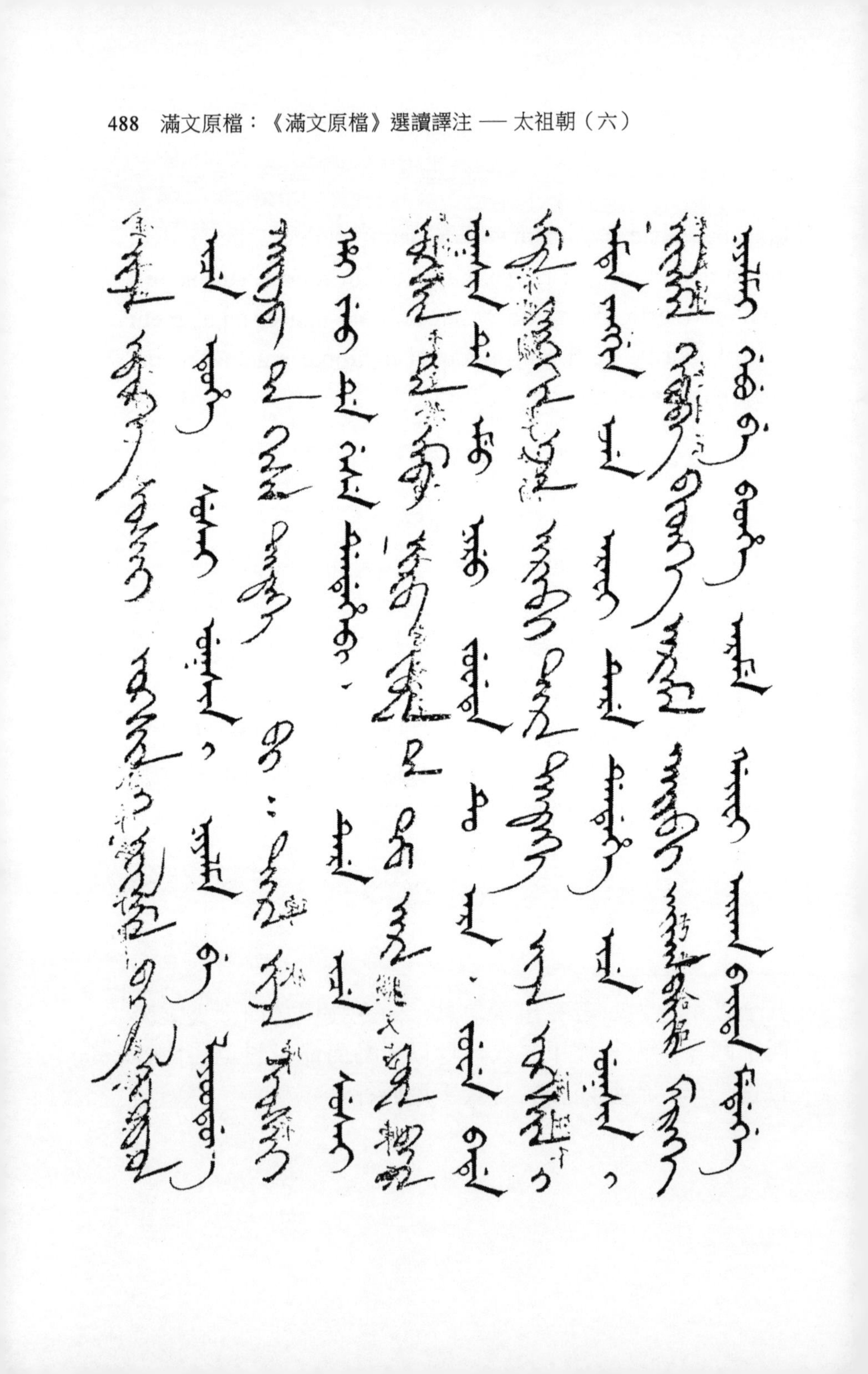

ice etuhe susai uksin i niyalma be liyoodung, hai jeo de gese dendehebi. tere ice susai uksin de emu niru juwete tu ara, juwe bade emte janggin ejen arafi, tere dendehe ice uksin i niyalmai gebu be bithe arame gaifi, aika baita medege

---

再者，將每牛彔新穿披甲之五十名，亦分駐於遼東、海州。每牛彔為其新披甲五十名製纛各二面。二處各委章京額真一名，將其所分新披甲之人造具名冊。倘有事端信息時，

再者，将每牛彔新穿披甲之五十名，亦分驻于辽东、海州。每牛彔为其新披甲五十名制纛各二面。二处各委章京额真一名，将其所分新披甲之人造具名册。倘有事端信息时，

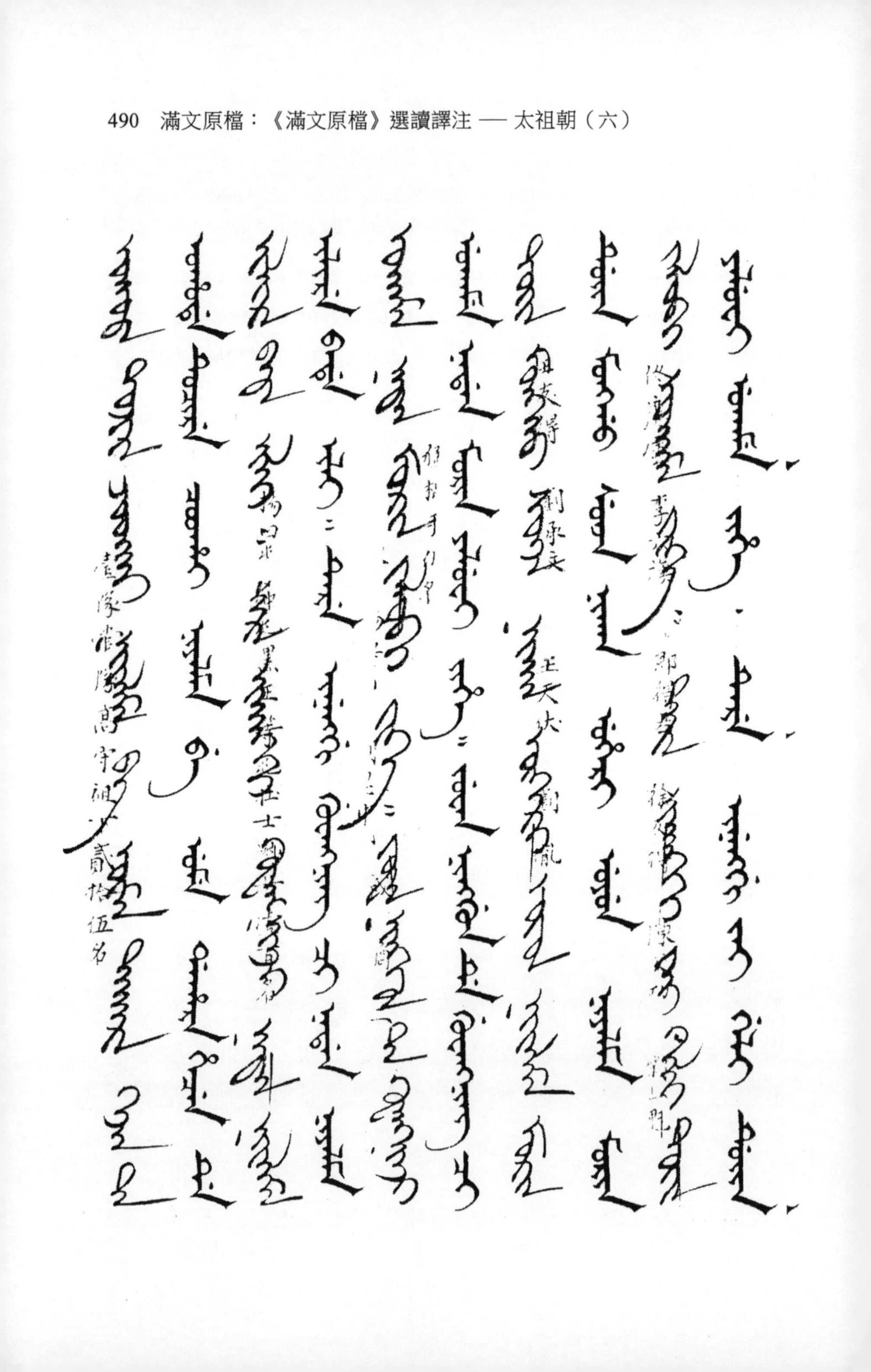

ohode tucire coohai niyalma be ume dahara hecen de ilire bade ili. tere inenggi, guwangningci nadan niyalma ukame nadan morin yalufi jihe. juwan ninggun de guwangningci duin monggo sunja nikan uheri uyun niyalma morin yalufi ukame jihe, tere inenggi jai geli duin

---

勿隨出征兵丁，應留駐城內。」是日，有七人乘馬七匹從廣寧逃來。十六日，有蒙古四人、漢人五人，共九人，乘馬從廣寧逃來。

勿随出征兵丁，应留驻城内。」是日，有七人乘马七匹从广宁逃来。十六日，有蒙古四人、汉人五人，共九人，乘马从广宁逃来。

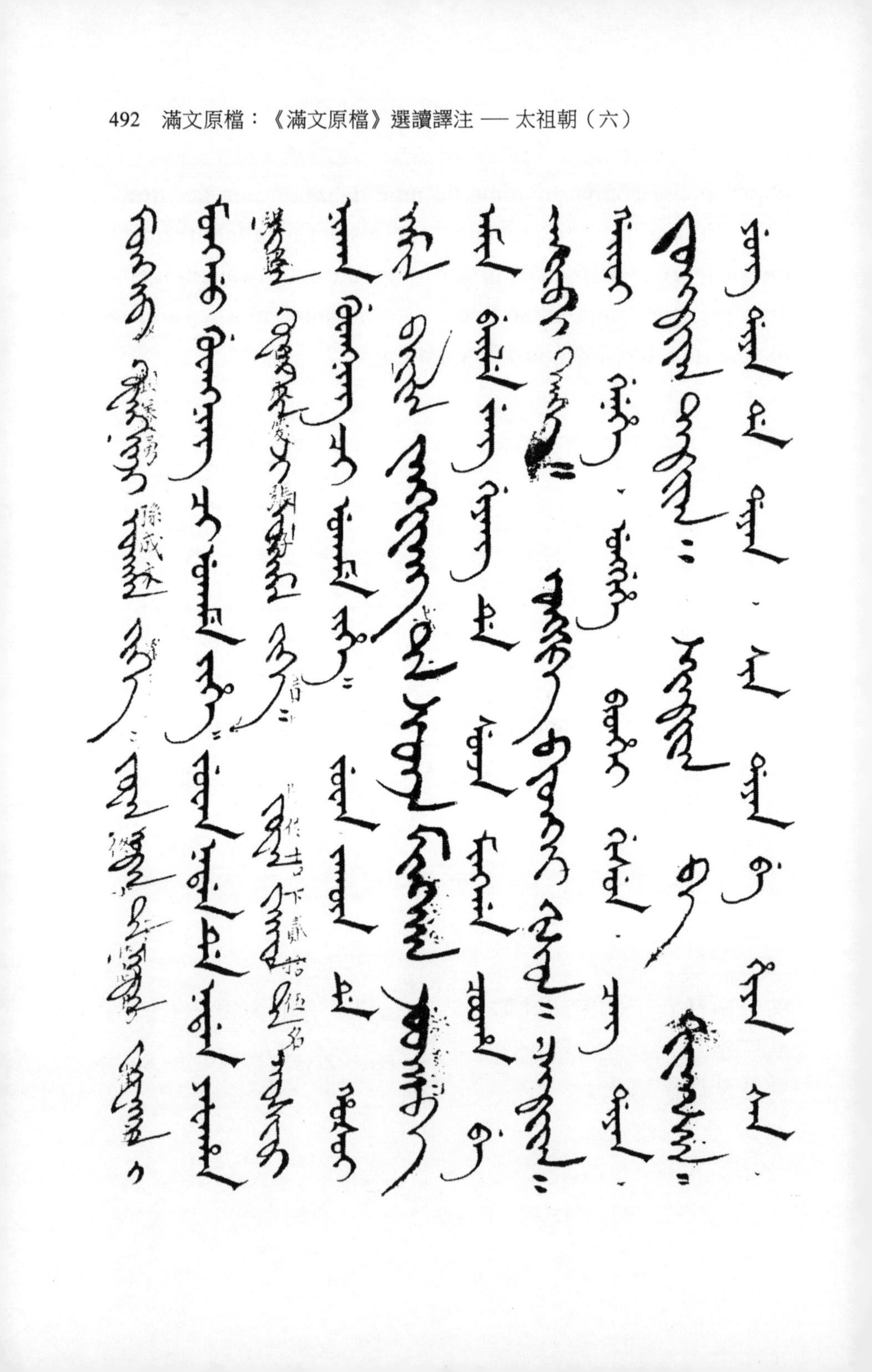

monggo guwangningci ukame jihe. juwan nadan de nadan yafahan nikan guwangning ci ukame jihe. juwan jakūn de hošoi amin beile jeng giyang de sunja minggan cooha be gaifi genehe. unggihe bithei gisun, cang diyan, yung diyan da diyan, sin diyan be hiyan šan,

---

是日，又有蒙古四人自廣寧逃來。十七日，有漢人七名從廣寧步行逃來。十八日，和碩阿敏貝勒率兵五千名前往鎮江，其賚往之書曰：

是日，又有蒙古四人自广宁逃来。十七日，有汉人七名从广宁步行逃来。十八日，和硕阿敏贝勒率兵五千名前往镇江，其赍往之书曰：

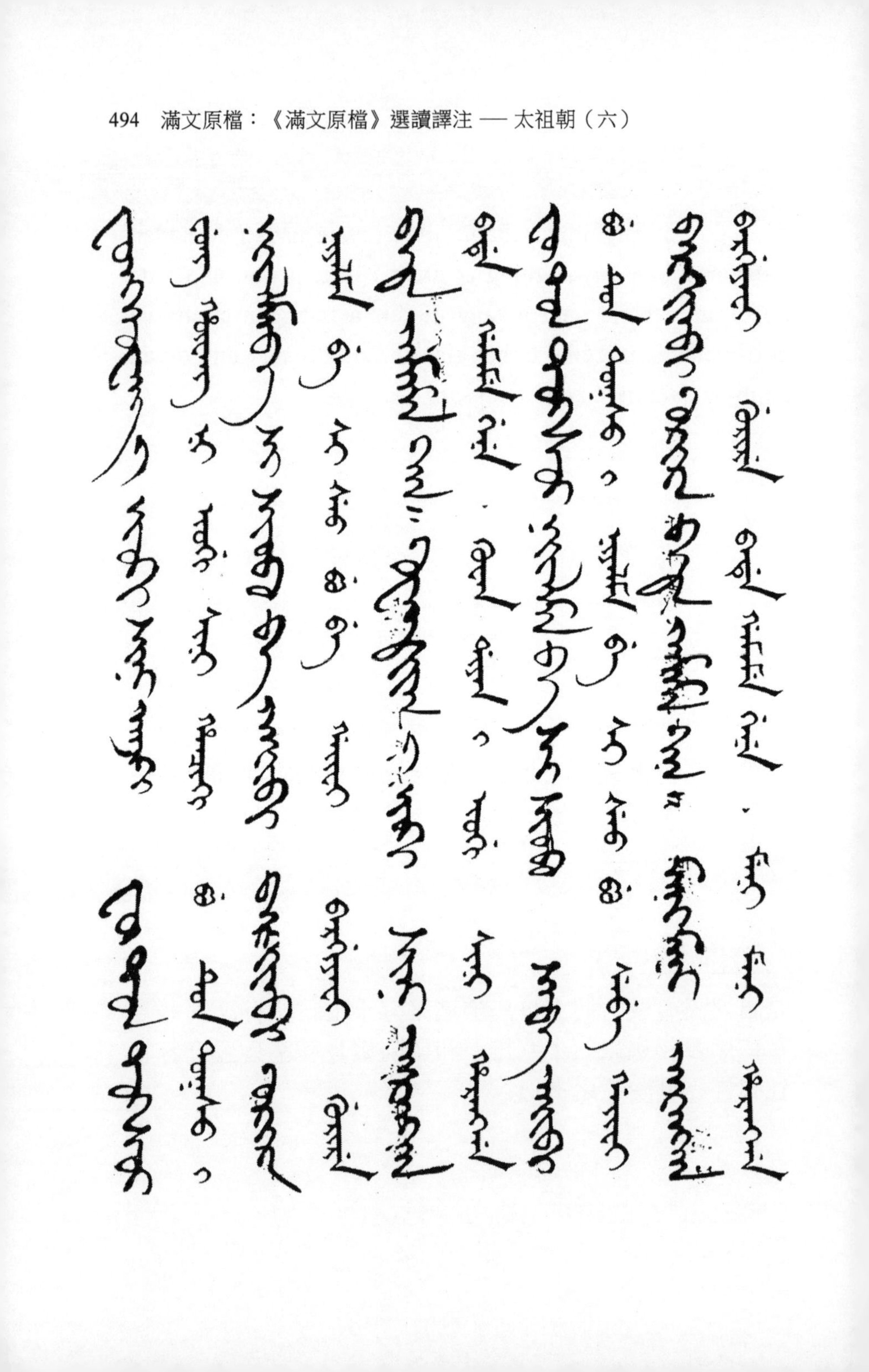

fung hūwang ni iogi sini hanciki pu tun tokso i niyalma be si šeo pu be gaifi bargiyafi gurire bade gamame gene. kuwan diyan i iogi sini harangga pu tun tokso i niyalma be si šeo pu sebe gaifi bargiyafi gurire bade gamame gene. meni meni harangga

---

「著險山、鳳凰遊擊爾率守堡收聚長甸、永甸、大甸、新甸鄰近爾堡屯人眾，帶往應遷之地。著寬甸遊擊爾率守堡等收聚爾所屬堡屯人眾，帶往應遷之地。

「着险山、凤凰游击尔率守堡收聚长甸、永甸、大甸、新甸邻近尔堡屯人众，带往应迁之地。着宽甸游击尔率守堡等收聚尔所属堡屯人众，带往应迁之地。

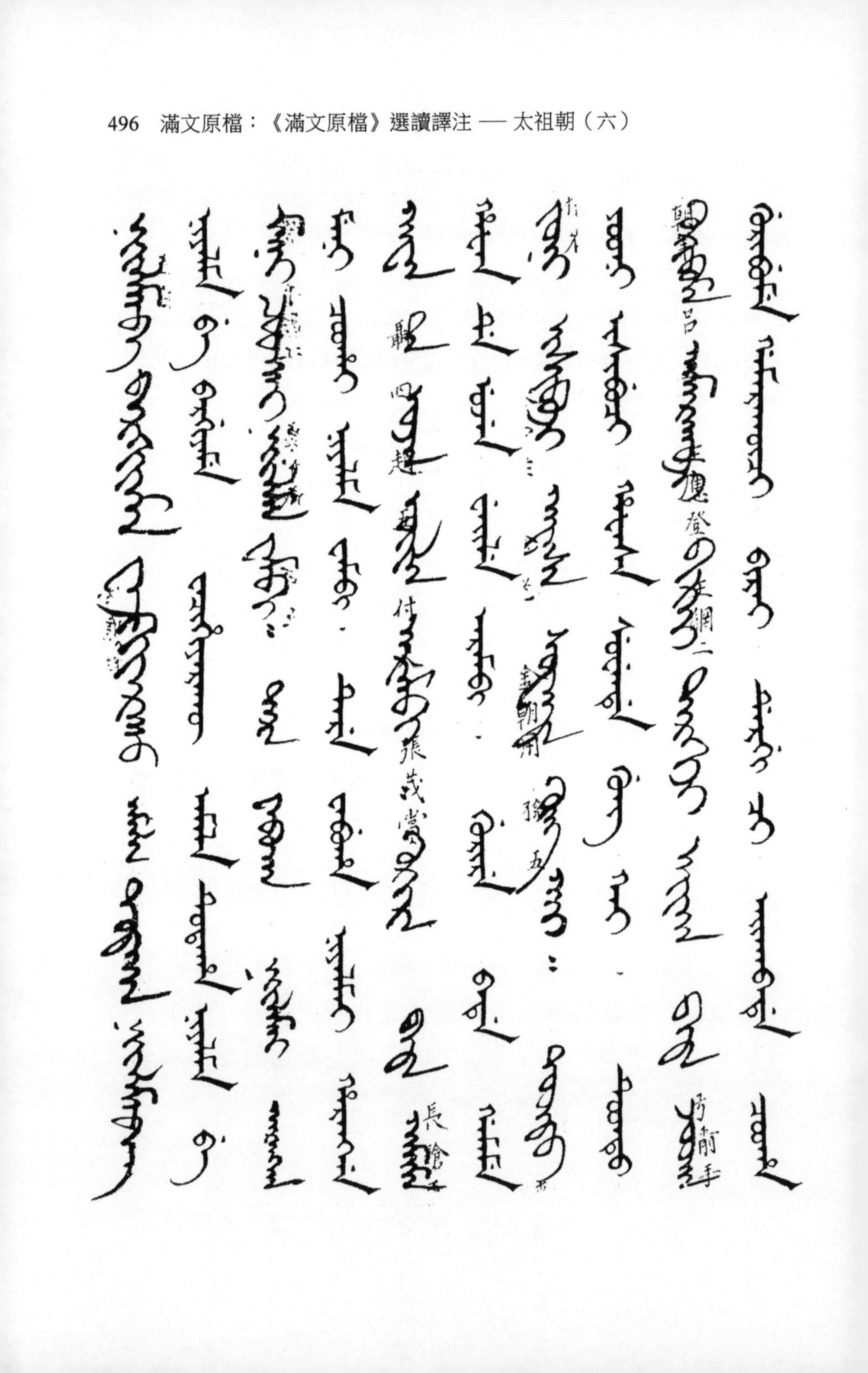

niyalmabe bargiyame wacihiyarakū amala tutaha niyalmabe meni coohai niyalma wambi, tere wabuha niyalmai harangga hafan de ujen weile arambi. gurire bade gamame yooni isibuci hafasa suwende gung kai. tuttu guribume gamarakūci birai dergi ci aikabade cooha

---

其各自所屬收聚不完而落後之人，我兵丁將殺之，並將被殺人之該管官員治以重罪。若俱遷入應遷之地，則為爾等官員之功也。若不如此遷移，則河東倘[103]有兵來，

其各自所属收聚不完而落后之人，我兵丁将杀之，并将被杀人之该管官员治以重罪。若俱迁入应迁之地，则为尔等官员之功也。若不如此迁移，则河东倘有兵来，

---

[103] 倘，《滿文原檔》寫作“aika bata”，分寫，不規範；《滿文老檔》讀作“aikabade”，改正，意即「倘若」。

三十四、鋪草爲牢

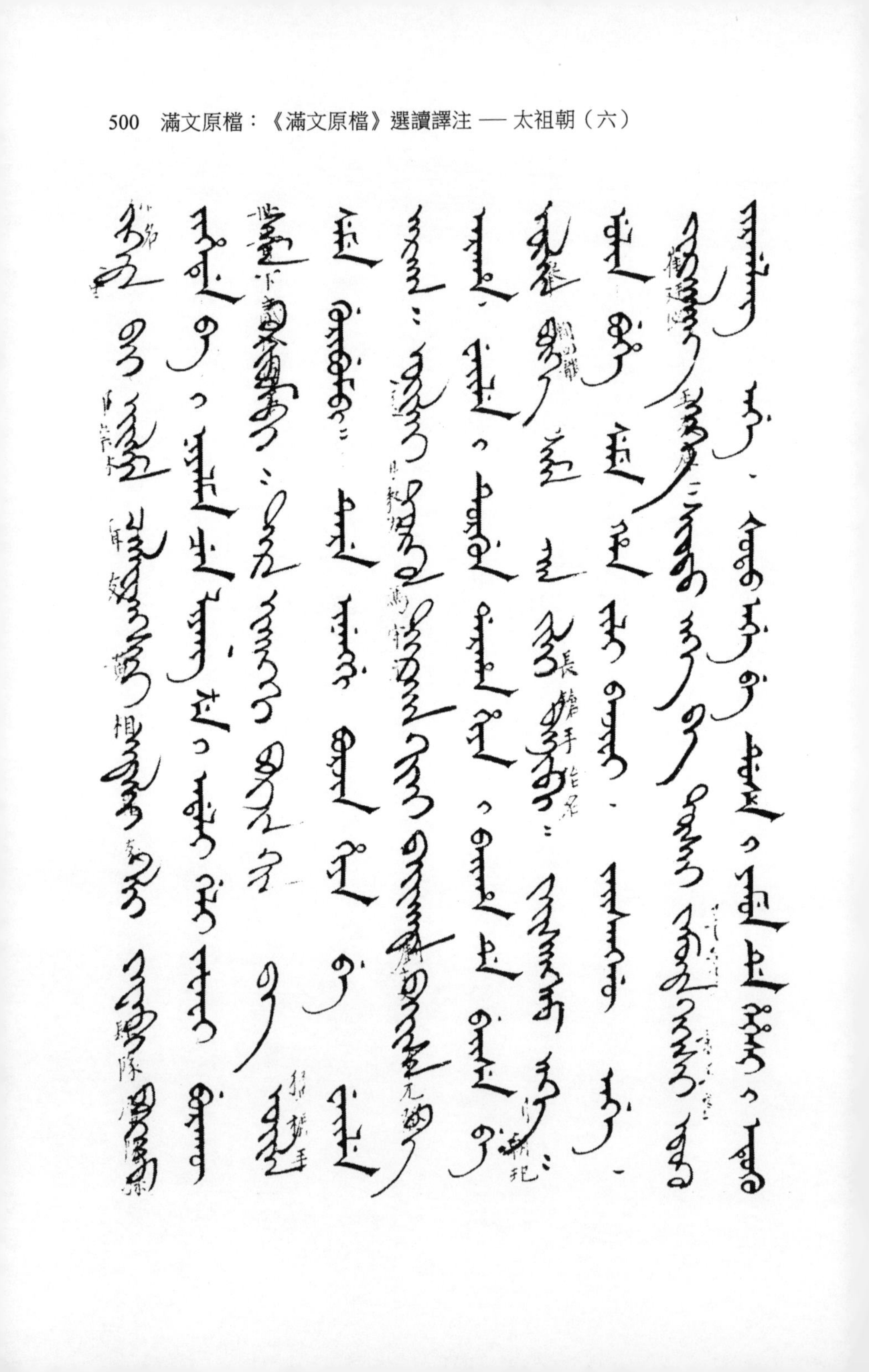

jihede ba i niyalma cen liyang ts'e i adali geli jafafi burakū seme guribumbi. tere inenggi, borjin hiya be weile araha. weilei turgun darhan hiyai baihade beise be ulin buhe seme han jili banjifi, jaisanggū age, jirgalang age, šoto age be dusy i yamunde hehesi i etuku,

---

地方之人又如陳良策執人不還，而令遷之也。」是日，將博爾晉侍衛治罪。治罪情由，諸貝勒因達爾漢侍衛之請給以財物，汗動怒，因齋桑古阿哥、濟爾哈朗阿哥、碩托阿哥於都司衙門，

地方之人又如陈良策执人不还，而令迁之也。」是日，将博尔晋侍卫治罪。治罪情由，诸贝勒因达尔汉侍卫之请给以财物，汗动怒，因斋桑古阿哥、济尔哈朗阿哥、硕托阿哥于都司衙门，

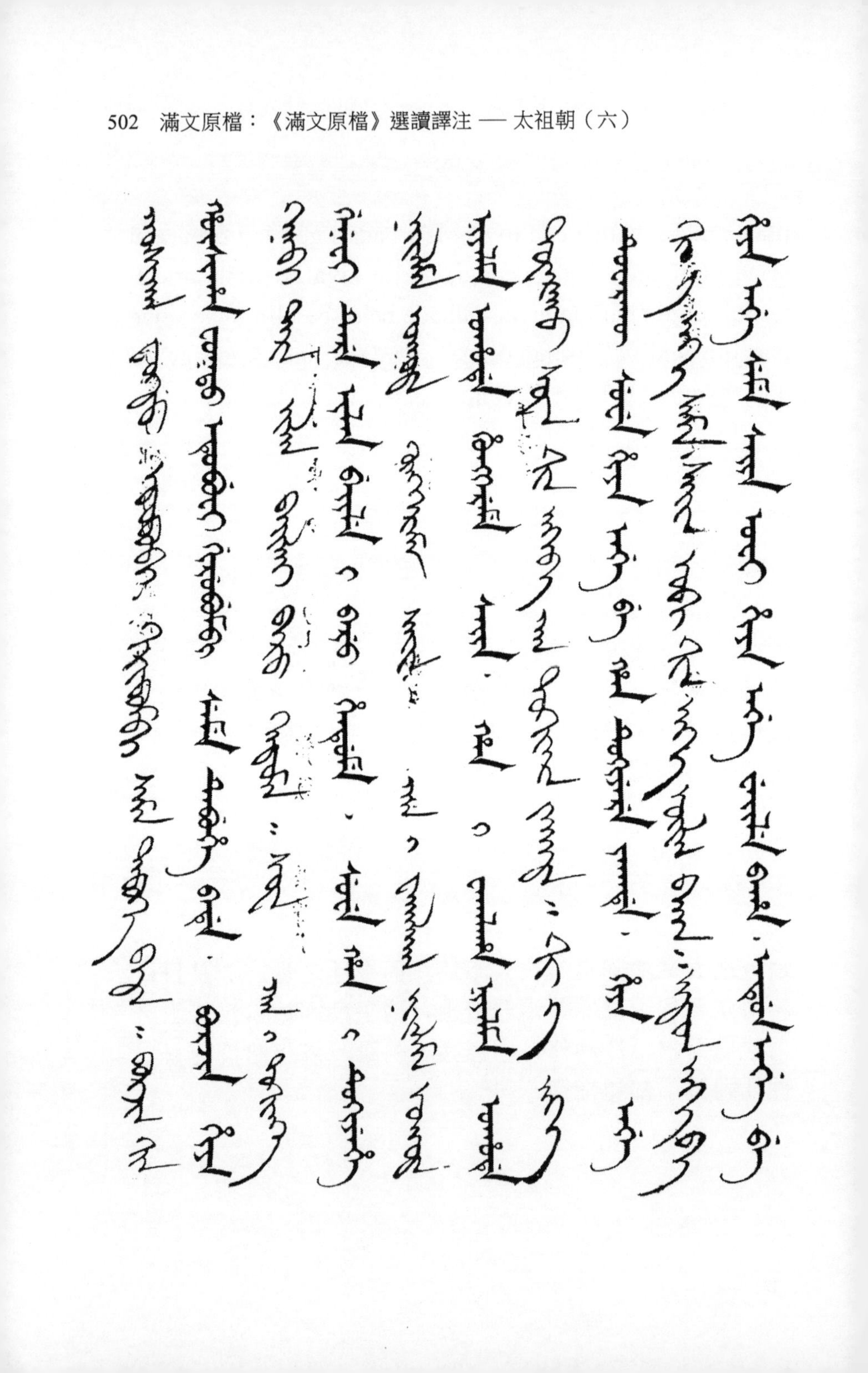

hūsihan, fokto etubufi girubumbi seme, tebuhe bade borjin hiya genefi tere ilan beile i baru hendume, suwe han i tukiyehe niyalma ohode hungkereme sain, han i wakalaha niyalma ohode tuwarakū. suwe hiya agebe han tukiyere jakade, hiya age hiya age seme sain ofi, hiya age weile baha. adun age be

---

令其穿著女衣、女裙、葛布短袍衫，以羞辱[104]之。博爾晉侍衛前往囚所，向其三貝勒曰：「爾等對汗所擢用之人，理應傾心友善；其為汗所譴責之人，理應不屑一顧。爾等侍衛阿哥因蒙汗擢用，故連呼侍衛阿哥、侍衛阿哥，而與之友善，以致侍衛阿哥獲罪。阿敦阿哥

令其穿着女衣、女裙、葛布短袍衫，以羞辱之。博尔晋侍卫前往囚所，向其三贝勒曰：「尔等对汗所擢用之人，理应倾心友善；其为汗所谴责之人，理应不屑一顾。尔等侍卫阿哥因蒙汗擢用，故连呼侍卫阿哥、侍卫阿哥，而与之友善，以致侍卫阿哥获罪。阿敦阿哥

---

[104] 羞辱，《滿文原檔》讀作"giribumbi"，《滿文老檔》讀作"girubumbi"。

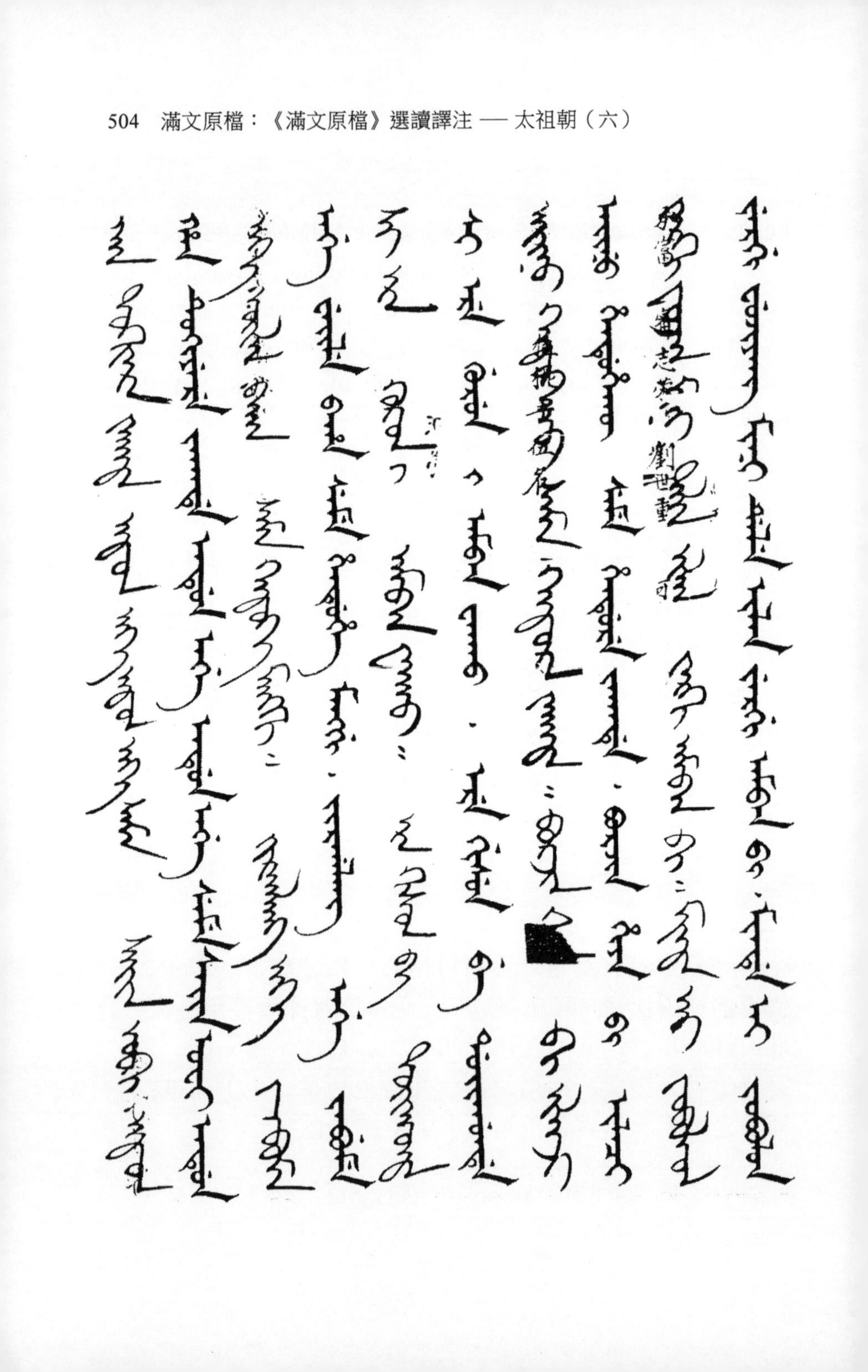

han tukiyere jakade, adun age adun age seme sain ofi, adun age weile baha seme henduhe manggi, jirgalang age jabume, si ere gurun i amban wakao. ere gisun be doigonde ainu henduhekū seme hendure jakade, borjin hiya bi ilaci jergi fujiyang mini dele ilan jergi amban bi, minde ai jobolon

---

因蒙汗擢用，故連呼阿敦阿哥、阿敦阿哥，而與之友善，以致阿敦阿哥獲罪。」濟爾哈朗阿哥答曰：「爾非本國之大臣耶？此言為何事前未說？」博爾晉侍衛答曰：「我乃三等副將，在我之上尚有三等大臣，我有何勞耶？」

因蒙汗擢用，故连呼阿敦阿哥、阿敦阿哥，而与之友善，以致阿敦阿哥获罪。」济尔哈朗阿哥答曰：「尔非本国之大臣耶？此言为何事前未说？」博尔晋侍卫答曰：「我乃三等副将，在我之上尚有三等大臣，我有何劳耶？」

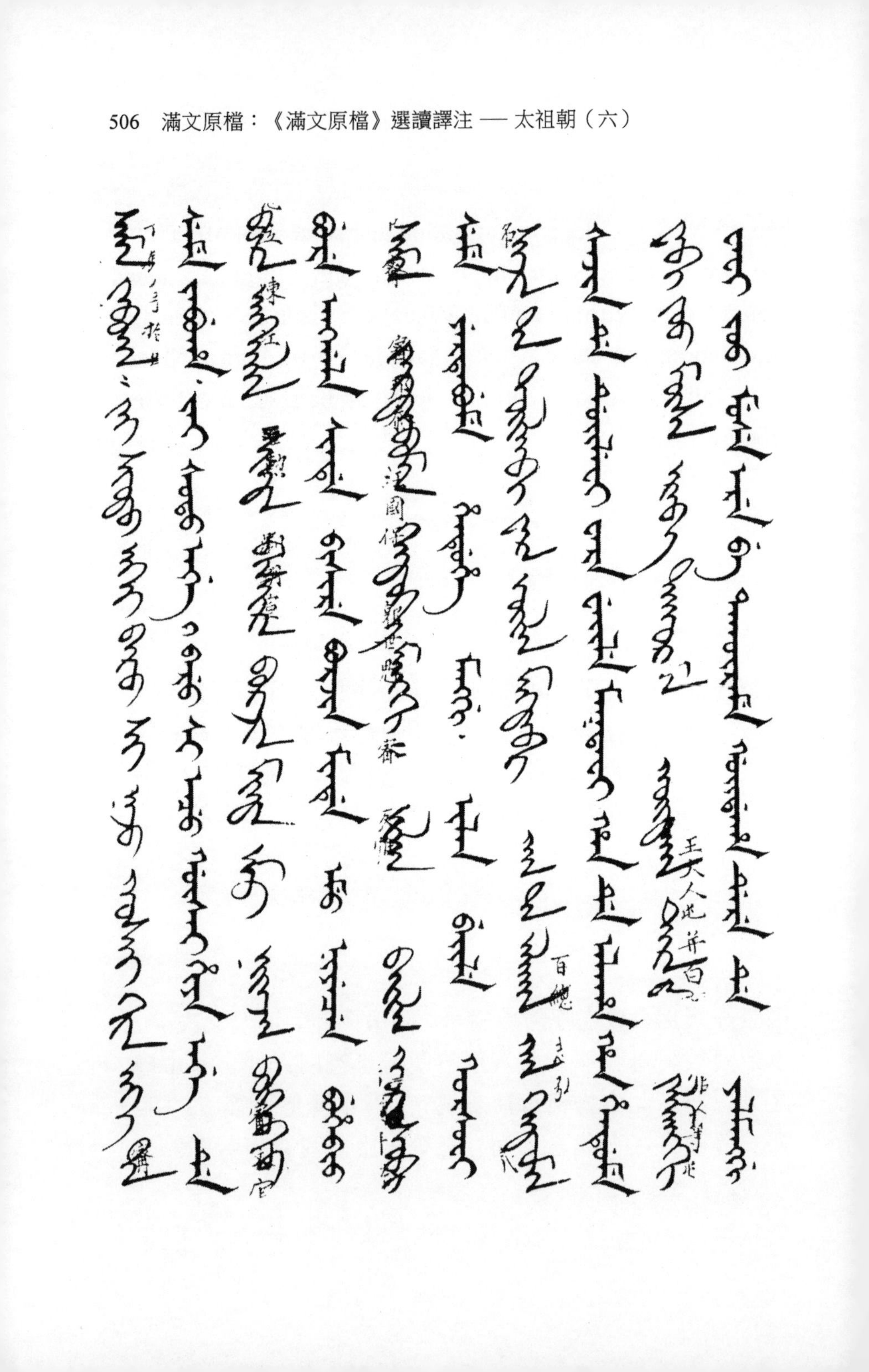

seme jabuha, jai šoto agei baru, si encu gūsai hiya age de bure anggala sinde bisire borjin minde emu niyecen buhebio seme yertebume henduhe manggi, ilan beile korsofi šajin de duilefi wara weile maktafi, han de alaha. han hendume, wafi joo. muse erebe takūrame goidaha dere de yalmanggi

---

又向碩托阿哥羞辱曰：「爾與其給他旗侍衛阿哥，不如給與在爾身邊之博爾晉我一片補丁麼？」三貝勒惱怒，經法司審擬，定為死罪。報於汗，汗曰：「該殺，惟念其為我差遣効力年久，免其死罪，可塗灰[105]於面，

又向硕托阿哥羞辱曰：「尔与其给他旗侍卫阿哥，不如给与在尔身边之博尔晋我一片补丁么？」三贝勒恼怒，经法司审拟，定为死罪。报于汗，汗曰：「该杀，惟念其为我差遣効力年久，免其死罪，可涂灰于面，

---

[105] 塗灰，句中「灰」，《滿文原檔》寫作"jalmangki"，《滿文老檔》讀作"yalmanggi"，意即「煤灰」。按此為無圈點滿文"ja"與"ya"、"ki"與"gi"之混用現象。

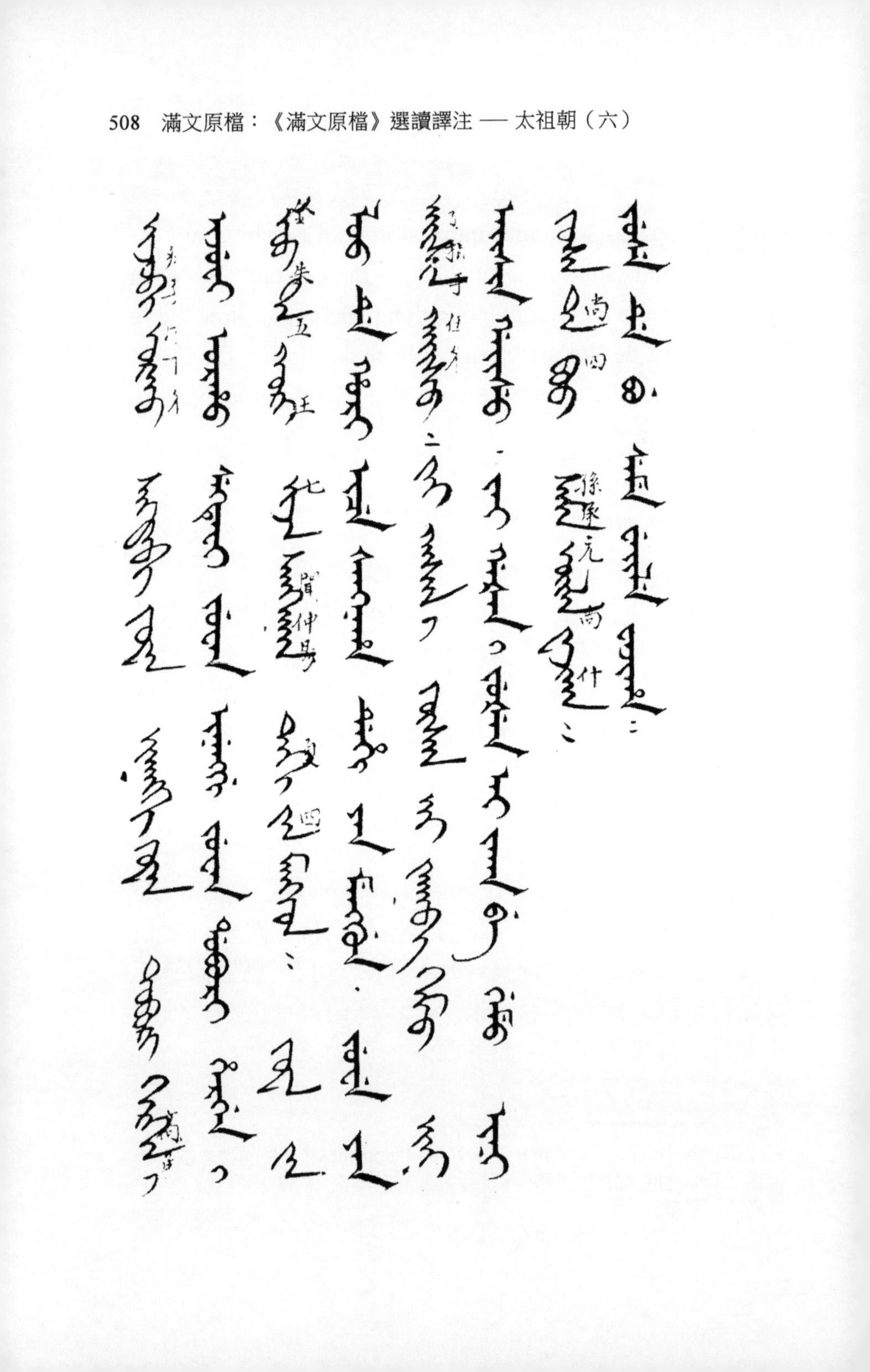

ijufi orho sektefi, juwan inenggi juwan dobori hergen i loo de hori, ice šangnaha dehi yan menggun, juwe yan aisin gaisu. jai gašan i jušen ai jakabe gemu ini juse de bu seme weile wajiha.

畫地鋪草為牢，囚禁十晝夜，沒收其新賞銀四十兩、金二兩。再者，其村屯之諸申及一應物件俱給其子。」遂結此案。

画地铺草为牢，囚禁十昼夜，没收其新赏银四十两、金二两。再者，其村屯之诸申及一应物件俱给其子。」遂结此案。

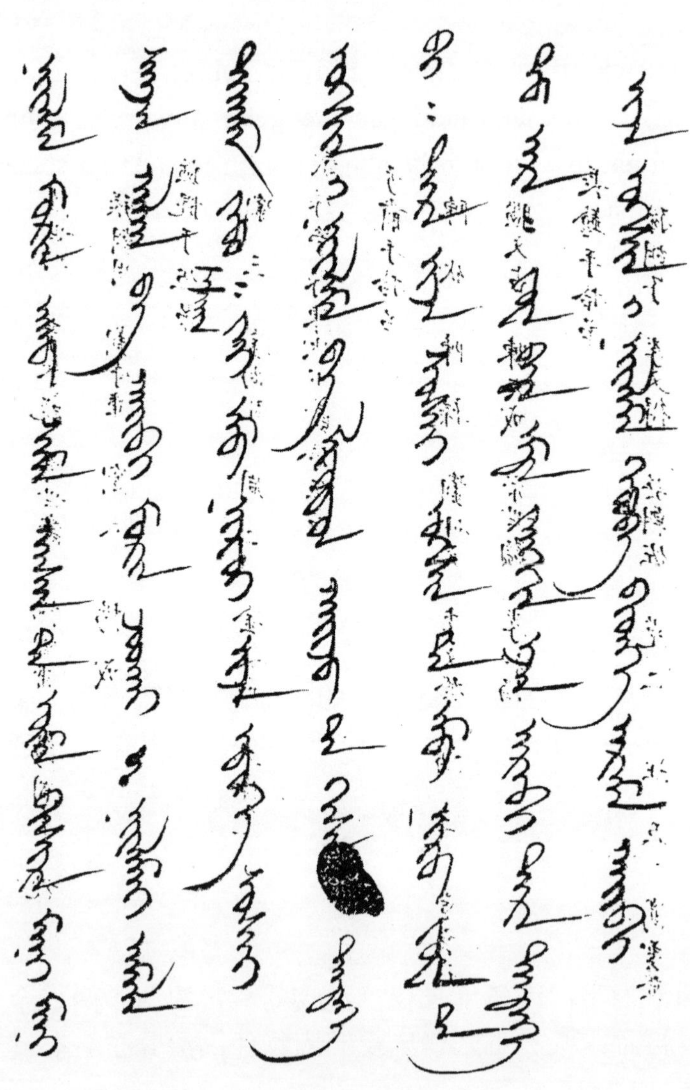

滿文原檔之一

滿文原檔之二

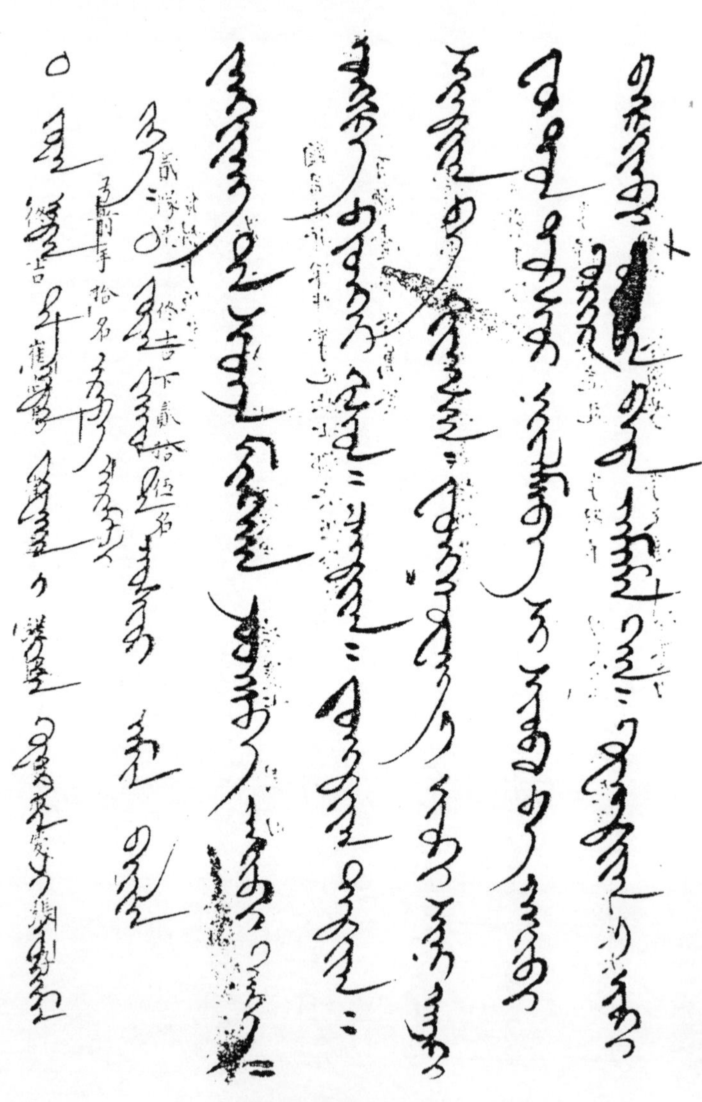

滿文原檔之三

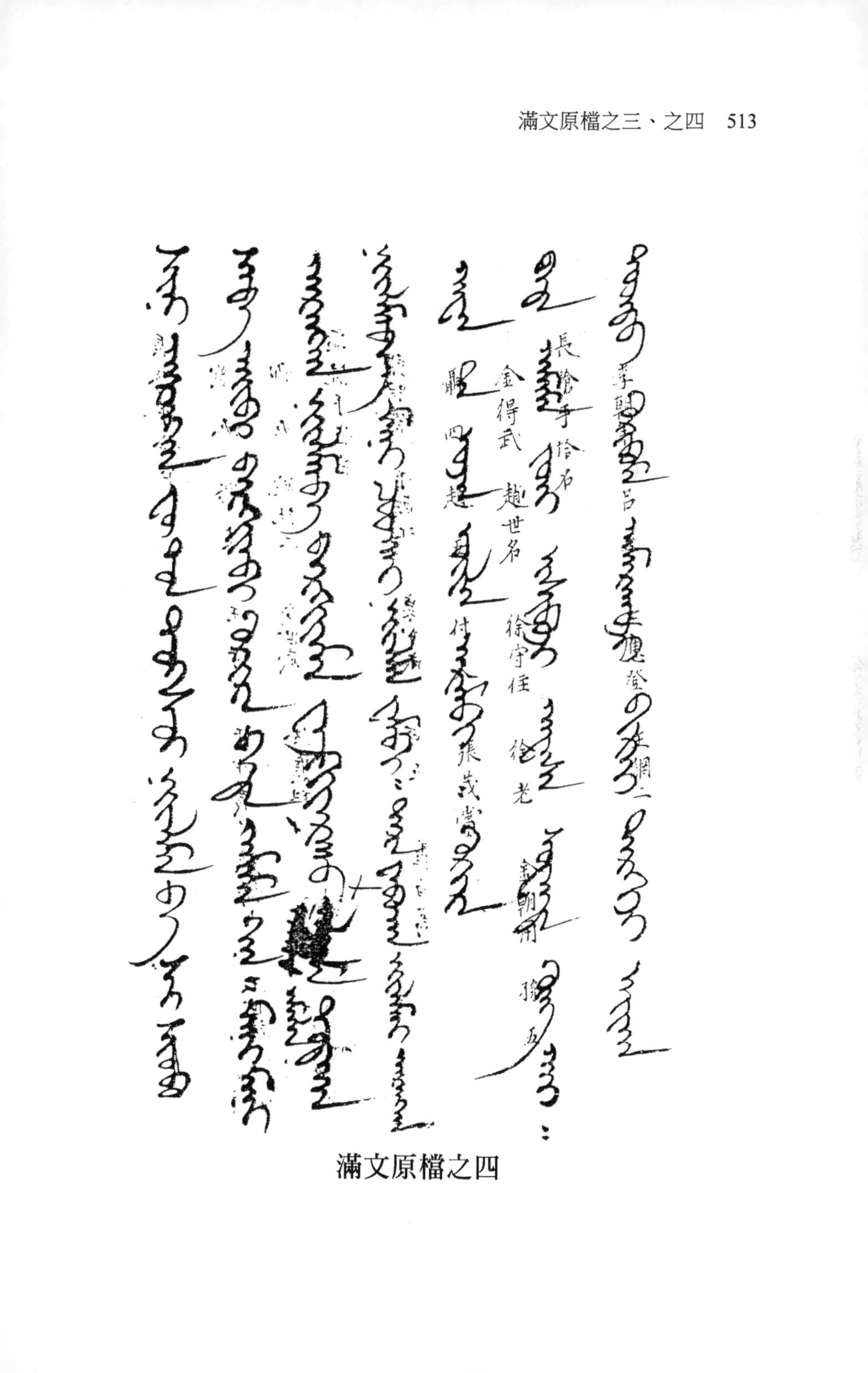

滿文原檔之四

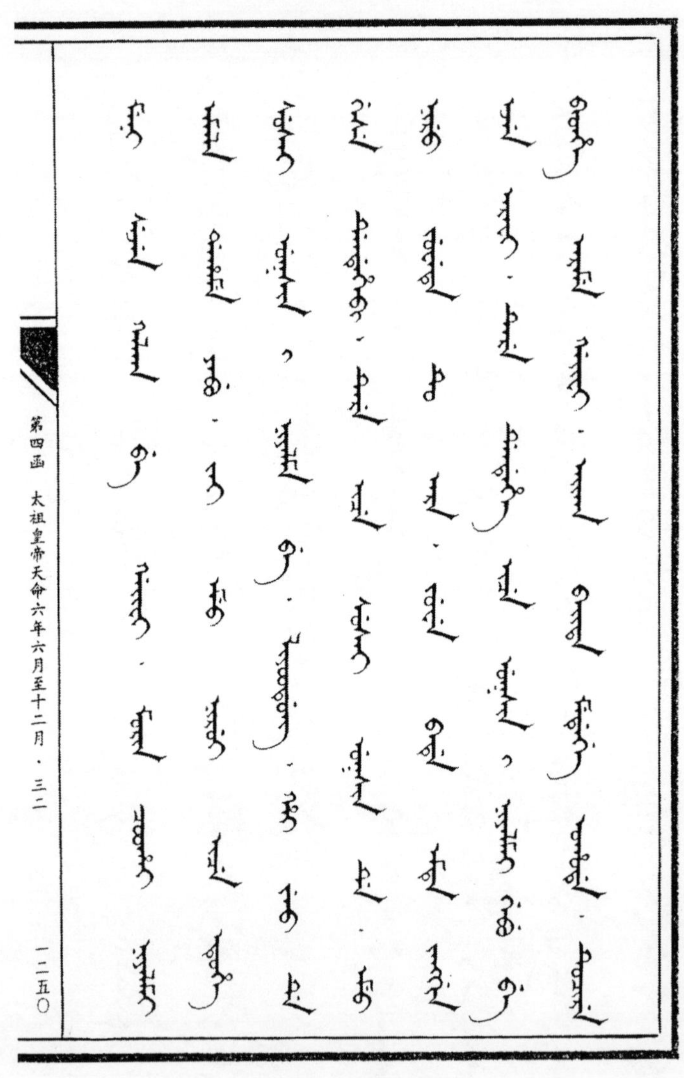

第四函　太祖皇帝天命六年六月至十二月・三二
一二五〇

滿文老檔之一

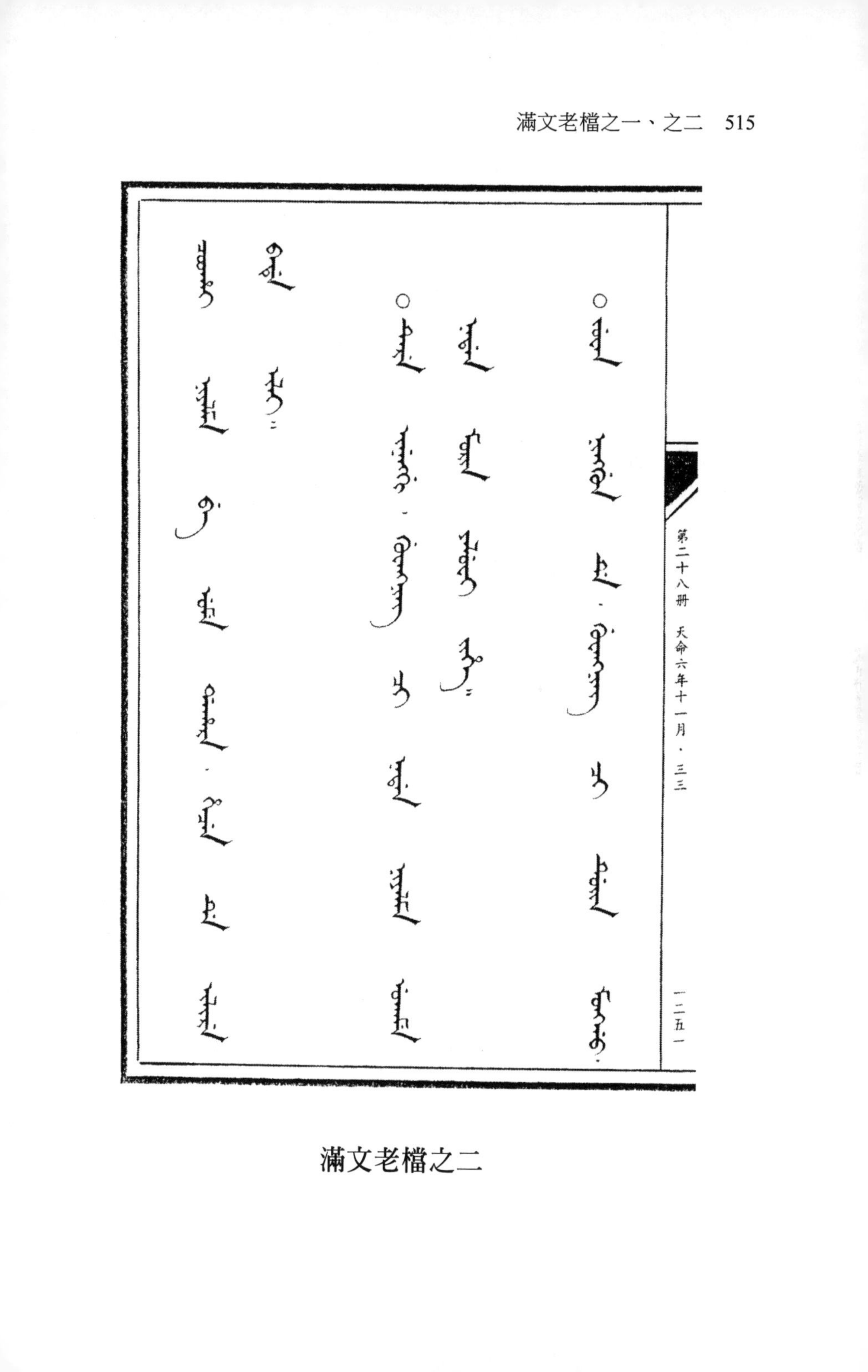

第二十八冊　天命六年十一月．三三

一二五一

滿文老檔之二

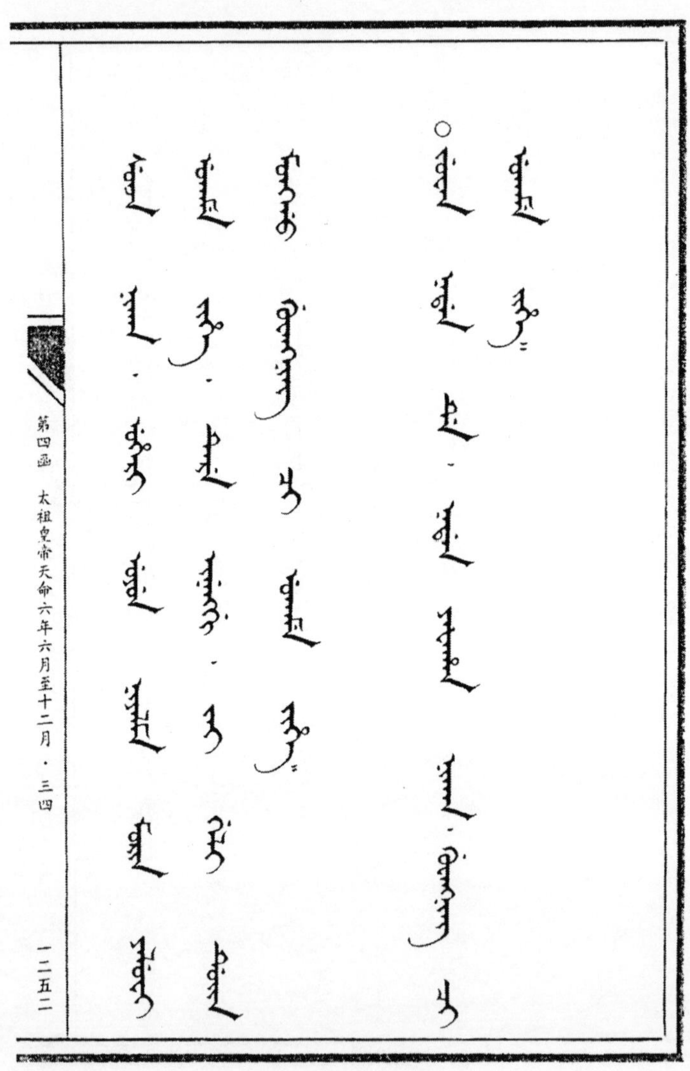

滿文老檔之三

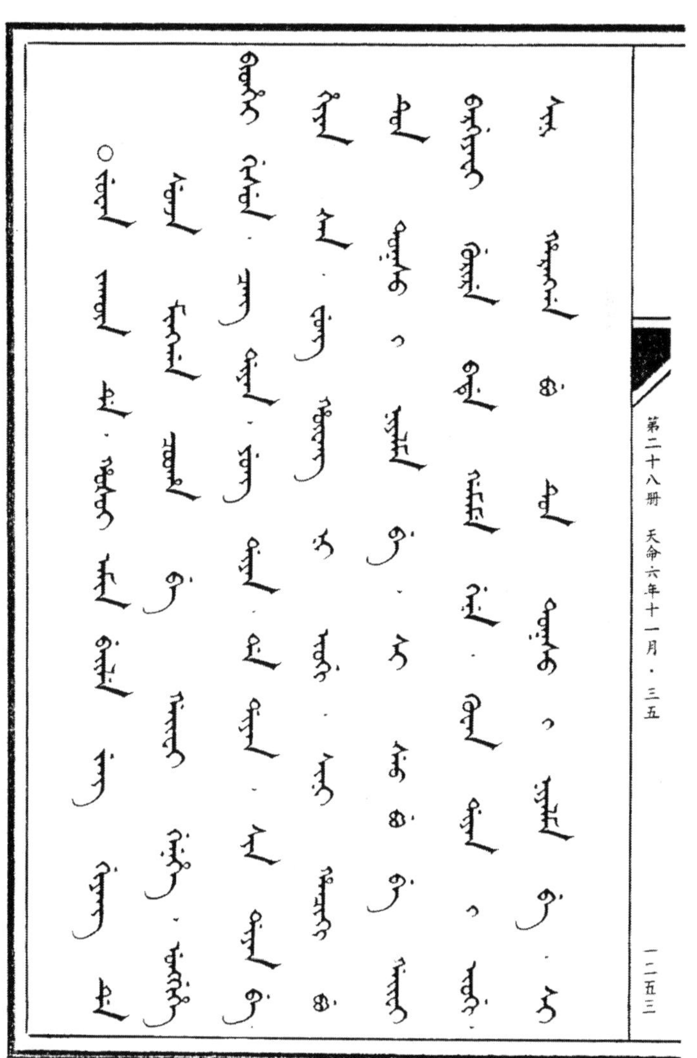

滿文老檔之四

致　謝

本書滿文羅馬拼音及漢文，由原任駐臺北韓國代表部連寬志先生精心協助注釋與校勘。謹此致謝。